Biographie

La Saga des

Papineau

**D'après les mémoires inédits
du dernier seigneur de Montebello**

Projet dirigé par Pierre Cayouette, éditeur

Conception graphique : Julie Villemaire
Mise en pages : Andréa Joseph [pagexpress@videotron.ca]
Révision linguistique : Annie Pronovost et Chantale Landry
Photographie en couverture : François Fortin

Québec Amérique
329, rue de la Commune Ouest, 3ᵉ étage
Montréal (Québec) Canada H2Y 2E1
Téléphone : 514 499-3000, télécopieur : 514 499-3010

Nous reconnaissons l'aide financière du gouvernement du Canada par
l'entremise du Fonds du livre du Canada pour nos activités d'édition.

Gouvernement du Québec – Programme de crédit d'impôt pour l'édition
de livres – Gestion SODEC.

Les Éditions Québec Amérique bénéficient du programme de subvention
globale du Conseil des Arts du Canada. Elles tiennent également à
remercier la SODEC pour son appui financier.

L'auteure tient à remercier le Conseil des Arts du Canada pour son aide
financière.

 Conseil des Arts
du Canada   Canada Council
for the Arts

 SODEC Québec

**Catalogage avant publication de Bibliothèque et Archives nationales
du Québec et Bibliothèque et Archives Canada**

Lachance, Micheline
La saga des Papineau : d'après les mémoires inédits du dernier seigneur
de Montebello
(Biographie)
ISBN 978-2-7644-2519-0 (Version imprimée)
ISBN 978-2-7644-1216-9 (PDF)
ISBN 978-2-7644-1217-6 (ePub)
1. Papineau, Amédée, 1819-1903 - Romans, nouvelles, etc. I. Titre. II.
Collection : Biographie (Éditions Québec/Amérique).
PS8573.A277S23 2013   C843'.54   C2013-941354-5
PS9573.A277S23 2013

Dépôt légal : 4ᵉ trimestre 2013
Bibliothèque nationale du Québec
Bibliothèque nationale du Canada

© Éditions Québec Amérique inc., 2013.
quebec-amerique.com

Imprimé au Québec

MICHELINE LACHANCE

La Saga des Papineau

**D'après les mémoires inédits
du dernier seigneur de Montebello**

Québec Amérique

Pour Bruno,
Au moment d'achever ce livre, je pense à Amédée,
qui a entendu l'appel à la prière du muezzin
perché au sommet d'un minaret d'Oran,
comme toi aujourd'hui à Istanbul, devant le Bosphore.

Je ne regrette rien de ce que j'ai fait dans le passé. Il ne faut pas fausser l'Histoire : les patriotes de 37-38 n'étaient pas des rebelles, c'est l'autorité, c'est l'oligarchie, c'est la bureaucratie qui étaient en révolte.

Amédée Papineau
La Patrie, 22 juin 1891

MOT DE L'AUTEURE

Le destin fabuleux, parfois tragique, de la famille Papineau a marqué notre histoire de l'orée du XIXe siècle jusqu'à la mort, en 1903, d'Amédée, le dernier seigneur de Montebello.

Fils aîné du chef des patriotes de 1837, Louis-Joseph Papineau, Amédée n'a pas suivi les traces de son illustre père dans l'arène politique, même s'il partageait son sentiment de révolte contre la domination anglaise au Bas-Canada. À l'épée, il a préféré la plume.

Ses mémoires inédits et ses carnets intimes m'ont permis de reconstituer au jour le jour la trame d'une saga familiale riche en péripéties et en rebondissements. Au cœur de l'action qui nous est révélée, Louis-Joseph Papineau récolte sa moisson de gloire, avant de connaître des lendemains amers et d'être traité de lâche et de poltron par ses implacables adversaires. Puis, l'émotion gagne le diariste dont la famille est secouée par les querelles et accablée par les épreuves : folie de son frère Lactance, tentatives de suicide de sa sœur Azélie, alcoolisme de son fils héritier, mort du patriarche…

Pendant ses quatre-vingt-quatre ans de vie, Amédée Papineau a noirci quelque deux mille pages de son écriture nerveuse et fluide. Ce monument de papier fait de lui l'un des mémorialistes les plus prolifiques du XIXe siècle. Son *Journal d'un Fils de la Liberté*, qui relate la montée du sentiment de révolte au Bas-Canada et l'échec des rébellions de 1837-1838, l'a sorti de l'ombre. Sa description des patriotes éprouvés par la tragédie et baignant tantôt dans l'épouvante tantôt dans la torpeur est saisissante.

Nul doute, Amédée espérait poursuivre l'œuvre inachevée de son père et libérer son pays du joug anglais. Né trop tôt ou trop tard, le Fils de la Liberté d'avant la rébellion a dû, comme Papineau, prendre le chemin de l'exil, pour échapper à la prison ou à la potence. Au retour, rien dans la vie de l'un et de l'autre ne se passera comme prévu.

L'exceptionnelle saga des Papineau, je l'avais déjà constaté en écrivant *Le Roman de Julie Papineau*, est passionnante à raconter. Après avoir consacré mille pages à Julie et aux siens, je croyais naïvement tout savoir de cette dynastie. Ô combien je me trompais! Mes recherches plus récentes et les croisements que j'ai effectués entre les lettres d'Amédée, celles de son père Louis-Joseph Papineau et de sa mère Julie, ainsi que les recoupements avec les confidences de Lactance recueillies dans son journal, m'ont permis de rassembler de nouveaux éléments du puzzle. Certes, des zones grises subsistent et je n'ai pas la prétention d'avoir élucidé tous les secrets de famille. Plus d'une fois, j'aurais vendu mon âme au diable afin de mettre la main sur les lettres manquantes, celles que leurs descendants ont expurgées pour mieux camoufler les épisodes honteux, dont l'enquête judiciaire pour détournement de deniers publics compromettant Amédée.

Il m'a semblé pertinent de confier à l'écrivain de la famille le soin de nous relater le cheminement politique de Louis-Joseph Papineau, tel qu'il l'a saisi, notamment en ce qui concerne l'union du Bas et du Haut-Canada. Aussi, j'ai souhaité faire ressortir leurs profonds désaccords quant au rôle politique que son père devait ou non jouer à son retour d'exil.

Ce qui émeut, tout au long de cette histoire, c'est la complicité qui soude Papineau à son fils, en particulier au moment de joindre leurs efforts pour construire un manoir princier à la Petite-Nation. Il faut les voir ensuite se serrer les coudes pour sauvegarder leur domaine menacé par l'abolition du régime seigneurial. Le rêve d'un père obnubilé par ses idées de grandeur s'est réalisé. Hélas! Ce rêve ne survivra pas au décès de son fils Amédée.

L'historien et romancier français Max Gallo me disait un jour de sa biographie de Victor Hugo: «J'ai voulu casser la statue pour voir ce qui se cachait dedans.» Moi, j'ai voulu toucher l'âme d'Amédée. De fait, l'homme se dévoile dans ses écrits comme l'artiste sculpte son propre mausolée, c'est-à-dire en se donnant, ainsi qu'à son père, le beau rôle.

Pour démêler le vrai du faux, j'ai décortiqué les notes laissées par d'autres acteurs et témoins, confronté les versions divergentes des chercheurs, dépoussiéré les documents légaux et passé en revue les opinions des adversaires de Papineau, les Nelson, Cartier et LaFontaine.

À l'issue de cette aventure, je demeure troublée par l'étrange fin de vie d'Amédée, dont les aspirations se sont brisées en cours de route. Comme si les épreuves et les échecs avaient transformé le fragile mais confiant Fils de la Liberté d'hier en un homme amer. À croire qu'il a perdu ses repères à la mort de son héros, ce père qui l'avait guidé pendant cinquante ans et qui, au crépuscule de la vie, ne pouvait plus se passer de lui. Comble de malheur, sa chère Mary, la fille d'un riche banquier américain qu'il a aimée pendant presque un demi-siècle, disparaît brusquement peu après, le laissant seul avec ses démons.

Comment définir cette saga ? Certains diront que, sous certains aspects, l'ouvrage ressemble à un roman, tant la vie des Papineau nous tient en haleine. Une sorte de roman-vérité, puisqu'il s'appuie sur des sources historiques sûres, sans rien céder à l'imaginaire. D'autres y verront une biographie, le lecteur étant invité à suivre Amédée à la trace du berceau à la tombe. Quoi qu'il en soit, j'ai le sentiment d'avoir livré le récit authentique d'un témoin demeuré aux premières loges tout au long de son siècle.

En terminant ce mot, j'ai une pensée pour mon ami Georges Aubin. Avec sa femme Renée Blanchet, il a édité et annoté les écrits d'Amédée Papineau. J'ai pu puiser à volonté dans cette inestimable documentation. Me reviennent à l'esprit les innombrables discussions, parfois corsées, que j'ai eues avec lui à propos des personnages de cette saga devenus au fil du temps comme nos proches parents. Malgré nos divergences d'interprétation et notre désir irrépressible de convaincre l'autre, notre amitié a survécu et notre enthousiasme pour ce pan de l'histoire du Québec demeure intact.

Je n'ambitionne pas d'avoir tout dit et, j'en suis convaincue, l'illustre dynastie Papineau continuera longtemps à faire couler de l'encre.

Famille Papineau

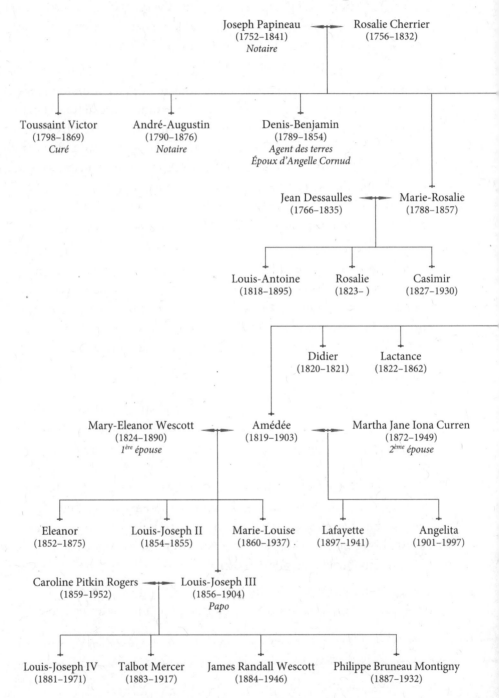

Joseph Papineau (1752–1841) *Notaire* — Rosalie Cherrier (1756–1832)

Toussaint Victor (1798–1869) *Curé*

André-Augustin (1790–1876) *Notaire*

Denis-Benjamin (1789–1854) *Agent des terres* *Époux d'Angelle Cornud*

Jean Dessaulles (1766–1835) — Marie-Rosalie (1788–1857)

Louis-Antoine (1818–1895)

Rosalie (1823–)

Casimir (1827–1930)

Didier (1820–1821)

Lactance (1822–1862)

Mary-Eleanor Wescott (1824–1890) *1ère épouse* — Amédée (1819–1903) — Martha Jane Iona Curren (1872–1949) *2ème épouse*

Eleanor (1852–1875)

Louis-Joseph II (1854–1855)

Marie-Louise (1860–1937) .

Lafayette (1897–1941)

Angelita (1901–1997)

Caroline Pitkin Rogers (1859–1952) — Louis-Joseph III (1856–1904) *Papo*

Louis-Joseph IV (1881–1971)

Talbot Mercer (1883–1917)

James Randall Wescott (1884–1946)

Philippe Bruneau Montigny (1887–1932)

Famille Bruneau

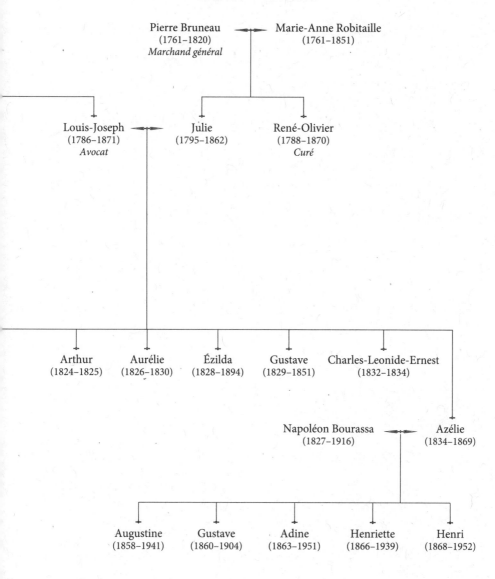

Pierre Bruneau
(1761–1820)
Marchand général

Marie-Anne Robitaille
(1761–1851)

Louis-Joseph
(1786–1871)
Avocat

Julie
(1795–1862)

René-Olivier
(1788–1870)
Curé

Arthur
(1824–1825)

Aurélie
(1826–1830)

Ézilda
(1828–1894)

Gustave
(1829–1851)

Charles-Leonide-Ernest
(1832–1834)

Napoléon Bourassa
(1827–1916)

Azélie
(1834–1869)

Augustine
(1858–1941)

Gustave
(1860–1904)

Adine
(1863–1951)

Henriette
(1866–1939)

Henri
(1868–1952)

1. LE FUGITIF
Décembre 1837

« Je me déguisai en écolier, capot bleu à rainures blanches, et mis tout ce que je voulais emporter de hardes et d'effets dans mon sac de voyage. »

Le brouillard obscurcit la route, on dirait une épaisse fumée qui s'échappe de nulle part. Bientôt, il fera nuit noire. Et cette bruine glaciale qui ne cesse de tomber! Amédée Papineau a peur, il a faim, il grelotte.

À dix-huit ans, le jeune patriote fuit son pays en pleine rébellion. Commencée à Montréal, sa course parsemée d'embûches se terminera aux États-Unis, si Dieu lui prête vie jusqu'à la frontière. La charrette qui l'emmène en exil avance à tâtons sur le chemin boueux, zigzague pour éviter les trous, se faufile entre les branchages et les arbres couchés au sol.

Misère! C'est bien ce que lâche son grand-père Joseph Papineau quand le découragement s'empare de lui. Un obstacle n'attend pas l'autre. À présent, Amédée doit traverser la rivière à pied, même si la mince couche de glace menace de céder. Le cheval se cabre. Amédée le détele, pendant que son compagnon d'infortune, Joël Prince, pose des madriers sur les bordages. La bête regimbe, mais finit par passer. La glace craque sous leur poids. Après, l'un des deux fuyards refera le chemin à l'envers pour aller chercher la voiture. Des vers de Lamartine, son poète préféré, reviennent à la mémoire d'Amédée. Ils sont tirés de *La Mort de Socrate*:

> *« Ainsi l'homme exilé du champ de ses aïeux,*
> *Part avant que l'aurore ait éclairé les cieux. »*

Transis de froid, les deux ex-étudiants du Séminaire de Saint-Hyacinthe frappent à la porte d'une chaumière. On les laisse sécher leurs hardes et avaler une bouchée. Un vent furieux souffle. Pourvu qu'il n'emporte pas le toit de la maison, pense Amédée en se couchant. Il n'arrive pas à se détendre. La nuit sera courte, car son confrère juge plus sage de reprendre la route avant le lever du jour. Il acquiesce. Nouveau pépin dans la matinée : devant le village des sauvages abénaquis de Saint-François, les passeurs refusent de les faire traverser. Toujours cette foutue glace prête à fendre! Il faut parlementer longuement. À la fin, les hommes cèdent en grommelant, mais en cas d'accident, ils ne se tiendront pas responsables.

Amédée s'accroche à l'espoir. C'est sa deuxième tentative pour gagner l'exil. La première fois, déguisé en paysan – pantalon et veste en étoffe du pays, souliers de bœuf, tuque bleue –, il avait rapidement regagné sa cache dans la cave du manoir de sa tante Rosalie Dessaulles, à Saint-Hyacinthe, tant les routes étaient infestées de miliciens et de volontaires loyalistes. Cette fois, il suit un plan conçu par le directeur du séminaire, l'abbé Prince, et nettement mieux ficelé. « Je me déguisai en écolier, capot bleu à rainures blanches, et mis tout ce que je voulais emporter de hardes et d'effets dans mon sac de voyage. »

C'est donc dans cet habit un peu défraîchi de collégien qu'il se présente aux aubergistes comme Joseph Parent, étudiant en route pour les États-Unis où son père l'envoie apprendre l'anglais. S'il feint l'insouciance devant les gens qu'il ne connaît pas, surtout ceux qui l'accablent de questions, il n'en mène pas large à l'intérieur. Les cheveux ébouriffés, l'œil hagard, il ressemble à un animal traqué, épiant le moindre bruit suspect. Il n'a plus rien du jeune blanc-bec qui, hier encore, fourbissait les armes pour défendre son pays menacé. Où est passé le courageux Fils de la Liberté, si fanfaron, si arrogant? Il ne pavoise plus, tant s'en faut.

Au bout de deux jours de cette course éprouvante vers la frontière américaine, il fait ses adieux à son ami Joël, qu'il laisse dans sa famille à Saint-Grégoire. Désormais, il voyage en solitaire. Encore heureux qu'il puisse compter sur le fils de l'aubergiste pour le guider. Ce dernier lui prête une voiture bringuebalante dont il faut changer les roues, puis les graisser, avant le départ. Assis sur une botte de foin, Amédée fait le guet. Les sympathisants loyalistes débouchent de partout. Il n'ose plus frapper aux portes des maisons de ferme pour se réchauffer, de peur de tomber sur l'un d'entre eux.

Kingsey, Sheldon, Melbourne et Sherbrooke. La route est longue et périlleuse! Les montagnes élevées enserrent la vallée profonde. Ici des rochers, là une rivière couverte de glaces flottantes. Et partout, des gardes armés. Plus Amédée se rapproche de la frontière, plus la panique s'empare de lui. À Lennoxville, la vieille voiture lâche. Impossible d'en trouver une autre, il devra se contenter d'une traîne sauvage tirée par un mauvais cheval. De peine et de misère, il réussit à atteindre avant la brunante le dernier village avant Stanstead. L'auberge est remplie de volontaires loyalistes qui, après avoir chanté le *God Save the Queen*, descendent à la buvette. Leur bruyant chahut d'ivrognes résonne dans toute la maison. Ils boivent à la santé de la reine Victoria et… à l'extermination de tous les rebelles comme lui. Amédée renonce à se présenter à table pour souper. Tant pis si ses provisions diminuent à vue d'œil. Terré dans sa chambre, il se contente de ce qu'il puise dans son maigre havresac.

Cette nuit-là, autant dire qu'il ne ferme pas l'œil. À trois heures du matin, il secoue son guide et l'envoie atteler le cheval. Le jour n'est pas encore levé qu'il s'installe dans la traîne sauvage en prenant soin de couvrir sa canne-épée de paille et de mettre au fond de la poche d'avoine ses pistolets, ceux que portait Louis-Joseph Papineau, son cher père, pendant la guerre de 1812. Entre les semelles de sa botte et sa surbottine de drap, il glisse son carnet de notes, une carte routière et une lettre de change. Tout cela à l'insu de son guide, dont il se méfie. À croire qu'il voit des espions partout! Passé neuf heures, il arrive à Stanstead. Un mille encore et il franchira la frontière.

Brusquement, une dizaine d'individus d'allure louche encerclent sa traîne.

«Halte-là! Où allez-vous?

— À Derby, au Vermont.

— Suivez-nous.»

Les hommes ne sourient pas, n'engagent pas la conversation avec lui. Ils l'entraînent à l'hôtel, juste en face, dans une pièce où des fonctionnaires locaux peu rassurants le questionnent. Depuis le début des troubles, on ne laisse pas une seule âme traverser au Vermont sans vérifier ses papiers et le fouiller. Le plus zélé des interrogateurs note ses réponses dans un grand cahier. Soudain, le visage méchant, il pointe du doigt la proclamation épinglée au mur. Elle annonce qu'un montant de 4000 piastres serait remis à quiconque livrerait Louis-Joseph Papineau, le chef des rebelles. Amédée accuse le choc sans perdre son sang-froid. Il se dirige vers la fenêtre et fait remarquer aux magistrats que la neige tombe dru. Candidement, il ajoute, comme si la température le préoccupait plus que leurs questions :

« Pourvu que la tempête ne retarde pas mon voyage. »

L'interrogateur lui demande d'ouvrir son sac et examine ses effets personnels. À l'évidence, il cherche des dépêches. Rien n'est laissé au hasard. On tâte même la doublure de son capot et les poches de ses habits. Pendant ce temps, dans la pièce d'à côté, son guide, tremblant comme une feuille, subit lui aussi le supplice de la question. Amédée ne se tourmente pas outre mesure. Le garçon ne sait pas qu'il est le fils du rebelle le plus recherché, celui dont la tête est mise à prix. Ni qu'il est lui-même pourchassé comme plusieurs de ses amis des Fils de la Liberté, ces jeunes patriotes bien décidés à sauver leur patrie du joug anglais.

Au bout d'une demi-heure d'un interrogatoire serré, les fonctionnaires lui remettent un certificat dûment signé, rédigé en anglais, confirmant que Joseph Parent, de Québec, a été examiné à Stanstead Plain, le 9 décembre 1837. Il peut poursuivre son voyage.

Sans se presser, il se dirige vers sa traîne sauvage, flanqué de son guide. La voiture traverse le village au pas. Une fois Stanstead derrière eux, le garçon lâche :

« Si j'avais su ça, je s'rais jamais v'nu, pour sûr… »

La frontière du Vermont traversée sans encombre, Amédée se découvre et, solennellement, salue bien bas de son couvre-chef la terre de liberté qui l'accueille. Ses faux papiers ne l'ont pas perdu, il n'a pas été démasqué. Désormais, il peut voyager comme un homme libre, il jouit de la protection de l'aigle américain.

Manque de chance, le *stagecoach* qui va à Burlington, où se regroupent les exilés canadiens, ne passe que le surlendemain. À l'auberge de Derby, le jeune patriote tue le temps en lisant les gazettes du Canada. Puis, il tire de son sac les feuilles froissées qu'il traîne avec lui depuis son départ et sur lesquelles il a griffonné ses impressions pour conjurer l'angoisse au jour le jour. L'envie de relater les poignantes péripéties de sa fuite le dévore.

◆─◆─◆

Son cauchemar a commencé à la mi-novembre. Le gouvernement anglais venait de rejeter toutes les demandes de réforme et d'autonomie des Canadiens connues sous le nom de «Quatre-vingt-douze résolutions». Rejet qui avait déclenché leur juste colère. Amédée en avait conclu qu'à Londres, les autorités coloniales s'étaient servies de ce prétexte pour écraser le mouvement patriote, voire l'anéantir. Passant aux actes, le gouverneur anglais Archibald Acheson, comte de Gosford, avait aussitôt lancé des mandats d'arrêt contre leurs chefs, sous le fallacieux prétexte qu'ils fomentaient des troubles. Le nom de son père, Louis-Joseph Papineau, alors l'orateur de la Chambre d'assemblée et l'homme politique le plus admiré de son temps, figurait en tête de liste. Il avait dû fuir. Dieu seul savait où il se cachait. Quand plusieurs des compagnons d'Amédée, de jeunes et ardents Fils de la Liberté comme lui, avaient été écroués en pleine nuit, il avait pris ses jambes à son cou, de peur de se retrouver avec eux derrière les barreaux.

À Derby, en attendant le *stagecoach*, il laisse sa plume bien affûtée courir nerveusement sur le papier. Il veut expliquer comment ses compatriotes, des gens pacifiques, en sont venus à s'armer – de pauvres fusils de chasse et de vieux mousquets datant de la Conquête – pour se défendre contre leurs assaillants, des Habits rouges armés jusqu'aux dents. De fil en aiguille, il remonte le temps jusqu'à son grand-père Joseph Papineau, député au Parlement canadien en 1792. Plus loin encore, car il compte raconter toute l'histoire de sa patrie.

Amédée l'ignore, mais, ce faisant, il pose les jalons de l'œuvre de sa vie. Son *Journal d'un Fils de la Liberté* révélera une existence ponctuée d'épreuves familiales et de décennies de tragédies collectives qu'il relatera jusque dans les plus obscurs détails.

À dix-huit ans, sa voie lui semble soudainement toute tracée et il a confiance en sa bonne étoile. Sa grand-mère maternelle ne lui a-t-elle pas répété cent fois qu'il était doué pour le bonheur, puisque né coiffé ? À sa naissance, elle avait remarqué sur sa tête la partie de la membrane de la poche des eaux, un signe qui ne trompe pas. Il ne sera pas un argotier, le mot est de lui, encore moins paperassier, des « états » qui lui répugnent. Il se voit plutôt journaliste, écrivain et surtout homme d'État, comme son grand-père et son père. Pendant ses études classiques – ses humanités –, il a dévoré les journaux et usé ses yeux de myope à décoder Montesquieu et Rousseau. Chez lui, rue Bonsecours, devant un feu de cheminée, il a écouté Joseph Papineau lui raconter ses croisades du siècle dernier, en particulier sa lutte acharnée contre l'abolition de la langue française en Chambre. Aussi souvent que possible, il a accompagné son père – son mentor, son héros – dans ses déplacements politiques. Les témoignages de l'un et de l'autre ne doivent pas se perdre à tout jamais.

Qui mieux que lui pourrait raconter l'histoire récente de son pays ? Il répond : « Ma propre position durant ces événements, celle qu'occupait mon père parmi les hommes publics de mon pays, et par suite mes relations avec un grand nombre des acteurs dans ces scènes me placent dans le cas de pouvoir rassembler une foule de détails qui, plus tard, seront très intéressants et pourront servir à l'historien. »

Finalement, Amédée ne suivra pas les traces de son père, ni celles de son grand-père. Il sera plutôt protonotaire, pamphlétaire et surtout mémorialiste, l'un des plus prolifiques de son temps.

En fait, il traversera son siècle une plume à la main. Pour l'instant, il a dix-huit ans et il s'attelle à la tâche.

2. RUE DU SANG
1832-1835

« Jusqu'alors, je n'avais été patriote que de nom... »

D'aussi loin qu'Amédée s'en souvienne, l'amour du pays a toujours été une affaire de famille chez les Papineau. Déjà, à treize ans, les débats publics le passionnent. Pensionnaire au Collège de Montréal, il défie le règlement et lit les journaux en cachette dans les toilettes. Puisqu'ils sont interdits entre les murs de l'établissement, il persuade ses amis externes de lui refiler discrètement *La Minerve* et il s'enferme... là où les dieux vont seuls.

« C'était un attentat énorme contre les règles du collège, se souvient-il, en sorte que j'étais obligé de me cacher pour les lire. Souvent, c'était là où l'odorat n'était guère satisfait, si l'esprit et le cœur l'étaient. »

Peut-être est-ce dans cette posture inconfortable qu'il suit au jour le jour le déroulement des élections partielles qui se tiennent à quelques rues du collège, dans le quartier ouest de Montréal. À cette époque, pour qu'un candidat soit déclaré vainqueur, une heure doit passer sans qu'un votant se soit présenté au bureau de scrutin. Le patriote Daniel Tracey, candidat du Parti canadien, et Stanley Bagg, un marchand d'origine américaine qui représente le Parti bureaucrate regroupant les loyaux, se mènent une lutte sans merci depuis une vingtaine de jours. Pour maintenir l'ordre, la Ville n'a rien trouvé de mieux que d'assermenter des connétables spéciaux, tous tories. Or ces fiers-à-bras (*bullies*) sympathiques à Bagg frappent les manifestants du camp de Tracey avec les bâtons qu'on leur a distribués. Le climat est tendu dans tout le faubourg.

Ce lundi 21 mai 1832, une journée maussade et pluvieuse, patriotes et bureaucrates font le pied de grue en face du bureau de vote installé à la place d'Armes, près de l'église. Au milieu de l'après-midi, un partisan du docteur Daniel Tracey reçoit un violent coup qui perce la soie de son parapluie. Fâché, il menace son assaillant de lui crever les yeux. L'affaire vire à la bagarre. Les juges de paix appellent l'armée à l'aide. Une cinquantaine de soldats du 15e Régiment d'infanterie commandé par le lieutenant-colonel Alexander Fisher MacIntosh et le capitaine Temple prennent position devant l'église Notre-Dame. Le calme se rétablit, mais le magistrat n'en lit pas moins la *Loi des émeutes* (*Riot Act*). Autrement dit, il déclare la loi martiale.

À cinq heures, le décompte indique une faible avance de trois voix pour le candidat patriote, ce qui déclenche une explosion de joie parmi ses partisans qui le raccompagnent chez lui au Faubourg Saint-Antoine. Rue Saint-Jacques, les connétables armés les pourchassent. S'ensuit un feu nourri de pierres de part et d'autre. Un magistrat crie « *Fire! Fire!* » et l'armée tire sur les patriotes. Trois d'entre eux tombent sous les balles, cependant qu'une dizaine d'autres sont blessés.

Papineau se rend à la place d'Armes pour enquêter. Avec lui, le nouveau député de Richelieu, Clément-Charles Sabrevois de Bleury, interroge Alexander MacIntosh :

« Colonel, permettez-moi de vous demander sur ordre de qui les troupes ont tiré sur le peuple ? »

Le colonel donne d'abord l'impression qu'il va répondre à la question à condition qu'on éloigne les badauds rassemblés autour d'eux. Mais une fois seul avec les deux parlementaires, il dit simplement :

« *Gentlemen, I will not answer but to superior military authority.* »

Papineau se retire fort mécontent. Des militaires font courir le bruit calomnieux qu'il s'est rendu chez MacIntosh, lui a parlé grossièrement et que ce dernier a été forcé de le mettre à la porte. Les gazettes bureaucrates leur emboîtent le pas. Au contraire, *La Minerve* du lendemain, celle qu'Amédée a entre les mains, présente la scène comme le massacre de paisibles citoyens par une troupe imbibée d'alcool. Le journal rapporte que les partisans de Bagg riaient et se félicitaient en regardant les cadavres. « Dommage qu'il n'y en ait pas plus », se désolaient-ils.

Le souvenir amer qu'Amédée gardera de la tragédie tient en peu de mots : « Une élection violemment contestée se termina le 21 mai par une fusillade du peuple par la soldatesque, sous les ordres des magistrats partisans violents. »

Dès lors, on ne parle plus de la rue Saint-Jacques, mais bien de la rue du Sang. *La Minerve* du 24 mai lance un vibrant appel : *N'oublions jamais le massacre de nos frères ; que tous les Canadiens transmettent de père en fils jusqu'aux générations futures les plus éloignées, les scènes du 21 de ce mois ; que les noms des pervers qui ont tramé, conseillé et exécuté cet attentat soient inscrits dans nos annales...*

Montréal est en deuil. Papineau assiste à l'autopsie des trois victimes et réclame l'arrestation des magistrats fautifs, notamment l'officier qui commandait la troupe meurtrière. Il demande au gouverneur Aylmer de venir à Montréal s'occuper personnellement de l'affaire. Celui-ci refuse.

« Sa faiblesse innée le livre aux méchants, pense le chef patriote, furieux. Il se renferme dans son château. »

L'enquête du coroner traîne et le procès qui se tient ensuite à Québec est marqué d'irrégularités que dénonce Papineau en Chambre.

Amédée veut tout connaître de ce qui se trame dans la capitale. Les jours de congé, il demande à sa mère de lui lire les lettres de son père. Parfois, il a les yeux pleins d'eau. Sans doute pense-t-il, à l'instar de Julie, qu'il y a peu d'hommes comme Papineau, « parfaitement désintéressés, prêts à sacrifier en toutes occasions leurs intérêts à ceux du public, comme c'est le devoir d'un homme politique ».

Il ne tolère pas qu'on le critique, encore moins qu'on l'insulte. Pour ne pas le décevoir, il s'applique en classe, même si la fusillade du 21 mai le passionne plus que le latin ou le grec. Ses efforts sont récompensés par de bonnes notes.

« J'ai été le neuvième cette semaine dans ma classe », écrit-il à son père, avant d'ajouter affectueusement : « Adieu, mon cher papa. Je suis votre soumis et affectionné fils. A. Papineau. »

À l'issue du procès, le jury de vingt-quatre membres acquitte MacIntosh et Temple. Les journaux rapportent que le gouverneur Aylmer a complimenté les meurtriers. Libéré et blanc comme neige, MacIntosh rentre en Angleterre où, raconte Amédée, il sera fait chevalier du «très honorable Ordre du Bain» par notre «gracieux souverain».

Ce crime demeuré impuni marque le début de la véritable politisation d'Amédée.

«Jusqu'alors, je n'avais été patriote que de nom, précise-t-il. Je savais à peine ce que ce mot voulait dire : j'étais patriote probablement parce que mes parents l'étaient. Depuis le meurtre atroce du 21 mai, j'ai suivi de près les affaires de mon pays, autant qu'il a été en mon pouvoir de le faire.»

⸺⸻⸺

L'automne suivant, son frère Lactance le rejoint au collège, situé rue McGill. Nouvellement promu membre de la bande des malheureux pensionnaires, le pauvre est soumis, comme son aîné, aux règles strictes des Sulpiciens. Julie, qui leur rend visite au parloir, constate que ses enfants ne se fatiguent pas à l'étude. Comment les ramener à de meilleures intentions ?

«Il serait impardonnable qu'ils ne soient pas instruits avec tous les moyens qu'ils ont», plaide-t-elle auprès de Papineau.

Ce dernier ne pense pas autrement. Combien de jeunes aussi talentueux qu'eux sont trop pauvres pour fréquenter le collège ? Que ses fils s'ennuient et qu'ils détestent leur statut de pensionnaire, il peut l'admettre, car il a vécu la même situation autrefois. Il n'empêche qu'à leur âge, il s'appliquait.

«J'aimais plus les livres et moins le jeu et la course qu'ils ne les aiment, répond-il à Julie. Néanmoins, je comprends que je n'aurais pas aussi bien étudié externe que pensionnaire. Je me plaignais alors, je remercie aujourd'hui mon père du courage qu'il a eu de me retenir malgré moi au séminaire.»

Si seulement ses garçons recherchaient la conversation de Cicéron et Plutarque, plutôt que celle de petits camarades que l'on entend dire mille mauvaises choses !

Hélas ! Il a peu de temps à leur consacrer. À Québec, il est de tous les débats. Ses journées n'ont jamais été aussi remplies. Il mange à toute vitesse et abrège ses nuits, passant le plus clair de son temps à réclamer plus de pouvoirs politiques pour la Chambre d'assemblée. Il s'occupe sans relâche de l'épineuse question du vote des subsides. Les élus doivent contrôler les dépenses publiques, et non la métropole. Il dénonce aussi les sinécures des employés de l'État et s'oppose à la liste civile permanente qui permet à Londres de fixer les salaires des juges et des fonctionnaires.

Sur ce point, Amédée prend fait et cause pour son père. Il accuse le gouvernement colonial et ses sbires de privilégier les loyalistes américains et les colons anglais au détriment des Canadiens :

« Les neuf dixièmes de la population sont d'origine française et ils n'obtiennent pas le dixième des fonctions et émoluments publics, explique-t-il dans ses mémoires. Les conquérants se partagent nos dépouilles, nous méprisent et nous insultent. »

Fins stratèges, le gouverneur et ses acolytes masquent hypocritement les abus pendant les crises. Aussitôt après, l'oppression reprend de plus belle. Dire que cette moquerie de gouvernement calquée sur la Constitution britannique est censée être la plus libre au monde !

Dans ses notes personnelles, le fils emprunte les formules du père. Pour mettre fin à ce régime bâtard qui provoque des fusillades comme celle du 21 mai 1832, en plus d'échauffer les esprits les mieux intentionnés, la Chambre d'assemblée dirigée par Papineau vote les 92 résolutions, le 21 février 1834. Inspiré de la Déclaration des droits rédigée aux États-Unis en 1791, ce cahier de doléances rassemble les principaux griefs des Canadiens, notamment la sous-représentation de la majorité française au sein de l'administration provinciale et la domination politique et économique des Britanniques au Bas-Canada. À l'issue d'une semaine de débat, le peuple se prononce en faveur du réquisitoire. Partout, on appuie ces requêtes et on se prépare à élire un nouveau Parlement. Une pétition de plus de cent mille signatures dénonçant les monopoles anglais sur les importations de thé, de café, de tabac et d'autres denrées est expédiée à Londres. Amédée se laisse porter par l'enthousiasme collectif. Naturellement, le succès rejaillit sur son père, le principal auteur des 92 résolutions, qui constituent ni plus ni moins le programme du Parti patriote.

Tout le pays d'ailleurs vibre au patriotisme. Le 24 juin 1834, le directeur de *La Minerve*, Ludger Duvernay, organise la première fête nationale. En choisissant le jour de la Saint-Jean-Baptiste, il renoue avec une vieille tradition du début de la colonie. Le banquet réunit une soixantaine de notables, sous la présidence du maire Jacques Viger. Le journal patriote souligne la présence de « l'honorable Louis-Joseph, Orateur de la Chambre d'assemblée, habile et zélé défenseur des droits du Peuple ».

Le vote des 92 résolutions constitue une victoire, certes, mais celle-ci donne lieu à la résurgence de la violence à Montréal. Les Papineau ne seront pas épargnés.

Rue Bonsecours, les soirées se déroulent habituellement dans la gaieté. Parfois, les discussions autour de la table sont aussi arrosées que corsées. Surtout en novembre, quand s'ouvre la saison des huîtres. Des goélettes de l'île Saint-Jean, du Cap-Breton et de la baie des Chaleurs arrivent avec leurs cargaisons de bivalves. Et alors commencent les fameux soupers d'huîtres. Sur la nappe trônent des plateaux d'étain regorgeant de mollusques, des bouteilles de vin français et des carafes de vin espagnol ou portugais. Chaque convive enfonce son couteau-poignard dans la coquille, cependant qu'au sol, les écailles atterrissent dans des cuvettes. Les huîtres pêchées dans l'océan qu'Amédée dégustera plus tard à New York ou à Baltimore ne sont en rien comparables à ces bivalves auxquels le long voyage depuis les Maritimes confère un fumet de maturité qui, se rappellera-t-il « portait les mangeurs à d'amples libations de nectar ». Plus la veillée se prolonge, plus les envolées lyriques deviennent grivoises. Les airs de la vieille France ont la cote, en particulier les chansons plus coquines du voisin Jacques Viger, qui se dit volontiers d'esprit voltairien.

Un soir de novembre 1834, pourtant, les rires cèdent à la panique dans l'imposante maison en pierre brute sise à petite distance de la chapelle Notre-Dame-de-Bonsecours. En congé, Amédée joue au whist en famille. Sur le coup de vingt et une heures, la sonnette d'entrée carillonne au beau milieu d'une partie particulièrement animée. Le docteur Robert Nelson entre en coup de vent. Sans prendre le temps de saluer à la ronde, il se précipite à l'étage en criant :

« Sauvez-vous, ils arrivent, ils sont ivres et furieux. Ils jurent qu'ils vont en finir avec Papineau. »

Le médecin court à la chambre à coucher de Julie, s'empare de la petite Azélie qui vient à peine de naître et repart aussi vite. Julie rassemble ses plus jeunes enfants et ordonne à ses servantes de la suivre chez le voisin. En sa qualité de maire, Jacques Viger ne devrait pas être inquiété. Elle s'y réfugiera jusqu'au lendemain.

Papineau refuse de quitter la maison. Si les manifestants s'y présentent, ils auront affaire à lui :

« Je les attends, menace-t-il froidement.

— Eh bien, père, enchaîne Amédée, si vous restez, je reste aussi. »

Sa version des événements ressemble à une histoire de cape et d'épée. Elle laisse poindre ses talents d'écrivain dramatique.

« Je cours à ma chambre, écrit-il dans son journal, je m'arme de pistolets et poignard et je reviens stationner dans la salle à manger. Père s'y promène de long en large. Cinq minutes à peine écoulées, que nous entendons cette voix terrible de l'émeute, ces mugissements qui s'approchent et vont croissant et grossissant comme les vagues de la mer se brisant sur les falaises. Voix terrible que j'ai plusieurs fois entendue et qui semble apporter la mort. »

Une bande d'Écossais réunis à la taverne English viennent effectivement de quitter l'établissement en vociférant à qui mieux mieux. À présent, ils débouchent rue Bonsecours. À l'intérieur de la maison, on éteint les lumières du salon par précaution. Le nez collé à la fenêtre, Amédée aperçoit la meute qui encercle la propriété, prête à en fracasser les carreaux. Soudain, un lourd silence enveloppe la place. Et alors, le meneur donne l'assaut.

« Puis, raconte Amédée, les coups de pierre, de bâtons, de haches même retentirent sur toute la façade de la maison. La porte, solide et barricadée à la hâte, semblait céder sous les coups. Je me jette dans l'escalier, après avoir fermé derrière moi la porte de la salle où marchait père d'un pas ferme, sa figure altière et commandante qui aurait pu en imposer à un ennemi sobre, ou noble, mais pas à une populace enivrée. »

Sans doute inspiré par l'héroïsme de Madeleine de Verchères, dont il admire le fait d'armes depuis son jeune âge, il poursuit son récit :

« Je me disais : les deux coups de feu de mes pistolets dans l'obscurité leur feront croire à une garnison formidable, et ils n'oseront avancer. Mais, au pis aller, ils passeront sur mon corps avant d'atteindre mon cher père. Quelques minutes d'angoisse qui semblent une heure, et les coups cessent, ainsi que les cris. Je retourne à la fenêtre et je ne vois plus qu'une poignée d'hommes. La foule a disparu sur l'injonction de quelques magistrats amis et d'un officier militaire qu'ils ont été quérir et aussi, je pense, sur la rumeur que les patriotes se ralliaient et arrivaient au secours de leur chef. »

Au matin, Julie rentre chez elle avec les enfants. Les dégâts sont importants. Les persiennes et les châssis du rez-de-chaussée sont démolis et il faut engager des ouvriers pour les réparer. Ceux-ci en profitent pour convertir l'habitation en une véritable forteresse capable de résister aux pires assauts. À partir de cet incident, et jusqu'aux élections portant sur les 92 résolutions, des carabiniers sympathiques aux patriotes montent la garde devant la maison. Le 22 novembre 1834, Papineau et le Parti patriote font élire soixante-dix-sept des quatre-vingt-huit députés de l'Assemblée. Les bureaucrates, onze seulement.

———◦•◦———

Dans le sillage de la victoire de Papineau, l'effervescence patriotique se propage chez les jeunes. Au Collège de Montréal, les étudiants chantent l'air à la mode « *C'est la faute à Papineau* ». La chanson stigmatise le clergé dans son ensemble et en particulier les Sulpiciens, venus de France pour la plupart, ce qui n'est pas pour déplaire aux collégiens :

Si tous les maux nous sont venus
De tous ces gueux revêtus
Qui s'emparent des affaires
Intérieures, étrangères ;
Si tout s'en va-t-à vau-l'eau,
C'est la faute à Papineau.

Si le clergé canadien
Est redevenu chouayen,
Si le bill de la fabrique
A changé la politique
Du curé jusqu'au bedeau
C'est la faute à Papineau.

Si les Français Sulpiciens
Trahissent les Canadiens,
S'ils vendent à l'Angleterre
Tous les biens du Séminaire,
S'ils emportent le magot,
C'est la faute à Papineau.

Admiré ou critiqué, Papineau est l'homme de l'heure. Amédée s'en enorgueillit. Jamais il n'a autant senti son amour du pays et son désir de lui être utile ! Il est à la bonne école. Dans la famille, ça discute de politique du matin au soir. Grand-père Joseph commente les gazettes, Julie méprise la mollesse des députés et Papineau fustige ses adversaires tories du Parti bureaucrate. Les journaux rapportent ses discours et les réactions que provoquent ses prises de position.

Amédée ne reniera jamais ces années d'exaltation. Bien au contraire, il les assumera :

« J'avais entendu les hourras des tories, qui venaient en fureur, au milieu de la nuit, pour assassiner mon père dans cette douce maison Bonsecours, et je m'étais placé comme un rempart à son corps. J'étais alors tout feu, tout enthousiasme, plein de foi dans l'émancipation prochaine de la patrie et dans la vertu civique, dans le dévouement désintéressé de tous mes compatriotes. »

Imbu du stoïcisme des grands hommes de la Grèce et de Rome qu'on lui apprend à admirer au collège, il se voue tout entier au culte de la patrie.

« J'étais prêt à lui sacrifier la vie même. »

Nous sommes en 1834 et Amédée rédige, à quinze ans – il est né le 26 juillet 1819 –, ses tout premiers textes d'opinion dans *La Minerve* et le *Vindicator*, deux journaux sympathiques aux patriotes. Dès qu'il a du temps libre, il court à l'imprimerie de Ludger Duvernay pour corriger les épreuves. Difficile de dire avec certitude quels sont ses articles, puisque, à l'époque, les journalistes ne signent pas leurs écrits. Qu'importe, il se fait la main.

———

Au moment d'entreprendre sa rhétorique, dernière année avant la philosophie, Amédée réclame à ses parents la permission de s'inscrire comme externe. Il ne cache pas son ras-le-bol de ce dortoir mal ventilé où les pensionnaires sont tassés comme des sardines. Il se plaint aussi de la froideur des planchers recouverts de dalles glacées ; de l'unique lavabo dont le robinet distille l'eau au compte-goutte et qui dessert une trentaine de collégiens. Dans sa prison, les bains, même de pieds, semblent un luxe inconnu.

Le portrait qu'il trace de sa vie derrière une grille de fer ressemble à d'ennuyeuses jérémiades. Il bénéficie de l'appui de Lactance dont les lamentations sont aussi véhémentes. Il faut se lever à la noirceur pour aller à la messe dans la chapelle non chauffée. Au réfectoire, on mange dans de la vaisselle en étain, on garde la même serviette toute la semaine et on ne lave jamais les couteaux, fourchettes et cuillers. Les repas ? Une écuelle de café d'orge au déjeuner, avec une tranche de pain et une noix de beurre souvent rance. Le midi, la soupe est tolérable, même si le bœuf manque de goût. On a droit aux patates bouillies à volonté, mais pas au dessert. Enfin, pour souper, on sert… les restes du dîner. Les jours maigres, la morue salée remplace la viande.

Comme pour ajouter une pointe d'ironie grinçante à sa litanie, il conclut :

« Puis, afin d'aiguiser nos appétits, nous pouvions en dévorant notre pitance, contempler sur quatre tribunes élevées, dans notre salle de festin, les plats fumants et succulents du directeur et des principaux professeurs, servis en même temps que nous : potages, poissons, bouillis, rôtis, desserts et fruits, bouteille de vin. »

Ses parents cèdent à ses suppliques. Toutefois, la vie d'externe qu'il apprivoise n'a rien de la sinécure qu'il imaginait, surtout à la fin de l'automne quand, forcé de se lever à l'heure des poules, il patauge dans la boue avant le lever du soleil. Le règlement exige qu'il soit à genoux dans la chapelle du collège à sept heures et demie pile et il n'a d'autre choix que de s'y conformer.

Ses notes se ressentent de sa nouvelle liberté et Julie ne lui cache pas sa déception. Sans doute inquiet à l'idée d'être réexpédié derrière les barreaux, il lui promet de se ressaisir.

« Amédée a pris la résolution de mieux travailler, assure-t-elle à Papineau qui suit de loin la situation. Je lui ai fait valoir que son père a des soucis avec les affaires publiques et qu'il s'attend à cette consolation de son fils aîné. » De fait, Amédée se remet sérieusement au travail et a de meilleures places.

Côté discipline, cependant, c'est moins impressionnant et le directeur, monsieur Baile, l'a à l'œil. Pendant la retraite, au beau milieu d'un sermon consacré aux feux de l'enfer et à l'ombre de Satan qui plane sur les pécheurs, l'étudiant ne peut réprimer un fou rire. Malheur ! le directeur l'interpelle de sa voix caverneuse :

« Monsieur Papineau, vous riez des choses saintes ? Hélas ! je crains bien qu'un jour, vous ne soyez le porte-étendard de l'impiété ! »

Ses amis se moquent copieusement de lui :

« Prends garde, Papineau, monsieur Baile est un saint homme. Il pourrait bien être prophète aussi. »

À tort ou à raison, Amédée a l'impression que ses professeurs cherchent un prétexte pour se débarrasser de lui. Ils ne digèrent pas qu'il ait protesté dans les journaux contre le sacro-saint « droit divin des rois » si cher aux Sulpiciens qu'il appelle dérisoirement… « supliciens ».

Ses intuitions ne sont peut-être pas fausses. Pendant les examens de fin d'année 1835, il se sent épié, surveillé. On le blâme pour un mauvais coup dont il a vite oublié la nature. Il aurait apparemment été attrapé à jaser pendant l'étude avec deux ou trois camarades. Monsieur Baile les condamne à «recevoir un remède contre la démangeaison de la langue». Tandis qu'un des coupables subit le fouet, Amédée prend ses jambes à son cou, bousculant au passage des étudiants qui jouent dans le corridor. Il évite de justesse le cerbère chargé de garder l'entrée et file à vive allure jusqu'à la rue Bonsecours.

À seize ans, il est hors de question qu'un ecclésiastique lève son fouet sur lui, déclare-t-il à ses parents :

«C'est un outrage pour un grand, un rhétoricien par-dessus le marché, de se soumettre à une discipline, même des mains nobles et sacrées d'un directeur en chef.»

Contre toute attente, ceux-ci l'approuvent. Papineau serait malvenu de lui donner tort. Au même âge, il a lui aussi claqué la porte du même collège tenu par les Sulpiciens. De toute façon, l'année scolaire est presque terminée. Amédée n'y remettra les pieds que pour assister à la distribution des prix. Il s'attend à d'excellents résultats et ne boude pas son plaisir. Accueilli froidement dans la grande salle, il poireaute tout au long de la cérémonie. À aucun moment son nom n'est appelé. Désappointé, il quitte son siège avant la fin de la remise des récompenses. Sur le chemin du retour, il croise un étudiant qui lui tend un colis adressé à «Monsieur Amédée Papineau, rue Bonsecours». Il a remporté deux prix, l'un de version latine et l'autre de composition française. Dépité d'avoir été exclu des honneurs pourtant mérités, il a envie de les jeter au feu.

Seule bonne nouvelle, il quitte ces messieurs de Saint-Sulpice pour aller poursuivre ses études au Séminaire de Saint-Hyacinthe, où les professeurs sont sympathiques à Papineau et au Parti patriote. À peine arrivé, Amédée se sent en terrain ami. Il s'en souviendra :

«Ici, on nous inculquait l'amour de la patrie, nous avions accès aux journaux et, pendant les repas, nous entendions lire l'histoire de la résurrection de la Grèce.»

Tout un changement avec la vie des saints qui lui écorchait les oreilles au Collège de Montréal. L'esprit national, si rigoureusement exclu du cloître montréalais, pénètre à Saint-Hyacinthe avec l'assentiment des professeurs canadiens et non plus français. La philosophie le passionne. Il s'applique à l'étude de la pensée de Socrate et de Saint-Thomas.

L'insatiable lecteur qu'il sera toute sa vie se découvre alors une passion pour l'histoire et les lettres.

3. RUMEUR DE GUERRE CIVILE
1835-1836

« Pardonnez-moi si je vous donne presque un conseil, mais mon amour me dit que vous ne serez pas en sûreté à Montréal. »

L'hiver est particulièrement froid, contrairement au climat politique qui s'enflamme un peu plus chaque jour. À Québec, c'est toujours l'impasse. Le départ du gouverneur, lord Matthew Whitworth-Aylmer, que le journal *Le Canadien* a baptisé « l'autocrate du château Saint-Louis », n'a fait pleurer personne. Amédée note qu'avant de partir, le vice-roi n'a pas manqué de récompenser ses créatures en leur distribuant des sinécures.

Son remplaçant, Archibald Acheson, comte de Gosford, est chargé d'enquêter sur les problèmes du Bas-Canada. Réputé plus conciliant que son prédécesseur, il ne suscite guère d'enthousiasme, du moins pendant les premiers mois de son mandat. Certes, il donne parfois la préséance au français sur l'anglais dans ses rapports avec les députés, mais comme le dit Julie, il ne faudrait pas que ces petites faveurs endorment les Canadiens. Amédée ne croit pas davantage aux déclarations d'amour du gouverneur qui serine : « J'aime les Canadiens, je veux leur bonheur. » Si Gosford consent à de modestes réformes, c'est uniquement dans le but d'obtenir que les élus votent les subsides. Or le Parti canadien refuse de le faire tant et aussi longtemps que ses récriminations n'auront pas été entendues.

De fait, les bonnes intentions et les pâles concessions du vice-roi n'empêchent pas la violence de se propager dans les rues de Montréal.

Rue Bonsecours, les manifestants s'en donnent à cœur joie. Le bruit court que les tories recrutent des *bullies* à l'hôtel Nelson le jour de la paie. Le 7 janvier, le charivari est tel sous les fenêtres des Papineau que Julie se barricade pour échapper aux brigands. La faiblesse et le laisser-faire du nouveau représentant de Londres encouragent les fauteurs de trouble, pense-t-elle. C'est une honte de voir un gouverneur trop mou pour punir les coupables.

Elle n'a pas tort. Une formation paramilitaire de huit cents carabiniers cherche les affrontements avec les patriotes dont les nerfs sont tout aussi exacerbés. Cela devient franchement inquiétant, particulièrement les samedis soir. Afin de rassurer Papineau qui, à Québec, se fait du souci pour les siens, Julie affirme que les cris, les menaces et les sifflements de cette canaille l'indignent plus qu'ils lui font peur. Que son mari ne s'inquiète pas, leurs bons amis l'avertiront s'il y a péril en la demeure, et alors, il sera toujours temps d'emmener les enfants chez son frère à Verchères.

Julie a beau crâner, dans son for intérieur, elle craint une guerre civile. Papineau n'est pas dupe. Redoutant lui aussi une effusion de sang, il sollicite une entrevue avec lord Gosford. Celui-ci lui donne l'assurance que la paix n'est pas menacée. Il a ordonné la dissolution des carabiniers volontaires et pense ainsi avoir réglé le problème. Au contraire, ces derniers, faisant fi de sa proclamation royale, annoncent peu après qu'ils continueront de s'organiser dans le but d'écraser « ces chiens de Français ». De fait, ils poursuivent leurs activités sous le nom de Doric Club.

Devant l'inéluctable, Papineau revient à la charge et demande à Julie de mettre sa famille en sécurité à Verchères :

« J'aimerais mieux tous les malheurs imaginables pour moi et mes propriétés que de savoir exposés ma femme et mes enfants. »

Celle-ci le croit plus menacé qu'elle et le supplie de ne pas sortir le soir sans escorte :

« Ce que je trouve de pis à supporter, c'est le danger continu où je te vois. Au moins, quand je te serai réunie, il me semble qu'ensemble, nous courrons moins de risques. »

Pendant ce temps, à Saint-Hyacinthe, Amédée suit dans les journaux la progression de la violence. De passage à Montréal pendant les vacances des fêtes, il voit les bureaucrates défiler en sifflant dans la rue Bonsecours. Il y a de la poudre dans l'air et le maire Viger traverse chez ses voisins pour leur demander si tout va bien. Impuissant à convaincre sa mère de quitter la ville, Amédée se tourne vers Papineau, dont la sécurité n'est pas davantage assurée :

« Les constitutionnels font de grandes menaces, lui écrit-il. Et vous savez bien que maman ne consentira jamais à se retirer à la campagne sans vous. De sorte que ce serait vous trop exposer que de rester à Montréal. » Osera-t-il le rappeler à ses devoirs ? Il ose : « La patrie a besoin de vous plus que jamais, vous avez une épouse, des enfants. Je vous en conjure donc, cher papa, venez à Maska immédiatement après la session, et maman vous y rejoindra avec les enfants. »

Sans doute surpris de son audace, Amédée ajoute quelques recommandations pratiques :

« Pardonnez-moi si je vous donne presque un conseil, mais mon amour me dit que vous ne serez pas en sûreté à Montréal. » Toutefois, si Papineau juge que son devoir l'y appelle, au moins il devra prendre des précautions : « Ne sortez pas le soir, faites garder la maison, et employez tels moyens que vous croirez propres à votre sûreté. »

Un mois passe et Papineau n'a toujours pas répondu à sa lettre. C'est de mauvais augure, pense Amédée. Et Julie lui a promis de venir le voir à Maska dès l'ouverture de la navigation. Le fera-t-elle ?

<hr />

Naturellement, Papineau préférerait qu'Amédée se consacre pleinement à ses études, plutôt que de se laisser distraire par l'actualité politique. Il ne manque pas de le féliciter lorsque ses professeurs sont contents de lui, et il le gronde s'il le soupçonne de paresse ou de relâchement. Rien ne le désole comme la faiblesse de caractère.

Son fils aîné a pris l'habitude de lui soumettre ses écrits. Papineau apprécie les positions tranchées, même s'il trouve les sentiments exprimés « un peu trop prononcés pour un âge où un doute sied bien ». Un jour, Amédée marchera dans ses pas et il devra en assumer la responsabilité. Au beau milieu de la tourmente, en bon père, il lui prêche quelques vérités :

« Quiconque est Canadien éclairé sera appelé à des épreuves des plus difficiles », lui dit-il en lui rappelant que le Bas-Canada est une colonie française isolée au milieu de colonies toutes anglaises et quinze fois plus peuplées. « La Providence voudra-t-elle employer des moyens lents et paisibles pour que nous atteignions une égalité politique entière avec ceux qui nous entourent, et à qui la diversité d'origine et de langage inspire les plus faux préjugés, les plus cruelles antipathies contre nous ? demande-t-il. Ou bien est-ce au milieu de scènes de violence que doit périr ou triompher notre nationalité ? »

Au sein de leur famille, son père Joseph et lui-même ont subi dans l'arène politique les calomnies et repoussé bien des dangers. Leur plus grand réconfort, rappelle-t-il à Amédée, sera de savoir qu'ils ont donné à la patrie des enfants qui seront des citoyens sans peur et sans reproche.

« Aimer son pays est le plus saint des devoirs, aimer sa famille la plus douce des consolations. »

Papineau lui recommande de bien maîtriser l'histoire ancienne et l'éloquence. Il cite Cicéron, qui a subi tant d'épreuves pour sa patrie. Ses écrits, dit-il, peignent avec sensibilité les malheurs qui accablaient Rome. Il l'encourage aussi à lire et à relire Hérodote, Xénophon, Tacite et Plutarque qui, mieux que les auteurs modernes, lui apprendront l'amour du pays et de la liberté, et la haine de l'oppression. Tel est, selon lui, le but des études.

Amédée se laisse séduire par les influences qui le forment. Toutefois, conscient de n'être encore qu'un jeune imberbe, il reconnaît juger les uns et les autres un peu hâtivement. Chez lui, le feu du patriotisme est si ardent qu'il devient nécessaire parfois de jeter quelques gouttes d'eau dessus. Il faut bien que jeunesse se passe en attendant le jour béni où, libéré des études, il pourra s'élancer dans l'arène et suivre les traces de son père.

Sans trop négliger ses cours de philosophie, il fonde une société regroupant des jeunes maskoutains et montréalais. Officiellement, le groupe a pour but d'encourager les échanges littéraires, scientifiques et philosophiques, mais, en réalité, il poursuit aussi des visées politiques. Il est bon, croit-il, que les futurs médecins, jurisconsultes, astronomes, mathématiciens et musiciens brassent des idées.

Il s'ouvre alors au monde. Son poème intitulé *La Pologne* évoque avec une certaine grandiloquence ce pays d'Europe centrale soumis à la répression de l'empire russe pour avoir déclaré son indépendance. Il écrit :

> *Il est tombé sanglant au milieu de l'arène,*
> *Comme un puissant lion sous le dard terrassé,*
> *Ce peuple qui tenait l'univers en haleine,*
> *Et sur son corps meurtri le géant a passé...*

Un autre de ses textes, présenté celui-là à la société littéraire, *Aide-toi et le ciel t'aidera*, célèbre l'éducation et rappelle que la voix de Démosthène et de Cicéron a quelquefois fait plus que les armées des conquérants. «*L'histoire*, note-t-il, *nous apprend et nous fait voir qu'un peuple ignorant ne fut jamais qu'un peuple barbare et esclave.*» Pour sortir un pays de la torpeur et de l'apathie, les grands hommes se sont toujours appliqués à répandre l'instruction parmi le peuple. Ils savaient qu'ils ne pouvaient employer un engin plus puissant.

On croit lire Papineau. S'il se laisse imprégner des idées de Félicité-Robert de La Mennais, qui considère l'industrie comme le seul moyen de sauver la nation, Amédée dévore aussi les ouvrages de Benjamin Franklin et de Jean-Jacques Rousseau. Il ne dédaigne pas non plus Thomas Paine et son *Sens commun*, qui a largement contribué à persuader les Américains d'opter pour l'indépendance.

———◆———

Est-ce la ferveur politique du moment? Toujours est-il qu'Amédée s'impatiente. Pressé de sauter dans la mêlée, il tente de convaincre ses parents de le retirer du collège avant la fin de son année de philosophie. Il a l'impression de perdre son temps. Comme on s'en doute, Papineau demeure intraitable devant un raisonnement aussi illogique :

« Ta lettre où tu ne parles que de laisser tes études me prouve que tu n'y as pas beaucoup d'application, lui écrit-il. Si tu avais eu bien ta tête à toi, tu aurais pensé à me dire si les maîtres sont passablement satisfaits de vous deux, Lactance et toi ; si vous êtes des plus forts ou des plus faibles de vos classes. »

Visiblement en colère, son père lui rappelle que la bibliothèque du séminaire lui donne accès à d'excellentes lectures et qu'il devrait en profiter au lieu de rêver d'abandonner ses études. Et, pour finir, il lui reproche sa piètre calligraphie.

Amédée s'arme de patience. Il réfléchit à son avenir. Sa mère aimerait le voir prendre l'habit religieux, mais il n'a pas la vocation. Papineau penche davantage pour la médecine ou le droit, des états qui assureraient son indépendance tout en lui permettant d'être utile à son pays.

Quand, enfin, l'année collégiale se termine, le jeune philosophe déménage ses pénates à Montréal, où il entreprend sa cléricature dans les bureaux de l'avocat Philippe Bruneau, son oncle, et du notaire Zéphirin-Joseph Trudeau, un cousin de son père. Grâce à cet apprentissage obligatoire, le futur clerc se familiarise avec l'étude du droit et avec le notariat, de façon à pouvoir éventuellement choisir entre les deux professions. S'il trouve pénibles les séances de lecture endormantes que lui imposent ses patrons – il confesse s'être plus d'une fois affaissé sur un épais volume –, il aime particulièrement copier les contrats, testaments et plaidoiries, comme aussi aller livrer des documents au greffe. Partout où il va, *Le traité sur les lois civiles du Bas-Canada* l'accompagne.

Maintenant installé pour de bon rue Bonsecours, Amédée, à dix-sept ans, prend son rôle d'aîné au sérieux. Il a deux frères et deux sœurs. Au jardin, il s'occupe de la récolte de raisins, tandis qu'à la maison, il se charge d'alimenter le poêle, car la pluie, le tonnerre et les éclairs donnent à cette fin de mois de septembre des airs d'automne.

Il fait bon ménage avec sa mère et leurs discussions politiques le stimulent. Le pays est sens dessus dessous et les Canadiens, Julie n'en démord pas, doivent résister fermement aux réformes proposées par Londres. À l'occasion, la patriote sort ses griffes :

« Si on ne peut rien obtenir, il faudra inévitablement l'avoir par la violence ; c'est le triste sort qui nous attend. »

Légers, égoïstes, jaloux du succès des autres, voilà ce que Julie pense de ses compatriotes, dont elle met en doute le bon jugement et le sens des affaires. De beaux parleurs qui se montrent braves quand ils n'ont rien à craindre.

« Si on leur montre les grosses dents, ils sont tout à coup sans courage », juge-t-elle, convaincue que les Canadiens seront toujours opprimés parce qu'ils « sont pâte à l'être ».

Son influence dans l'évolution politique d'Amédée reste difficile à cerner. N'empêche qu'en ces années troubles, derrière les opinions exaltées du fils, on reconnaît la marque de la mère presque autant que celle du père.

Comme Julie, Amédée en a contre le gouverneur qui sème habilement la division parmi les Canadiens. Aux uns il promet des places ; aux autres il offre le champagne et le dîner, après quoi il va saluer les paysans dans les campagnes. Sa stratégie en séduit plus d'un, semble-t-il. Car même si Gosford n'a tenu aucune de ses promesses, des députés jusque-là récalcitrants lui tendent la main. Certains songent maintenant à voter les arrérages des trois dernières années et les subsides de l'année courante. Cette manifestation de bonne volonté de la Chambre choque Amédée.

Heureusement, à Québec, le discours-fleuve de Papineau s'avère si convaincant que cette proposition est rejetée. Mécontent de l'issue du vote, *Le Populaire*, journal antipatriote, ridiculise « le roi Papineau » et appelle son fils « le prince Amédée ». Ce dernier se sent d'autant plus outragé qu'il rêve de voir le Canada accéder au rang de république.

Le climat est à couper au couteau. Comme pour ajouter à la confusion, le gouverneur Gosford met Papineau en garde : il a reçu des menaces de mort le visant.

＊◦＊

En septembre 1836, Amédée lit *Boston Massacre*. L'ouvrage, trouvé dans la bibliothèque de Papineau, vante les bienfaits du boycott des produits anglais. Au Bas-Canada, l'idée est dans l'air, mais personne n'a encore songé à la soumettre à la population.

Sa lecture lui ouvre les yeux. Nul doute dans son esprit, les « Jean-Baptiste » doivent se vêtir en étoffe du pays. Oui, troquer leurs beaux habits de drap et leurs élégants chapeaux contre le capot et la tuque bleue. L'exemple vient des colonies britanniques d'Amérique qui, en 1773, lors d'un événement symbolique connu sous le nom de *Boston Tea Party*, ont détruit les cargaisons de thé de trois navires anglais et boycotté les produits d'outre-mer, qu'ils ont remplacés par d'autres fabriqués dans leurs propres manufactures.

Pour un jeune homme de dix-sept ans, le projet d'imiter les Américains est d'autant plus excitant que les circonstances s'y prêtent. L'argent est rare, le prix des denrées exorbitant et la pauvreté menace les Canadiens. Mais à quoi bon se plaindre ? Ne vaut-il pas mieux attaquer le mal à la racine ? Il pond un texte qu'il expédie au journal *La Minerve* et dans lequel on lit notamment :

Comment veut-on qu'un pays qui importe tout et qui n'exporte rien, ou presque rien, soit riche et florissant ? Cela est absolument impossible ; si encore, on se contentait des choses nécessaires et indispensables à la vie, à la bonne heure ! le mal serait moindre ; mais point du tout. Le luxe et l'ivrognerie, suite de l'importation à un montant considérable de boissons et de marchandises européennes, font des progrès alarmants parmi nous.

Sur le ton du prédicateur, il presse les Canadiens de montrer autant de courage et de patriotisme que leurs voisins :

… si jamais vous voulez être comptés au nombre des nations, si vous ne voulez pas faire votre propre malheur et celui de vos enfants, si vous ne voulez pas porter les fers ignobles de l'esclavage, il faut sortir de votre apathie, il faut vous rendre capables, par votre industrie, de subvenir à vos propres besoins et ne point dépendre d'un autre peuple ! Tant qu'il nous faudra tout tirer de l'Angleterre, l'Angleterre nous maîtrisera, l'Angleterre pourra se moquer de nos plaintes et nous demeurerons sujets à tous les caprices d'un gouvernement oppresseur.

À compter de ce jour, Amédée fera sienne une devise fort à propos : *Constantia omnia vincit* (*La persévérance vient à bout de tout*).

Ainsi s'achève 1836. À l'orée de l'année nouvelle, Londres laisse couler le rapport de ses enquêteurs expédiés au Bas-Canada l'année précédente pour juger de l'impasse, un document de quatre cents pages qui a été présenté à la Chambre des Communes de Londres et dont Papineau reçoit copie. Même s'ils reconnaissent le bien-fondé des plaintes du peuple, les commissaires recommandent au gouvernement anglais de refuser les réformes demandées, sans quoi une guerre civile est à craindre, car les commerçants anglais n'y consentiraient jamais.

Au pays, la déception est palpable. Mais personne ne voit encore venir la flèche empoisonnée qui traversera l'Atlantique moins de six mois plus tard et qu'Amédée n'oubliera jamais.

4. LE *BOSTON TEA PARTY* REVISITÉ
Printemps 1837

« À présent, il faudra du sang pour régler cette question. »

Les jours allongent et c'est tant mieux, ça sent le printemps. Amédée rentre à la maison en fin d'après-midi sans se douter de ce qui l'attend. Dans la salle à manger, un silence de plomb règne. Autour de la table, ses parents et quelques amis affichent une mine sombre, pour ne pas dire tourmentée. Soudainement inquiet, il demande à la ronde :

« Que se passe-t-il ? »

La nouvelle qu'il apprend le stupéfie. Londres vient d'approuver les dix résolutions proposées par le ministre de l'Intérieur, lord John Russell, lequel fait fi de toutes les demandes des Canadiens. Il rejette le principe même d'un Conseil législatif électif et refuse de rendre le Conseil exécutif responsable devant la Chambre. De plus, puisque l'Assemblée ne daigne pas voter les subsides, Londres autorise l'administration coloniale à prélever à même le revenu de la province le montant nécessaire pour payer les arrérages dus aux fonctionnaires.

En d'autres mots, lance Amédée, lord Gosford peut « voler notre argent de notre poche ». Il s'emporte : cela revient à violer nos droits, sacrifier toutes nos libertés, faire de nous un peuple d'esclaves. Il ne voit plus qu'une solution :

« À présent, il faudra du sang pour régler cette question », lâche-t-il.

Il s'en explique dans son journal :

« Nos orgueilleux tyrans ne seront jamais justes ; il faudra leur arracher le Canada avec le fer et le feu, et y renverser le drapeau britannique, avant que ce malheureux pays puisse jouir d'un bon gouvernement !

Que dira la postérité de l'infamie du gouvernement anglais à l'égard de ma chère patrie ? Il suffira de prononcer ces quatre mots et l'Angleterre sera jugée : Amérique, Acadie, Irlande et Canada ! »

Tout le Bas-Canada frémit d'indignation. On organise la résistance « aux voleurs de notre trésor ». Une série d'assemblées se tiennent un peu partout pour réclamer un gouvernement responsable et protester solennellement contre ces résolutions qui violent la Constitution et privent la Chambre du seul outil dont elle dispose pour faire respecter ses droits, c'est-à-dire en retenant les subsides.

Dans sa livraison du 27 avril, *La Minerve* reprend la solution qu'Amédée préconisait dans ses pages, un an plus tôt : le boycott des produits anglais. Il faut empêcher par tous les moyens constitutionnels le trésor public de se remplir, « car lorsque le coffre sera vide, les voleurs auront beau y mettre les mains, ils n'en retireront rien ». C'est Papineau qui préside le comité chargé d'organiser la campagne.

Comment faire, concrètement ? Étant donné que les revenus proviennent largement des taxes prélevées à la douane sur les objets importés, les citoyens s'engagent à s'abstenir de consommer des vins, du rhum, du thé, du café, du sucre, du tabac et d'autres marchandises sèches expédiées surtout d'Angleterre. Le mot d'ordre : il faut désormais encourager les manufactures du pays et l'industrie nationale. Même les dames devront se priver de soieries, de dentelles et de rubans *made in England*.

Comme Amédée le suggérait dans son article, l'année précédente, l'expérience bostonnaise passée à l'histoire sous le nom de Boston Tea Party sert de modèle. Au Bas-Canada, on se propose d'importer clandestinement des États-Unis les articles qu'on ne pourra pas produire au pays. La Minerve lance ni plus ni moins un appel à la contrebande chez l'ami Jonathan. Autrement dit, chez les Américains. « À de grands maux de grands remèdes ! » écrit le journal, convaincu que les Anglais entendront enfin raison.

« Il faut tarir la source des revenus, pense aussi Amédée. Pour faire comprendre les choses à John Bull, il faut toucher à sa bourse. Le temps des prières est passé. »

Amédée est satisfait. L'opération lancée par *La Minerve* sonne «le tocsin de l'agitation» dans tout le Bas-Canada. À présent, des comités chargés d'organiser la protestation se forment. Les réunions du comité central se tiennent à la librairie d'Édouard-Raymond Fabre, le meilleur ami de Papineau. Outre les secrétaires, Thomas Chevalier de Lorimier et George-Étienne Cartier, il y croise son cousin Louis-Antoine Dessaulles, mais aussi le docteur Wolfred Nelson, les journalistes Ludger Duvernay, Edmund Baily O'Callaghan et Ovide Perrault. Le 15 mai, Montréal tient son assemblée anticoercitive et il y assiste avec son père qui, pendant deux heures, soulève la foule.

La presse bureaucrate est ulcérée. Pour *Le Populaire*, un nouveau journal tory francophone, Papineau, l'«auteur de tous les maux», fait ployer la majorité sous sa verge de fer. Tantôt on le dépeint comme un dictateur, tantôt comme un véritable Cromwell. Plus violent encore, le *Herald* invite ses lecteurs à une séance de tir à la carabine. La cible? «Un personnage en plâtre figurant un certain grand agitateur.» Un prix sera décerné au tireur qui abattra sa tête à cinquante yards de distance.

L'appel au boycott de *La Minerve* relayé par Papineau est entendu. Les dirigeants patriotes se montrent en public en étoffe du pays. L'idée de voir les Canadiennes se priver de soieries et de velours enthousiasme Lactance, maintenant seul au Séminaire de Saint-Hyacinthe. En lieu et place des châles et des toilettes de soie, les dames portent des robes d'indienne. Même les étudiants suivent le mouvement: «Il y a ici un écolier, Holmes, qui a des culottes de drap gris fait à Chambly qui égale les draps d'Angleterre», écrit-il à Amédée.

Le Canadien ne voit pas comment le boycott pourrait régler le problème. Il n'en faut pas plus pour qu'Amédée qualifie le journal de «vil organe du gouvernement» toujours prêt à croire aux bonnes intentions du gouverneur Gosford, un homme qui se contente d'endormir les citoyens sans rien leur accorder. «*Le Canadien* est contre notre cause, écrit-il, on ne doit pas l'encourager. Ce serait nourrir un serpent dans son sein.»

Personne n'oserait l'affirmer trop ouvertement, mais advenant un échec du boycott, on commence à envisager une résistance moins pacifique. Ainsi, comme l'écrit Lactance à son frère, «si on veut employer la force des armes, au moins pourrait-on dire que ce ne serait qu'après avoir épuisé tous les autres moyens». Leur mère l'affirme aussi.

Une autre assemblée de protestation se tient à Saint-Ours, dans le comté de Richelieu. Le docteur Wolfred Nelson, médecin à Saint-Denis, qui s'était retiré de la vie publique, reprend du service. Amédée s'en réjouit. Ce grand patriote a compris qu'en cette heure critique, la patrie a besoin de l'aide de tous ses enfants. Le mouvement s'organise et, partout, la population acclame son chef Papineau.

———⊷⊶———

Un jour d'été, Amédée traîne au port au moment où le vapeur *Princess Victoria* accoste. Son pavillon est hissé à mi-drisse. «Bizarre», se dit-il, avant d'en demander la raison.

«Le roi Guillaune IV d'Angleterre est mort», lui répond un matelot.

La nouvelle n'impressionne guère le jeune flâneur qui n'en fait pas plus de cas que si l'autocrate Nicolas de Russie eût passé l'arme à gauche.

Pendant que les loyaux vivent leur deuil, les patriotes célèbrent la fête nationale de la Saint-Jean-Baptiste. Amédée porte à la boutonnière un bouquet de feuilles d'érable retenu par un ruban tricolore. En déambulant dans les rues les plus achalandées de la ville avec son ami d'enfance, Rouër Roy, il remarque plus d'un «loyaliste» fronçant les sourcils de mécontentement. Les jeunes gens n'en poursuivent pas moins leur chemin jusqu'à l'hôtel Nelson, sur le Marché Neuf, où a lieu le banquet patriotique. Au mur de la grande salle du troisième étage, au milieu des fresques illustrant des paysages tropicaux, un Jean-Baptiste plus vrai que nature marche dans le désert enveloppé de drapeaux canadiens. Étrange fête où les convives, vêtus en étoffe du pays, portent chapeau de paille, souliers de bœuf et bas tricotés! À boire, il y a du whisky, du cidre et de la bière, mais pas une goutte de vin. Le sucre d'érable remplace le sucre des Antilles.

Depuis un mois déjà, des regroupements d'agitateurs s'activent aux quatre coins du Bas-Canada. Excédé, le gouverneur a lancé une proclamation prohibant les rassemblements, qu'il juge séditieux. C'en est trop. Rien, pas même lord Gosford, ne pourrait empêcher les citoyens de manifester leur mécontentement. Les jeunes ont l'intention de le défier le 29 juin, jour de la revue annuelle des milices. À Londres, la princesse Victoria, née deux mois avant Amédée, vient de monter sur le trône. Dans toutes les églises, les curés ont fait chanter le *Te Deum* en son honneur, ce qui a déclenché la colère des paroissiens. Bon nombre d'entre eux n'ont pas hésité à prendre la porte.

À six heures, ce matin-là, Amédée et ses amis se pointent à la place Dalhousie, que les patriotes ont surnommée place de la Liberté, pour perturber le défilé des miliciens loyalistes. L'un après l'autre, les bataillons exhibent leur savoir-faire. Au moment même où un soldat commence la lecture de la proclamation de Gosford, la joyeuse bande se met à siffler, au grand dam des officiers. Même stratagème au Champ-de-Mars où le nombre des protestataires a grossi. Leurs sifflements, plus aigus, déchirent l'air. Furieux d'être ainsi nargué, le capitaine Pyke, responsable de la parade militaire, note le nom des agitateurs «afin de les transmettre à Son Excellence». Avant qu'il en ait inscrit une demi-douzaine sur sa liste, la plupart ont déguerpi. Le pauvre officier se retrouve seul avec son lieutenant et deux de ses hommes.

«*Damned Frenchmen!*» s'écrie-t-il, exaspéré.

Le voilà qui tousse comme un malade et, sans vraiment recouvrer son sang-froid, termine la lecture de la proclamation royale.

Après la messe, Amédée rejoint la bande de jeunes patriotes, qui grossit d'heure en heure. En groupe de deux ou trois, ils sillonnent le faubourg afin d'inciter les gens à participer à l'assemblée prévue en soirée. Pour les mettre en garde, un «avis aux Canadiens» placardé un peu partout prédit que le sang va couler.

Une femme les apostrophe:

«Ah! messieurs! dites-nous donc, s'il vous plaît! Est-il vrai qu'il va y avoir du train à l'assemblée? On nous a dit qu'il y en aurait et nos maris y sont allés malgré nous. Ah! mon Dieu! Nous sommes bien inquiètes!»

Il faut la rassurer. Amédée sourit, trop content de voir que certains hommes n'ont pas peur des bâtons loyalistes.

Le soir, après les vêpres, le rendez-vous a lieu au marché du Faubourg Saint-Laurent, dans la Grande rue. Il y a foule. L'assemblée se tient sous la présidence d'Édouard-Raymond Fabre, un ardent patriote. Après son discours, ses partisans le raccompagnent chez lui, à l'angle des rues Saint-Laurent et Craig, en chantant *La Marseillaise* et des chansons canadiennes.

———◦◦———

Il faut maintenant se reporter au début de l'automne de 1837. Depuis un moment déjà, Amédée rêve de fonder une association dont le but serait d'initier la jeunesse à la politique et de lui donner le goût des affaires publiques.

Son vœu est sur le point de se réaliser. Le 25 septembre, un groupe de jeunes patriotes se réunit à l'hôtel Nelson afin de préparer une assemblée qui se tiendra le dimanche suivant. Amédée fait partie du comité organisateur. La nouvelle fraternité, maintenant dotée d'une constitution et de règlements, prend forme. Quel nom portera-t-elle ? Amédée suggère « Les Fils de la Liberté ». L'idée lui en est venue en pensant aux *Sons of Liberty* de la révolution américaine. Un de ses amis propose la devise « En avant ! » C'est parti.

Quelque deux mille membres s'inscrivent. Officieusement, le groupe se dit paramilitaire et s'organise en conséquence. Sans véritables armes, il compte néanmoins se défendre contre ce gouvernement despotique qui veut prouver au peuple « par la force physique et brutale de ses baïonnettes qu'il doit courber le front et laisser redoubler le poids de ses chaînes », comme Amédée l'écrira après coup. Lui-même participe aux exercices militaires – il dit « la drill » – au son des airs martiaux exécutés par une fanfare.

Papineau considère-t-il son fils trop jeune pour se mêler des activités patriotiques ? Peut-être, en effet. Aux derniers jours de septembre 1837, il l'éloigne du tohu-bohu politique et l'emmène à sa seigneurie de la Petite-Nation, où il doit superviser les travaux qui s'effectuent au moulin banal.

Le voyage est particulièrement éprouvant. Dans les bois de Grenville, la pluie tombe dru. La calèche à deux roues dans laquelle il voyage avec son père se balance fortement. En montant une côte de glaise, le cheval glisse, rompant le timon de la voiture. Il fait nuit et on n'y voit rien. Amédée doit barboter dans la boue jusqu'aux genoux pour aller chercher de l'aide et un fanal. La première chaumière se trouve à quelques arpents de là. Un colon les aide à dételer la bête pour la conduire à l'écurie. Il faut poursuivre à pied jusqu'à la maison de pépé.

Ce soir-là, au pied de la rivière outaouaise, trois générations de Papineau – Joseph, Louis-Joseph et Amédée – évoquent le triste état de leur cher pays. Dans cette nature sauvage, le silence et la paix tranchent avec le climat lourd, pour ne pas dire explosif, qui a cours à Montréal.

Mais c'est l'été indien et l'insouciance gagne le jeune citadin, qui en profite pour s'adonner à la pêche. Et, comme la saison des framboises, des bleuets et des mûres s'étire, il prend soin de revêtir le gilet et les caleçons en chamois de son grand-père pour protéger sa peau fine qui s'écorche facilement sous les ronces.

5. SACRÉ « FILS DE LA LIBERTÉ »
Automne 1837

*« J'avais mon épée en main et les monstres auraient passé sur
mon corps avant de toucher à un autre de la famille. »*

Octobre bat son plein. Sitôt revenu de la Petite-Nation, Amédée se rend
au village de Saint-Charles, dans la vallée du Richelieu, en compagnie
de son grand-oncle Ignace Robitaille. Pour rien au monde il ne raterait
l'Assemblée dite des Six Comtés de la rivière Chambly, qui se tient le
23. La veille, il a participé aux exercices militaires des Fils de la Liberté
à la côte à Barron et il se sent chauffé à blanc.

Tout l'été, les patriotes ont été victimes d'humiliations et de persécutions. Son propre père a été démis de son poste de major dans la
milice. Le gouverneur l'a injustement accusé d'avoir recommandé à ses
compatriotes de défier les lois, lors de la fameuse assemblée du 15 mai,
à Saint-Laurent. C'était faux, Papineau avait simplement exhorté le
peuple à ne pas consommer de produits anglais. Il avait nié avec véhémence s'être mal conduit, mais lord Gosford avait maintenu sa destitution. Pour le défier, les réunions publiques avaient continué à se tenir,
musique en tête et drapeaux déployés.

Amédée est encore fébrile en arrivant au prospère village de Saint-
Charles, qui longe la rivière Chambly qu'on rebaptisera bientôt rivière
Richelieu. Le soleil est au rendez-vous. Dans un champ, les ouvriers
achèvent d'élever une colonne dorée d'une quinzaine de pieds.
Surmontée d'une lance et d'un bonnet de la liberté, elle est entourée
d'un faisceau de flèches, d'un sabre et d'une massue. Au pied de la
colonne, on a peint des feuilles d'érable et inscrit en lettres d'or: «À
Papineau, ses compatriotes reconnaissants». Toutes les maisons sont

décorées et les habitants vêtus d'étoffe canadienne arborent des drapeaux et des banderoles clamant la liberté. Même les jeunes ont mis de côté leur vanité puérile et portent fièrement des habits en grosse toile grise. Amédée est convaincu de l'efficacité de la mesure. Bientôt, espère-t-il, les Canadiens auront réduit les voleurs à la famine. Pourvu que ces brigands ne les aient pas assassinés avant!

« Amédée? »

En reconnaissant la voix de son père, l'interpellé se retourne. Papineau paraît surpris de trouver son fils sur les lieux. Sans doute celui-ci a-t-il omis de le prévenir de sa venue, de peur d'essuyer un refus. Heureusement, il n'en est rien et Amédée peut poursuivre son chemin vers le point du rassemblement. Depuis la veille, des délégués venus de Chambly, Richelieu, Verchères, Saint-Hyacinthe, Rouville et L'Acadie affluent, certains à cheval, d'autres en calèche ou en charrette, et même en canot. Comme pour exprimer leur solidarité, ils portent la tuque bleue et une ceinture fléchée nouée à la taille. Malgré les distances et l'état épouvantable des routes, Amédée évalue à quelque sept ou huit mille le nombre de personnes qui se sont déplacées pour assister à l'événement. Parmi eux, il reconnaît le capitaine François Jalbert, qui commande un corps de miliciens.

« Capitaine, voilà un beau sabre, dit-il en s'approchant de lui.

— Bel et bon, répond ce dernier. Il a déjà servi contre les ennemis du pays en 1812 et servira encore s'il le faut. »

Amédée l'ignore, mais ce capitaine Jalbert croupira bientôt en prison, accusé d'avoir tué avec la lame de son sabre le lieutenant anglais George Weir. Fait prisonnier par les patriotes, ce dernier avait tenté d'échapper à ses geôliers. Cela se passera un mois jour pour jour après l'Assemblée des Six Comtés.

À midi, un coup de canon annonce l'ouverture de l'assemblée présidée par le docteur Wolfred Nelson. Sur la tribune décorée de sapinage et de branches d'érable, les orateurs prennent leur place. Derrière eux, une banderole confectionnée en toile du pays porte l'inscription « Manufactures canadiennes ». Papineau monte à son tour sur l'estrade. Même vêtu d'un costume en étoffe grossière, il ne manque pas d'élégance.

Une centaine de tirs de fusil fendent l'air. L'un après l'autre, les chefs s'avancent sous le drapeau vert, blanc et rouge pour haranguer la foule. Tous dénoncent les mesures tyranniques du gouvernement. Ils protestent aussi contre les milices loyales qui provoquent ouvertement les Canadiens, pendant que les troupes de Sa Majesté regardent ailleurs.

Ici et là, drapeaux et pancartes s'agitent. L'une dit : « Vive Papineau et le système électif. » Une autre : « Gosford, quand partira-t-il, ce voleur de la bourse publique ? » Ou encore « Les Canadiens savent mourir, mais non se rendre. » C'est l'euphorie, voire le délire, quand le docteur Nelson s'adresse à Papineau :

« Approchez, Canadien illustre, venez réjouir de votre présence les cœurs de nos concitoyens opprimés… »

Le chef s'avance dignement. Il a fière allure. Élancé, une mèche de cheveu relevé en coq au-dessus de son large front, il marche tête haute avec l'assurance de celui qui sait où il va, cependant que la foule crie :

« Vive Papineau ! »

L'épisode qui suit, Amédée n'en parle pas dans ses mémoires, sinon pour dire que Wolfred Nelson a fait « un discours approprié », salué par une « volée de mousqueterie ». Pas un mot à propos du message livré par son père, si ce n'est qu'il fut « des plus éloquents ». Les témoins affirmeront que l'échange survenu entre les deux chefs a créé un malaise. D'entrée de jeu, Wolfred Nelson a affirmé que les résolutions Russell ne leur laissaient guère de choix, sinon de répondre à la violence par la violence. Invité à son tour à s'adresser à la foule galvanisée, Papineau, soudainement pris de peur, a tenté de calmer les esprits en déconseillant carrément le recours aux armes. La minute d'après, revenant à la charge, Nelson l'a contredit :

« Eh bien ! moi, je diffère d'opinion avec monsieur Papineau. Je dis que le temps est venu. Je vous conseille de mettre de côté vos plats et vos cuillers d'étain afin de les fondre pour en faire des balles. »

Comment expliquer le silence d'Amédée, un Fils de la Liberté se prétendant toujours prêt à prendre les armes pour obtenir justice ? Un jeune homme dont la propre mère envisage, elle aussi, des moyens non pacifiques. N'a-t-elle pas déjà dit tout récemment :

« Il faut commencer par une ferme résistance aux réformes de la Constitution et, si on ne peut rien obtenir, il faudra inévitablement l'avoir par la violence. »

Tiraillé entre son père, à qui il voue un culte, et son enthousiasme devant la bagarre qui s'annonce, Amédée n'aura probablement pas voulu blâmer Papineau, ni évoquer la tiédeur de ses propos qui tranchent avec l'appel aux armes lancé par le docteur Wolfred Nelson, surnommé « le Loup rouge ». Il n'empêche, le lendemain, malgré le vent et la grêle, il se rend à Saint-Denis. Mouillé et transi de froid, il s'arrête chez Nelson pour le féliciter et lui serrer la main.

Les événements de cet inoubliable 23 octobre le marqueront à jamais :

« Nous rêvions bien tous, alors, à l'indépendance prochaine de la patrie, à son entrée glorieuse parmi les nations viriles et libres. »

Le 24 octobre, un joueur de taille fait son apparition sur l'échiquier politique. L'évêque de Montréal, monseigneur Jean-Jacques Lartigue, signe un mandement appelant les catholiques à ne pas se laisser séduire par ceux qui voudraient les engager à la rébellion contre un gouvernement établi. Amédée commente :

« En effet les foudres civiles du gouverneur tombant sans effrayer le peuple, il fallait à présent l'écraser sous les foudres divines. »

Le document de l'évêque, un cousin germain de Papineau, soit dit en passant, sera lu dans toutes les églises. Dégoûté, Amédée tire ses propres conclusions : chaque fois que les Canadiens veulent revendiquer leurs droits, les prêtres servent d'instrument aux tyrans et sacrifient leurs « brebis ». Si le bon peuple résiste à l'esclavage dans ce monde-ci, le clergé catholique les condamne aux tourments éternels dans l'autre.

Les événements se précipitent. Le 6 novembre, comme tous les premiers lundis du mois, les Fils de la Liberté doivent se réunir en assemblée générale, et ce, malgré l'ordre formel du gouverneur qui interdit les rassemblements, et en dépit aussi des menaces des journaux tories qui prédisent leur écrasement. Personne, pas même Julie, n'empêchera

Amédée d'être au rendez-vous. Il en fait une question de devoir et d'honneur. La veille, en sortant de chez lui, il a arraché le tract de Gosford collé à la porte cochère et envoyé paître les deux magistrats venus le convaincre d'annuler la manifestation, de peur qu'elle dégénère en émeute.

« Souhaitez-vous voir un second 21 mai 1832 ? lui ont-ils demandé.

— Je n'ai pas de difficulté à croire que c'est le désir de la magistrature de voir un second 21 mai », leur répondit-il, narquois, en ajoutant que le gouverneur n'a pas le droit d'interdire au peuple de se réunir en assemblées publiques.

·D'ailleurs, leurs adversaires ne s'en privent pas. Le jour dit, les rues sont tapissées d'affiches invitant les « loyaux habitants de Montréal » à se diriger vers la place d'Armes à midi et demi « pour étouffer la rébellion au berceau ». À l'évidence, les forces tories se préparent à l'affrontement. Il aura lieu cet après-midi-là. On devine la fébrilité d'Amédée à la pensée d'en découdre avec ces monstres, comme il les appelle. Vêtu de son habit de chasse gris en étoffe du pays, il quitte la maison les poches bourrées de cartouches, un pistolet d'arçon camouflé sous sa jaquette et une canne à épée de sa fabrication faite avec un fleuret datant du régime français. Ses compagnons d'armes, munis de bâtons, cachent leur poignard dans leur poche. Tous convergent vers l'auberge de Joseph Bonacina, où ils sont attendus vers quatorze heures. Les uns entrent par la rue Notre-Dame, les autres coupent par l'arrière, via la rue Saint-Jacques, renommée rue du Sang depuis la tuerie de mai 1832.

Amédée estime à mille cinq cents le nombre de personnes agglutinées dans la cour de l'établissement. Ils sont fort probablement beaucoup moins nombreux. Le vote des résolutions entrecoupe les discours patriotiques. L'orateur, le bouillant député Édouard-Étienne Rodier, chauffe la foule :

« Nous sommes maintenant les Fils de la Liberté, mais on nous appellera bientôt les Fils de la Victoire ! »

Là-dessus, des projectiles pleuvent sur eux, accompagnés d'insultes. Elles proviennent d'une bande de voyous qui les épient à travers la clôture. L'assemblée se poursuit néanmoins paisiblement jusqu'à sa levée, vers seize heures. Les jeunes patriotes quittent alors les lieux en rang, de manière disciplinée. Quand la porte s'ouvre, les tories les attendent de pied ferme. Une grêle de pierres s'abat sur eux.

Amédée raconte la suite :

« Je me précipite, bien soutenu par ma compagnie. Mon épée dans la main droite, son fourreau dans la gauche. Le docteur Jones, un grand Saxon de six pieds, un véritable athlète, couvrait la retraite du Doric. Je pensai de suite à Goliath et à David avec cette différence que, cette fois Goliath portait les cailloux et le petit David, le sabre. Le moment vint pourtant où Goliath tourna le dos et je fus bien près de lui piquer les reins de mon épée. »

Au même moment, les membres du Doric Club quittent la place d'Armes où ils s'étaient rassemblés pour venir à la rencontre des Fils de la Liberté. C'est le signal. De part et d'autre, les belligérants, armés de manches de hache, de canne et de pierres, se préparent à l'affrontement. Les patriotes pourchassent les tories, qui fuient à toutes jambes. Amédée commente :

« Il s'en est peu fallu que le sang canadien versé en 1832 ne fût vengé en 1837, à l'endroit même où il coula. Mais nos "loyaux" ne sont braves que derrière les habits rouges. »

Flanqué de son ami Joseph Duquette (qui sera pendu en 1839), il sillonne les rues du faubourg. L'affrontement lui semble d'une violence inouïe. Les passants se cachent, les commerçants ferment boutique. On entend des coups de feu. Flairant l'émeute, les patriotes commencent à se disperser. Amédée se sent menacé, lui aussi. De peur de voir surgir une meute de tories, il emprunte la rue Saint-Denis pour rentrer chez lui. À peine a-t-il mis le pied dans la porte, que l'armée défile dans le plus grand désordre, rue Bonsecours, en exhibant deux pièces d'artillerie. Les cris et les hourras des soldats traversent les murs de la maison.

Louis-Antoine Dessaulles, qui vit chez les Papineau – il étudie la médecine à Montréal – sort voir ce qui se passe, tandis qu'Amédée monte à sa chambre afin de se désarmer. Des hurlements et vociférations provenant de la rue l'attirent à la fenêtre. Des manifestants brandissent des bâtons et menacent de tout détruire :

« *Pull down the house !* »

Amédée dégringole l'escalier et aide Papineau à fermer les volets et à barricader la porte. Apeurés, ses frères et sœurs pleurent. Julie les entraîne à la cuisine, où ils sont confiés à la garde de deux servantes. À chaque bruit, Amédée imagine une intrusion. L'angoisse l'étreint. Il supplie sa mère de fuir avec les enfants par la cour. Son père paraît tendu. Il l'observe, cependant qu'il marche de long en large dans la salle à manger. S'il fallait que la porte cède et que les forcenés montent l'escalier ! Il lui servirait de bouclier… Il se sent prêt pour ce sacrifice.

« J'avais mon épée en main et les monstres auraient passé sur mon corps avant de toucher à un autre de la famille », écrira-t-il un peu naïvement dans son journal.

Au bout de dix minutes, la clameur s'éteint. Les manifestants quittent la rue Bonsecours pour aller poursuivre leur œuvre de destruction à l'imprimerie du *Vindicator*, rue Sainte-Thérèse. Munis de haches, ils enfoncent la grille et démolissent les presses des patriotes Louis Perrault et Edmund Baily O'Callaghan, avant de jeter dans la rue les caractères d'imprimerie, le papier et les meubles. Tout le voisinage est sens dessus dessous. Rue Saint-Vincent, les vitres de la librairie Fabre volent en éclats, comme aussi celles de la demeure du docteur Robert Nelson, le frère de Wolfred, rue Saint-Gabriel. Sur les entrefaites, Thomas Chevalier de Lorimier, touché à la jambe, débarque chez Papineau.

On a gardé une issue libre et, de minute en minute, d'autres amis arrivent en renfort. La maison se remplit. Quelqu'un entre en trombe pour annoncer la mort de leur camarade Thomas Storrow Brown. C'est la consternation. Peu après, un nouvel arrivant rectifie les faits : Brown a été blessé grièvement, oui, mais il n'a pas succombé. Des membres du Doric Club l'ont assailli par derrière, dans la rue Saint-François-Xavier, et l'ont roué de coups de bâtons massifs. Aux dernières nouvelles, il avait perdu un œil et paraissait fort mal en point. Amédée commente :

« C'est ainsi que les loyaux sont braves : lorsqu'ils sont dix contre un, ou qu'ils ont à leur queue, et le plus souvent à leur tête, les troupes de Sa Majesté. »

Chez les Papineau, les dégâts sont importants. Au rez-de-chaussée, il ne reste ni jalousies, ni vitres. En prévision de la nuit, on se prépare au pire. C'est devenu une habitude, Julie et les enfants vont dormir chez les Viger. Les amis accourus auprès de leur chef aident à boucher les ouvertures de la façade avec des contrevents ou des planches. Une fois la maison barricadée, des Fils de la Liberté montent la garde. Ils se relaient de demi-heure en demi-heure. Des sentinelles sont postées dans les pièces qui donnent sur la rue. La salle à manger sert de quartier général. Sur la table s'étalent une vingtaine de fusils, des poignards, des épées, des haches et des munitions. Entre les heures de surveillance, les jeunes gens battent les cartes, discutent, lisent les journaux. À minuit, on grignote, puis on se couche sur des matelas étendus sur le plancher.

Le lendemain, Amédée dévore les gazettes de la veille. Dans celles des tories, il est dit noir sur blanc que les rebelles, incités à la violence par leurs chefs, ont attaqué les loyaux sujets. Que ceux-ci, armés de bâtons et de tisonniers, les ont bravement repoussés. Autrement dit, les victimes deviennent les agresseurs. C'en est ahurissant de mauvaise foi ! Il n'a jamais rien vu d'aussi dégoûtant que la conduite des autorités civiles et militaires en cette occasion :

« Les troupes étaient là, toutes prêtes, avec des baïonnettes, du plomb et de la mitraille, pour protéger les destructeurs et massacrer le peuple. »

Les témoins sont prêts à affirmer sous serment que les troupes dépêchées sur les lieux ont montré peu d'empressement à secourir leurs blessés, laissant le temps aux émeutiers de faire leur saccage. Au *Vindicator*, plusieurs magistrats ont refusé de protéger les Canadiens. Louis-Antoine Dessaulles a tout vu. Ayant prévenu l'officier stationné au Champ-de-Mars qu'on démolissait le journal, il s'était fait répondre : « Cela ne me regarde pas ! »

Ignorant les protestations des patriotes, les autorités arrêtent même des jeunes pour sédition. Comme *Le Populaire* a signalé sa présence parmi les combattants, Amédée s'attend à recevoir un mandat d'arrestation.

6. LE REBELLE DANS SA TANIÈRE
Novembre 1837

« Je logeai quelques balles dans un gros pin et revins, satisfait, me recacher. »

Devant la gravité de la situation, Papineau doit quitter la ville. Une rumeur tenace prête aux autorités l'intention de l'arrêter pour haute trahison. Sa vie est en danger. Même monseigneur Jean-Jacques Lartigue, l'évêque de Montréal peu sympathique aux idées de son cousin patriote, lui enjoint de s'éloigner. Après avoir tergiversé, le chef cède sous la pression de ses parents et amis. Soit, il partira le 13 novembre.

Auparavant, un grand Yankee qu'Amédée ne connaît ni d'Ève ni d'Adam se présente de bon matin rue Bonsecours. Papineau le fait passer au salon et ordonne à son fils d'aller chercher les docteurs O'Callaghan et Robert Nelson. Les quatre hommes s'enferment pendant plusieurs heures. Lorsque la porte s'ouvre, au milieu de l'après-midi, Papineau demande à Amédée de reconduire l'étranger à une auberge tenue par un Irlandais sur la place du Marché Neuf. C'est l'heure entre chien et loup. Pour échapper aux espions qui pullulent, le mystérieux visiteur et son escorte marchent l'un derrière l'autre. Sa mission accomplie, Amédée rentre à la maison. Papineau lui dit simplement qu'il s'agit d'un émissaire du Haut-Canada, sans lui dévoiler son nom. Il apprendra beaucoup plus tard qu'il avait raccompagné William Lyon Mackenzie, le chef des patriotes du Haut-Canada.

Après avoir réglé les derniers détails avec les autres leaders politiques, Papineau prépare son propre départ. Une fois signée la procuration à son père Joseph, qui en son absence s'occupera de ses affaires, il prévient Julie, Amédée et Louis-Antoine Dessaulles qu'à dix-sept heures, il s'en ira. Ceux-ci le pressent de questions, mais il refuse de dévoiler sa destination. Moins ils en sauront, mieux ils s'en trouveront. Après avoir enfoui quelques effets dans un sac et revêtu un déguisement, il s'apprête à partir lorsqu'un coup de sonnette résonne. Vite, il se précipite à l'étage, pendant qu'en bas, on se débarrasse de l'importun. Amédée fait le guet à travers la jalousie, tandis que Papineau s'engouffre dans la voiture couverte, suivi de son ami le docteur O'Callaghan. La rue est pleine de passants. Chaque bruit le fait tressaillir. S'il fallait que Papineau soit reconnu! Nul doute, il serait arrêté sur-le-champ. Louis-Antoine Dessaulles, qui fait office de cocher, claque son fouet. La calèche qui conduit son père hors de la ville s'éloigne sous les yeux d'Amédée mort d'inquiétude.

Après, tout se passe très vite. Julie avait obstinément refusé de quitter Montréal avant son mari. Lui parti, plus rien ne la retient. Le lendemain, à sept heures, elle fait ses recommandations à Amédée et lui remet les clés. Elle emmène ses plus jeunes enfants chez son frère, le curé de Verchères.

Amédée reste seul à Montréal avec la bonne, la vieille Marguerite. Si on lui demande où sont ses parents, il répond simplement qu'ils sont sortis. Il commence par vider la maison de tous les objets de valeur. Pour ne pas attirer l'attention, il effectue les déménagements de nuit. Tout disparaît en deux jours, sauf les gros meubles et les bibelots de peu de prix. Reste la précieuse bibliothèque de Papineau. Amédée engage des hommes pour fabriquer des boîtes, les remplir de livres et les transporter en lieu sûr. Il trouve ensuite le temps de vendre au boucher la vache qui fournissait le lait à la famille. Enfin, il court s'acheter un fusil de chasse chez un camarade, un Fils de la Liberté comme lui. Coût: 9 dollars.

Le jeune rebelle cache mal sa frayeur. Le dernier soir, après avoir fermé la maison, il va dormir chez des parents sans se douter de ce qui se trame durant son sommeil. En effet, le gouverneur Gosford lance vingt-six mandats d'arrestation contre des patriotes pour «menées séditieuses». Accusés de haute trahison, plusieurs Fils de la Liberté sont arrêtés dans la nuit. Ignorant tout à son réveil, Amédée se dirige vers la rue Bonsecours afin de compléter le déménagement des livres, après un bref arrêt chez l'armurier pour s'acheter une boîte de cartouches. À peine a-t-il mis le pied dans la maison que trois de ses oncles accourent pour le prévenir que ses amis ont été jetés au cachot et qu'il doit quitter la ville de toute urgence. Comme pour ajouter à sa vive inquiétude, la bonne a appris en faisant ses courses que les baillis cherchaient «le fils de monsieur Papineau».

Autant dire qu'il ne traîne pas dans les parages. Dix heures n'ont pas encore sonné qu'il grimpe dans la calèche avec la vieille Marguerite. Pour tout bagage, il emporte quelques hardes et son fusil glissé entre elle et lui. Le temps est froid et la neige tombée la veille a blanchi le sol.

Par où faut-il passer pour quitter la ville? Un détachement garde la traverse de Longueuil, au Pied-du-Courant. À éviter, donc. Convaincu que le quai du Faubourg de Québec est infesté de soldats, il suit le chemin qui conduit au Sault-au-Récollet et de là, il piquera vers la Pointe-aux-Trembles. Comme il ne connaît pas cette route, il se perd. À quatorze heures passées, sa voiture s'arrête à l'auberge de François Malo. Celui-ci, une vieille connaissance, le rassure: la veille, plusieurs de leurs amis Fils de la Liberté ont réussi à traverser. Quelqu'un a vu Papineau et le docteur O'Callaghan à la Pointe-aux-Trembles. Ils se dirigeaient vers la rivière Chambly. Amédée soupire de soulagement. Il redoutait que son père ait pris la direction du nord. L'aubergiste lui conseille de franchir le fleuve en canot, mais il refuse de laisser derrière lui son cheval et sa voiture. Une lieue plus bas, on l'assure qu'il trouvera un bac. Cependant, il n'est pas au bout de ses peines. Rendu au quai d'embarquement, il a beau crier et agiter son mouchoir, impossible d'attirer l'attention du passeur. Un individu qui l'observe l'avertit d'un ton indifférent qu'il est bien inutile de s'époumoner:

«Pas besoin d'appeler le bac, il ne peut pas aller à l'eau, il n'a pas de fond.»

Amédée reprend sa course. Cette fois, il se dirige vers le bout de l'île. Le jour commence à décliner, mais il n'est pas question de passer une nuit de plus dans sa ville natale. À Repentigny, après avoir longtemps parlementé, il réussit à convaincre un homme de l'emmener à Varennes sur son bac moyennant une somme qu'il n'a pas sur lui. Le passeur voulait neuf francs pour franchir le fleuve, mais il se contente d'une piastre française. Qu'a bien pu lui dire Amédée ? Mystère. Toujours est-il qu'il a fini par s'embarquer avec la vieille Marguerite et la voiture. Une traversée difficile. Lorsqu'elle s'achève, le jour est tombé. De nouveau sur la terre ferme, son cheval épuisé d'avoir marché depuis le matin avance cahin-caha jusqu'à Verchères. Il est vingt heures quand il se jette dans les bras de Julie et de mémé Bruneau. Fourbu, il se couche de bonne heure avec une poussée de fièvre causée par la faim, le froid et sans doute aussi la frayeur.

À l'aube, la famille juge qu'il sera plus en sécurité chez sa tante Dessaulles, à Saint-Hyacinthe. Il part seul, les larmes aux yeux, déchiré à l'idée de s'éloigner de sa mère qui n'en mène pas large. Marguerite, qui devait accompagner Amédée, préfère rester au chevet de son petit préféré, Gustave, qui file un mauvais coton. Une fine couche de neige recouvre le sol. À la traverse de Saint-Marc, quelqu'un chuchote son nom. Il se sent épié, se méfie de tous. Il faut pourtant qu'il s'arrête, le temps de donner de l'avoine à son cheval. La tenancière du relais l'accable de questions. Elle voudrait l'entraîner sur le terrain politique, mais lui se montre évasif. Après, il l'entend clairement dire à son mari :

« Tiens, je crois que monsieur ne voyage pas pour rien. Il y a bien des affaires qui se brassent de ce temps-ci. Monsieur ne paraît pas de notre côté. Tu ne devrais peut-être pas lui donner un cheval. Qui sait ? Il y a tant de persécuteurs et d'espions. »

Amédée trouve les mots pour la rassurer, même s'il ne sait trop s'il a affaire à une patriote ou non. Et il décampe à la première occasion. La route est interminable et les ornières rendent le trajet éprouvant. Il est dix-sept heures lorsqu'il arrive chez sa tante Rosalie Dessaulles, à Maska. Sa vie de reclus commence alors. Il doit se contenter d'une chambre de dix pas sur quatre dans une rallonge, au bout du manoir. Une trappe percée dans le plancher de la pièce, et recouverte d'une carpette, lui permettrait de descendre à la cave si jamais il prenait envie aux baillis de venir fouiller la maison. Tante Rosalie a tout prévu. Il pourra se cacher dans le carré à légumes éclairé d'une lanterne sourde.

Privé de nouvelles de Montréal, mal renseigné sur ce qui se trame du côté de Saint-Charles où l'on organise un camp fortifié pour protéger les chefs en fuite, il passe le temps en lisant *Atala* de Chateaubriand que son cousin Louis-Antoine lui a apporté. Pour se dégourdir les jambes, il va, à la brunante, étrenner son nouveau fusil derrière les dépendances.

« Je logeai quelques balles dans un gros pin et revins, satisfait, me recacher », se souviendra-t-il plus tard.

Les journaux tories qui lui tombent sous la main sombrent dans le sadisme. Le *Herald* recommande au gouverneur Gosford de « pendre, fendre et écarteler quelques-uns des chefs des brigands ».

Jeudi, 23 novembre, le tocsin sonne. Amédée, plongé dans la lecture de *Rob Roy* de Walter Scott, bondit de sa chaise, convaincu qu'il ne s'agit pas d'un incendie. De sa fenêtre, il voit des hommes courir jusqu'à l'église, puis retourner chez eux chercher leurs armes. Une fois bénis par le curé Crevier, une quarantaine d'entre eux prennent la direction de Saint-Denis. Amédée meurt d'envie de se joindre à eux. Il demande timidement la permission à sa tante, qui refuse. Demain peut-être, suggère-t-elle pour le consoler. Impuissant, il marche comme un lion en cage dans sa cellule, incapable de se concentrer sur ce qu'il lit. Son esprit est ailleurs. Avec ses cousins, il fabrique des cartouches pendant que, dans les bois voisins, des ouvriers coupent des manches de pique que l'on remet ensuite au forgeron.

En fin de journée, un courrier arrive. Il annonce une victoire inespérée des patriotes à Saint-Denis. L'homme sait peu de choses du combat lui-même, si ce n'est que le docteur Wolfred Nelson s'est comporté en véritable héros. Tôt, ce matin-là, prévenu de l'approche des troupes anglaises venues de Sorel pour les attaquer, le Loup rouge a fait évacuer femmes et enfants, après quoi il a organisé la résistance. Avec une soixantaine de fusils, ses patriotes ont réussi à repousser les soldats anglais, causant la mort d'une centaine d'entre eux et en blessant d'autres. Chez les Canadiens, treize ou quatorze hommes sont tombés sous les plombs anglais. Touché au flanc, Charles-Ovide Perrault, le jeune député de Vaudreuil et ami des Papineau, est du nombre. À titre d'aide de camp de Nelson, il portait les messages de son chef aux piquets avancés, lorsqu'une balle l'a frappé au talon et une seconde au-dessus de la hanche. D'après le messager, il a fait montre d'un incroyable courage. Il est mort dans d'atroces souffrances, mais Dieu soit loué ! il a pu recevoir les derniers sacrements avant de rendre l'âme. Amédée pense avec tristesse à la jeune Mathilde Roy que Charles-Ovide avait épousée en juillet, tout juste quatre mois plus tôt.

Au bout de sept heures, les Habits rouges en déroute ont battu en retraite, laissant derrière eux un obusier, des armes et des munitions. Voilà tout ce qu'Amédée apprend.

À dix heures du soir, Rosalie Dessaulles entre en coup de vent dans sa chambre pour lui annoncer l'arrivée incognito à Maska de son père et du docteur O'Callaghan. Amédée sort de sa cachette, traverse le jardin tout doucement pour éviter les volontaires tories qui patrouillent dans la ville et rejoint la maison de son oncle Augustin, où l'attend Papineau, étendu sur un sofa. Épuisé et visiblement ébranlé, il raconte sa journée à son fils. Ce matin-là, il était chez le docteur Wolfred Nelson, prêt à se battre avec ses compatriotes. Mais ce dernier a fait seller un cheval et lui a ordonné de partir en l'assurant qu'après le combat, on aurait besoin de lui bien vivant. Mort, il leur serait bien inutile. Papineau avait obéi à Nelson, que les circonstances avaient promu chef militaire. Les chemins détrempés de Saint-Denis à Maska l'avaient ralenti, mais, bien qu'à bout de forces, il se sentait obligé de fuir le soir même, sans avoir revu Lactance et Ézilda, tous deux pensionnaires à petite distance de là. Rosalie supplie son frère de venir avaler une bouchée au manoir avec son compagnon d'infortune, après quoi un cultivateur sûr, Louis Poulin, les cachera chez lui en attendant la suite des événements.

C'est donc dans la chambre minuscule d'Amédée que Papineau et O'Callaghan se sustenteront avant de prendre la route de l'exil. Le père et le fils ne se reverront pas avant longtemps.

— ◦ —

Le surlendemain, Amédée sort de sa cachette. Les nouvelles sont mauvaises. Des patriotes en fuite lui annoncent la défaite de Saint-Charles. Son oncle Augustin Papineau a participé à la bataille et il risque l'arrestation. À Maska, c'est le découragement, pour ne pas dire la terreur.

Les détails les plus sordides foisonnent. Apparemment, le commandant Charles Wetherall a tiré des obus et des fusées sur les granges de Saint-Charles, qui se sont enflammées. Des sympathisants ont libéré la soixantaine de chevaux prisonniers des écuries menacées, avant de s'enfuir. Bon nombre d'entre eux, sans armes, se sont ensuite mêlés aux combattants dans les retranchements, ce qui a ajouté à la confusion. Des feux levaient un peu partout et la fumée les aveuglait, d'où la panique qui s'est emparée des patriotes commandés par Thomas Storrow Brown. Leur retraite a tourné en débandade. Armés de baïonnettes, les Habits rouges se sont acharnés sur les pauvres blessés pour les achever.

Au bout d'une heure et demie, tout était fini. D'après le récit des événements que rédige Amédée, les Canadiens ont perdu trente-deux hommes, «en comptant les morts et les blessés qui, incapables de fuir, furent tous massacrés sans pitié!».

Les gazettes tories rapportent les faits bien autrement, comme en témoignent les coupures de journaux rassemblés par Amédée. Elles affirment que les Canadiens se sont battus comme des tigres et que plusieurs se sont jetés à la rivière plutôt que d'être faits prisonniers. Nulle part il n'est écrit qu'après la bataille, les Habits rouges se sont installés à l'intérieur de l'église de Saint-Charles avec leurs chevaux. Ni qu'ils ont fait boucherie dans le sanctuaire et préparé leurs repas sur un poêle alimenté en brûlant les bancs. Avant de quitter la maison de Dieu profanée, ils ont tout saccagé et volé des vases en argent. Puis, ils sont repartis en emmenant une trentaine de prisonniers à Montréal. Après leur départ, on a trouvé des plumes de volaille et des ordures sur un banc d'église.

Amédée attribue l'échec des patriotes à une mauvaise organisation, à un rapport de force inégal, au manque d'armes et à la lâcheté du commandant Thomas Storrow Brown. Blessé à l'œil pendant l'échauffourée contre le Doric Club, le 6 novembre, ce dernier avait pris la tête des combattants, à Saint-Charles, sans s'y connaître en stratégies guerrières. Il lui manquait aussi le courage nécessaire pour affronter les troupes de Wetherall, pense-t-il.

Éternel optimiste, Amédée garde néanmoins le moral. Les Canadiens ne se laisseront pas abattre. Une de gagnée, une de perdue. Sa tante

Rosalie Dessaulles fait preuve de plus de réalisme. Elle sait que le sort en est jeté. Sans doute a-t-elle compris, comme bien d'autres, que les patriotes, des civils sans expérience militaire, n'ont aucune chance de l'emporter dans une guerre de position contre des soldats de métier placés sous le commandement d'officiers professionnels. Des militaires bien équipés et qui sont parmi les meilleurs au monde.

Dès lors, la chasse aux rebelles est ouverte. Rosalie fait venir la petite Ézilda du couvent. En pleurs, celle-ci fait ses adieux à son grand frère, sans savoir qu'il s'écoulera de longs mois avant leurs retrouvailles, en exil. À présent, Amédée doit préparer son baluchon. Sa tante refuse de céder à ses supplices. Flanqué d'un jeune cultivateur du nom de Jean-Baptiste Bonin, gendre du dénommé Poulin qui cache Papineau, il quitte le village. Il se revoit au moment du départ :

« Déguisé en habitant, affublé de pantalon, gilet et veste d'étoffe du pays, souliers de bœuf et tuque bleue, le tout deux fois trop grand pour moi, je sortis par le jardin… »

Sa fuite vers la frontière le déprime au plus haut point. En se retournant, il aperçoit au loin Maska et s'ennuie déjà. Comble de malheur, il a oublié d'apporter des livres pour passer le temps. Il expédie un mot à sa tante pour la supplier de le ramener au village. Elle cède et, le 30 novembre, à deux heures du matin, envoie une voiture le chercher. Il est de nouveau confiné à sa cache.

Les nouvelles de la rébellion, plus sombres les unes que les autres, arrivent au compte-goutte. Un soir, de sa fenêtre, Amédée aperçoit une lueur rouge dans le ciel : Saint-Denis est à feu et à sac. L'armée anglaise brûle en représailles une vingtaine de bâtisses, dont la maison et la distillerie du docteur Wolfred Nelson. Les soldats saccagent même les monuments aux morts dans le cimetière du village.

La rumeur veut que les troupes soient sur le point d'investir Saint-Hyacinthe. La présence d'Amédée met la famille Dessaulles en péril, en plus de faire de lui une cible de choix pour attraper Papineau. Afin de convaincre son neveu de s'enfuir, Rosalie fait intervenir le directeur du collège, M. Jean-Charles Prince. Celui-ci organise la fuite d'Amédée avec son neveu Joël Prince. Les deux jeunes étudiants voyageront ensemble jusqu'à Saint-Grégoire de Nicolet, où habitent les parents de

Joël. Ensuite, Amédée poursuivra sa route seul vers la frontière américaine.

Le 2 décembre, il se résigne à suivre le plan du directeur. Dans son sac, le fugitif emporte quelques effets, presque rien, et des vivres pour tenir jusqu'aux lignes. Jamais l'avenir ne lui a semblé aussi noir. En grimpant dans la charrette, il frôle le désespoir. Quand reverra-t-il son père ? Et sa mère aura-t-elle la force de traverser l'épreuve de la séparation d'avec les siens ?

« La nuit était si obscure et les chemins si mauvais que nous allions au pas. Nous ne pouvions voir ni fossés ni clôtures, pas même notre cheval. Nous nous guidions sur la lumière que réfractait la boue liquide au milieu du chemin ! De ma vie, je n'ai vu une obscurité aussi complète. »

La suite, Amédée l'a griffonnée sur des bouts de papier, une fois la frontière traversée, en attendant le *stagecoach* à Derby.

7. PAPA ARRIVE INCOGNITO
Hiver 1837-1838

« Il (Papineau) veut m'envoyer à Saratoga pour étudier la loi pour devenir avocat ; moi je ne veux pas entendre parler de demeurer en ce pays et je veux aller me battre en Canada. »

«Patience !» soupire Amédée qui passe, dans le village frontalier de Derby, le dimanche le plus ennuyeux de sa courte vie. Son cauchemar aura duré dix jours. Sans cesse, les mêmes images défilent dans sa tête : l'habit d'étudiant qu'il a dû enfiler pour déjouer les loyaux, le temps de chien qu'il a essuyé depuis son départ, les routes défoncées parcourues dans des voitures minables et bringuebalantes, rien ne lui aura été épargné. Dieu merci, grâce à sa débrouillardise, il a pu obtenir un passeport et traverser la frontière sous un faux nom. À présent, il est sain et sauf. Mort d'inquiétude à cause des siens, mais bien vivant. Les journaux américains qu'il dévore relatent les événements dramatiques du Bas-Canada sans mentionner le nom de son père. A-t-il été capturé ? Est-il mort de froid dans la forêt ? Forcé de voyager incognito, Amédée n'ose questionner personne.

Le lundi 11 décembre 1837, journée tant attendue, arrive enfin. Tôt, ce matin-là, une longue *sleigh* américaine tirée par quatre chevaux l'attend devant la porte de l'auberge pour le conduire à Burlington. Au départ, il est le seul passager, mais d'une étape à l'autre, le *stage* se remplit. Le jeune exilé n'a pas assez de ses deux yeux pour découvrir le Vermont. Tout lui semble si différent. Les montagnes paraissent plus élevées que celles des *townships* du Bas-Canada, les vallées étonnamment profondes et les villages si rapprochés les uns des autres. Les larges rues bordées d'arbres et les maisons ornées de frontons, de portiques ou de colonnades ont l'air accueillantes. Avec un brin de nostalgie mélancolique, il constate que nulle part on ne voit surgir, comme dans son cher pays, la grande église en pierre au clocher élancé dont la flèche légère et étincelante est le guide et la joie du voyageur fatigué qui l'aperçoit dans le lointain. En lieu et place, de petites chapelles en briques avec des jalousies vertes.

Les hameaux continuent de défiler. Il passe la nuit à Craftsbury et dîne le lendemain à Cambridge. À l'auberge de Jericho, il rencontre des Canadiens réfugiés, dont Édouard-E. Rodier, un des plus ardents partisans de Papineau. Il ressent de la gêne en se présentant devant eux sous une fausse identité. Bien qu'il juge le subterfuge inutile, il se fait appeler Joseph Parent, comme le lui a suggéré sa tante Rosalie, du moins jusqu'à ce qu'il ait revu son père.

Partout, il jette ses impressions sur des feuilles volantes. À Burlington, il parle des réfugiés avec qui il cohabite : « Des compatriotes dans un malheur commun sont frères. » Lui et ses compagnons d'infortune montent un poêle et quatre grands lits dans la chambre qu'ils partagent à l'auberge. « Nous passions nos journées à ne rien faire, quelquefois gais, le plus souvent tristes. Nous étions toujours à guetter avec impatience les *stages* et la malle pour avoir des nouvelles. »

La conversation tourne autour des affaires du pays. L'un des exilés lui apprend que le fils du docteur Arnoldi, un sympathisant loyaliste qu'il connaît personnellement, a fouillé la maison de son oncle Augustin, recherché pour sa participation à la bataille de Saint-Charles. En voyant le portrait de Joseph Papineau accroché au mur, il a tiré son sabre et, faisant mine de percer la toile, s'est écrié :

« Oh ! l'on devrait couper la tête de ce vieillard, et quant à son fils, si on l'attrape, on le pendra comme un chien. »

Des réfugiés désemparés à l'humeur instable, voilà ce qu'ils sont devenus. Chez la plupart, la colère bouillonne. D'autres se répandent en récriminations. Que de désillusions aussi dans leurs propos ! Heureusement, il s'en trouve toujours un pour entonner une chanson canadienne que tous reprennent en chœur. La conversation débouche habituellement sur un fantasme : à nous la revanche !

Cette tragédie aurait-elle pu être évitée? Amédée n'admet pas que l'on puisse penser que la rébellion de novembre 1837 a été préméditée.

« Le gouvernement a attaqué le peuple et celui-ci s'est défendu », répète-t-il. Quelles étaient nos armes? De méchants fusils de chasse. Des fourches et des fléaux! Si nous eussions voulu nous révolter, nous aurions acheté des mousquets... »

Il défie quiconque de trouver chez l'un ou l'autre des chefs l'ombre d'une preuve que les Canadiens avaient l'intention de se révolter bien avant la rébellion. À croire qu'il a commodément « oublié » la harangue du docteur Wolfred Nelson à l'Assemblée des Six Comtés!

Tous les exilés s'entendent sur un point : la sympathie des Américains leur est acquise. Amédée en est si convaincu qu'il reprend son nom véritable.

Quand Thomas Storrow Brown, général défait à Saint-Charles, rejoint ses compatriotes en exil, Amédée ne cache pas sa mauvaise humeur. Si l'on en croit le commentaire amer qu'il glisse dans son journal, il ne porte pas dans son cœur ce grand parleur qui a échoué lamentablement au moment de l'engagement crucial :

« Il portait moustache et un habit de chasse de petersham bleu, le même qu'avait Perrault au moment où il fut tué. Personne n'aurait dû se servir de l'habit du martyr, mais Brown moins que tout autre. » Et d'ajouter que la plupart des réfugiés considèrent ce dernier comme un lâche, depuis son échec cuisant, le lendemain de la victoire du général Wolfred Nelson à Saint-Denis.

Il suffira cependant d'un tête-à-tête entre Brown et Amédée pour convaincre ce dernier que, contrairement à ses premières impressions, le général improvisé ne s'était pas trop mal conduit sur le champ de bataille.

———◦•◦———

Une lettre lui arrive le 20 décembre. Elle est adressée à Joseph Parent et n'est pas signée. En reconnaissant l'écriture de Papineau, Amédée pousse un soupir de soulagement. Son père a réussi à passer la frontière. Après des jours d'incertitude, il pleure de joie. Combien de fois a-t-il revu dans sa tête l'avis de recherche lancé contre Papineau épinglé au mur de la salle d'interrogatoire, à Stanstead? Le gouverneur offrait une récompense de mille livres (quatre mille piastres) à qui prendrait au collet le chef des rebelles du Bas-Canada.

N'ayant de nouvelles ni de Maska, ni de Verchères, Papineau lui réclame d'entrée de jeu tous les détails concernant les siens, si tant est qu'Amédée en ait reçus. Même le babil des enfants l'intéresse. Il donne libre cours à sa tristesse. Les derniers malheurs qui frappent son pays et les épreuves infligées à sa famille l'ont fait souffrir et, il le reconnaît, l'ont vieilli. Bien qu'ils aient tous deux échappé à leurs assaillants, il n'est pas rassuré sur leur sort. Aussi enjoint-il Amédée à la prudence. Leur correspondance doit demeurer secrète jusqu'à ce qu'ils aient le bonheur de se revoir. Ce qui ne saurait tarder, puisqu'il donne rendez-vous à son fils dans le village historique de Middlebury, au Vermont.

Amédée s'empresse de lui répondre. Cela le désole, mais il a peu à raconter à propos de la famille. Lorsqu'il se cachait à Maska, des bruits alarmants couraient sur la santé de sa mère. Heureusement, il a appris depuis qu'elle allait mieux. Toutefois, personne ne sait rien de l'enfant qu'elle portait. Julie a-t-elle fait une fausse couche? L'enfant est-il mort? Il évite le sujet. Que raconter d'autre? Les troupes sont débarquées à Saint-Hyacinthe juste après son départ. Aux dernières nouvelles, quelques hauts gradés de l'armée anglaise logeaient au manoir Dessaulles. À sa connaissance, Augustin, le frère de Papineau, n'a pas été attrapé. Après la bataille de Saint-Charles, il s'est caché chez sa sœur Rosalie et, pendant plusieurs jours, il a occupé le même refuge qu'Amédée. Il a quitté sa tanière avant l'arrivée des connétables. On le recherche toujours.

Du côté de Montréal, les échos sont moins positifs. Les autorités auraient saisi des papiers personnels de son père et des documents officiels restés à la maison après sa fuite. Amédée avait pourtant pris des dispositions pour s'assurer que tout serait mis en lieu sûr. Qu'est-il advenu des livres qu'il n'a pas eu le temps de sauver? D'après le *Herald*, plusieurs caisses auraient été confiées à des amis de Papineau, avec la permission de lord Gosford. Cela aurait valu au gouverneur une violente réprimande pour avoir permis «que les effets d'un traître fussent arrachés à la confiscation». Voilà tout ce qu'Amédée peut dire de leurs proches.

Pour le reste, on lui a raconté qu'au Bas-Canada, «la soldatesque répandue dans les campagnes se porte à toutes sortes d'excès et de brigandages, pillage, meurtre, viol, incendie et mille outrages dignes des Vandales et des Goths», lui écrit-il avant de lancer un cri du cœur pour le moins grandiloquent :

«Cher papa, je brûle de rage au récit de ces horreurs. J'appelle sur les tyrans la vengeance du ciel. »

Le jeune exilé continue d'étaler ses états d'âme sur ce même ton sentencieux qu'il emprunte toujours pour parler de sa patrie. Il ne supporte pas l'obligation désormais faite aux Bas-Canadiens de jurer fidélité à la Couronne britannique :

«Jamais je ne consentirai à prêter serment d'esclavage», jure-t-il à son père, avant d'évoquer leurs amis emprisonnés, tel ce pauvre Wolfred Nelson, cueilli dans les bois, près de la frontière, qu'on a mis aux fers. Friand d'images saisissantes, il écrit : «Les tigres veulent son sang!» Oui, Amédée compte vouer sa vie à la revanche, quitte à être «du nombre des victimes offertes en holocauste» pour obtenir l'indépendance des Canadas.

⋙═══⋘

Au moment de cacheter sa lettre, il apprend de son ami Louis Perrault, réfugié à Middlebury, la cuisante défaite des patriotes à Saint-Eustache, le 14 décembre, après trois heures de combat. Apparemment, le village ne serait plus qu'un amas de ruines fumantes. On compterait une centaine de morts et trois cents blessés. Leur ami, le docteur Jean-Olivier Chénier, serait, hélas! au nombre des victimes. Avant de s'enfermer dans l'église, il avait prévenu son entourage qu'il était déterminé à mourir les armes à la main, plutôt que de se rendre. On l'aurait abattu alors qu'il tentait de fuir l'église à laquelle les Habits rouges avaient mis le feu. En sautant par les fenêtres pour s'échapper, plusieurs de ses compagnons étaient tombés, eux aussi, sous le plomb meurtrier. Durant la fusillade, des hommes cachés dans la cave du presbytère étaient morts asphyxiés par la fumée ou brûlés vifs. Un véritable carnage !

Même destruction sadique au village de Saint-Benoît. Deux cents hommes auraient été faits prisonniers. Amédée ajoute une page à sa lettre pour raconter à son père la fin absurde d'un des chefs, Amury Girod, dont le corps a été retrouvé à la Longue-Pointe.

Quelle histoire pathétique que la sienne ! Girod avait quitté la zone de combat pour aller chercher du renfort. À son retour, ses compagnons l'avaient accusé de s'être lâchement soustrait au danger. Devant l'injuste accusation, il aurait abandonné les siens et se serait lancé sur les routes infestées de volontaires. Se sentant encerclé, il aurait préféré se suicider :

« Girod, ne voulant point se rendre à des soldats anglais, se serait brûlé la cervelle avec un pistolet qu'il avait en main », écrira-t-il dans ses mémoires.

Rien de tout cela n'est encore confirmé, prend-il soin de préciser à son père. Mais le lendemain, Thomas Chevalier de Lorimier, dont il reçoit la visite après le déjeuner, l'assure que l'hécatombe de Saint-Eustache a bien eu lieu. Au moment des faits, il était lui-même sous les ordres du docteur Chénier. Voyant qu'il était impossible de repousser les troupes de Colborne, beaucoup plus nombreuses que les leurs, Thomas avait conseillé à son chef de déposer les armes pendant qu'il en était encore temps. En vain. Chénier est mort en héros, cela aussi il en atteste.

Swanton, un ancien village abénaquis du Vermont situé non loin de la rivière Missisquoi, marque la nouvelle étape dans sa tournée des réfugiés. Amédée y retrouve Ludger Duvernay et quelques Fils de la Liberté qui y ont échoué. Il demande à voir son ami Jacques-Guillaume Beaudriau, dont il est sans nouvelles depuis la fameuse nuit du 6 novembre 1837. Ensemble, ils avaient gardé la maison de la rue Bonsecours que le Doric Club venait d'attaquer. Manque de chance, l'étudiant en médecine réputé coureur de jupons est parti conter fleurette aux belles Américaines. Ses émois amoureux, pour ne pas dire ses déboires, amusent ses compatriotes. Et pour cause : dès son arrivée à Swanton, le drôle de Casanova avait créé tout un scandale à sa pension en essayant de prendre de force la femme de chambre! Louis Perrault avait ébruité l'affaire. Mais les cancans n'avaient pas réussi à freiner les ardeurs amoureuses du jeune patriote. On chuchote qu'il a jeté son dévolu sur une cocotte, puisque les jeunes filles de bonne famille le snobent, tout futur médecin soit-il.

Prévenu de l'arrivée de son meilleur ami, Jacques-Guillaume accourt. Il l'emmène visiter ce qui lui tient lieu d'hôpital. Il n'a pas encore obtenu son diplôme, bien qu'il ait étudié la médecine à Montréal avec le docteur Robert Nelson pendant trois ans. En ce moment, il soigne quelques blessés qui se sont échappés du Bas-Canada. Amédée s'entretient avec l'un d'eux, encore alité, et qui veut guérir pour retourner se battre. Quel bel exemple de courage! pense le fils de Papineau. Le futur disciple d'Esculape partage cet avis:

« J'ai fait serment sur mon sabre de ne jamais vivre en Canada tant que le pays sera colonie britannique», l'assure ce dernier, en précisant qu'il sera toujours prêt à combattre sur les champs de bataille pour l'indépendance du Canada ou pour venger ses frères tués par les Anglais.

Jacques-Guillaume Beaudriau exhibe son équipement de guerre: gilet et pantalon, havresac, sabre, carabine, pistolet, cocarde et plumet, «le tout proportionné à sa taille lilliputienne», note son ami Amédée. L'étudiant réitère sa promesse:

« Je ne retournerai dans mon pays que les armes à la main. »

Quand bien même une amnistie générale serait accordée, il ne se soumettra jamais à ces Bretons orgueilleux, lui promet-il encore. Amédée admire sa détermination, mais n'approuve pas sa vision de l'avenir. Il essaie de le persuader qu'advenant une amnistie, son devoir l'obligerait à retourner au pays. Connaissant bien son caractère, il ne doute pas que Jacques-Guillaume deviendrait vite l'un des champions de la démocratie au Canada. Pour l'émouvoir, Amédée lui confie que cela lui ferait de la peine de rentrer un jour dans leur pays sans son meilleur ami.

Chaque semaine, de nouveaux fugitifs débarquent à Swanton, déclenchant des explosions de joie de la part de ceux qui les ont précédés. L'histoire de l'abbé Étienne Chartier, fraîchement arrivé, fait partie des bons coups dont les exilés se régalent. Le curé de Saint-Benoît a réussi à échapper aux volontaires du poste frontalier de Stanstead qui espéraient récolter les 500 livres de récompense promises pour sa capture. Se sachant recherchés, lui et ses quatre camarades se sont fait passer pour des cultivateurs allant aux États-Unis échanger du sel contre des moutons mérinos. Les garde-frontières n'y avaient vu que du feu!

⸺•◦•⸺

Le 30 décembre 1837, Amédée arrrive à Middlebury, ville située entre Ticonderoga et les montagnes Vertes. L'ex-imprimeur du défunt *Vindicator* montréalais, Louis Perrault, y a convoqué les réfugiés. Le voyage en *stagecoach* que le fils de Papineau a effectué en compagnie de Ludger Duvernay, Édouard-Étienne Rodier et quelques autres l'a épuisé. Il s'est blessé à la jambe dans sa fuite et la plaie s'est infectée. Ni le calomel ni les cataplasmes ne réussissent à calmer la douleur. Il se résigne donc à passer la journée du lendemain, la dernière de cette pénible année, étendu sur un sofa.

Au matin du jour de l'An, le moral à plat, il s'apitoie sur son sort.

« Pauvres Canadiens ! » soupire-t-il.

Soudain, Louis Perrault lui annonce que Papineau vient d'arriver incognito. Amédée court (façon de parler) le rejoindre en clopinant, pressé de se jeter dans ses bras. Il trouve son père entouré de ses compatriotes, tout à la joie de revoir leur chef enfin parmi eux. La discussion porte sur les affaires publiques, mais Amédée n'arrive pas à s'y intéresser. Il attend impatiemment le moment de se retrouver enfin seul avec son père. Ils n'auront pas assez de toute la nuit pour se confier leurs angoisses des dernières semaines.

Amédée est tout oreilles, cependant que Papineau évoque les patriotes qui l'ont caché, puis aidé dans sa fuite. Jamais son père n'oubliera ces inconnus assez courageux pour exposer leur vie dans le but de sauver la sienne. Dans sa course, sous divers déguisements, il a connu le froid, la faim, l'épuisement, au point de tomber parfois sans pouvoir se relever. À la frontière, méconnaissable sous son déguisement, il a vu sa tête placardée un peu partout par des fanatiques excités à l'idée de le capturer et d'empocher les quatre mille piastres de récompense. Sa voix se brise, lorsqu'il pense à son vieux père resté au pays ; à Lactance et à Ézilda qu'il n'a pas eu la consolation de serrer dans ses bras avant de quitter Maska comme un voleur. Depuis, chaque fois qu'il croise des enfants, il peine à étouffer son chagrin. Comment vont le petit Gustave et sa belle Azélie ?

Il s'inquiète aussi du sort de Julie, dont il est toujours sans nouvelles ! D'autant plus qu'en décembre, le journal *L'Ami du peuple* a publié une rumeur selon laquelle elle était morte à Verchères d'une fièvre cérébrale causée par les appréhensions pour son mari et sa famille. Heureusement, ses fidèles amis lui ont caché la gazette jusqu'à ce qu'ils obtiennent la certitude qu'elle était hors de danger. Il n'empêche, Papineau redoute que les cruelles épreuves et les vives inquiétudes atteignent trop durement sa femme ô combien sensible. Si seulement il pouvait lui faire savoir qu'il a réussi à passer la frontière ! Cela la rassurerait de le savoir sain et sauf !

Papineau veut tout connaître aussi de la fuite d'Amédée. Les mots lui manquent pour dire combien il s'est fait du mauvais sang à son sujet.

Le lendemain de ces émouvantes retrouvailles, Middlebury est l'hôte de la première assemblée des Canadiens réfugiés. Cette rencontre se déroule dans l'enthousiasme, en présence du chef des patriotes. L'espoir de rentrer au pays renaît. Amédée résume dans son journal les décisions prises ce jour-là : puisque l'Angleterre, non contente de violer la Constitution, mène maintenant une guerre d'extermination des Canadiens, ceux-ci doivent employer tous les moyens possibles pour s'affranchir de son joug.

Assurés de la sympathie et de l'aide financière des Américains, qui, soixante ans plus tôt, ont réussi à se libérer de la tutelle anglaise, les patriotes en exil planifient déjà l'invasion du Canada sur toutes les frontières, et ce, en plus d'organiser l'insurrection à l'intérieur. Amédée déborde d'enthousiasme. Il a en tête l'exemple tout récent du Texas, ravi au Mexique et reconnu comme un État américain par le gouvernement de Washington. Voilà qui devrait encourager les Canadiens à aller de l'avant. Les États du Nord, pense-t-il, ne feraient pas moins pour le Canada que ceux du Sud pour le Texas. Il est vaguement question aussi de lancer un appel à la France, dans l'espoir que la mère patrie dépêche les héritiers des La Fayette et Rochambeau qui, au siècle dernier, avaient prêté main-forte aux insurgés américains.

Pour l'instant, les réfugiés jugent tout de même plus sage que Papineau conserve l'incognito. Amédée approuve, comme il l'expliquera dans ses mémoires :

« On savait combien les tigres voulaient son sang, comme ils le cherchaient sur toute l'étendue du pays, fouillant jusqu'au couvent des Ursulines à Québec, et l'on se dit qu'avant de faire couler sur les échafauds le sang des autres chefs qui remplissaient les cachots, ces tigres attendaient la prise de "l'architraître" pour le sacrifier le premier. »

Dorénavant, Papineau circulera sous le nom de Jean-Baptiste Fournier père et Amédée se fera appeler Jean-Baptiste Fournier fils. Quelques jours plus tard, il se sépare de son père à Saratoga. Il espère que la célèbre eau de source du Congrès aura des effets bénéfiques sur sa cheville malade, mais aussi sur sa digestion laborieuse. Le matin, avant le déjeuner, il avale un gobelet bien rempli de ce « coup d'appétit ». Cette eau pétillante, juge-t-il, n'a rien à envier aux meilleurs alcools. Froide, très gazeuse, légèrement saline, elle est agréable au goût et très efficace contre la dyspepsie, les affections bilieuses et la goutte. À compter de ce jour, il ne cessera d'en vanter les vertus.

La réputation de Papineau s'étendant partout dans l'Est américain, les personnalités new-yorkaises, comme celles du Vermont, lui ouvrent leurs portes, du moins officieusement. Son fils a également droit à leur protection. À Saratoga, après avoir été accueilli par le juge Cowen de la Cour suprême, Amédée fait la connaissance du chancelier R. H. Walworth, qui lui offre l'hospitalité pour la durée de son séjour. Il promet d'en parler à son père, qu'il s'en va rejoindre à Albany.

La capitale de l'État de New York, une jolie ville plantée d'arbres touffus, est quadrillée de rues pavées et de trottoirs en brique. Les cochons vont et viennent librement entre les jambes des passants, ce qui devient exaspérant à la longue, mais pour le reste, il fait bon y vivre. Le greffier à la Cour de la Chancellerie, James Porter, un vieil ami de la famille, accueille Papineau et son fils sous son toit et les présente au gouverneur de l'État de New York, William L. Marcy.

——◦◦◦——

À Albany, la visite éclair du docteur Robert Nelson à Papineau, le 9 janvier 1838, déclenche une altercation entre ce dernier et Amédée. Le médecin qui soigne le jeune homme depuis sa petite enfance examine sa jambe malade. Tout en appliquant de l'acide nitrique sur la plaie, il lui raconte son emprisonnement à Montréal. Même s'il n'avait aucunement participé à la rébellion, il a été arrêté dès le début des troubles. On l'a libéré au bout de trois jours sans qu'aucune accusation soit portée contre lui. Une éternité, pour ce bouillant patriote qui, avant de prendre le large, a écrit sur le mur de pierre de sa geôle: *Le gouvernement anglais se souviendra de Robert Nelson.*

La conversation roule sur les mesures à prendre prochainement pour se débarrasser du pouvoir colonial. Le frère de Wolfred Nelson ne s'en cache pas, il s'est donné pour mission de déclarer l'indépendance du Canada, rien de moins. Il rentre tout juste de Philadelphie, sans toutefois avoir obtenu les appuis qu'il allait chercher pour sa cause. Qu'importe, l'échec de sa démarche n'a pas amoindri sa détermination d'envahir sa patrie sans plus attendre. Il sait où se procurer des armes. L'État de New York fournira un fusil neuf à chaque patriote, il s'en porte garant.

Papineau en doute. Force est de le constater, les Américains ne leur consentiront qu'une aide timide. Conscients de cela, leurs compatriotes réfugiés aux États-Unis se montrent réticents à poursuivre la lutte. Certains, Robert Nelson le reconnaît, sont prêts à jeter la serviette. Les spectacles-bénéfices, les collectes de fonds et les campagnes de souscription en faveur des réfugiés canadiens ont beau connaître un franc succès, les banques américaines restent froides à leurs demandes de financement. La presse new-yorkaise les vilipende, quand elle ne les ridiculise pas. Le chef en exil ne cache pas à Nelson le sentiment d'impuissance qui l'habite. Ce dernier cherche à le convaincre de s'engager à ses côtés. Incapable d'ébranler ses convictions défaitistes, il en vient à croire que son ami a perdu le feu sacré. Il repart déçu, peut-être même en colère.

Si l'expédition projetée par Nelson déplaît à Papineau, elle soulève l'enthousiasme d'Amédée qui, une fois le médecin parti, annonce son intention d'y participer. Farouchement opposé à l'action violente, son père essaie de le raisonner. Amédée écrit dans son journal:

«Il veut m'envoyer à Saratoga pour étudier la loi pour devenir avo-cat; moi je ne veux pas entendre parler de demeurer en ce pays et je veux aller me battre en Canada et me ranger sous les drapeaux du doc-teur R. Nelson, qui prépare une expédition contre nos tyrans.»

La discussion entre eux s'enflamme. Amédée veut s'enrôler. Mieux vaut aller se faire tuer, plutôt que de languir loin de sa patrie chérie. Papineau réfrène ses ardeurs: son fils doit penser uniquement à assu-rer son avenir en prenant une profession. Qu'irait-il faire au Bas-Canada? N'a-t-il pas compris que la rébellion a échoué? Ne vient-on pas d'apprendre qu'au pays, les arrestations se multiplient?

Son propre frère Augustin a finalement été arrêté. Après avoir mira-culeusement échappé à la rafle des connétables en se terrant au fond de la cave, chez sa sœur Rosalie Dessaulles, il a tenté de gagner les États-Unis. Moins fortuné que son neveu, il a été pris au collet à Kingsey et ramené à la prison de Montréal. Amédée veut-il subir le même sort?

Papineau s'oppose à tout geste violent de représailles. Il croit main-tenant aux vertus de la diplomatie. Son fils devrait en faire autant. À bout d'arguments, celui-ci fait mine de céder aux pressions. Toutefois, il se prépare secrètement à défier son père en lisant des biographies de révolutionnaires et en tirant du fusil sur les arbres. Difficile de mesurer le sérieux de ses intentions, car jamais il ne se joindra à ses compa-triotes qui préparent une attaque de représailles.

———

En tant que chef des réfugiés, Papineau se rend à Philadelphie pour rencontrer le président américain Martin Van Buren. Peut-être réussira-t-il à le convaincre d'assouplir sa loi de neutralité sur le point d'être votée. Cette loi cause un préjudice aux Canadiens puisqu'elle interdit aux Américains de les aider dans leurs efforts pour libérer leur pays.

Sans même attendre le résultat de la démarche de Papineau, Robert Nelson passe à l'attaque depuis Alburg, au Vermont. Le 28 février, en compagnie de deux ou trois cents exilés, il pénètre au Bas-Canada. Mal préparée, son expédition échoue lamentablement à un mille passé la frontière. À peine a-t-il le temps de planter un mât de la liberté, de distribuer des exemplaires de sa déclaration de l'indépendance et de s'autoproclamer président de la république canadienne.

Robert Nelson comptait sur un convoi d'armes et de munitions que les Américains lui avaient promis, mais le général John E. Wool, chargé par le président Martin Van Buren de préserver la sacro-sainte neutralité, l'a intercepté. En voyant les troupes de Sa Majesté la reine Victoria foncer sur eux, les « soldats » de Nelson se sont débandés et ont regagné les États-Unis au pas de course. Arrêté alors qu'il repassait « les lignes », Nelson a été relâché devant les protestations des exilés patriotes, qui pouvaient encore compter sur la sympathie des Américains vivant près de la frontière.

Amédée s'empresse d'écrire à son père, toujours à Philadelphie, pour lui annoncer le fiasco du fougueux médecin. Pas un seul coup de fusil n'a été tiré. Il commente :

« La montagne en travail enfante une souris. »

Il lui envoie une copie de la *Déclaration d'Indépendance* signée « Robert Nelson, commandant en chef de l'armée patriote ».

Devant cette honteuse déroute qui fournit de l'eau au moulin de Papineau, Amédée retourne sa veste : il sera avocat. Son père a suffisamment de soucis sans qu'il ajoute à ses tourments, se dit-il. Donc, il étudiera le droit à Saratoga, où le chancelier Walworth réitère son offre de le loger chez lui. Dans son journal, il s'en explique :

« J'avais la fantaisie d'étudier la médecine, mais avant tout de revoir le pays ; je ne me soumis qu'à regret et parce que je ne savais où donner de la tête pour le moment, que mon sort inquiétait mon père et que je voulais lui ôter cette inquiétude, à lui qui en avait tant d'autres. »

Le 10 mars, alors qu'il s'apprête à quitter Albany, une amie de sa mère venue voir son mari en exil lui apporte enfin des nouvelles d'elle, les premières depuis trois mois. Julie s'est réfugiée avec ses enfants chez sa belle-sœur Rosalie Dessaulles, à Saint-Hyacinthe. Tous sont bien portants. Cependant, l'amie de Julie ne pense pas qu'elle ait eu un enfant. C'est d'autant plus intrigant qu'un Canadien de passage à Albany a récemment annoncé à Amédée qu'il avait un nouveau petit frère d'environ trois semaines. Bizarre !

8. LE JOURNAL D'AMÉDÉE
Printemps 1838

« *Je suis rendu à la proclamation imbécile de Gosford défendant les assemblées publiques et j'ai rempli 64 pages d'un cahier in-octavo de mon écriture serrée.* »

Situé à douze lieues au nord d'Albany, Saratoga Springs est la ville d'eau la plus célèbre de l'Est américain. Son nom mohawk signifie « chute d'eau tombant d'une colline ». Grâce au chemin de fer, le trajet entre les deux villes se parcourt en trois ou quatre heures. Les trains exercent sur Amédée une véritable fascination. Il note dans son journal :

« Un homme qui n'aurait jamais vu rouler un char sur les chemins de fer en pleine nuit croirait assister à la fin du monde. »

Trop souvent, déplore-t-il, la personne qui essaie de grimper dans un char en marche tombe et paie son imprudence de ses jambes coupées par les roues.

Une nouvelle vie commence pour lui. Désormais, il signe L.-J.-Amédée Papineau dit Montigny, d'après le nom du village de ses ancêtres français. Et, suprême audace, il se coupe lui-même les cheveux, comme c'est maintenant la mode.

Cette année-là, le printemps retarde. Mars s'achève sous la neige, ce qui semble assez exceptionnel dans l'État de New York. Toutefois, le 1er avril, comme par miracle, tout a fondu ! Le futur clerc loge chez le chancelier Walworth, qui habite une jolie maison entourée de grands pins. La vie au sein de cette famille presbytérienne est assez austère, mais madame Walworth, une fort belle femme, se montre chaleureuse avec lui. Pour ses études de droit, son protecteur l'a placé chez Me Judiah Ellsworth. L'avocat réputé a accepté de le prendre comme élève à son cabinet qui a pignon sur Broadway, près du Congress Hall. Puisqu'il a complété ses études collégiales au Canada, il lui suffira de trois ans pour être reçu avocat, au lieu des sept années requises dans cet État. Un réfugié, le docteur Joseph-François Davignon, l'aide à préparer les affidavits certifiant qu'il a bel et bien terminé son cours.

Le docteur Davignon se fait appeler Jos Francis. À son tour, il examine la plaie à la jambe d'Amédée qui ne guérit pas. Pour en venir à bout, il la brûle avec la pierre infernale. Les deux hommes ne se connaissaient pas avant d'arriver en exil, mais une chaude amitié se noue entre eux. Amédée sait que Davignon s'est illustré au début de la rébellion au Bas-Canada, lorsque les Habits rouges ont traversé son village de Saint-Athanase. Le jeune médecin avait alors trente ans et y pratiquait sa science, tout en rêvant de se débarrasser des Anglais. À la suite d'une escarmouche avec un détachement de l'armée, on l'a arrêté pour haute trahison. Tandis qu'on l'amenait à la prison de Montréal ligoté au fond d'une charrette, une bande de patriotes ont attaqué le convoi et l'ont libéré. Davignon a décampé. Il a été l'un des premiers patriotes à franchir la frontière.

Tous les matins, avec ou sans son ami médecin, le jeune estropié se transporte à la source du Congrès, convaincu que l'eau guérira sa jambe malade. Il lui faudra trois mois de souffrances avant de pouvoir enfin circuler comme bon lui semble. Il peut alors ratisser la ville et apprivoiser les mœurs de son pays d'adoption. Par simple curiosité, il assiste aux funérailles d'un médecin de Saratoga. La cérémonie funèbre est célébrée selon le rite américain, qui diffère sensiblement des usages au Bas-Canada. Première surprise, lui, un étranger, il est introduit dans la chambre du mort sans que personne songe à lui demander ce qu'il fait là. La bière est ouverte et le visage du défunt est découvert. Du jamais vu! Assises dans la pièce dont les fenêtres ne sont pas recouvertes de feutre noir, comme c'est la coutume de l'autre côté de la frontière, des dames contemplent la dépouille. Après une courte prière, le convoi se met en branle. Selon le souhait du médecin, son vieux cheval blanc favori traîne une herse. Suivent les femmes dans des voitures et les hommes à pied. Amédée s'étonne de voir que, lorsqu'on descend la bière dans la fosse, la veuve et les enfants se tiennent sur le bord de la cavité.

Saratoga ne compte pas suffisamment de catholiques pour bénéficier d'une église. La plupart du temps, Amédée assiste au service religieux des presbytériens. Il lui arrive aussi de se rendre chez les quakers-trembleurs, une secte religieuse qui se réunit pour prier dans une maison à quelques milles d'Albany. La scène dont il est le témoin le laisse perplexe. D'un côté, les hommes portent l'habit du XVIIIᵉ siècle en gros drap de couleur tabac et la cravate blanche. Leurs cheveux coiffés d'un chapeau gris à larges bords tombent sur leurs épaules. De l'autre, les dames en robe de laine violette, le cou caché par un mouchoir, un bonnet blanc sur la tête. Pour un peu, Amédée se croirait en présence des novices de la Congrégation de Montréal. Durant la cérémonie, les fidèles se mettent à sauter en agitant les mains qu'ils lèvent au-dessus de la tête, et dansent en pivotant sur eux-mêmes jusqu'à ce que l'Esprit-Saint descende sur eux. Alors, comme possédés, les «élus» tombent en extase et se jettent à plat ventre sur le sol. Ceux qui les entourent crient, pleurent, tremblent et se lamentent.

«On dirait un sabbat de sorcier», écrit Amédée.

―――――

Maintenant bien installé à Saratoga, il entreprend de raconter la tragédie récente de son pays. Sans hésitation, il intitule son manuscrit *Journal d'un Fils de la Liberté réfugié aux États-Unis par suite de l'insurrection canadienne en 1837*. Dans ce livre qu'il destine à la postérité, il a l'intention de raconter la révolte des patriotes du Bas-Canada. De l'expliquer aussi, car trop de points d'ombre perdurent.

L'idée lui en est venue après avoir lu l'*Histoire de la Rébellion irlandaise de 1798*. Loin de satisfaire sa curiosité, ce livre de Thomas Moore, le seul sur ce sujet qu'il a trouvé à la bibliothèque publique du Capitole, l'a laissé sur sa faim. Les témoins, pense-t-il, négligent de transmettre à leurs descendants ce qu'ils ont vécu. Trop de faits intéressants se perdent à jamais dans l'oubli. Il est convaincu que la guerre civile qui vient de frapper sa patrie mérite de tenir une place saillante dans l'histoire du Canada. À sa connaissance, aucun de ses compatriotes ne semble disposé à accomplir cette tâche. D'ailleurs, il s'estime le mieux placé pour rassembler les matériaux d'un semblable ouvrage. Son père a joué un rôle de premier plan dans ce drame et lui-même, à titre de Fils de la Liberté, il s'est trouvé au cœur de l'action. De plus, il connaît personnellement la plupart des acteurs qui vivent maintenant aux États-Unis. Il se propose de les interroger. Ainsi, il pourra facilement reconstituer cette page bouleversante du passé.

Son manuscrit s'ouvre sur un bref rappel des grandes dates « depuis que la trahison, la faiblesse et l'indifférence ont fait passer le Canada sous la domination anglaise », en 1763. Dans cet « abrégé de l'histoire politique du pays depuis la conquête », il explique longuement la montée du sentiment nationaliste exacerbé par l'attitude hautaine des marchands anglais de Montréal et par les injustices du gouvernement colonial. Le récit devient véritablement palpitant dans les années 1830, alors qu'il évoque de façon précise et imagée l'action des patriotes. Naturellement, son père, Louis-Joseph Papineau, occupe une place prédominante. Le travail d'Amédée prend une tournure plus personnelle lorsqu'il aborde les événements dramatiques qui ont mené à sa propre fuite. Les notes qu'il a griffonnées au jour le jour sur des feuilles volantes lui servent de matériau de base.

Parallèlement à ce récit, il entretient une correspondance avec une douzaine de compatriotes éparpillés dans les États de New York et du Vermont, qui l'alimentent en information. Davignon, O'Callaghan, Perrault et lui s'entendent pour faire circuler les nouvelles du Bas-Canada parmi les réfugiés. Chacune des lettres reçues par l'un d'entre eux est reproduite à plusieurs exemplaires et expédiée aux autres. Ce travail de journaliste occupe une grande partie du temps d'Amédée. Il épluche aussi les gazettes antipatriotes, les autres ayant fermé leurs portes sur ordre du gouverneur ; il classe et conserve les articles les plus pertinents, qu'il reproduit textuellement dans le corps du texte ou en annexe.

En dépouillant les journaux loyalistes, il apprend que Londres a suspendu la Constitution du Bas-Canada. Le pays tombe sous le régime militaire de sir John Colborne jusqu'à l'arrivée d'un vice-roi – un « dictateur », corrige Amédée – en la personne de John George Lambton, qui passera à l'histoire sous le nom de lord Durham.

Amédée s'inquiète. S'il fallait que les tyrans réservent aux Canadiens un sort comparable à celui fait aux Acadiens! Il apprend en outre que de rares prisonniers politiques ont été libérés, après avoir passé des mois derrière les barreaux sans qu'aucune accusation ait été portée contre eux. À Montréal, la délation, qui hélas! naît toujours de la peur, devient monnaie courante. Amédée, qui ne dédaigne pas le style dithyrambique, observe que Colborne, aidé de ses volontaires, promène sa torche incendiaire dans les campagnes, pillant et massacrant tout ce qu'il croise dans les campagnes et répandant la terreur et la ruine autour de lui.

Une lettre anonyme écrite en prison se retrouve dans les pages du *Burlington Sentinel*. Nul doute, elle est de la main de Wolfred Nelson. Il l'aura probablement remise à une des femmes chargées d'apporter la soupe aux détenus du Pied-du-Courant. En l'expédiant à une gazette américaine, Nelson veut sensibiliser les Américains aux conditions misérables que subissent les prisonniers d'État et que la presse canadienne censurée passe sous silence. Le récit de leur détention indigne Amédée. Confinés à leur cellule, les prisonniers patriotes n'ont pas eu droit à un lit pendant une quinzaine de jours. Pour toute nourriture: du pain et de l'eau. Dans son article, Nelson, le plus célèbre d'entre eux, écrit que leurs geôliers les traitaient de la manière la plus barbare, du moins au début de leur internement:

«Ils étaient ligotés ensemble jour et nuit et ne pouvaient satisfaire leurs besoins personnels autrement qu'en s'allongeant ou en s'assoyant tous ensemble», raconte-t-il, avant d'ajouter que ceux qui possédaient quelques shillings avaient pu les échanger contre des pommes de terre pourries.

Il y a pire encore. Le mystérieux auteur raconte avec quel sadisme la dépouille du héros de Saint-Eustache, mort au combat, a été profanée:

«Chénier s'est cassé la jambe; on lui a passé une épée à travers le corps; on ne lui a pas fait de quartier et, peu après, son cœur a été arraché de son corps et exposé au regard de tous. Qu'on nie ce fait, si c'est possible.»

Jour après jour, les nouvelles désolantes provenant de sources diverses atterrissent sur la table de travail d'Amédée.

« Je voudrais être né Américain et libre, n'avoir jamais connu le Canada, écrit-il dans son journal. Je voudrais voir toute ma famille aux États-Unis et ne pas avoir à pleurer sur la ruine de ma patrie, sur l'extermination de mes concitoyens, de ma nation. »

Il juge tout aussi sévèrement les évêques et le clergé du Bas-Canada. Après avoir menacé de la malédiction divine leurs ouailles coupables d'avoir adhéré à la folie patriote, les prêtres les encouragent maintenant à dénoncer leurs chefs emprisonnés, même si ceux-ci risquent l'échafaud. Jamais les prêtres polonais ou irlandais n'ont trahi leurs compatriotes comme l'a fait le clergé au Canada. Amédée a lu la lettre circulaire envoyée par l'évêque de Montréal, le 6 février 1838, concernant les crimes commis « pendant l'odieuse répression de l'an passé contre le gouvernement établi dans cette province britannique ». Il fallait, clamait monseigneur Lartigue, rendre grâce à la Providence « pour la prompte répression d'une révolte si menaçante par les armes puissantes de Sa Majesté » et pour la paix qui règne maintenant dans tout le Canada.

Dire que cet abominable homme de Dieu est le cousin germain de son père !

—⸺•⸺—

Ah ! la famille. Amédée lui fait une place de choix dans son *Journal d'un Fils de la Liberté*. Resté au pays, son frère Lactance l'encourage d'ailleurs dans cette voie :

« Avec ta patience et ton exactitude, ce recueil sera pour ceux qui comme moi t'aiment tendrement une source agréable de souvenirs de famille et du pays. »

Peut-être, mais si son manuscrit devait un jour se retrouver sur les tablettes des libraires, il y aurait lieu, pense Amédée, de retrancher certaines pages…

L'apprenti journaliste tient Papineau au courant de l'évolution de son travail.

« Je suis rendu à la proclamation imbécile de Gosford défendant les assemblées publiques, lui précise-t-il le 1er avril 1838, et j'ai rempli 64 pages d'un cahier in-octavo de mon écriture serrée. »

Amédée insère le plus de détails possible sur les événements de novembre 1837. Certains peuvent paraître superflus aujourd'hui, mais plus tard ils intéresseront ses lecteurs, et ce, malgré son style peu châtié et le manque de documents originaux.

« J'espère que nous pourrons l'examiner ensemble », propose-t-il à son père, à qui il demande aussi d'écrire quelques pages pour lui raconter sa vie.

Amédée voudrait les insérer dans le corps de son manuscrit. Papineau n'a-t-il pas joué un rôle de premier plan dans l'histoire du pays ?

Que pense Papineau de la mission que son fils a décidé de mener ? En prend-il ombrage, lui qui a souvent été sollicité pour écrire sa propre version de l'histoire du Canada ? Probablement pas, puisqu'il décline l'invitation, sous prétexte de ne pas avoir en main le matériel nécessaire pour reconstituer tous les faits. Il encourage d'ailleurs Amédée à interroger les témoins, tant ceux qui sont réfugiés aux États-Unis que ceux qui sont demeurés au pays. Cependant, il l'invite à la prudence et à la réserve. Même s'il s'adresse à un ami, Amédée doit parler le moins possible de ce qui se dit et se fait en exil, tout en tâchant d'apprendre tout ce qui se passe au Canada.

À l'évidence, le radicalisme d'Amédée l'inquiète. Certes, son fils a raison de ressentir de la haine à l'égard des injustes oppresseurs de son pays, mais il doit faire montre de plus de sang-froid dans l'expression de ses sentiments :

« C'est donc un moment où il faut céder et dissimuler, lui recommande Papineau, dans une lettre écrite de Philadelphie. S'exciter à de trop justes ressentiments, c'est se mettre dans le cas de ne plus pouvoir calculer ses démarches [...]; de se nuire à soi et à ses amis et à son pays. »

Amédée doit cesser de se plaindre de la cruauté du gouvernement colonial, afin de ne pas encourager les loyaux à maintenir les mesures de rigueur. D'où l'exhortation de son père :

« Dans la situation d'esprit où tu te trouves naturellement, moins tu écriras violemment à tes amis, plus tu leur feras de bien à eux-mêmes. »

Autre précaution, il lui demande de cesser d'adresser ses lettres à « l'honorable Papineau » et lui suggère d'éviter le terme « réfugié ». Il ne devrait pas non plus signer ses lettres « A. Papineau, un Fils de la Liberté ».

« Dans l'état actuel des choses, conclut son père, soupçonneux, toute démonstration qui n'est pas nécessaire ou utile doit être évitée. »

Puis, comme pour mettre un peu de baume sur ses reproches à peine voilés, il le félicite : ses lettres seraient intéressantes même pour des étrangers. Ainsi encouragé, Amédée consacre le plus clair de son temps et de ses énergies à poursuivre sa cueillette d'information et à rédiger son journal. Tant pis s'il néglige ses études de droit ! À peine y consacre-t-il quelques heures par jour. Pour se détendre, il attrape son pistolet d'arçon et vise de pauvres arbres. Ou encore, il emprunte un fusil et tire à blanc. Enfin, chaque jour, il se rend aux sources bienfaisantes de Saratoga pour boire de l'eau miraculeuse.

Les premières lettres de sa famille demeurée à Saint-Hyacinthe lui arrivent enfin en mai. Elles sont scellées de noir. Amédée sent planer l'oiseau de malheur au-dessus de sa tête. Il hésite longuement à les ouvrir, puis se décide, préparé au pire. Son oncle, Philippe Bruneau, frère de Julie, est mort et cela le chagrine. Pour le reste, la santé des siens se maintient, même si les cœurs sont bien abattus. Sa mère lui parle de chacun d'entre eux. Pour éviter des frais, elle a mis Lactance externe. Toutefois, elle se désole de le voir si peu appliqué dans ses études. Son second fils aurait grand besoin d'être guidé et surveillé. Louis-Antoine, son cousin, perd son temps, lui aussi, mais cela ne surprend pas Julie. Ézilda, un peu légère et insouciante pour ses dix ans, est trop sensible (elle tient de sa mère). De son côté, Gustave, du haut de ses neuf ans, continue de se priver des produits non canadiens, conformément au mot d'ordre des patriotes, tandis que la benjamine, Azélie, s'ennuie de son cher papa et de son grand frère…

Julie s'inquiète pour Papineau. Il méritait un meilleur sort, après tous les sacrifices qu'il a consentis pour l'amour de sa patrie! Comme homme public, il a droit au respect, à l'admiration et à la reconnaissance, ajoute-t-elle dans sa lettre à Amédée.

« Et, au contraire, se désole-t-elle, il n'est payé que par la persécution de ses ennemis, la trahison de ses amis et l'abandon de ses principes et de sa personne par une grande partie de ses concitoyens. Ah! cher fils, c'est cette ingratitude qui me fait le plus souffrir. »

Ému, Amédée sent la main de sa mère dans la sienne, ses lèvres sur son visage. Il voudrait la réconforter, lui donner du courage, la convaincre que son père et lui vont bien dans les circonstances.

« Ne vous inquiétez pas, la rassure-t-il. Il ne nous manque qu'une chose : c'est votre présence. »

Julie lui a promis de les rejoindre dès la réouverture de la navigation. « Venez au plus tôt », insiste-t-il en lui exposant avec force détails le trajet à suivre. À Saint-Jean, elle doit prendre le bateau à vapeur qui va à Whitehall, l'endroit le plus laid qu'il connaisse. En débarquant, le lendemain matin, elle sautera dans le *stage* qui l'amènera à Saratoga vers trois ou quatre heures de l'après-midi. Il l'y attendra, il compte les jours.

Julie a raison. Les anciens amis de Papineau, même parmi les réfugiés, commencent à lui tourner le dos. Amédée prend bientôt la mesure de leur grogne contre son père. Duvernay lui reproche de ne pas révéler sa véritable identité, Rodier juge qu'il manque de vigilance, d'autres lui attribuent tout simplement leurs malheurs...

C'est Robert Nelson qui alimente le mécontentement. Il laisse entendre à droite comme à gauche qu'il a reçu une lettre de Wolfred qui incrimine le chef des patriotes. Apparemment, il se serait comporté lâchement à Saint-Denis, le 23 novembre 1837 : « *Papineau & O'C. conduct has been the conduct of dastardly cowards* », aurait écrit Wolfred. Ce dernier prétend aussi que Papineau tremblait et sanglotait le matin de la bataille, qu'il lui disait: «Mon cher, je ne puis voir verser le sang…»

Julie est outrée. Celui qu'elle appelle désormais «Robert le diable» crache son fiel parce que son frère Wolfred est injustement emprisonné, tandis que Papineau, libre comme l'air, refuse de participer à une expédition vengeresse. Voilà pourquoi il s'attire la colère de son ancien ami.

Louis Perrault le confirme, Robert Nelson propage des calomnies. Papineau aurait été acheté par les Anglais, il aurait vendu ses compatriotes, etc. Comme d'autres, l'ancien éditeur ne tolère plus de l'entendre débiter pareilles sottises et il lui a dit dans le blanc des yeux de ménager ses paroles. Dieu merci, le docteur O'Callaghan fait contrepoids à l'influence de Nelson en publiant des notes biographiques élogieuses de Papineau dans le *Saratoga Sentinel*. Quant à Ludger Duvernay, il a beau maugréer, rien ne l'empêchera de le suivre comme chef politique. Amédée garde confiance.

Tandis que les clans se positionnent pour ou contre Papineau, les événements se précipitent. Au Canada, une proclamation de Colborne somme les exilés de rentrer au pays dans les trente jours, sous peine de confiscation de leurs propriétés et de bannissement perpétuel. S'il faut en croire *Le Populaire*, journal publié à Montréal, ils devront se livrer aux autorités et attendre leur jugement. Le «vieux brûlot» suspend l'*habeas corpus* et rappelle la loi martiale. L'heure est d'autant plus grave que, dans le Haut-Canada, les exécutions se multiplient.

Amédée en appelle à son père, qui prolonge son séjour à Philadelphie:

«Faut-il que les réfugiés paraissent aux yeux du monde demeurer en silence et torpeur? Faut-il laisser passer cette proclamation sans y répondre? Faut-il avoir l'air d'abandonner à leur sort fatal nos frères dans les fers? Faut-il chercher à faire trembler les tigres, à leur en imposer par la crainte?»

Questions difficiles, qui demandent une prompte réponse.

«La première chose à faire n'est-elle pas une réunion des réfugiés pour s'entendre et agir de concert?» demande-t-il encore à Papineau, avant d'émettre une suggestion: «Ne croyez-vous pas devoir venir au plus tôt vous consulter avec eux ? Ils sont dans une cruelle incertitude et ne savent ce qu'il faut faire. »

C'est l'impasse et Amédée a raison de le rappeler à son père. Les réfugiés, qui ne savent plus à quel saint se vouer, resserrent les rangs. Ils sont nombreux à attendre les conseils de Papineau. Pauvres comme Job, la plupart n'ont pas les moyens de se déplacer. Aussi, ils espèrent que leur chef reviendra bientôt au milieu d'eux.

9. LES PAPINEAU DÉBARQUENT À NEW YORK
Été 1838

*« Il est aisé de prévoir qu'avant cinquante ans la grande
République sera le Premier Empire du monde. »*

Le 1er juin 1838, Saratoga somnole sous un soleil de plomb. La chaleur
est écrasante. Au milieu de l'après-midi, le thermomètre frôle les
quatre-vingts degrés Fahrenheit, cependant qu'Amédée se précipite au
Rail Road House. Sa mère vient d'arriver. Un messager lui apprend
qu'elle est descendue au Congress Hall. Il y court, mais doit patienter
au salon, car Julie et ses compagnons de voyage dînent à la salle à
manger. Le repas s'achève enfin. En entendant remuer les chaises, il ne
tient plus en place. Sa mère sort la première, Azélie accrochée à ses
jupes. Tante Rosalie suit, flanquée de son fils Louis-Antoine Dessaulles.
Un autre de ses cousins, Henry Delagrave, a fait le voyage avec eux. Il
est venu pour rencontrer son confrère de collège, le docteur Davignon.

Les retrouvailles sont poignantes et ô combien bruyantes ! Il y a
tant de choses à raconter et tout le monde parle en même temps. La
plupart des lettres de Julie et de tante Dessaulles ne se sont jamais ren-
dues à destination. Certaines ont été interceptées par les autorités, alors
que personne n'a voulu se charger de faire passer les autres, de peur
d'être pris en flagrant délit. Toutes deux s'efforçaient pourtant de
n'écrire que des banalités.

Amédée réclame des nouvelles d'Ézilda et de Gustave, restés à
Maska. De Joseph Papineau aussi. Julie lui apprend que son pauvre
pépé a eu un abcès à l'oreille, dont il a heureusement guéri, mais qui
l'a laissé encore plus sourd qu'avant. Il n'en continue pas moins de
s'occuper des affaires de son fils Papineau en son absence. Il vient

justement de louer leur maison de la rue Bonsecours à des étrangers. Et l'oncle Augustin? Comment va-t-il? Il compte les jours à la prison de Montréal et n'est pas prêt d'en sortir. Avant son départ pour les États-Unis, Rosalie a réclamé la permission de lui rendre visite. Les autorités la lui ont refusée, ainsi qu'à son vieux père âgé de quatre-vingt-cinq ans. Eh bien! elle s'est entêtée. Malgré l'interdit, elle a réussi à voir son frère clandestinement grâce à l'humanité du geôlier.

« Une tête de Papineau, c'est dur », dit Amédée, qui admire la détermination de sa tante.

Lactance, lui raconte sa mère, est malheureux comme les pierres. En la voyant partir, il s'est senti abandonné. Il ne comprenait pas pourquoi son cousin Louis-Antoine était du voyage, alors que lui, le fils de Julie, restait derrière. Elle a dû lui expliquer cent fois qu'il devait terminer ses études classiques avant d'émigrer.

Lord Durham est-il arrivé? demande Amédée. Oui. D'après le *Herald*, que les voyageurs ont apporté dans leurs bagages, le gouverneur a débarqué à Québec, le 29 mai, avec sa suite – une soixantaine de personnes, de superbes chevaux et sa vaisselle évaluée à… quinze mille livres. Ce qui fait dire à Amédée, avec son emphase habituelle:

« Les tyrans veulent joindre l'insulte et la moquerie à toutes leurs infamies! »

Toujours d'après le *Herald*, Londres a chargé Durham de redresser les griefs. Sitôt installé au château Saint-Louis, il a réclamé la liste des prisonniers et les affidavits expliquant les raisons de leur arrestation. Amédée ricane: la plupart ont été arrêtés sans l'ombre d'une explication! Le gouverneur a immédiatement ordonné qu'on leur permette de prendre l'air dans la cour de la prison. Ce petit geste ranime l'espoir des patriotes. De plus, Durham parle le français, son entourage aussi. Autre bon point pour lui, on pense qu'il est contre l'union des deux Canadas et on veut croire qu'il mettra les tories au pas. Amédée conserve un doute:

« C'est un radical anglais, nous verrons s'il fera justice. »

Comme s'il était le maître des lieux, il pilote Louis-Antoine dans son village d'adoption. Les deux cousins flânent aux sources thermales et montent dans les wagons tirés par une locomotive sur les chemins à lisse, tout en échangeant des nouvelles au sujet des patriotes réfugiés aux États-Unis et de ceux qui sont restés au pays.

Papineau ignorait que sa femme était en route lorsqu'il a décidé de prolonger son séjour à Philadelphie, d'où son impardonnable absence. Julie ne cache pas sa déception.

Tard, ce soir-là, Amédée s'assoit à sa table de travail. Il est fatigué, mais ne peut se coucher avant d'avoir écrit un mot à son père :

« Mon cher papa ! Bonne nouvelle ! Bonne nouvelle ! Maman, ma tante Dessaulles, Louis, M. Delagrave et Azélie sont arrivés ici à 3 h cette après-midi ».

Il le presse de revenir « dans le plus court délai possible ». Chaque jour, il se rend au *Depot* en espérant le voir descendre de l'un ou l'autre des chars, mais il rentre bredouille. Pour faire patienter sa mère, il l'emmène visiter le chemin à lisse circulaire de Saratoga, l'aqueduc et le bassin près de la source Washington.

Un soir, sur le coup de minuit, Julie reconnaît la voix de son mari dans la rue. Elle court réveiller Amédée :

« Ton papa et Mr Porter frappent à la porte ! »

Il saute du lit et se précipite en bas, où son cousin Louis-Antoine, plus rapide – ou plus pressé d'embrasser celui qu'il considère comme son père adoptif – l'a devancé. Papineau a voyagé jour et nuit depuis les Alleghanys, près de Pittsburgh. Lui qui avait quitté Philadelphie sous le nom de Mr Lewis, il arrive à Saratoga sous celui de M. Papineau. Il juge désormais l'anonymat superflu, à la grande satisfaction des Canadiens.

La petite communauté de réfugiés grossit de jour en jour. En route pour New York, George-Étienne Cartier s'arrête à Saratoga, le 10 juin, le temps de saluer Papineau. Le rebelle – c'est ainsi qu'il se définit – ne porte plus ses cheveux sur les épaules ni ses hardes de paysan, mais il en a long à raconter sur sa fuite aux États-Unis. Vivement recherché au Canada, il a réussi à échapper à ses assaillants en faisant publier dans les journaux un entrefilet annonçant qu'il était mort gelé dans les bois! Il s'était ensuite réfugié dans une ferme de Verchères, mais avait dû déguerpir quand l'amoureux jaloux de la bonne, un sympathisant loyaliste, avait menacé de le livrer aux Anglais. Après s'être déguisé en fermier, il avait fini par aboutir à Missisquoi, caché dans un baril d'alcool, au fond de la voiture d'un dénommé… Ladébauche.

Une fois la frontière franchie sans problème, Cartier s'est arrêté à Burlington, où il a fait la connaissance du lieutenant-colonel Grey, nul autre que le beau-frère de lord Durham. Le haut gradé lui a affirmé que le nouveau gouverneur avait l'intention de libérer autant de prisonniers qu'il le pourrait. Malgré tout, la nouvelle déçoit les exilés, qui espéraient une amnistie générale. Grey n'a pas caché qu'il redoutait de l'agitation chez les Canadiens réfugiés, mais Cartier l'a assuré que tout le monde y vivait bien tranquille. Le lieutenant-colonel a reconnu devant lui que les patriotes comptaient dans leurs rangs des gens très respectables. En revanche, il considérait les rebelles du Haut-Canada comme de la canaille. «Petit George», comme on a surnommé Cartier, ne s'en cache pas: il désapprouve vivement l'expédition avortée de Robert Nelson, à Alburg.

Le député Louis-Hippolyte LaFontaine arrive à son tour, une semaine plus tard. Il rentre tout juste d'Europe. En Angleterre comme en France, où il a aussi plaidé la cause canadienne, il n'a rencontré qu'indifférence. Parmi les exilés, ce n'est un secret pour personne, LaFontaine ne déborde pas de sympathie pour Papineau. On le sait aussi sympathique à lord Durham et plutôt enclin à prêcher le «modérantisme», contrairement à son mentor.

Quoi qu'il en soit, les réfugiés sont unanimes: l'ex-lieutenant de Papineau n'a pas changé d'un iota. Il se pense toujours plus fin que tout le monde et estime avoir un bien meilleur jugement que Papineau. Louis Perrault, en particulier, juge sa fatuité et sa vanité de plus en plus insupportables. Imaginez! LaFontaine prétend que, s'il s'était rendu en Angleterre trois ans plus tôt, il aurait pu empêcher le désastre. Et, sans les nommer, il blâme les chefs qui ont précipité le peuple dans l'abîme, avant de se sauver…

«On voit que l'envie de dominer le ronge», dit Perrault.

Peu importe les ambitions personnelles de chacun, Julie et Papineau dînent avec Cartier et LaFontaine au United States Hotel. Sitôt après, le dernier rentre au Canada où, espère-t-il, son influence auprès des autorités – il s'est fait de précieux contacts à Londres – lui permettra de faire libérer les prisonniers.

Le bruit court alors que Wolfred Nelson s'est échappé de la prison et a traversé la frontière. Amédée n'en croit rien. Il a raison, il s'agit d'une énième fausse rumeur!

——◆——

Quelle effervescence à Saratoga! Ça sent l'été. Les roses commencent à éclore trois semaines plus tôt qu'au Canada. Amédée, dont la passion pour la guerre de l'Indépendance américaine ne se dément pas, visite avec son père les champs de bataille de Saratoga. Grâce aux *Mémoires du général James Wilkinson* qu'il a lus de la première page à la dernière, il peut reconstituer la défaite de John Burgoyne à la tête de six mille soldats britanniques, en 1777. Amateur de souvenirs, il achète de vraies balles tirées par des mousquets anglais et d'autres, moins grosses, tirées par les carabines des rebelles américains. Ces vestiges de la guerre d'Indépendance, les enfants les retrouvent dans les champs en suivant la charrue des fermiers et les vendent aux touristes.

Dans son journal, en date du 28 juin, Amédée souligne le couronnement de Miss Vic, «Reine du Royaume-Uni de la Grande-Bretagne et d'Irlande, Protectrice de la foi». Il ne peut s'empêcher de qualifier la reine Victoria de «persécutrice de ses esclaves, surtout ceux d'Irlande et du Canada».

Aux derniers jours du mois, Papineau s'embarque pour New York avec sa famille, à bord du pyroscaphe *Albany*. À six milles de l'Académie militaire West Point, la chaîne de montagnes Highlands, haute de mille cinq cents pieds, frappe Amédée. Comme aussi la prison de Sing Sing, dont les vastes édifices de marbre blanc logent un millier de prisonniers.

Voici New York, enfin. La plus grande ville d'Amérique compte alors trois cent mille habitants. Jamais il n'a vu autant d'omnibus sillonnant dans tous les sens les principales avenues. Il flâne à la Batterie, une magnifique promenade publique gazonnée et ornée d'arbres nichée dans la baie. Les Papineau descendent au City Hotel, où la pension complète coûte 2,50 dollars par personne, montant auquel il faut ajouter 2 dollars pour la table d'hôte.

Sur Broadway, rue à la mode, Amédée passe des heures avec Julie à courir les boutiques, « plus pour voir que pour acheter », car sa famille ne roule pas sur l'or. Il ne raffole pas de l'exercice :

« C'est le délice des dames, mais une corvée bien longue et bien ennuyante pour les pauvres hommes ! » note-t-il dans son carnet, comme pour s'excuser.

Au musée des sciences naturelles Peale's, il se bute contre un boa vivant et, au Jardin de Niblo, il voit trois antilopes, une autruche et les deux seules girafes d'Amérique sous la tente. La visite émerveille la petite Azélie. Les promeneurs marchent ensuite le long de Wall Street, royaume des banquiers, changeurs et assureurs, avant de s'arrêter au coin de Broadway et Fulton Street, où se dresse l'église Saint-Paul. Sous son portique, un monument attire l'attention du passionné d'histoire qu'est Amédée. Il renferme les cendres du général Montgomery, tué à Québec le 31 décembre 1775, lors de l'invasion américaine ratée.

Dès le lever du jour, le 4 juillet, des salves d'artillerie soulignent la fête nationale américaine. Au sortir du lit, les membres du clan Papineau s'habillent au son des fanfares militaires qui passent devant leurs carreaux. Sous un soleil ardent, l'armée défile à pied et à cheval. La ville regorge de carabiniers, chasseurs, hussards et dragons richement vêtus et de vétérans de la révolution. Le drapeau américain est suspendu à toutes les fenêtres et les rues fourmillent de piétons. Cela devient presque impossible de circuler en voiture, comme Amédée le constate en après-midi, alors qu'il tente de se rendre à Harlem, à l'extrémité nord de l'île de Manhattan. La journée se termine au Castle Garden, où il assiste à des feux d'artifice ridicules. Il écrit : « Rien n'y valait la peine d'être vu, si ce n'est un ballon illuminé que nous vîmes longtemps scintiller comme une étoile dans les nues. » Il se couche mécontent de sa soirée.

Le patriotisme des Américains l'étonne et le séduit. Tout au long du jour, il n'a pas vu un seul homme soûl et n'a été témoin d'aucune querelle dans les rues. Pas une parole grossière et offensante n'est sortie de la bouche des milliers de gens qui défilaient, joyeux et soucieux de maintenir la paix et le bon ordre. Quelle belle leçon pour ces pauvres Canadiens toujours aussi divisés entre eux qu'avant la rébellion ! Ce commentaire, il le glissera dans ses mémoires.

⟶⟨⟩⟵

Le lendemain, 5 juillet, Papineau, Amédée et le docteur O'Callaghan se rendent aux bureaux new-yorkais du chef des rebelles du Haut-Canada, William Lyon Mackenzie, forcé à l'exil comme son ami du Bas-Canada. Ils y croisent un Robert Nelson de fort mauvais poil. À l'issue d'une discussion glaciale avec Papineau, ce dernier refuse la main tendue d'O'Callaghan. La réconciliation qu'espérait Mackenzie n'aura pas lieu.

Robert Nelson est toujours animé de sombres desseins, note Amédée. Sa détermination d'attaquer le Canada demeure ferme. Il est convaincu que, dans dix-huit mois tout au plus, les exilés pourront rentrer dans leur patrie et les prisonniers seront libérés de leurs fers. Amédée le sait, les visées revanchardes de Nelson dégoûtent bon nombre de réfugiés. Surtout lorsqu'il affirme qu'advenant le succès de son entreprise, il faudrait exécuter les vire-capot comme Jacques Viger qui, depuis l'échec de la rébellion, ont pris leurs distances vis-à-vis des patriotes.

Pendant la rencontre, une nouvelle surprenante atterrit sur le bureau de Mackenzie : lord Durham a proclamé une amnistie générale. Cependant, il y a des exceptions. Amédée écrit :

« Il ne pend personne, mais envoie huit prisonniers en exil aux Bermudes et proscrit quinze réfugiés. »

Wolfred Nelson est du nombre des exilés aux Bermudes. La colère de son frère Robert est palpable. Les huit patriotes ont été piégés par Durham. À sa demande, ils ont signé un aveu de culpabilité. En échange, ils devaient obtenir la liberté pour leurs compagnons et la promesse de l'indulgence du gouverneur pour eux-mêmes. Est-ce là ce qu'entend

Durham par indulgence? Et que penser du sort réservé aux autres prisonniers à qui Durham refuse toute clémence et qui attendront leurs procès derrière les barreaux?

« Quelle différence y a-t-il entre le Canada et la Pologne? demande Amédée. La Bermude sera la Sibérie bretonne. »

Les noms de Papineau, de Robert Nelson, de George-Étienne Cartier et du docteur Davignon figurent sur la liste des quinze patriotes bannis à jamais du Canada.

« Le tout, s'indigne Amédée, sans aucune forme de procès! La longueur de la punition sera conforme au bon plaisir de l'autocrate; et celui des condamnés qui remettrait le pied en Canada mériterait *ipso facto* la peine de mort! »

Que Papineau se retrouve sur la liste des proscrits surprend Amédée. Durham prétendait avoir de l'estime pour lui et personne ne l'a jamais entendu condamner la conduite du chef des patriotes, dont il souhaitait faire la connaissance. Un mirage de plus.

« Durham est partie d'un gouvernement machiavélique et corrompu », conclut son père.

Et ce n'est pas son fils qui penserait le contraire!

———◈———

Pendant ce temps, à Burlington, Louis Perrault apprend d'un Montréalais de passage comment se sont déroulés les derniers jours des prisonniers avant leur départ pour les Bermudes. Les huit malheureux semblaient résignés. Tôt, le lundi matin, leurs parents ont obtenu la permission de venir leur dire adieu derrière les barreaux. Wolfred Nelson a ainsi pu consoler ses quatre plus jeunes enfants qui se demandaient en pleurant s'ils le reverraient jamais. D'autres scènes déchirantes se sont produites durant la journée. Un père est parti pour l'exil sans connaître sa fille née pendant son emprisonnement. Une mère très âgée, à qui il reste peu de temps à vivre, a vu son fils pour la dernière fois. Un prisonnier n'a même pas été autorisé à embrasser sa femme ni à la serrer dans ses bras.

Vers quinze heures, les huit condamnés sont sortis de la prison, garrottés deux à deux et escortés de hussards. On entendait des cris, des sanglots et des gémissements dans la foule, cependant qu'ils montaient dans le *stage* qui devait les conduire au Pied-du-Courant. Le *Canada Steamer* les attendait au quai. Au moment d'embarquer, Wolfred Nelson a retiré son chapeau et esquissé un geste de la main à ses compatriotes.

Perrault, qui a colligé tous ces détails et les a fait circuler parmi les réfugiés, loue la générosité des Montréalais. Ceux-ci ont recueilli des hardes pour vêtir les exilés et ramassé de l'argent afin que chacun parte avec au moins 500 dollars dans ses poches.

———◆———

Le clan Papineau pique vers le sud. Il faut compter huit heures pour aller de New York à Philadelphie en empruntant d'abord le bateau, ensuite les chemins de fer. Le 6 juillet, le pyroscaphe largue les amarres à midi et se faufile entre Staten Island et la côte de Jersey. Tout autour, des hommes en chaloupe munis de longs râteaux pêchent des huîtres, tandis qu'au loin, des navires amorcent la traversée de l'Atlantique. Le temps est superbe.

Un peu après quatorze heures, la famille troque le vapeur pour le train. Amédée prend sa place dans le wagon. Il se passe la remarque que les sièges sont placés comme dans une église. Le pays est sablonneux. Les champs de blé et de seigle défilent sous ses yeux. Ici, un verger de pêches, là de pommes. À chaque arrêt, des enfants montent à bord avec leurs paniers chargés de cerises et de raisins. Il est huit heures du soir lorsque les Papineau débarquent enfin à Philadelphie, une ville de deux cent mille habitants fondée en 1682. Quarante ans plus tôt, Montréal naissait, constate le jeune diariste.

Après une nuit de repos, Papineau et Amédée battent seuls le pavé. Ce qui frappe d'abord ce dernier, c'est la symétrie des édifices de Philadelphie, en marbre blanc pour la plupart, et la largeur des rues éclairées au gaz, comme aussi leur propreté. Le père et le fils se rendent à la bibliothèque de Benjamin Franklin qui rassemble des milliers d'ouvrages. Papineau se rappelle un incident survenu lors de son récent passage dans cette même salle de lecture. Le bibliothécaire l'avait reconnu : « Ah !

M. Papineau, s'était-il exclamé, si vous étiez arrivé cinq minutes plus tôt, vous auriez rencontré lord Gosford, qui sort d'ici ! Il m'a parlé du Canada et de vous. Il m'a dit que s'il avait suivi vos conseils, au lieu de ceux de M. Debartzch, il n'y aurait pas eu de rébellion. Vous seriez encore tous deux au Canada. »

Juste en face, le Philosophical Hall abrite la Société américaine philosophique. Le secrétaire invite Papineau à s'asseoir dans un fauteuil bas muni d'un petit pupitre attaché au bras et lui souffle à l'oreille :

« Vous occupez la chaise où Jefferson composa la Déclaration d'Indépendance. »

Le secrétaire se proposait de leur montrer l'original de ce précieux document quand il est demandé ailleurs. Quelle déception pour Amédée ! Il se console en grimpant dans le clocher de l'hôtel de ville de Philadelphie afin d'admirer la cloche qui sonna l'adoption de cette même Déclaration d'Indépendance, le 4 juillet 1776.

Au hasard de ses promenades aux quatre coins de la cité, tantôt en tandem avec Louis-Antoine ou Papineau, tantôt en famille, Amédée s'intéresse particulièrement aux monuments historiques. Il visite aussi l'aqueduc qui approvisionne la ville en eau potable et le Jardin botanique. En passant devant les ruines du Pennsylvania Hall, incendié un mois plus tôt par la populace furieuse qu'on y ait tenu une assemblée en faveur de l'abolition de l'esclavage, il s'arrête soudain. Cette question le préoccupe au plus haut point. Fervent abolitionniste, il a récemment assisté à Albany à une assemblée réunissant les opposants à cette pratique barbare.

Son cousin Louis-Antoine, passionné de lecture comme lui, achète les œuvres de Victor Hugo. Amédée lui emprunte *Notre-Dame de Paris* qu'il dévore jusqu'à une heure du matin. Tant pis s'il doit s'arracher les yeux ! Autant l'admettre, sa myopie a augmenté. Il n'a d'autre choix que de se procurer une bonne paire de lunettes.

L'heure du retour à Saratoga sonne trop tôt. Amédée regrette déjà les fameuses glaces à la vanille de Chestnut Street. Il s'en est tant délecté pendant son séjour. Heureusement, cette spécialité de la ville gagne aussi en popularité à New York. À bord du vapeur *New Philadelphia* qui les ramène à l'est, Papineau fait une rencontre imprévue, celle de l'ex-président américain John Quincy Adams, ce qu'Amédée ne manque pas de mentionner dans son journal.

La famille arrive à Saratoga Springs juste à temps pour souligner ses dix-neuf ans. Deux mois plus tôt, la reine Victoria, qu'il appelle « Miss Vic », soufflait, elle aussi, ses dix-neuf chandelles.

———◆———

À l'issue de son voyage « dans la grande République », c'est un jeune homme épuisé mais ô combien exubérant qui s'installe, le lendemain, devant sa table pour livrer ses impressions toutes fraîches « au citoyen J.-B. Lactance Papineau », toujours retenu à Maska contre son gré. Il couvre d'éloges les Américains, une population active, industrieuse, riche et heureuse, qui représente à ses yeux le seul peuple vraiment libre. Il n'en finit plus de vanter à son frère sa Constitution et ses institutions civiles, de véritables chefs-d'œuvre. Quand on pense que les États-Unis étaient, il y a soixante ans à peine, de misérables colonies comme les Canadas actuels !

« Un tel progrès en toutes choses est inconcevable, unique, n'a jamais eu son égal au monde, lui écrit-il. Il est aisé de prévoir qu'avant cinquante ans la grande République sera le Premier Empire du monde. »

En noircissant six pages de son écriture bien serrée, Amédée n'imagine pas la réaction aigre-douce de Lactance, ni combien celui-ci se sentira meurtri et mal-aimé ! On l'a oublié à Saint-Hyacinthe. Il aurait tant aimé, lui aussi, découvrir avec ravissement New York et Philadelphie en compagnie de leurs parents !

Attendre ! Lactance passe sa vie à attendre de finir ses études classiques, de trouver sa voie, d'aller rejoindre sa famille en exil… Il s'en ouvre à Amédée, dont il réclame conseils et encouragements.

Les deux frères ont toujours entretenu des relations harmonieuses. Depuis sa tendre enfance, Lactance admire son aîné et lui voue une parfaite loyauté. De même, celui-ci n'a jamais manqué de jouer son rôle de protecteur auprès de son cadet, plus délicat et affligé d'une constitution fragile. Julie avait l'habitude de dire que son deuxième fils souffrait d'un mal étrange et insaisissable.

Dans son jeune âge, le typhus avait failli l'emporter. Il combattait depuis des semaines une fièvre maligne et maigrissait à vue d'œil quand le docteur Robert Nelson avait recommandé à son père de l'envelopper dans des couvertures chaudes et de le promener en carriole pour qu'il respire l'air glacé.

« Ça va le tuer ! avait dit Papineau, fort inquiet.

— Il est déjà mort, lui avait rétorqué le médecin, avec son flegme habituel. Cela peut le ressusciter. »

Comme de fait, après cette randonnée pour le moins étonnante, Lactance avait miraculeusement pris du mieux. Assez, en tout cas, pour reprendre sa place au collège. Mais alors, son problème d'énurésie s'était révélé éprouvant. Considérée comme une maladie honteuse, son incontinence l'exposait aux moqueries de ses camarades. Humilié, il piquait des crises incontrôlables. Sa sensibilité maladive engendrera d'ailleurs chez lui des excès de violence tout au long de sa vie. Cela n'empêchera pas ce garçon fort intelligent de charmer son entourage et de s'exprimer avec une élégance remarquable, comme en font foi ses lettres toujours précises et bien tournées.

Nulle part, dans le journal intime de Lactance, on ne décèle une rivalité entre lui et son frère aîné. Peut-être un peu d'envie lorsque, après la rébellion de novembre 1837, Amédée a obtenu à Saratoga un poste lui permettant d'étudier le droit aux États-Unis.

« Je me réjouis de ce que tu aies été si favorisé en comparaison à beaucoup d'autres de tes compatriotes », lui avait-il écrit, sans doute un brin ombrageux.

Lorsque, deux mois avant l'obtention de son diplôme de philosophie au collège de Saint-Hyacinthe, Lactance se demande ce qu'il fera de sa vie, ses lettres à son père et à son frère résonnent comme un cri d'angoisse. S'il demeure reclus à la campagne, aucune perspective d'avenir ne s'offrira à lui :

« Il n'y aurait que la médecine que je pourrais étudier, mais vous savez que j'y ai bien une grande répugnance », avoue-t-il à Papineau, en le suppliant de le laisser rejoindre sa famille en exil, comme Amédée, « sinon, je serais abandonné presque entièrement à moi-même. »

Même appel déguisé lancé à ce dernier : « Si je pouvais comme toi trouver un patron qui me rapprocherait de papa et de toi ! » soupire-t-il.

Amédée comprend ses inquiétudes. Personne n'aime à demeurer en suspens dans les limbes de l'attente. Il l'encourage à profiter de ses vacances pour aller se changer les idées à Verchères, à Montréal, partout… Car rien n'est encore décidé.

« Papa attend pour prendre quelque décision qu'il ait conféré avec pépé… »

Les plaintes de Lactance finissent par émouvoir Papineau qui, après des mois de tergiversations, consent à laisser venir son deuxième fils. Il voyagera avec son grand-père. En apprenant la nouvelle de sa mère, Amédée lance un « hourra ! » bien senti. Joseph Papineau et son petit-fils arrivent le 23 août. Pauvre Lactance ! il a perdu sa valise sur le *packet-boat* de Whitehall. C'est Me Ellsworth, le patron d'Amédée, qui se chargera de la retrouver. Pour l'instant, sa joie d'embrasser les siens efface toute trace de ses récents tourments. Les deux frères de dix-neuf et seize ans enfin réunis sont comme cul et chemise. Deux passionnés de botanique toujours dans la nature à ratisser les bois, à cueillir des pêches et des châtaignes et à se promener en chaloupe, comme jadis à Verchères ou à la Petite-Nation. Amédée initie Lactance aux bienfaits de l'eau minérale, la spécialité de Saratoga Springs. Au hasard de leurs promenades, ils traînent parfois avec eux dans sa petite voiture Azélie qui se relève à peine d'une forte rougeole.

Même aux États-Unis, Lactance se demande ce qu'il fera de sa vie. Amédée le réconforte sur un ton moralisateur :

« Tu sors du collège où il n'y a pas d'inquiétudes. Tu entres dans le monde à une triste période pour ton pays et ta famille. »

Et de lui rappeler qu'à son âge, il avait dû fuir seul son pays. Il s'était alors trouvé dans une situation autrement plus précaire que la sienne aujourd'hui.

« Courage ! Courage ! Souffre avec patience les malheurs que tu partages avec tes compatriotes... », lui recommande-t-il sans doute avec un peu trop d'emphase.

L'automne passe en coup de vent. Bientôt, chacun regagne ses quartiers d'hiver. Pépé est reparti au Canada, Papineau et Julie s'en vont s'installer à Albany avec la petite Azélie. Lactance les y rejoindra, puisqu'on lui a déniché une place chez le colonel John Keyes Paige, greffier à la Cour suprême. Les amis d'Amédée, les docteurs Beaudriau et Davignon, songent à aller tenter leur chance à la Nouvelle-Orléans.

« ... Et moi, je resterai seul ici. Nous serons dispersés comme les feuilles par le vent d'automne... »

Le soir, dans sa chambre, à Saratoga, il lit deux tragédies de Voltaire, *Brutus* et *Adélaïde du Guesclin*.

10. MON AMI MARTYR
Automne 1838

« *Les bourreaux l'ont martyrisé. La corde fut mal arrangée ; et lorsque la trappe tomba, il demeura suspendu sans pouvoir mourir et dans d'horribles convulsions.* »

Papineau garde le lit, malade comme un chien. Son indigestion, probablement causée par les huîtres avalées la veille, crée toute une commotion dans la famille. Doté d'une santé de fer, il a d'abord refusé tout remède et a continué à manger comme si de rien n'était. Mal lui en a pris, il a ressenti des coliques, si bien qu'il a fallu appeler le docteur Davignon.

Reclus à la pension, il lit les derniers journaux arrivés de New York et d'Angleterre empilés dans un coin. Il tombe sur une nouvelle aussi inattendue que sensationnelle : Londres a désavoué l'ordonnance d'amnistie décrétée par lord Durham pour tous les rebelles sauf pour les huit exilés aux Bermudes et la quinzaine de patriotes, y compris lui-même, bannis du Canada.

Pas plus que son père, Amédée n'en croit ses yeux. C'est pourtant la vérité : le Parlement anglais regarde comme illégale l'attribution de peines à des personnes qui n'ont pas été jugées devant les tribunaux. Autrement dit, avant de déporter les huit et d'en chasser à jamais quinze autres, le gouverneur aurait dû leur intenter un procès. Rien n'empêche désormais les proscrits de rentrer au pays.

« Le pardon est entier, sans exception, lance Amédée, enthousiaste. La grâce royale est irrévocable et il faut que Durham le proclame lui-même. » Il va en crever de dépit, se dit-il.

Le 12 octobre, des lettres du Bas-Canada viennent confirmer la bonne nouvelle. Durham, humilié par cette rebuffade, profite de la proclamation de Londres pour annoncer son prochain départ. Il rentre en Angleterre avec sa suite. Tout devient désormais possible et Amédée, comme bien d'autres réfugiés, se prend à rêver d'un retour au pays.

Rien n'est moins sûr. Car de gros nuages s'amoncellent au-dessus du Bas-Canada...

———◆◆———

Moins d'un mois plus tard, Amédée peine à s'y retrouver dans ses notes. Une montagne de documents s'empilent pêle-mêle sur sa table. Tandis qu'il met les bouchées doubles pour terminer son compte rendu de la rébellion de 1837, il apprend qu'une seconde insurrection a éclaté dans la nuit du 3 au 4 novembre dans les comtés de La Prairie et de L'Acadie.

À partir de ce moment, son journal prend une tout autre forme, puisqu'il raconte les événements au fur et à mesure qu'ils arrivent. Ce nouveau soulèvement ne le surprend pas. Une semaine plus tôt, sa mère l'avait prévenu secrètement qu'une attaque générale se produirait d'un bout à l'autre de la province. D'après elle, les insurgés disposaient de plus de ressources qu'on le supposait. Tout l'été, les préparatifs s'étaient accélérés discrètement, sous l'impulsion de Robert Nelson, qui avait élaboré la stratégie depuis son refuge américain. Même l'*Albany Argus* avait eu vent d'un soulèvement orchestré à partir des États-Unis. Son article coiffé du titre « *Rumors of War* » précisait que les autorités canadiennes, fort nerveuses, armaient les tories loyalistes et les dépêchaient un peu partout dans les campagnes.

À Plattsburgh, l'ami Davignon pérore en bombant le torse : « Ça ira, ça ira, les aristocrates on les pendra... »

Les premiers coups de feu ont été tirés près de Beauharnois, où une centaine de patriotes ont tenté de s'emparer des munitions entreposées dans la région. Le lendemain, le mouvement insurrectionnel s'est déplacé à Châteauguay, cependant que d'autres rebelles convergeaient vers La Prairie. Les autorités n'ont pas hésité à proclamer la loi martiale.

Cela se passait le 4 novembre, presque un an jour pour jour après l'émeute opposant les Fils de la Liberté aux membres du Doric Club à laquelle Amédée avait participé dans les rues de Montréal. Il s'en trouve tout excité. Si, cette fois, il ne parle pas de se joindre aux combattants, ses propos traduisent un enthousiasme certain :

« Encore une fois, les Canadiens secouent leurs fers ! En avant ! Victoire aux opprimés ! À bas les tyrans ! »

Il succombe à la tentation de partager son exaltation avec son père :

« Voilà enfin la lutte recommencée ! » lui annonce-t-il dans une envolée de son cru.

Les Canadiens, il n'en doute pas, vont se lever en masse ou tomber à jamais. Il met toute sa confiance dans les Frères chasseurs. Les membres de cette société secrète créée dans le but de renverser le gouvernement colonial et d'instaurer la république du Bas-Canada jouissent d'une organisation bien rodée. D'après ses sources, ils disposent de suffisamment de munitions.

Par retour du courrier, Amédée apprend avec consternation que Papineau condamne sévèrement les insurgés. Son père est persuadé que des espions les infiltrent et que des agents provocateurs assurés de l'impunité poussent les Frères chasseurs à des mesures extrêmes. Il tâche de refroidir les ardeurs belliqueuses de son fils trop exubérant :

« Ton imagination trotte toujours plus vite qu'il ne faut », lui reproche-t-il, avant de lui ordonner sèchement : « Ne t'applique qu'à tes études légales ».

—◆◆—

L'euphorie cède vite la place à l'angoisse. Au fur et à mesure que les exilés étant allés prêter main-forte aux insurgés regagnent les États-Unis, la déconfiture du docteur Robert Nelson et de son armée mal équipée se précise. Prévenues par des citoyens de l'insurrection projetée, les forces britanniques ont engagé le combat dès que les premiers patriotes eurent traversé la frontière à Odelltown et à Napierville. Après cinq heures d'affrontement, les rebelles, affaiblis et sans armes suffisantes, malgré les promesses de leur chef, se sont dispersés. Certains d'entre eux, dont Robert Nelson lui-même, ont réussi à rejoindre l'État de New York. D'autres, et c'est le cas de Thomas Chevalier de Lorimier, sont tombés dans les mailles du filet anglais. En voulant gagner les lignes, il s'est égaré dans les bois et a été arrêté.

Comme les récits qui lui parviennent sont contradictoires, Amédée se précipite à Plattsburgh pour interroger de vive voix les patriotes au fur et à mesure qu'ils repassent sur le sol américain. On lui laisse entendre que le docteur Davignon aurait été attrapé. Il n'en croit rien. De fait, son ami n'a jamais quitté l'État de New York. À cette heure, il se trouve à Rouses Point, où il soigne les blessés au son du canon qui gronde dans le lointain. Deux éclopés viennent de lui arriver les pieds gelés et deux autres sont morts de leurs blessures. L'un avait à peine dix-neuf ans, comme le médecin le confiera à son ami diariste.

Tout est perdu. Une fois de plus. Le gouvernement colonial retire un à un leurs droits aux Canadiens. Au pays, la terreur s'empare de la population qui assiste, impuissante, aux arrestations arbitraires, à commencer par celle du fier Louis-Hippolyte LaFontaine, pris au collet en sortant de l'église Notre-Dame et amené à la prison du Pied-du-Courant. Il proteste auprès de sir John Colborne, le chef des armées anglaises : lui et ses compatriotes sont détenus illégalement «comme des animaux errant dans les rues».

Amédée s'attaque à la tâche de recopier les articles des journaux qui rapportent les exactions commises en représailles. Les volontaires anglais volent les citoyens, brûlent leurs maisons, pillent leurs magasins, profanent les hosties à coups de baïonnettes dans les sanctuaires. Parlant de l'incendie qui a ravagé La Prairie, le *Montreal Courier* du 13 novembre écrit : «… et l'on rapporte que pas une maison des rebelles n'a été épargnée. Dieu sait ce que vont devenir les Canadiens qui ont survécu au massacre, leurs femmes et leurs enfants, durant l'hiver qui approche. [...] La punition déjà infligée est sévère, mais n'est pas suffisante.»

Davignon apprend l'incendie de son hameau natal, Saint-Athanase, et de deux autres villages, L'Acadie et Saint-Constant. «Colborne et ses troupes se portent à toutes sortes d'excès», annonce-t-il à Amédée, avant de citer les noms des patriotes faits prisonniers et d'énumérer les bâtiments incendiés, les magasins vidés… La plupart du temps, les milices loyalistes entrent dans les foyers, font main basse sur tout ce qui leur fait envie, en chassent les mères et leurs enfants, puis mettent le feu. À Napierville, ils ont ordonné à la femme de l'aubergiste Antonio Merizzi de sortir de sa maison qu'ils comptaient incendier. Elle refusa. Les brigands allumèrent l'incendie. Mme Merizzi ne broncha pas, déterminée à brûler avec l'auberge plutôt que de la quitter. Devant un tel courage, les volontaires se sont résignés à éteindre eux-mêmes les flammes.

Amédée blâme le « Vieux Brûlot » de Colborne, qui transforme les villages en monceaux de cendres :

« Je suppose que le héros du Grand-Brûlé s'amuse à son jeu favori ».

Que de cruauté aussi ! Dans les bois, près de Lacolle, on a trouvé une femme assise au pied d'un arbre, son nouveau-né dans ses bras et ses deux autres enfants à ses côtés, tous morts de faim et de froid… Deux jeunes filles ont été ligotées et violées par des soldats écossais du régiment des Montagnards de Glengarry.

Ces drames sadiques, des témoins en fuite les confirment à Amédée, qui les rapporte scrupuleusement dans son journal. Quand donc viendra le jour de la justice ? se désespère-t-il. Dès lors, il enterre l'espoir qui l'animait de revoir son pays :

« Quinze jours sont à peine écoulés et déjà, nous sommes une seconde fois écrasés ! note-t-il. Les tigres ravagent nos campagnes, y portent le fer et le feu, la désolation et la mort ! Le sang de nos frères coule à torrents, nos sillons en sont abreuvés !… »

Amère façon de souligner le premier anniversaire de la victoire de Saint-Denis ! Ce sont pour lui « deux feuilles sanglantes dans l'histoire du Canada ».

Puisqu'il faut un coupable, les Frères chasseurs blâment Robert Nelson. Quelqu'un a reçu de ce dernier une lettre affirmant qu'il craignait d'être assassiné par ses soldats. De fait, pendant l'insurrection, ceux-ci l'ont capturé au moment où il tentait de prendre la poudre d'escampette, l'ont ligoté et ramené au camp. Il a dû parlementer longuement avant de les convaincre qu'il effectuait une tournée d'inspection et ne voulait nullement fuir.

D'après le docteur Davignon, toujours bien informé, Robert le Diable aurait leurré les Frères chasseurs en leur faisant croire que Papineau appuyait l'insurrection. S'ils avaient su qu'il s'y opposait, jamais ils ne se seraient soulevés. Amédée dénonce cette fourberie.

À Albany, la déconfiture des patriotes laisse Papineau dans un profond désarroi :

« La tentative infructueuse d'invasion a déjà fait bien des veuves et des orphelins, bien des mendiants et des exilés », dit-il à son fils qui s'enquiert de ses impressions. Il a perdu espoir de jours meilleurs : « Je ne prévois que des malheurs sans bornes… », lui avoue son père.

Amédée ne comprend pas pourquoi le pays ne s'est pas soulevé en masse.

« Parce qu'ils n'avaient pas d'armes », lui explique sa mère. On leur avait promis des munitions et de l'argent qui viendraient avec une grande armée américaine. « On leur a fait mille contes », ajoute-t-elle, aussi dépitée que son mari.

Son fils est bien forcé de lui donner raison. Il écrit :

« Le brave Jean-Baptiste se lève, il veut marcher, il demande un fusil, rien de plus. On n'en a pas à lui donner ! Mais où sont-ils donc ? Encore un mystère !… Demandez la réponse autant à Van Buren qu'à Nelson ! »

Ni le président américain, ni Robert le Diable ne lui en fourniront.

Le pire est à venir. Le *Montreal Herald* dont Amédée recopie les dépêches annonce que les procès des rebelles ont commencé. La Cour martiale siège à Montréal. Une potence a été construite devant la nouvelle prison afin, nargue la gazette bureaucrate, que les accusés puissent jouir d'une vue pouvant leur procurer un sommeil profond et des songes agréables… Les victimes commencent à parler. L'un des prisonniers, François-Xavier Prieur, affirme que, pendant les plaidoyers, les juges dessinent des bonshommes pendus. Difficile de démêler le vrai du faux dans tout ce qui se dit, car Colborne a ordonné la suppression de tous les journaux imprimés en français. Julie ne croit pas que le Vieux

Brûlot osera faire exécuter qui que ce soit. L'ami Louis Perrault, au contraire, tremble pour le sort de Joseph Duquette et Joseph-Narcisse Cardinal.

« Les tories veulent du sang, sir John les écoutera. »

Amédée rapporte que les gazettes loyalistes, le *Herald* en tête, recommandent d'accélérer les exécutions. « Pourquoi les engraisser pour le gibet », demande le journaliste Adam Thom dans les pages du *Herald*. Et encore : « Balayons les Canadiens de la face de la terre. »

Par chance, Jacques-Guillaume Beaudriau, qui a adhéré aux Frères chasseurs en des temps meilleurs, est sauf. Le jeune médecin a participé à l'opération militaire à titre de chirurgien des insurgés, avant de prendre ses jambes à son cou, comme tant d'autres.

⋙━◆━⋘

Une bonne nouvelle surgit au milieu des récits affligeants et c'est Julie qui l'annonce à Amédée : les huit exilés des Bermudes sont sur le chemin du retour. Apparemment, le *Persévérance* les a débarqués en Virginie, d'où ils remontent en toute liberté vers le nord.

Amédée ne contient pas sa hâte de serrer la main du héros de Saint-Denis. Il devra patienter un peu. Wolfred Nelson se rend d'abord à New York, puis à Washington, en compagnie de Papineau. Les deux chefs ont demandé audience au président américain Martin Van Buren afin de solliciter son aide. Nelson a confiance, contrairement à son compagnon, nettement plus sceptique.

Papineau sait qu'à la Maison Blanche, il sera question des derniers événements pour lesquels les « faiseurs de révolution » de Robert Nelson ne l'ont pas consulté. Si, dans l'intimité, il blâme les insurgés, il refuse qu'on le fasse publiquement devant lui ou qu'on injurie des hommes dévoués à leur patrie et odieusement tyrannisés.

Avant même d'arriver dans la capitale, les deux acolytes apprennent que Van Buren a fait voter sa loi de neutralité. Tout espoir d'une participation des troupes américaines aux côtés des patriotes est anéanti. Le président américain durcit même le ton : si les réfugiés désobéissent, ils s'exposent à être arrêtés.

Papineau se rend à l'évidence : tant que Van Buren sera à la tête du pays, il n'y a rien à attendre des États-Unis, et ce, même si les Américains manifestent beaucoup de sympathie pour la cause canadienne. Julie est encore plus pessimiste que son mari. Londres profitera de la neutralité des Américains pour écraser les Canadiens. Privés de secours, ceux-ci seront impuissants à se défendre.

❖

Noël 1838 prend malgré tout un air de fête. Amédée brave la poudrerie pour se rendre à Albany, la capitale de l'État de New York, où sa famille l'accueille à bras ouverts. Surprise ! Papineau est de retour de Washington.

Wolfred Nelson passe la soirée à la maison de pension des Papineau. Le tout nouveau docteur Beaudriau, qui vient d'installer son cabinet médical juste en face, se joint à eux. Nelson raconte d'abord sa vie de « Canadien errant » expédié *manu militari* aux Bermudes. Contre toute attente, la traversée à bord du *Vestal* s'était bien déroulée, les huit exilés ayant été traités comme des invités de marque. En débarquant de la frégate, ils avaient pu compter sur la même bienveillance, cette fois de la part de la population. À preuve, certains commerçants leur faisaient crédit. Cela dit, la vie sous les tropiques leur réservait des désagréments imprévus. Comme ils avaient donné leur parole qu'ils ne chercheraient pas à fuir l'île, ils pouvaient circuler librement, de jour comme de nuit. Toutefois, ils n'étaient pas autorisés à travailler. Forcés de payer leur gîte et leur couvert, ils se trouvaient toujours à court d'argent.

Et puis, un jour, l'impensable s'était produit. Personne n'avait imaginé qu'au bout de trois mois, le gouverneur anglais de l'île leur rendrait la liberté. En un temps deux mouvements, ils avaient préparé leurs baluchons. N'eût été des vents contraires, ils seraient partis bien avant le 1er novembre. La traversée avait duré huit interminables jours.

En foulant le sol américain, Wolfred Nelson avait appris l'échec de l'insurrection orchestrée par son frère. Pauvre Robert ! se désole-t-il devant les Papineau, il s'est laissé influencer encore une fois… Comme son frère aîné regrette d'être arrivé trop tard ! Il aurait su le dissuader de se lancer dans cette folle aventure.

La conversation roule ensuite sur l'assemblée des partisans organisée à New York et à laquelle Wolfred Nelson a participé, peu après son arrivée. Les journaux ont prétendu qu'il reprendrait volontiers les armes. C'est absolument faux. À moins de puissantes raisons, rien ne pourrait l'inciter à faire la guerre de nouveau. Il a promis à sa femme de vivre paisiblement près de la frontière en attendant de pouvoir rentrer au pays. Wolfred a vu son frère Robert à New York. Il l'a senti déterminé à se tenir loin des conflits.

« Il est fatigué, bien fatigué des affaires publiques », assure-t-il.

N'en déplaise à Wolfred, Robert le Diable n'a pas encore joué sa dernière carte. Le plus sérieusement du monde, et malgré son désolant échec à la frontière, il profite d'une assemblée des réfugiés pour proposer l'instauration aux États-Unis d'un gouvernement provisoire du Bas-Canada. Cette formation serait présidée par Papineau, tandis que Wolfred Nelson occuperait les fonctions de général en chef. Le président pressenti, on s'en doute, décline sans hésitation ce plan sorti tout droit « du cerveau d'un écervelé », comme il dit.

Au beau milieu de la soirée de Noël, un courrier vient leur apprendre que deux patriotes de Châteauguay, le notaire Joseph-Narcisse Cardinal, père de quatre enfants en bas âge, et le clerc-notaire Joseph Duquette, ont été pendus le 21 décembre. Personne n'ose le croire et pourtant, c'est la pure vérité.

Amédée est particulièrement bouleversé par l'horrible supplice infligé à Duquette, son confrère du Collège de Montréal, membre comme lui des Fils de la Liberté. Un an plus tôt, ils avaient écumé ensemble les rues de la ville, le cœur battant à tout rompre, lors de la rixe avec le Doric Club.

« Les bourreaux l'ont martyrisé, raconte-t-il. La corde fut mal arrangée ; et lorsque la trappe tomba, il demeura suspendu sans pouvoir mourir et dans d'horribles convulsions. Les bourreaux mirent une autre corde et, lorsqu'elle fut fixée, ils coupèrent la première. Le martyr fit alors une chute de quatre pieds et ne mourut qu'après plusieurs minutes de souffrances. »

Aucune pitié de la part des tortionnaires pour l'infortuné supplicié, malgré les cris de la foule perçant le silence : « Grâce ! Grâce ! » Le malheureux n'avait pas vingt et un ans.

Le lendemain, Amédée passe une seconde soirée avec son père et Wolfred Nelson, cette fois au cabinet médical de Beaudriau. Le jeune diariste profite de ces quelques heures pour étoffer son récit de la bataille de Saint-Denis. Il demande à Wolfred Nelson de lui relater en long et en large cette mémorable journée du 23 novembre 1837 à laquelle Papineau lui avait interdit de se mêler.

Ce jeudi-là, raconte Nelson, ses frères patriotes et lui s'étaient barricadés en prévision de l'attaque des Habits rouges. Avec à peine une cinquantaine de fusils en état de servir, ils avaient réussi à répondre au feu nourri des cinq cents soldats de Sa Majesté, grâce à quelques bons tireurs. Le premier boulet ennemi avait fracassé la tête de trois de ses hommes. Leurs cervelles l'avaient éclaboussé. Le second en avait tué deux autres. Le héros de Saint-Denis expose ensuite sa stratégie et les ruses qui lui ont permis de vaincre l'ennemi. Sa version des faits contredit plusieurs interprétations et apporte un nouvel éclairage, notamment à propos de la mort de George Weir.

Nelson expose les faits. Circulant à Saint-Denis en se faisant passer pour un marchand de blé, le lieutenant britannique avait été arrêté et ramené au camp. Nelson l'avait traité comme un prisonnier de guerre. Pendant son transport – les patriotes voulaient l'éloigner du combat –, il avait brisé ses liens et sauté de la voiture pour s'échapper. Ses gardes lui avaient crié de s'arrêter, mais voyant qu'il continuait à courir, l'avaient abattu :

« Si je devais paraître devant Dieu, conclut Wolfred Nelson, je ne craindrais pas d'affirmer sous serment ma ferme persuasion que le lieutenant Weir a péri par sa propre faute. »

Amédée admire le courage et le sang-froid de Nelson. À son avis, ses compatriotes lui doivent une reconnaissance éternelle. Si son héros avait été à Saint-Charles, le lendemain de son éclatante victoire, l'issue de la bataille eût été différente, pense-t-il. La patrie serait libre !

Wolfred Nelson prend congé des Papineau pour aller attendre à Rouses Point sa femme et ses enfants qui doivent arriver du Bas-Canada. Reste à espérer que les autorités anglaises leur auront permis de sortir du pays. Quand sa famille l'aura rejoint, il s'installera à Plattsburgh pour y pratiquer la médecine. À une heure du matin, il monte dans le *stage*. Amédée choisit ce moment pour lui arracher la promesse de lui prêter son journal de prison. Wolfred accepte de le lui envoyer, pourvu que son cahier ait échappé aux fouilles de la police. Malheureusement, Amédée ne le recevra jamais.

———✦———

Janvier 1839. Il fait un froid de canard. Seul à Saratoga, le diariste cache sa nostalgie.

« Je suis encore en exil ! » soupire-t-il.

Rien, pas même les fêtes du jour de l'An, ne lui remonte le moral. Invité à un bal, il s'y rend à reculons, sans même se douter que l'une des jeunes Américaines qu'il tient dans ses bras deviendra un jour sa femme.

Il est trop préoccupé par la brutalité anglaise qui sévit au Canada pour s'adonner aux plaisirs de son âge, y compris l'amour. Il vient d'apprendre que le 12 novembre, six prisonniers parmi les plus influents ont été ramenés de Sainte-Martine à Beauharnois, attachés derrière une voiture, corde au cou et chargés de fers. Il écrit dans son journal : « Les soldats qui conduisaient la charrette allaient assez vite pour obliger les prisonniers de courir, afin, disaient-ils, de ne pas leur laisser attraper de froid ! »

La plupart du temps, c'est son ami Louis Perrault qui lui rapporte ce qui se passe dans son malheureux pays. Jour après jour, Amédée découvre l'ampleur des représailles cruelles et injustifiées que subissent les Canadiens, surtout les femmes. À Sainte-Martine, des miliciens se sont introduits dans une maison et ont tenu à bout de baïonnettes deux hommes, pendant que leurs comparses – une douzaine en tout – violaient leurs épouses et leurs filles. Incapables de jouir d'une fillette de douze ans, « ils se contentèrent de retrousser ses hardes par-dessus sa tête et la promenèrent dans l'appartement». Dans le même village, une femme enceinte de huit mois expira «pendant que ces démons la violaient». À Beauharnois, les scélérats se sont rendus chez Jacques Belhumeur, alors en prison, et firent sortir de son lit sa femme accouchée de la veille, avant de mettre le feu à sa demeure. Des voisins anglais s'en prennent à leurs voisins français. Ainsi, on a rapporté à Amédée qu'un dénommé Howden a volé les meubles de Charles Lavigne, en plus de percer de coups d'épée le sein et les oreilles de son épouse pour l'obliger à dire où son mari s'était réfugié.

Nouvelle tout aussi alarmante, Colborne, qu'Amédée définit comme un «monstre sanguinaire», vient d'être nommé gouverneur général des Canadas, avec «les mêmes pouvoirs qu'avait l'autocrate ou dictateur Nicolas Durham». (C'est devenu une habitude, chez lui, d'attribuer à Durham le prénom du sanguinaire empereur de Russie.) Désormais, pense-t-il, rien ne pourra arrêter le Vieux Brûlot. Les procès dont il approuve la tenue se déroulent toujours en anglais, une langue que plusieurs accusés ne comprennent pas. Sous sa férule, les Canadiens redoutent de nouvelles pendaisons.

«Les loyaux demandent du sang et on leur en donne», écrit Amédée dans son cahier.

Les journaux canadiens sur lesquels il peut mettre la main lui apprennent que dans les jours précédant l'exécution de Joseph-Narcisse Cardinal, pendu juste avant Noël, son épouse enceinte s'était jetée aux pieds de lady Colborne. Elle l'avait implorée d'intervenir en faveur de son mari. Insensible à sa douleur, la femme du gouverneur s'était contentée de lui offrir huit piastres comme consolation.

Dans sa dernière lettre à son neveu, Rosalie Dessaulles se vide le cœur. À Maska comme ailleurs, les châtiments retombent aussi sur les citoyens qui n'ont nullement participé aux troubles. Le pillage et les vols commis par les loyaux se multiplient.

«Ils m'ont tué, emporté et détruit bœuf, vache, cochon, mouton, volaille et je suis encore la moins à plaindre», lui écrit sa tante qui, toute seigneuresse soit-elle, peine à joindre les deux bouts. Certains pères de famille, âgés ou infirmes, n'ont plus les moyens de pourvoir aux premières nécessités de la vie.

Peinard dans son refuge américain, Amédée se compte parmi les privilégiés. Toutefois, il n'est pas à l'abri des soucis financiers. Afin de soulager ses parents dont le pécule a fondu comme neige au soleil – leurs propriétés se vendent mal en Canada –, il décide de donner des cours de français. Las de leur réclamer sans cesse de l'argent, il pourra ainsi payer lui-même sa pension. Il y mettra du temps, cependant, car au début, ses élèves se comptent sur les doigts de la main.

Tandis qu'il se plonge dans la lecture de l'*Histoire de l'Insurrection de 1798 dans le comté de Wexford en Irlande* de l'officier insurgé Thomas Cloney, l'hiver arctique s'installe. On se croirait au Canada. Même neige abondante, même vent du nord-est. Un matin extraordinairement glacial, alors que le froid s'infiltre dans les fentes des murs de sa chambre, il ouvre les yeux tout surpris d'être encore en vie dans cette froidure. Malgré ses membres engourdis, il se tire du lit. Dans son bassin, en lieu et place de l'eau fraîche habituelle, il trouve de la glace d'un pouce d'épaisseur.

11. LES FOURBERIES DE ROBERT LE DIABLE
Hiver 1839

« N'a-t-on pas assez d'ennemis au-dehors, sans semer la division dans le camp même ? »

Dans le secret absolu, Papineau prépare son départ pour la France. À contrecœur, faut-il le préciser ? Les réfugiés lui ont confié une mission auprès des autorités françaises qui ne l'inspire guère. Une sorte d'appel à l'aide lancé à la mère patrie. Plus il hésite, plus ses compatriotes insistent. Ceux-ci lui avancent même l'argent pour payer son passage, somme qu'il n'accepte pas, préférant bénéficier d'une garantie bancaire. Comme les autres, Wolfred Nelson le pousse à tenter cette ultime démarche. Puisque le gouvernement américain refuse son secours aux Canadiens, il faut solliciter le concours de la France. À l'heure de l'indépendance américaine, les républicains de Benjamin Franklin n'ont-ils pas obtenu l'intervention de Louis XVI ?

Que la France déclare la guerre à l'Angleterre pour soutenir les Canadiens, Papineau n'y croit pas. Mais tout le monde se met de la partie pour le convaincre, même sa famille. Amédée l'assure que leur cause en sortira gagnante. Julie aussi l'encourage. Peut-être trop, et sans suffisamment mesurer les risques de l'aventure. Cela lui vaut d'amers reproches de son mari :

« Tu veux donc que j'y aille ? Tu m'envoies malgré moi… »

Finalement, Papineau s'incline. Il quitte incognito Albany, le 5 février, une demi-heure avant minuit. Malgré le temps froid, la glace sur l'Hudson paraît si peu solide qu'il est forcé de traverser la rivière à pied. Ses bagages suivent dans un long traîneau. Lactance l'accompagne jusqu'au Depot et attend avec lui la diligence.

Les réfugiés ne sont pas au courant de sa décision. Même pas Amédée, toujours à Saratoga. Quand Julie le lui apprend, Papineau est déjà en route pour New York. Afin de garder son déplacement secret, il circule sous un nom d'emprunt jusqu'au départ du *Sylvie de Grasse*, le 8 au matin.

Julie, qui pourtant approuvait son voyage, s'effondre maintenant qu'il est parti :

« J'ai fait la femme forte pour ne pas le décourager, et s'il n'en avait pas été ainsi, il n'aurait pas consenti », écrit-elle à Amédée, son fidèle confident.

Encline à broyer du noir, elle redoute les naufrages si fréquents en mer. Tant qu'elle n'aura pas acquis l'assurance que Papineau est débarqué au Havre bien vivant, elle demeurera sur le qui-vive. Sa santé s'en ressent, ses forces l'abandonnent. Voyant sa mère si fortement affectée, Amédée s'efforce de la soutenir, oubliant sa propre déception de ne pas avoir été prévenu du départ de son père. Il accepte le sacrifice, car, écrit-il pompeusement à Julie, « Je vois derrière moi les mânes de Chénier et de Perrault, ceux de Duquette et de Cardinal. Ils crient vengeance et nous promettent la victoire. » Désormais, il martèle son leitmotiv : « Mon pays, mon pays avant tout. »

La rhétorique enflammée de son fils ne console guère Julie. La mort subite de son ami et protecteur James Porter, survenue le surlendemain du départ de son mari, l'a désemparée. Le haut fonctionnaire américain les avait si chaleureusement accueillis chez lui, à leur arrivée à Albany, si souvent réconfortés dans le malheur. Rien ne laissait prévoir une fin aussi brusque. Papineau venait tout juste de partir quand l'Américain a commencé à se plaindre d'un mal de gorge. À une heure du matin, à l'issue d'une soirée de souffrances ponctuée d'étouffements, il avait succombé au croup.

Trop d'émotions vives brisent le moral de Julie. Lactance lui sert de bouc émissaire. Elle exige tout de lui. Comme pour rajouter à ses tourments, la petite Azélie tombe malade. Une forte attaque de diphtérie. La dose d'opium que le médecin lui administre excite l'enfant et la prive de sommeil. Sa mère en devient hystérique. C'est encore Lactance qui écope. Tantôt, elle l'envoie chercher le docteur Beaudriau au milieu de la nuit, tantôt elle lui ordonne de ne pas la laisser seule. Il ne sait plus à quel saint se vouer. Dans une longue lettre plaintive, il déverse son trop-plein de frustrations sur les épaules de son frère aîné.

Pour le réconforter, et peut-être aussi parce qu'il se fait du souci pour sa mère, Amédée lui propose de voler à son chevet. Qui mieux que lui pourrait la requinquer? L'idée de s'installer à Albany lui traverse l'esprit depuis un moment déjà. Les petites attentions maternelles lui manquent. Julie seule sait toujours comment on fait tailler une belle veste, à quelle couturière il doit confier la confection de ses pantalons d'été en soie et laine, quelle médecine prendre pour soigner son estomac dérangé. À chacune de ses visites, sa mère le couve comme elle l'a toujours fait, malgré sa faiblesse et son moral à plat. Tout serait si simple s'il vivait avec elle, lui semble-t-il.

Ajoutés à la solitude, ses propres soucis minent sa santé. Il maigrit à vue d'œil. Il écrit à Jacques-Guillaume Beaudriau pour lui décrire ses symptômes et lui réclamer un diagnostic à distance. Que faire pour engraisser? lui demande-t-il, en soulignant qu'il a bon appétit, digère bien et que ses selles sont réglées (à tous les trois ou quatre jours). L'état de sa tête? « J'espère qu'elle n'a jamais été fêlée. »

Avec son humour habituel, Beaudriau l'encourage à boire de l'eau de source ferrugineuse et lui conseille d'oublier sa maigreur et ses douleurs au côté. « Courage, mon vieux! »

À Albany, au milieu des siens, Amédée pense qu'il se remettrait rapidement. Lactance tente de l'en dissuader. Ce projet occasionnerait des frais de pension que la famille ne peut se permettre. Du reste, rien, pas même lui, le fils chéri, ne ferait sortir Julie de sa langueur.

« Tu dois comprendre qu'il est difficile de consoler maman. Mais ce ne sera pas ta venue ici qui pourra le faire. »

Cloué à Saratoga, Amédée ronge son frein.

Pendant ce temps, à Montréal, la Cour martiale condamne à mort un autre de ses amis très chers, Chevalier de Lorimier. Il sera pendu le 15 février avec cinq de ses compagnons d'armes devant cinq mille personnes. Amédée dessine des gouttes de sang sur la page de son journal. George-Étienne Cartier, qui a obtenu la clémence en prêtant serment à la reine et est récemment rentré au Canada, a visité le prisonnier, la veille de sa pendaison. De Lorimier lui a demandé de ne jamais oublier qu'il meurt sur l'échafaud pour son pays. Quand, peu après, à New York, la gazette de William Lyon Mackenzie, le chef des rebelles haut-canadiens, publie la dernière lettre écrite de la main du condamné, Amédée commente :

« Il est mort comme il a vécu, un patriote et un républicain. Son nom est immortel. »

L'hiver n'en finit plus et le fils aîné de Papineau en a assez de broyer du noir. Il insiste auprès de son frère pour aller passer deux semaines à Albany. Impuissant à lutter seul contre la mélancolie de Julie, Lactance y consent, cette fois. Il lui trouve même une pension dans la maison d'en face. La chambre qu'occupait Jacques-Guillaume Beaudriau est libre. Sur un coup de tête, l'étudiant en médecine a mis le cap sur La Nouvelle-Orléans. Il a failli périr pendant l'épidémie de fièvre jaune et ne reviendra pas de sitôt.

Julie et son fils aîné profiteront de leurs tête-à-tête pour mettre au point une stratégie visant à améliorer le sort de Lactance. Tous deux s'accordent pour dire que, sans maître à penser pour le guider, son avenir est en péril. Ils doivent convaincre Papineau de le faire venir à Paris, au lieu de le laisser tourner en rond à Albany.

« C'est un jeune homme de talent, c'est malheureux de lui faire perdre son temps, je suis certaine qu'il se fera aimer où il ira. Il a de bons principes… », écrit-elle à son mari, qui tarde à prendre une décision.

Amédée repart d'Albany avec la promesse que sa mère viendra le rejoindre prochainement aux Sources.

———⋅◆⋅———

Bizarre. Nulle part dans son *Journal d'un Fils de la Liberté*, Amédée ne parle de l'assemblée tenue à Corbeau, New York, le 18 mars 1839. Pourtant, cette réunion des réfugiés bas-canadiens a viré ni plus ni moins en procès contre Papineau.

Pourquoi ce silence ? Dans son carnet, ce jour-là, rien, sinon quelques lignes pour dire que deux ou trois pouces de neige sont tombés pendant la nuit, assez pour blanchir la terre, que la matinée est couverte et humide, qu'il pleut l'après-midi... Un temps idéal pour potasser son *Traité d'Économie politique* du libre-échangiste français Jean-Baptiste Say. Même omission dans la lettre qu'il adresse à Lactance. Il sermonne son frère, trop enclin à se laisser abattre par les vicissitudes de la vie, et vante les vertus de l'électromagnétisme qu'il a découvertes en assistant à une lecture scientifique. Pas une ligne non plus le lendemain, sur l'événement qui a pourtant eu un retentissement.

Un court paragraphe, assez laconique, à la fin d'une lettre à sa mère, donne cependant à croire qu'il sait tout :

« Les nouvelles de la frontière me font peine, lui écrit-il. N'a-t-on pas assez d'ennemis au-dehors, sans semer la division dans le camp même ? C'est déplorable. » Et vite, il passe à un autre sujet. C'est promis, il se fera la barbe avec le bon savon qu'elle lui a envoyé. « L'hiver prochain, ajoute-t-il, j'aurai de beaux favoris et des moustaches, si je veux. »

Amédée ne peut ignorer qu'à Corbeau, Robert Nelson, Cyrille Octave Côté et l'ex-curé de Saint-Benoît, Étienne Chartier, ont accusé Papineau d'avoir entraîné les patriotes dans une sordide rébellion. Ils lui ont reproché son indécision, voire son insignifiance, et se sont demandé s'il remplissait en France la mission qu'on lui avait confiée. Puis, dans une lancée accusatrice d'une rare violence, ils ont tenté de faire voter sa déchéance.

Robert Nelson s'est montré particulièrement odieux, d'après ce qu'a appris Julie. Celui qui accourait, rue Bonsecours, au chevet des enfants malades de son ami Papineau est allé jusqu'à affirmer qu'il fallait détacher du corps patriote ce membre plus qu'inutile. Julie ne mâche pas ses mots :

« Chartier est violent, inconséquent et facile à duper ; il a été gagné par Robert le Diable. »

Mince consolation, lors de cette assemblée, quelques compatriotes ont tout de même pris la défense de Papineau. Il avait peut-être mal conduit la barque, disaient-ils, mais on ne pouvait pas le soupçonner de trahison. D'ailleurs, à la fin de la convention, Wolfred Nelson avait lui-même contredit son frère Robert : Papineau n'avait pas fui à l'heure du combat, comme le prétendait la rumeur, avait-il martelé. C'était lui, Wolfred Nelson, le commandant militaire de Saint-Denis, qui avait ordonné son départ « parce qu'il était le chef du parti, qu'une balle pouvait le frapper et que lui mort, tout serait perdu ». Et alors, il avait ajouté en parlant de Papineau :

« Ceux qui l'attaquent ne sont pas dignes de dénouer les cordons de ses souliers. »

Naturellement, dans ses lettres à son père, Amédée ne mentionne nulle part que ses compatriotes l'ont traité de lâche et de poltron. Pour ne pas le blesser, il s'en tient aux nouvelles concernant la famille : la mort de leur ami Porter a attaqué les nerfs de sa mère, la petite Azélie parle très bien l'anglais, le reste de leur parenté au Canada est en santé… Quant à Colborne, il invente chaque jour de nouvelles monstruosités législatives.

⊷

Le 11 avril 1839, ça sent le printemps. L'herbe pousse, les ormes, les érables et les saules bourgeonnent. Sous un ciel couvert, et alors que tombent quelques gouttes de pluie, Amédée se plonge dans le fameux rapport Durham dont on lui a prêté une copie. Tout en lisant, il griffonne des commentaires acerbes. Jamais il n'a nourri autant de ressentiment contre cet Anglais inéquitable qui prétend présenter un portrait juste de la situation canadienne, mais n'a pas jugé à propos de consulter ses chefs avant d'écrire son pavé, préférant se fier aux opinions d'Adam Thom, journaliste au *Montreal Herald* et ennemi juré des Canadiens.

Pour s'attirer la sympathie des Anglais, lord Durham n'a rien trouvé de mieux que de présenter la rébellion comme une guerre de races, plutôt qu'une lutte pour la démocratie. Il ment tout aussi effrontément en affirmant qu'en 1837, les Canadiens ont attaqué l'armée anglaise, alors que les premiers coups de feu sont venus des Habits rouges. Sans surprise, Amédée reconnaît dans sa prose des arguments empruntés aux journaux des bureaucrates, notamment ceux du *Herald*.

Sous la plume de l'ex-gouverneur, les Anglais sont supérieurs aux Canadiens par les connaissances, l'énergie, l'esprit d'entreprise et les richesses. Ces derniers, des êtres doux et bons, économes, industrieux et honnêtes, très sociables, gais, hospitaliers et polis, ont cependant une tare : ils sont français et, par conséquent, ne peuvent s'entendre avec les Anglais. « La Conquête ne les a que peu changés », affirme Durham, qui soupçonne l'Assemblée de s'être battue pour empêcher la race anglaise de s'introduire au pays.

La journée s'achève et Amédée n'a pas mis le nez dehors. À peine s'est-il arrêté pour avaler une bouchée. Le lendemain, il reprend sa lecture là où il l'avait laissée. Sa patience est mise à rude épreuve. Durham est convaincu qu'il eût mieux valu traiter les vaincus de 1759 comme un peuple conquis et les assimiler. C'eût été aisé, car la nation ne dépassait pas soixante mille personnes, alors qu'aujourd'hui, elle frôle le demi-million. Il a écrit : « Nulle population n'est augmentée avec autant de rapidité par les naissances seules que les Canadiens français, depuis la conquête... »

La solution préconisée par Durham ulcère Amédée. Un gouvernement responsable assorti d'une union. Il n'y aurait qu'une seule colonie divisée en deux, le Bas allant aux Français et le Haut aux Anglais. Amédée soupire : le projet monstre de 1823 renaît de ses cendres.

Il n'était qu'un bambin à l'époque, mais on lui a si souvent raconté les événements de cette année-là qu'il a l'impression de s'en souvenir. Papineau avait été mandaté par ses compatriotes pour aller à Londres s'opposer à l'union des deux provinces canadiennes, un projet « inventé par des intrigants coupables », selon les termes d'Amédée. Jamais il n'oublierait le départ de son père, acclamé comme un héros devant la maison de la rue Bonsecours, ni ses longs mois d'absence, encore moins l'irrépressible chagrin de sa mère.

En Angleterre, Papineau et son collègue John Neilson, député de Québec, s'étaient démenés pour convaincre les parlementaires britanniques de retirer leur projet de loi. Cette mesure réclamée à cor et à cri par les commerçants anglophones de Montréal était dangereuse pour les Canadiens, dont la langue aurait été interdite à l'Assemblée législative. Conséquence plus inique encore, le Bas-Canada se serait vu forcé de payer les dettes du Haut-Canada. Finalement, le Parlement anglais avait, sans s'en expliquer, remis le projet aux calendes grecques. De ce côté-ci de l'Atlantique, ignorant que la mission des deux émissaires avait été accueillie avec une indifférence polie, l'on avait voulu croire que Papineau et Neilson avaient réussi leur mission. Même Amédée, pourtant dans le secret des dieux, écrit sans nuance dans son *Journal d'un Fils de la Liberté* :

« Papa et son collègue réussirent à faire rejeter le bill. »

Durham attribue tout de même quelques erreurs au Colonial Office. Il relève les persécutions et les nombreux abus commis contre un peuple au caractère doux et paisible. Selon lui, cela explique que la génération actuelle de Canadiens soit devenue l'ennemie jurée et implacable de l'Angleterre. En un mot, les deux races sont irréconciliables. Jamais, écrit-il, les Canadiens français ne se soumettront loyalement à un gouvernement anglais. Et jamais la population anglaise du Canada ne tolérera une Chambre d'assemblée à majorité française.

S'il condamne le rapport dans son ensemble, Amédée entrevoit une lueur d'espoir. Le plan de Durham pourrait même s'avérer le moyen de conquérir l'indépendance que réclame le peuple. Pour cela, il faudrait un chef politique capable de le guider. Hélas ! Depuis le départ de son père pour la France, la discorde déchire les rangs des patriotes.

———◆———

Au dernier jour d'avril, donc près de trois mois après son départ, Papineau donne enfin signe de vie aux siens. Jusque-là, sa famille ignorait tout des tracasseries qu'il avait subies à New York. Le consul de France avait refusé de lui délivrer un passeport. Il s'était donc embarqué muni d'une simple lettre priant le commissaire général du Havre de lui faciliter l'entrée en France. Puis, le *Sylvie de Grasse* était resté pris dans les glaces avant de gagner la haute mer. La traversée avait duré vingt-quatre jours. Seule bonne nouvelle, le mal de mer l'avait épargné.

À Paris, fait savoir Papineau, il a reçu un accueil chaleureux. Son fils s'en réjouit. Il commence à croire que les vœux du Haut-Canadien William Lyon Mackenzie pourraient se réaliser. N'a-t-il pas souhaité à son père le même succès que Benjamin Franklin auprès du gouvernement français de l'époque?

Papineau a, lui aussi, épluché le rapport «calomnieux» de Durham publié dans le *Times* de Londres. Un monument de corruption effrontée – l'expression est de lui – dans les pages duquel la minorité anglaise en Canada est décorée de tous les talents et de toutes les vertus et le peuple français est immolé en sacrifice, écrit-il sans décolérer. Comme son fils, il reconnaît entre les lignes les opinions du *Herald* et des autres feuilles bureaucrates qui mentent sans vergogne. Ce «torchon» suinte la haine des Anglais envers les Canadiens et leur détermination empressée de les écraser.

À peine installé rue Saint-Honoré, à Paris, Papineau prend la plume pour réfuter les mensonges de cet hypocrite de Durham, «qui n'a rien vu et rien appris de sa mission». Le rapport fourmille de projets tyranniques qu'il veut démolir. Il interrompt parfois sa rédaction, le temps de rencontrer des personnes influentes et de faire naître quelques sympathies pour les Canadiens. La cause n'est pas gagnée, il l'a déjà compris. Sitôt après, il se remet à la tâche.

Amédée approuve Papineau de vouloir rédiger un pamphlet sur les événements tragiques de 1837 et 1838. Par retour du courrier, il laisse éclater sa colère:

«Il a raison, Durham, de dire que les Canadiens ne seront jamais loyalement soumis à l'Angleterre.» Quelle race misérable et dégénérée seraient-ils s'ils se laissaient gouverner par de semblables tigres? «La réconciliation est impossible et personne n'y songe en Canada.»

Dans sa réplique acerbe au rapport Durham, destinée autant à la presse française qu'à ses compatriotes, Papineau tient Londres responsable du sang versé:

«Une jeune femme de vingt ans règne sur l'Angleterre. Et c'est sous de pareils auspices que, dans les deux Canadas, cinq cents personnes ont été condamnées à mort par des tribunaux exceptionnels, par des cours martiales!» Il ajoute: «Le gouvernement anglais pourra peut-être prolonger son occupation militaire des Canadas. Mais, parce qu'il a commencé la guerre civile contre des populations qui ne l'avaient pas provoquée et qui ne la voulaient pas, il a perdu la possibilité de les gouverner. » Sa conclusion sonne comme un avertissement : « Je mets le gouvernement anglais au défi de me démentir, quand j'affirme qu'aucun de nous n'avait préparé, voulu ou même prévu la résistance armée. »

En France, sa réfutation paraît dans la *Revue du Progrès* le 1er mai 1839 sous le titre *Histoire de la résistance du Canada au gouvernement anglais*. En octobre suivant, Ludger Duvernay la publie à Burlington sous le nom d'*Histoire de l'insurrection du Canada, en réfutation du Rapport de lord Durham*. Malheureusement pour Papineau, son brûlot ne connaîtra pas le succès escompté en France et déplaira aux patriotes réfugiés aux États-Unis. Wolfred Nelson, qui a toujours défendu son ami, n'admet pas qu'il se soit lancé dans une série d'accusations violentes contre l'ancien gouverneur du Canada, mêlant vie privée et vie publique. En fait, il lui reproche d'avoir affirmé que Durham s'était entouré « d'hommes pleins de vice et de perversité ». Sans les nommer, Papineau faisait en effet allusion aux secrétaires du gouverneur, « deux hommes flétris par la justice », le premier « pour avoir séduit une enfant et ravi sa fortune »; le second, « pour avoir subordonné la sœur de sa femme et avoir troqué l'une contre l'autre ». Choqué, Nelson fait circuler cette phrase lapidaire parmi les réfugiés :

Il paraît que M. Papineau a décidé de ne plus écrire pour le moment. Il n'en sera que mieux, s'il ne fait pas plus de diplomatie que dans sa première production.

Amédée sera bien le seul à attendre, voire à espérer la suite de cette charge à fond de train, dans laquelle son père a promis de réfuter un par un les arguments de Durham en faveur de l'union des deux Canadas. D'ici là, son fils se procure la *Déclaration d'Indépendance américaine* qui lui inspire des tirades patriotiques enflammées. En dépit de l'échec des rébellions, il ne perd pas confiance. Si les Américains ont réussi leur pari, les Canadiens devraient y arriver aussi.

D'ici là, il poursuit sa reconstitution des deux soulèvements, relançant les témoins jusqu'au Michigan. « J'ai entrepris de sauver de l'oubli et de recueillir pour l'Histoire tous les détails possibles… », explique-t-il à ses correspondants, des gens qu'il connaît ou d'illustres inconnus. Il leur réclame des faits, des détails, des anecdotes dans le but de découvrir la vérité. N'hésitant pas à aller droit au but, il veut savoir s'il est exact, comme la rumeur le répand, que Chevalier de Lorimier a été trahi par son compagnon de cellule, le docteur Jean-Baptiste-Henri Brien. D'ex-détenus le lui confirment. Effrayé par la perspective de monter sur l'échafaud, l'ardent Frère chasseur aurait, contre une promesse de clémence, signé des aveux incriminant de Lorimier. Amédée a longtemps refusé de croire que son ami Brien, avec qui il entretenait une correspondance assidue avant son arrestation, devait sa grâce à la lâcheté et à la trahison. Il écrit dans son *Journal d'un Fils de la Liberté* :

« Condamné à mort et sachant qu'il devait mourir, il offrit de faire confession. »

Ce faisant, il aurait livré au gouvernement d'importants secrets. « Il porte la marque de Caïn et mérite son sort », tranche Amédée, qui apprendra bientôt que, dans cette même confession, le scélérat l'avait compromis, lui, son ami, en le nommant comme l'un de ses informateurs.

12. L'ARBRE DE VIE
Été 1839

*« Le vieillard de 90 ans près et le jeune homme de 20 ans,
l'aurore et le couchant de la vie. Le vieillard qui laisse tomber
de grosses larmes en disant : "Mon pauvre Papineau, là-bas, je
ne le reverrai plus !" »*

Joseph Papineau réapparaît à la saison des fraises. C'est sa seconde visite à Saratoga. Un an plus tôt, il y avait conduit Lactance à ses parents. Cette fois, il l'accompagne à New York d'où son petit-fils de dix-sept ans s'embarquera sur le *Philadelphia* à destination de l'Angleterre. La complicité de Julie et d'Amédée a porté ses fruits : après avoir longuement hésité, Papineau a fini par accepter que son deuxième fils vienne le rejoindre en France.

À son retour de New York, l'imposant grand-père ridé par l'âge paraît satisfait. Il a fait manger des bananes à Lactance – sa recette pour renforcer l'estomac –, avant de le conduire au paquebot. Son petit-fils lui a semblé nerveux, mais confiant. Joseph s'est assuré qu'il avait rangé ses clés dans sa poche gauche, au bout d'un cordon attaché en nœud coulant à la dernière boutonnière de ses culottes. Sa lorgnette accrochée au cou, il a mis son portefeuille dans sa poche droite, avec son chapelet, ses crayons et son peigne, mais a gardé son couteau à portée de la main. Le capitaine a rassuré le grand-père. Il n'avait pas à se faire de mauvais sang. La traversée s'annonçait rapide et tout indiquait que le *Philadelphia* aurait bon vent.

Au quai d'embarquement, Joseph Papineau s'est séparé de son petit-fils sans effusion. Sa touchante affection ne se manifeste jamais par des signes extérieurs. Son ton bourru témoigne de sa tendresse, jamais d'un quelconque mécontentement. Il regagne Saratoga seul. Fatigué, il reprend son souffle confortablement installé sur la galerie de l'hôtel Highland Hall, Amédée à ses côtés. C'est dimanche, veille de la Saint-Jean-Baptiste que les réfugiés fêtent à peine. Le temps est beau et chaud. À l'ombre des grands pins aux épines noires, le regard posé sur le champ de sarrasin regorgeant de fleurs blanches, le vieillard de près de quatre-vingt-dix ans glisse doucement dans la nostalgie, cependant que son filleul de vingt ans l'écoute religieusement en songeant qu'ils incarnent tous deux « l'aurore et le couchant de la vie ».

Quel contraste entre cette nature si belle et si paisible et les cœurs froissés de ces deux hommes! De grosses larmes coulent des yeux de Joseph en pensant à son fils aîné qui refait sa vie en France:

« Mon pauvre Papineau, là-bas, je ne le reverrai plus! » murmure-t-il, comme s'il sombrait dans le désespoir, lui habituellement stoïque. Son fils pourra-t-il un jour revenir dans son pays? « Je n'entrevois que des malheurs sans fin pour les Canadiens, dit-il en s'efforçant de se ressaisir. Ils seront exterminés, chassés de leur patrie comme les Acadiens l'ont été. Toutes nos luttes de cinquante années sont à recommencer! Qui en aura la force? » Il fixe Amédée et poursuit: « Tu es jeune, toi, tu es plein d'espérance, d'avenir; moi, je vais bientôt tomber, et au milieu de compatriotes désespérés. Quelle triste fin! »

Attendri, Amédée espère chasser les noires pensées du vieillard en l'invitant à fouiller dans ses souvenirs. Son grand-père n'est-il pas le seul être vivant à connaître les origines de la famille? L'occasion de le questionner ne se représentera peut-être plus. Il ne sait presque rien du premier Papineau qui a émigré en Amérique, sinon qu'il vient de Montigny, un village français du Poitou.

Joseph plonge au cœur du XVIIe siècle, dans la France de leurs ancêtres. Depuis son château de Versailles, Louis XIV, le Roi-Soleil, veille sur son royaume et administre ses colonies. La Nouvelle-France se développe grâce au commerce des fourrures, mais le souverain s'en soucie modérément. Le sort des îles antillaises, riches en or, tabac et canne à sucre, l'intéresse bien davantage.

Vers la fin du siècle, Samuel Papineau débarque à Québec, ville fondée en 1608. Le plus jeune fils d'un meunier de Montigny a dix-huit ans. Il s'est porté volontaire dans la 35ᵉ compagnie franche de la Marine créée par l'intendant Colbert pour servir dans les colonies. Au moment de la conscription, le sort avait désigné son frère aîné, mais comme il est alors soutien de famille, Samuel le remplace. Parti de Larochelle le 23 avril 1688, à bord de la *Mareschale*, l'ancêtre d'Amédée atteint l'embouchure du Saint-Laurent à l'été, après une éprouvante traversée de trois mois.

En Nouvelle-France, le jeune Samuel, né Papineau, se nomme de Montigny. Comme tous les soldats, il a dû prendre un sobriquet avant de s'embarquer. Il a choisi celui de son village natal. Amédée veut savoir pourquoi les descendants de Samuel ne portent plus le nom de Montigny. Joseph lui confesse que c'est sa faute. En arrivant au Collège de Montréal, il a signé son premier devoir Joseph Montigny. À sa surprise, le professeur l'a rabroué. « Il y a déjà deux Montigny dans la classe. Votre nom est Papineau. Prenez-le ! »

Samuel Papineau de Montigny sert sous les ordres de Louis de Buade, comte de Frontenac, et de François de Callières, sieur de Rochelay. Que se passe-t-il en Nouvelle-France à ce moment-là ? Montréal, où la compagnie franche est postée, subit les attaques répétées des Iroquois. Le massacre de Lachine, qui a eu lieu le 5 août 1689, marque les esprits. Arrivé depuis un an, l'ancêtre d'Amédée est embrigadé dans l'opération menée par Frontenac pour venger les morts. Les deux mille cinq cents hommes de l'armée française dont il n'est qu'un modeste soldat incendient les villages iroquois de la rivière Mohawk (dans le nord de l'État de New York). Cette victoire aboutira à la signature, en 1701, d'une trêve entre la France et trente-neuf tribus amérindiennes, connue sous le nom de la Grande Paix de Montréal.

Entre-temps, on retrouve Samuel à Québec où, toujours sous les ordres de Frontenac, il défend la ville assiégée par les Anglo-Américains. Nouveau succès des Français, en octobre 1690, grâce au sang-froid du gouverneur qui, ayant été sommé de capituler par l'émissaire de William Phips, lui répond : « Je nay point de Reponse à faire à vostre general que par la bouche de mes cannons et à coups de fuzil. » Après trois jours de combat, les troupes anglaises baissent pavillon.

Son engagement de dix ans rempli, Samuel obtient son congé de l'armée. Il décide de rester en Nouvelle-France. Il devient cultivateur, en 1704, après avoir reçu des Sulpiciens, seigneurs de Montréal, une terre de soixante arpents à la Côte-Saint-Michel, dans le nord de la ville. En juin de la même année, il épouse Catherine Quévillon, une veuve de dix-huit ans. Le couple ira s'établir à Rivière-des-Prairies. Il aura neuf enfants, trois filles et six garçons.

Le destin fabuleux de Catherine a donné naissance à une véritable légende dans la famille et Amédée compte bien la perpétuer. La fillette a sept ans lorsque son père est tué par les Iroquois, lors du massacre de Lachenaie. Réputés pour leur cruauté, ces derniers l'emmènent en captivité avec sa sœur de douze ans, Françoise-Angélique. Celle-ci sera brûlée vive par leurs ravisseurs sous les yeux de la pauvre Catherine qui ne bronche pas. Impressionnés par son courage, les Iroquois décident de l'épargner et l'élèvent comme l'une des leurs.

Six ans plus tard, alors que la paix se dessine, la jeune Blanche accompagne sa famille iroquoise à Montréal. Dans la rue, quelqu'un la reconnaît et la cache jusqu'au départ des Peaux rouges. Ils ne la retrouveront jamais. À seize ans, elle convole en justes noces avec Guillaume Lacombe qui meurt, peu après, écrasé par un arbre. Samuel Papineau de Montigny fut son second mari. Après la mort de celui-ci, le 20 avril 1737, Catherine se mariera deux fois encore. Elle s'éteindra en 1781, à quatre-vingt-quinze ans.

Son quatrième fils, prénommé Joseph, est l'arrière-grand-père d'Amédée. Né en 1719, il est le premier de la famille à savoir lire et écrire. Engagé comme voyageur en 1743, il va porter des marchandises au fort Saint-François situé à la Baie-des-Puants, sur le lac Michigan. On perd ensuite sa trace que l'on retrouve six ans plus tard, en 1749. À trente ans, il épouse Marie-Josephe Beaudry, de dix ans sa cadette. Cultivateur, puis tonnelier, la fortune semble lui sourire puisqu'il acquiert plusieurs propriétés, l'une d'elles rue Bonsecours à Montréal. Avant de s'éteindre en 1785, il aura vu la Nouvelle-France vaincue et le régime anglais instauré. Homme clairvoyant, il a fait instruire ses enfants, ce qui est loin d'être la norme au milieu du xviiie siècle. Ceux-ci seront qui notaire, qui arpenteur-géomètre, qui institutrice et grimperont dans l'échelle sociale.

Rue Bonsecours, sur le site de sa modeste habitation de bois, son fils Joseph construira la maison patriarcale où Louis-Joseph Papineau et sa famille ont coulé des jours heureux jusqu'à la rébellion et où Amédée a vu le jour. Pendant ce bel après-midi empreint de nostalgie, le grand-père apprend à son petit-fils qu'il a prénommé son aîné Louis-Joseph en hommage au grand marquis de Montcalm, mort au combat sur les plaines d'Abraham en 1759.

—◦—

Quel merveilleux conteur, Joseph Papineau ! À l'entendre, on croirait qu'il a vécu mille vies. Né en 1752, il avait sept ans au moment de la chute de Québec, le 13 septembre 1759, et à peine huit ans lors de la capitulation de Montréal, un an plus tard. Il se souvient d'avoir vu défiler les Habits rouges dans la ville. Le régime anglais, il l'a connu dès ses débuts. Loyal envers le conquérant, il s'est d'ailleurs illustré de belle manière sous les drapeaux anglais. C'était pendant l'invasion américaine de 1775. Le gouverneur Guy Carleton avait reçu de Londres des dépêches confidentielles urgentes à faire passer de Montréal à Québec. Une mission d'autant plus périlleuse que les Américains encerclaient la capitale. Joseph se la vit confier. Après avoir caché les papiers secrets dans des bâtons creux, il marcha pendant des jours en longeant la surface glacée du fleuve. Combien de milles ? Il n'aurait pas su le dire. C'était un jour de tempête et il poudrait sans bon sens. Il s'arrêtait seulement pour manger et dormir dans les presbytères. Ayant réussi à échapper aux patrouilles américaines, le jeune homme de vingt-trois ans gagna Lévis sans trop de mal. Mais il lui fallut encore traverser le fleuve gelé pour atteindre Québec. Affublé d'une chemise blanche enfilée sur ses habits chauds, la tête couverte d'un mouchoir de même couleur, il rampa sur le Saint-Laurent glacé jusqu'à l'autre rive sans alerter les sentinelles. À son arrivée, et malgré la fatigue du voyage, il s'empressa d'aller porter les documents au gouverneur en personne. Le reste de l'hiver, il le passa à Québec à repousser les Américains qui subirent la défaite.

Élu député au Parlement canadien en 1792, Joseph a pris sa retraite de la vie publique en 1814. Amédée n'a donc pas connu l'homme politique dont les discours, paraît-il, électrisaient les foules. Cependant, il se souvient que, jusqu'à tout récemment encore, lorsque les esprits s'échauffaient pendant les campagnes électorales, son grand-père se faisait accompagner d'un cocher réputé pour sa force herculéenne. Ce dénommé Jos Montferrand avait un jour, au beau milieu d'un incendie, porté sur son dos une vache qui refusait de sortir de l'étable en feu.

———◦·◦———

Pressé de rentrer au Canada, Joseph Papineau reprend la route, laissant derrière lui son petit-fils Amédée trop heureux de remplir les pages de son journal intime de ses confidences. Son grand-père a remué devant lui tant de souvenirs de famille auxquels il veut ajouter les siens. Sa plume court, cependant qu'il évoque un lointain soir de 1825. Il avait à peine l'âge de raison, mais il revoit clairement la scène. Louis Dulongpré, peintre et musicien né à Paris, s'était présenté rue Bonsecours prétendument pour faire une partie de trictrac avec son vieil ami Joseph. Les deux hommes avaient des atomes crochus. Le Français, venu se battre en Amérique sous les ordres du général La Fayette, pendant la guerre de l'Indépendance des États-Unis, n'en était jamais reparti. Il appréciait le franc-parler et le gros bon sens de Joseph.

Comme c'était l'heure du souper, les cartes durent attendre. Julie invita le peintre à passer à table avec les parents et amis réunis dans la salle à manger. Le repas se déroula dans la gaieté, comme c'était habituellement le cas lorsque celui que l'on appelait «le voisin», Jacques Viger, était de la fête. Sitôt servi, le dessert fut avalé. La vieille pendule sonna l'heure sur la commode, sous la carte du Bas-Canada de Bouchette qui occupait tout un mur. C'était le signal. Jacques Viger entonna une chanson de son cru, pas trop gaillarde, contrairement à ses habitudes, pour ne pas offenser ses oreilles d'enfant. Ancien professeur de musique et de danse à l'Académie pour les Jeunes Demoiselles de Montréal, avant de devenir portraitiste de renom, M. Dulongpré enchaîna le refrain de sa belle voix grave.

Les convives, obéissant à un geste convenu, quittèrent la table pour passer au salon. Au mur, la tapisserie représentait des scènes de Constantinople et du Bosphore. L'imagination du petit Amédée s'évadait toujours en regardant les Turcs enrubannés, vêtus de longues pelisses de toutes les couleurs qui flânaient à l'ombre des cyprès et des palmiers. Mais ce soir-là, il était trop excité par ce qui se tramait en secret. Son pépé allait avoir la surprise de sa vie !

Joseph s'avança à petits pas sur le tapis de Bruxelles parsemé de guirlandes de fleurs. Il s'arrêta brusquement, comme s'il frôlait un précipice, devant la dernière œuvre du peintre Dulongpré posée sur un chevalet : un portrait de lui plus vrai que nature. Même ses rides et ses joues tombantes semblaient réelles. Légèrement de profil, le coude appuyé sur sa table de travail, son encrier et sa plume d'oie bien en évidence, il affichait son air décontracté habituel. Derrière lui, une bibliothèque qui rappelait la sienne était remplie d'ouvrages consacrés aux philosophes français du Siècle des lumières et de traités écrits par d'éminents théoriciens du parlementarisme anglais.

Des explosions d'admiration fusèrent de la part des parents et amis assis devant la cheminée en bois imitant le marbre de Carrare. Tous guettaient la réaction du sujet. Joseph avait toujours refusé de se faire portraiturer et l'on se demandait s'il piquerait une sainte colère. Saisi, il restait muet, tandis que les félicitations pleuvaient sur l'artiste plutôt fier de son coup. Dulongpré, un petit vieillard très vif au teint blanc et à la chevelure poudrée attachée en queue, avait usé d'un subterfuge pour déjouer son compagnon de jeu. Il avait profité de leurs parties d'échec et de trictrac pour observer son sujet. Sitôt les cartes ou les pions rangés, il courait à son atelier et, sa palette de couleurs à la main, le peignait de mémoire.

⊰⊱⊰⊱

Pépé reparti au Canada, tante Rosalie Dessaulles arrive à son tour à Saratoga avec Ézilda et Gustave. Malgré sa hantise des vents qui balaient l'océan, Julie s'est enfin décidée à rejoindre son mari en France avec ses trois plus jeunes enfants. Attachée aux Papineau, et incapable de se résigner à les voir partir sans elle, leur servante, la vieille Marguerite, accompagne Julie. Comme c'est la coutume pour les dames de voyager sous escorte masculine, Louis-Antoine Dessaulles jouera le rôle de protecteur pendant la traversée.

La petite famille s'embarque à New York à bord du *British Queen*. Les adieux sont tristes. Amédée, qui, cinq jours plus tôt, a fêté ses vingt ans avec les siens, reste seul aux États-Unis pour terminer ses études de droit. Faut-il attribuer son indisposition à la chaleur excessive ? À l'eau contaminée ? Au chagrin ? Toujours est-il que, ce soir-là, après le départ de sa mère, son souper ne passe pas. Il pense avoir attrapé le choléra et se soigne à l'opium. Rien de grave, puisque, dès le lendemain, il est sur pied.

Avant que Rosalie ne reprenne le chemin de Saint-Hyacinthe, Amédée a une bonne discussion avec elle à propos de la rébellion dont il poursuit la narration dans ses cahiers. Il sera tout étonné d'apprendre de la bouche de sa tante que, contrairement à ce qu'il croyait, tous les curés du Bas-Canada n'ont pas pactisé avec l'ennemi pendant les troubles. Plusieurs ont donné asile à des fugitifs et les ont aidés à gagner la frontière américaine. Ne sont-ce pas aussi les prêtres du Séminaire de Saint-Hyacinthe qui ont caché les précieux livres de Papineau dans leur bibliothèque ?

Amédée persiste néanmoins à penser que les religieux qui ont sympathisé avec les patriotes sont l'exception. Tant d'autres les ont trahis. À ses yeux, ces derniers sont largement responsables des malheurs qui pèsent sur le pays. Il en veut pour preuve la directive de monseigneur Lartigue, cousin germain de son père, qui a défendu au clergé de donner l'absolution à quiconque était impliqué dans les troubles de 1837 et de 1838. L'évêque s'éteindra à l'Hôtel-Dieu de Montréal, le 19 avril 1840, sans avoir revu Papineau, le mouton noir de la famille. Dans son journal, Amédée aura ce commentaire :

« On dit que Lartigue en mourut de chagrin et de remords lorsqu'il vit ses concitoyens égorgés et pendus. »

Un nouvel automne commence pour le jeune exilé. Comme pour compléter le récit de son grand-père Joseph, il lit *Le Siège de Québec en 1759*, raconté par trois témoins. Ensuite, il dévore un pamphlet intitulé *Procès de Cardinal, Duquette, etc.* Voilà encore du matériel pour son

journal. Il n'en manque pas. Le gouvernement canadien vient de confisquer les propriétés des patriotes morts sur l'échafaud ou exilés. Amédée
copie les noms des cinquante-huit prisonniers politiques expédiés à
Botany Bay, Nouvelle-Hollande (Australie). Ce sont des cultivateurs
des comtés de Châteauguay, Beauharnois et L'Acadie, pour la plupart.
Bon nombre sont mariés, certains ont jusqu'à dix enfants. Au total,
près de deux cents orphelins seront réduits à la mendicité, si l'on ajoute
les fils et les filles des pendus.

Colborne, « le plus grand tyran qu'ait connu le Canada », est rappelé
en Angleterre. Lorsque, peu après son retour à Londres, le gouvernement britannique le récompense pour sa cruauté en le nommant lord
Seaton, Amédée signale que le peuple canadien, qui l'avait surnommé le
Vieux Brûlot, le rebaptise lord Satan.

⸻◆⸻

Les biens de Papineau seront-ils confisqués ? Une procédure contre
lui vient d'être entamée au Canada. Depuis Paris, il se demande s'il est
encore propriétaire ou simple mendiant. À croire qu'on dépouille les
proscrits pour enrichir les bourreaux ! grommelle-t-il. Les ressources
familiales diminuent si rapidement qu'il redoute de se retrouver sans
rien du tout. Au 5, rue Neuve Madame, Julie se désespère. Leur situation devient plus embarrassante de jour en jour.

« En venant ici, je n'ai fait qu'empirer notre misère », avoue-t-elle à
Amédée en le suppliant de faire tous les efforts pour arriver à gagner sa
vie à Saratoga.

De l'autre côté de l'Atlantique, ce dernier croit avoir trouvé la solution au dilemme familial. Il songe sérieusement à aller s'établir dans
l'Iowa, comme plusieurs de ses amis. Dans cet État, les études de droit
durent moins longtemps. Plus vite il ne dépendra plus de ses parents,
mieux ce sera pour eux, explique-t-il à son père, qui s'oppose catégoriquement à ce projet. Être avocat à New York ou au Vermont lui paraît
plus réaliste qu'en Iowa, même s'il faut plus de temps pour y parvenir.

Quant au voyage qu'Amédée se meurt d'effectuer en Canada,
Papineau le lui déconseille aussi. Son fils pourrait être tenté de se mêler

aux assemblées publiques. Ce serait trop risqué, à l'heure où des mesures sont engagées pour dépouiller sa famille de ses biens, lui fait-il
remarquer. De plus, il s'agirait d'une dépense supplémentaire, à un
moment où l'argent se fait rare. Papineau dresse un portrait implacable
de sa situation financière. Il est incapable de fournir à Lactance les
moyens d'étudier convenablement la médecine ; Julie et lui doivent
faire la classe à Ézilda, Gustave et Azélie, à défaut de pouvoir les envoyer
chez les sœurs ; ils se privent de sorties. À ces considérations s'en ajoute
une autre : leurs compatriotes qui le pressaient d'accepter cette mission
avaient promis de subvenir à ses besoins, mais ils sont revenus sur leur
parole. Ils s'étaient engagés à rembourser l'emprunt qu'il avait dû
contracter. Or ils n'ont fait aucune démarche auprès de leur banquier.
À présent, le billet est échu.

Son père l'ignore encore, mais, chez les exilés, il fait de plus en plus
de mécontents. Amédée donnerait cher pour faire taire ceux qui le
dénigrent. Toujours cette même question sournoise revient : à Paris,
Papineau fait-il de réels efforts pour tirer son pays des griffes des
Anglais ?

Dans une longue épître à Wolfred Nelson, le fils de Papineau tente
de disculper son père pour la énième fois. L'on devrait comprendre
qu'il n'est pas facile d'intéresser les Français aux affaires du Canada.
Mais rien, l'assure-t-il, pas même les ennuis financiers, n'arrêtera son
père. Il lui expédie les extraits des lettres de Papineau qui relatent en
long et en large ses démarches auprès des partis politiques français et de
quelques Anglais de poids.

Éternel optimiste, Amédée croit dur comme fer au succès de la mission de son père. Malgré les signes contraires, il compte sur la sympathie, sinon la contribution financière des Français, pour libérer sa
patrie. Même si la somme d'argent recueillie en France était d'à peine
quelques centaines de francs, cela permettrait d'armer les patriotes et
de former des généraux pour les commander.

« La révolution peut aisément s'effectuer dans quatre ou cinq ans,
si le peuple a de bons chefs », écrit-il à Lactance, en pratiquant l'aveu-
glement volontaire.

Le bon chef, pour lui, demeure Papineau. Mais voilà que ses compatriotes font encore peser sur lui d'infamants soupçons. On chuchote dans les chaumières qu'il est passé en Europe pour vendre sa seigneurie à gros prix. D'autres insinuent qu'il vit peinard dans le sud de la France… Insulte suprême, les réfugiés envoient en France un nouvel agent, en l'occurrence l'abbé Étienne Chartier, chargé d'enquêter sur la conduite de leur émissaire et de le remplacer le cas échéant.

L'affaire finira en queue de poisson. Après l'avoir rencontré à Paris, l'abbé Chartier reviendra aux États-Unis avec la ferme conviction que Papineau remplit adéquatement sa mission. Il lui donne tout à fait raison : on ne peut rien espérer des Français pour le moment. Un journal « royaliste » a même écrit avec indifférence que les Canadiens devaient se soumettre à l'arrêt inflexible du sort.

⸻◦⸺

Pour ses étrennes, Amédée reçoit de Paris une mèche de cheveux de chacun des siens. Un océan les sépare. Deux ans d'exil déjà, et rien d'encourageant ne pointe à l'horizon. Comble de malheur, un mal de dents carabiné le tourmente. Il cherche à s'évader dans les *Mémoires de Franklin* et l'*Histoire abrégée de l'Angleterre*.

Entre la lecture, sa correspondance et les leçons de français qu'il donne à neuf écolières de l'Académie des demoiselles Wayland, il écrit des articles dans *Le Patriote canadien* que Ludger Duvernay publie à Burlington. Ses premiers textes sont signés Pierre-Paul, un nom de plume qui lui déplaît. Il préférerait J. B. pour Jean-Baptiste ou encore T. B. pour Tuque-Bleue et s'en plaint au patron :

« Vous pourriez corriger des fautes de style, de grammaire ou de principes, s'il y en avait. Mais je suis surpris que sans m'en dire mot, vous changiez la signature. »

Noël demeure toujours un moment difficile à traverser. Toutes ses pensées vont à sa patrie, aux fêtes religieuses et aux veillées familiales de son enfance. Il se surprend à fredonner des airs du passé : *La guignolée la guignoloche, mettez du lard dans nos poches…* L'aimable invitation que lui lance un citoyen respecté de Saratoga, James Randall Westcott, tombe à point. La compagnie de jolies demoiselles dissipe les nuages de l'ennui. Commence-t-il à songer aux affaires de cœur?

Chose certaine, les centres d'intérêt de notre Amédée changent. Il néglige les ouvrages sérieux au profit des romans d'amour. *Corinne ou l'Italie*, de madame de Staël, ne l'envoûte pas. Les longues envolées sentimentales l'ennuient et les sentiments qu'expriment les personnages lui semblent outrés. Seules les descriptions de Rome, Naples et Venise l'enchantent. Il ne peut cependant s'empêcher de verser une larme sur le sort de la pauvre Corinne qui meurt de désespoir à cause d'un impossible amour. Il se plonge ensuite dans les romans de Walter Scott (*The Legend of Montrose*, *The Antiquary* et *Ivanhoe*) et s'use les yeux à lire tard en soirée *Le Génie du christianisme* de Chateaubriand.

Amédée gagne en maturité, c'est certain. Mais il demeure un indécrottable idéaliste. Son peuple a démontré du courage et du dévouement, c'est indéniable. Il lui reste à acquérir prudence et patience. Lui, il se prépare au grand jour de la libération de sa patrie en se fortifiant, car sa condition physique laisse à désirer. Pour s'endurcir, il scie et fend le bois qu'il brûle dans sa chambre durant l'hiver. L'un de ses amis lui donne des leçons de pugilat « gratis ». Bientôt, il lui enseignera le maniement du sabre et de l'épée. Amédée compte aussi apprendre à nager et il s'exerce à la carabine. Ce ne sont pas là des jeux d'enfant, mais des exercices militaires, précise-t-il dans son journal.

En attendant de mettre en pratique son savoir-faire, rien ne l'amuse autant que de chasser les tourtes, les canards, les alouettes et même les marmottes du voisinage.

Après des débuts difficiles à l'Académie, ses leçons de français connaissent enfin le succès. Les demoiselles Wayland sont enchantées des progrès de ses élèves et invitent leur jeune professeur à les accompagner en promenade. « Je continue à être le grand favori des dames », écrit-il à sa mère qui, jusqu'à tout récemment, s'inquiétait de le voir perdre ses pupilles. Qu'elle se rassure. Désormais, il se sent riche et indépendant. Il n'est plus à la charge de son père et peut subvenir à ses modestes besoins.

Un jour de l'été, il participe avec une quinzaine de jeunes filles de l'Académie à une fête champêtre au parc Beekman, à l'extérieur de la ville. On y danse, on y chante, on y lit de la poésie. Il remarque miss Mary Eleanor Westcott, promue « reine de mai » pour la journée. Sa classe organise aussi un « pic-nic » aux chutes de Jussep, sur l'Hudson. Il s'y rend sans imaginer qu'il sera le héros d'une scène tragi-comique. En voulant s'approcher de trop près de la cascade, l'imprudente miss Sarah Hogan tombe à l'eau. Et c'est lui, son professeur de français, qui la sauve d'une noyade certaine, grâce aux leçons de natation qu'il a prises dernièrement.

Sa fréquentation de l'élite de Saratoga, en particulier des dames, lui donne confiance en lui. De son propre aveu, il a réussi à se débarrasser de cette « mauvaise honte » qui trouble tant un jeune homme à ses débuts en société. On le sent mieux dans sa peau. Plus sûr de lui aussi. Au point de défier son père et d'aller passer ses vacances au Canada ?

13. NON, CE CANADA N'EST PLUS LE MIEN
Été 1840

« Les insurrections et les défaites qui s'en sont suivi ont d'abord jeté l'épouvante partout. Cette épouvante est à présent remplacée par de l'apathie et du découragement. »

Le 26 juillet 1840, Amédée a vingt et un ans. « J'entre donc aujourd'hui dans ma majorité. Me voilà tout à fait un homme ! Que de bonnes résolutions j'ai formées ! »

La moins contraignante est sans doute son projet longuement mûri de revoir sa patrie, dont il n'a pas foulé le sol depuis deux ans et demi. Une fois pesés le pour et le contre, il en est arrivé à la conclusion qu'il ne court aucun risque. D'autres exilés ont déjà traversé la frontière sans être inquiétés par les militaires ou les autorités.

Fort de l'amnistie décrétée par Londres, il ne nourrit aucune crainte, d'autant plus que pendant le second soulèvement, il potassait bien sagement ses ouvrages juridiques à Saratoga. Si les gendarmes le cueillent en descendant du bateau à Saint-Jean, eh bien ! crâne-t-il, son entrée à Montréal, escorté de gardes du corps, n'en sera que plus triomphale. Il logera gratis au « Palais-du-Courant ». Et encore, pas pour longtemps, puisque la loi martiale n'existe plus depuis un an. Le prochain mariage de « Vic Ire » laisse aussi espérer un adoucissement de sa rigueur impitoyable.

Les motivations du jeune exilé ne sont pas purement égoïstes. Depuis son arrivée en France, sa mère, aux prises avec des migraines incessantes, l'accable de ses tracas financiers. Lactance aurait pu soulager ses parents s'il avait accepté de travailler à la librairie Bossange, à Paris, mais il déteste le commerce et s'obstine à vouloir devenir médecin, alors que son père ne peut même pas lui payer les manuels essentiels à ses études. «Le pauvre enfant me fait pitié», avoue Julie, comme pour tourner le fer dans la plaie.

La complainte lancinante de Papineau est tout aussi insoutenable. Il lui demande sans cesse que font leurs proches restés au Canada. Se peut-il qu'aucun d'entre eux ne consente à lui avancer un peu d'argent pour lui permettre de faire vivre sa famille décemment? Dès que ses biens seront vendus, il remboursera son prêteur avec intérêt. Comment accepter d'en être réduit à mendier du secours à des étrangers?

Lui-même absent du Canada depuis longtemps, Amédée se sent impuissant. Il ne peut acquiescer à la demande de son père, qui lui réclame à répétition un bilan des recettes et des dépenses liées à sa seigneurie et à ses propriétés montréalaises. Mandaté pour gérer les biens de son fils exilé, Joseph Papineau est dépassé par les événements. À son âge, il ne peut assumer cette lourde responsabilité seul. Quant à sa tante Dessaulles, elle n'est décidément pas douée pour les affaires. Il faudrait vendre, même à perte, la voiture, la bibliothèque, les tableaux, voire la maison de la rue Bonsecours. Un sacrifice auquel Amédée ne veut pas consentir, convaincu qu'on doit épargner la demeure qui a abrité trois générations de Papineau. En revanche, il sacrifierait la sei-gneurie, si son père en obtenait un bon prix, ce qui lui paraît presque impossible, vu l'appétit féroce des spéculateurs qui, profitant de la crise économique, achètent au plus bas.

Reste Louis-Michel Viger, cousin germain de Papineau. Banquier, celui-ci devait contraindre les créanciers récalcitrants de Papineau et lui expédier du secours à Paris. Amédée lui a plusieurs fois écrit pour lui rappeler la situation financière précaire des siens. Le «meilleur ami» de son père ne se donne même pas la peine de lui répondre ou, s'il le fait, il se contente de vagues promesses. Autant l'admettre, l'argent est rare au pays et leurs parents et amis en arrachent, eux aussi.

Tout contribue à convaincre Amédée qu'il sera plus utile aux siens à Montréal qu'à Saratoga, à tout le moins pour constater l'état de leurs finances. Ses étudiantes ont passé avec satisfaction l'examen de fin d'année. Il ne lui reste plus qu'à boucler sa malle et à faire ses adieux aux demoiselles Wayland. Il passera aussi dire un au revoir bien senti à ses deux meilleures élèves, miss Mary Westcott et miss Maria McLean. Tôt, le 4 août au matin, il saute dans la diligence. Le voilà en route pour le Canada, fébrile et, somme toute, assez excité.

———◆———

Malgré son impatience de revoir sa patrie, Amédée s'arrête à Glen Falls pour visiter la caverne célébrée par Fenimore Cooper dans son roman *Le dernier des Mohicans*, dont l'action se situe pendant la guerre de Sept Ans. Au lac Horicon (lac George), il voit les ruines où se sont déroulées les batailles historiques opposant les armées française et anglaise, au XVIIIe siècle. Même arrêt obligé au fort Carillon (Ticonderoga) qui domine le lac Champlain. Louis-Joseph, marquis de Montcalm, à qui Papineau doit son prénom, y a remporté une victoire mémorable contre le général anglais James Abercrombie. Amédée se recueille à l'ombre des anciennes forteresses derrière lesquelles reposent les os des soldats tombés au combat. Il reste peu de vestiges. À chaque étape, il ramasse une petite pierre ou quelques poussières de brique qu'il conserve comme des reliques.

Levé à l'aurore, le 6 août – c'est le grand jour –, il marche de long en large sur le pont du pyroscaphe *Whitehall*, préoccupé par l'accueil qui l'attend à Saint-Jean. À six heures pile, il débarque en sol canadien. Surprise! le commis de la douane le laisse passer sans même fouiller sa malle. Ouf! Quant au policier qui s'adresse à lui, il se contente de lui signifier qu'étant natif du Canada, il n'a pas besoin d'un passeport. Nouveau soupir de soulagement.

En circulant dans le village, il éprouve de l'agacement. N'y a-t-il pas moyen de faire un pas sans croiser un dragon, un fantassin ou un canonnier? Après le dîner à l'hôtel, il saute dans le *Princess Victoria* qui part pour Montréal. À La Prairie, même essaim bourdonnant de soldats qu'à Saint-Jean, mêmes vastes casernes en briques où se déroulent les exercices militaires.

Quand, enfin, sa ville natale se dessine à l'horizon, il ressent une vive excitation. Sur le quai, ses amis et cousins prévenus de son arrivée l'accueillent à bras ouverts. Il se laisse conduire chez Louis-Michel Viger qui l'hébergera, rue Bonsecours, juste en face de chez lui. Par la fenêtre de la chambre qu'on lui a attribuée, il aperçoit sur la façade de la maison des Papineau, près de la porte, une grande patte d'oie barbouillée. Après la rébellion de 1837, les loyaux ont ainsi marqué les édifices qu'ils avaient l'intention de confisquer.

Le jeune réfugié fraîchement débarqué à Montréal ne sait plus où donner de la tête. Les Viger, Dessaulles, Bruneau, Robitaille et Donegani se bousculent pour le recevoir. Sa tournée l'entraîne aux quatre coins du faubourg. Il bat le pavé à l'affût du moindre changement. Les nouveaux quais l'impressionnent et le ruisseau qui divisait autrefois la rue Craig et dégageait des odeurs de putréfaction a disparu. Lui qui a arpenté New York et Philadelphie, il ne peut s'empêcher d'établir des comparaisons avec les grandes artères américaines. Ici, les rues sont étroites, les pavés en mauvais état et les maisons ont grise mine, tandis que là-bas, tout semble plus large et aéré. Mais ce qui l'irrite au plus haut point, ce sont les cohortes de militaires et les policiers qu'il croise à chaque détour. Il se sent épié comme le serait un prisonnier dans un vaste pénitencier. La liberté sous haute surveillance !

En compagnie de sa tante Rosalie et de ses cousins Dessaulles et Papineau, il prend la route de la Petite-Nation, comme il l'a fait si souvent dans sa prime jeunesse. À bord du *Shannon*, il renoue avec les eaux bleues du Saint-Laurent, qui passent au rouge dans l'Outaouais. Sans que rien le laisse présager, le temps superbe s'assombrit tout à coup et la pluie tombe à verse. Qu'importe, il est heureux. Un jour et demi plus tard, alors que l'embarcation approche de sa destination, il repère les limites de la seigneurie de la Petite-Nation et, sur le coup de midi, il reconnaît le clocher de l'église Notre-Dame-de-Bonsecours. Que d'émotions en découvrant ce décor champêtre chevillé dans sa mémoire ! Enfant, il a si souvent rêvé de vivre comme un ermite dans cette forêt majestueuse.

⸺◆⸺

Amédée s'est entiché de ce coin de pays que son grand-père Joseph a acquis des messieurs du Séminaire de Québec à la fin du siècle dernier. La seigneurie de la Petite-Nation est située sur la route fréquentée autrefois par les coureurs de bois, les marchands et les sauvages. En son temps, Joseph y croisait encore des Algonquins qui s'y arrêtaient en se rendant dans les Pays d'en haut pour la saison de la chasse. C'était un rituel, ils passaient une nuit à « Chipaie », mot algonquin signifiant cadavres ou cimetières. Joseph entendait leurs cris et leurs lamentations accompagnés de danses funèbres sur la tombe de leurs ancêtres. Encore aujourd'hui, en défrichant et en labourant, les censitaires déterraient ici de la poterie, là des haches, des flèches et des pipes.

Les débuts de la seigneurie ont été ardus. Le chemin le long du fleuve n'existait pas, aussi fallait-il suivre les grèves marécageuses pour s'y rendre. Joseph faisait le voyage à partir de Montréal dans un bateau chargé d'outils et de provisions. Un trajet d'une semaine, parfois plus. Son équipage se déplaçait dans des canots d'écorce. Quelle expédition ! À la hauteur des rapides de Lachine, les hommes traînaient l'embarcation à la cordelle. À Sainte-Anne, nouveaux rapides, nouveau portage. Tout allait bien jusqu'à Vaudreuil et Rigaud, deux oasis dans le désert. Le plus dur restait à venir ! On pénétrait dans un pays sauvage où, beau temps, mauvais temps, il fallait camper sur les grèves. Une fois dépassé le Long-Sault où, selon la légende, Dollard des Ormeaux s'est illustré, la caravane arrivait enfin à l'île Arrowsen. La cabane de troncs d'arbres que Joseph avait construite de ses mains faisait office de manoir. Jour et nuit, il devait entretenir des feux de bois pourri et humide pour éloigner les nuées de moustiques qui se jetaient sur lui.

La première visite d'Amédée remonte au milieu des années 1820. Il avait alors sept ou huit ans et voyageait avec son père dans une carriole dont les deux chevaux étaient attelés à la file anglaise. L'hiver, presque tout le trajet se faisait sur la glace de l'Outaouais et l'été, on campait sur la grève. La première nuit, ils avaient dormi à Rigaud, la seconde à l'île Arrowsen, dans le vieux manoir que pépé avait loué à un aubergiste. Le lendemain, ils étaient enfin arrivés chez l'oncle Denis-Benjamin, qui habitait une grande maison de bois à côté du moulin banal. Quelle fête ç'était ! Les huit cousins et cousines d'Amédée lui souhaitaient la bienvenue à leur façon, toujours endiablée ! À chaque séjour, il en profitait pour se familiariser avec les travaux de défrichage en cours et ne se faisait pas prier pour aller se sucrer le bec à la sucrerie de la seigneurie.

La Petite-Nation avec laquelle il renoue en 1840 compte des scieries, un moulin banal, un presbytère, une école et une église, et des rangs nommés Azélie, Ézilda, Amédée… Il sait qu'un jour, il héritera du domaine, puisque, selon la tradition, les seigneuries passent au premier-né mâle de la famille. En pensant aux efforts de Joseph pour donner vie à sa seigneurie et en mesurant les progrès d'hier à aujourd'hui, il écrit :

« Mon aïeul s'y ruina ».

Justement, l'état de son grand-père l'attriste. Joseph Papineau a vieilli depuis son séjour à Saratoga, un an plus tôt. Sa surdité l'isole, si bien qu'il ne participe plus à la conversation. Il se lève juste à temps pour dîner, joue au backgammon et lit (Dieu merci, il a conservé une bonne vue). Le soir, il brasse un peu les cartes, mais monte se coucher de bonne heure.

———◆———

Entouré de ses cousins, les compagnons de jeu de son enfance, Amédée refait le plein d'énergie sous un soleil brûlant. Promenades en canot dans l'Outaouais, bains dans la baie Noire, cueillette de mûres, de framboises et de bleuets le long de la route. Armé d'un bon fusil, il part en forêt, bien déterminé à ramener du gibier. Manque de chance, la chasse est interrompue par un terrible ouragan accompagné de grêle et de tonnerre. Il ne dédaigne pas non plus les parties de pêche à la pointe du petit chenail, même s'il ne dissèque plus le poisson armé, le fameux *Lepisosteus Amer*, avant de l'empailler, comme lorsqu'il était gamin.

Entre les escapades dans la nature et les repas en famille, il consacre son temps à ratisser les environs pour vérifier l'état de la seigneurie, afin d'en rendre compte à son père. Les bâtiments lui semblent peu décrépis, sauf le moulin à farine dont il faudrait remplacer certaines pièces. La digue ne perd à peu près pas d'eau. De nouvelles maisons sont apparues dans les rangs jadis non peuplés.

Cependant, et c'est là le plus inquiétant, les censitaires, pauvres comme Job, ne paient plus leur dû. L'oncle Denis-Benjamin Papineau, qui gère la seigneurie en l'absence de son frère, croit qu'ils accepteraient

de payer en espèces, car les animaux ne manquent pas dans la seigneu-
rie, le grain non plus et les hommes ont deux bras pour les corvées.
Pour cela, il faudrait que le seigneur ou l'un de ses fils résidât sur place.
Le chauffage et la nourriture ne lui coûteraient presque rien. Et l'on
pourrait procéder aux améliorations nécessaires, certaines pressantes.
Amédée se voit déjà à la tête du domaine. Il lui reste à convaincre
Papineau de venir s'y établir. Ou de le laisser prendre les rênes.

—————✦—————

Autour de la table, chez l'oncle Denis-Benjamin, un sujet alimente
les discussions. Les Communes de Londres ont adopté l'Acte d'Union,
le 18 juin. Un mois après, la reine Victoria lui a accordé la sanction
royale. Désormais, le Bas et le Haut-Canada ne forment plus qu'une
seule province.

Que penser de cette union ? Dès l'annonce du projet de loi, Amédée
a tout de suite flairé la mauvaise affaire. L'objectif caché demeure l'assimilation de la majorité française. Pour lui, le choix est clair : rester des
esclaves blancs anglais ou devenir des hommes libres américains. Il se
rend compte, cependant, que la plupart des Canadiens approuvent
l'union, parce que Londres leur promet du même souffle un gouvernement responsable, principale demande des patriotes avant la rébellion.
Mais il y a un hic : en vertu de l'entente, le Bas-Canada, plus riche, devra
payer les dettes du Haut-Canada.

Jusqu'à tout récemment, Amédée se montrait ambivalent. Et si
l'union permettait aux deux Canadas de joindre leur force pour réclamer l'indépendance, ce que le Bas-Canada n'obtiendrait jamais seul ?
Cette hypothèse qu'il formula un jour à l'intention de son père reçut un
accueil froid. Papineau croyait plutôt qu'il fallait s'opposer résolument
à la mesure. Selon lui, il suffirait d'à peine quelques années d'union
pour noyer les Canadiens français. En livrant la population française à
l'exploitation de la population anglaise, Londres contribuerait à créer
des dissensions entre les deux nations. Papineau y consentirait, mais à
deux conditions. *Primo*, que les droits de tous soient respectés et égaux
et *secundo*, qu'au sein du gouvernement, la représentation soit pro-
portionnelle à la population de chacune des deux provinces. Amédée

s'était facilement laissé convaincre, comme il s'en confesse dans son journal :

« Je crois qu'il est déshonorant pour les Canadiens, après leurs protêts et déclarations solennelles de 1837, et les sanglantes tragédies subséquentes, de consentir encore à se jeter à genoux pour ramper au pied de leurs bourreaux, la reine, le Parlement anglais. »

De toute manière, il est trop tard pour changer le cours des événements. Le Parlement britannique compte introduire dans ses colonies le principe de la « taxation sans représentation ». Le Bas-Canada sortira perdant. Son père avait raison de redouter le pire.

Sur les entrefaites, les journaux rapportent la mort de lord Durham, à l'île de Wight, le 28 juillet. Curieux hasard, pense Amédée, l'ex-gouverneur général qui s'était fait le champion de l'union passe de vie à trépas quelques jours après que la reine Victoria l'eut sanctionnée.

Ainsi s'achèvent les vacances outaouaises d'Amédée. Après deux semaines idylliques qui lui rappellent les beaux jours d'avant la tourmente, il reprend le bâton du pèlerin. Au moment des adieux, Joseph a l'air abattu. Amédée l'ignore alors – mais peut-être s'en doute-t-il ? –, il ne reverra jamais plus son vénérable aïeul. Le cri de désespoir du vieillard résonnera longtemps dans sa tête :

« Ç'en est fini des Canadiens ; ils seront encore plus maltraités que par le passé. »

>—<

Sur le chemin du retour, notre pèlerin multiplie les escales. Son carnet de notes à la main, il poursuit à travers la seigneurie des Mille-Îles son enquête auprès des témoins des troubles de 1837 et 1838. Le danger s'éloignant, les langues se délient, constate-t-il.

À Saint-Benoît, les soldats ont brûlé le beau moulin en pierres et une cinquantaine de maisons. Marie-Louise, la femme du notaire Jean-Joseph Girouard, le reçoit. Son mari était l'un des chefs patriotes de la région du lac des Deux-Montagnes. Il a été emprisonné pendant plus de six mois. Elle raconte à Amédée qu'en novembre 1837, Colborne a logé chez elle. Quand il a vu ses hommes mettre le feu à l'écurie, il en a fait sortir ses chevaux, est monté en selle et a quitté le village en flammes, sans même se retourner. La maison des Girouard fut pillée comme les autres. Le plus révoltant, pense Amédée, c'est que le Vieux Brûlot prétendra plus tard qu'il n'avait jamais donné l'ordre de tout incendier. Et d'ajouter que « le gouvernement anglais, si corrompu et si oppresseur, l'en a récompensé par un diplôme de noblesse! » En quittant Saint-Benoît, il emporte pour sa collection de reliques un fragment du bénitier trouvé dans les ruines de l'église.

Saint-Eustache a aussi gardé des stigmates douloureux de l'horreur passée. Amédée découvre, scandalisé, les murs de l'église criblés de boulets. Le temple tient à peine debout et devra bientôt être abattu. Marie-Zéphirine Labrie, la veuve du docteur Chénier, l'accueille chez elle. Amédée lui réclame un souvenir du martyr. Elle lui offre un livre lui ayant appartenu, *Oreste*, poème de Pierre Dumesnil. Il le conservera jusqu'à la fin de ses jours.

La vie ne s'est pas arrêtée pour autant. Depuis les troubles, les maisons incendiées par les Anglais ont presque toutes été reconstruites. Toutefois, les humiliations infligées aux Canadiens vaincus ont laissé des séquelles. Partout où Amédée s'arrête, les récits scabreux abondent. À Saint-Martin, une de ses vieilles tantes Papineau lui raconte que le fils du docteur Daniel Arnoldi, « volontaire de Sa Majesté », est descendu dans sa cave pour lui voler du beurre et du miel. Le polisson a ensuite reluqué quelques cuillers qu'il croyait en argent, mais les a remises à leur place en découvrant qu'elles étaient en étain. Avant de disparaître, il a tiré son sabre et tranché la gorge de quelques-unes de ses oies. Amédée note l'incident et le commente:

« C'est le même gueux qui, voyant à Saint-Hyacinthe le portrait de pépé, le menaça de son grand sabre, exprimant en même temps devant les femmes et les enfants le souhait de pouvoir, un jour ou l'autre, trancher la tête de l'original, ainsi que celle de son fils, Louis-Joseph Papineau. »

⚊⬥⚊

L'incursion d'Amédée sur son sol natal le conduit ensuite à Verchères, où mémé Bruneau l'accueille les larmes aux yeux. Malgré ses presque quatre-vingts ans, la mère de Julie n'a pas trop vieilli, même si sa jambe engourdie ralentit sa marche. Selon son habitude, elle réserve à son petit-fils, né comme elle le jour de la Sainte-Anne, un accueil digne d'un petit prince. Elle l'appelle « son bouquet » et ne manque pas de lui répéter qu'il est doué pour le bonheur, vu qu'il est né coiffé.

Une dizaine d'années auparavant, cette grand-mère si chère à son cœur lui avait fait toute une frousse. Ce devait être un matin de la mi-juillet. En visite chez sa fille, à Montréal, la vieille dame était assise à côté de Papineau dans la calèche. Mal attelé, le cheval avait pris le mors aux dents et avait dévalé la pente raide de la rue Guy à vive allure. La voiture s'était renversée, blessant grièvement ses deux passagers. Mémé, alors âgée de soixante-dix ans, paraissait sans vie. Mal en point, lui aussi, Papineau bougeait à peine lorsque les sauveteurs leur avaient porté secours. Dans ses mémoires, Amédée racontera la suite :

« Une demi-heure après leur départ, mère vit rentrer une foule de personnes portant deux litières. Sur l'une, elle reconnut son mari, sur l'autre sa mère ! Morts ? Ou seulement blessés ? Grand-mère, toute meurtrie, s'était évanouie ; père avait l'épaule brisée et de fortes contusions. »

Comme son bras le faisait atrocement souffrir, Papineau laissait souvent échapper un cri de douleur, quand ce n'était pas un juron d'impatience. Mais le temps avait fait son œuvre, si bien qu'au bout de deux semaines, il avait pu retirer ses bandages et se débarrasser de ses attaches. Marie-Anne Bruneau, elle, était déjà sur pied.

Le curé René-Olivier Bruneau paraît tout aussi content d'embrasser son neveu, l'exilé involontaire. Amédée s'est toujours senti chez lui au presbytère. Enfant, tout près du fort, là où les eaux du fleuve et du ruisseau se mêlent, il ramassait des coquillages sur la grève et pêchait de petits poissons et des grenouilles. D'après les vieux de la place, ce serait à cet emplacement que s'érigeait autrefois la forteresse où la célèbre Madeleine de Verchères a tenu en échec une bande d'Iroquois. Amédée admirait la bravoure et la présence d'esprit de cette jeune fille d'à peu près son âge, capable d'intimider et de tromper l'ennemi.

Avec Lactance, il se roulait au milieu des tas de blé conservés dans de gigantesques greniers. Pour empêcher les pigeons voyageurs de dévaster les champs de culture, les deux frères les chassaient sans répit.

« On les prenait vivants avec des filets, se souvient-il, et renfermés au colombier, on les y engraissait avec du blé. Rien de plus savoureux que ces tourtes engraissées, rôties, bouillies, en ragoût, en pâté. »

Mais c'est encore le temps passé avec sa grand-mère Marie-Anne qui lui procurait les plus grands bonheurs.

« J'aidais mémé à cultiver ses fleurs et, à la Fête-Dieu, je les cueillais pour la procession, dans laquelle je figurais avec une corbeille enrubannée, un surplis et une soutane, jetant mes fleurs sur le sol devant le Bon Dieu. J'étais fier, les dimanches, de figurer dans le sanctuaire parmi le chœur. »

Aujourd'hui, Amédée regrette la disparition de la tonnelle recouverte de vigne au fond du jardin du presbytère où, enfant, il avalait goulûment sa collation. Des vents violents l'ont détruite l'année précédente. L'église, elle, est restée intacte. Comme le petit garçon de jadis, il grimpe dans le clocher et, braquant sa lunette d'approche de part et d'autre du Saint-Laurent, admire les églises des sept paroisses avoisinantes qui ont poussé au fil des ans.

Un été, une bande de voleurs de grand chemin avait sévi dans le voisinage. On racontait qu'ils avaient vidé le coffre-fort d'un riche habitant de la place et avaient détroussé un marchand qui cachait son or dans sa cave. Les frasques du meneur – un dénommé Burke qui n'était pas sans rappeler à Amédée le célèbre Cartouche ou l'Italien Fra Diavolo (frère Diable), deux brigands réputés pour avoir terrorisé la France – mettaient tout le village sur le qui-vive. Mémé Bruneau et le curé étaient si effrayés qu'à la brunante, ils se barricadaient au presbytère. Sur leur table de chevet, l'un et l'autre gardaient à portée de la main une cloche assez puissante pour réveiller le voisinage en cas d'attaque. L'histoire avait bien fini puisque, pour reprendre l'expression d'Amédée, le chef et ses complices avaient été « dûment expédiés vers Pluton ».

Dieu merci ! note-t-il encore, le village avec lequel il renoue n'a rien perdu de son caractère français et l'anglais ne l'a toujours pas pénétré. D'aussi loin qu'Amédée s'en souvienne, René-Olivier Bruneau n'a jamais sympathisé avec les patriotes. Il se montrait plutôt fidèle à son évêque, monseigneur Lartigue, de triste mémoire. À présent, le curé réprouve les excès commis par les troupes anglaises dans la foulée de la seconde insurrection, celle de 1838, et s'en ouvre à son neveu. Pour semer la terreur, lui raconte-t-il, Colborne a fait parader un millier d'hommes dans tous les comtés avec ordre de se nourrir et de se loger aux frais des rebelles. À Verchères, le major McNichols et le capitaine Bell se sont fixés au presbytère, cependant que leurs soldats bivouaquaient chez les villageois. Chaque nuit, les pillards rapportaient à Verchères le butin volé dans les environs. Les pauvres habitants implorèrent leur curé d'intercéder auprès de l'officier. René-Olivier Bruneau demanda au militaire :

« Pourquoi traiter aussi cruellement ces paroissiens qui, pour la plupart, ne se sont pas révoltés ? »

La réponse du militaire fut lapidaire : « Parce que ce sont les ordres ».

Nul doute, dans l'esprit d'Amédée, les ordres venaient de Colborne. Il enrage : « Ce lord "Satan", au lieu d'être anobli, aurait dû être pendu. Quel brigand ! »

L'heure de la séparation sonne. Quand reverra-t-il sa mémé Bruneau ? Lorsque son gendre Papineau a été forcé à l'exil, elle avait juré ne pas mettre le pied à Montréal avant son retour au pays. Devant son petit-fils venu l'embrasser au moment de son départ de Verchères, elle réitère son serment.

———✦———

De part et d'autre de la rivière Richelieu, où il poursuit son périple, la vie a repris son cours normal. À chaque escale, Amédée questionne tout un chacun et prend des notes. Intrigués, ses connaissances lui demandent discrètement s'il poursuit une mission au Canada. Il les détrompe. Il aimerait être utile à son pays, mais ce n'est pas le cas, du moins pour l'instant.

À Saint-Denis, sa visite des champs de bataille lui permet de corriger certaines erreurs qu'il avait commises bien involontairement dans son journal. Cette quête de vérité sur le terrain est d'ailleurs l'un des objectifs de son voyage. En traversant le village, qui a vu dix patriotes tomber sous les balles anglaises, il demande où exactement a été blessé mortellement Charles-Ovide Perrault, frère de son ami Louis, réfugié comme lui aux États-Unis. Il espérait aussi voir la maison de madame Saint-Germain, cette longue bâtisse de pierre à deux étages avec des lucarnes d'où tiraient les hommes de Wolfred Nelson. Les autres ouvertures avaient été bloquées et transformées en meurtrières. L'habitation n'existe plus. Elle n'avait pas résisté aux canons de l'armée anglaise. Un boulet avait fracassé une fenêtre et des éclats de pierre avaient crevé le toit. Ses ruines viennent tout juste d'être déblayées.

Son grand-oncle Séraphin Cherrier, un vieillard fort éprouvé, n'a pas de mots pour décrire le comportement sauvage des soldats du colonel Charles Gore. Les vandales se sont amusés à répandre de l'huile dans toutes les pièces de sa maison afin de les rendre plus combustibles. Dans son magasin, après avoir volé la marchandise, ils ont réduit en miettes les vitres empilées dans des caisses et brisé sa vaisselle pour ensuite mélanger les débris à son blé et aux pois conservés au grainier.

À Saint-Charles, les troupes se sont montrées plus sadiques encore. Après la bataille, elles ont chargé à la baïonnette les patriotes qui s'y retranchaient et massacré les blessés. Un seul leur échappa en se couchant parmi les morts. Malgré ses blessures, il a réussi, la nuit venue, à traverser en canot la rivière glacée pour se rendre à Saint-Marc. Une planche de bois lui a servi d'aviron. Amédée consigne tout dans son carnet.

L'arrêt au manoir de Saint-Hyacinthe marque une étape importante de sa tournée de reconnaissance. Rosalie Dessaulles l'installe dans la chambre qu'il occupait avant sa fuite.

« Mon ancienne prison de 1837 », laisse-t-il tomber en fixant la trappe au plancher.

Dans le corridor, des portraits de son père âgé de dix ans et de sa grand-mère Papineau ornent toujours les murs. Au salon, les deux tableaux peints à l'huile par Antoine Plamondon, l'un de Papineau et l'autre de Julie avec la petite Ézilda au piano, n'ont pas davantage été déplacés.

Après être allé au Séminaire de Saint-Hyacinthe pour saluer ses anciens professeurs, il passe deux jours au grenier du manoir Dessaulles à classer les livres de son père. Dans des caisses séparées, il range les ouvrages à garder et ceux à vendre. Quel plaisir de renouer avec les récits des explorateurs Champlain, La Hontan, Charlevoix et Lescarbot, qui ont si bien raconté leurs expéditions en Nouvelle-France !

Il rentre dans la métropole satisfait de son périple. Un dernier entretien avec M. Quiblier, maintenant supérieur du Séminaire de Saint-Sulpice, le laisse perplexe. L'ex-directeur du Collège de Montréal lui a pardonné d'avoir claqué la porte de son établissement. Il lui parle de deux scélérats dont il refuse de dévoiler les noms qui, en 1837, ont offert à sir John Colborne de poignarder Papineau.

« Le gouverneur indigné repoussa cette offre avec horreur », l'assure le supérieur, comme pour convaincre son ancien élève que le général n'était pas l'être infâme si souvent décrit.

Quiblier peut l'affirmer, il a lui-même obtenu de Colborne des faveurs pour plusieurs prisonniers et réfugiés. Un frisson traverse Amédée. Quel sort affreux aurait été réservé à son père s'il était tombé aux mains des tigres avides de sang !

« Ces monstres l'auraient massacré sur-le-champ », note-t-il dans son journal, à l'issue de sa rencontre avec M. Quiblier.

Son voyage s'achève là où il a commencé, chez Louis-Michel Viger, avec qui il doit éplucher les livres de comptes. Le Beau Louis, comme on l'appelle, un homme chargé de lourdes responsabilités à la Banque du Peuple, lui confirme la triste réalité : les affaires de Papineau, fort négligées avant qu'il s'en charge lui-même, ne se relèvent pas. Trop longtemps à la barre, Joseph n'a plus ni l'âge ni l'énergie requise pour assumer des tâches aussi exigeantes. Henry Delagrave, un autre cousin à qui Papineau a confié certaines démarches, s'est montré négligent. L'encan public de leurs biens n'a presque rien rapporté pour la bonne raison qu'il n'a fait l'objet d'aucune annonce dans les journaux. Les meubles, tableaux et bibelots ont été « sacrifiés » à vils prix. En dépit de ses maigres ressources, Rosalie Dessaulles a tout de même racheté une partie du mobilier. Viger lui-même a beau se démener pour vendre les propriétés de Papineau – sans grand succès, il le reconnaît –, il peine à trouver des acheteurs capables d'offrir un montant raisonnable. La maison de la rue Bonsecours exige des réparations et le locataire ne paie pas son loyer. Malgré tout, Viger promet d'envoyer de l'argent à Paris prochainement.

Ce refrain, Amédée l'a déjà entendu.

———※———

Le 29 septembre au matin, il s'apprête à regagner son refuge américain de Saratoga. À Saint-Jean, il monte à bord du *Whitehall* animé de sentiments contradictoires. Cette fois, il quitte le Canada sans regret. Tant que les militaires et les policiers occuperont son pays, tant que des barrages au coin des rues empêcheront les honnêtes citoyens de passer, il s'en tiendra loin. Il n'a que faire d'une patrie où les tories semblent lui dire d'un air hautain: « Range-toi, chien d'esclave, que je passe. » Un républicain comme lui ne pourrait vivre sous un tel régime.

De son pèlerinage, il rapporte de vieux journaux et quelques pamphlets politiques, autant de précieuses acquisitions qui enrichiront son enquête. Il peut aussi se targuer d'avoir fait preuve de maîtrise et de discrétion. Lorsque le hasard l'a mis en présence d'un traître, il l'a salué froidement, mais a refusé d'entrer en conversation avec lui.

Il a beaucoup observé et réfléchi aussi. Et, en bon historien-journaliste, il s'est fait un devoir de sonder l'élite. Les Viger, Cherrier et autres chefs de file lui ont semblé découragés et peu enclins à passer à l'action, comme s'ils refusaient d'envisager un nouveau combat, si pacifique soit-il. Amédée retient de leurs conversations une impression douloureuse. La défaite a jeté l'épouvante partout. Une fois celle-ci estompée, l'apathie s'est emparée des Canadiens. L'injustice et l'oppression continuent de les révolter, et leur haine contre l'occupant demeure implacable, mais ils se sentent faibles et impuissants. Comme s'ils n'avaient plus l'énergie de briser leurs fers. Seules une guerre étrangère ou de nouvelles persécutions feraient sortir le Canada de son défaitisme mortel.

L'impopulaire Louis-Hippolyte LaFontaine cherche à prendre la direction politique, mais Amédée a constaté qu'il compte beaucoup d'ennemis. Certains n'approuvent pas sa stratégie à propos de l'Acte d'Union. Par quelle contorsion intellectuelle LaFontaine peut-il reconnaître ouvertement que cette loi est injuste et despotique, mais refuser ensuite d'en demander le rappel, sous prétexte que ce serait imprudent? Comment peut-il affirmer qu'il vaut mieux tirer le meilleur parti possible de la nouvelle conjoncture, plutôt que de se lancer dans un affrontement à l'issue incertaine?

Wolfred Nelson, avec qui Amédée abordera la question à Plattsburgh, pense, lui aussi, qu'il faut faire de nécessité vertu. Mais ses motivations diffèrent de celles de LaFontaine. On a imposé l'union de force aux Canadiens avec, en prime, un semblant de représentation. En réalité, on veut les écraser. Mais alors, pense Nelson, qu'on laisse le champ libre au gouvernement de l'Union. Qu'il fasse des lois avec ses suppôts. Laissons-le persécuter, taxer, abolir les lois et les institutions du peuple… Plus il y aura de maux et plus tôt le monstre s'y engloutira et y périra! Voilà ce que Nelson et Ludger Duvernay lui diront. Amédée endosse leurs opinions.

Au moment de laisser les eaux canadiennes, à deux heures quarante-cinq du matin, il fait ses adieux à son sol natal. D'un même élan, il salue la terre de liberté où il a désormais l'intention de faire sa vie. Sans arrière-pensée, il décide de se fixer aux États-Unis et d'y vivre de sa profession d'avocat. À moins, bien entendu, que son père lui demande de rentrer au pays – ce pays vaincu pour lequel il n'éprouve plus de frissons – pour s'occuper des affaires familiales.

À son retour, il écrit dans son journal: «Je suis convaincu maintenant qu'à moins de diversion puissante par une guerre étrangère, le joug anglais pèsera longtemps sur nous. J'en prends donc mon parti. Je me résigne enfin à l'inévitable. Je me consacre à mes études, et je les reprends avec plus d'ardeur que jamais.»

En lieu et place des exercices de tir à la carabine auxquels il s'adonnait en prévision d'un nouveau soulèvement, il s'attaquera désormais aux grands classiques de la littérature. Autant chasser de son esprit la politique et son lot de déceptions.

14. UN VRAI YANKEE !
1841

« L'or, c'est la grande, la seule vertu des temps modernes. Toutes les races, tous les peuples deviennent juifs. »

« Me voilà de retour chez moi », lance Amédée en réintégrant sa chambre, chez Mrs Nash, à Saratoga. Sa logeuse lui prodigue les soins d'une mère et il se comporte en bon fils. En effet, il passe des heures à lui lire à haute voix les œuvres de Fenimore Cooper qu'il affectionne, notamment *Pathfinder*, « un de ses meilleurs », *Last of the Mohicans* et *The Prairie*. C'est là, pense-t-il, une excellente façon d'améliorer sa prononciation anglaise. En échange, il offre gratuitement des cours de français à la fille de Mrs Nash.

L'année 1841 s'ouvre sous de meilleurs auspices. À la mi-janvier, satisfait de ses progrès dans l'étude du droit, il subit l'examen à la Cour suprême. L'expérience s'avère assez angoissante pour les vingt-quatre candidats qui doivent s'exprimer devant une brochette d'avocats réunis au Capitole, et plus particulièrement pour Amédée, car il sent peser sur lui une lourde responsabilité. C'est en faisant intervenir des amis influents de son père qu'il a obtenu, grâce à une loi spéciale votée par la législature de New York, la permission de passer l'examen avant même d'être admissible à la citoyenneté américaine.

Au moment de prendre son siège dans la grande salle, le visage lui brûle et il a les idées confuses. Quelle honte ce serait, s'il devait décevoir ses bienfaiteurs ! Par chance, il a étudié comme un défoncé et, en réalisant qu'il connaît les réponses aux questions posées à ses confrères, il se ressaisit. Son tour venu, les examinateurs l'interrogent longuement.

Il répond « remarquablement bien » à toutes les questions, d'une voix assurée et forte.

« J'ai brillé et l'on m'en fait des compliments depuis », écrit-il à ses parents.

Son exploit est tel que, le lendemain, il décide de se présenter à l'examen pour devenir solliciteur, même s'il n'avait pas prévu le faire. En entrant à la Cour de la Chancellerie, il se sent assez confiant. Moins bien préparé que la veille, il s'en tire plus laborieusement, ce qui n'empêche pas le juge de lui remettre son certificat. À présent, il doit acheter ses licences de procureur et de solliciteur et retourner au Capitole, cette fois pour prêter son serment d'office. C'est gagné, il peut désormais pratiquer le droit dans l'État de New York.

À compter de ce jour, le sort de ses compatriotes l'occupe plus modérément. Certes, il s'émeut en apprenant que les patriotes exilés en Nouvelle-Hollande (Australie) après la seconde insurrection ont été ballottés en mer pendant cinq mois. Ses sources affirment qu'on les considère comme de vils félons. Le jour, on les force à travailler à la construction des chemins et au pavement des rues ; le soir, on les enferme dans une prison à raison de douze par chambre à coucher.

« Voilà comment des prisonniers de guerre sont traités par l'infâme gouverneur anglais, le digne émule du sanguinaire Nicolas de Russie ! » écrit-il dans son journal.

Il poursuit aussi ses échanges épistolaires avec Wolfred Nelson qui, cet automne-là, lui confie son intention de s'établir prochainement à Montréal : à Plattsburgh, la médecine ne lui rapporte pas assez pour faire vivre sa famille. Sa situation est d'autant plus précaire que la rébellion l'a ruiné, ses propriétés de Saint-Denis ayant toutes été détruites ou pillées.

La rumeur court que le docteur Jean-Baptiste-Henri Brien, ce traître qui a sauvé sa peau en dénonçant ses frères, a attrapé la fièvre jaune au Texas où il espérait se refaire une virginité. Apparemment, il serait venu mourir incognito au lazaretto de New York. Des mauvaises langues le soupçonnent de laisser circuler ce bruit pour se faire oublier…

Amédée se demande s'il se cache ou s'il a réellement passé l'arme à gauche.

Le diariste consacre aussi quelques lignes acerbes à l'abbé Chartier, qui « vient de se couvrir de honte par la plus indigne confession et apostasie ». Que ce prêtre avoue, dans une lettre à monseigneur Bourget, regretter de s'être mêlé de politique passe encore, mais qu'il ridiculise le principe de la souveraineté du peuple, c'en est trop. En une phrase lapidaire, Amédée le traite de lâche, d'apostat, d'ignorant, de sot et de coquin. Lorsque Chartier s'arrête à New York, en route vers sa nouvelle cure de Baltimore, Amédée évite de le rencontrer. Voilà les seules nouvelles qu'il retient et il leur porte un intérêt mitigé.

S'il prend ses distances avec les affaires du Canada, celles-ci le rattrapent bientôt au tournant. Le 9 février 1841, il est invité à prononcer une causerie devant le Debating Club de l'Association des jeunes gens de Saratoga. Le thème : les torts qu'ont subis les Canadiens justifient-ils leur récente tentative de révolution ? Il s'agit de son premier discours en anglais. Même s'il manque d'assurance dans la langue de Shakespeare, il a accepté l'invitation, vu sa connaissance approfondie du sujet. Il s'estime bien placé pour réfuter les arguments des tories.

Remontant jusqu'à 1760, alors que les Anglais ont obtenu le Canada par les armes, Amédée affirme que « la France a transféré les Canadiens à l'Angleterre comme le ferait un fermier de son bétail ». Le ton est donné. Il fustige l'arrogance des premiers immigrants anglais envers leurs concitoyens français, un peuple conquis à qui ils refusaient de s'associer en raison de leur langue et de leurs coutumes. Un gouvernement sage aurait tenté d'éliminer ces différends et de créer une harmonie entre les deux populations, comme l'ont fait les Américains à New York, dans les Jerseys ou en Louisiane. L'Angleterre, au contraire, s'est comportée en tyran, préférant « diviser pour régner ». Comme ce conquérant raffole des combats de coqs, il a encouragé l'antipathie des nouveaux arrivants à l'égard des anciens colons français, en écartant ces derniers de la fonction publique.

Exemples à l'appui de sa thèse, Amédée poursuit son récit des événements marquants jusqu'aux 92 résolutions de 1834, qu'il cite en explicitant les griefs des Canadiens. Il aborde ensuite la rébellion de

1837. Le ton monte quand il explique comment le gouvernement anglais a lancé aux trousses des patriotes son armée de bouchers « qui ne laissent dans leur sillage que du sang et des cendres ». Ses compatriotes, précise le conférencier, se sont défendus héroïquement presque sans armes.

En guise de conclusion, il enfonce un dernier clou :

« Je suis venu ici pour vous montrer que les torts qui leur ont été faits justifiaient amplement leurs tentatives de révolution. »

À son avis, tout peuple aurait raison de se révolter, s'il avait enduré le dixième des persécutions dont les Canadiens ont souffert depuis la Conquête, il y a quatre-vingts ans.

« Vous, citoyens américains, qui êtes habitués à jouir d'institutions libres et saines, ne pouvez que vous demander comment ils ont pu subir aussi longtemps ce joug accablant. »

Sitôt son virulent plaidoyer terminé, Amédée quitte les lieux sans attendre le vote des membres. Il apprendra plus tard en soirée qu'il est sorti gagnant du débat, les juges lui ayant donné raison : les Canadiens, ont-ils statué, étaient parfaitement justifiables dans leurs efforts insurrectionnels.

Le lendemain, 10 février 1841, l'Acte d'Union entre en vigueur officiellement. Une gazette de New York précise qu'à l'issue de la guerre de Sept Ans, la France avait cédé le Canada à l'Angleterre… le 10 février 1763. Est-ce une coïncidence ? se demande Amédée. N'est-ce pas plutôt un calcul machiavélique des Anglais de faire coïncider l'infâme Acte d'Union avec l'abandon du Canada par sa mère patrie ? Quoi qu'il en soit, il écrit dans son journal qu'il s'agit d'« un jour néfaste ». Il attendra à l'année 1881 pour souligner dans ses mémoires la perte des privilèges constitutionnels dont jouissait la population jusqu'à la Conquête et son drame, lorsqu'elle s'est vu imposer un régime militaire et arbitraire par les Anglais.

« Mais le monde a marché depuis 1763, écrira-t-il, les Révolutions américaine et française ont labouré la féodalité et bien des trônes, et le règne de la force brutale ne saurait se prolonger longtemps aujourd'hui. Ne perdons pas courage et espérance ! »

Quand, ce printemps-là, les élections se déroulent au Canada-Uni, il se contente de mentionner que vingt-cinq patriotes et dix-sept tories ont été élus au Bas-Canada. En fait, il s'en soucie à peine plus que du départ du président Van Buren de la Maison-Blanche, le 4 mars suivant.

───◆───

Désormais, il consacre toutes ses énergies à réfléchir à son avenir. Que fera-t-il de sa vie? «Je suis fort en peine», confie-t-il à son père.

Il nourrit peu d'espoir de pouvoir s'établir dans l'État de New York, où les avocats pullulent. Un compatriote lui conseille d'aller offrir ses services à la Nouvelle-Orléans comme son ami Beaudriau, mais il hésite à s'éloigner de la frontière canadienne. Tout bien pesé, il préférerait s'associer à un procureur new-yorkais possédant déjà une bonne clientèle. Mais où diable le trouver?

Il est au bout de ses sous, ce qui ajoute à son tourment. Pendant deux mois, il expédie lettre après lettre – huit en tout –, à Louis-Michel Viger, à qui il réclame 200 dollars pour payer sa pension et régler les arrérages, sans quoi il perdra sa chambre. Le «Beau Viger», pourtant mandaté pour s'occuper des affaires de Papineau, fait la sourde oreille. Est-ce pure négligence de la part du banquier? De l'égoïsme? Amédée trouve éprouvant de dépendre du bon vouloir d'autrui.

En juin, l'argent tant attendu arrive! Ses cours de français terminés à l'Académie des demoiselles Wayland, il quitte Saratoga après avoir remboursé ses dettes. Destination: New York où, à son arrivée, le thermomètre oscille entre quatre-vingt-onze et quatre-vingt-treize degrés Fahrenheit. Il se sent d'attaque pour entrer de plein fouet dans le tourbillon des affaires. Son entourage le met en garde contre les risques de l'aventure. Il fait néanmoins confiance à sa bonne étoile, convaincu d'être bien armé pour surmonter l'adversité.

Les premiers temps, il frappe à la porte des grands cabinets d'avocats à qui il présente ses lettres d'introduction signées du chancelier Walworth, du juge Cowen et de quelques autres amis influents de Saratoga. Aux derniers jours du mois, ses vains efforts l'amènent à accepter l'offre de Me Francis R. Tillou, qui lui propose gratuitement un coin de son bureau situé au 58, Wall Street, au cœur du quartier des affaires. Bien entendu, l'entente se terminera au retour de son associé, Walter L. Cutting, qui voyage en Europe. Amédée cloue lui-même l'enseigne à son nom à la porte et publie des annonces dans les journaux pour se faire connaître et surtout attirer des Français.

Ceux-ci ne se bousculent pas à son bureau. Il devra attendre à la fin de juillet pour accueillir ses deux premiers clients, des Canadiens. Comme le cabinet compte déjà plusieurs avocats qui maîtrisent la langue de Molière, les Français s'adressent à eux. Ses recherches afin de se trouver un poste permanent à salaire n'aboutissent pas davantage.

Pour tout dire, il s'ennuie à mourir de Saratoga dont la verdure, le grand air et l'eau de source l'enchantaient. À présent, le seul loisir culturel qu'il s'autorise, outre la lecture, c'est une soirée au spectacle de temps à autre. Ainsi, il ne voudra pas rater Fanny Elssler qui se produit dans le ballet *La Sylphide*, mais quittera le Grand-Théâtre du Parc fort désappointé. S'il s'est laissé gagner par l'agilité de la danseuse, si sa hardiesse et sa grâce l'ont séduit, ses pirouettes l'ont agacé. Il espérait voir évoluer une sylphide, il a vu un pantin. Dire qu'il a déboursé un écu pour cette sortie !

—⋙⋘—

Pendant ce temps, à Montréal, Joseph Papineau fait une mauvaise chute. En visite chez un ami, il est tombé en voulant s'appuyer contre une table à tréteaux et s'est disloqué la hanche. On a d'abord cru que le «rebouteur» avait replacé correctement le membre blessé, mais le vieil homme a contracté une fièvre. Toute la nuit, il a déliré et s'est montré fort agité. Appelé à son chevet, le docteur a diagnostiqué une attaque d'apoplexie et n'a laissé aucun espoir à ses proches. De fait, le jeudi après-midi 8 juillet, son pauvre pépé expirait, après avoir reçu l'extrême-onction.

Amédée est atterré par ce nouveau malheur survenu quelques jours à peine avant son vingt-deuxième anniversaire. Il se sent plus orphelin que jamais. Son grand-père avait quatre-vingt-huit ans, huit mois et vingt-deux jours. Sa vie durant, il avait fui les médecins comme la peste, préférant avaler ses propres mixtures, des tisanes à base d'herbages la plupart du temps. Fidèle à lui-même, il avait refusé sur son lit de mort la saignée et les drogues qui auraient peut-être pu le sauver. Mince consolation, il avait conservé jusqu'à la fin sa gaieté et son énergie débordante. L'avant-veille de son décès, le vieux notaire fort mal en point préparait un argument légal destiné à des clients qu'il ne voulait pas laisser en plan.

Outre la douleur qu'il doit affronter seul, Amédée ne digère pas d'avoir appris la disparition de son cher grand-père par des visiteurs canadiens de passage à New York. Il éprouve de la rancune envers ses proches qui n'ont pas songé à le prévenir. Comment ont-ils pu laisser ce soin à de purs étrangers? Il aura beau recevoir les explications, voire les excuses de ses oncles, tantes et cousins, l'omission ne passe pas. Il s'empresse d'écrire à Paris, de peur que ses parents du Canada aient aussi oublié d'avertir Papineau.

Peu après, arrivant de France, monseigneur Bourget lui remet une lettre poignante de son père. Le portrait que celui-ci trace de Joseph, «le Prométhée canadien qui, le premier, a tiré le feu du ciel pour animer les cadavres», lui tire des larmes. Pendant soixante ans, rappelle Papineau, Joseph a été le chef chéri de sa famille et de son pays. Né sous le régime français, il a dû, sans guide, s'éduquer au parlementarisme anglais. Il a combattu le despotisme sous lequel les Canadiens vivaient. L'énergie qu'il a déployée sur la scène politique a retardé de cinquante ans l'explosion de haine qui s'est abattue ces dernières années…

Amédée imagine son père contemplant le portrait de Joseph affiché dans son bureau parisien et revisitant le passé pour ensuite donner libre cours à son chagrin. Jusqu'à la fin, le cher vieillard se sera soucié des autres. À quatre-vingt-six ans, au lieu de se bercer sagement à la maison, il aura, dans un sursaut de vitalité, entrepris l'éprouvant voyage de Montréal à New York pour s'assurer que Lactance aille rejoindre Papineau dans son exil parisien.

━◆━

Pour tromper son ennui, Amédée se fait tirer le portrait chez le photographe new-yorkais, Mr Tredwell. Une fois encadrée, la photographie lui coûte 3 dollars. Il n'est pas mécontent du résultat. Jamais auparavant il n'avait observé une telle précision sur un cliché : le tapis de la table, sa veste, la chaîne de sa montre, tout est reproduit avec netteté. Même le titre du livre glissé sous son coude se lit à l'œil nu. Dire qu'il a fallu moins d'une minute au photographe pour arriver à ce résultat !

La réaction moqueuse de ses parents devant ce daguerréotype qu'il était si fier de leur offrir l'étonne. C'est Papineau qui lui transmet la réaction de sa famille : le jeune homme qui pose ne ressemble pas à leur cher Amédée ! En ouvrant l'enveloppe, sa mère, Ézilda et Azélie se sont écriées :

« Oh ! le monstre, de quel nègre nous envoie-t-il le portrait ? »

Le choc s'est révélé d'autant plus troublant qu'elles se souviennent de lui comme le plus beau de la famille. Papineau leur donne raison et s'en explique sur le ton de l'humour : le portrait est hideux. Un soleil trop vibrant aura gommé les traits gracieux et frais du sujet. Le visage paraît rigide, comme celui d'un mort dans sa tombe. De toute manière, à ses yeux, aucun daguerréotype ne vaudra jamais une peinture.

Par retour du courrier, Amédée défend le chef-d'œuvre qui, proteste-t-il, le dépeint fidèlement, quoiqu'avec trop de sérieux. Il le concède, les cheveux peuvent leur sembler un peu longs, mais c'est la mode. À New York, tout le monde les porte en balai autour de la tête. Pour le reste, il ne renie pas son apparence. Peut-être ne mesure-t-il que cinq pieds et cinq pouces, mais il se réjouit d'avoir atteint cette « hauteur colossale ». Ses lunettes, il les a choisies en acier et les plus légères possible. D'ailleurs, ses « bernicles », comme il les appelle, ne l'enlaidissent pas plus que sa barbiche, douce et noire. Au contraire, cette dernière lui sied mieux qu'un menton ras, assure-t-il. Il tient à conserver sa lèvre supérieure nue, même s'il est affublé d'une « large bouche et d'un nez proéminent ».

Malgré ses déboires professionnels, son moral tient bon. Véritable Yankee, il se veut « *cooly* » et fait montre de sang-froid en toutes cir-constances. Même quand un filou lui pique son portefeuille dans la poche arrière de sa redingote ? C'est bien sa faute, reconnaît-il. Quelle idée de monter sur une chaise pour mieux apercevoir une panthère apprivoisée obéissant à son maître! Au beau milieu d'une foule par-dessus le marché! Il s'exposait joliment.

———◦•◦———

Trêve de balivernes, Amédée commence à s'impatienter, sinon à désespérer. Il a passé l'été à se battre contre les maringouins qui ont infesté la ville. L'automne venu, il trompe l'ennui en chassant le gibier avec ses nouveaux amis à Long Island.

La semaine, il attend patiemment au cabinet les clients qui le boudent. Ses maigres affaires ne couvrent même pas ses dépenses. Les Américains, comme aussi les Canadiens de passage, préfèrent les vieux praticiens d'expérience ou ceux qui ont des capitaux. Autour de lui, l'indifférence glaciale de ses connaissances l'attriste. Il ne récolte pas les encouragements qu'il escomptait. Les New-Yorkais grattent des écus sans songer aux autres. Par moment, il frôle l'abîme. Ses amis de Saratoga lui manquent.

Peut-être a-t-il hérité de la mélancolie maladive de sa mère? Chose certaine, les cruels revers des dernières années l'ont endurci. À force de se cravacher, il n'a plus le cœur aussi tendre. Où sont passées ses illusions de jeunesse? Il lui arrive d'envier son frère Lactance, qui reçoit au sein de la famille les consolations dont lui-même aurait cruellement besoin.

Pour occuper son désœuvrement, il met le point final à un essai sur les droits de l'homme. Sa clause abolissant la peine de mort le rend particulièrement fier. La vie, pense-t-il, est le droit le plus sacré et le plus inaliénable de l'homme. Y attenter, qu'on soit un individu ou une société, revient à commettre un meurtre. Si seulement il était législateur! Il substituerait à la pendaison l'emprisonnement perpétuel ou les travaux forcés pour les criminels et, en cas de trahison, il recommanderait le bannissement. Son pamphlet d'environ deux cents pages, qu'il voulait intituler *Principes élémentaires de Foi démocratique*, n'a jamais été retrouvé.

Le reste de son temps libre, et il en a beaucoup, il lit tout ce qui lui tombe sous la main. Les romans de Charles Dickens – l'écrivain anglais est justement de passage à New York –, comme ceux de Madame de Staël et de Cooper. Il s'attaque aussi au *Contrat social* de Rousseau, un ouvrage de philosophie politique qui l'inspire. Enfin, il publie quelques récits humoristiques dans le *Courrier des États-Unis*, sous le pseudonyme d'Asmodée, le démon de la Bible réputé pour ses péchés de luxure. L'action se passe tantôt à New York, tantôt à Saratoga. À l'avant-scène, de jeunes beautés et des troubadours aussi audacieux qu'entreprenants s'amusent follement. Naturellement, Fanny Elssler, la danseuse aux multiples pirouettes, y fait son tour de piste.

Une violente attaque de choléra, qu'il soigne en avalant des pilules d'opium et de calomel, l'oblige à garder le lit. Ne connaissant aucun autre médecin, il fait appel comme par le passé au docteur Robert Nelson, qui s'est fixé à New York. Malgré le différend qui l'oppose à Papineau, le médecin accepte de le soigner. Il se montre rassurant. Si son jeune malade suit une diète sévère et ne mange que du gruau de maïs et du bouillon de bœuf, avec un peu de limonade, il sera sur pied dans deux jours. Nelson se montre poli et attentionné envers son malade, mais ne prononce jamais le nom de Papineau.

Une fois rétabli, notre Yankee se trouve de nouveau face à ses sempiternels problèmes de gros sous. Il ne se donne plus la peine d'écrire à Louis-Michel Viger, tant il juge humiliant de devoir quémander sans cesse. Si seulement il pouvait rencontrer une riche Américaine ! Il envie son ami Rodolphe DesRivières sur le point de convoler en justes noces avec une belle jeune demoiselle prête à partager avec lui ses milliers de dollars.

« Plus j'avance dans la vie, plus je suis convaincu que l'or fait tout dans le monde », annonce-t-il à ses parents. Et encore : « L'or, c'est la grande, la seule vertu des temps modernes. Toutes les races, tous les peuples deviennent juifs. »

Il s'est laissé dire qu'il y a un essaim de filles bien dotées à marier au Canada. Mais, petit détail qui refroidit ses ardeurs, elles souffriraient toutes, paraît-il, d'un embonpoint effrayant…

Ses cousins Louis-Antoine Dessaulles et Denis-Émery Papineau, qui lui tiennent ces propos irrespectueux, cherchent à l'attirer au Bas-Canada. Ils l'assurent qu'un jeune avocat comme lui pourrait y faire de meilleures affaires qu'à New York. Eux-mêmes lui fourniraient de l'ouvrage. D'ailleurs, les réfugiés rentrent au bercail les uns après les autres. Au pays, tout redevient comme avant. Wolfred Nelson a ouvert un cabinet médical à Montréal ; Ludger Duvernay a recommencé à publier *La Minerve*. Même Jacques-Guillaume Beaudriau, déçu de la Louisiane, pratique maintenant la médecine à L'Acadie, près de Montréal.

Amédée commence à admettre qu'il court à l'échec. À New York, il a frappé le mur. Plutôt que d'y crever, autant chercher à se placer au Canada ! Ce serait mieux que de vivre dans cette belle république, libre sans doute, mais sans pain.

Pourquoi ses compatriotes rentrent-ils, mais pas lui ? Tout simplement parce que Papineau s'y oppose. Pour atténuer sa déception, son père lui promet de le faire venir à Paris. Le projet ne manque pas de séduire Amédée qui s'y accroche. Qui sait ? Peut-être réussira-t-il à ramener sa famille en Amérique ? Il lutte contre la mélancolie en donnant libre cours à ses fantasmes. La seigneurie de la Petite-Nation vendue, Papineau disposerait de suffisamment d'argent pour acquérir une propriété au bord de l'Hudson ou en Pennsylvanie, là où le climat plus doux conviendrait à sa mère.

À moins que la famille déniche une jolie petite maison à Brooklyn ? Il partagerait sa chambre à coucher avec son frère, le docteur Lactance Papineau. Tous les matins, ils partiraient bras dessus, bras dessous, à pied ou en omnibus, pour descendre en ville. Son cabinet d'avocat aurait pignon sur Nassau Street, tout près de Wall Street, juste au-dessus d'un excellent restaurant. Dans ses rêves les plus fous, il se prend à meubler et à décorer son bureau. À midi, Lactance, qui pratiquerait à l'hôpital voisin, viendrait le rejoindre pour le goûter. Il lui raconterait combien de malades il a sauvés, ce matin-là, et combien il en a tués… À dix-sept heures, les deux frères rentreraient ensemble sous le toit paternel où ils seraient accueillis à bras ouverts par leurs parents. Ah ! les douceurs incomparables de la vie de famille !

Si la vente de la seigneurie s'avérait impossible faute d'acheteurs, Amédée envisagerait un autre plan, tout aussi attrayant. Il se verrait bien administrer la Petite-Nation, comme son oncle Denis-Benjamin Papineau l'y invite depuis belle lurette. On lui a assez répété que les affaires de son père étaient horriblement négligées. Il serait grand temps de les retirer des mains de Louis-Michel Viger, un homme infirme, très occupé et… un peu égoïste.

Tandis qu'Amédée ressasse mille projets, Cupidon lui décoche une flèche qui l'atteint en plein cœur. Ici et là, dans son journal, apparaît, ô combien discrètement ! le nom de la jolie Mary Eleanor Westcott, une de ses anciennes élèves de Saratoga. De passage à New York avec son père, en juin 1842, elle lui laisse sa carte à la pension. Il accourt à l'hôtel où elle est descendue et l'invite à se promener à la Batterie, puis à passer la soirée avec lui. Bien entendu, Mr Westcott fait office de chaperon, sa fille n'ayant que dix-huit ans. Mary revient dans la métropole au début d'octobre et, cette fois, le couple va entendre le *Stabat Mater* de Rossini exécuté par une soixantaine de musiciens et de chanteurs, à l'église St Peter.

Faut-il y voir un lien ? Deux jours après le départ de miss Westcott, Amédée annonce à ses parents son intention de retourner vivre à Saratoga. Il a décidé de traduire en anglais les six volumes du *Cours de droit commercial* de Jean-Marie Pardessus, un éminent professeur parisien. C'est Papineau qui lui a envoyé cet ouvrage fort estimé en France.

« J'ambitionne le titre d'auteur, annonce Amédée à sa famille. Mais gare ! *Many a slip between the cup and the lip* (Il y a loin de la coupe aux lèvres). »

À Saratoga, trop contente d'accueillir à bras ouverts son fidèle pensionnaire, Mrs Nash lui redonne son ancienne chambre sous les vieux ormes. Il renoue aussi avec ses amis. En présence de miss Westcott, son vague à l'âme disparaît comme par enchantement et il retrouve sa joie de vivre. Même l'eau de la source du Congrès semble plus délicieuse qu'avant à son palais d'Épicure. Est-ce l'amour ? Avec Mary et sa bande de copines, il va en promenade au lac de Saratoga. Après quoi, il ramène sa belle chez ses parents et y passe la soirée. Le dimanche, il accompagne les Westcott au service religieux de l'église presbytérienne.

Bien entendu, sa traduction avance péniblement, même si celui qu'il considère comme son second père, le chancelier Walworth, lui prête son bureau et lui donne accès à sa bibliothèque. Amédée semble avoir perdu le feu sacré qui pourtant l'animait au moment d'entre-prendre la traduction de ce « gros ouvrage de jurisprudence ».

Quelle mouche l'a piqué ? « En arrivant ici, je me plongeai dans mes études avec toute l'ardeur d'un philosophe et aussi solitaire qu'un ermite. J'y travaillai avec acharnement. Mais hélas! avoue-t-il candidement, des fantômes s'élevaient sans cesse devant moi pour me distraire. »

Même l'*Histoire de la Révolution française* de Thiers et l'*Histoire de France depuis dix ans*, qu'il lit en prévision de son prochain voyage au pays de ses ancêtres, le laissent indifférent. Les poèmes de Lamartine l'enivrent bien davantage, au point de ne plus se séparer de son recueil. S'il ne mentionne pas à ses parents qu'une rencontre merveilleuse bouleverse ses jours, il est bien forcé de se l'admettre : il est amoureux.

L'heure de son départ pour l'Europe sonne enfin. La veille, il prépare minutieusement sa déclaration à Mary. Il lui dira combien il l'admire, l'estime, l'aime. Or la rencontre ne se déroule pas comme prévu. Jamais il ne s'était attendu à être accueilli aussi froidement. Faut-il blâmer la présence envahissante de Mr et Mrs Westcott ? Tout de même, l'attitude de Mary le laisse songeur. Elle aurait dû deviner qu'il ne lui rendait pas une simple visite de courtoisie. Ne se doutait-elle pas qu'il ressentait pour elle plus que de l'amitié ?

Le lendemain de cette soirée décevante, il reçoit de sa bien-aimée une lettre qui le laisse encore plus perplexe. Elle lui exprime des sentiments confus et cherche à se disculper en blâmant ses parents, des presbytériens très religieux, qui s'opposeraient à son union avec un catholique. Doit-il voir dans cette explication une misérable excuse ? Il hésite à trancher. Mary ne ferme pas complètement la porte, cependant. Petit signe encourageant, entre les pages de son recueil de Lamartine qu'elle lui rend par la même occasion, elle a glissé un souvenir pour le forcer à penser à elle. Il s'accroche à cet espoir, comme il le lui avoue dans la réponse à sa missive.

Triste, il se prépare à partir pour New York, d'où il s'embarquera pour l'Europe. Tandis qu'il fait sa malle dans sa chambre du 25, Pearl Street, il reçoit un mot d'elle. Miracle! Elle l'aime et lui en fait l'aveu. Son bonheur est extrême.

Reste la question religieuse. Il ne l'entrevoit pas comme un obstacle majeur. Si les parents de Mary s'opposaient férocement à leurs fréquentations, ils ne l'auraient pas accueilli aussi chaleureusement sous leur toit. Quant à ses propres parents, des gens plus libéraux, une seule rencontre avec sa chère Mary, se persuade-t-il, suffira à les faire tomber sous son charme.

Le cœur léger, il prend sa cabine sur le *Ville de Lyon*, un magnifique voilier de huit cents tonneaux qui s'apprête à larguer les amarres. Prix du passage : 100 dollars. Petit inconvénient, comme il est l'unique passager de chambre, il n'y aura pas de vache à bord et, par conséquent, point de lait. Qu'importe, il s'en va rejoindre sa famille. « Quelle joyeuse compagnie nous allons être à Paris, cet hiver ! » Il s'est laissé dire qu'il y aurait pas mal de Canucks. Il ne cessera pas d'être un Yankee pour autant.

« Il me semble que j'ai grandi d'un pied », dit-il en recevant son certificat de naturalisation du département de l'Intérieur.

Washington lui a aussi remis son passeport signé du secrétaire d'État et portant le sceau national. La République américaine compte désormais un citoyen de plus, se flatte-t-il. C'est en homme libre qu'il voyagera sous la protection du drapeau américain.

15. À NOUS DEUX, PARIS !

1843

« *Je dois avouer que la vue de ces merveilles, dont j'ai rêvé toute ma vie, ne m'étonne pas autant que je m'y attendais, qu'à première vue l'on est désappointé...* »

Au milieu de l'océan, le 1ᵉʳ janvier 1843. Pauvre Amédée! Étendu de longues heures sur sa couchette à cause du mal de mer, il laisse ses pensées vagabonder. Dire qu'il s'était embarqué plein d'espérance. Dès la première nuit, il a commencé à ressentir des étourdissements accompagnés d'une puissante migraine. Les nausées n'ont pas tardé, suivies de vomissements. Ç'a duré cinq jours, le temps de la terrible tempête qu'a essuyée le *Ville de Lyon*. De mémoire de capitaine, jamais ce paquebot américain de huit cents tonneaux n'avait affronté de telles bourrasques.

Le calme revenu, et après avoir avalé du bouillon de maïs avec de l'*arrow-root*, notre malheureux Yankee a réussi à se tirer de son grabat. De peine et de misère, il s'est traîné jusqu'au pont, histoire de souligner convenablement l'arrivée de la nouvelle année. Des vers de Lamartine ont surgi dans sa mémoire :

« *Oui, je le crois quand je t'écoute, l'harmonie est l'âme des cieux.* »

À présent, en suspens entre deux continents, il renaît à la vie. Bien emmitouflé, il flâne sur le pont afin d'observer les mouettes qui voltigent autour du paquebot. Ce quotidien répétitif se révèle monotone. Décidément, l'océan paraît plus poétique dans les livres qu'en réalité. Si, au moins, il n'était pas l'unique passager de chambre, il pourrait partager ses réflexions philosophiques. Seul avec le capitaine, un homme de peu d'éducation, il tient des conversations futiles. La traversée de l'Atlantique serait sûrement plus exaltante en été. Sous une brise caressante, il observerait les gambades des monstres marins. Le soir, il folâtrerait avec les dames et ferait sauter les bouchons de champagne en bonne compagnie. Au lieu de quoi, ce 2 janvier glacial, il lutte contre la noire mélancolie.

Confiné à sa cabine, il se tourne en pensée vers la rue Monceau, à Paris, où l'attend sa famille. Lactance l'a prévenu, parents et enfants ont changé. Surtout leur mère. En plus de balayer et de frotter du matin au soir, elle s'esquinte à nourrir sept bouches dans une ville où le prix des denrées est exorbitant.

« Nous vivons dans une pauvreté et une gêne presque intolérables », lui a-t-il écrit, comme pour le préparer à l'amertume de leur mère.

Son frère ne s'en cache pas, il peine à garder le moral, lui aussi :

« Les vicissitudes de notre sort ont jeté dans mon esprit une sorte de vague, un vide dans les sentiments et dans l'appréciation des choses qui me rendent souvent triste et découragé, et, d'autres fois, emporté et rêveur. »

Amédée pense à ses sœurs. Ézilda n'a pas grandi, paraît-il, et il est de plus en plus évident qu'elle restera naine. Toutefois, elle s'assagit et est moins étourdie. Elle réussira sa vie, mais ne brillera jamais par son intelligence. Azélie, au contraire, deviendra une jeune femme brillante et distinguée… à condition de se laisser diriger. Quant à Gustave, il poursuit ses études auprès de son père, et non pas dans une école. Sur le plan culturel, l'arrangement s'avère profitable, surtout à Paris, une ville au passé gravé dans chaque pierre. Toutefois, son petit frère devra suivre des cours de rattrapage en mathématiques et en science avant d'entrer au collège.

Les enfants le reconnaîtront-ils ? Il porte des lunettes, ce qui déplaira à sa mère. D'ailleurs, Lactance lui a recommandé de les cacher, du moins les premiers jours. Sa tignasse aussi posera problème. Il aurait dû la faire tailler avant de partir, comme le lui avait aussi conseillé son frère.

« Des cheveux aux épaules te rendent ridicule et feront fuir les clients », lui a-t-il fait remarquer. Aurait-il oublié que Julie interdit à ses fils de les laisser pendre dans le dos ? Pour plaire à sa mère, il lui suggère de troquer sa casquette contre un chapeau.

Amédée n'aurait peut-être pas dû dire à Lactance, même à mots couverts, qu'il fréquente les jeunes filles. À présent, posant en connaisseur, celui-ci se croit autorisé à le mettre en garde contre les amours précipitées :

« Te choisir une épouse est une démarche difficile et importante, mais on n'y peut songer pratiquement qu'au moment fatal qui en décide irrévocablement : ainsi, tu ne peux pas t'en occuper d'ici à longtemps. » Amédée sourit en imaginant la tête de son frère, lorsqu'il lui annoncera qu'il a trouvé l'âme sœur.

⚬

Après vingt jours de temps abominable, le *Ville de Lyon* entre dans le port du Havre sous un vent impétueux. Le bris d'un câble provoque la chute de plusieurs matelots, dont l'un est blessé grièvement. Décidément, rien n'aura été épargné au Yankee au cours de cette traversée ! Sur le quai, le douanier le laisse passer sans réclamer ses papiers. Il est déçu, ça lui aurait fait plaisir d'exhiber son passeport américain tout neuf ! Durant le trajet jusqu'à l'hôtel de l'Europe, le meilleur de la ville, il va de surprise en surprise. Tout lui semble si différent, depuis les costumes des passants jusqu'à l'apparence des maisons ou le style des meubles. Il pénètre dans un monde qui n'a rien à voir avec l'Amérique.

Après s'être reposé et avoir rafraîchi sa toilette, il saute dans la diligence de Paris. Le véhicule, trois fois plus grand que les modèles américains, est tiré par cinq puissants chevaux normands qui filent au galop. Quelle désolation dans les campagnes sous ses yeux ! Dépouillés de leurs branches latérales, les énormes arbres paraissent difformes et les chaumières érigées au milieu de terres bien labourées étalent leur misère. Jusqu'à Rouen, dernière escale avant la capitale, il éprouve du désenchantement. Seule distraction : son compagnon de route lui confie être le voisin d'Alphonse de Lamartine, son poète préféré.

Aux abords de Paris, les vignobles n'ont rien de pittoresque. Les ceps ont l'air d'échalas entassés comme du bois cordé dans les forêts canadiennes. Mais voilà qu'à l'Étoile surgit le colossal Arc de triomphe, inauguré par Louis-Philippe six ans plus tôt. Sans mal, il reconnaît La Madeleine, d'après les gravures publiées dans les guides. On dirait un temple grec. Puis, en un coup d'œil, il repère le Palais royal, où séjourna jadis le Roi-Soleil, et enfin, les Champs-Élysées. Soudainement, tout devient magnifique.

À midi, la diligence entre dans la cour des messageries. Papineau et le beau Gustave l'attendent anxieusement. Son jeune frère l'aide à descendre du fiacre. Amédée reconnaît à peine ce grand garçon de treize ans qui connaît par cœur l'histoire de Napoléon et promet de lui servir de cicérone dans la Ville Lumière. Nouvelle explosion de joie en pénétrant au 23, rue Monceau où vit maintenant sa famille. À peine remarque-t-il, au fond du jardin, la statue grotesque représentant une femme. Il passe devant la loge du concierge, traverse le vestibule et monte à l'étage se jeter dans les bras de sa mère. La minute d'après, Ézilda, une minuscule demoiselle de quatorze ans et Azélie, du haut de ses huit ans, lui sautent au cou. La bonne Marguerite, qu'il n'a pas revue depuis leur fuite de Montréal, en novembre 1837, remercie le Ciel. Ne manque que Lactance, retenu à l'École de médecine.

Ainsi s'achèvent dans l'allégresse quatre années de séparation douloureuse. Papineau rêvait de voir sa famille réunie depuis ce jour maudit, où, forcé de quitter sa maison de la rue Bonsecours comme un vulgaire voleur, il avait fait ses adieux aux siens.

Julie n'a jamais été aussi fière de son aîné. Elle a versé tant de larmes en se l'imaginant dans l'embarras, obligé de quémander des sous à leurs proches peu secourables. Il n'avait personne pour le conseiller. Malgré son infortune, son cher Amédée s'est acharné à terminer ses études, tout en gagnant maigrement sa vie avec ses leçons de français. Le voilà maintenant avocat. Son admission au Barreau américain relève de l'exploit et ce succès dépasse les attentes de ses parents. Julie lui avoue avoir laissé échapper un soupir de soulagement en apprenant qu'il avait abandonné son projet irréaliste d'aller s'établir en Louisiane.

Bien au chaud dans le cocon familial retrouvé, Amédée s'habitue à une nouvelle routine. À Paris, on se contente de deux repas par jour. On déjeune à neuf heures et on dîne à cinq heures du soir.

Tôt, le lendemain de son arrivée, le Yankee de fraîche date part à la découverte des splendeurs de Paris. Infatigable promeneur, il use ses semelles tantôt en compagnie de Papineau et de Gustave, qui l'entraînent jusque dans les ruelles médiévales, tantôt avec sa mère pour visiter les églises. Ses connaissances de l'histoire de France sont mises à contribution, cependant qu'il découvre l'Hôtel des Invalides construit par Louis XIV pour donner un asile aux glorieux vétérans de son armée usés par le service et réduits à la mendicité. Ou à la chapelle de Saint-Jérôme, devant les restes de Napoléon. Au pied de l'obélisque du Louxor, trois fois millénaire et rapporté d'Égypte en 1836, donc à peine sept ans plus tôt, il songe qu'à cet endroit même, sous le régime de la Terreur, Louis XVI et son épouse Marie-Antoinette furent guillotinés. L'amateur d'histoire est comblé. Tout ce qu'il a appris pendant ses études et au hasard de ses lectures lui revient.

Lors de sa première incursion au musée du Louvre, il traverse rapidement les salles consacrées à l'art étrusque et s'attarde à la galerie de peintures où sont exposés les chefs-d'œuvre italiens, flamands et français. Il reviendra un autre jour pour voir le tombeau d'Henri IV et les curiosités égyptiennes qu'il n'a qu'entraperçues.

Sur les murs du Louvre, il découvre les marques laissées par les balles pendant la révolution dite des Trois Glorieuses, en juillet 1830, et dont il a suivi les péripéties depuis les bancs du Collège de Montréal. À croire que le mouvement était contagieux, puisque, quelques mois plus tard, les étudiants canadiens avaient fomenté une pâle copie de cette révolte. Amédée n'avait pas douze ans à l'époque, mais il s'était laissé entraîner dans le tourbillon. Trop timidement peut-être, comme le lui avaient reproché ses camarades.

L'affaire mérite de figurer dans ses mémoires. Cette année-là, il poursuivait sa vie austère de collégien sans trop rechigner. L'histoire grecque et l'histoire romaine le passionnaient déjà et il se félicitait de vivre à une époque où au réfectoire, l'on n'imposait plus le récit à haute voix de la vie des saints. S'il appréciait les sciences physiques et les matières comme le grec et le latin, il tempêtait contre les prières apprises par cœur et répétées machinalement, sans une once de réflexion. C'était une insulte plutôt qu'un hommage à la divinité, pensait-il des vingt-cinq *Pater* et *Ave Maria* qu'il lui fallait marmonner chaque jour. De quoi le dégoûter pour le restant de sa vie !

Peu après la Toussaint, le mécontentement s'était installé au collège sous l'impulsion des étudiants plus avancés. Le mouvement s'inspirait de la grogne populaire survenue plus tôt à Paris. Le ministère de Jules de Polignac avait été renversé, le roi Charles X condamné à l'exil et le trône remis au duc d'Orléans, Louis-Philippe, jugé plus libéral. Sans aller jusqu'à tout saccager dans la ville, comme l'avaient fait les jeunes révoltés français, les collégiens avaient placardé les murs de l'établissement de leurs récriminations. Ils réclamaient notamment l'abolition des punitions corporelles et l'allongement des récréations.

Pendant trois jours, ils avaient suspendu sur la façade du collège l'effigie d'un de leurs professeurs, monsieur Séry, qu'ils avaient affublé du nom du ministre tyrannique de Charles X. Et pour cause, le Sulpicien français s'était permis de traiter les Canadiens de « bande d'ignorants ».

« Polignac au gibet », scandaient les étudiants, cependant qu'ils paradaient dans la cour.

« Pour taquiner nos professeurs, que l'on voyait regretter la chute des Bourbons, on entonnait des couplets de *La Marseillaise* et de *La Parisienne* et l'on étalait des bouts de rubans aux trois couleurs. »

Élevons nos voix
Contre le François
Qui nous traite en Despote.
Qu'il suive nos lois,
Respecte nos droits,
Sinon… à la révolte !

La liberté, ce nom si beau
Sera notre conquête.
Marchons aux combats
Tous du même pas.
Renversons à bas,
Ces rebuts de la France

Les manifestants avaient surnommé dérisoirement le directeur du collège «Charles X» à cause de sa sévérité excessive. Comme la plupart des Sulpiciens originaires de France qui avaient émigré au Bas-Canada au moment de la Révolution française, Joseph-Alexandre Baile affichait bien haut ses convictions royalistes et déplorait la chute des Bourbons. Le religieux cultivait ouvertement ses bonnes relations avec le gouverneur anglais, d'où son allergie aux thèses du Parti canadien, qu'il dénonçait sans égard pour ses étudiants émanant de familles patriotes, dont Joseph Duquet, Louis-Antoine Dessaulles et les fils de Louis-Joseph Papineau.

Les jeunes révolutionnaires se sentaient appuyés hors les murs. Dans ses pages, *La Minerve* affirmait que les élèves du collège traduisaient tout bonnement le mécontentement de leurs parents. L'organe patriote condamnait les Sulpiciens, ces farouches opposants de la liberté de la presse qui se scandalisaient aussi de voir un peuple se mêler de faire ses propres lois. Le journal reprochait en outre à ces messieurs de Saint-Sulpice de prêcher une soumission aveugle à l'autorité en serinant qu'il fallait souffrir les injustices sans se plaindre. Pour dénouer l'impasse, le directeur Baile s'était résigné à accéder aux principales demandes des étudiants, seule façon de ramener le calme.

Amédée le reconnaît, il ne s'est pas illustré pendant cette quasi-insurrection : «Mon rôle de frondeur se développa un peu plus tard», écrira-t-il dans ses mémoires, un peu gêné.

⁂

À Paris, dès la fin de janvier, les pêchers bourgeonnent dans le jardin des Papineau et les violettes sont déjà en fleurs! Le temps doux convient aux randonnées pédestres d'Amédée, pressé d'aller au cimetière du Père-Lachaise, à la Sorbonne, à la colonne Vendôme et sur les hauteurs de Montmartre. En débouchant sur la place du Parvis, l'apparition de la grandiose cathédrale Notre-Dame coiffée de ses deux tours lui procure de vives émotions. «Que c'est beau! que c'est grand! note-t-il dans son carnet. Il n'est rien de comparable à Paris.» À la maison, après le dîner, la famille lit à haute voix le fameux roman

Notre-Dame-de-Paris de Victor Hugo, publié douze ans plus tôt. Amédée retournera seul admirer la cathédrale sous tous ses angles.

« Je suis absolument fou de Notre-Dame. Plus je la vois et plus je l'aime, et plus je l'admire. »

Avec Gustave, il arpente les quais en quête de livres usagés. Pour deux francs, il achète un exemplaire en cinq volumes du *Génie du christianisme* incluant *Atala* et *René* de Chateaubriand. Incroyable ! Quelques sous lui suffisent pour se procurer les meilleurs ouvrages.

Invité à l'opéra pour entendre *Lucrèce Borgia,* il ne cache pas son désappointement en quittant le boulevard des Italiens. Quelle idée absurde, voire choquante, de raconter des choses tragiques en chantant ! Il appréciera bien davantage le même drame joué et non plus chanté au théâtre de l'Odéon, avec, dans le rôle-titre, l'excellente Mlle Georges.

D'autres déceptions, certaines surprenantes, s'étalent dans les pages de son journal. Amédée s'exercerait-il à la critique ? Là où l'on s'attend à le voir se répandre en éloges sur la Ville Lumière, on est surpris de trouver sous sa plume des commentaires mitigés, parfois carrément négatifs.

« Je dois avouer que la vue de ces merveilles, dont j'ai rêvé toute ma vie, ne m'étonne pas autant que je m'y attendais, qu'à première vue l'on est désappointé… », se désole-t-il, avant de préciser qu'il faut s'en approcher de près pour les mieux apprécier.

Que se passe-t-il ? se demandent ses parents. La mélancolie s'est emparée de lui et ses soupirs langoureux le trahissent. Amédée est amoureux. Il se confie : sa belle s'appelle Mary Eleanor et elle aura vingt ans en juin. Il a fait sa connaissance à Saratoga, où elle fut l'une de ses meilleures élèves à l'Académie. Sa mère est décédée alors qu'elle était enfant. Son père, James Randall Westcott, banquier à la retraite, a épousé en secondes noces Mary Wayland, originaire d'Angleterre. Il y a un an, la jeune Mary a perdu son unique frère, Jimmy, issu lui aussi du premier lit. Le gamin de douze ans a succombé à une inflammation des entrailles.

Où en sont ses fréquentations ? Qu'en pensent Mr et Mrs Westcott ? Les questions fusent et le principal intéressé s'empresse de rassurer ses parents. Peu avant son départ pour l'Europe, il a déclaré son amour à Mary et il a acquis la certitude que ses sentiments sont partagés. Les Westcott auraient sûrement préféré que le soupirant de leur fille fût presbytérien. Cependant, ils l'ont toujours accueilli chez eux avec bienveillance. Papineau et Julie approuvent son choix et communient à son bonheur.

« Ma chère Marie, écrit-il à l'issue de cette conversation avec ses parents, je suis heureux de vous apprendre que lorsque je leur en fis part, ils ne s'objectèrent point, mais me souhaitèrent plutôt de réussir. »

※

À la Bibliothèque royale, rue de Richelieu, Amédée s'amuse de décrypter les manuscrits des premiers siècles de l'ère chrétienne et examine les autographes de Bossuet, Fénelon, Racine, La Fontaine, Voltaire et madame de Sévigné. En compagnie de son père, il s'attarde dans la salle des Estampes, où sont conservées de curieuses caricatures politiques fustigeant Louis XVIII et Napoléon. La beauté des lieux et la qualité des collections rares le remplissent d'admiration.

Fier de présenter son fils aîné à ses amis parisiens, Papineau l'emmène rue Tronchet, chez Félicité Robert de Lamennais, avec qui il joue aux échecs. Le célèbre philosophe, auteur de *Paroles d'un croyant*, est récemment sorti de la prison de Sainte-Pélagie, où il a purgé une peine d'un an pour ses écrits jugés « socialistes » et ses attaques contre la monarchie bourgeoise. Dans son cachot, en plus de recevoir la visite de Chateaubriand, de George Sand et du chansonnier Béranger, le prêtre ostracisé s'entretenait avec l'exilé canadien. Entre eux, une chaude amitié est née et elle se poursuit depuis que Lamennais a recouvré sa liberté. Amédée prend le temps de l'observer et le décrit dans son carnet :

« Sous cette enveloppe petite, rabougrie, délicate et frêle, l'on ne devinerait jamais le vaste génie et l'âme de feu qui y habitent. Quel bon et grand homme ! Et si persécuté ! »

Papineau l'entraîne aussi chez George-Washington La Fayette. Ce jour-là, le fils unique du héros de la guerre de l'Indépendance américaine est retenu à la Chambre. Amédée ne pourra donc pas lui serrer la main. Douce consolation, en revenant de Saint-Germain-des-Prés, il fera la connaissance d'Abel, le frère de Victor Hugo, croisé par hasard sur les quais.

À Paris, ça lui saute aux yeux, son père est comme un poisson dans l'eau. L'exil ne lui pèse pas et, contrairement à Julie, il fréquente avec plaisir l'élite de la société parisienne. Un soir il veille chez le banquier Jacques Laffitte, le lendemain il dîne avec l'un des maréchaux de France. Il l'affirme sans ambages : la vie publique ne lui manque pas et il n'éprouve aucun désir de rentrer au Canada. De toute manière, un gouvernement assez cruel pour expédier des hommes en Nouvelle-Hollande et assez inhumain pour refuser ensuite de les rapatrier, ne montrera pas d'empressement à accorder l'amnistie à un exilé comme lui.

Son père Joseph, le patriarche de la famille, lui déconseillait d'ailleurs un retour hâtif. « Tu as trop d'ennemis », lui répétait-il. Louis-Michel Viger pense aussi qu'il risque gros, s'il n'attend pas. En fait, Papineau a déjà pris sa décision. S'il consent un jour à retourner en Amérique, il s'établira aux États-Unis plutôt que dans sa patrie. Il n'a aucune intention de fouler le sol qui l'a vu naître avant que le dernier patriote banni ne soit rentré.

Derrière ce refus, Papineau cache-t-il son dépit ? L'ancien chef sait qu'au Canada-Uni, Louis-Hippolyte LaFontaine, devenu copremier ministre avec Robert Baldwin en septembre 1842, est l'homme du jour. De plus, aux élections d'août, son propre frère, Denis-Benjamin Papineau, a été élu député ; son cousin Louis-Michel Viger a, depuis peu, ressuscité la Banque du Peuple et Denis-Benjamin Viger vient d'effectuer un retour dans l'arène politique. Wolfred Nelson reprend aussi du service. Enfin, grâce à sa *Minerve* qui paraît maintenant trois fois par semaine, Duvernay a retrouvé son influence d'antan.

Pendant ce temps, lui, l'exilé parisien, a perdu son aura. Il n'est plus qu'une figure du passé. Les journaux l'appellent « le vieux Papineau ». En attendant, il travaille d'arrache-pied à la rédaction de son histoire du Canada. Amédée, que ce projet passionne, l'accompagne aux Archives de la Marine. Après avoir copié pour lui le procès de l'intendant véreux François Bigot qui s'est enrichi aux dépens de la population de la Nouvelle-France avant la Conquête, il s'attaque à la biographie de l'explorateur Pierre LeMoyne d'Iberville trouvée dans les notes généalogiques de la famille de Longueuil. Il profite aussi de cette mine de documents archivistiques pour glaner des informations sur son premier ancêtre, dont Joseph Papineau lui a si joliment parlé.

———◆———

Le 15 février 1843, rien n'indique qu'Amédée a une pensée pour son ami Chevalier de Lorimier, mort pour la patrie quatre ans plus tôt. À Paris, le carnaval bat son plein. Animé d'un zeste de folie, il assiste en compagnie de Lactance au bal masqué du Prado, place du Palais de justice. Des « grisettes » se cachent derrière un domino, cependant que les jeunes gens, étudiants pour la plupart, portent des costumes variés. Arrivés à minuit, ils en sortent à six heures du matin. L'aîné semble assez content de sa soirée, tandis que le cadet regrette les trois francs qu'il a déboursés. L'orchestre jouait trop bruyamment et les danses sombraient dans la monotonie. Il ne montrera pas plus d'enthousiasme le Mardi gras, lorsque les deux frères emmèneront leurs petites sœurs voir la promenade du Bœuf gras, une vieille coutume festive. Ce jour-là, les bouchers promènent leurs bêtes décorées de rubans et de fleurs des cornes jusqu'aux sabots.

Le Théâtre français du Palais royal présente *Phèdre* de Jean Racine. Ni l'un ni l'autre ne veut rater l'occasion d'aller applaudir Rachel, la plus grande tragédienne de l'époque. Amédée ne sera pas déçu. La belle actrice fait honneur à sa réputation. Suit une petite comédie de Molière intitulée *L'Amour médecin* qui l'amuse joliment. Décidément, les Français sont doués pour la comédie, cependant que les Anglais excellent dans la tragédie.

Un matin, Lactance l'emmène à l'École de médecine. Assis côte à côte, ils assistent à la leçon d'anatomie, avant de visiter les Musées anatomiques et les cabinets de dissection. Depuis son arrivée, Amédée observe tout à loisir le changement opéré chez son cadet. En deux ans, celui-ci est devenu plus sérieux, sans pour autant avoir perdu son bel esprit. Son jugement lui semble plus sûr et ses opinions, mieux formulées. Cependant, il déplore son manque de confiance en ses capacités.

Les embûches qui se dressent entre Lactance et ses études médicales expliquent sa métamorphose. En arrivant à Paris, à dix-sept ans, il redoutait de se voir imposer le métier de libraire que son père avait choisi pour lui. L'affaire semblait réglée entre Papineau et son vieil ami Hector Bossange, qui consentait à engager le jeune homme dans sa librairie. Lactance détestait trop le commerce pour se plier à la volonté de son père et s'est obstiné à vouloir devenir médecin, lui qui, quelques années plus tôt, ne voulait pas en entendre parler, et même si sa famille n'avait pas les moyens de l'aider. Faisant fi des arguments paternels, il a entrepris d'assister aux cours publics et gratuits d'anatomie, de chimie, de physiologie et de pathologie externe, sans payer son inscription à la Faculté de médecine de Paris. Au jardin des Plantes, il suit les leçons de botanique et de physique du célèbre professeur Louis-Joseph Gay-Lussac. En un mot, il fonce, tête baissée, comme si son statut d'étudiant libre ne lui interdisait pas de passer les examens.

Amédée le prend en pitié. Lactance ne dispose même pas des manuels obligatoires à l'apprentissage de la science médicale. Pour pallier cette lacune, il emprunte les ouvrages de ses confrères. Jusqu'à onze heures du soir, il note dans ses cahiers les cas étudiés le jour même avec ses professeurs, qu'il accompagne dans leur pratique privée. Avec force détails, il rapporte les amputations, les cataractes à opérer, les fractures. Plus les mois passent, plus son vocabulaire se raffine. Sur ses feuilles, il n'est bientôt question que de cystites du col de la vessie et de fistule stercorale dans l'aine droite au-dessous de l'arcade crurale.

Lactance, une âme sensible, souffre d'être un poids pour sa famille. Son refus de travailler en librairie contribue au chagrin de ses parents, il en est conscient. Aussi s'efforce-t-il de se contenter du strict nécessaire. L'École de médecine est située à trente-cinq minutes de marche de la maison et il fait le trajet à pied – trois lieues – deux fois par jour sans jamais se plaindre. Il n'a guère le temps d'admirer les merveilles de Paris. À peine remarque-t-il que les lilas sont en fleurs. Physiquement épuisé, tantôt il attrape une bronchite, tantôt il développe un orgelet au bord de la paupière, et alors il s'enferme dans sa chambre, quitte à rater une sortie familiale.

En plus de soigner lui-même ses petits bobos, le futur médecin exerce son art sur les membres de sa famille. Sa mère se plaint d'un mal de tête ? Il lui recommande de se purger avec de l'huile de ricin, avant de faire venir une dame du voisinage pour lui appliquer quinze sang-sues. Il donne de l'émétique à Gustave afin de guérir son torticolis, et examine la gorge enflée d'Ézilda pour s'assurer que l'amygdalite a disparu. Lorsqu'à son tour Azélie a la fièvre, il lui procure un vomitif et du calomel. Cette fois, il n'est pas complètement sûr de ses connaissances et, comme il redoute une méningite, il court chercher son protecteur, le professeur Léon Rostan, une sommité à Paris, qui rassure la famille : le mal est nerveux. En fait, seul son père ne semble pas avoir recours aux bons soins du futur docteur Papineau.

Il n'empêche, l'étudiant ne boude pas son plaisir de se balader bras dessus, bras dessous avec son frère aîné, quand l'occasion se présente. Un jour, il sèche ses cours à l'École de médecine pour s'offrir une jour-née de congé avec lui. De bon matin, ils prennent le train pour Versailles, situé à quatre lieues de Paris. Tous deux passionnés de botanique, ils circulent dans les jardins conçus par le célèbre jardinier du roi Louis XIV, André Le Nôtre, et passent d'inoubliables moments à admi-rer les bassins et les fontaines ornées de statues. Pour Amédée, il s'agit ni plus ni moins du paradis terrestre. Il n'existe rien au monde de plus beau, de plus riche que ce château qu'ils visitent ensuite en long et en large. À seize heures, en remontant dans les chars, il regrette de l'avoir traversé à la hâte et imparfaitement.

« Pour connaître Versailles, il faudrait y passer une quinzaine de jours », note-t-il dans son journal.

⊷◆⊶

Au Faubourg du Roule, les Papineau habitent le premier étage d'une maison de la rue Monceau, à deux pas du parc du même nom, propriété du roi Louis-Philippe. La famille a obtenu l'autorisation de promener les enfants dans cette oasis de campagne au milieu de Paris les jeudis et dimanches, sur présentation d'un permis.

On pourrait croire que tout n'est que bonheur et félicité entre les murs de cet intérieur décoré de tapis et de rideaux apportés de Montréal. Pourtant, Julie y est profondément malheureuse. Si elle espérait tant la venue de son fils aîné, c'est parce qu'elle compte sur lui pour convaincre Papineau de la laisser rentrer en Amérique avec les enfants. La bonne vieille complicité entre Amédée et sa mère refait surface, cependant qu'elle s'épanche sur son épaule.

Depuis le premier jour, elle regrette d'avoir traversé l'Atlantique pour venir vivoter à Paris. Une folie, répète-t-elle, honteuse d'en être réduite aux privations. Cela l'humilie de voir Papineau obligé de faire la classe à Gustave, alors que ses petites filles sont acceptées chez les sœurs par charité. Ézilda a dû abandonner ses leçons de musique et Azélie a presque oublié l'anglais qu'elle parlait si bien à Albany. Surtout, Julie compatit au sort de Lactance. En cachette de Papineau, elle lui a prêté un peu de l'argent du ménage pour lui permettre de s'abonner à un cabinet d'études qui lui donne accès aux meilleurs manuels de médecine.

Amédée écoute la litanie de plaintes de sa mère. Le bois pour se chauffer coûte cher et les ressources manquent pour s'habiller convenablement. Julie raccommode tant bien que mal le linge usé à la corde. Forcément, elle a dû faire une croix sur la vie mondaine. Comment pourrait-elle sortir en société, vêtue comme une clocharde? À l'instar de Papineau, sa mère cherche à comprendre pourquoi les fonds tirés de la vente de leurs propriétés de Montréal et du mobilier de la rue Bonsecours n'arrivent pas. Elle blâme sévèrement la négligence de leurs parents du Canada qui les laissent dans une quasi-indigence.

«En venant ici, je n'ai fait qu'empirer notre misère», se désespère-t-elle.

Toutefois, personne, là-bas, ne doit savoir combien elle est malheureuse. Elle en fait une question d'orgueil et lui fait promettre de garder son secret. Comme son fils aîné, elle rêve d'un endroit modeste, mais bien joli, à mi-distance de New York et de Philadelphie dans le cas où ses fils s'établiraient chacun dans l'une de ces deux villes. Faute de ressources, son fantasme risque de ne jamais se réaliser.

Amédée croit, lui aussi, que leur vie serait meilleure en Amérique. Ils ébauchent ensemble un plan pour convaincre Papineau de la laisser rentrer avec les enfants et la vieille Marguerite. S'il lui était impossible de prendre racine à New York, Julie se résignerait à rentrer au Canada. C'est là un changement de cap radical, puisqu'elle a toujours prétendu qu'elle n'y remettrait pas les pieds avant l'indépendance.

———◈———

Au bout de quatre mois, impatient de retrouver Mary, Amédée annonce son prochain départ. Il espère ainsi forcer la main de son père. À défaut de revenir au Canada avec sa famille, ce dernier se pliera peut-être au souhait de sa femme et la laissera partir avec les enfants. Indécis comme d'habitude, Papineau tarde à donner son accord. Mais Julie n'en démord pas et, à bout d'arguments, il finit par céder. Toutefois il ne l'accompagnera pas. Il prétexte le temps dont il a besoin pour compléter ses recherches historiques et allègue que Lactance ne peut pas abandonner ses études médicales. Amédée partira le premier et préparera l'arrivée de sa mère. Sur les entrefaites, le libraire Fabre, un vieil ami de la famille sur le point de retourner à Montréal, s'offre pour escorter celle-ci jusqu'à Saratoga. Sous son aile, Julie se sentira en sécurité pendant la traversée. En somme, Papineau se résigne d'assez bonne grâce. Il restera à Paris jusqu'à ce que Lactance obtienne son certificat de médecin.

Amédée boucle ses malles sans arrière-pensée. Avant de partir, il grimpe au sommet de l'Arc de triomphe pour y admirer une dernière fois la Ville Lumière. De la terrasse, en haut de l'édifice conçu à l'image des arcs romains, il distingue Passy, Neuilly, Batignolles et le Bois de Boulogne. Plus loin, d'élégants ponts enjambent la Seine. Plus loin encore, Saint-Germain, Saint-Cloud, Sèvres… À droite, la butte Montmartre, ses moulins et sa chapelle. Il repère ensuite son cher parc Monceau, les Champs-Élysées et les deux tours magistrales de Notre-Dame. Oui, il s'ennuiera de cette ville qu'il espère revoir un jour. Mais il brûle de mettre le cap sur New York. La pensée de sa bien-aimée qui l'attend à Saratoga est plus forte que tout. Il a réservé sa cabine à bord du *Burgundy* qui quitte Le Havre le 8 mai.

Impossible de s'épargner des adieux déchirants. Papineau console Julie, qui ne supporte pas de voir partir l'un des siens. Lactance grimpe à côté de son frère dans le fiacre et l'accompagne jusqu'aux messageries Laffitte, rue Grenelle Saint-Honoré. Nouvelles embrassades entre les deux frères. Quand se reverront-ils ? Ils l'ignorent. Lorsque la diligence quitte Paris, la lune est dans son croissant. La route jusqu'au quai d'embarquement s'annonce longue et Amédée essaie de dormir.

Le mauvais temps retarde d'un jour le départ du *Burgundy*. Pour tromper son impatience, il joue aux quilles avec ses compagnons de voyage. Le lendemain, le paquebot lève l'ancre et s'éloigne de la jetée. Bercés par le roulis, les onze passagers de chambre qui partagent les cabines réservées aux mieux nantis ne sont guère incommodés par le mal de mer. La vie à bord s'annonce plus animée qu'à l'aller. On joue aux dames, aux cartes et aux échecs, on s'exerce au *shuffle-board*, on danse au clair de lune.

Amédée a une pensée pour sa mère, probablement terrifiée de le savoir sur l'océan. Bien naïvement, il griffonne quelques lignes sur un bout de papier et le glisse dans une bouteille qu'il jette à la mer. Avec un peu de chance, son mot touchera les côtes françaises dans peu de temps et les journaux rapporteront que tout va bien à bord du *Burgundy*.

Une semaine passe, deux, trois… Le vapeur affronte des vents contraires. Las des jeux de société, Amédée se laisse distraire par le bal spectaculaire des baleines et des marsouins. Presque chaque jour, un enfant naît chez les passagers d'entrepont, ce qui crée tout un émoi. Même agitation lorsqu'une femme âgée meurt. On l'enveloppe dans un morceau de voile recouvert d'un édredon en guise de drap mortuaire. Amédée observe la scène, tandis qu'on dépose la dépouille sur une planche placée au-dessus du bastingage de bâbord. Après une prière et un semblant d'hymne funèbre, des matelots soulèvent la planche et le corps glisse lentement dans la mer. Jamais Amédée n'avait imaginé qu'en mer, on disposait ainsi des cadavres.

Au bout de quarante-deux longs jours, le capitaine crie : «*Land! ahoy*». Tous les passagers se tournent vers l'horizon pour voir la côte de Long Island. «Terre! Terre!» laisse échapper Amédée en mettant pied à Staten Island, où, à son grand soulagement, les fonctionnaires expédient rapidement les mesures de quarantaine sanitaire.

« Me voilà au terme de mon voyage outre-mer », écrit-il simplement au moment de clore ce chapitre de sa vie.

16. L'AMOUREUX ÉCONDUIT
1843-1844

« Pourquoi vous ai-je connue, si tout cela ne peut finir que par de telles tortures ? »

New York a perdu tout intérêt pour Amédée. Sitôt arrivé dans la ville qui le fascinait auparavant, il la quitte, pressé de mettre le cap sur Saratoga. Mais alors, le ciel lui tombe sur la tête. Les parents de Mary, chez qui il passe sa première soirée – une veillée étouffante au propre comme au figuré –, l'accueillent froidement. Sans ménagement, ils lui signifient leur opposition à ses projets d'union. Bien malgré elle, Mary a provoqué ce revirement en leur permettant de lire ses lettres d'amour reçues de France.

La raison officielle de leur désapprobation ? Son allégeance religieuse. Dit crûment, ils ne veulent pas d'un catholique pour gendre. C'est là un prétexte trop commode, pense l'amoureux éconduit. Si son catholicisme avait réellement été un obstacle, pourquoi Mr Westcott se serait-il toujours montré si prévenant à son endroit ? Pourquoi l'avoir invité chez lui si souvent avant son séjour en Europe ? Non, il ne croit pas que sa foi puisse constituer une objection sérieuse à ce mariage. N'a-t-il pas toujours fait preuve d'une formidable ouverture d'esprit ? Une fois la surprise passée, Amédée se défend avec énergie : l'intolérance religieuse est aussi détestable que l'intolérance politique. S'il est catholique, il n'en respecte pas moins les opinions d'un protestant. La morale chrétienne est la même. D'ailleurs, il ne serait pas digne d'estime s'il renonçait à sa foi autrement que par conviction.

Sans l'admettre franchement, Mr Westcott obéit probablement à des motivations qu'Amédée préfère balayer sous le tapis. En vérité, le père de Mary ne comprend pas qu'un jeune homme talentueux se contente d'un avenir précaire. S'il s'est réjoui de le voir promu avocat, s'il a cru que sa carrière prendrait son envol à New York, il aura déchanté en le voyant capituler devant les premiers obstacles. Pour un banquier, le métier de traducteur ou de copiste qu'envisage son futur gendre manque d'envergure, sinon d'ambition. Son projet de retourner vivre au Canada n'est pas étranger non plus au revirement des Westcott. Qui prend mari prend pays, dit l'adage.

Les arguments paternels influencent Mary. Bien qu'elle ne semble pas voir Amédée comme un profiteur, elle se méfie des coureurs de dot. Comme elle l'écrit en toutes lettres à son père, elle méprise l'homme ou la femme qui « se vend pour de l'or ».

Amédée encaisse mal le coup. De retour à sa pension, en ce sombre vendredi, il passe la nuit blanche à ressasser sa conversation avec les parents de Mary. Il croyait pourtant être digne de leur estime. Il a la ferme conviction de posséder tous les atouts qu'un père aimant peut espérer trouver chez son gendre. Nul doute dans son esprit, il sera un époux fidèle, dévoué et soucieux du bonheur de sa bien-aimée. Aucun des sacrifices qu'il lui faudra consentir ne lui fait peur. Il cherche des excuses à Mary. Écartelée entre l'obéissance filiale et son amour naissant, elle ne semble pas savoir sur quel pied danser. Comme il souffre ! Il croit que les pires douleurs physiques ne l'atteindraient pas autant.

« Pourquoi vous ai-je connue, si tout cela ne peut finir que par de telles tortures ? » lui demande-t-il durant sa nuit d'insomnie.

Au matin, l'angoisse le dévore toujours. Il se sent fiévreux et énervé. Découragé aussi, pour ne pas dire désespéré, au point de songer à se donner la mort. Toutefois, la minute d'après, il rejette cette idée sordide. Jouant le tout pour le tout, il sollicite une rencontre seul à seul avec Mr Westcott. Dans une lettre bien tournée, il confesse son amour pour Mary et se réjouit que ses sentiments soient partagés. S'il ne s'est pas déclaré plus tôt, lui explique-t-il, c'est qu'il voulait d'abord obtenir le consentement de ses parents. Fort de leur approbation, il le supplie d'autoriser ce mariage.

« J'attends votre réponse avec anxiété, priant le ciel qu'elle sera favorable et, en plus d'une réponse écrite, je suis prêt à m'entretenir personnellement avec vous, si bon vous semble. »

La réponse ne tarde pas. Mr Westcott regrette d'avoir à réitérer son opposition, qu'il impute une nouvelle fois au catholicisme d'Amédée. Bien qu'il ne le considère pas comme un bigot, il déplore cette différence religieuse. C'est là, insiste-t-il, un grand malheur pour sa fille. Cependant, si Mary l'aime, et si Amédée partage les mêmes sentiments, comme il le prétend, il ne se mettra pas au travers de leur bonheur. Néanmoins, il pose une condition : ils devront éprouver leur affection mutuelle en reportant leur mariage à plus tard.

« Vous êtes tous les deux jeunes et si vous vous aimez vraiment, les années renforceront votre amour », l'assure-t-il.

Attendre quatre ou cinq ans ? Amédée n'en croit pas ses yeux. L'épreuve lui semble trop sévère. D'autant plus que les exigences de Mr Westcott ne s'arrêtent pas là. Il demande en outre aux deux amoureux de renoncer à tout engagement qu'ils auraient pris l'un envers l'autre. Encore heureux qu'il lui permette au moins de penser à sa bien-aimée ! Après ce temps, si aucun empêchement n'est porté à son attention, le père de Mary consentira à lui confier sa fille adorée.

Amédée lit entre les lignes. La peur de perdre son unique enfant, plutôt que des considérations religieuses, anime Mr Westcott. Il s'empresse d'acquiescer à sa demande :

« Aussi longue et sévère que soit l'épreuve à laquelle vous nous condamnez, je m'y soumets. »

Cela lui imposera un immense sacrifice, mais il pense que Mary et lui arriveront à le convaincre de la profondeur de leurs sentiments bien avant la fin de ces cinq années de purgatoire. Il pousse l'audace jusqu'à solliciter la permission de correspondre avec Mary. Son futur beau-père accepte, à condition que leurs lettres soient occasionnelles. Et il en profite pour leur interdire de se voir seule à seul.

Pour Amédée, c'est clair comme de l'eau de roche, Mr Westcott parie que le temps aura raison de l'amour de sa fille. Il fera tout en son pouvoir pour qu'elle l'oublie. Étonnamment, cette perspective ne l'inquiète nullement. Fort des serments de Mary, il a confiance. Si, par malheur, elle succombait aux souhaits de son père, il se raisonnerait.

«Dieu me garde d'une épouse qui ne pourrait supporter cette épreuve, pense-t-il. Son cœur ou son esprit serait indigne de moi.»

Cependant, il ne cache pas à ses parents que le fanatisme de son futur beau-père, un homme par ailleurs estimable, l'irrite. Par sa conduite, Mr Westcott lui a imprudemment laissé croire qu'il lui donnait sa bénédiction. Pourquoi avoir permis autant d'intimité entre Mary et lui, s'il ne favorisait pas leurs penchants? D'ailleurs, tout le voisinage a deviné leurs sentiments. Il serait bien le seul à n'avoir rien vu.

Passant outre aux règles fixées par ses parents, Mary le reçoit chez elle en cachette, après s'être assurée que les voisins n'en sauraient rien. Elle lui offre une mèche de ses cheveux et un porte-lettre, en plus de lui prêter un roman, *The Huguenot*, dont l'héroïne, Clémence de Marly, lui ressemble. Ses lettres deviennent enflammées. C'est qu'elle a du caractère, Mary. Malgré son jeune âge, elle est déterminée et indépendante. Autant de raisons qui incitent Amédée à lui faire confiance. Il se donne deux ans pour obtenir de Mr Westcott un consentement qu'il serait cruel de lui refuser.

En attendant, il rentre au Canada, où il compte s'établir définitivement et voir aux affaires familiales. À l'aube du 5 juillet, il saute dans la diligence sans prendre le temps d'avaler une bouchée. Lorsque la voiture passe devant la maison des Westcott – il est quatre heures du matin –, la persienne de la chambre de Mary est grande ouverte. Amédée mettrait sa main au feu qu'il a aperçu une ombre dans la fenêtre... Est-ce le fruit de son imagination?

———◆———

Le Montréal qui attend Amédée est miné par le chômage. Une crise économique sans précédent sévit. Elle frappe de plein fouet toutes les classes de la société.

«C'est une banqueroute générale», se désole-t-il en observant l'état pitoyable du pays.

À défaut de pouvoir compter sur les récoltes pour se nourrir – la mouche à blé ayant tout détruit –, les paysans tuent leurs animaux et se débarrassent de leurs instruments aratoires pour se procurer l'essentiel. Au marché, les produits se vendent pour la moitié de leur valeur. Le foin coûte 3 dollars, une vache 7 ou 8 dollars. L'exilé fraîchement débarqué hoche la tête d'incompréhension. Il y a pourtant des solutions concrètes à prendre pour éviter la catastrophe. Au lieu de les chercher, le peuple prie le Bon Dieu !

À la Petite-Nation, les censitaires ne remboursent plus leur dû depuis belle lurette. Son oncle Denis-Benjamin Papineau le lui répète encore et encore, la seigneurie constituerait une véritable planche de salut pour Papineau, si seulement il consentait à y vivre. Dès lors, les fruits, les légumes, la viande et le bois lui seraient fournis. Amédée lui donne raison : seule l'autorité du seigneur pourrait persuader les serfs de lui verser les sommes dues en nature. Papineau rejette du revers de la main cette idée, sous prétexte que jamais Julie n'accepterait d'aller s'enterrer à la butte à maringouins. De toute manière, il ne songe pas à revenir au Canada.

À Montréal, Amédée peine à obtenir des renseignements de la part de l'administrateur désigné par son père. Louis-Michel Viger les lui livre parcimonieusement, et avec répugnance encore. Certes, il a réussi à vendre plusieurs terrains de la rue Saint-Denis, mais à un prix dérisoire. Amédée demeure convaincu que c'est un grand malheur d'avoir laissé aller pour presque rien ces lots situés sur l'une des plus belles avenues de Montréal, l'une des seules éclairées au gaz. Il aurait aimé consulter les livres afin d'examiner les chiffres, mais le banquier s'y refuse en prétextant le manque de temps.

Immense soulagement dans ce concert de mauvaises nouvelles : Papineau ne croule plus sous les dettes, comme Amédée le redoutait. Il lui reste à peine un ou deux comptes en souffrance. Tout bien pesé, Viger n'a pas fait un si mauvais travail. Un hôtelier occupe la maison de la rue Bonsecours. Elle est bien tenue et bien entretenue, comme il a lui-même pu le constater. Au rez-de-chaussée, le locataire a installé un café dans l'étude de Papineau et il a converti les étages en chambres à louer. Enfin, les écuries ont été transformées en une épicerie.

Autre bonne nouvelle, Julie vient d'arriver de Paris avec ses plus jeunes enfants. Il faut lui trouver un gîte. Elle aurait préféré retourner vivre dans son ancienne maison, mais celle-ci est occupée et elle rapporte un excellent loyer. Amédée se fait du mauvais sang. Sa mère semble dépassée par les événements.

« Elle n'a plus l'énergie des temps passés, remarque-t-il. L'adversité l'a trop froissée. »

Julie se serait résignée à passer l'hiver chez Rosalie Dessaulles, mais la maladie de sa belle-sœur, et sa gêne financière attribuable aux mauvaises affaires et aux dépenses folles contractées par son fils Louis-Antoine, viennent contrecarrer ses plans. Elle restera quelque temps avec sa mère, à Verchères, en attendant de savoir si Rosalie casse maison, comme elle y songe. Seul Gustave est sûr de demeurer à Maska, puisqu'il a été accepté comme pensionnaire au Séminaire de Saint-Hyacinthe, où il entreprend sa versification.

Jusque-là, dans les moments d'abattement, Amédée pouvait compter sur le soutien de sa mère. Aujourd'hui, faible et désemparée, elle est incapable de lui venir en aide. Les sages conseils qu'elle lui prodiguait jadis lui manquent infiniment. Et les signaux de détresse qu'elle lance l'attristent.

Ce qui ulcère le plus Julie ? L'obstination de Papineau à rester en Europe.

« Il ne veut pas nous seconder », lui reproche-t-elle.

Tant que son sort ne dépendait pas de lui, tant qu'il figurait parmi les exilés involontaires, elle se résignait à son absence. Mais la situation a changé et il doit désormais assumer ses responsabilités. Elle lui écrit : « Je suis faible, malade, usée », se plaint-elle, en lui annonçant que Gustave vient d'être hospitalisé à l'Hôtel-Dieu de Saint-Hyacinthe pour une maladie grave. Ne comprend-il donc pas qu'elle se retrouve seule pour voir à tout ?

Malgré sa rancœur, elle expédie à son mari les quelques dollars qui lui restent, quitte à se serrer la ceinture. Elle consent à le tirer d'embarras, à condition qu'il ne prive pas Lactance de l'essentiel. Le succès de ses études en dépend.

Louis-Michel Viger, Denis-Benjamin Papineau et leurs autres parents ne trouvent pas davantage grâce aux yeux de Julie. Ils pérorent que le pays a besoin de Papineau, mais se montrent indifférents quand vient le moment de le secourir ! Elle reproche aussi à Lactance de ne pas faire assez d'efforts pour convaincre son père que sa famille le réclame au Canada. Devant sa parenté, elle crâne et fait mine de s'accommoder de la situation, mais dans l'intimité, elle sombre dans la dépression, évoque sa mort qui ne saurait tarder et demande à Amédée de servir de père à Gustave et à ses sœurs après sa disparition.

⸺⸺

Arrivé tout confiant à Montréal, Amédée prend soudainement conscience que son propre avenir laisse à désirer. Il vient de souffler ses vingt-quatre chandelles et a promis à Mary de s'établir le plus rapidement possible, de manière à infléchir la décision de Mr Westcott. Il a beau tourner le problème dans tous les sens, il ne voit pas la lumière au bout du tunnel. Malgré ses longues études américaines, il devra faire deux ans et neuf mois de cléricature avant de pouvoir pratiquer le droit, car ses diplômes new-yorkais ne sont pas reconnus au Canada.

Jamais il n'avait imaginé que la profession serait encombrée. D'autres avocats exilés rentrent aussi au bercail. Personne ne lui fera de faveur, cela non plus il ne l'avait pas prévu. Me Côme-Séraphin Cherrier consent à lui offrir une place dans son cabinet, afin de lui permettre de passer son brevet. Mais il refuse de signer de sa main un certificat attestant qu'il a étudié la loi aux États-Unis depuis six ans. Parrainé par un avocat bien en vue comme Cherrier, le Barreau lui ouvrirait ses portes. Hélas ! ce grand ami de son père n'apposera pas sa griffe au bas d'un tel document. Sa conscience, prétexte-t-il, lui interdit d'affirmer une chose qu'il n'a pas vue de ses yeux, même s'il la sait vraie.

« Sa vue me révolte », ronchonne Amédée.

En attendant des jours meilleurs, il installe ses pénates Grand-rue Saint-Laurent, à la pension tenue par Silas Gregory, un médecin américain. Il a pour voisin de chambre son cousin et ami, le jeune notaire Denis-Émery Papineau. Cet arrangement le satisfait. Pour 14 dollars par mois tout compris, il mange de la nourriture yankee, prend ses repas aux heures parisiennes et pratique son anglais tous les jours. Quand, peu après, les Gregory déménagent au 22, rue Craig, leurs deux pensionnaires suivent. Cette fois, ils nichent dans les mansardes, tout contents de se trouver bien au chaud en cet automne particulièrement frisquet de 1843.

En octobre, la session du Parlement du Canada-Uni s'ouvre à Kingston. Cette fois, Amédée sollicite l'intervention de Denis-Benjamin Papineau. Nouveau député d'Ottawa et de plus en plus influent, son oncle pourrait présenter aux tribunaux du Haut-Canada les diplômes de son neveu émis par la Cour suprême et la chancellerie de New York. Peut-être serait-il alors admis à l'examen d'entrée et, pourquoi pas au Barreau? Grâce à ce subterfuge, il aurait le droit de pratiquer au Bas-Canada et cesserait de dépendre financièrement de sa famille. Malheureusement, ce parent demeure comme les autres sourd à sa supplique.

Dégoûté de ne rencontrer qu'indifférence et égoïsme chez ses proches, il devient amer. Sa rancune se tourne vers son père qui, au lieu d'être au pays pour l'épauler, apprivoise la vie de château en Bourgogne et prend ses aises dans le midi de la France. Pendant ce temps, lui, son fils aîné, doit quêter à un vague cousin les maigres 14 dollars dont il a besoin pour payer sa pension. Louis-Michel Viger, toujours fort occupé à Kingston où il siège comme député, lui aussi, le laisse poireauter.

« On traiterait ainsi un enfant de neuf ans », grommelle-t-il.

Pourquoi son père lui impose-t-il cette humiliante tutelle? Ne s'est-il pas toujours montré responsable?

Mais voici que Lactance en rajoute en le traitant d'égoïste. Loin de comprendre la précarité de sa situation d'avocat sans diplôme reconnu ni travail, son frère cadet lui reproche de ne pas se démener suffisamment pour obtenir du gouvernement les salaires impayés dus à Papineau. Remontant aux quatre années précédant la rébellion, ces arrérages s'élèvent à 4 500 dollars. Un montant dont les deux Parisiens auraient grandement besoin.

C'est le comble! proteste Amédée. Personne n'a le droit de l'accabler ainsi. S'il ne s'occupe pas des affaires familiales, c'est qu'il en a été écarté:

«Moi, fils de M. Papineau, j'en connais moins long que les étrangers», s'emporte-t-il. Comment Lactance peut-il imaginer qu'il reste les bras croisés, insouciant, indifférent? «Comprends donc que, quoique fils aîné de mon père et en âge de connaître et de lui [*sic*] aider à administrer ses affaires, je ne saurais le faire, si lui, là-bas, et ses agents ici, loin de vouloir s'y prêter, ont plutôt l'air de me repousser.»

Tout cela le blesse. À défaut de lui témoigner de la sympathie, son frère pourrait au moins lui manifester de la pitié.

Leur correspondance prend des airs de dialogue de sourds. Lactance se livre même à une surenchère. Des deux frères, c'est lui, le plus misérable, puisqu'il en est presque réduit à la mendicité. Le cadet s'entête à exiger de l'argent de son aîné prétendument mieux nanti que lui. Il n'hésite pas à faire du chantage: sans cours de médecine particuliers, il échouera.

«Tu vas me jeter dans la rage et me faire maudire toute la famille qui me semble absurde et d'une insouciance illimitée», tonne-t-il.

Cette fois, le coup porte. Malgré la sévérité des blâmes, Amédée vide ses goussets dégarnis pour venir en aide à son frère. Il met ses cousins Denis-Émery Papineau et Louis-Antoine Dessaulles à contribution afin qu'ensemble, ils envoient un petit pécule au pauvre étudiant parisien. Lactance est touché, regrette son emportement et jure ses grands dieux qu'il ne voulait pas priver son aîné du nécessaire.

———◆———

Les mois passent sans apporter à Amédée le moindre espoir d'améliorer sa condition. Il développe une nouvelle approche dans ses suppliques à Papineau. Au lieu d'invoquer ses difficultés personnelles ou celles de sa mère, il fait plutôt appel à ses responsabilités d'homme politique. Le style est ampoulé et le message, exempt de reproches: «Oh!

revenez donc, mon cher père ; c'est un grand devoir pour tous les fils de la patrie de ne pas l'abandonner dans les circonstances critiques. Notre position n'a jamais été aussi favorable qu'en ce moment. »

Il prêche dans le désert, ç'en est désespérant. Pourtant, l'entêtement de Papineau commence à faire jaser. Parmi les leaders de la rébellion, seuls trois autres exilés vivent encore à l'étranger : les docteurs Robert Nelson, O'Callaghan et Duchesnois. Tous les autres, à commencer par Wolfred Nelson, sont rentrés sans être incommodés. Son père ne court plus aucun risque à passer la frontière. Ses craintes injustifiées prouvent à Amédée qu'il manque de vision et ne saisit pas le changement opéré au pays en trois ans.

La question de son retour au Canada oppose ses deux fils. Lactance estime que la carrière politique de Papineau est finie. S'il rentrait, ce devrait être pour se retirer dans sa seigneurie. Amédée le verrait plutôt vendre son domaine qu'il ne pourrait jamais bien administrer. Il dit à son frère :

« Papa n'est capable et ne fera jamais rien que dans la vie publique. Dans la vie privée, il fera ce que pépé a fait : achèvera ses vieux jours par se ruiner et sa famille avec lui. »

Nul doute dans son esprit, Papineau doit reprendre sa place sur l'échiquier politique. « Je crois que le pays a plus besoin que jamais de ses services, répète-t-il à Lactance pour le convaincre. Et encore : « Tu voudrais que papa s'éloigne de la lutte ? Il peut faire plus en un an qu'en dix jadis. C'est un malheur très grand, très grand, qu'il ne soit pas déjà en Chambre. »

L'avenir démontrera qu'Amédée a une vision déformée de ce qui attend Papineau au Canada-Uni. Quoi qu'il en soit, sa confiance n'a pas de limite : « Que papa remonte demain dans un fauteuil présidentiel, tu verras les chiens couchants », claironne-t-il.

Amédée et Lactance peuvent toujours rêver : Papineau ne songe nullement à traverser l'Atlantique pour se jeter dans ce nid de guêpes.

Si, dans ses lettres, l'épistolier s'épanche sur son misérable sort, le diariste qu'il est aussi hésite à confier ses états d'âme à son journal intime. Cela peut sembler étrange, mais en lisant les comptes rendus quotidiens de cette époque difficile de sa vie, on a l'impression qu'il mène une existence doucereuse. Pas un mot de critique à l'égard de son père. Rien qui ressemble à de l'apitoiement ou qui le concerne intimement. À peine jette-t-il sur papier une ou deux phrases pour dire qu'il a reçu des nouvelles de Mary.

Il mentionne les travaux qui se déroulent au Parlement de Kingston, sans les commenter. Fin octobre, les *sleighs* à clochettes marquent l'arrivée de la première neige. Dans sa mansarde, il en profite pour lire d'un trait l'ouvrage de Tocqueville, *De la démocratie en Amérique*. Un pur plaisir! Il reconnaît ses propres idées dans la pensée de l'écrivain français. N'a-t-il pas lui-même déjà écrit: « Il n'y a plus, à vrai dire, que deux races rivales qui se partagent aujourd'hui le Nouveau-Monde: les Espagnols et les Anglais » ? Cet admirable livre aura toujours sa place dans ses rayons. Sa vie durant, il le relira, tout comme *L'essai sur la littérature anglaise*, de Chateaubriand, et *Voyage en Orient*, de Lamartine.

Pour oublier son vague à l'âme, et peut-être parce que les doigts lui démangent, le pamphlétaire, si prolifique aux États-Unis, mais étonnamment silencieux depuis son retour, reprend du service à *La Minerve*. Fidèle à son habituel pseudonyme, Tuque bleue fustige la proposition du surintendant de l'Instruction publique de proscrire les livres américains dans les écoles du Bas-Canada, sous prétexte qu'ils inculquent des idées et des principes démocratiques.

« Et quoi encore? demande-t-il, cinglant, nous avons la liberté de la pensée, la liberté de la parole, la liberté de la presse, et vous voulez nous refuser la liberté de l'enseignement? [...] Toutes ces libertés sont des sœurs que vous ne pouvez séparer sans les blesser toutes. »

Lui, le Fils de la Liberté et le proscrit de 1837, il livre crûment ses opinions à l'occasion du sixième anniversaire des « boucheries de Saint-Denis et de Saint-Charles ». Il s'exprime à la barbe de la tyrannie, et dans la même gazette qui fut autrefois fermée parce qu'elle défendait le peuple. De quoi museler Lactance qui lui reproche de ne jamais s'attaquer au cœur d'une question.

« Tu me parais raisonner comme une bonne femme qui ne connaît que les rumeurs de la rue, non comme un homme versé dans les lois et les manœuvres de la politique », le nargue son frère cadet.

L'un et l'autre débattent des conséquences des insurrections de 1837 et 1838. Amédée les juge positives. Il reconnaît qu'elles furent terribles, mais, insiste-t-il, grâce à elles, le gouvernement responsable a été mis en place :

« Notre gouvernement est démocratique plutôt qu'oligarchique. »

À croire qu'il a encore changé son fusil d'épaule ! De l'autre côté de l'Atlantique, Lactance s'élève contre des affirmations aussi simplistes :

« Tu parles des victoires que les insurrections nous ont gagnées. Je ne vois partout que des défauts. » Comme leur père, il pense que l'Acte d'Union vise à anéantir les Canadiens. « Nous n'avons aucun droit, aucune liberté dont le respect nous est assuré ; nous n'avons jamais été que les jouets méprisés et plus ou moins méprisables du gouvernement... »

Le 5 novembre 1843, après deux jours et une nuit de débats au Parlement de Kingston, Montréal devient la capitale du Canada-Uni. Cette décision, Amédée l'appelait de ses vœux. Bien égoïstement, il reluque un poste de fonctionnaire. Lorsque le gouvernement recrutera, sa connaissance approfondie de l'anglais l'avantagera.

Nouvelle onde de choc à la fin de novembre : le cabinet LaFontaine/Baldwin remet sa démission. Les co-premiers ministres protestent contre le gouverneur qui, après avoir promis de supprimer les sociétés orangistes, est revenu sur sa parole. Le patronage pèse aussi dans la balance : le gouverneur Metcalfe persiste à nommer des fonctionnaires sans consulter les membres du gouvernement.

Sont-ce là les vraies raisons du désistement des deux premiers ministres ? Amédée tente de démêler le vrai du faux, tout en se réjouissant de la nomination d'un cousin de son père, Denis-Benjamin Viger, au poste de coprésident du Conseil exécutif du Canada-Uni. Ce parent éloigné lui a toujours manifesté de l'affection. Amédée s'empresse de faire appel à lui. Cette fois, il trouve une oreille favorable.

Le 2 mars 1844, il obtient une place de commissaire au recensement. Tous les jours, de huit heures du matin à neuf heures du soir, il ratisse les quartiers Sainte-Marie et Saint-Laurent afin de questionner les résidents des 3 733 maisons. Un travail peu payant, mais qui, espère-t-il, lui ouvrira des portes dans l'avenir. Il consacre trois mois à sa tâche et rédige un rapport totalisant mille quatre cents pages. Une fois son énorme pavé remis au secrétaire provincial, il pousse un soupir de soulagement. Le voilà « débarrassé de cette besogne fatigante et ingrate ».

⋙⋘

Pendant ce temps, à Paris, le torchon brûle entre Papineau et Lactance. La mésentente prend des proportions si imprévues que Julie et Amédée s'en alarment. Le portrait de la situation que brosse l'étudiant en médecine les renverse. Papineau ne tolère plus la contradiction, encore moins de se faire dire ses quatre vérités. Il est désormais impossible d'aborder la délicate question de son retour au Canada sans se faire rabrouer vertement.

« Il passe de la plus aveugle colère au découragement le plus complet et à l'injustice », confie-t-il à sa mère et à son frère, en précisant qu'il doit se taire s'il ne veut pas s'attirer de violents reproches qui le jettent dans le désespoir.

Il ne s'explique pas le comportement de son père. Son amour-propre est-il blessé ? Peut-être, mais il s'agit, selon lui, de la moins avouable des raisons.

« Quand l'honneur est intact, c'est un devoir de sacrifier son amour-propre à l'intérêt de sa famille », pense-t-il. Et de citer l'exemple du docteur Wolfred Nelson qui a été contraint à l'exil et est revenu au bercail. S'est-il pour autant déshonoré aux yeux de ses concitoyens ? Qui plus est, contrairement à Nelson, Papineau n'a jamais été condamné. « Attend-il que le gouvernement se jette à ses pieds ? » demande-t-il.

Lactance ne supporte plus les sautes d'humeur de son père, qui va jusqu'à reprocher à Amédée d'être tombé amoureux. Julie écope aussi. Elle l'a, prétend Papineau, injustement abandonné.

« Pourquoi toujours accuser maman, quand il sait qu'elle a été parfaitement raisonnable et courageuse ? » proteste Lactance.

Las de ce climat invivable, l'étudiant en médecine plie bagage en juin, à l'issue de ce qu'il appelle « quatre ans de torture ». Après trente-sept jours en mer, il débarque du *Ville de Lyon* à New York. Personne n'est là pour l'accueillir. Ni Amédée, ni Louis-Antoine, qui pourtant avaient promis de le piloter dans New York avant de le ramener à Montréal.

＝＞◦＜＝

Si Amédée brille par son absence dans le port de New York, il a de bonnes excuses. Lundi, le 4 juillet, jour de la fête de l'Indépendance américaine, alors qu'il se préparait à aller chercher son frère au pays des Yankees, il reçoit la visite de Denis-Benjamin Viger.

« Accepteriez-vous une place de greffier du Banc de la Reine ? » lui demande le coprésident du Conseil exécutif du Canada-Uni.

La proposition renverse Amédée. Il n'a jamais sollicité ce poste et n'ignore pas qu'une soixantaine de candidats se bousculent au portillon. C'est comme si une poire mûre lui tombait dans la bouche.

« C'est très flatteur, finit-il par répondre. Vous êtes trop aimable… Je vais y réfléchir. »

C'est tout réfléchi. Le lendemain, comme l'exige la règle, il rédige sa requête au gouverneur et la remet à monsieur Viger. Le soir même, il reçoit une lettre du secrétaire provincial Dominick Daly qui lui annonce sa nomination au poste de protonotaire de la Cour du Banc de la Reine pour la région de Montréal. Il s'attend à des émoluments de 300 à 400 livres par an, du moins au début.

« C'est un beau commencement », pense-t-il, non sans se reprocher d'avoir si souvent pesté contre la Providence.

Après avoir rencontré monsieur Daly, il se présente chez le gouverneur afin de le remercier personnellement. Au cours des cinq minutes qu'on lui alloue, il en profite pour féliciter sir Charles Metcalfe. Son administration, lui dit-il, a voté des mesures fort populaires.

Où est passé le fougueux Fils de la Liberté, toujours si prompt à soupçonner le pouvoir des pires fourberies? Nécessité oblige, à présent, il montre patte blanche. Quand le gouverneur lui demande des nouvelles de son père, il répond:

« J'espère qu'il rentrera bientôt.

— Je le souhaite aussi », l'assure sir Charles.

Cette nomination inespérée retient donc Amédée à Montréal, malgré sa promesse à Lactance. Convaincu que ce dernier ne lui en tiendra pas rigueur, il lui écrit pour lui confier une curieuse mission auprès de Mary:

« Pendant ton séjour à Saratoga, vois-la aussi souvent et familièrement que possible, afin que tu puisses la bien observer. »

Autant l'admettre, il est inquiet. Mary a été très indisposée au printemps. Il aimerait savoir si elle s'est rétablie. « Aide-moi comme un bon frère, lui recommande-t-il. Dis-lui comme je regrette la prolongation de notre séparation et demande-lui si elle ne pourrait pas l'abréger… »

Comme son travail de protonotaire l'empêche d'aller à Saratoga, il souhaiterait que Mary fasse le voyage à Montréal. Dans l'enveloppe adressée à Lactance, il inclut un exemplaire de *L'Aurore des Canadas* à l'intention de sa bien-aimée. Dans cette édition du 9 juillet 1844, le journal commente l'heureuse nouvelle:

La nomination de Mr Papineau est un témoignage des sentiments de Son Excellence dont le pays a déjà eu tant de raison de s'applaudir. Que pourrait donc faire Sir Charles Metcalfe pour mieux mériter la confiance et la reconnaissance du pays?

17. AMÈRE DÉCEPTION
1844-1845

« *Est-ce une carrière finie que la vôtre, [mon cher papa]? Qu'en dira l'Histoire du pays?* »

Du coup, Amédée prend de la stature. Le fait d'avoir été nommé haut fonctionnaire le propulse dans le grand monde. Plus question de déambuler dans les rues mal accoutré comme par le passé, ni de laisser ses cheveux traîner sur ses épaules. Comme dit Julie, bien mis, il est joli garçon. Le soir, il s'habille en dandy et sort avec ses camarades.

Invité aux Monklands, résidence du gouverneur, dans l'ouest de la ville, il y dîne le 2 octobre. Sir Charles Metcalfe le reçoit en compagnie d'une vingtaine de convives, des négociants pour la plupart, deux prêtres protestants et le ministre des Travaux publics. Le grand cérémonial entourant le repas servi à la française impressionne celui qui se définit de moins en moins comme un Yankee. La soirée se termine à minuit.

Chaque matin, il se rend à son bureau dans l'ancienne prison de la place Vauquelin reconvertie en palais de justice. Plusieurs fois par jour, il descend dans les chambres fortes pour consulter les archives. Autrefois, ces caveaux servaient de cachots aux accusés. Comment ne pas penser aux parents et amis qui y furent enfermés après la rébellion, certains pendant huit mois? Il éprouve une étrange sensation en saisissant le contraste entre hier et aujourd'hui! Vite, il chasse de son esprit les émotions qui le gagnent à la pensée des souffrances endurées par les patriotes arrêtés injustement. Désormais, il ne doit plus songer aux malheurs du passé. Il se tiendra loin des affaires publiques et de leurs débats, même s'il a toujours adoré se frotter aux idées politiques.

Son travail d'officier de justice chargé d'entendre les requêtes et de gérer les réclamations du public ne l'enthousiasme guère, tant s'en faut. Monotones, ces tâches ne fouettent pas son intelligence. En revanche, il se montre ordonné, attentif et assidu, des qualités de serviteur de l'État qu'il possède de naissance. De Paris, Papineau lui recommande de lutter contre la vivacité, un trait de caractère dont il a hérité de son grand-père et de lui-même. Quant à l'abrutissement qui le guette, étant donné la nature routinière de son travail, il le vaincra en consacrant son temps libre à la lecture. C'est là, pense Papineau, le meilleur moyen de stimuler son esprit.

Ce jugement critique porté lucidement sur son nouvel emploi n'empêche pas Amédée d'être profondément heureux de son sort. Il se sent soulagé d'avoir échappé à l'obligation de solliciter une clientèle dans un bureau d'avocat. En prenant la toge, il s'imaginait pérorant en cour, mais avait sous-estimé le côté mercantile de la profession. S'il n'en tient qu'à lui, il sera protonotaire pour le reste de ses jours. Le salaire dont il jouit est décent. Rien ne pourra désormais compromettre sa sécurité financière.

Un autre changement s'opère en lui. L'éloignement de Papineau l'oblige à assumer le rôle de chef de famille et de pourvoyeur. Première initiative : il part à la recherche d'un logement où il s'installera avec sa mère, sa sœur Ézilda et la vieille Marguerite (Gustave est pensionnaire au Collège de Saint-Hyacinthe et Azélie vient d'être admise au couvent du Sacré-Cœur, à Saint-Jacques-de-l'Achigan). Le neuf pièces sur deux étages avec mansardes qu'il déniche est situé rue Saint-Georges. À deux pas de là, il loue aussi un bureau pour Lactance. À peine arrivé à Montréal, celui-ci a été évalué par les examinateurs médicaux et a obtenu son permis de pratique. Le nouveau membre du « corps auguste des Esculapes » – l'expression est d'Amédée – couchera à son cabinet, au 41, rue Craig, mais prendra ses repas dans la nouvelle maison familiale de la rue Saint-Georges.

Si l'arrangement convient au jeune protonotaire, il déplaît à Julie, qui se sent à l'étroit. Une fois les meubles rapatriés de Maska, il appert que les pièces sont trop exiguës. D'autant plus que, pour joindre les deux bouts, sa mère accueille deux pensionnaires. Le cousin Denis-

Émery y vit en permanence et son père, l'oncle Denis-Benjamin Papineau, y loge pendant la session du Parlement.

Ce que femme veut… Nouveau remue-ménage, moins de deux mois plus tard. Toute la famille déménage dans une belle demeure en pierres de la rue Saint-Jacques. Cette fois, c'est sa mère qui l'a choisie. La propriété de trois étages appartient à son ami Henry Judah et à son épouse, qui voyageront en Europe pendant trois ans. Julie a hésité, étant donné le prix de location, mais elle a fini par consentir, convaincue que l'endroit plaira à son mari dont elle ne désespère pas du retour prochain.

Elle se leurre encore une fois. Papineau n'a pas envie de rentrer de sitôt. Au contraire, il projette d'aller en Italie. En annonçant la nouvelle à sa femme, il a le front de lui faire la leçon. D'après lui, elle manque de ressort dans l'adversité. Julie explose de colère. Elle a tout sacrifié pour le bien de sa famille, et son mari a le culot de minimiser les sacrifices qu'elle a consentis, lui qui, dans la vieille Europe, jouit de mille sources de distraction ? Lui qui côtoie tant d'œuvres d'art et admire les prodiges de la science ? Comment ose-t-il lui reprocher d'être faible et encline au découragement ? Pour l'inciter à abandonner cet inconcevable projet de voyage en Italie, elle le menace : tout délai aura des conséquences funestes sur leurs enfants, le prévient-elle. Aura-t-il un jour le courage de venir souffrir avec sa famille, après avoir eu tant de plaisirs ?

Comme sa mère, Amédée perd patience. Le ton de ses lettres à son père devient plus cassant, presque impertinent :

« Plus je réfléchis, lui écrit-il, plus votre incertitude m'étonne et plus elle me paraît incompréhensible et désastreuse pour le pays et pour nous. » Comment en effet comprendre que Papineau, qui a lutté pendant trente ans pour son pays, se retire de la lutte au moment où le peuple relève la tête ? « Est-ce une carrière finie que la vôtre ? lui demande-t-il, comme pour le provoquer. Qu'en dira l'Histoire du pays ? »

Pour se justifier d'étirer son séjour en Europe, son père invoque des raisons qui ne tiennent pas la route. Tant que les exilés d'Australie ne seront pas rentrés au pays, il ne bougera pas. Eh bien ! Il devrait pourtant savoir que ceux-ci ont obtenu leur pardon. La plupart d'entre eux sont d'ailleurs arrivés au Canada après six longues années d'exil. Papineau se rabat aussi sur le non-paiement de ses arrérages. Le gouvernement se traîne les pieds dans ce dossier, Amédée le reconnaît, mais sa réclamation est si juste, si légitime, qu'elle finira bien par être acquittée. Les amis de son père – le libraire Fabre, les Viger et Wolfred Nelson – sont convaincus que les difficultés sont aplanies. Tous réclament son retour, même Louis-Hippolyte LaFontaine, paraît-il.

Comment Papineau peut-il tergiverser, alors que LaFontaine s'installe confortablement à la place du chef ? Il ne doit pas non plus rester indifférent quand son propre frère Denis-Benjamin, un politicien qui ne lui va pas à la cheville, occupe des fonctions de prestige. Comme dit Julie de son beau-frère qui siège au Conseil exécutif :

« Le cher homme est faible et puis anglais. »

Justement, où en est le Canada-Uni que Papineau boude avec tant d'entêtement ? La situation a bien changé en quelques années. Comme il le pressentait, la loi d'Union, entrée en vigueur le 10 février 1841, favorise les Anglais au détriment des Canadiens français. À plus ou moins long terme, elle condamne ces derniers à l'assimilation. Au lieu de deux Chambres d'assemblée, l'une pour le Haut-Canada, l'autre pour le Bas-Canada, il n'y en a qu'une, ce qui permet aux Anglais, plus nombreux que les Canadiens français, de voter les lois qui servent leurs intérêts économiques. Autre source de mécontentement : au Parlement, l'anglais est la seule langue officielle.

Amédée dénonce les méfaits du nouveau régime dans son journal :

« L'Acte d'Union, cette loi qui, si elle proclame la "toute-puissance" du Parlement britannique, proclame aussi son infamie, a violé le grand principe "point de taxation sans représentation". »

Il n'admet pas que le Bas-Canada doive rembourser les deux tiers de l'immense dette du Haut-Canada, qui s'élève à 12 millions de dollars. Et il s'indigne de voir le gouverneur piger, sans le consentement des élus, dans les revenus annuels de l'État pour payer les salaires de ses propres fonctionnaires. L'Union, Amédée le reconnaît à présent, n'est pas le modèle de perfection, de justice et de liberté qu'on veut faire croire au bon peuple. Au contraire, elle « viole tous les droits de l'humanité et insulte d'une manière brutale et honteuse la morale, la raison et le sens commun. »

Louis-Hippolyte LaFontaine, qui chausse maintenant les souliers de Papineau, n'en pense guère plus de bien… à un détail près. S'il voit dans l'Union un « acte d'injustice et de despotisme », il juge cependant imprudent d'en demander le rappel, geste qui déclencherait, selon lui, un affrontement avec le pouvoir colonial. Homme de compromis, LaFontaine préfère tirer le meilleur parti possible de la situation.

Amédée ne peut le nier, LaFontaine affiche un bilan encourageant. Ses succès sont tels que la population commence à vanter les vertus de l'Union. Il a fait transférer la capitale de Kingston à Montréal et s'est attaqué au patronage, en plus de réclamer l'amnistie pour les rebelles de 1837-38. Il prononce ses discours en français, ce qui flatte ses compatriotes. Et, quand le gouvernement exigera un crédit pour indemniser les habitants du Haut-Canada qui ont subi des pertes pendant les troubles de 1837-1838, c'est encore LaFontaine qui demandera officiellement les mêmes avantages pour les Bas-Canadiens.

Loin de reconnaître les efforts de son rival pour tirer parti d'une situation difficile, Papineau s'entête à le décrier. Il n'a aucune confiance en LaFontaine, un homme crédule et facilement manipulable. Des correspondants à qui il a livré son appréciation négative du chef des réformistes l'ont laissé couler dans son entourage. Le nouveau chef s'en est trouvé d'autant plus affligé qu'il est personnellement intervenu auprès du gouverneur Metcalfe pour que soit abandonné tout procès contre Papineau. Amédée croit que son père gagnerait à se tourner la langue sept fois avant d'avancer des opinions hostiles à LaFontaine et il lui lance un appel à la prudence. Si les passages incendiaires de certaines de ses lettres étaient connus, cela mettrait de l'huile sur le feu. Papineau risquerait de perdre ses arrérages et sa rentrée politique serait compromise. Rien que d'y penser, Amédée en tremble. LaFontaine a beau clamer publiquement sa loyauté à l'ancien chef, c'est un secret de polichinelle qu'il redoute son retour et, plus encore, son élection éventuelle. On chuchote qu'il intrigue contre lui de manière à le discréditer.

Le 28 novembre 1844, le Parlement du Canada-Uni se réunit pour la première fois à Montréal. Amédée se rend au marché Sainte-Anne, place d'Youville, pour assister à la première séance. Le lendemain, son oncle Denis-Benjamin lui obtient un laissez-passer pour aller entendre le discours du gouverneur. En costume militaire, sir Metcalfe préside la cérémonie d'apparat. Le jeune protonotaire côtoie tout le gratin. Il y croise de nombreuses dames et des juges du Banc de la reine. S'il souhaite se tenir loin des débats, s'il garde désormais pour lui ses opinions politiques, il n'en recherche pas moins la compagnie des dignitaires.

⤞⬩⬩⬩⤝

Au printemps de 1845, alors que son père découvre le Vésuve en colère, ratisse Rome sous la pluie et se rend au Vatican pour « embrasser la mule bénie » de Sa Sainteté le pape Grégoire XVI, Amédée s'offre des vacances à New York. Mary y poursuit des études de latin, de français et d'italien. Sitôt arrivé, il se précipite à la pension de sa belle, au 72, Murray Street. Dans ses dernières lettres, elle lui a semblé distante et il a hâte d'en avoir le cœur net.

Cette fois encore, il n'est pas au bout de ses surprises ni de ses déceptions. À l'issue d'une longue promenade « à deux » dans Broadway, il acquiert la conviction que Mary ne l'aime plus. Cette certitude l'anéantit. Le jour même, dans un mot à Lactance, il s'apitoie sur son sort. Tout est fini, c'est sans espoir. Leur mère peut se réjouir, elle qui craignait tant la venue d'une protestante, d'une hérétique, dans la famille ! Ce soir-là, après avoir quitté Mary, il se traîne au théâtre du Parc pour entendre *The Bohemian Girl*. Mais rien, pas même l'opéra, ne le remet d'aplomb. Il rentre à l'hôtel, le cœur en bandoulière.

Même s'il pressentait, sans trop se l'avouer, que les sentiments de Mary à son égard s'étaient refroidis, il ne s'attendait pas à ce qu'elle aille jusqu'à lui réclamer ses lettres. Que s'est-il passé exactement ? Il soupçonne l'influence dévastatrice de Mr Westcott. L'amour inconditionnel et presque fusionnel de Mary pour son père le renverse. Elle ne fait jamais un geste sans lui demander son avis, voire sa permission. Complètement sous son emprise, elle s'est probablement laissé convaincre qu'elle avait fait le mauvais choix. Amédée a toutes les raisons de le croire : en route pour New York, il a pris la peine d'arrêter à Saratoga pour saluer ses futurs beaux-parents. Ça lui a sauté aux yeux, ni Mrs Westcott ni son mari n'avaient vaincu leur répugnance vis-à-vis de ce mariage. Sa rencontre d'aujourd'hui avec Mary confirme ses pires craintes.

En fait, derrière son masque d'indifférence, Mary cache un profond désarroi. Au moment d'arrêter la décision la plus importante de sa vie, elle se sent écartelée entre ses sentiments pour Amédée et son devoir filial. Quel parti doit-elle prendre? La question l'obsède et elle implore son père de trancher à sa place:

«P. s'attend à ce que je lui donne son congé. Dois-je le lui donner?», lui demande-t-elle sans faux-fuyant, en désignant Amédée par la première lettre de son nom de famille

Parfaitement consciente qu'une fille, même docile et aimante, ne confie habituellement pas son sort à l'auteur de ses jours, elle ne s'en remet pas moins à lui. Comme si elle n'avait plus aucun ressort. Signe qu'elle frôle la dépression, rien ne dissipe sa tristesse accablante. Son père prétend communier à ses tourments:

«Je pense à toi en dormant comme en marchant…», l'assure-t-il.

Certes, il reconnaît à Amédée de belles qualités. Le jeune homme a bon caractère et a reçu une éducation supérieure. En somme, il n'a qu'une objection et Mary la connaît: sa religion. Aussi met-il sa fille en garde contre les risques auxquels elle s'expose en donnant suite à son projet. Il y a un prêtre dans la famille Papineau. Voudra-t-il amener Mary à se convertir? Aura-t-elle la force de résister?

Convaincu du succès de son chantage affectif, Mr Westcott se précipite à New York, sans doute pour aider sa fille à franchir le dernier pas. Il la trouve bouleversée à l'idée de renoncer à ce mariage, plus déchirée encore qu'il ne l'avait imaginé. Elle s'était tracé une ligne de conduite, mais ses sentiments lui en dictent une autre. Le cœur, pense-t-elle, est une énigme indéchiffrable et elle ne sait plus lire dans le sien. Incapable de la voir souffrir plus longtemps, son père se laisse fléchir.

Naturellement, Amédée ne sait rien de ce qui se passe dans la tête de sa bien-aimée. Le surlendemain de leur rencontre, alors qu'il traîne son vague à l'âme chez ses amis, les Porter, Mr Westcott s'y présente au moment où l'on se met à table. Il demande à lui parler seul à seul.

Pendant ce tête-à-tête, l'amoureux déçu apprend qu'il s'est fait rouler dans la farine. Son futur beau-père prétend qu'avec l'accord de Mary, il l'a soumis à une épreuve. Sa fille voulait être tout à fait sûre qu'il l'aimait toujours, que le temps n'avait pas altéré ses sentiments. D'où l'échange courtois, certes, mais ô combien glacial, qu'elle lui a imposé lors de leur dernière promenade !

Mr Westcott admet carrément avoir tenté de la détacher de lui :

« J'ai soigneusement observé ma fille et j'ai tout fait pour la distraire : voyages, sorties, dissipations. Mais je suis maintenant convaincu de votre attachement l'un pour l'autre et de votre sincérité mutuelle. Je suis prêt à oublier la question religieuse, le seul véritable obstacle, et je ne veux pas prolonger inutilement une épreuve pénible. Je sanctionne votre engagement. »

Amédée n'en croit pas ses oreilles. Ce changement de cap est si subit qu'il se demande s'il ne perd pas la tête. Il s'empresse d'annoncer la nouvelle à sa mère et à son frère.

« Je suis presque fou ; fou de joie, dit-il. Mr Wescott sort d'ici et sa fille est ma fiancée. Son père est satisfait de notre long noviciat. Elle est à moi. Grand Dieu, quel bonheur ! »

Lactance se moque gentiment de lui. Les fiançailles de son frère ne feront pas que des heureux, ironise-t-il. Bien des mamans comptaient sur le protonotaire pour caser leur fille. Puisqu'il a trouvé l'âme sœur, « des cœurs d'argent vont se fendre ».

Les amoureux passent deux journées délicieuses à se promener au cimetière de Green-Wood – « le Père-Lachaise de New York » –, à visiter le musée de l'Académie de dessin et à s'échanger cadeaux et portraits. Devant son futur beau-père qui ne quitte pas sa fille d'une semelle, Amédée réitère sa promesse de ne jamais troubler les opinions religieuses de Mary.

C'est un vacancier tout ragaillardi qui rentre à Montréal, à l'issue de cette quinzaine riche en rebondissements. Julie, à qui il montre le daguerréotype de sa fiancée, lui trouve de beaux yeux. Comme le mariage sera probablement célébré à l'automne, Amédée supplie son père de hâter son retour en Amérique. Il insiste pour recevoir de lui la bénédiction paternelle. Papineau doit absolument l'accompagner au pied de l'autel.

Le portrait qu'il lui trace de Mary laisse songeur. Il avoue candidement avoir longuement pesé le pour et le contre avant d'arrêter son choix sur elle :

« Je la crois supérieure à tous les partis qui sont ici sur les rangs. » Jamais il n'aurait pu s'attacher à l'une ou l'autre des Canadiennes de son entourage, car elles sont peu instruites et sans éducation. « J'aurais au pays traîné une malheureuse vie de vieux garçon. » Abordant ensuite la question financière, il reconnaît que plusieurs jeunes filles issues des familles canadiennes riches lui auraient apporté une fortune considérable, mais sous ce rapport, sa fiancée est particulièrement favorisée. Il évalue les biens des Westcott à environ 60 000 dollars, peut-être même 80 000 dollars. C'est du moins le chiffre qu'avance la rumeur publique. En pensant à l'héritage à venir, il ajoute : « C'est assez là où il n'y a qu'un seul enfant. »

En lui, l'amoureux éperdu et l'homme de raison cohabitent à merveille : nul doute, il a trouvé chaussure à son pied. Ne reste plus qu'à choisir la date des noces, qu'il souhaite hâtive.

« Vous êtes mon étoile, Mary, et vous détenez la clé de ma triste prison », lui écrit-il, en francisant son prénom.

Sa fiancée ne saura jamais comme il a souffert moralement depuis trois ans.

« Bien qu'un homme, j'ai souvent la sensibilité d'un cœur de femme », lui avoue-t-il. Tous ses sentiments ont été mis à l'épreuve. Cela peut être préjudiciable pour une âme humaine aussi délicate que la sienne.

Hélas ! la partie est loin d'être gagnée. Mr Westcott cache une dernière carte dans sa manche. Sans qu'Amédée ait voix au chapitre, il repousse d'un an la cérémonie du mariage. La raison invoquée ? Sa femme et lui ne veulent pas se priver de la présence de leur fille pendant tout l'hiver. Se séparer d'elle fait saigner son cœur, dit-il à son futur gendre, qui en perd son latin. Il demande à Mary :

« Sont-ils déterminés à me persécuter encore ? »

Cette nouvelle déception lui laisse un goût amer. Il se serait attendu à ce que sa fiancée fasse clan avec lui, au lieu de le sacrifier au désir de ses parents. À croire que son attachement à son père est plus fort que son amour pour lui.

Car c'est bien là ce qui le tourmente. Les volte-face à répétition des Westcott le rendent d'autant plus soupçonneux que Mary s'en accommode. Il la trouve décidément trop soumise. Que lui cache-t-elle ? Il soupçonne un jeune Américain de lui faire les yeux doux. Qui est ce M. E. dont elle lui a parlé et à qui elle prétend devoir une explication ? Il lui suffisait d'informer ce prétendant qu'elle est fiancée. Sa remarque offusque Mary. Il n'a donc pas confiance en elle ? Il proteste. Elle serait incapable de trahison, il le sait. Simplement, elle est si influençable.

Comment peut-il ainsi remettre en cause son amour ? Toute à sa surprise de se voir infliger une telle scène de jalousie, Mary lui reproche à son tour de se montrer déraisonnable et de manquer de patience. Amédée ne veut pas comprendre à quel point son père a besoin d'elle pour tirer plaisir de la vie quotidienne. Sans faire allusion à la seconde épouse de Mr Westcott, elle prétend être tout pour lui. Si seulement elle avait une sœur ! Quoi qu'en pense son fiancé, elle est bien déterminée à respecter les délais imposés. Son devoir filial lui commande ce sacrifice. S'il n'est pas disposé à accepter sa résolution, elle ne sait ce qu'elle fera.

Pour clore en beauté la discussion, elle lui recommande la lecture du roman suédois *The President's Daughters*, de Fredrika Bremer, publié à Boston en 1843. Ce sera pour lui l'occasion d'apprivoiser la question délicate des droits des femmes et de réfléchir à la liberté qui leur fait cruellement défaut.

⇒•⇐

Impuissant à infléchir son futur beau-père, Amédée prend son mal en patience en renouant avec les plaisirs intellectuels. Il lit les poésies de Ronsard, Hugo et Byron. Il enrichit aussi sa culture politique en parcourant les *Œuvres* de Jefferson.

Avec Lactance et une vingtaine de camarades, il fonde la Société des Amis, qui organise des causeries sur l'histoire et les sciences. Amédée l'a souvent constaté, il manque aux jeunes Montréalais un lieu de rassemblement. Contrairement aux Français du même âge, ils sont privés de théâtre, de bons professeurs et de livres. Par conséquent, ils n'ont rien à faire après leur journée de travail. Il faut secouer l'apathie qui les guette et les aider à se développer sur le plan intellectuel, moral et politique.

Dans *La Revue canadienne* que publie sa société, il signe une analyse du livre de Jean-Baptiste Say consacré à l'économie politique. Le sujet lui tient à cœur. Fasciné par les idées libérales élaborées dans ce traité, il tente de convaincre les autorités du Collège de Saint-Hyacinthe d'offrir à leurs étudiants un cours inspiré des thèses du célèbre économiste français. Il mettra deux ans d'efforts avant que le professeur de philosophie de son *alma mater* consente à enseigner cette nouvelle science à ses élèves.

Il aurait pu adhérer à l'Association Saint-Jean-Baptiste, un groupe plus politisé qui attire les sympathisants de LaFontaine. Il s'en est abstenu sous prétexte que cette formation exclut de ses rangs les gens d'origines autres que françaises. C'est donc en compagnie de ses nouveaux camarades de la Société des Amis qu'il participe à la fête nationale, le 24 juin, dans les rues de la ville où le drapeau britannique flotte. Son cercle n'a pas de bannière, mais ses membres portent l'uniforme : pantalon et chapeau noirs, gilet et gants blancs. À la boutonnière, ils ont épinglé un bouquet de feuilles d'érable.

Étrange été de catastrophes naturelles ! Pendant que la maladie de la patate sème la famine en Irlande et menace de se propager dans toute l'Europe, à Québec, les quartiers de Saint-Roch, Saint-Jean, Saint-Louis et Saint-Vallier flambent. Deux mille six cents foyers sont réduits en cendres. Presque au même moment, New York est à son tour la proie des flammes. Trois cents maisons sont détruites dans Broadway.

Montréal est épargné. Les touristes affluent et les hôtels ne désemplissent pas. Amédée admire les élégantes toilettes des étrangères qui déambulent en ville. Les Canadiennes qui ont la mauvaise idée de suivre la mode anglaise sont disgracieuses à côté d'elles. Posant en fin connaisseur, il estime que l'élégance tient à la coupe.

« Ce serait bien pour nous qu'une modiste française nous fasse la faveur d'émigrer de Paris ou même de New York à Montréal », pense-t-il.

Ces considérations un tantinet superficielles laissent sa mère indifférente. À bout de nerfs et de ressources, lasse de quémander de l'argent à tout un chacun pendant que Papineau se pavane à Florence, Venise et Milan, elle casse son bail et quitte la maison Judah. Dans ses lettres de plus en plus rares, son mari promet de revenir en Amérique à l'automne, mais il l'a si souvent déçue. Où sa curiosité l'entraînera-t-il ensuite ? Pleine d'amertume, elle prend pension chez madame Thomas, rue Craig, au coin de Saint-Urbain. Le reste de la famille est éparpillé aux quatre vents. Amédée retourne vivre chez le docteur Gregory et Ézilda trouve refuge à Verchères auprès de sa grand-mère. Les deux plus jeunes demeurent pensionnaires. Quant à Lactance, la bonne fortune continue de le favoriser, puisqu'il vient de décrocher un poste de professeur de botanique à la Faculté de médecine de l'Université McGill.

≈•≈

Surprise ! Le 25 septembre 1845, Papineau débarque à Boston. Amédée a obtenu du gouverneur un congé pour aller à sa rencontre à Saratoga. Le soir de ces retrouvailles tant attendues, tant espérées, les Westcott invitent le père et le fils à ce qui a toutes les apparences d'un dîner de fiançailles. Papineau fait la connaissance de sa future belle-fille. Lui qui, l'année précédente, n'était pas très chaud à l'idée de voir Amédée se passer la bague au doigt, il est disposé à chérir Mary à l'égal de ses enfants.

Deux jours plus tard, le *Francis Saltus* accoste à Saint-Jean, avec à son bord Papineau qui rentre chez lui sans être inquiété. Après huit ans d'exil, il foule enfin le sol qui l'a vu naître et d'où il avait été banni. C'est l'euphorie sur le quai où Julie, Lactance et Louis-Antoine Dessaulles l'attendent avec Denis-Benjamin Papineau et son fils Denis-Émery. Moments émouvants au cours desquels s'évanouissent les griefs de chacun. Ils seraient bien inutiles, car le voyageur se sent au-dessus de tout reproche. En Europe, il a bien joui de sa chère liberté dont son pays l'avait privé, il a fait de l'exercice, il est dangereusement en forme. Comme il le dit si bien, son inaltérable bonne santé en témoigne.

De nombreux compatriotes ont fait le déplacement jusqu'à Saint-Jean pour saluer l'ancien chef des patriotes. Ils s'agglutinent au débarcadère, puis les suivent, lui et sa famille, à l'hôtel Watson, au milieu du village, où il est attendu. Partout, l'accueil est chaleureux, voire triomphal. Personne ne l'a oublié. À Verchères, où il s'arrête pour embrasser sa belle-mère, Marie-Anne Bruneau, il la libère enfin de son serment. Elle pourra désormais fouler le sol montréalais sans troubler sa conscience.

Puis, le 9 octobre, il arrive enfin à Montréal. Là encore, les visiteurs défilent à l'hôtel Rasco pour lui serrer la main, à commencer par son vieil ami Wolfred Nelson qu'il n'a pas revu depuis son départ pour l'Europe. Même le capitaine Luc-Clément Fortin, chez qui il a passé sa dernière nuit au Canada, en 1837, vient dîner avec lui. Cet homme «à qui nous devons la vie de papa», écrit Amédée, lui a trouvé des guides pour traverser la frontière.

Une question brûle toutes les lèvres : Papineau compte-t-il effectuer un retour à la vie politique ? Amédée l'espère. Lactance, qui le redoute, met son père en garde :

«Votre vie peut être calme et heureuse encore en Canada, si vous ne mettez pas le pied sur le terrain de la politique, plus mouvant, plus trompeur que celui d'un Vésuve.»

Où logera-t-il ? Pour l'instant, le nouvel arrivant a l'intention de passer l'hiver à l'hôtel Rasco. Mais il s'y sent vite à l'étroit. Quel dommage que Julie ait laissé la résidence des Judah ! Qu'à cela ne tienne, il en loue une au 35, rue Craig, la rue la plus large de la ville. De construction récente, la maison compte deux étages, cinq ouvertures de front, un grenier pour loger les domestiques et une cave. Rien de trop beau pour Papineau. Summum de commodités, elle est pourvue de latrines à réservoir mécaniques, de bains et de fourneaux, ce qui est rare dans les logements en location. Située à deux pas du bureau d'Amédée, elle est si agréable qu'il annonce à sa fiancée qu'il aura du mal à la quitter au printemps…

« Non, non, c'est pour rire », s'empresse-t-il d'ajouter.

S'il n'en tenait qu'à lui, l'ex-chef des patriotes s'installerait à demeure à la Petite-Nation, comme le souhaite Lactance. Puisqu'il n'a pas réussi à vendre sa seigneurie pendant son escale à Londres, cette solution serait de loin la plus sage. Il essaie d'en convaincre sa femme en promettant de lui construire un manoir à l'image des châteaux français qu'elle a tant admirés. Le dégoût de Julie à l'idée d'aller s'enterrer à la campagne ne s'atténue pas. Qu'à cela ne tienne, il compte sur son esprit de sacrifice pour s'y résigner. Refuser équivaudrait à dépouiller leurs enfants de leur patrimoine, plaide-t-il.

Novembre 1845 tire à sa fin. L'hiver s'annonce coriace et l'on se couvre de pelleteries pour se rendre aux traditionnels soupers d'huîtres. Gravement malade, le gouverneur Metcalfe démissionne et son remplaçant, lord Cathcart, prête le serment d'office devant le Conseil exécutif. Amédée inscrit son nom sur la liste des visiteurs du nouveau représentant de Sa Majesté.

Le 2 décembre, il note : « *L'Aurore des Canadas* a paru ce matin pour la dernière fois et les *Mélanges religieux* annoncent qu'ils cesseront aussi leur existence au 1er janvier. Ainsi va la presse franco-canadienne ! Et ce qu'il en reste ne vaut pas mieux que ce qui part. » Cela l'attriste de voir que la population n'est même pas capable de soutenir un journal digne de ce nom.

En revanche, les prouesses des Américains l'enthousiasment. Le Texas vient d'entrer dans les États-Unis. À l'unanimité, note-t-il, les deux Chambres du Congrès texan ont approuvé l'annexion de leur État. Il prédit que l'Oregon deviendra prochainement américain. « Je dis plus : les Californies seront bientôt annexées à l'Union. » Il n'a pas tort, même s'il faudra plus de temps qu'il ne l'imagine alors.

Et cela en dépit d'hommes et diables. « Dieu le veut ! écrit-il. Allah ! El Allah ! »

Le 29 décembre, mémé Bruneau se pointe rue Craig pour fêter l'arrivée de 1846 avec sa famille enfin réunie. Elle avait promis de ne pas mettre les pieds à Montréal avant le retour de son gendre et elle a tenu parole. À quatre-vingt-trois ans bien sonnés, l'étonnante vieille dame veille jusqu'à minuit comme une jeunesse. Le prochain mariage de son petit-fils préféré la comble de bonheur. Comme de raison, son cher Amédée a fait le meilleur choix. Normal, «il est né coiffé»!

18. MÉNAGE À TROIS
1846-1847

« Jour suprême. Depuis si longtemps attendu, désiré. Le ciel est propice, le temps magnifique. »

Cette fois, c'est confirmé, le mariage d'Amédée sera célébré à Saratoga, le 20 mai. À moins d'un nouveau report, ce qui n'est pas exclu, car Mr Westcott a parlé à mots couverts d'un possible « ajournement ».

Février tirait à sa fin et l'on redoutait une guerre entre l'Angleterre et les États-Unis. Son futur beau-père s'était alors mis dans la tête qu'advenant un conflit, son gendre risquait d'être appelé sous les drapeaux. Amédée s'était empressé de le rassurer : en sa qualité de protonotaire, il serait exempté de tout service militaire. Qui plus est, si les hostilités devaient se déclarer, cela les justifierait, Mary et lui, de se marier rapidement, sinon la séparation pourrait s'avérer fort longue, puisque les Canadiens n'auraient plus droit de séjour aux États-Unis.

Pour conjurer le mauvais sort que Mr Westcott semble prendre plaisir à lui infliger, l'impatient fiancé court à l'hôtel Donegana et choisit un appartement pour lui et son épouse. L'établissement tout neuf, l'un des plus somptueux de Montréal, est situé rue Notre-Dame, de biais avec la maison des Papineau où il a grandi. Il lui en coûtera 1 200 dollars de loyer par année. Cela comprend le chauffage, les repas et le logement de son domestique, mais il devra payer l'éclairage et le vin en supplément. Amédée s'occupe d'acquérir les meubles de la chambre à coucher. Il écrit à sa fiancée :

« J'aimerais pouvoir dessiner et vous envoyer un croquis convenable d'un élégant lit français en forme de tente. Des rideaux gris-beige, avec des parements bleu ciel. Un peu chers peut-être, mais comment économiser sur des choses si apparentes, d'un usage aussi permanent et qui doivent durer une vie entière ? »

Comme il déteste faire des achats avec la bourse d'autrui, il confie à Mary le soin d'acheter les meubles du salon. Puisque son père leur offre le mobilier, autant laisser sa fille choisir elle-même.

L'évêque catholique de New York, J. Hughes, à qui il a demandé de bénir son union, décline à regret sa requête : l'Église interdit le partage des bénédictions nuptiales dans le cas des mariages mixtes. Amédée se passerait volontiers des services du clergé, mais Julie serait déçue si un prêtre ne célébrait pas son mariage. À sa suggestion, il consulte monsieur Quiblier, son ancien directeur au Collège de Montréal. Le sulpicien l'assure que l'Église reconnaît la validité des cérémonies présidées par un pasteur protestant en tant que contrat civil, mais aussi en tant qu'engagement religieux. Rassurée, sa pieuse de mère ne se montre pas plus catholique que le pape.

« Si les prêtres ne vous marient pas, tu devrais, après t'être adressé à eux, te considérer comme parfaitement justifié de te passer d'eux », lui dit-elle.

Reste à régler la délicate question du contrat de mariage. Un ami commun aux deux familles, le chancelier Walworth, le rédigera à Saratoga. Amédée est confiant. Son futur beau-père sera enchanté d'apprendre que les lois canadiennes avantagent les femmes. Une jeune Canadienne préserve son indépendance, son existence individuelle, son nom et tous les droits des femmes célibataires. L'Américaine, en revanche, perd son identité et forme avec son époux une même personne. Elle est sous le pouvoir et le contrôle de celui-ci et se voit retirer les droits et privilèges dont elle jouissait à titre de célibataire.

Julie Papineau n'assistera pas au mariage d'Amédée. Faut-il conclure qu'elle refuse de participer à une cérémonie presbytérienne ? Difficile à dire. Papineau monte seul avec ses deux fils aînés à bord du pyroscaphe *Prince Albert*, qui s'éloigne aussitôt de La Prairie.

« Jour suprême, écrit Amédée dans son journal au matin du 20 mai. Depuis si longtemps attendu, désiré. Le ciel est propice, le temps magnifique. »

Ce sera un mariage sans éclat, célébré dans l'intimité de la maison des Westcott. Sur le coup de neuf heures, une trentaine de parents et amis passent au salon, où le ministre presbytérien préside la cérémonie nuptiale. En un quart d'heure, tout est fini, y compris l'échange des anneaux. Après les félicitations d'usage, Lactance coupe le gâteau. Puis, Mary détache les bouquets d'une pyramide de fleurs et les distribue aux dames. L'on sert les rafraîchissements, après quoi les invités se retirent. Onze heures sonnent le départ pour le voyage de noces que les jeunes mariés font… en compagnie de Mr et Mrs Westcott. Nul ne saura ce qu'Amédée, dans son for intérieur, a pensé de cet arrangement pas tout à fait inusité à l'époque. Du moment que ça fait plaisir à Mary !

Les nouveaux mariés arrivent à Albany en fin d'après-midi. Là, Papineau et Lactance prennent la direction de New York, tandis qu'Amédée et sa belle épouse, flanqués de leurs chaperons, voyagent vers Boston dans un char en acajou dont les sièges sont couverts de velours. À Springfield, Massachusetts, ils logent au United States Hotel. Jamais Amédée n'a séjourné à un meilleur hôtel ! Pudeur oblige, il ne parle pas de sa nuit de noces dans son journal. En revanche, il décrit les curiosités qu'il observe, le lendemain, de la fenêtre du train. Pour la première fois de sa vie, il aperçoit le long de la route deux fils de laiton suspendus à vingt pieds de la terre qui courent d'un poteau d'orme ou d'érable à l'autre. Ces fils relient le système du télégraphe magnétique qui transmet des informations. Toute une nouveauté !

À Boston, le quatuor descend au Tremont House, le plus célèbre hôtel de la ville. Quelle déception ! On demande très cher pour un mauvais service. Amédée fait un saut à la Bourse avec son beau-père, puis accompagne les dames dans les magasins. Tous se retrouvent ensuite à la fabrique de pianos de Chickering. Mr Westcott en choisit un en bois de rose et l'offre à sa fille. Il paie 450 dollars. On se promène en carrosse « par vals et par monts », on circule dans la ville que sillonnent en tous sens les trains de chars à vapeur, on s'arrête à la célèbre Université de Cambridge. Le dimanche, le quatuor assiste à un prêche à l'église baptiste et, le lundi, il fera la tournée des fabriques de draps et de cachemire, en plus de visiter une filature de coton. L'après-midi, pendant que les dames se reposent à l'hôtel, Amédée suit son beau-père au chantier de construction du chemin de fer. Il veut voir fonctionner le célèbre engin à excavation appelé machine-éléphant, dont il a tant entendu parler. Quelle prouesse ! Chaque coup de trompe enlève la charge d'un tombereau de terre et de gravois.

Ils quittent Concord en diligence, pressés de découvrir les White Mountains. La route s'élève vers les sommets. La nature sauvage défile, tout en coteaux, en lacs et en cascades. Mais le mauvais temps gâte leur plaisir. Après une montée vertigineuse surgit le mont Washington, haut de 6 288 pieds au-dessus de la mer et dont la cime disparaît dans le brouillard.

Ainsi se poursuit le *wedding-tour* d'Amédée. Un jour, il joue aux quilles ou pêche la truite ; le lendemain, il se promène à pied avec Mary. Le froid et la pluie chassent trop souvent les maigres rayons de soleil, comme il s'en désole. Ici, le lit est bon, la table aussi. Là, il souffre d'une indigestion violente... À partir de Montpelier, au Vermont, le temps s'éclaircit, l'air se réchauffe et la poussière de la route les aveugle. Burlington se pointe à l'horizon. Amédée se retrouve en terrain connu. À l'hôtel American, il achète les journaux de Montréal et de New York qui annoncent son mariage :

At Saratoga Springs, on the 20th instant, By Rev. A. T. Chester, L. J. A. Papineau, Esq. Of Montreal, to Miss Mary Eleanor, only daughter of James R. Westcott, of the former place.

En tournant les pages d'une gazette, il tombe sur un article surprenant : la Chambre d'assemblée du Canada-Uni a voté les 4 500 livres d'arrérages de salaire dues à Papineau.

« Voilà une bonne nouvelle », s'exclame-t-il.

À l'issue de ce voyage de noces en famille, le dîner d'adieux (« *parting dinner* », comme dit Amédée) se prolonge. La séparation s'annonce douloureuse pour le père et sa fille chérie. On multiplie les « santés » en vidant une bouteille de champagne. Au dernier tintement de cloche, les parents Westcott quittent les jeunes mariés. « Quelques larmes s'échappent, écrit Amédée. C'est bien normal et pardonnable en pareille occasion. » Maintenant délivrés de leurs chaperons, ils s'embarquent pour Saint-Jean. Manque de chance, l'unique *state-room* du *Whitehall* ne compte qu'un lit étroit. Mary préfère passer la nuit dans la chambre des dames, plutôt que seule. Au matin, quand six heures sonnent, Amédée monte sur le pont comme le bateau touche l'Île-aux-Noix. Quel temps superbe ! Il soupire d'aise. Mary découvrira le Canada sous son plus beau jour.

À Montréal, Lactance attend les jeunes mariés au débarcadère et les ramène à la maison de la rue Bonsecours que les Papineau ont réintégrée. Au premier regard, un courant de sympathie passe entre Julie et sa bru. Mary fera aussi la connaissance de mémé Bruneau, venue de Verchères pour complimenter « son Amédée ».

Le jour même, le couple prend possession du trois pièces – salon, chambre à coucher, cabinet de toilette – qu'Amédée a réservé à l'hôtel Donegana. Pendant que Mary défait les malles, il passe à son bureau et à la poste.

Le 17 juin 1846, trois jours après le vingt-deuxième anniversaire de naissance de Mary, les Papineau offrent un bal en l'honneur du mariage de leur fils aîné et de sa jeune épouse américaine. Seul commentaire d'Amédée :

« Jolie soirée où tout le monde paraît s'amuser bien. »

Les invités tombent sous le charme de Mary Eleanor qu'Amédée appelle désormais Marie.

———◦◦◦———

À la mi-juillet, Lactance pique une crise de nerfs qui sème le désarroi chez les siens. Depuis quelque temps, il manifeste de légers troubles de comportement dont la cadence s'accélère.

Rien ne laissait présager ce malheur. Tout souriait au jeune médecin. Au printemps, sa conférence sur *Les généralités de l'histoire naturelle et de la manière de l'étudier*, prononcée devant la Société d'histoire naturelle de Montréal, avait été bien reçue. Amédée y avait assisté, il pouvait en témoigner. La *Revue canadienne* avait publié son exposé, comme aussi son article dénonçant l'homéopathie.

Peu après, le jeune médecin a commencé à se montrer méfiant et soupçonneux. Un jour, il a déclaré que le bijoutier lui avait soutiré trop

d'argent pour une réparation anodine à sa montre. Un autre, il a prétendu avoir été volé par des personnes de son entourage : un garçon de
service lui aurait piqué dix dollars, un parent âgé, cinq. Plus intrigant
encore, il se sentait persécuté par ses confrères de l'Université McGill.
Certes, quelques professeurs peu ouverts à l'innovation résistaient à
ses idées d'avant-garde, mais rien pour éveiller ses soupçons. Il se
plaignait aussi des membres de la Société des amis dont il était le
secrétaire. Ceux-ci le croyaient « plus fou et plus superficiel » qu'il
ne l'était. Comme il avait tendance à se poser en victime, personne
n'y avait porté attention.

Avant le mariage d'Amédée, il a contracté une forte fièvre et a fait
des crises nerveuses si violentes qu'il a fallu consulter les docteurs
Olivier-Théophile Bruneau et Charles Sewell. Après avoir examiné leur
jeune confrère, ceux-ci ont jugé le mal passager. De fait, Lactance a
rapidement pris du mieux, si bien qu'il a pu entreprendre le voyage à
Saratoga et remplir à la perfection son rôle de garçon d'honneur.

Mais voilà qu'au milieu de l'été, un banal incident engendre sa
fureur : comme un enfant capricieux, il exige un nouveau microscope.
D'après lui, celui que son père lui a rapporté de Paris n'est pas assez
puissant. Tant pis s'il a coûté 200 francs ! Il ne vaut pas la moindre
loupe, rechigne-t-il. Papineau n'approuve pas cette nouvelle dépense et
refuse de lui fournir l'argent nécessaire, ce qui déclenche une crise
d'une violence inouïe. Amédée joue en vain les intermédiaires entre le
père exaspéré et le fils persécuté.

Depuis, le jeune médecin aux nerfs exacerbés réagit de plus en plus
mal aux contrariétés. Il se referme comme une huître, convaincu que
tout le monde se ligue contre lui. Amédée s'en inquiète d'autant plus
que Papineau, Julie et les enfants passent l'été à la Petite-Nation. Il se
retrouve fin seul à Montréal pour s'occuper de son frère, dont les
moments de profond découragement sont suivis de colères épouvan-
tables contre de soi-disant conspirateurs. Il s'agite, rue dans les brancards. Amédée doit le surveiller jour et nuit. Cela l'oblige parfois à
déserter le lit conjugal pour rester avec lui jusqu'au matin. Le 15 juillet,
n'en pouvant plus, il écrit dans son journal :

« Lactance empirant, je décide de l'emmener demain à la Petite-Nation. Je vais coucher à son bureau. Triste nuit, très agitée. »

Le trajet à bord du vapeur *Porcupine* se déroule sans anicroche. Deux jours après, les deux frères débarquent à Chipaye, où les Papineau ont loué une maison.

« Triste visite, tristes embrassements, note-t-il. Maman en est frappée et malade toute la nuit. »

Comme le travail rappelle le protonotaire à Montréal, son père doit inventer un subterfuge pour lui permettre de repartir à l'insu du malade. Il promène celui-ci sur ses terres pendant qu'Amédée se fait conduire discrètement au quai d'embarquement.

Ce n'est pas ainsi qu'il imaginait sa vie de jeune marié. Par chance, Mary l'épaule dans ses tâches familiales. Elle l'accompagne à la distribution des prix du Séminaire de Saint-Hyacinthe. Gustave en reçoit deux, en plus de deux mentions honorables. Le couple va ensuite chercher Azélie au couvent et la reconduit à Chipaye, avec son jeune frère, pour les vacances d'été.

Faut-il chanter les vertus de l'air pur ? Ou vanter les bienfaits du cocon familial ? Toujours est-il qu'à leur retour à la Petite-Nation, Mary et Amédée trouvent Lactance très calme. Il ne prend plus la mouche quand on le taquine. Même pendant les promenades en famille, il s'amuse.

Rassuré, Amédée profite du temps exceptionnellement clément pour montrer le domaine à Mary et lui présenter sa flopée de cousins et cousines. Entassée dans quatre voitures, toute la tribu se rend au cap Bonsecours, où Papineau a l'intention de construire sa future résidence. Quel spectacle ! Sur un promontoire dominant la rivière Outaouais, son père a fait défricher le carré où s'élèvera son manoir. Il le veut grandiose, à l'image des châteaux européens. Sans doute espère-t-il réconcilier Julie avec l'idée d'y passer le reste de ses jours en sa compagnie.

Au pied du roc, les canards sauvages s'ébattent dans les joncs, cependant qu'au large, un pyroscaphe vogue vers Bytown. Assis avec sa femme au bord du précipice, Amédée se trouve fortuné de vivre là où se conjuguent la nature préservée et le progrès de la civilisation.

« C'est un site délicieux, où la nature a beaucoup fait », écrit-il dans son journal, en précisant que l'on pourra à peu de frais y compléter un superbe établissement. « Nous y sommes décidés : papa commence sa retraite et ses enfants tâcheront de la perpétuer dans la famille. »

À l'issue d'une semaine de vacances idyllique, Amédée doit regagner son bureau au palais de justice de Montréal. Avant son départ, Lactance lui confie son secret : il est amoureux de l'une des demoiselles Debartzch. Amédée accepterait-il d'intercéder en sa faveur auprès d'elle ? Mal à l'aise, ce dernier consent à condition que Lactance lui promette de se montrer raisonnable et de combattre son excitation nerveuse. Celui-ci reconnaît avoir besoin d'exercice et de tranquillité d'esprit. Amédée repart l'esprit en paix : « Longue conversation qui me dénote un bien marquant et me remplit d'espérance », écrit-il dans son carnet.

Sur le chemin du retour, le protonotaire se retrouve dans un drôle d'état. La veille, pendant un pique-nique, il s'est éloigné avec ses frères pour explorer les environs. Mal lui en a pris, il a mis le pied sur un nid de guêpes. À présent, il est couvert d'horribles piqûres.

Il n'est pas au bout de ses peines, comme il le raconte : « … et moi, par-dessus le marché, [je] m'approche d'une talle d'herbe à la puce et prends le venin à la figure. »

⟶•⟵

Les jeunes mariés repartis, Lactance sombre à nouveau dans la démence, même si ses proches n'osent pas encore appeler de ce nom la maladie dont il souffre. De Chipaye, Papineau lance un S.O.S. à Amédée qui, pour avoir une opinion professionnelle, retourne consulter le docteur Bruneau. Le médecin prescrit au malade de l'exercice et des bains froids. Il recommande aux parents de profiter de ses plages de lucidité pour le raisonner. « Toutefois, précise-t-il, dans les moments d'aberration, il ne faut pas le contredire, car il ne contrôle pas son jugement. »

Ne pas le contrarier ? Facile à dire ! À la maison, son comportement épouvante Julie et Papineau. Les symptômes du mal atteignent une intensité effrayante.

« Je suis dans une continuelle terreur par rapport à une maladie si inattendue et si violente, avoue son père. J'en redoute l'issue et n'ose pas m'arrêter à y penser. »

Le moindre incident déclenche chez Lactance un délire de persécution qui le fait trembler. Par moments, le malade recherche la solitude. Il sombre alors dans la mélancolie et poursuit des monologues au cours desquels se manifestent ses idées de grandeur. Ou encore, il supplie ses parents de hâter son mariage. À ce propos, il a chargé Amédée de remettre à Mlle Debartzch la lettre qu'il lui a écrite. Le pauvre fou lui déclare son amour déçu et la prie de lui pardonner ses fautes. Enfin, il l'invite à venir lui rendre visite à la Petite-Nation.

Cette commission embarrasse Amédée. La jeune fille connaît tout de l'état perturbé de Lactance et il doute qu'elle accueille ses déclarations dans l'enthousiasme. On ne saura jamais s'il a rempli sa mission auprès de mademoiselle Debartzch. Chose certaine, dans sa réponse à son frère, Amédée se montre évasif :

« L'on est disposé à t'écouter favorablement lorsque, par du calme et des soins, comme ceux que te prodigue la famille à la Petite-Nation, tu auras prouvé que tu peux guérir cette excitation nerveuse. »

Amédée se perd en conjectures. Jamais Lactance ne lui avait parlé de mademoiselle Debartzch avant sa maladie. Faut-il voir un lien entre cette toquade et ses crises nerveuses ? Il formule une hypothèse qu'il soumet à son père : la continence à laquelle Lactance est soumis à un âge où la sexualité s'épanouit pourrait bien être une cause de folie. Papineau rejette d'emblée l'explication. Elle ne peut s'appliquer à un jeune homme peu robuste comme lui, et dont l'imagination n'a pas été brûlée et exaltée par des lectures exotiques. Papineau ne semble pas se souvenir qu'en France, son étrange fils fréquentait des poètes et des comédiens qui montaient des spectacles.

Faut-il réellement remonter jusqu'à son exil parisien pour découvrir l'origine du mal ? Doté d'une intelligence supérieure et affecté d'une sensibilité excessive, Lactance s'est montré irritable dès l'enfance. Sa mère disait de lui qu'il était atteint d'un « mal étrange que l'on ne peut savoir au juste ». Toutefois, les choses ont empiré en France pendant ses études de médecine. Il a travaillé avec acharnement et subi trop de privations et de frustrations. Peut-être y a-t-il laissé sa santé? Amédée se souvient des confidences bouleversantes de son malheureux frère coincé à Paris. Déchiré entre un père à qui il reprochait son irresponsabilité, et une mère dont il partageait le chagrin, il criait son impuissance. Ses virulentes prises de bec avec Papineau qu'il admirait et détestait tout à la fois le dévastaient.

Cette nouvelle théorie avancée par Amédée ne convainc pas davantage Papineau. Du temps de leur cohabitation parisienne, ce dernier n'a jamais observé dans le comportement de son fils le moindre indice permettant de prévoir sa détérioration. À son avis, c'est plutôt son désir de briller qui l'a perdu. Il voulait jouer un rôle innovateur dans le monde médical.

À moins qu'il s'agisse d'une inflammation d'une partie du cerveau? Amédée décide d'aller chercher un second avis auprès du docteur Stephen Charles Sewell. Le médecin est catégorique: il faut interner Lactance d'urgence. Chaque jour de retard diminue ses chances de guérison. Il écrira au docteur Pliny Earle, médecin aliéniste de l'asile Bloomingdale, à New York, pour le prévenir de l'arrivée de son malade.

Amédée ignore tout de cet établissement de santé. Le docteur Sewell le rassure: Bloomingdale, le meilleur asile aux États-Unis, est situé dans un joli endroit entouré de verdure et de jardins, à deux lieues de la métropole. Le docteur Earle, qui le prendra en charge, jouit d'une excellente réputation.

Qu'en est-il des traitements offerts aux malades? demande encore Amédée. Dans cet établissement, l'approche est douce et rationnelle, l'assure le médecin. Seule répression autorisée, lorsque le patient s'abandonne à la fureur, on l'enferme dans une chambre noire afin de calmer son cerveau. On lui explique qu'il ne s'agit pas d'une punition, mais d'un remède. S'il veut quitter ce lieu d'isolement, il lui suffit de se tranquilliser. Plutôt que de bourrer le malade de médicaments, les médecins l'éloignent de sa famille. La compagnie d'étrangers provoque plus sûrement la guérison.

Fort bien, conclut Amédée. Maintenant, par quel moyen détourné parviendra-t-on à conduire Lactance à l'asile ? Ça tombe mal, lui-même ne peut pas s'absenter de son travail. Papineau devra donc se charger de cette pénible expédition. Mais d'abord, il faut persuader Lactance qu'un voyage à New York le distraira et calmera son excitation nerveuse. Amédée rédige une lettre officielle portant le sceau de la cour du Banc de la Reine que les docteurs Bruneau et Sewell signeront. Papineau n'aura qu'à présenter ce document au directeur pour assurer l'admission immédiate de son fils.

Il revient encore à Amédée d'organiser une mise en scène pour faire entrer Lactance à la clinique sans qu'il s'en rende compte. Son plan ? En arrivant à New York, Papineau l'amènera visiter le Musée d'histoire naturelle, l'hôtel de ville et une galerie de peinture. Après, le plus naturellement, il lui proposera d'aller voir un établissement d'éducation, mais, en réalité, il le conduira plutôt à Bloomingdale. Une fois à l'intérieur de l'asile, les médecins se chargeront de lui.

Papineau ne se sent pas la force de remplir seul sa mission. Il appelle son neveu Louis-Antoine Dessaulles à la rescousse. Mais Lactance s'obstine. Il consent à aller se changer les idées aux États-Unis à condition que son frère vienne aussi. Amédée doit réviser ses plans. En deux heures, il règle ses affaires les plus pressantes au palais de justice, boucle sa valise et court chercher Lactance à son bureau, où il a passé la nuit. À midi, les deux frères s'embarquent à bord du *Prince Albert* en compagnie de Papineau et de Dessaulles.

Le voyage jusqu'à New York se déroule paisiblement. À l'asile de Bloomingdale, le docteur Sewell suggère à Papineau de remettre une lettre à son fils au moment de le quitter, afin de lui dire la vérité sur son état de santé. Il doit lui expliquer qu'il a cherché à le guérir chez lui, à la maison, mais que, faute d'avoir réussi, il se résigne à le confier aux médecins pour son bien.

« Cruelle séparation », écrit simplement Amédée, avant de rentrer à Montréal avec son père, le jour même.

Dessaulles reste quelques jours de plus, afin de s'assurer que tout se passe bien à la clinique. À son retour à Montréal, il rend compte des derniers développements à Amédée. Il a visité Lactance à Bloomingdale chaque jour.

« Pendant tout ce temps, lui raconte-t-il, il n'a jamais dit un mot de la famille, ni demandé la moindre explication. Il est sombre et affaissé, et semble indifférent à tout, ou plutôt n'a pas le sentiment de son mal ni de sa position. »

Au troisième jour, le docteur Earle lui a expliqué qu'il avait été admis dans un établissement de santé.

« Il fixa le docteur un instant avec un air de surprise, poursuit Dessaulles, mais ne dit pas un mot, se leva, marcha dans sa chambre et se rassit à plusieurs reprises, mais rien de plus. » L'aliéniste ne considérait toutefois pas ces symptômes plus inquiétants que le seraient des gestes de violence.

Après deux semaines d'observation, le docteur Earle annonce aux Papineau qu'il a bon espoir de guérir son patient et leur conseille de lui écrire. Amédée s'exécute. Il lui parle de leur mère qui séjourne aux eaux de Caledonia pour se remettre d'aplomb; d'Azélie, dont les vacances sont terminées; de Gustave toujours en congé à cause des travaux en cours au collège; de la vieille Marguerite, qui prend bien soin de ses effets et de ses livres. Il l'assure que son triste secret n'a pas transpiré et conclut :

« Écris-moi, cher Lactance, tu me feras un bien vif plaisir. »

Il n'aura pas ce bonheur. Ni celui d'accompagner sa mère au chevet de son fils malade, le médecin jugeant cette visite prématurée. Pendant quelque temps, les nouvelles de Bloomingdale sont si décourageantes qu'Amédée les cache à Julie. Il prend son journal à témoin :

« Le mal, qui avait cédé pendant quelque temps, semble avoir repris presque sa première force depuis un mois; accompagné de faiblesse, perte d'appétit, amaigrissement. Le docteur désire que papa s'y rende. »

Papineau part sur-le-champ. Il trouve son fils sensé et raisonnable, mais extrêmement faible :

« J'avais résolu de faire les plus grands efforts pour me contenir, de peur que mon émotion ne l'affectât, écrit-il à Julie. Le cher enfant s'est élancé dans mes bras et suspendu à mon cou, en pleurant abondamment. Et puis, il s'est écrié "je renais à l'espérance" ».

Papineau ne voit nul désordre dans ses idées, simplement un engourdissement des facultés qui rend lente l'expression de sa pensée. Sa guérison s'annonce longue, comme c'est habituellement le cas dans les maladies de langueur. Patience !

L'automne s'installe dans la morosité. Amédée tourne en rond, seul à l'hôtel Donegana. Même si leur lune de miel s'achève à peine, et malgré les malheurs de sa belle-famille, Mary a quitté son mari pour aller séjourner trois semaines chez son père, dont elle ne semble pas pouvoir se passer. Les premiers jours filent sans qu'elle lui donne signe de vie.

« Pas un mot de Marie », griffonne-t-il dans son carnet.

Le mauvais temps l'affecte et il attrape un rhume de cerveau. Sitôt guéri, une violente attaque d'inflammation des entrailles le retient à la maison. Autant dire qu'il traîne la patte. L'ennui le ronge. Une lettre de Mary le fait sortir de ses gonds. Au lieu de lui annoncer son prochain retour, elle l'informe qu'elle prolonge son séjour jusqu'à la fin d'octobre.

« C'est par trop fort ! » s'écrie-t-il.

À la mi-octobre, n'y tenant plus, il décide d'aller enlever « sa petite déserteuse de femme » à ses beaux-parents. Tant pis s'ils rechignent. Bons princes, ceux-ci se montrent au contraire cordiaux. Quant à sa jeune épouse, elle lui propose un tour de carrosse au lac de Saratoga. Naturellement, Mr Westcott est de la randonnée.

Leur voyage de retour ne sera pas de tout repos. À mi-chemin, le village de Whitehall demeure fidèle à sa sinistre réputation. Dans ce bourg niché au creux d'un rocher qu'il faut traverser en pataugeant dans la boue, Amédée se sent comme au fond d'un puits. Il pleut à verse. En attendant que le pyroscaphe soit réparé, il lit un roman médiocre. Une fois à bord, impossible de dormir. À l'issue de cette nuit d'orages balayée par les vents, ils débarquent à Saint-Jean où les tracasseries douanières les surprennent. À quatre heures de l'après-midi, Mary et lui ne sont pas fâchés de retrouver leur appartement, à l'hôtel Donegana.

Écrasé par les soucis familiaux, Amédée a négligé ses travaux d'écriture. Il s'y remet et signe dans *La Minerve* un article intitulé *Tu ne tueras point* qui reçoit des échos favorables. L'idée lui en est venue quand, aux Trois-Rivières, un père reconnu coupable du viol de sa fille a été condamné à la pendaison. Foncièrement contre la peine de mort, le protonotaire espère, par sa réflexion, influencer la justice. De fait, le jour prévu de l'exécution, la sentence de Jos Robert est commuée en emprisonnement perpétuel.

Amédée est soulagé : « *Fiat justicia* ! mais point de sang. »

⸻⸱⸻

Papineau se sépare à regret de la Petite-Nation pour venir fêter Noël et le jour de l'An de 1847 à Montréal. Rue Bonsecours, le climat ne se prête pas aux réjouissances, même si le babillage d'Azélie, en congé du couvent du Sacré-Cœur, charme ses parents. Amédée offre deux vases de porcelaine à sa chère Mary. Il les a achetés 2 dollars à l'encan. Pour son père, il a trouvé une longue-vue (2,75 dollars) qu'il pourra braquer sur son futur établissement, à la Petite-Nation. Quant au microscope qu'il a payé 17 dollars, il le garde pour lui.

L'hiver ramène la saison des bals. Celui tenu à l'hôtel Daley en l'honneur du vice-roi, lord Elgin, réunit cinq cents personnes. Son épouse est la fille de lord Durham qui n'a pas laissé que des amis au Canada. Néanmoins, personne ne boude la fête, pas même Amédée qui a déjà dit pis que pendre du « dictateur » Durham, dont il comparait la philosophie politique à celle de Machiavel.

Maintenant assagi, le protonotaire se pâme devant les riches toilettes et les somptueux soupers. Pour rien au monde il ne raterait le bal des Donegani à la Villa Rosa, cette impressionnante demeure où, enfant, il s'est faufilé parmi les grands pour offrir un bouquet de fleurs à lady Aylmer.

Mary et lui assistent aussi à la soirée dansante de l'hôtel Donegana, où ils ont pour voisins l'avocat George-Étienne Cartier, l'ex-patriote ayant perdu le feu sacré, et sa jeune épouse Hortense, la fille du libraire Fabre, le meilleur ami de Papineau.

Sans aller jusqu'à défrayer la chronique mondaine, Amédée profite de la vie au bras de sa jolie Américaine qu'il présente fièrement à tous ses amis et connaissances. Papineau ayant repris les commandes de la famille, son fils aîné se sent plus léger. Chaque mois, Mary et lui soulignent leur anniversaire de mariage en sablant le champagne. Ils appellent ce rituel le « *Renewal of the Honey Moon* ».

Mais ce bonheur sans nuage s'annonce éphémère. Tandis que Lactance leur envoie une lettre – cinq longues pages signées de sa propre main –, preuve qu'il se fortifie de jour en jour, voilà qu'à Saint-Hyacinthe, Gustave cause toute une frousse aux siens. Sa maladie est suffisamment sérieuse pour que son père accoure à son chevet.

Gustave a maintenant dix-sept ans. Externe au séminaire, il vit à Maska chez son oncle Augustin Papineau. Trois ans plus tôt, il a été brièvement hospitalisé à l'Hôtel-Dieu de Saint-Hyacinthe pour un mal d'estomac et des difficultés respiratoires. Julie pensait qu'il avait pris du froid à la suite d'une imprudence. Amédée attribuait plutôt son indisposition à sa vie sédentaire et à la nourriture du collège. En lui examinant la poitrine, le médecin avait décelé une tumeur au foie, probablement due à un coup de poing que Gustave avait reçu en jouant avec ses camarades. En réalité, l'étudiant souffrait de dyspepsie, une maladie infectieuse souvent reliée à une malformation à l'abdomen.

Tout indique qu'il y a résurgence du mal. Les premiers rapports que Papineau envoie à sa famille sont alarmants. Forte fièvre, toux, pouls irrégulier, extrême faiblesse, violente douleur à la tête… Le médecin craint une congestion du cerveau et n'écarte pas l'hypothèse d'une maladie du cœur liée à une anomalie. Il lui prescrit de l'opium, mais hésite à le saigner, de peur de le voir développer une fièvre typhoïde. Le 23 mars, Papineau écrit à Julie :

« Je vis dans un état d'anxiété bien grand avec des alternatives rapides d'espérance et d'effroi. Je n'ai jamais vu une maladie aussi opiniâtre… »

Pressé par sa femme, et aussi par les prêtres du collège, Papineau fait venir un confesseur pendant que son fils a encore toute sa lucidité.

« Il me semble s'éteindre peu à peu sans douleur ; j'ai peine à supporter cette idée. »

En avril, la fièvre tombe subitement. Gustave se lève de son lit et passe du temps dans un fauteuil. Il mange de la bouillie, de la panade et de la soupe au riz. Papineau songe à quitter Maska, mais son jeune fils réagit mal à cette idée :

« Vous voulez m'enterrer ! » menace-t-il.

Un nouvel accès de fièvre s'ensuit, suivi de suffocation. Son père consent à rester. Il doit lui promettre de le ramener à sa maman dès qu'il pourra supporter le voyage.

Gustave ne profitera cependant pas des caresses de sa mère, puisqu'il ira poursuivre sa convalescence à Verchères sous les bons soins de mémé Bruneau et de son oncle, le curé. La raison de ce contretemps ? L'état de Lactance s'est détérioré. À l'ouverture de la navigation sur le lac Champlain, Papineau repart pour New York et, cette fois, Julie l'accompagne.

Sitôt arrivés à l'asile, la condition pitoyable de Lactance leur saute aux yeux. Sa mère s'en ouvre à Amédée :

« … il est lent dans ses mouvements, il baisse la vue en société, à table, si l'on ne lui parle pas. » Il a peu d'appétit, mais digère bien. « Il a encore beaucoup de boutons au visage. Il est aussi gros que je ne l'ai jamais vu », précise-t-elle.

Le pauvre Lactance se plaint d'être entouré d'insensés et ressent un tel dégoût de lui-même que Julie insiste pour le ramener à la maison. Papineau croit aussi que l'air pur et la tranquillité de la Petite-Nation amélioreront sa santé. Il va jusqu'à lui promettre de lui construire une serre où il pourra développer sa passion pour la botanique.

Pendant ce temps, à Montréal, Amédée déménage. La vie à l'hôtel Donegana, pourtant la meilleure pension en ville, l'a déçu. Il loue une maison à la Beaver Hall Terrace sur le coteau, à l'extrémité ouest du faubourg. On lui remet les clés le 1er mai. Ce nouvel établissement l'enthousiasme. Après un an de mariage, il mesure son bonheur :

« Point de nuage en tout ce temps », note-t-il dans son journal.

Le 22 juin 1847, le gouverneur Elgin et son épouse Mary Louisa reçoivent aux Monklands. Mary le supplie de l'y emmener. La veille, Amédée a fait une violente indigestion qu'il a soignée à l'huile de castor. Son « pauvre corps d'invalide » préférerait rester à la maison, mais sa douce moitié insiste. Mr Westcott est de passage et elle veut lui montrer « nos pompes monarchiques ». Résigné, il se tire du lit, enfile sa toilette de bal et se joint, avec Mary et sa sangsue de père, à la foule inextricable d'invités qui occupent la somptueuse résidence du gouverneur, dans l'ouest de la ville. Salutations, rafraîchissements, musique militaire… Les tables sont surchargées de mets et de vins délicats. On danse le quadrille, on s'amuse. La soirée s'achève enfin. Le pauvre Amédée doit parcourir un demi-mille dans le parc, sous la pluie battante, appelant à pleins poumons le cab no 38. L'ayant repéré, il regagne le portique, où il attendra une heure avant que le cocher réussisse à s'approcher du perron afin de faire monter Mary et son père. Fouette, cocher !

« Pareil chaos, je n'ai jamais vu, rechigne-t-il. À minuit, nous nous mettions au lit. »

Heureusement, les vacances approchent. À la Petite-Nation, Amédée retrouve toute la famille en bonne santé. Gustave se fortifie, Lactance est serein depuis son retour de Bloomingdale et Ézilda monte joyeusement son poney sur lequel elle a posé la selle que son grand frère Amédée lui a apportée. Ce dernier tue des tourtes, des canards et des écureuils avec sa carabine à six coups, son passe-temps préféré, quand il ne pêche pas quelques perches ou brochets. Un pur bonheur dans ce cocon familial retrouvé où il ne manque que la cadette, Azélie, retenue au couvent. Même Julie étale sa bonne humeur :

« Maman reste encore un peu préjugée contre la campagne, mais ne peut s'empêcher d'admirer cette belle nature des bords outaouais », commente-t-il.

Après dix jours de plaisir intense, le fonctionnaire doit se séparer des siens et regagner le palais de justice. Et Mary, c'est devenu une habitude, reprend aussitôt le chemin de Saratoga. Décidément, sa jeune femme ne peut pas vivre longtemps sans son père ! Le 1er août, elle lui écrit : « *What would I not give to be by your side this moment, instead of seating myself in my lonely room to write to you.* » Quatre jours plus tard, elle lui demande s'il trouve leur chère chambre « *lonesome and sad* » et se décrit comme « *too much of a spoiled wife* ». Pourtant, elle ne parle pas de lui revenir.

L'époux abandonné se console en allant voir les danseuses viennoises exécuter *La danse des fleurs*, *Le pas hongrois* et *Un pas oriental*. Insatiable ou désœuvré, il assiste à la représentation de la comédie de Shakespeare, *Much ado about nothing*, au tout nouveau théâtre de la place Dalhousie. L'opéra a aussi des attraits pour lui puisque, coup sur coup, il applaudit *La Somnambula*, de Vincenzo Bellini, et *Fra Diavolo*, de D.-F.-E. Auber.

Enfin, grâce à la communication électrotélégraphique, la plus récente invention américaine, les villes de Montréal, New York, Washington, Baltimore, Philadelphie et Boston sont reliées. Bientôt, les fils courront de Québec à La Nouvelle-Orléans.

« Nos journaux de ce matin publient ce qui se passait hier soir à New York, s'émerveille-t-il. Plus de distance pour la pensée, la parole humaine ! »

À présent, le télégraphe lui permet de joindre Mary à Saratoga quand bon lui semble.

19. LA TRAHISON
DE WOLFRED NELSON
1847-1848

« Les hommes qui peuvent trahir leur pays trahiront bien celui de ses chefs qui a le plus mérité de la patrie. »

Amédée en est profondément convaincu, les anciens compagnons d'armes de son père sont prêts aux pires tromperies pour ne pas le revoir sur le devant de la scène.

« Ils veulent le dégoûter de la vie politique », remarque-t-il avec amertume.

Heureusement, le peuple réclame son chef haut et fort. En décembre 1847, deux députations lui demandent de représenter leurs électeurs au Parlement de l'Union, celles des comtés de Saint-Maurice et de Huntingdon. Papineau hésite : son rejet de l'Union l'oppose à ses amis d'hier et cela risque de semer la division au sein des troupes. Autre bonne raison de rester à l'écart, il se voit mal obéissant à LaFontaine, le chef du parti réformiste. Aussi décline-t-il l'invitation, non sans remercier ceux qui l'honorent de leur confiance. Il cède sa place à la jeune génération à qui, estime-t-il, il revient de continuer l'œuvre commencée !

Fin renard, il profite cependant de l'occasion pour river le clou à ses opposants. Jamais il ne se satisfera du prétendu gouvernement responsable accordé au Bas-Canada, claironne-t-il. Il faut rappeler l'Acte d'Union sans tarder, car ses dispositions sont injustes et son principe stupidement vicieux, puisqu'il place sous une seule législature un si vaste territoire. De plus, l'Union a fait doubler les impôts. Cela dit, même s'il reste à l'écart, Papineau compte surveiller les libéraux. Il observera comment ils s'y prendront pour obtenir justice. S'ils réussissent, il sera le premier à s'en réjouir.

Amédée se remet mal de sa déception. La réponse de Papineau aux électeurs ressemble à un testament politique. Au moins, confie-t-il à son journal, son père se retire dignement, noblement :

« Il refuse de rentrer au service public, parce qu'il ne croit pas y pouvoir faire de bien sans l'appui cordial des chefs populaires actuels, qui ne partagent pas ses principes ni sa franchise politiques, et sans des réformes radicales dans la Constitution aristocratique et odieusement injuste qui nous régit, réformes que ces mêmes chefs refusent lâchement de poursuivre. »

Papineau n'a pas changé d'un iota, pense son fils. Il est demeuré l'homme de 1837.

« Il a le malheur d'être un siècle en avant de son pays, et son pays, le malheur d'être un siècle en arrière de tous les autres peuples du continent américain. »

L'Histoire, croit-il, saura lui assigner sa place, et « sa mémoire sera la plus glorieuse qu'ait encore enfantée le Canada. »

Il n'empêche, Amédée peine à ravaler sa rancune. Plus les masses populaires courtisent Papineau, plus LaFontaine et sa clique se démènent pour le discréditer dans l'opinion publique. Ses anciens amis ont tenu un conseil de guerre afin de mettre au point leur stratégie pour y parvenir. Tout aussi odieux, le gouvernement du premier ministre Henry Sherwood lui réclame le solde non dépensé de la bourse que le gouvernement lui avait octroyée pour copier des documents d'archives à Paris. Une vexation de plus.

« Pauvre pays ! » soupire son fils aîné.

Pas plus que Papineau il ne soupçonne le revirement imprévu de la situation sur le point de survenir. Au dernier jour d'une année éprouvante pour l'ancien chef, le télégraphe électrique annonce que le comté de Saint-Maurice, faisant fi du refus de Papineau, l'a choisi candidat par acclamation et à l'unanimité. Amédée sourit : son père est projeté malgré lui dans la carrière publique.

« Et voilà des étrennes pour les tories, et pour les lâches et les traîtres du Parti réformiste ! » lance Amédée, ragaillardi.

La rentrée politique de Papineau enchante Julie. Quant à Lactance, qui aurait préféré le voir se consacrer exclusivement à sa famille, il affiche une mine renfrognée.

L'année 1848 commence sous le signe de l'animation. Par un temps étonnamment doux, Amédée fait ses visites du jour de l'An en voiture d'été. On se croirait en octobre. L'herbe reverdit, les arbres bourgeonnent et il n'y a pas un glaçon sur le fleuve. Plus inusité encore, on laboure les champs. Début février, Mary donne sa première soirée dansante. Une trentaine d'invités sont conviés à un souper servi à onze heures et demie du soir. D'après Amédée, tous se sont amusés ferme.

Papineau est tombé sous le charme de « chère Mary ». La jeune femme l'accompagne au théâtre, où l'on présente *Les Amateurs canadiens*. Enchantée de sa sortie, elle répète l'expérience, comme elle le raconte à son père : « *I have been out several times to balls and parties last week with Father Papineau, and find him a far more attentive gallant than many younger gentlemen. He is found of gay society and seems to enjoy it as much as anyone.* »

Julie aussi se laisse séduire par « la perle et le bijou de la famille ». Quand Mary souffre d'un gros rhume ou d'une extinction de voix, Amédée n'a qu'à envoyer chercher sa mère qui accourt pour prendre soin d'elle. Un jour, il les emmène toutes les deux à l'Institut canadien, point de ralliement des jeunes à l'esprit patriotique, dont il est un membre actif. Le juge Charles Mondelet y donne une conférence intitulée « Ce que la femme est et doit être ». Sans doute Amédée espère-t-il que, parmi les devoirs de l'épouse, l'honorable conférencier mentionnera qu'elle ne doit pas abandonner son mari pendant de longs mois…

Aux élections de la fin février, Papineau est élu sans opposition. Le libraire Fabre jubile. La victoire de son ami constitue une première étape dans la reconquête de son influence perdue :

« Ils auront affaire à forte partie », prévient-il.

Quand s'ouvre le Parlement du Canada-Uni, ses anciens collègues, les Wolfred Nelson, Louis-Michel Viger et autres, affichent leurs couleurs. Amédée a raison, personne ne fera de quartier à son père. La Chambre d'assemblée commence par élire son orateur. Parmi les candidats proposés, le nom de Papineau, qui a jadis excellé à ce poste, ne circule pas. Loin de s'en offusquer, l'exclu promet d'appuyer LaFontaine, nommé procureur général du Bas-Canada.

Le moment de vérité sonne le 14 mars. Avant le vote des subsides, Papineau se lève pour prononcer un discours enflammé. Malgré sa promesse, il n'appuiera pas LaFontaine, un homme qui, sept ans plus tôt, considérait l'Union comme un « acte d'injustice » et en demandait le rappel, mais qui l'approuve maintenant. Pendant deux heures, le geste large et le ton grandiloquent, l'ancien chef répète son *credo* : le gouvernement responsable n'existe pas et la représentation des deux provinces dont la population est inégale est antidémocratique et injuste.

« Le Bas-Canada a été vendu au Haut-Canada », martèle-t-il.

Après ce discours-fleuve, Papineau reçoit une volée de bois vert de la part de ses collègues de la Chambre. Les traîtres, comme les appelle Amédée, le qualifient de démolisseur et d'agitateur et l'accusent d'entraîner le peuple vers le précipice avec ses idées dépassées. Le gouverneur Elgin le considère comme un homme dangereux jouissant de beaucoup trop d'influence sur les Canadiens français. Même son ami Wolfred Nelson le contredit en se prononçant en faveur du gouvernement responsable et de l'Union. Cette réaction négative quasi générale heurte Papineau. À l'évidence, les réformistes de LaFontaine, ces « poltrons dégénérés », n'exigeront pas le rappel de l'Union.

Quand le Parlement est prorogé, après une session infructueuse d'à peine vingt-six jours, Amédée déplore l'inaction des élus et attaque les ministres qui « s'engraissent sur leurs 1 000 £ par tête ». Leur conduite à l'égard de leur mentor ne les honore pas :

« Les hommes qui peuvent trahir leur pays trahiront bien celui de ses chefs qui a le plus mérité de la patrie. » Amédée leur prête les pires intentions. Le pouvoir, ils cherchent à l'enlever à Papineau et à diminuer son influence. « ... ils veulent le rejeter de l'arène, le dégoûter de la vie publique, par toutes les plus viles intrigues. »

Douce consolation, le peuple regarde son père comme un sauveur. Partout, il fait salle comble. Au marché Bonsecours, il attire huit mille personnes; à Québec, quatre mille. Est-ce suffisant pour renverser la vapeur?

Ses opinions politiques, le protonotaire les réserve à son journal intime. Un fonctionnaire ne s'immisce pas dans les débats. Son père l'a bien mis en garde:

« Officier de justice, tu ne dois pas être homme politique. »

Amédée plie, se tait, mais gageons qu'il envie son cousin Louis-Antoine Dessaulles, toujours le premier à signer des articles pour défendre Papineau, toujours prêt à le suivre aux quatre coins du Bas-Canada.

Orphelin de père à dix-sept ans, Dessaulles s'est placé sous l'aile protectrice de son oncle Papineau, son idole. Lors de la rébellion, c'est lui qui l'a accompagné dans sa fuite. Au matin du 23 novembre, juste avant la bataille de Saint-Denis, il était toujours à ses côtés.

Amédée a-t-il ressenti de la jalousie lorsque Dessaulles s'est embarqué avec Julie qui allait rejoindre son mari à Paris? Le rôle de protecteur lui revenait de droit. Pourtant, on cherche en vain un commentaire mesquin à l'égard de son cousin, contrairement à Lactance, qui, lors de son séjour à Paris, reprochait à Dessaulles son grand train de vie: « Louis ne pense pas comme nous, rapportait-il à Amédée. Il avait de l'argent à dépenser, lui, il a couru à pied, en voiture, dîné souvent chez les restaurateurs, a vu tout ce qu'il y a de beau, il a été aux théâtres, enfin il s'est plu beaucoup. »

En 1848, Louis-Antoine et Amédée ont respectivement vingt-neuf et vingt-huit ans. De nature plus sociable, Dessaulles se montre provocant, insolent même dans ses échanges verbaux comme dans ses pamphlets. Intelligent, il fait figure d'entêté, voire de tête de mule. Il cultive des idées de grandeur, dépense outrancièrement. Ses dettes le conduiront à sa perte, puisqu'il dilapidera la fortune des Dessaulles. Sa tante Julie le juge sévèrement.

« Il est léger, inconsidéré, prodigue. S'il est rempli de talents et d'esprit, il est rempli aussi de présomption et d'espérances. Il est gai, s'amuse de toilettes, toujours en ville, rarement chez lui, ne faisant rien...»

Tout le contraire d'Amédée. Plus calme, plus réservé aussi, ce dernier est un indécrottable sentimental. Sa vie durant, il recherchera la sécurité. S'il aime se présenter comme un patriote exalté dans ses écrits, s'il dévore des ouvrages consacrés aux tactiques militaires, il n'a rien d'un homme d'action. Au contraire, il mène une existence extrêmement rangée. En affaires, desservi par sa trop grande prudence, et peut-être aussi par sa cupidité, il connaîtra un succès mitigé.

Ce printemps-là, Dessaulles bat la campagne en compagnie de son père adoptif. Jamais il n'a exprimé ses idées avec autant de véhémence. Dans le journal *L'Avenir*, sous le pseudonyme de Campagnard, il louange Papineau, «cet homme qui est peut-être trop indépendant pour l'époque» et «qu'on a la meilleure volonté du monde d'écraser parce qu'il est juste un peu plus indépendant qu'on ne veut l'être soi-même».

Mais plus il s'active autour de l'ancien chef, plus les insultes pleuvent sur lui. *La Revue canadienne* le qualifie de «Mexicain pur-sang» et *La Minerve* de «petit chien barbet de M. Papineau». On le traite de bon à rien, de fainéant. La rumeur commence à circuler qu'il ruine sa mère, la seigneuresse Dessaulles, et fait le désespoir des siens.

Pendant ce temps, comme s'il ne se sentait pas concerné, Amédée s'adonne à la réflexion philosophique. Le 29 avril, il présente devant les membres de l'Institut canadien une lecture intitulée «La civilisation, le développement de l'Homme, individuel et social», un sujet beaucoup moins explosif que les harangues politiques de son cousin.

La Minerve commente sa prestation :

> *Sa grande pensée est que la civilisation conduit le monde à une espèce d'unité universelle; les nationalités nourrissent une hétérogénéité qui nuit à l'entente universelle... Dans la grande unité américaine qui embrassera ce continent, il y aura unité de langage, et ce langage sera celui de la majorité, celui des Anglo-Saxons.*

Amédée est déçu de la critique. Il n'a pas été jugé avec impartialité. Mais un jour prochain, ses idées triompheront, ici comme ailleurs.

Il n'en continue pas moins de fréquenter le cabinet de lecture de l'Institut, sa bibliothèque de mille trois cents volumes et sa salle des journaux.

❧

Coup de tonnerre, le 21 mai 1848. Wolfred Nelson accuse Louis-Joseph Papineau d'avoir fui le champ de bataille, le 23 novembre 1837. Le héros de Saint-Denis a tourné sa veste, après avoir défendu son ami contre des accusations de même nature, quelques années plus tôt.

Son attaque est reprise dans *La Minerve* :

Et c'est le chef qui a fui durant la mêlée, qui par conséquent a perdu son droit de commandement, c'est celui-là même qui veut arracher les rênes des affaires politiques à des mains sages et habiles, pour les saisir lui-même et les lâcher encore une fois, aussitôt qu'il verra le précipice où son étourderie aura conduit le chef de l'État.

Nelson se vante d'être revenu pauvre au milieu de ses électeurs, mais avec un nom sans flétrissure. Puis, visant Papineau, il tire une dernière salve :

« S'il y a un homme au Canada assez malheureux que de vouloir provoquer la dissension et le trouble, qu'il soit montré du doigt comme un être à éviter comme on éviterait la peste. »

Amédée ne commente pas cette charge dévastatrice. En route pour New York avec Mary, il croise le libraire Fabre au débarcadère. Les deux hommes échangent sûrement quelques impressions sur la trahison de Nelson, mais rien ne transpire dans son carnet intime. Il s'intéresse au mauvais temps – gros vent, orage, roulis – et aux nouvelles bâtisses qui ont poussé à Saratoga, mais non à la brûlante controverse. Même silence à Albany, lorsqu'il passe quelques heures en compagnie du docteur O'Callaghan. C'est d'autant plus étonnant que ce fidèle ami accompagnait Papineau à Saint-Denis, en ce fatidique 23 novembre. Si quelqu'un sait exactement ce qui s'est passé, c'est bien lui.

La consigne du silence vient de Papineau. Il a recommandé à Julie et à ses enfants de se tenir loin de la dispute :

« Moins nous en parlerons et mieux ce sera », leur rappelle-t-il.

On devine son désarroi. Son indignation aussi. Ses rapports avec Wolfred Nelson ont toujours été empreints d'amitié et de confiance. D'où vient sa haine qui suinte de tous ses pores ? Pendant leur exil aux États-Unis, son vieux complice ne tarissait pas d'éloges à son endroit. Et quand Papineau est rentré de France, Nelson fut l'un des premiers à venir lui serrer la main. Comment réagir à ses accusations mensongères ?

« J'étais votre ami », affirme-t-il dans une lettre qui paraîtra dans *L'Avenir* du 3 juin, avant de présenter sa version des faits. Ce 23 novembre 1837, il s'est rendu à Saint-Denis pour prévenir Nelson que la loi martiale allait être proclamée et qu'ils seraient tous deux accusés de haute trahison.

« Je vous ai trouvé des armes, rappelle-t-il encore à Nelson, qui était alors son commandant. J'ai donné l'exemple de l'obéissance absolue à vos décisions. Je n'ai pas avancé d'un pas, je n'ai pas reculé d'un pas que ce ne fût par votre ordre écrit. »

Faux, répond Nelson, qui assure ne pas avoir ordonné à Papineau de s'éloigner au début de la bataille. Et celui-ci n'a jamais saisi un fusil pour aller combattre. En somme, le médecin nie tout en bloc, même sa nomination comme général, et il jure ses grands dieux que c'est lui qui a obéi aux ordres de Papineau, son supérieur.

⸻

En rentrant de Saratoga où, à regret, il a de nouveau laissé sa femme aux bons soins de Mr Westcott, Amédée lit la réponse de son père dans *L'Avenir*. Papineau propose à Nelson de débattre la question avec lui, face à face, lors d'une assemblée publique. Ce dernier refuse. Il veut bien discuter en Chambre, mais nulle part ailleurs. Papineau n'est pas dupe, l'arène politique conférerait un avantage certain à son adversaire. Il préfère se retirer définitivement de la polémique. Son silence, aime-t-il à croire, humiliera et châtiera bien davantage son lâche calomniateur. Certes, cette trahison l'attriste, mais il ne se laissera pas aller au ressentiment.

C'est décidé, il rentre dans ses terres. Désormais, son neveu Dessaulles assurera sa défense sur toutes les tribunes et son fils Amédée lui rapportera l'opinion publique.

Dessaulles manifeste une fougue incroyable, tandis qu'Amédée s'acquitte avec moins d'enthousiasme de son mandat de rapporteur. Il préfère commenter la lettre pastorale moyenâgeuse de monseigneur Ignace Bourget, lue à la messe solennelle de la Saint-Jean-Baptiste. L'évêque de Montréal attribue à la vengeance divine les nuées de sauterelles qui dévorent les moissons. Ce fléau, prévient-il les fidèles, la Providence nous l'envoie pour nos crimes, entre autres notre intempérance et nos réunions secrètes et nocturnes de jeunes des deux sexes…

À la Petite-Nation, Papineau s'étonne du silence de son fils : « Tu ne me dis presque mot de la politique », se plaint-il, en lui rappelant qu'il a pourtant promis de le tenir au courant. « Y a-t-il eu des assemblées pour demander la réforme parlementaire basée sur la population ? Comment a-t-on réagi au dernier article de Dessaulles dans *L'Avenir* ? » Lui-même l'a trouvé trop violent et trop vindicatif.

Dans cette affaire, Amédée est déchiré. Rempli d'admiration pour le docteur Nelson, il hésite à le condamner. Avant la rébellion, son héros recommandait aux patriotes de faire fondre leurs cuillers d'étain pour en faire des balles. Le jeune Fils de la Liberté aurait volontiers pris les armes à ses côtés, si Papineau l'avait permis. C'est du moins ce qu'il affirme. Cela reste à prouver, car Amédée s'est toujours montré plus courageux dans son journal intime qu'au cœur de l'action.

Reste que les accusations de Wolfred Nelson sont d'autant plus choquantes que les Papineau-Dessaulles ont secouru sa famille dispersée après les troubles. Lorsque le vainqueur de Saint-Denis a été arrêté dans les bois, la tante Rosalie a recueilli chez elle sa femme et ses enfants. Caché dans le même réduit qu'Amédée au manoir Dessaulles, le fils aîné de Nelson avait échappé aux « tigres » qui le pourchassaient. Amédée ne comprend pas davantage comment le médecin, qui lui a offert son amitié pendant leur exil américain, peut aujourd'hui trahir son père. Wolfred Nelson répétait alors qu'advenant l'indépendance, le Canada aurait besoin de Papineau à la tête du gouvernement provisoire.

À la mi-juillet, le « traître » se dit maintenant prêt à rencontrer Papineau face à face. Amédée ricane. Le brave docteur Nelson crève de rage à la pensée que son père l'a assez méprisé pour ne pas lui répondre et brûle d'envie de lui jeter encore de la boue.

« Il barbote dans son trou et cherche à vous éclabousser », lance Amédée à son père à qui il conseille de demeurer à l'écart. « Laissez-nous faire, nous saurons tirer parti de cette nouvelle échauffourée. N'y entrez pour rien vous-même. »

Le « nous » d'Amédée laisse entendre qu'il travaille étroitement avec son cousin pour tirer son père des griffes ennemies. En réalité, Dessaulles pousse seul à la roue. Tout l'été, il a ratissé les comtés du Richelieu en quête de témoins prêts à corroborer la version de Papineau et il les a assermentés. Le fruit de ses démarches, il le livre au public via *L'Avenir*. Lui aussi, il recommande à son oncle de refuser le débat avec son accusateur.

« Je ne doute pas que, si vous acceptiez son défi, vous ne l'écraseriez facilement, l'assure-t-il. D'un autre côté, c'est peut-être vous déranger beaucoup sans une nécessité absolue. »

L'été s'achève sans que la controverse s'éteigne. Occupé à construire son manoir, Papineau s'en désintéresse.

« Ce sera le plus bel établissement des bords de l'Ottawa », promet-il à Amédée.

Julie n'aime pas voir son mari tant dépenser, mais elle se réjouit lorsque, chaque matin, il part joyeux à huit heures pour ne rentrer que le soir :

« C'est heureux que ton père s'amuse et oublie les désagréments que pourraient lui donner l'apathie et la niaiserie de nos politiques », écrit-elle à Amédée.

Du moment qu'il traverse l'épreuve sans trop de meurtrissures...

L'enthousiasme de Papineau pour ses travaux de construction gagne ses fils. Amédée occupe sa vie de célibataire forcé à préparer les plans du manoir. Son père sollicite son avis. Faut-il opter pour des fenêtres normandes ? Oui, elles donneront plus d'élévation et de raideur au toit, à condition que le promontoire soit plus large. Les tours seront crénelées, comme Amédée le suggère. Lui, il les préférerait rondes, mais sa femme et ses filles trouvent que leur résidence aurait alors l'air d'un moulin à vent. Et ce vieux pin, qui menace de tomber dessus, il le sacrifiera, même si son fils le supplie de le conserver.

Le seigneur veut savoir comment manœuvrer les leviers avec lesquels on arrache les souches. Amédée doit en outre s'enquérir auprès de son beau-père du fonctionnement d'un bélier mécanique. Grâce à cette ingénieuse machine si populaire aux États-Unis, il pourrait, avec une canalisation appropriée, faire circuler l'eau du ruisseau sur son domaine. Mr Westcott en connaît peut-être le prix.

Lactance, qui cohabite avec Amédée en l'absence de Mary, dessine ses propres plans du manoir fort différents de ceux de son frère. Il consentirait à vivre à la Petite-Nation avec sa famille, s'il disposait d'un espace à lui. Pourquoi son père ne prévoit-il pas une tour qu'il nommerait Lactance ? Papineau trouve sa suggestion excellente, mais trop coûteuse. Il ne retient pas l'idée, ce qui indispose le jeune convalescent. La discussion se corse et Julie doit trancher :

« Dis à Lactance qu'il se tranquillise, qu'on lui donnera sa tour pour logement », écrit-elle à Amédée.

Il va cahin-caha, le pauvre Lactance. Ses excentricités ébahissent Amédée, qui l'observe du coin de l'œil. Sa table est couverte de papiers épars reliés à des travaux héraldiques et fantastiques auxquels il attache une importance puérile. Le matin, il prend une douche, comme le médecin le lui a recommandé, et le soir il se plonge dans un bain chaud. À McGill, il donne normalement ses cours de botanique, mais au retour, il se renfrogne. Comme les chaleurs excessives l'affectent, Amédée évite de l'entraîner aux quatre coins de la ville. Il préfère jardiner à la maison avec lui. Il arrive aux deux frères de finir la soirée en vidant un muscat de Lunel.

Si seulement sa Mary se décidait à revenir ! Sa femme lui manque. Sur les conseils de son médecin de Long Island, elle s'éternise à Saratoga. Les lettres d'Amédée commencent toujours par « Marie chérie à moi… »

Mais est-elle vraiment à lui ou à son père? Il a célébré ses vingt-neuf ans sans elle. Elle n'était pas là non plus quand les fraises sont arrivées au marché. Elles coûtent cher cette année: 12 sous la grande tasse. Il a dû demander à sa mère de lui faire des confitures.

Après sa journée de travail au palais de justice, il remplit les commissions dont ses parents l'ont chargé: du goudron, des câbles, une selle d'homme bon marché, du jambon, des saucisses fumées, du noir à souliers, du soda, un flacon de moutarde, du sel d'Epsom…

Nouvelle tuile, en allant chercher Gustave à Maska, il apprend que son impétueux frère est renvoyé du Séminaire de Saint-Hyacinthe pour mauvaise conduite. Sa faute? Il a refusé de faire ses Pâques. Amédée tente en vain de fléchir les autorités. Finalement, il se résigne à l'inscrire chez les Sulpiciens du Séminaire de Montréal, où il terminera sa philosophie comme externe. Azélie, qu'il ramène ensuite à Montréal, collectionne les honneurs à Saint-Vincent-de-Paul. La supérieure du couvent le prévient qu'il ne faudra pas la gâter durant les vacances. Ses succès la rendent vaniteuse et son caractère altier, voire frondeur, préoccupe les sœurs. Il y aurait lieu de lui rabaisser le caquet.

Loin de gronder l'un ou l'autre, Amédée les emmène au marché Bonsecours, où se produit le célèbre nain Tom Thumb. Après, il ne lui reste qu'à les expédier à la Petite-Nation. Lactance les accompagne. Coût du train jusqu'à Lachine: 25 cents par tête. Après s'être assuré que le chapeau de paille de Gustave est bien vissé sur sa tête et qu'Azélie n'a pas oublié son parasol, il les dépose au bateau.

Sur le chemin du retour, il pense à son grand-père Joseph. En son temps, il fallait compter une semaine pour se rendre à la Petite-Nation. Aujourd'hui, au bout de douze heures, ses frères et sœur y seront.

———◆———

Fin septembre, une nouvelle arrive de Maska. Louis-Antoine Dessaulles serait mourant. Amédée est sur le qui-vive pendant vingt-quatre heures, jusqu'à ce qu'un ami le rassure: son cousin a effectivement été gravement indisposé, mais le danger semble écarté. Une fois tout à fait remis, il poursuit sa campagne en faveur de Papineau. Tous les témoignages qu'il a réunis concordent. Son oncle dit vrai : le chef a bel et bien quitté Saint-Denis sur les instances réitérées de Wolfred Nelson, même si, aujourd'hui, le médecin prétend le contraire.

Wolfred Nelson persiste et signe, mais ses propres témoins n'étant pas assermentés, comme ceux de Dessaulles, cela soulève des doutes dans le public. Jamais Papineau n'aurait cru Nelson assez malhonnête pour nier des faits qu'il sait véridiques.

« C'est effrayant d'avoir affaire à des hommes si exaltés et dépravés prêts à jurer le contraire de la vérité », dit-il à Julie, qui est scandalisée.

L'Avenir pose le même jugement féroce sur Wolfred Nelson. Parce qu'il avait toujours été respectable, digne de l'estime et de la confiance des concitoyens, le journal a longtemps hésité à admettre une aussi monstrueuse perversité chez un chef qui s'était couvert de lauriers.

Mais aujourd'hui, il y a deux hommes dans le docteur Nelson : il y a le bon citoyen, un grand patriote qui en 1837 combattait contre la tyrannie pour la liberté ; il y a un homme qui en 1848 se fait l'ignoble instrument d'une infâme proscription, qui traîne ses lauriers dans la boue, un homme qui se fait espion, délateur public, le rôle le plus vil qu'il soit donné de jouer à un homme civilisé.

Au contraire, *La Minerve* de Ludger Duvernay encense Nelson et tape sur Dessaulles, « un athée qui ne craint pas de se parjurer » et que personne n'a vu, à Saint-Denis, le 23 novembre 1837. Outré, Papineau incite son neveu à intenter une accusation de libelle pour cette imputation d'athéisme et de parjure.

Ce procès contre le propriétaire et éditeur de *La Minerve*, Dessaulles le gagnera. Le juge Jean-Roch Rolland lui accordera 100 livres et autant pour les dommages. Un verdict exemplaire, conclut Amédée, même si son cousin réclamait 3 000 livres.

Le clan de Nelson peut aussi compter sur l'appui du gouvernement qui cherche à ternir la réputation de Papineau en lui réclamant le remboursement des 150 livres qu'il aurait perçues en trop pour sa quête de documents d'archives à Paris. Après s'être longuement justifié, celui-ci se résigne à payer. Pour ce faire, il demande à Amédée de lui remettre l'argent qu'il lui doit, si ça ne le gêne pas trop. «Je ne veux pas devoir aux hommes de pouvoir!» s'excuse-t-il.

Au bout du compte, force est d'admettre que la frénésie avec laquelle on s'est acharné sur Papineau pour le perdre porte ses fruits. Le nombre de ses amis prêts à le soutenir s'amenuise. Tous les joueurs en conviennent, même Dessaulles. De son côté, Nelson poursuit sa campagne de diffamation en répétant à tout vent que Papineau a quitté Saint-Denis bride abattue sur un de ses chevaux, «un peu à la Sancho Pança».

Chez les adversaires de Papineau, on turlute une chanson inspirée de *Malbrough s'en va-t-en guerre*:

Pépèr n'va pas t'en guerre
On n'sait quand il viendra...
Il a pris l'escampette
Pour gagner les États.
Où vas-tu donc pépèr?
Où vas-tu de c'train-là?
Je cherche une cachette
pour jusqu'après l'combat...

Louis-Antoine Dessaulles joue alors sa dernière carte. Dans un pamphlet vitriolique intitulé *Papineau et Nelson. Blanc et Noir... et la lumière fut faite*, il reprend point par point les affirmations de Nelson, les contredit, les ridiculise. Pis, il nargue leur auteur en s'appuyant sur des témoignages de poids, ceux de plusieurs exilés prêts à jurer qu'aux Bermudes, Nelson a toujours vanté les mérites de Papineau.

Argument irréfutable, Dessaulles rappelle aussi la fameuse assemblée des réfugiés bas-canadiens, à Corbeau, le 18 mars 1839. Le frère de Wolfred Nelson, «Robert le Diable», avait tenté de faire voter la déchéance de Papineau en montant en épingle ce qu'il considérait comme ses erreurs de jugement. Wolfred s'était levé et, après avoir donné un coup de poing sur la table, avait contredit Robert: c'est lui, Wolfred Nelson qui avait prié Papineau de quitter Saint-Denis, parce qu'il était le chef du parti et qu'une balle pouvait le frapper. Lui mort, tout serait perdu.

« Ceux qui attaquent M. Papineau ne sont pas dignes de dénouer les cordons de ses souliers », avait-il alors déclaré au milieu d'un tumulte assourdissant.

À l'évocation de ses déclarations passées, le Loup rouge enrage : « Tel oncle, tel neveu. » Amédée applaudit son cousin :

« Dans *L'Avenir* d'hier, commente-t-il, il a publié la réfutation la plus complète, la plus triomphante des infâmes calomnies de Wolfred Nelson contre papa. »

Nul doute dans son esprit, la honte retombera sur cette « vile clique » et les traîtres seront confondus. Julie Papineau abonde dans le même sens :

« C'est un coup terrassant pour Nelson », dit celle qui, en 1837, avait pleuré en apprenant que son bon ami avait été conduit fers aux poings à la prison du Pied-du-Courant.

Le brûlot de Dessaulles n'a, hélas, pas l'effet escompté, même si Papineau juge qu'il fait honneur à son neveu dont l'attachement agit sur lui comme un baume. À la Petite-Nation, en cet automne pluvieux, il s'apitoie sur son sort.

« C'est bien ennuyeux d'être ici seul, écrit-il à sa femme, qui a regagné Montréal ; ça vieillit un homme qui n'est pas jeune. »

La vie publique, il y participe à son corps défendant. Que fait-il dans cette galère ? Plusieurs de ses amis ont renié leur passé glorieux. À présent, ils sont aveuglément attachés au pouvoir. Wolfred Nelson, surnommé Deutz – du nom du Judas français qui a trahi la duchesse de Berry –, a été manipulé par ses collègues déterminés à l'abattre, lui, Papineau, leur ancien chef. Ceux qui l'ont poussé à se charger de l'ignoble besogne ne sont pas moins fautifs que lui.

Sur les entrefaites, son féroce adversaire est nommé inspecteur des prisons et des maisons de fous de la province. Une récompense pour services rendus, écrit Amédée à son père. Nelson s'en défend. Ayant lui-même connu les geôles du Bas-Canada en 1837, il est bien placé pour juger l'état des lieux.

266   La Saga des Papineau

Une fois la clôture posée autour de son domaine et la terrasse terminée, Papineau plie bagage. Il rejoint sa famille à Montréal, le 24 octobre.

«Espérons que, dans le Parlement qui vient, les choses iront mieux», soupire-t-il.

20. LE PROTONOTAIRE
PIQUE UNE COLÈRE
1848-1850

« Le grand homme LaFontaine s'est enfin vengé ! Ne pouvant atteindre le père, il s'est jeté sur le fils ! »

Pour une surprise, c'en est toute une ! Le *Répertoire national* de l'année 1848 a l'intention de publier *Caroline. Légende canadienne*, roman qu'Amédée a écrit à quinze ans, après avoir visité avec son père les ruines d'un château attribué à l'intendant Bigot, de sinistre mémoire.

L'énigme historique dont il s'est inspiré n'a jamais été élucidée. Une jeune fille née d'un père officier français et d'une mère algonquine de la tribu du Castor a été assassinée dans la montagne de Charlesbourg, à l'est de Cap-Rouge. François Bigot l'aurait forcée à devenir sa maîtresse. Le dernier intendant de la Nouvelle-France, qui s'est enrichi au détriment de la population canadienne pendant la guerre de Sept Ans, a laissé le souvenir d'un homme vil et sans morale. Amédée n'a eu aucun mal à l'imaginer dans la peau d'un ravisseur. Sur les lieux présumés du drame, une pierre tombale marquée de la lettre C l'avait frappé. Nul doute, il s'agissait du tombeau de Caroline. D'où l'idée de lui tisser un sombre destin.

Son héroïne, une belle «créole», a de grands yeux bruns, le teint d'une blancheur éclatante, de longs cheveux noirs qui tombent en boucles ondoyantes sur ses épaules plus blanches que la neige, «le souffle léger du zéphyr les fait flotter mollement autour d'elle». Pour graver les traits de son visage, il a emprunté ceux de deux jeunes filles qu'il a côtoyées dans le jardin du manoir Dessaulles. L'une, sa cousine «blanche et dodue», portait une chevelure qui aurait enchanté le Titien.

L'autre, une petite servante métisse aux grands yeux noirs et doux, lui jetait des regards espiègles.

Dans son récit, la malheureuse Caroline croise un jour l'intendant véreux au milieu de la forêt. Il la ramène à son château, l'installe dans un appartement privé, la comble, mais la retient prisonnière. Une nuit, une femme que l'on soupçonne être l'épouse jalouse du ravisseur pénètre dans la chambre de la jeune fille et lui plante un poignard dans le cœur.

La prose d'Amédée, teinté de romantisme et signée de son seul pré-nom, a paru trois ans après dans *Le Glaneur*, un hebdomadaire de Saint-Charles-sur-Richelieu. Notre précoce romancier aura par la suite de nombreux épigones. En effet, il a redonné vie à cette vieille légende bien avant que Joseph Marmette l'évoque dans *L'intendant Bigot*, publié en 1872, et que l'Anglais William Kirby s'y attaque dans *Le Chien d'or*, roman paru en 1877 que Pamphile Lemay traduira en français en 1884.

————◆————

La vie gâte le jeune protonotaire. Confortablement installé dans sa routine, il prend soudainement conscience qu'il néglige son journal intime pour la première fois en dix ans. Il n'a pas écrit une ligne depuis deux mois et demi. Le bonheur le rend-il oublieux ? Au moment d'abor-der 1849, il énumère dans un ordre assez surprenant ses sources de satisfaction : un revenu assuré, un foyer domestique sis au 2, Beaver Hall Terrace, une épouse parfaite mais point de bambins, des fonctions publiques faciles et bien rétribuées. Seule déception, il vit dans une société morte et apathique, affublée d'un gouvernement qui se traîne et dont l'action lui répugne.

Ce sont là de bien piètres matériaux pour remplir un journal, se dit-il pour justifier sa paresse. Comme ils sont loin, les temps d'agita-tion et de tourmentes politiques, de persécutions, d'exil, de misères et de luttes qui l'inspiraient jadis !

Une chose le passionne : les progrès de la science et de la techno-logie. Qu'on songe qu'en cet hiver particulièrement rigoureux de 1849, il faut compter seulement une heure et demie pour aller de Montréal à Saint-Hyacinthe en train, au lieu des dix heures d'antan! Nouveauté tout aussi étonnante, une lettre venue de Saratoga et qui voyage en train arrive à Montréal vingt-quatre heures après. Jusqu'à tout récemment, il fallait prévoir quatre ou cinq jours. Le protonotaire, qui ne dédaigne pas les affaires, profite lui-même de cette «glorieuse révolution» en souscrivant 2 000 dollars d'actions dans la compagnie des chemins de fer. Les actionnaires seront bien rémunérés, il n'en doute pas.

Et que dire du télégraphe? Depuis son avènement, plus question d'attendre l'arrivée des vapeurs pour connaître les nouvelles d'outre-mer. Amédée se passionne pour l'actualité européenne, en particulier le «règne» de Louis-Napoléon Bonaparte – le futur Napoléon III –, qui vient d'être élu premier président de la République française. Quelle vitalité dans l'ancienne mère patrie! En comparaison, son pauvre Canada est «réduit à la banqueroute nationale et à l'extrême misère individuelle». Les luttes parlementaires et extra-parlementaires entre le nouveau Parti patriote, qui appuie son père, et le Parti dit libéral de LaFontaine, qui sanctionne l'Union, engendreront la mort de la nation canadienne-française, croit-il.

Si le mémorialiste néglige souvent les pages de son journal, le grand amateur de météorologie affiche une rigueur exceptionnelle. Pas un jour ne passe sans qu'il commente le temps qu'il fait, parfois en y mettant un enthousiasme poétique. Ici, l'orage fond sur le village; là, le printemps se fait langoureux. Quand les nuages s'accumulent, l'hirondelle rase l'onde. Il pleut par tous les vents? Sa voiture arrive crottée et son cheval blessé à l'épaule par la fatigue du tirage. Et voilà la première neige de la saison. Il en tombe assez pour blanchir la terre presque partout. À Québec, l'on est en plein «carriolage»…

Sans doute espère-t-il que les prochains mois lui réserveront un quotidien aussi doucereux, sans plus d'agitation. Ô comme il se trompe!

———◆———

À Pâques, d'atroces douleurs intestinales le retiennent au lit. Sans crier gare, ses troubles de la digestion ont ressurgi. Estomac délabré, coliques, manque d'appétit. Il ne garde rien, pas même quelques cuillerées de bouillon ou de gruau. Au bout d'une semaine, le 25 avril plus exactement, alors qu'il se remet tout doucement, la ville plonge dans l'anarchie. Des scènes d'une violence inouïe défigurent les abords du Parlement du Canada-Uni installé dans l'ancien marché Sainte-Anne, rue des Commissaires, au coin de McGill. Débarrassé de ses échoppes de légumes et de poisson, le vaste édifice, composé d'un corps central et de deux ailes latérales, récemment converti en siège du gouvernement, est la proie des agitateurs.

La crise est si percutante qu'Amédée se surprend à lui consacrer une dizaine de pages de son carnet de notes.

Tout a commencé peu après dix-sept heures, quand le gouverneur Elgin a accordé la sanction royale au bill d'indemnité pour les pertes subies durant les troubles de 1837-1838. En Chambre, Papineau s'était joint à Nelson et LaFontaine, malgré leurs dissensions, pour réclamer justice. Il avait rappelé que nulle part ailleurs, les citoyens n'avaient été traités avec autant de barbarie. Certains infortunés avaient même été conduits à l'échafaud sans procès. L'heure de la réparation avait sonné. Les rebelles du Haut-Canada ayant été dédommagés pour leurs pertes, en toute justice, ceux du Bas-Canada devaient l'être aussi.

Or les tories s'y opposaient. Furieux, ils quittèrent la salle du Conseil législatif en hurlant et en trépignant. Dans les gradins pleins à craquer, les sifflements enterraient la voix des ministres déterminés à expédier les affaires courantes comme si de rien n'était. À l'extérieur, les mutins armés de pierres arrachées au pavé et d'œufs pourris ont fait pleuvoir leurs missiles dégoûtants sur lord Elgin. Flanqué de son état-major, le gouverneur est remonté dans son carrosse et a pris la fuite au galop, escorté d'un détachement de la cavalerie, au milieu des huées des loyalistes qui scandaient : « Pas d'argent pour les rebelles ! » Deux poids, deux mesures…

Peu après, le tocsin sonne. Des milliers de badauds gonflés à bloc par des orangistes venus du Haut-Canada exprès pour l'occasion se précipitent au Champ-de-Mars où, pendant trois heures, des orateurs furibonds les excitent : « Assez de discours ! C'est le temps des actes ! » Ici et là, des torches sont allumées, mais aussitôt éteintes. Le capitaine des pompiers, Alfred Perry, un bureaucrate en colère, lance :

« Qu'on me suive au Parlement ! »

La canaille marche dans ses pas en scandant « Au feu ! Au feu ! » Insouciants du danger qui pourtant se rapproche, les parlementaires poursuivent leurs travaux. Ils sont forcés de s'arrêter quand une grêle de pierres atterrit dans les fenêtres. Les carreaux et les réverbères à gaz qui éclairent la salle volent en éclats. Les sièges se vident, l'orateur et les députés se réfugient dans les couloirs de la Chambre. La foule fait irruption dans le hall, grimpe à l'étage et détruit tout sur son passage : pupitres, fauteuils, tableaux… Un grand gaillard se précipite derrière le trône pour arracher l'écusson aux armes royales ; d'autres brûlent les papiers officiels jonchant le sol et achèvent de démolir les meubles qui encombrent le parquet. Le feu se propage, menaçant tout l'édifice, cependant que les élus s'élancent à toutes jambes vers la sortie. Les flammes dévalent les escaliers. En quelques minutes, le siège du Parlement flambe.

Depuis ses fenêtres à Beaver Hall Terrace, Amédée observe en tremblant l'épaisse fumée qui s'élève au loin dans le faubourg. Il fait nuit et pourtant, on se croirait en plein jour. Les yeux rivés sur l'horrible spectacle, il voit les toits s'écrouler. Il l'ignore encore, mais le magnifique édifice du Parlement n'est déjà plus qu'un ardent brasier. La bibliothèque contenant vingt-cinq mille livres, dont certains, irremplaçables, racontent l'histoire des deux Amériques, est réduite en cendres. Toutes les archives du Canada sont perdues.

« C'est son bûcher funéraire que le parti tory du Canada vient d'allumer de sa propre main, s'écrie-t-il. Il ne s'en relèvera jamais ! »

Il n'en doute pas, Montréal devra assurément céder son titre de capitale.

Soudain, on frappe. Apeurées, le mouchoir collé aux narines, sa mère et Ézilda lui demandent asile pour la nuit. La rue Bonsecours n'est plus sûre et elles ont préféré s'en échapper. Mais voici que la manifestation se déplace du côté de chez Amédée. Les émeutiers armés de pierres ramassées devant sa porte brisent les vitres de la maison d'en face. Il craint pour les siens. Son nom suspect ne risque-t-il pas d'alimenter la haine des mutins ? Il a manqué de prudence en ne cachant pas son mobilier, comme l'ont fait ses voisins durant la journée. Dieu merci, les enragés s'éloignent. À présent, ils se dirigent vers le Faubourg Saint-Antoine pour aller détruire les écuries de LaFontaine, rue de l'Aqueduc. Ils forcent la grille et mettent le feu. Des témoins réussissent à l'éteindre avant que la maison flambe.

Amédée s'étonne : où sont passées les autorités civiles et les militaires ? Vingt-trois heures sonnent et le saccage se poursuit dans la ville sans que les troupes lèvent le petit doigt pour l'arrêter. Les pompiers se croisent les bras, tandis que les soldats admirent le spectacle, sans chercher à mettre la main au collet des saboteurs qui sectionnent les boyaux d'arrosage. Même désinvolture le lendemain et les jours suivants, alors que les tories conspuent lord Elgin, le brûlent en effigie et attaquent son cortège. Au coin des rues Saint-Laurent et Sherbrooke, un éclat de vitre blesse légèrement le gouverneur à la figure.

En tout et pour tout, cinq hommes seront écroués. Amédée n'en revient pas :

« Ils furent ramenés en triomphe, drapeau britannique en tête, suivis de plusieurs omnibus et *cabs*, au milieu des hourras des tories, jusqu'au portique de la Banque de Montréal, Place d'Armes, d'où ils haranguèrent la foule pour la remercier. »

⸺⸺

Comme un malheur n'arrive jamais seul, une nouvelle épidémie de choléra venue des Antilles anglaises se déclare. Papineau loue une maison à la Rivière-des-Prairies pour éloigner sa famille du danger. Le souvenir de la peste de 1832, qui avait emporté sa vieille mère, Rosalie Cherrier-Papineau, l'incite à la plus grand prudence.

Amédée se souvient de cette calamité vieille de dix-sept ans, mais toujours présente dans les esprits. Venu d'outre-mer sur les bateaux d'immigrants irlandais, le choléra asiatique avait semé la terreur au sein de la population. La station de quarantaine établie à Grosse-Île, en face de Montmagny, n'avait pas empêché l'épidémie de gagner Montréal. On transportait les morts sur des brancards de fortune. Dans les rues, les corps dégageaient des odeurs nauséabondes et les autorités tiraient du canon pour assainir l'air. Les magasins fermaient, les cultivateurs n'osaient plus s'aventurer au marché à foin, le glas tintait à toute heure du jour, comme une longue plainte. Le moment était si grave qu'au Collège de Montréal où Amédée étudiait, le directeur Joseph-Vincent Quiblier avait renvoyé les pensionnaires à la maison :

« Allez, mes enfants, rejoignez vos parents ; soignez-les bien s'ils sont attaqués du mal, et faites-le sans crainte, car il n'y a nul danger pour vous. Le choléra n'attaque jamais les enfants ! »

Rares étaient cependant les adultes atteints qui en réchappaient. Le *cholera morbus* moissonnait des familles entières. Les journaux, tout comme les gens inquiets, propageaient d'invraisemblables croyances populaires. Certains prétendaient que seuls les pauvres, les malpropres, les vicieux et les ivrognes attrapaient la maladie, qui épargnait les gens comme il faut. *Le Canadien* recommandait de ne pas se promener pieds nus sur un plancher froid et de dormir la fenêtre ouverte. On pouvait manger du bouilli et de la soupe, mais pas trop de viande.

À chacun sa théorie ! Même Joseph Papineau vantait sa médecine de sauvages. Au lieu du camphre, il recommandait d'avaler de l'ail et de l'*opium urbanum* qui, assurait-il, étaient très efficaces contre les vomissements. Quant à ceux qui soignaient les malades, ils faisaient bien de se bander le nez et la bouche avec un mouchoir pour ne pas respirer les miasmes. Tout de suite après, ils devaient se laver les mains et étendre leurs habits sur la corde.

Ce qui avait scandalisé Amédée, ce n'étaient pas tant les concoctions bizarres de son grand-père, ni ses principes d'hygiène, mais la superstition entretenue par les prêtres. Inviter les fidèles à l'église, comme ils le faisaient, revenait à mettre les gens bien portants en contact avec les victimes et ainsi propager l'épidémie au lieu de l'enrayer.

En mal de miracles, les plus crédules prétendaient que saint Roch, l'ennemi du choléra, était descendu du Ciel sous la forme d'un mendiant pèlerin. Quelqu'un l'avait vu sur son cheval décharné. Le faux saint allait de porte en porte et guérissait les malades en les touchant. La réalité était tout autre, comme l'explique Amédée dans son journal.

« C'était un vieux médecin venu des États-Unis qui, sachant bien l'effet magique de l'imagination sur cette population effarée [...], subjuguait beaucoup de victimes, en guérissant même un bon nombre par ses frictions, en leur administrant du camphre et du charbon pulvérisé. »

En 1849, l'histoire se répète. Comme Papineau, Amédée juge préférable de s'éloigner afin d'échapper au fléau. Aussi, il précipite ses vacances annuelles à Saratoga. Une fois les plantes sorties à l'extérieur et enfouies en terre en prévision des jours chauds, il achète, pour le voyage, un bel étalon noir de pure race canadienne.

« Il n'a que six ans, note-t-il, grande taille pour sa race, belle mine, feu et poil de jais. »

Son terme achevé au palais de justice, il confie ses deux ortolans à gorge jaune et son rossignol aux bons soins d'une de ses tantes, remet sa cassette de papiers personnels à son père et ses titres à son cousin, le notaire Denis-Émery, qui les range dans le coffre-fort de son étude.

Sans trop s'en vanter, Amédée a obtenu du gouverneur général un congé prolongé pour cause de maladie. Seul un régime draconien viendra à bout de sa dyspepsie chronique et Saratoga Springs est le lieu tout indiqué pour se refaire une santé. Sa convalescence ressemble à des vacances. Les jours de franc soleil, il se promène en voiture autour du lac, tantôt avec Mary et Mr Westcott, tantôt avec ses amis américains. S'il en ressent le besoin, il se repose quelques heures, se régale de pain, de beurre et d'œufs frais, boit du lait... D'autres fois, il va à l'encan et s'achète de jolis oiseaux empaillés.

En somme, tout serait parfait, si seulement il recevait des nouvelles des siens. La seule lettre de sa mère lui a appris qu'elle souffrait d'une bronchite. Les journaux rapportent que Montréal ne compte que trois ou quatre victimes du choléra, mais il se méfie. Sans doute tait-on à dessein l'ampleur de la menace pour ne pas alarmer la population.

D'ailleurs, l'épidémie se rapproche de lui. D'abord confinée à la vallée du Mississippi, la contagion se répand maintenant à Philadelphie, New York, Boston et Albany. Sept personnes ont déjà perdu la vie aux Sources de Saratoga réputées pour leur salubrité. Viennent les chaleurs excessives. Amédée redoute une irritation de l'intestin comme au printemps. Les compresses de moutarde et d'eau-de-vie qu'il pose sur son abdomen le soulagent et il avale religieusement sa dose d'huile de ricin, appelée communément huile de castor, et sa potion de rhubarbe et de magnésie. Il réclame du gouvernement une prolongation de son congé. On lui accorde un mois de plus. Toutefois, il n'en profitera pas, car les autorités s'apprêtent à voter des changements qui pourraient modifier sa charge de travail. Mieux vaut retourner illico à son poste.

L'ennui, c'est qu'à Montréal, le choléra connaît un sursaut de vigueur. À son arrivée, il assiste à une scène qui lui rappelle les superstitions passées. La Vierge de Notre-Dame-de-Bonsecours est portée en procession dans les rues. Pour combattre l'épidémie, l'Église incite les croyants à se rassembler et, par le fait même, à violer les règles élémentaires de l'hygiène. Aberrant !

Par mesure de précaution, il s'installe avec Mary dans une pension de Longueuil, où le climat est plus sain. Chaque matin, il traverse le fleuve pour venir travailler en ville, laissant sa femme seule à la campagne. Les jours de congé, pour la désennuyer, il l'emmène à Saint-Hyacinthe où se disputent les célèbres courses de chevaux. Il en revient déçu.

« C'est fort insipide, griffonne-t-il dans son carnet. Et c'est une source si féconde de jeux, paris, intempérance, querelles et vices de toutes sortes qu'il est inconcevable que des gens de mœurs et d'intelligence puissent y trouver le moindre plaisir… »

À la fin d'août 1849, Papineau regagne la grande ville avec sa famille. Mary et Amédée font de même. Rue Bonsecours, ils fêtent tous ensemble, le 1er septembre, le quinzième anniversaire d'Azélie.

⸺⸺◆⸺⸺

Le choléra vaincu, la vie reprend son cours normal. L'annexion du Canada aux États-Unis devient le sujet de l'heure. Amédée croit le courant irréversible. Les citoyens de Montréal, propriétaires, capitalistes, négociants, artisans et de toutes couleurs politiques sont en faveur. Il déplore cependant que ses compatriotes jadis animés de convictions démocratiques, ceux-là même qui ont risqué leur bourse et leur vie pour se libérer de la dépendance coloniale, en 1838, hésitent aujourd'hui à franchir le Rubicond. Évidemment, ni « les ventrus-tories ni les *loosefish* libéraux » ne figurent parmi les annexionnistes.

À la Petite-Nation, Papineau, préoccupé par la construction de sa toiture, suit de loin le dossier grâce à Amédée, qui reconnaît la marque de son père dans le débat :

« En un mot, c'est votre programme à vous, mon cher père, que tous les partis s'entendirent si bien pour repousser avec dédain et indignités, il y a moins de deux années passées, et qu'ils adoptent tous aujourd'hui en répétant après vous que "le gouvernement responsable n'est qu'un leurre et une déception." Oui, cher père, voilà qui doit vous consoler de bien des déboires et voilà qui ajoute au livre de l'Histoire une nouvelle branche à vos lauriers. »

Chez Amédée, l'espoir d'un changement de régime renaît. Dire qu'il pensait que tout s'était arrêté depuis une douzaine d'années ! La liste des signataires du manifeste annexionniste compte déjà 997 noms. Même Gustave, qui fait ses premières armes comme journaliste à *L'Avenir*, a apposé sa griffe au bas du document. En digne fils de Papineau, il a même attaqué les Nelson et Cartier, ces ex-patriotes métamorphosés en « loyaux sujets de Sa Majesté ».

Un protêt solennel rend tout de même Amédée soucieux. Il ne provient pas des tories forcenés, comme il s'y serait attendu, mais bien des chefs libéraux, les Viger, Cartier et Nelson. Ces hommes de 1837, comme il les appelle, jurent leur amour, leur vive gratitude, leur attachement inébranlable à la Constitution et à la suprématie britanniques. Du même souffle, ils dénoncent le mouvement annexionniste comme un attentat à l'honneur et une menace capable de renverser l'ordre social. Comment peut-on déshonorer son pays ainsi ?

La rumeur prête au ministère LaFontaine/Baldwin le sombre dessein de destituer les juges de paix et officiers de milice qui ont signé le manifeste annexionniste. Du « terrorisme à la Gosford ! » juge Amédée. En tout cas, cela pourrait expliquer l'essoufflement de la vague annexionniste qui commence à se faire sentir. Rien là de rassurant.

Branle-bas de combat, l'automne venu. Ministres et officiels emballent en toute hâte leurs dossiers. Le 2 novembre, des charrettes chargées de colis et escortées de sentinelles armées se suivent dans les rues de la ville, depuis l'édifice qui abrite temporairement le Parlement jusqu'à l'embarcadère des vapeurs en partance pour le Haut-Canada. Le siège du gouvernement quitte définitivement Montréal pour Toronto aux premières chutes de neige.

On range les voitures à roues dans les hangars et les traîneaux les remplacent. Comme dit Amédée, les pauvres mortels n'ont plus qu'à s'emmitoufler dans leurs fourrures. Malgré les apparences, notre protonotaire ne s'intéresse guère aux rigueurs de l'hiver. La nouvelle loi de judicature entre en vigueur prochainement. Que réserve-t-elle aux protonotaires ? Lui-même y perdra-t-il au change ? La réponse viendra de Toronto, où siège désormais le gouvernement. Noël arrive, laissant sur son passage de la poudrerie et des routes impraticables, sans apporter la nouvelle tant attendue. Le 29 décembre, l'Institut canadien propose une lecture sur l'abolition de la peine de mort. Voilà qui chassera ses sombres pressentiments le temps d'une soirée. Il y assiste avec ses parents, Mary et Gustave.

Au dernier jour de l'année 1849, la malle de Toronto s'amène enfin avec les commissions des juges et des greffiers. La Cour du Banc de la Reine disparaît et Amédée accède à la Cour supérieure, à titre de greffier pour le circuit de Montréal. En vertu de cette nomination, il occupe désormais un rang équivalent à celui de ses deux collègues de travail, Samuel Monk et William Coffin. On lui confie les mêmes attributions et il s'attend à engranger les mêmes profits.

« Nous sommes dorénavant une parfaite trinité », note-t-il dans son journal.

Il ne lui reste plus qu'à prêter serment d'allégeance, ce qu'il fait le 31 décembre.

« Ce sont de belles étrennes, se réjouit-il. Le ministère a voulu, cette fois du moins, rester fidèle à son titre de libéral. Grands mercis ! »

Le protonotaire a pavoisé un peu hâtivement. Sa somme de travail s'est accrue, ses émoluments, non. Il est désormais tenu d'aider ses associés lors des séances d'enquête à la Cour supérieure, en plus de s'occuper seul des causes de la Cour de Circuit. Mais Monk et Coffin renient leur parole et refusent de diviser leurs émoluments en trois parts égales.

Ce n'est que le début de ses déboires. Moins d'un an après avoir été affecté à la Cour supérieure, soit à la fin de novembre 1850, il reçoit une lettre-choc du secrétaire provincial l'avisant que les honoraires des protonotaires seront convertis en salaire. Le sien ne représentera plus que la moitié de celui de ses collègues.

« C'est ça, la justice ! » grommelle-t-il.

Dans les couloirs, on chuchotait depuis un certain temps que les nouveaux changements à la loi entraîneraient une baisse des honoraires des protonotaires. Jamais il n'avait imaginé que lui seul en ferait les frais.

« Le grand homme LaFontaine s'est enfin vengé ! pense-t-il. Ne pouvant atteindre le père, il s'est jeté sur le fils ! »

Papineau le croit aussi : LaFontaine est intervenu dans cette affaire qui ne le regarde pas pour vexer son fils et l'atteindre, lui, indirectement.

Sans plus attendre, Amédée s'adresse au secrétaire provincial James Leslie pour protester contre cette décision injuste. Il en va de ses droits. Une fois satisfait de son plaidoyer, et avant de mettre sa lettre à la poste, il la fait lire à ses collègues dans le but d'obtenir leur appui. Ceux-ci lui concèdent volontiers qu'une injustice le frappe, mais ils ne refuseront pas « la part du lion » qu'on leur offre. L'animosité d'Amédée monte d'un cran lorsqu'il découvre qu'ils ont tous deux sollicité, sans l'en avertir, une augmentation de salaire. Ses associés se réjouiraient de voir le sien augmenter aussi, pourvu que cela ne se fasse pas à leurs dépens. Comment des hommes qu'il côtoie quotidiennement depuis cinq ans, et qu'il remplace quand ils sont indisposés – Monk a la goutte et Coffin des rhumatismes –, peuvent-ils profiter de la situation pour le dépouiller ?

Papineau cherche à l'apaiser. Loin de s'offusquer de l'attitude de Monk et Coffin, il rappelle à Amédée qu'ils se sont toujours bien conduits envers lui. On ne peut leur demander de consentir de plein gré à un partage qui les défavorise. Son fils a eu raison d'exiger réparation du secrétaire provincial, mais il n'a rien à attendre de l'administration ou de la Chambre :

« Conserve ton calme et de la dignité », lui dit-il, en lui rappelant que les neuf dixièmes des hommes de son âge aimeraient bien avoir sa chance.

De peur qu'Amédée démissionne sur un coup de tête et quitte un poste que tant d'autres s'empresseront de convoiter, Papineau revient à la charge :

« Je t'exhorte à ne pas laisser deviner à tes ennemis et aux miens, à La Fontaine et Cartier, qu'ils ont atteint leur but. Ils seraient satisfaits que, par boutade, tu leur remisses une charge que quelque favori serait si aise de reprendre. »

Soit. Mais comment un homme marié peut-il se tirer d'affaire avec un salaire réduit comme peau de chagrin ? Amédée gagne moins qu'un simple commis et en vient à croire que ses revenus ne lui permettent plus d'entretenir le Cherry Hill, ce cottage qu'il a loué à la côte Saint-Antoine, tout près de Villa Rosa. Quatre arpents de terrain, une charmante maison donnant sur un jardin et entourée de vergers. Mary adore son *home*, lui aussi. Devront-ils s'en séparer ?

Papineau juge la décision prématurée. Il lui suggère plutôt de tenir un budget serré. Peut-être a-t-il trop dépensé pour s'installer à Cherry Hill ? Heureusement, son ménage est élégant et son emménagement, à peu près complété. Amédée évitera de s'endetter davantage en s'interdisant les sorties mondaines coûteuses et en éliminant le luxe inutile. Surtout, sa chère Mary, toujours si raisonnable, ne doit pas envisager d'aller se réfugier chez ses parents ni chercher à l'entraîner aux États-Unis.

« Je te détourne absolument de ce parti », insiste son père.

Comme réfugié politique persécuté, Amédée pouvait espérer se procurer une clientèle outre-frontière. Mais l'officier du gouvernement qu'il est aujourd'hui ne connaîtra que l'antagonisme s'il immigre, tout simplement parce que ses émoluments sont réduits à un salaire comparable à celui d'une grande partie des juges américains. À Saratoga ou ailleurs, à New York par exemple, ses éventuels rivaux professionnels le soupçonneront de camoufler ses véritables motifs.

Papineau peut dormir en paix : Amédée n'a pas l'intention de claquer la porte des greffes et Mary ne songe nullement à regagner Saratoga, ni seule ni avec son mari. Au contraire, tous deux ont résolu de se serrer la ceinture. La belle Américaine se privera de femme de chambre. Sa cuisinière consent à faire le ménage moyennant 1 dollar de plus à ses gages.

Pourquoi ne pas demander l'aide de Mr Westcott ? Mary s'y refuse. Son « *dear father* » s'est déjà montré si généreux. Ne vient-il pas de leur offrir un poêle de salon et des chaises en canne pour la véranda ? L'année précédente, ils ont reçu de lui un superbe carrosse fabriqué aux États-Unis qui fait l'envie du voisinage. Il gâte aussi son gendre, à qui il envoie des caisses de fleurs, des arbustes pour son jardin, des pieds de vigne… Lors de son dernier passage à Montréal, il a conduit Amédée à l'encan de Leeming. Les deux hommes ont fait l'acquisition de plusieurs œuvres du paysagiste Cornelius Krieghoff, dont le beau *Bivouac* et *Danses sauvages* et *Chasse aux canards*. Un luxe qu'Amédée regrette à présent.

« Il faut maintenant goûter un peu de misère, dit-il. Nous avons été trop heureux par le passé. »

En apprenant les bonnes dispositions de son fils, qu'elle attribue à l'influence de Mary, Julie se réjouit. Quel courage dans l'adversité ! Comme sa petite femme doit l'aimer, son Amédée, pour accepter de si gros sacrifices ! Cependant, sa mère n'approuve pas leur intention de rogner sur la nourriture. Des êtres délicats comme eux ont besoin de bien s'alimenter. S'il leur manque quelque chose, elle le leur enverra. D'ailleurs, elle leur expédie derechef du beurre et du cochonnet.

Tandis qu'ils apprivoisent la vie austère, Amédée reçoit du secrétaire provincial une fin de non-recevoir sans appel à sa demande de révision.

« Nous n'en resterons pas là ! » se promet-il.

À compter de ce jour, les questions d'argent l'occuperont de manière presque obsessive.

—◦•═══•◦—

Papineau a gagné son pari. Le 24 juillet précédent, lui et sa tribu ont quitté définitivement Montréal pour aller vivre à la seigneurie. Tout – meubles, tableaux et bibelots – a été soigneusement empaqueté, et expédié à bord d'un petit pyroscaphe de location, via le canal Lachine. «C'est enfin le grand, le dernier déménagement, j'espère», a pensé Amédée.

Du haut de son belvédère qui surplombe la ville, il a guetté avec Mary le train emportant sa famille. Le convoi est passé devant Cherry Hill peu après sept heures et demie du matin. Amédée avait ouvert toute grande la fenêtre et, les bras déployés à l'extérieur, il a multiplié les signes de la main dans l'espoir d'attirer l'attention des passagers à qui il adressait un dernier adieu. Hélas! ni Papineau ni Julie ou les enfants n'ont répondu à ses saluts. Il s'est entêté. Le haut du corps penché au-dehors, il a agité sans plus de succès un drapeau étoilé au bout d'une longue perche. Les voyageurs ont passé sans le voir. Penaud, il est descendu de son perchoir.

Ce changement de vie avait beau ne pas sourire à Julie, son fils aîné l'approuvait. Il en allait de l'intérêt de la famille, se dit-il. Fini les déménagements à répétition avec leur lot de tracas et d'inconvénients. Autre avantage, la présence permanente du seigneur inciterait les censitaires négligents à payer leur dû. Enfin, comme il le confie à son journal, la distance ne constituait plus un obstacle:

«Nous ne sommes plus qu'à une demi-journée d'un voyage facile de la Petite-Nation, ce *Far North* d'il y a 30 ans, que l'on n'atteignait à cette époque qu'en canot d'écorce après un voyage de long cours qui durait quelquefois jusqu'à huit jours.»

Papineau absent de Montréal, Amédée est devenu en quelque sorte son intendant et son comptable. Un jour, il doit trouver des locataires fiables pour occuper la maison de la rue Bonsecours; le lendemain, il magasine des fournaises pour le manoir ou du plâtre pour les tours.

Il doit encore payer les ouvriers, envoyer des clous à bardeaux, des tuyaux, des pommes, des médicaments pour Ézilda… En un mot, il en a plein les bras avec les trois maisons : la sienne, celle de la rue Bonsecours à nouveau en location et le manoir. Tout son temps libre y passe.

Début novembre, il se rend dans l'Outaouais pour voir où en sont les travaux. En découvrant le petit château qui se dresse sur le cap, il s'exclame :

« C'est le plus beau site et la plus belle maison de campagne dans le Canada et qui ne nous ferait pas honte, même à Montréal. L'effet de ses deux tours et de sa tourelle est vraiment plein de charme. »

En compagnie de Louis-Antoine Dessaulles, qui vient de convoler en justes noces avec sa cousine Zéphirine Thompson (un mariage d'amour, selon Amédée), il grimpe la montagne de roche derrière le manoir, d'où le panorama est magnifique. Clôturé, le domaine est maintenant à l'abri des animaux sauvages qui pullulent dans la région. Les allées sont tracées et on a même creusé un bassin à poissons avec un jet d'eau. Tout autour poussent des rosiers rouges ou blancs, des lilas et des boules de neige.

Reste à trouver comment s'appellera ce paradis sur terre. Amédée penche en faveur de « manoir Montigny », en souvenir de leurs ancêtres qui, deux siècles plus tôt, ont quitté la localité française du même nom pour s'établir en Nouvelle-France. Au sein de la famille, sa suggestion ne fait pas l'unanimité. Il se rabattrait volontiers, mais sans grand enthousiasme, sur « Manoir outaouais » ou « *Ottawa Manor* ». Un mot algonquin conviendrait aussi, puisque les premiers habitants de la seigneurie étaient de cette nation.

Montigny ? Papineau grimace. Ce nom vient du latin *mons ignis*, c'est-à-dire montagne de feu. Or on ne sait pas si le cap sur lequel il a bâti son manoir est d'origine volcanique plutôt qu'aqueuse. Il se moque de la dernière trouvaille d'Amédée, Scoutepic, et avance ses propres suggestions : Montefiore, Monticello, Cap floral, Haut-Bijou, Mont-Chéri, Montebello…

Après des mois de tergiversations, son père s'incline devant l'entêtement d'Amédée. Ce sera Montigny. «Cramponne-toi à celui-là, si bon te semble», lui concède-t-il, plus ou moins convaincu.

———◆◆———

Le seigneur de la Petite-Nation cultive des idées de grandeur au-dessus de ses moyens. Il compte satisfaire les fantaisies de tout un chacun. Julie aura son oratoire, Ézilda sa laiterie, Azélie son boudoir et Lactance sa serre. Quant à lui, il se construira une bibliothèque avec de multiples rayonnages pour ranger ses chers livres. Julie juge les dépenses de son mari extravagantes :

«Cette bâtisse va nous mettre à court d'argent de plus en plus», se plaint-elle.

Amédée enfile ses gants blancs pour mettre son père en garde contre les excès :

«Il faut maintenant envisager que, depuis une dizaine d'années, il a fallu, par la force de circonstances malheureuses, entamer chaque année votre capital pour les dépenses courantes. »

Se trouvant lui-même dans une situation difficile, il se désole de ne pas pouvoir aider financièrement sa famille. Aussi engage-t-il Papineau à réclamer de ses censitaires récalcitrants le paiement des sommes dues, quitte à faire des exemples :

«Je vous conseille de poursuivre les plus capables de payer. »

Tout au long de l'année 1850, Papineau ignore les mises en garde de son fils et engouffre ses économies dans son projet grandiose. Lors-qu'il lui réclame de coûteux matériaux pour effectuer des réparations majeures au moulin, Amédée s'arrache les cheveux. Avec quel argent réussira-t-il à les payer ? C'est lui qui tient les comptes et fait les achats. Mieux que quiconque, il mesure l'étendue des dettes. Certes, Papineau a récupéré les arrérages de son salaire d'orateur de la Chambre, mais la somme a servi à construire le manoir. Son père lui fait valoir qu'en engageant des censitaires plutôt que des ouvriers, il épargne sur les gages. Amédée lui objecte qu'au fil des mois, son crédit a fondu comme neige au soleil. Entre le 30 mai et le 8 juillet, il a beaucoup trop dépensé.

« De deux choses, lui dit-il : ou il faut cesser tous travaux et restreindre les dépenses de toutes espèces, ou faire valoir les seules ressources qui restent presque, aujourd'hui, les revenus de la seigneurie. »

Les 600 livres d'actions de Papineau dans diverses sociétés ont été vendues et le revenu provenant de ses placements aux États-Unis a diminué ; il ne possède plus que deux lots à Montréal et le loyer de la maison Bonsecours a été « mangé par les réparations ». Il reste encore de gros comptes à payer aux fournisseurs et employés, les Boudreau, Mussen, Campbell, etc. Posant en fin connaisseur, Amédée revient à la charge : « Le grand but, c'est l'administration de la seule source de revenus qui reste, de manière à la faire fructifier suffisamment, et pour l'entretien de la famille, et pour l'entretien du logis. »

Ce portrait de la situation ne semble pas inquiéter outre mesure le seigneur qui, par retour du courrier, corrige les chiffres erronés avancés par son fils, avant de lui passer un savon :

« Depuis que je suis ici, la recette a payé les dépenses de la maison, mais non le gros capital que je mets en construction et défrichement. Quand je n'en aurai plus à dépenser, eh bien ! je m'arrêterai. »

Il lui ordonne de « payer sans gémir » les comptes. Refusant de prendre le blâme, il lui reproche de ne pas le tenir suffisamment au courant de son crédit. Devant Julie, il affiche moins d'assurance :

« Je ne me croyais pas si pauvre que dit Amédée », lui avoue-t-il.

En vérité, pense-t-il, sa femme et son fils n'attendent pas vraiment de lui des économies. Simplement, ils veulent qu'il dépense selon leurs goûts à eux, quitte à oublier les siens. Du reste, son œuvre lui semble quasiment parfaite. Il est heureux et c'est ce qui importe.

———◆———

Bientôt, cette querelle de chiffres est relayée au second plan. Lactance recommence à inquiéter les siens. Jour après jour, il s'enferme dans sa chambre et reste couché dans l'obscurité, avec pour seul éclairage une chandelle. Lorsque enfin il sort du lit, il s'accoutre bizarrement, ce qui, d'après Julie, lui donne l'air plus fou qu'il l'est. Il se lance alors dans des projets déraisonnables – Papineau dit « chimériques » –, après quoi il s'enveloppe dans d'épaisses flanelles et tombe dans une léthargie dont rien ne peut le tirer. Il a décrété que le troisième étage lui appartenait et personne n'est autorisé à pénétrer dans ses appartements. Passant rapidement d'un excès de violence ponctué d'insultes au désespoir et à la honte, il maintient ses parents sur le qui-vive.

Son hostilité à l'égard de son père grandit. Papineau, il est vrai, se montre souvent impatient, voire même injuste envers ce fils instable et perpétuellement insatisfait. Déterminé à prendre le contrôle du chantier, Lactance critique sévèrement les travaux de son père. Il lui propose ses propres plans, qu'il juge nettement supérieurs aux siens.

Naturellement, Papineau se rebiffe, ce qui déclenche des prises de bec acerbes. Lactance lui tient rigueur de préférer les avis d'Amédée et ceux de Louis-Antoine, alors que son frère et son cousin sont moins connaisseurs que lui.

«Vous ne faites aucune attention à ce que je vous conseille, moi qui ai fait des études spéciales d'architecture et d'agriculture, se plaint-il. Vous ne valez pas la peine que je descende vivre avec vous.»

Sous prétexte de vouloir mieux le comprendre, Papineau fait un geste discutable: il lit en cachette le journal intime de Lactance. Toutefois, il n'y trouve rien prouvant que son fils est conscient de sa maladie ou qu'il regrette d'avoir échoué dans sa profession médicale. S'il espère en reprendre un jour l'exercice, il ne le mentionne pas.

Quand son père part siéger à Toronto, Lactance se prend pour le maître des lieux et terrorise ses sœurs. Ézilda en perd le sommeil. S'il fallait qu'il mette le feu au manoir durant la nuit ou qu'il se porte à quelque violence! Avec sa sensibilité à fleur de peau, Julie ne supporte pas davantage la monomanie de Lactance. Son délire devient si intense qu'elle refuse de le garder à la maison en l'absence de Papineau. Elle l'envoie alors à Montréal chez Amédée qui, lui aussi, croit plus sage de protéger ses sœurs. Vient un moment où il faut trouver un établissement privé, car Lactance doit impérativement recevoir des soins d'un médecin qui s'occuperait seulement de trois ou quatre patients à la fois. Papineau pense que la surveillance ne serait pas suffisante dans ce genre de clinique. Il envisage plutôt de l'enfermer de nouveau à l'asile et cherche du côté de New York ou de la Pennsylvanie.

Il songe même à la France où il y aurait, paraît-il, des ressources médicales appropriées.

D'ici là, Amédée recommande à ses parents de raisonner son frère, notamment en faisant appel à ses sentiments religieux qui lui commandent le respect dû à ses père et mère. Il faut aussi l'intéresser aux plantes et au jardinage. Ses expériences pourraient devenir sa planche de salut. Lactance vient justement de charger son frère de récupérer ses livres de botanique à l'Université McGill.

En fait, Lactance s'attend à ce que la Faculté de médecine de McGill lui remette le salaire qu'elle lui doit. La direction, qui a exigé sa démission le 22 septembre 1849, refuse de lui verser quelque somme que ce soit depuis cette date. À défaut d'argent, Amédée se contente d'expédier à son frère ses livres que l'université a consenti à lui rendre.

CAHIER PHOTO

Portrait en silhouette d'Amédée exécuté par Augustin Édouart, à Saratoga, durant l'été de 1840. L'étudiant en droit de vingt et un ans l'a glissé dans les pages de son *Journal d'un Fils de la Liberté* qu'il a entrepris d'écrire en exil.

Joseph Papineau, père de Louis-Joseph, grand-père et parrain d'Amédée. Pendant de longues heures, le premier seigneur de la dynastie fouille dans ses souvenirs et raconte à son petit-fils la saga des Papineau. Ce portrait de Joseph, à soixante-treize ans, a été exécuté en 1825 par son ami, le peintre Louis Dulongpré.

Marie-Anne Robitaille-Bruneau (1761-1851), mère de Julie, grand-mère et marraine d'Amédée qu'elle appelle son «bijou». Comme il est « né coiffé », elle l'assure qu'il est doué pour le bonheur.

Source : © Archives du Musée McCord, Montréal, MP-1992. 43.

Élancé, les cheveux relevés en coq au-dessus de son large front, Louis-Joseph Papineau n'est jamais plus heureux qu'en lisant Sénèque. À Montebello, sa bibliothèque compte trois mille ouvrages, certains annotés de sa main.

Source : BAnQ, Centre d'archives de Montréal, Fonds Famille Papineau, P7, S13, D1, P111.

Julie Bruneau-Papineau, peu avant sa mort subite, à soixante-sept ans, le 18 août 1862. À la fin de sa vie, elle avait consenti à vivre à Montebello, dans le manoir que son mari avait voulu princier pour la retenir auprès de lui.

Amédée, à vingt-deux ans. Fraîchement reçu avocat dans l'État de New York, le fils aîné de Louis-Joseph Papineau vient d'être naturalisé américain. Son nouveau passeport en poche, il s'apprête à rendre visite à sa famille à Paris.

Lactance, le deuxième fils. Il a dix-huit ans et poursuit ses études de médecine à Paris où sa famille vit en exil. Des années de privation et d'austérité qui le marqueront lourdement.

Gustave, âgé d'une dizaine d'années. Le troisième fils de Papineau est celui qui lui ressemble le plus. Journaliste à vingt ans, on l'imagine déjà suivant ses traces dans l'arène politique.

Artiste inconnu. Vers 1850. Daguerréotype et rehauts de couleur. 9,2 x 8 cm. Collection : Musée national des beaux-arts du Québec (CJB-7). Photo : Jean-Guy Kérouac.

Ézilda (1828-1894), la fille aînée, dont la croissance s'est arrêtée à trois ans, à la suite d'une maladie infectieuse. Restée célibataire, elle sera le bâton de vieillesse de ses parents, en plus d'élever les orphelins de sa sœur Azélie.

Artiste : Napoléon Bourassa. Huile sur toile. 61 x 51 cm. Collection : Musée national des beaux-arts du Québec (1943. 55. 195), don de la succession Bourassa en 1941. Photo : Jean-Guy Kérouac.

Azélie, en 1862. La cadette de la famille a épousé l'artiste peintre Napoléon Bourassa, contre la volonté de son père. Après avoir mis au monde cinq enfants en dix ans, elle connaîtra une fin tragique.

Portrait d'homme, 1877. Mine de plomb sur papier. 21,4 x 16 cm. Collection : Musée national des beaux-arts du Québec (1943. 55. 66), don de la succession Bourassa en 1941. Photo : Jean-Guy Kérouac.

Dessin de Lactance exécuté par un artiste inconnu à Paris où, dans ses rares moments libres, il fréquente les poètes. Fragile et sensible, le jeune homme entretient des relations conflictuelles avec son père, cependant qu'il voue à sa mère un amour filial infini.

Vers 1900. Source: BAnQ, Centre d'archives de l'Outaouais, Fonds Familles MacKay-Papineau (P17; 2001-11-003).

Chaque été, les Papineau et les Bourassa se retrouvent au splendide manoir de Montebello construit par Louis-Joseph Papineau. Après sa mort, Amédée, le dernier seigneur, continue d'apporter des améliorations à son domaine de la Petite-Nation qui, hélas, ne lui survivra pas.

Source : Bibliothèque et Archives Canada/Fonds des Archives nationales du Canada/C-0079115.

Mary Eleanor Westcott (1823-1890) et Amédée Papineau (1819-1903), vers 1852, peu avant la naissance de leur premier enfant. Après leur mariage à Saratoga, le 4 mai 1846, ils se sont établis à Montréal.

Mary et ses trois enfants, en 1864. De gauche à droite, Louis-Joseph (Papo), dix ans, Marie-Louise, quatre ans, et l'aînée, Eleanor, douze ans.

Protonotaire à la Cour supérieure et à la Cour du Banc de la reine, Amédée se battra pendant trente et un ans pour obtenir des conditions de travail justes et équitables.

Louis-Antoine Dessaulles, neveu de Louis-Joseph Papineau, vers 1862. Le premier maire de Saint-Hyacinthe est un virulent anticlérical, tantôt applaudi, tantôt fustigé.

La villa Bellerive, située au bord du fleuve, à petite distance de la traverse de Longueuil, en 1861. Debout derrière la fontaine, Amédée, Mary et Papineau. Devant eux, Ézilda et les enfants. En retrait, près de la serre, Azélie (assise) et Napoléon.

Source : Bibliothèque et Archives Canada/Fonds Napoléon Bourassa/e008302187.

Azélie et Napoléon Bourassa, entre 1860 et 1863, après quelques années de mariage. Ce portrait un peu guindé leur servait de carte de visite.

Photographe: William Notman. 1861. Carte de visite, albumine. 8,7 x 5,6 cm. Collection : Musée national des beaux-arts du Québec, collection Jeanne Bourassa (C-16). Photo : Jean-Guy Kérouac.

Ézilda (1828-1894) avec sa nièce, Augustine (1858-1894). La fillette perdra sa mère Azélie en 1869.

Amédée et son fils Louis-Joseph III, surnommé Papo, qui lui en fera voir de toutes les couleurs.

Mary Westcott-Papineau (1823-1890), que sa belle-mère Julie considérait comme la « perle de la famille ».

Amédée (1819-1903), à cinquante et un an. Le 17 mai 1870, il entreprend une année sabbatique avec sa famille en Europe. Mais la guerre sévit et il ne pourra pas revoir Paris, comme il le souhaitait.

Eleanor Papineau, fille aînée de Mary et Amédée. À vingt-trois ans, elle épouse un Londonien établi à Montréal. Moins de trois mois plus tard, elle meurt à Londres pendant son voyage de noces.

Marie-Louise Papineau, leur cadette, en 1879. Elle a dix-neuf ans et accompagne ses parents à Malte, lors d'un long périple à travers l'Europe et l'Afrique du Nord.

Louis-Joseph III (Papo), à Madrid. Le jeune dandy dépense sans compter en Europe et aux États-Unis. N'ayant pas assuré son avenir professionnel, il vit aux crochets de son père qui finira par lui couper les vivres.

Caroline Pitkin Rogers-Papineau, l'épouse américaine de Papo. Dans les moments difficiles, son beau-père Amédée est toujours là pour l'aider.

Les quatre petits-fils d'Amédée. De gauche à droite : Talbot Mercier, James Randall Westcott, Philippe Bruneau Montigny et l'aîné, Louis-Joseph IV.

Napoléon Bourassa, en janvier 1877. Il a cinquante ans et poursuit sa carrière de peintre tout en s'occupant de ses cinq enfants orphelins de mère. D'abord cordiales, ses relations avec son beau-frère Amédée se détériorent au fil des ans.

Montebello sous la neige, à l'hiver 1886. Amédée prend l'air en compagnie de Caroline, Papo et leurs trois premiers fils.

Mary Westcott-Papineau, à cinquante-quatre ans, en 1878. À cette époque, elle vit en France, en Suisse ou aux États-Unis, sans son mari qu'elle retrouve, l'été venu, à Montebello.

Les quatre petits-fils d'Amédée, devant le manoir de Montebello, en 1895 : Philippe, Westcott, Talbot et Louis-Joseph. Sur la galerie, on croit reconnaître Amédée, Caroline et Papo.

Amédée, le front un peu dégarni et la barbe grisonnante, chaussé de lunettes de myope. Il passera plusieurs années à écrire ses mémoires qui demeureront inachevées.

Le 3 août 1893, Amédée abjure officiellement la foi catholique pour s'adjoindre à l'Église presbytérienne calviniste. Il appose sa signature au bas du document: Louis J. A. Papineau.

Martha Jane Curren, en mai 1897. Elle a vingt-cinq ans et fait tourner les têtes. Originaire de la Petite-Nation, elle est fille de table au manoir de Montebello depuis six ans. Amédée l'adopte légalement sous le nom d'Iona Papineau.

En plus de peindre des paysages, Iona a copié un portrait de Papineau (qu'elle n'a pas connu). Amédée l'a offert au palais législatif pour remplacer l'original signé Antoine Plamondon et détruit lors de l'incendie du Parlement, à Montréal, en 1849.

Le 19 avril 1897, Amédée Papineau épouse Iona. D'après son contrat de mariage, il a déclaré avoir soixante ans, alors qu'en réalité, il en a soixante-dix-sept. Cette union crée une onde de choc au sein de la famille.

21. GUSTAVE TIRE SA RÉVÉRENCE
1851

« Ce sera toujours pour moi une grande consolation d'avoir été le dernier, et longtemps, et seul, de garde auprès de ce cher frère. »

Ses études de philosophie terminées au Collège de Montréal, Gustave a obtenu son brevet de clerc. Lui qui, à Saint-Hyacinthe, passait pour un étudiant paresseux, se révèle très studieux à présent. Ses proches décèlent chez lui d'indéniables talents oratoires.

Gustave touche aussi au journalisme. Amédée suit de près ses premiers pas de rédacteur dans *L'Avenir*, où ses articles font sensation. Même s'ils ne sont pas signés – à l'époque, ils ne le sont jamais –, il apprécie le style et les opinions tranchées de son jeune frère. Il l'a facilement reconnu comme l'auteur du compte rendu de l'émeute survenue à Saint-Hyacinthe, le 7 novembre 1850. Des fanatiques, gonflés à bloc par l'abbé Charles Chiniquy, le réputé apôtre de la tempérance, avaient mis le feu à un bâtiment qui devait être converti en distillerie et en taverne.

La performance journalistique de Gustave impressionne nettement moins Julie. Elle rêvait d'en faire un prêtre. Hélas ! il n'a aucune attirance pour la robe. En plus, il néglige ses devoirs religieux, ce qui afflige sa pieuse de mère. Indiscipliné, un peu écervelé, hautain et rempli d'amour-propre, voilà comment elle le décrit. Elle se résigne peu à peu à le voir embrasser la carrière d'avocat. Aussi charge-t-elle sa chère Mary de le guider en société et de l'aider à vaincre sa timidité excessive.

Papineau, lui, est fier de ce fils qui lui ressemble plus que les deux autres et qui pourrait un jour suivre ses traces. À Paris, il lui a fait visiter les musées pour l'initier à l'histoire et à la géographie. L'enfant de neuf ans l'accompagnait chez le chansonnier Béranger, l'un des intellectuels libéraux les plus populaires de France. Ce dernier prenait plaisir à se balader dans le parc Monceau avec ce petit bonhomme intelligent et vif d'esprit.

À vingt et un ans, Gustave promène sa tête de jeune romantique dans les rues de Montréal. Depuis le déménagement des Papineau à la Petite-Nation, il pensionne avec son cousin Casimir Dessaulles, de trois ans son aîné. Son avenir semble tout tracé quand, en juin 1851, il participe à une réunion houleuse à l'Institut canadien. Dans la salle surchauffée, les esprits s'enfièvrent, cependant que la discussion mène à des joutes oratoires corsées. Gustave transpire abondamment durant la soirée et quitte les lieux en nage à une heure de la nuit. Il doit encore marcher deux milles avant d'arriver à sa pension.

Le lendemain matin, pris de violentes poussées de fièvre et d'une migraine lancinante, il se réfugie chez Amédée, à Cherry Hill. Le docteur Robert Lea Macdonnell diagnostique un rhumatisme inflammatoire. Il faut le veiller nuit et jour. Le 24 juin, il est si mal en point qu'Amédée décide de ne pas assister à la grand-messe, ni à la fête de la Saint-Jean. Le traitement du médecin combat efficacement le mal, si bien qu'une semaine après, Gustave recommence à manger de la viande et à boire du vin. Cependant, il lui faudra se montrer patient avant de recouvrer la santé. Amédée, qui redoute quelque imprudence de sa part, le surveille « avec cent paires d'yeux ». Le convalescent philosophe :

« Je m'aperçois trop bien de la vérité du dicton populaire qui dit que les maladies arrivent traînées par quatre chevaux, mais se retirent à pied et poussées l'épée dans les reins. »

À son père qui fait un « séjour forcé dans la grande caverne de voleurs », c'est-à-dire à Toronto, le jeune malade écrit de son écriture sautillante :

« Mes forces sont loin d'augmenter dans la proportion d'une racine carrée mathématique. »

Bientôt, son frère aîné le trouve assez bien pour l'envoyer terminer sa convalescence à la Petite-Nation où les soins de sa maman achèveront de le guérir. Libéré de ses responsabilités d'infirmier, Amédée s'apprête à souffler ses trente-deux bougies dans l'insouciance, quand il apprend que sa grand-mère Bruneau se meurt.

« Mauvaises nouvelles de tous côtés », soupire-t-il en se précipitant à Verchères pour embrasser une dernière fois celle qui l'appelle son « bouquet ».

Il en revient convaincu que la fin est imminente. De fait, le 26 juillet, jour de son quatre-vingt-dixième anniversaire, Marie-Anne Robitaille-Bruneau est terrassée par une légère congestion du cerveau. Son pèlerinage sur terre se termine sans souffrance. Amédée, qui vient à peine d'arriver à Montréal, est dévasté. Il perd sa seconde maman, celle qui n'avait jamais vu en lui que ses bons côtés. Avant de retourner à Verchères, il envoie un mot à son père, le pressant de rentrer de Toronto le plus rapidement possible.

« Pauvre maman aura besoin de vos consolations, lui dit-il. Hâtez-vous d'accourir auprès d'elle. »

La mort de sa belle-mère chagrine Papineau, car il était très attaché à elle. S'il s'est parfois plaint de sa trop grande influence sur Julie, sa présence auprès de celle-ci, particulièrement lors de ses accouchements souvent douloureux, et alors que lui-même était retenu à Québec par ses responsabilités, l'avait souvent rassuré.

Sous un ciel menaçant rempli de gros nuages qui crèvent dans un bruit de tonnerre assourdissant, Amédée monte à bord du pyroscaphe *Sainte-Hélène* qui le conduit à Verchères. Au presbytère, il s'agenouille dans la chambre mortuaire. Le visage lisse de la défunte est peu altéré. Mais comme la gangrène la rongeait et qu'il fait chaud, on ferme le cercueil. Après le service funèbre solennel célébré par un aréopage de curés venus de Varennes, Contrecœur et Boucherville, on procède à l'inhumation sous l'église de Verchères.

« Un crêpe noircira désormais mon berceau, confie Amédée à son journal, et je ne renouvellerai plus mes anniversaires sans verser une larme sur un tombeau. »

Peu après, à la Petite-Nation, Gustave fait une rechute, Julie souffre d'une inflammation de la vessie et Lactance erre dans la maison comme une âme en peine, le dos courbé, enveloppé de doublures de flanelle. Depuis son retour de Toronto, Papineau a l'impression de diriger un hôpital.

Les élections n'auraient pas pu tomber à un pire moment pour lui. Louis-Antoine Dessaulles tâche de le convaincre de sauter dans la mêlée, pendant qu'Amédée réfléchit au dilemme.

« Quant à moi, avoue-t-il à son père, je suis absolument incapable en ce moment de former une opinion. Il me semble que des intérêts majeurs, publics d'une part, et privés d'autre part, vous attirent en sens contraire. Et que jamais position ne fut plus difficile, choix plus incertain. »

Finalement, Papineau pose sa candidature à Montréal. Toutefois, comme il est rivé au chevet des siens à la Petite-Nation, il fait une piètre campagne électorale. Le 8 décembre, il est battu à plates coutures. LaFontaine exulte : jamais il n'a vu pareille déroute !

Dans son journal, Amédée trace de cette défaite un bilan mitigé :

« Nous avons eu toute l'excitation, les incidents multiples, les sensations infinies d'une lutte électorale dans Montréal, dont mon cher père fut un des héros, quoique la victoire lui ait été défavorable en somme. »

Il expédie à son père un mot émouvant de tendresse :

« Je ne sais trop comment, sur quel ton, commencer ma lettre. Si j'écoute la petite femme assise à mes côtés, c'est des condoléances que je vous adresserais ; si j'écoute mon propre sentiment, ce sont des félicitations. La lutte a été vive, animée, pleine d'incidents et d'excitation, et m'a tiré moi-même, comme bien d'autres, de mon assiette de repos et quiétude, pour m'étourdir pendant huit jours. »

L'admiration d'Amédée pour son père est telle qu'il transforme sa défaite en quasi-victoire. À ses yeux, Papineau a exprimé, dans son adresse aux électeurs, des principes lumineux qui respirent la franchise. Il quitte dignement la vie publique et évite l'écueil d'une carrière qui aurait pu se briser dans la tourmente d'un nouveau Parlement. Et de conclure: «Que cette adresse soit votre testament politique, je n'en peux désirer un meilleur.»

———✦———

Papineau n'a même pas eu le temps de voir venir sa défaite. La rechute de Gustave l'accapare du matin au soir. Le médecin a beau l'assurer que son jeune fils guérira, son mal le consume, ça saute aux yeux. À partir de la fin août, Amédée reçoit de son père un bulletin de santé quotidien et le recopie dans son journal:

- *25 août: Gustave reste couché sur le sofa du petit salon où on lui a fait un lit. Sa douleur au pied ne lui permet pas de marcher.*

- *13 septembre: palpitations violentes du cœur, respiration rapide et saccadée, accablement profond et raisonnement sujet à des écarts. Le médecin lui prescrit de la morphine, du calomel, de la quinine, du porto coupé d'eau, etc.*

- *15 septembre: Gustave n'a presque plus l'usage de sa raison. Somnolence continuelle et violence verbale lorsqu'on le soulève.*

- *28 septembre: mieux progressif.*

- *4 octobre: ne souffre plus, mais ne reprend pas ses forces et n'a pas d'appétit.*

- *11 octobre: le rhumatisme revient.*

- *1er au 3 novembre: Recrudescence de douleurs vives aux reins.*

Mary étant repartie une fois de plus à Saratoga, Amédée en profite pour faire un aller-retour à la Petite-Nation. Voir Gustave si faible, si changé, le met en émoi. Sa mère ne le quitte plus. Il faut faire appel au docteur Murray, du village voisin de L'Orignal. Amédée note dans son carnet que «le rhumatisme inflammatoire de son frère se complique d'une affection névralgique et d'une maladie du cœur».

Attendu à la cour, il s'arrache aux siens. Lactance le reconduit au vapeur *Phœnix*. À partir de cet instant, les nouvelles de la Petite-Nation lui arrivent au compte-goutte. À la mi-décembre, après deux semaines de silence, il ne sait trop que penser, car personne ne lui a écrit. Pour masquer son angoisse, il envoie à son père une lettre contenant mille questions qui n'ont rien à voir avec la santé de Gustave. Où en sont les travaux du manoir? Le balcon? Les piliers sous la véranda? Le conduit d'air de la fournaise? L'emplissage de la citerne d'eau? La pompe à incendie? Le pin de Norvège a-t-il été transplanté? La serre l'inquiète aussi, car il a gelé ces derniers jours, à moins que quelqu'un ait entretenu le feu toute la nuit…

En vérité, Papineau ne sait trop comment le lui dire, mais il a perdu espoir de sauver son fils. Le pauvre Gustave est à bout de force. Son père se résigne à augmenter la dose de morphine pour endormir la douleur devenue insupportable. Trop de symptômes laissent craindre l'issue fatale. Il finit par prévenir Amédée, qui se sent bien seul à Montréal:

« Je voudrais partir demain, courir auprès de vous, écrit ce dernier à ses parents. Comme vous le dites, nous avons besoin de nous resserrer, de nous presser les uns auprès des autres, à mesure que nos rangs s'éclaircissent par le malheur et la mort. Ma chère petite femme, assez bien portante pourtant, ne peut se prêter à l'idée de me laisser partir et n'ose pas m'accompagner. Elle craint le froid pour moi comme pour elle. » Amédée aimerait faire plaisir à Gustave: «Que puis-je envoyer pour lui s'il languit encore quelque temps? »

Il est trop tard. Papineau lui répond:

«Hier, jour de sa naissance, quand il prend 22 ans, quand c'eût dû être un jour de réjouissance, il a reçu avec force et résignation tous ses sacrements. »

Gustave pousse son dernier soupir le 17 décembre au soir, peu avant vingt et une heures:

«Son agonie n'a point détruit sa lucidité d'esprit, qu'il a conservée jusqu'à la fin », dira Papineau.

Le lendemain, à 10 heures, Amédée reçoit le télégramme de son père: « *With manly courage & christian resignation, our dearest Gustave has departed this life after a short & easy agony last evening (17) at nine o'clock. Impart the sad news to relatives and friends. Shall be buried on Monday next (22). L. J. Papineau.* »

Amédée rassemble ses affaires de voyage. Même s'il déteste les chemins d'hiver, il saute dans le traîneau léger tiré par les deux chevaux de Casimir Dessaulles qui l'accompagne. Partis à huit heures le vendredi matin, les deux cousins arrivent, le lendemain, à dix heures. Il raconte la suite dans son journal :

« Dans le salon tout détapissé et obscur, sur une estrade devant la cheminée, entre deux candélabres à cierges allumés, le pauvre cher Gustave, dormant du sommeil de la mort, mais si doux, si calme, si posé, qu'on aurait cru du sommeil naturel, sans la moindre contraction ou défiguration des muscles, bien plus, avec un véritable sourire autour des lèvres, comme dans un rêve agréable. »

Au manoir, parents, amis, voisins et domestiques défilent dans la chambre mortuaire. La dernière nuit, Amédée se réveille à deux heures, s'habille et descend remplacer Papineau auprès de la dépouille. Il écrit :

« J'envoie mon père se coucher et je le remplace jusqu'à 7 heures du matin. Ce sera toujours pour moi une grande consolation d'avoir été le dernier, et longtemps, et seul, de garde auprès de ce cher frère, que j'aie pu lui rendre ce petit dernier service. »

Au matin, les rameaux des arbres sont couverts de blanc. La cloche de la chapelle de Notre-Dame-de-Bonsecours tinte et le cortège se met en branle. Le plus jeune fils de Papineau quitte le manoir pour de bon. Julie se réfugie avec ses filles dans la chambre d'Ézilda et Lactance s'enferme dans la sienne pour prier. La maladie de Gustave a attisé sa ferveur religieuse. Papineau et Amédée marchent côte à côte derrière le cercueil, suivis des censitaires venus nombreux. Des membres de l'Institut canadien portent les coins du drap mortuaire de leur ami.

La chapelle est tapissée de noir. Dans l'allée, à côté du banc seigneurial, une fosse profonde a été creusée. Julie a obtenu du curé la permission d'y enterrer son fils. Au printemps, on le transportera dans le caveau funéraire qu'Amédée veut construire sur le domaine. Les porteurs déposent le cercueil sur le catafalque illuminé d'une centaine de cierges ardents. Après le *Libera me* chanté par l'évêque de Bytown et l'inhumation, tout le monde se retire. Amédée reste seul avec les fossoyeurs jusqu'à ce que la tombe soit comblée et le plancher remis en place. Il n'a voulu laisser à personne le soin de demeurer auprès de son frère jusqu'à la fin.

La soirée se passe dans l'intimité familiale. Sa mère et ses sœurs lui relatent l'agonie de Gustave. À la fin, il ne mangeait plus. La nuit, il s'interdisait de fermer l'œil, car ses cauchemars l'angoissaient. Il criait et se lamentait, c'était insupportable. Au bord des larmes, Julie raconte à Amédée que Gustave ne voulait pas qu'elle le quitte un seul instant. Elle dormait dans la même chambre que lui. Au dernier moment, il l'a embrassée et, dans un effort suprême, lui a dit :

« Chère maman, allons-nous-en, allons-nous-en. »

Il a alors demandé à son père d'emmener Julie dans la chambre d'Ézilda. Cela avait été ses ultimes paroles. Amédée s'émeut :

« Il voulait qu'on l'arrachât à ce dernier adieu, ce que l'on fit. »

Papineau blâme le médecin de ne pas avoir partagé ses appréhensions. Il savait la mort inévitable, mais le lui cachait, de peur que le courage l'abandonnât devant son fils qui, voyant cela, se serait laissé aller. Il se trompait. Gustave appréhendait sa fin avec une grande force d'âme, d'esprit et de caractère. Ayant observé que ses palpitations revenaient quand les douleurs rhumatismales se calmaient, il avait conclu qu'il finirait par succomber à la maladie qui le dévorait. Au curé Bourassa venu le confesser, il avait réclamé l'heure juste :

« Vous ne me prenez pas à l'improviste, dites-moi la vérité tout entière ; il y a déjà du temps que je ne m'attends point à en revenir. »

Malgré le différend qui oppose Papineau à *La Minerve*, le journal souligne le décès de son troisième fils en termes élogieux : « Ce jeune monsieur était doué de grands talents, et, quoiqu'à un âge peu avancé, il s'était déjà créé une haute réputation parmi ses amis, par des écrits qui annonçaient de vastes connaissances, fruit d'un esprit vraiment précoce et d'études laborieuses et constantes. »

Le *Moniteur canadien*, de son côté, écrit : « *M. Gustave Papineau était indubitablement appelé à remplacer plus tard son illustre et honoré père. Et de citer Malherbe : Il était de ce monde, où les plus belles choses /Ont le pire destin !* »

Funeste hasard, le 21 janvier 1852, à peine un mois après la mort de Gustave, *L'Avenir* fermera ses portes. Le dernier numéro contient un obituaire signé de Joseph Doutre, l'ami de Gustave qui le dirige. Amédée fera relier les quatre volumes du journal. Il marquera à la plume tous les articles de son frère, notamment ses réflexions sur la démocratie et contre l'intolérance. Le jeune rédacteur misait sur l'annexion aux États-Unis pour empêcher la majorité anglophone d'imposer ses vues au Canada français. Il avait écrit que les Canadiens français n'auraient plus à souffrir la rage d'ennemis acharnés. Amédée s'en souvient, Gustave espérait voir arriver le jour où, l'entrave coloniale étant brisée, «l'étoile canadienne viendrait prendre sa place providentielle dans la république du Nouveau Monde».

———

Sur le chemin du retour à Montréal, Amédée échappe de justesse à la pluie et à la grêle. Cette nuit-là, l'ouragan balaie la Petite-Nation. Lactance ne s'en aperçoit pas. Au matin, il ne bronche pas davantage quand un feu de tuyau consume la toiture du manoir et la tour de l'escalier. Les cris «Au feu! Au feu!», les corvées d'eau, la fumée… il n'a rien vu, rien entendu. Une fois le danger circonscrit, on le trouve dans sa chambre, agenouillé au pied de son lit.

Convaincu que la mort de Gustave est le signe attendu du Ciel confirmant sa vocation, Lactance prie du matin au soir. Trois jours après Noël, il se fait conduire à la maison des Oblats de Bytown. Pour échapper aux adieux déchirants de sa mère, il quitte le manoir à cinq heures du matin, ni vu ni connu. Insuffisamment vêtu, il emporte ses hardes enveloppées dans un mouchoir attaché aux quatre coins. Le curé Bourassa, qui a planifié son départ avec Papineau, l'accompagne au séminaire. Durant le trajet, il enveloppe le frêle jeune homme dans son capot de fourrures et pose des briques chaudes à ses pieds. Lactance garde le silence pendant la route. À l'évêché, il se confie à monseigneur Guigues:

«Je n'espère rien du monde. Mon avenir y est brisé sans retour. Mes besoins sont infinis, vos secours, vos consolations sont mon refuge, mon espoir. Je vous les demande. Mes bons parents y consentent.»

Le supérieur des Oblats l'accueille parmi les siens. À partir de ce jour, il porte l'habit religieux et prend ses repas au réfectoire. Amédée espère qu'on ne privera son frère ni de lait ni de chaleur, sans quoi il dépérirait. Comme ses parents, il se croise les doigts :

« Nous espérons que la distraction et le changement le soulageront ; lui prend la chose au sérieux et croit entrer dans un cloître et la vie religieuse, pauvre frère ! »

À Cherry Hill, Noël se vit dans le deuil. Dès le lendemain, Amédée rentre au travail.

« Il m'a fallu traîner ma douleur au milieu du brouhaha, de l'indifférence, des joies mêmes de la foule des plaideurs », confie-t-il.

D'autres corvées pénibles l'attendent, à commencer par le partage des effets de son frère décédé. L'inconsolable vieille Marguerite, la seconde mère de Gustave, l'aide. Convaincue que ses patrons préféraient Ézilda à son cher petit, la servante redoublait d'affection pour lui et le comblait de cadeaux. Elle avait même fait de lui son héritier, espérant lui laisser, à sa mort, ses maigres économies. Amédée lui remet le lavabo et la commode qu'elle lui avait achetés et, en guise de relique, le petit miroir de poche qu'il emportait au collège. Pendant que Mary commande une robe de deuil pour la domestique dévastée, le reste des biens de Gustave – livres, écrits, meubles modestes – sont expédiés à la Petite-Nation. Ses parents veulent conserver intacte son ancienne chambre.

De son côté, Papineau envoie à Amédée une mèche des cheveux de Gustave. Il lui demande aussi de faire empailler le castor que Lactance conservait dans ses appartements. Il vient de perdre deux de ses trois fils. Son chagrin est si lourd qu'il peine à consoler les siens. À la maison, le piano reste fermé. Julie pleure jour et nuit. Il supplie son aîné de prendre soin de lui :

« Cher enfant, tu as été aux portes de la mort, il y a deux ans. Veille donc constamment à [la] conservation de ta santé. Dans l'ordre de la nature, tu dois, après moi, devenir le soutien principal de la famille, mais la Providence a son ordre naturel qui paraît contrarier le nôtre. »

Papineau lui réclame un portait de lui et de «chère Mary». Il nourrit un dernier espoir: que son nom ne meure pas avec lui. Amédée est désormais le seul à pouvoir assurer la survie de la famille.

22. FATHER, WE HAVE A DAUGHTER
1852-1853

« Elle est petite d'os, elle est très grasse, elle est blanche, a de jolis traits fins et délicats, de beaux grands yeux noirs, pesait nue, le lendemain matin, dimanche, huit livres. »

Un être cher part, un autre arrive… Mary est enceinte. À la mi-mars, Amédée annonce son grand secret à ses parents. Papineau s'en doutait. Le médaillon qu'il a reçu d'Amédée ne trompait pas. Sur le cliché, la jeune femme est assise, le corps bien droit, un livre à la main. À peine devine-t-on sa poitrine plus forte qu'à l'accoutumée. Droit comme un chêne, légèrement derrière elle, son mari, chaussant ses lunettes et portant la barbe, pose un bras protecteur sur l'épaule de *dear Mary*. Des coquins insinuent que leur posture n'est pas innocente. Debout, l'Américaine l'aurait dépassé, comme si elle le dominait. Son mari l'aura fait asseoir pour se donner un air d'autorité. Le curé Bruneau, qui a vu Mary à Montréal, a trouvé que la graisse la rendait plus belle encore. Il n'a pas osé lui demander si elle attendait un enfant.

Après les grands malheurs qui l'ont affligé au cours des derniers mois, la venue d'un enfant comble le futur grand-père. Amédée et Mary, ces «deux pigeons s'aimant d'amour tendre», lui donneront des bambins «sans barbe et sans lunettes» qui se rouleront dans les fleurs… Il inonde la future maman de conseils. Qu'elle ne s'inquiète pas, cette «maladie naturelle est un acheminement à la pleine santé». Cependant, pour plus de précautions, elle devrait consulter le docteur Macdonnell sans tarder. Il lui recommande de se munir de chaussures à semelles épaisses recouvertes de caoutchouc et de s'encapuchonner pour aller prendre l'air. Les accidents étant fréquents au printemps, elle évitera les sorties en calèche.

« Renoncez à la voiture pourvu que vous puissiez la remplacer par la marche », insiste-t-il.

Une vraie mère poule ! Comme on n'est jamais trop prudent, Papineau lui suggère de ne pas rester longtemps seule à la maison durant la journée. Advenant un malaise, elle pourrait éprouver de l'effroi, ce qui nuirait à son état. De toute manière, Julie lui a promis d'être auprès d'elle, le grand jour venu. Elle a retenu sa place à bord du premier vapeur du printemps. Se fiant aux calculs imprécis de sa bru, elle arrive à Cherry Hill le 8 mai. C'est trop tôt. Mary prend son mal en patience et Julie profite de la ville.

Le 12 juin, à trois heures du matin, la future mère ressent ses premières douleurs, mais elle attend que sonnent cinq heures avant de réveiller Amédée. Celui-ci saute du lit et court chercher la nourrice américaine fournie par son beau-père. Mrs Dickerman juge plus sage de prévenir le médecin. Arrivé au petit matin, le docteur Macdonnell ne repartira qu'à huit heures du soir. Toute la journée, les douleurs se renouvellent, intenses et aiguës. Amédée marche de la couche de sa femme au fond du jardin et revient à toute vitesse, dès qu'il entend ses cris. Au milieu de l'après-midi, le médecin lui interdit l'accès à la chambre, sous prétexte que son anxiété la trouble. Le pauvre mari se résigne à lorgner le trou de la serrure pour voir ce qui se passe derrière la porte close. Il met toute sa confiance en Macdonnell, un diplômé de Dublin arrivé d'Irlande sept ans plus tôt.

Aussi misérable que son gendre, Mr Wescott va et vient comme une ombre errante dans les allées du parterre. Seule Julie s'autorise à entrer dans la pièce. Un peu avant dix-neuf heures, elle en ressort les yeux pleins d'eau. Que se passe-t-il ? Le médecin songe à sacrifier l'enfant pour sauver la mère. Il n'utilisera les moyens artificiels et les instruments de violence qu'à la dernière extrémité. Amédée appréhende la suite. Une lourde hérédité guette Mary, dont la mère est décédée en couches à vingt-cinq ans, peu après la naissance de son quatrième enfant. Son premier-né était mort « tué et dépecé dans son sein », selon les termes d'Amédée. Rien pour le rassurer. Soudain, il entend un cri continu, plus perçant que les autres. Aussitôt après, la voix grave du médecin résonne :

« There is your child, poor dear woman! It is a daughter. »

Les aiguilles de l'horloge marquent 19 h 10. En entendant les premiers vagissements du bébé, Amédée se jette dans les bras de son beau-père, tout remué :

« Oh! father! father! We have a daughter. »

Dans son carnet, il décrit sa fille :

« Elle est petite d'os, elle est très grasse, elle est blanche, a de jolis traits fins et délicats, de beaux grands yeux noirs, pesait nue, le lendemain matin, dimanche (jour de la procession de Fête-Dieu), huit livres. »

Mary se rétablit étonnamment vite et son *« baby »* boit, dort et ne pleure jamais. En revanche, Amédée peine à se remettre d'aplomb. À croire que c'est lui qui a enfanté dans la douleur! Aurait-il attrapé le *cholera morbus*, comme le craint le docteur Macdonnell? Julie pense plutôt qu'il fait une révolution de bile. Son instinct maternel ne la trompe pas. Son fils l'avoue, il a fait bonne chère très souvent, ces derniers temps. D'où son teint bilieux, ses crampes au ventre et ses vomissements. Il remplit une page de son carnet de détails liés à son indisposition, depuis ses muscles qui ont fondu jusqu'à la légère purgation d'eau de source Plantagenet qui lui a rendu la santé.

Il n'en finit plus de s'extasier devant les beaux grands yeux à fleur de tête de son petit ange, sa bouche joliment arquée et moulée et ses doigts très effilés et potelés. Son « petit crâne bien allongé, déformé par l'enfantement, s'arrondit chaque jour et sa chevelure noire s'épaissit ». Elle s'appelle Eleanor, comme la mère de Mary disparue trop tôt. En cachette de Mr et Mrs Westcott, mais avec le consentement de sa femme, Amédée baptise leur fille.

« Je mouillai bien le front, le signant de la main droite, prononçant en même temps les paroles sacramentelles : Au nom du père et du fils et du Saint-Esprit... »

De son manoir, Papineau envoie ses félicitations aux parents. Leur petite merveille « surpassera sa tante Ézilda » en broderie et en fins desserts et ses succès en musique et en floriculture « laisseront loin derrière elle sa tante Azélie ». Seul avec ses filles à la Petite-Nation, il se morfond. Sans Julie, il trouve la maison vide et il s'inquiète. Se surmène-t-elle à Cherry Hill? A-t-elle de l'aide? Lui reviendra-t-elle épuisée? Il l'attend avec impatience. Les jours passent sans la lui ramener. Cette fois, il implore Amédée:

«Nous soupirons tous après le bonheur de nous voir maman rendue...»

En réalité, il ne va pas bien du tout. Pour calmer ses crampes d'estomac et ses coliques, le docteur Murray lui a prescrit du calomel et de l'huile de castor, mais la constipation se prolonge. Julie accourt. Elle le trouve amaigri et bien changé. Il souffre d'une hernie et devra porter un attelage.

«Quelle folie d'user sa belle santé!» pense Amédée.

Papineau peut faire son *mea culpa*. Il a épuisé ses forces pour oublier la disparition de Gustave et la terrible maladie de Lactance.

«Mes vieux jours sont plus tristes que je ne le prévoyais», concède-t-il.

Déterminé à se consacrer à son domaine, il supplie Amédée de ne rien tenter pour le faire élire aux prochaines élections. Julie l'appuie:

«Il est un homme fini pour la vie publique, dit-elle. Plaise à Dieu qu'il ne le soit pas pour nous; il m'a l'air bien frappé et triste; cela me surprend et m'afflige beaucoup, car il n'est pas bien souffrant, mais je crois qu'il a trop dépensé ici, et puis qu'il a peu de ressources à espérer.»

À son bureau de Montréal, moins d'un mois après la naissance d'Ella, diminutif d'Eleanor, Amédée entend carillonner les cloches de toutes les églises de la ville à dix heures pile. Le feu a pris dans la cheminée d'une forge de la rue Saint-Laurent, près de Sainte-Catherine. Le vent a attisé le brasier et, en quelques heures, toutes les maisons de bois de la rue Saint-Denis flambent. Les flammes dévorent la cathédrale Saint-Jacques et l'évêché. Il passe une partie de la journée à surveiller le palais de justice où l'on garde des valeurs de quelque 100 000 livres, après quoi il aide quelques parents et amis sur le point de perdre leur foyer.

Vers six heures du soir, il regagne Cherry Hill, prend une bouchée et se couche, fourbu. Deux heures après, le tocsin carillonne de nouveau. Il se lève d'un bond et, de sa fenêtre, voit les colonnes de fumée s'élever dans le ciel. Un second incendie a éclaté dans une écurie derrière le théâtre Royal-Hayes. Le feu menace les casernes, les arsenaux et les magasins militaires. Amédée n'a pas la force de se rhabiller pour descendre en ville, même s'il redoute qu'on vienne lui annoncer que la maison de la rue Bonsecours est la proie des flammes. D'une valeur de 8 000 dollars, elle n'est pas assurée.

Le lendemain, il blâme la Municipalité, coupable d'avoir laissé l'incendie se propager. Apparemment, en l'absence du maire, ses conseillers n'avaient pas l'autorité pour diriger les équipes de secours. Il crie au scandale : en pleine canicule, les réservoirs de l'aqueduc étaient à sec, les employés de la Ville ayant eu la brillante idée de procéder à son nettoyage. Sans eau, il devenait impossible de circonscrire les flammes. Pour une fois, Amédée appuie le député George-Étienne Cartier qui dénonce l'incurie, l'imprévoyance, la grossière négligence et l'absence du maire Charles Wilson.

❧

Malgré sa décision prétendument irrévocable de se tenir loin de la vie politique, Papineau se laisse tenter de nouveau. Le 25 juillet 1852, il est élu député de Deux-Montagnes avec une confortable majorité, même s'il n'a pas fait campagne. Amédée s'en réjouit. Cette élection, une victoire pour le Parti démocratique, donnera à son père l'impulsion qui lui fait défaut.

Le protonotaire aimerait avoir le triomphe bruyant, mais il s'oblige à la discrétion à cause de son devoir de réserve. Dans le *News* de Saint-Jean, sous le pseudonyme de Vigilence, il félicite les électeurs d'avoir manifesté leur indépendance et commente le succès de Papineau. Il y voit « la preuve la plus positive et incontestable de la croissance des sentiments démocratiques dans cette province arriérée ». En votant pour l'ex-chef des patriotes, la portion britannique de la population « s'est noblement élevée au-dessus de préjugés enracinés jusqu'aux os et les a entièrement conquis ».

Reste à savoir si Papineau acceptera cette responsabilité qui lui incombe un peu contre son gré. Amédée se précipite au manoir pour s'en assurer. Dessaulles accourt, lui aussi, avec une mallette remplie de lettres pressant son oncle de ne pas refuser cette nomination. Papineau y met une condition : il n'y aura aucune démonstration publique. Pas même un dîner en son honneur.

Soit, il en sera ainsi. De toute manière, le succès le porte. À Montréal, où il s'arrête avant de mettre le cap sur la vieille capitale, l'enthousiasme autour de sa personne est contagieux. Une quarantaine de partisans l'accompagnent jusqu'à Québec, où s'ouvrira le Parlement canadien pour la première fois depuis 1837. Jamais Amédée n'a observé pareille effervescence. Aux Trois-Rivières, une délégation monte à bord du vapeur pour saluer son père. Le *Crescent* entame ensuite la dernière étape de ce voyage triomphal. Les voyageurs débarquent à l'Anse-aux-Foulons comme le soleil se couche. Quel magnifique spectacle ! pense Amédée en admirant les hauteurs de Cap-Rouge, puis les murailles de la citadelle. Les quais et la terrasse Durham, où s'élevait jadis le château Saint-Louis, sont noirs de monde. Des coups de canon annoncent l'arrivée de l'homme public le plus populaire de l'heure. Deux mille citoyens, feuille d'érable à la boutonnière, entourent Papineau, si bien qu'Amédée peine à le suivre jusqu'à l'Hôtel du Parlement. Sans doute exagère-t-il un brin lorsqu'il affirme dans son journal que les hourras de la foule font vibrer et résonner le dôme et les arcades.

Après avoir assisté à l'ouverture du quatrième Parlement du Canada, il arpente la ville qu'il n'a pas revue depuis son inoubliable périple avec son père, juste avant les troubles de 1837. Il avait douze ans, lors de ce qui lui était apparu comme un grand voyage. Dans son carnet, il a peut-être décrit la vieille capitale avec moins de talent que Charles Dickens, qui a si bien vanté ses hauteurs vertigineuses, ses pittoresques rues escarpées et ses portes renfrognées de « la Gibraltar d'Amérique », mais il n'en avait pas moins été émerveillé. Les fortifications qui enserrent la ville lui avaient alors fait une vive impression.

À chaque détour, une page d'histoire s'est écrite, tantôt sous le régime français, tantôt sous le régime anglais. Sur le fleuve devant eux, Frontenac a repoussé la flotte anglaise de l'amiral William Phips en 1690. Dans les plaines d'Abraham, Montcalm et Wolfe sont tombés en 1759. Au cap Diamant, le général américain Richard Montgomery a été frappé mortellement dans la nuit du 31 décembre 1775. Devant l'affiche « *Here Montgomery fell* ». Amédée avait commenté : « Il voulut donner l'assaut à Québec et la liberté à ce pauvre Canada. »

Mais le petit garçon d'alors cherchait surtout les fils qui rattachaient Québec à sa famille. Sitôt franchie la porte Saint-Louis, il avait aperçu la rue du Parloir au bout de laquelle avait surgi le couvent fondé par Marie de l'Incarnation pour assurer l'éducation des jeunes filles. C'est là, chez les Ursulines, que sa mère, Julie Bruneau, avait fait ses études. Après, son père l'avait entraîné dans la rue du Fort jusqu'au Petit Séminaire où il avait terminé ses études commencées au Collège de Montréal. En flânant dans la cour des Petits, devant le cadran solaire de 1773, Papineau, submergé par une vague de souvenirs et empreint de nostalgie, s'était laissé aller aux confidences. Amédée le mitraillait de questions. Il voulait savoir pourquoi ses grands-parents avaient expédié leur fils aîné aussi loin, alors qu'il usait paisiblement ses fonds de culotte chez les Sulpiciens de Montréal. Papineau lui avait avoué que ceux-ci l'avaient mis à la porte. Il ne se souvenait pas quel mauvais coup lui avait valu le bannissement, mais, chose certaine, on avait exigé de lui des excuses qu'il avait refusé de présenter.

Tel père, tel fils…, pense aujourd'hui Amédée.

À l'Hôtel du Parlement. Papineau, toujours aussi intarissable, lui avait raconté le débat oratoire auquel il avait participé au collège. Il avait alors quatorze ans. Dans ce « parlement pour rire », il jouait le rôle de chef de l'opposition. À ce titre, il devait refuser le droit de vote aux ecclésiastiques. Le brillant orateur qui sommeillait déjà en lui avait foudroyé ses adversaires. Malgré quelques longueurs et un vocabulaire parfois incertain, ses professeurs qui avaient souvent entendu les discours enflammés de Joseph Papineau s'étaient écriés : « C'est son père, tout son père. »

En pénétrant dans la salle d'Assemblée, Amédée avait été subjugué. Dans cette enceinte, depuis 1792, son aïeul et son père n'avaient cessé « de tonner contre la tyrannie et de revendiquer nos droits de citoyens anglais et d'hommes libres ».

Son « pèlerinage » s'était terminé dans la Basse-Ville. Sur la place du Marché, juste en face de Notre-Dame-des-Victoires, il avait vu pour la première fois le magasin général de son grand-père Pierre Bruneau. Aux étages supérieurs de l'édifice vivait sa famille. Derrière ces murs, Papineau avait fait la conquête de la jolie Julie. Un soir, l'orateur de la Chambre avait accepté l'invitation à souper de son collègue, le député Bruneau de la Basse-Ville. Ce dernier avait quelques filles à marier. C'est ainsi que Papineau était tombé sous le charme de l'aînée. Après de brèves fréquentations, l'évêque de Québec, monseigneur Joseph-Octave Plessis, avait béni les noces à la basilique Notre-Dame-de-Québec. Cela s'était passé en 1818. Un an après, Amédée naissait.

Ce voyage l'avait renforcé dans l'idée que son père était un grand homme. Vingt ans après, il refait le même parcours, animé des mêmes impressions.

Il rentre à Montréal, laissant son père dans la tourmente politique. Une fois l'euphorie passée, le député vieillissant se retrouve en effet dans une législature qui lui est hostile. S'il a le peuple avec lui, la classe politique lui fait des misères. Ses pensées se tournent de plus en plus vers son manoir. Il songe aux cheminées qu'il devrait être en train de terminer au lieu de poireauter à Québec. Alors, il adresse à son fils un mot de reproche :

« Si j'ai l'ennui et le dégoût d'être ici, tu as un peu à te reprocher de n'avoir pas assez lutté contre M. Fabre et autres qui ont voulu m'y envoyer. »

—◆—

Chaque mois, « l'anniversaire de naissance » d'Ella est l'occasion de déboucher un Moselle mousseux. Au troisième, elle reconnaît son papa et lui sourit (qu'importe si elle a fait des façons à la chienne Flora bien avant). Tous ses « exploits » figurent dans le journal paternel : elle pèse plus de treize livres, sa vaccine a bien pris, ses selles s'améliorent…

En revenant de Québec, Papineau s'arrête à Cherry Hill. Il adore sa petite-fille et envie l'autre grand-père, Mr Westcott, qui la cajole plus souvent que lui. Pour Noël, il veut lui offrir une vache à lait. Amédée refuse. Celui de sa bonne vieille vache irlandaise est pur et riche. Et l'été prochain, sa chèvre Nanette lui en fournira en abondance.

S'il remplit fidèlement les pages de son journal, Amédée n'y commente plus la politique. Même les interventions de son père en Chambre ne trouvent plus leur place dans ses cahiers. D'où lui vient ce désintérêt pour la chose publique ? Quelques camouflets ont refroidi ses ardeurs. *Le Pays* a refusé deux de ses articles, dont l'un sur le processus d'américanisation auquel il tenait particulièrement. Il a beau répéter qu'il s'en fiche, qu'il n'a ni l'ambition ni le besoin de briller sur la grande scène du Canada, « d'ici à un certain temps, du moins », ces rejets le blessent. Il remâche son amertume. Les journaux lui ouvriraient leurs pages s'il tenait des propos flagorneurs et s'il adulait certaines personnes, plutôt que de critiquer. On ne lui répondrait pas tout bêtement : « Non, je crois que nous ne le publierons pas. »

Les questions sociales l'interpellent. Il signe deux pétitions : la première pour s'opposer à la peine de mort, une cause qu'il défend depuis belle lurette, et la seconde pour demander à la législature de tuer, selon son expression, « l'hydre de l'intempérance ». Comment faire ? En votant une loi semblable à celle qui, au Massachusetts, au Rhode Island et au Maine, prohibe la fabrication, l'importation et la vente de l'alcool.

« Ce poison est la source de tous les maux, vices et crimes, et il faut le tarir », dit-il.

Tout doucement, il devient paresseux. Sa vie douillette convient parfaitement à son tempérament nettement moins combatif depuis qu'il est entré dans la fonction publique. Ses heures de liberté, il les consacre à la lecture, son loisir préféré, surtout les jours de grands froids, comme en cette fin de l'année 1852. Le thermomètre se maintient à dix degrés Fahrenheit sous zéro. Quand la glace commence à flotter sur la surface du fleuve, les derniers traversiers de Longueuil hivernent. Un moment idéal pour s'encabaner. Mary brode. Il s'installe à côté d'elle en robe de chambre et se jette avec frénésie dans le quatrième volume de l'*Histoire du Canada*. L'ouvrage de François-Xavier Garneau va du régime constitutionnel de 1791 à la Constitution de 1840. Un récit « objectif » dont Amédée discutera avec son père, à qui il en envoie un exemplaire.

Toujours soucieux des intérêts de l'Institut canadien, Amédée cherche à se rendre utile. Cette société qui sert bien le pays est à la recherche d'un édifice moins exigu pour y déménager sa bibliothèque. Les Sulpiciens du Séminaire de Montréal possèdent un local qui répondrait à ses besoins et Amédée entame les discussions avec le supérieur. Celui-ci se montre intéressé, mais y met certaines conditions. *Primo*, les membres de l'Institut ne pourront en aucun temps y discuter de questions morales et religieuses. *Secundo*, ils devront exclure de leur salle de lecture les journaux dont la couleur ne plaît pas aux Sulpiciens (Amédée n'ose pas lui demander s'il pense à la couleur religieuse ou… politique). *Tertio*, le catalogue de la bibliothèque devra être soumis à l'évêque de Montréal, « avec permission à Sa Grandeur de faire disparaître les livres qui pourraient lui porter ombrage ».

Le supérieur a beau lui garantir que monseigneur Bourget se montrera très ouvert sur ce point, Amédée n'est pas rassuré, d'autant plus qu'à défaut de remplir l'une de ces trois conditions, le bail serait annulé *ipso facto*. Jugeant ridicules ces conditions assorties de leçons de morale, il prévient ses confrères qu'il ne poursuivra pas les pourparlers. De toute manière, jamais l'Institut ne se pliera aux exigences de ces messieurs. Il convainc la société d'acquérir une des grandes maisons de la rue Notre-Dame où il poursuivra librement son œuvre d'éducation auprès de la jeunesse libérale.

———◆———

Quand son travail au palais de justice lui laisse un peu de répit, Amédée brûle son énergie à courir la ville pour effectuer les innombrables démarches dont Papineau le charge dans ses lettres quasi quotidiennes : achat de briques, de tuyaux et de cordages, rampe d'escalier à commander, arbustes rares à dénicher… Des demandes auxquelles il ne donne jamais suite assez rapidement. S'ensuivent d'interminables épîtres truffées de reproches à peine voilés et d'exigences réitérées sur un ton tantôt directif, tantôt sarcastique. Papineau manie habilement l'art de faire des compliments empoisonnés. Ainsi, il dira d'Amédée qu'il est « toujours grandement occupé de petites choses » ; qu'il écrit au galop des lettres trop courtes et décousues ; qu'il ne lit pas attentivement les siennes, ce qui provoque malentendus et répétitions inutiles. Si son père n'obtient pas ce qu'il réclame, il revient à la charge sèchement :

« Comme je te l'ai écrit au moins deux, sinon trois fois… » Ou : « Je pense te l'avoir déjà écrit. »

La litanie paternelle est sans fin. Amédée a le malheur de remettre en question les décisions de son père ? Il le fait « au hasard et à contre-sens ». Il devrait aussi se corriger de son vilain penchant à acheter des choses inutiles.

Papineau émaille ses missives de recommandations pointilleuses. S'il lui commande du vin de Madère, du bordeaux, du sauternes ou du champagne, il lui rappelle qu'il faut bien empailler les bouteilles dans les boîtes afin qu'elles ne se gâtent pas pendant le voyage. Amédée peut glisser des melons dans les espaces vides, quelques pommes aussi, ou des poires, des ananas et des cerises. Il lui réclame une pièce de veau et s'attend à recevoir « le plus beau quartier que tu trouveras ». D'autres fois, il a besoin, pour son chantier, de vitres, de quatre vessies de mastic, d'une cruche d'huile, de peinture… Encore là, les reproches sont légion : c'est la troisième fois qu'il lui réclame des clous et il ne les a toujours pas reçus. Amédée lui a envoyé des plantes grimpantes pour le vignoble, alors qu'il voulait des pieds à faire pousser en pleine terre. Ses semonces pleuvent et l'on ne sait pas toujours si Papineau se montre platement désobligeant ou s'il s'amuse aux dépens de son fils. De toute manière, rien n'arrive jamais assez vite pour Papineau :

« Si tu avais demandé à M. Fabre les livres que j'indiquais, aussitôt ma lettre reçue, je les aurais lus cet hiver. » S'agissant de questions d'affaires, il devient cinglant : « Ton idée d'avoir des placements sûrs et à 10 % est une idée folle à laquelle je ne participerai pas. »

Puis, sautant du coq à l'âne, il déballe sa liste d'épicerie : un quintal de grosse morue salée ; un demi-quintal de grosse morue séchée ; un quintal de gros *haddock ;* une poche de petite morue ; une petite tinette de sardine salée ; deux petites boîtes d'huile. Deux excellents jambons anglais cousus dans des peaux, deux langues fumées, deux langues salées, un petit hareng d'Écosse fumé… à quoi il ajoute un morceau de gruyère, deux livres de saucissons de Bologne, un cruchon de curaçao, une bouteille d'anisette et des catalogues d'arbres à fruit… Le tout à expédier derechef à la Petite-Nation. Ouf !

Amédée obéit habituellement à ses ordres sans rechigner. Toutefois, il lui arrive à l'occasion de faire savoir à Papineau que la tâche est ardue :

« Il faut bon courage pour courir les rues à 90 ° sans ombre et je l'ai fait pourtant pour remplir toutes vos commissions », se plaint-il, avant d'énumérer dans le menu détail les effets qu'il a trouvés et ceux qui manquent encore.

Car, en plus des emplettes imposées par son père, il doit aussi remplir celles de sa mère et de ses sœurs. Papineau s'excuse parfois de son impatience :

« Je te donne un mal infini pour tant et tant de commissions dont nous te chargeons successivement : notre éloignement rend cette fatigue inévitable. »

Un jour, Amédée monte aux barricades. Son père envisage un projet qu'il désapprouve. À la Petite-Nation, l'oncle Denis-Benjamin trouve trop grande sa maison de Plaisance, à quelques lieues du manoir. Depuis le départ de ses enfants, il songe à se bâtir plus petitement et à se rapprocher de son frère qui ne demande pas mieux. Au dire de Papineau, Denis-Benjamin et lui forment « un si lourd amas de vieilleries » qui ne peuvent pas se voir souvent dans ce coin de pays où les chemins sont mauvais. Avec humour, il enjoint son frère à la patience. Ils verront peut-être la science trouver le moyen de les rajeunir. Ou encore, les chemins de fer accrocheront les vieux en passant « pour les décrocher où ils voudront s'arrêter ». Il a beaucoup d'affection pour son cadet qui, pendant son exil en France, s'est occupé des affaires de la seigneurie en tant que régisseur.

L'idée lui est venue de lui vendre un terrain sur le cap, à petite distance de son manoir. Amédée s'y oppose catégoriquement. Le domaine lui reviendra un jour et il voit d'un mauvais œil que son bien soit découpé :

« Je désire et approuve beaucoup voir oncle et tante Benjamin se rapprocher de vous, dit-il à son père. Je n'approuve pas du tout de les voir coupailler, etc., sur le domaine. Les 500 arpents du domaine entre le grand chemin et le fleuve forment un seul et indivisible établissement que je serais des plus chagrins de voir partager par qui que ce soit, et en toutes autres mains que les vôtres. Ce serait *gaspil* et gâter complètement l'ensemble de notre plan de parc. C'est à choquer! Non, non!»

Puisqu'il héritera un jour du patrimoine de ses beaux-parents Westcott, Amédée n'aurait pas d'objection à ce que ceux-ci s'y construisent une demeure, comme les Papineau les y invitent. Mais jamais il n'approuvera le morcellement de Montigny en faveur de son oncle Denis-Benjamin.

«Donnez si vous voulez usufruit d'un emplacement pour maison au nord du grand chemin, vers l'église. Soit, je serais désolé de toute autre chose.»

Par retour du courrier, Papineau plaide sa cause:

«Je suis vieux, isolé, et lui aussi, quoique un peu moins que moi, rappelle-t-il à son fils. Ce serait pour l'avantage de jouir mutuellement de notre amitié, pour nous entraider en cas de maladie et de besoin que je le voudrais près de moi. Entrevois-tu l'époque où tu pourrais y venir? Si tu y venais prochainement, ma maison ne suffirait-elle point à nos deux familles?»

Le projet n'aboutira pas. La santé de Denis-Benjamin se détériore rapidement et sa surdité s'accentue. Le cornet acoustique que Papineau lui a rapporté de France pour corriger son audition déficiente ne suffit plus. Son frère a soixante-quatre ans et sa tumeur au cou grossit, cependant que son cancer se généralise. Moins de deux ans après cette discorde, le 20 janvier 1854, il meurt dans son château de Plaisance, après avoir reçu les derniers sacrements.

Amédée peut respirer. L'oncle Denis-Benjamin ne morcellera pas son futur domaine.

⟨⟩

Ce n'est pas la première fois que le torchon brûle entre Papineau et son fils sur une question familiale. En 1847, peu après la première maladie de Gustave, Amédée s'était plaint de la visite imprévue d'Augustin, un autre frère de Papineau. Il avait annoncé sans ménagement à son père que cet oncle mal élevé n'était plus le bienvenu chez lui.

Le notaire Augustin Papineau, il est vrai, se démarque par son originalité. S'il s'exprime de manière distinguée, il se soucie ni de faire bonne impression ni d'incommoder les autres. Il peut même entrer sans frapper dans la chambre d'une dame. Si celle-ci se plaint, il la rabroue. Elle n'avait qu'à se cacher derrière ses rideaux… À l'église de Saint-Hyacinthe, il assiste à la grand-messe dans le banc seigneurial de sa sœur Rosalie Dessaulles. Son nécessaire de toilette étalé sur le prie-Dieu, il se coupe la barbe avec ses ciseaux en se regardant dans le miroir. S'il remarque un poil follet, il l'arrache avec une pince, sous le regard médusé des dévots autour de lui.

Amédée a-t-il eu honte de ce visiteur excentrique qui est débarqué chez lui dans un accoutrement grotesque? Affublé d'un cou de girafe, Augustin porte une perruque ronde qui ne tient pas sur sa tête allongée. Pour la garder en place, il l'attache avec des cordons en coton gris retenus à ses bretelles… Comme si cela ne suffisait pas, perclus de rhumatismes, il se présente les jambes enveloppées de bandages imbibés de térébenthine. L'odeur insupportable force les invités à se boucher le nez.

Quoi qu'il en soit, Papineau, qui ne commente jamais les bizarreries de son frère Augustin, avait alors jugé l'attitude d'Amédée profondément égoïste et l'avait morigéné vertement. Comment pouvait-il fermer sa porte à celui qui, pendant deux mois, avait soigné Gustave sous son toit?

«Tu veux intimer à ton oncle que sa présence inattendue chez toi t'incommode?», lui avait-il demandé comme si la chose lui semblait scandaleuse.

Ni l'un ni l'autre ne reparlera de l'incident. Au fur et à mesure que Papineau prend de l'âge, les rôles s'inversent. Amédée devient le conseiller de son père qui le consulte sur tout. Le jeune trentenaire adopte un ton plus assuré, presque autoritaire, et on se surprend à reconnaître dans ses traits d'humour ceux dont son père fait si bon usage. Quand ce dernier lui demande s'il doit engager Théophile Bruneau comme régisseur à la Petite-Nation, Amédée compare ce bon vieux Théo à un «poirier en mauvais état». Le frère de sa mère, c'est connu, lève le coude allégrement.

« Vous me semblez faire bon marché souvent des années écoulées, lui fait remarquer Amédée. Il a le rhumatisme très souvent dans la tête et tous les membres. Il n'a plus de dents, il porte perruque, ce pauvre cher oncle ! Et il s'appuie assez lourdement sur son bâton. Je parie que vous pourriez dix fois mieux que lui parcourir les montagnes et les savanes de Saint-Amédée, Sainte-Julie, Sainte-Ézilda, à la poursuite des rentes et arrérages. »

Encore là, le projet avorte de lui-même puisque l'oncle Théo passe bientôt de vie à trépas.

Quand Papineau permet l'abattage de beaux arbres sur le domaine, son fils assaisonne son opposition d'un zeste d'humour. Ces pins géants, qui faisaient la gloire de la cascade, au nord de la grande route, avaient jusque-là échappé aux coups de hache du « vandale Beaudry ». Amédée ne tolère pas qu'on touche à ses conifères ni même à ses feuillus. Sa chevelure se hérisse en apprenant qu'ils sont tombés sous l'œil approbateur de son cher père. Oui, il approuve son projet de construire un moulin à scie, mais pas si cela doit mener à la destruction des pins qui n'ont pas encore été abattus.

—◆—

Avec une fillette qui se traîne à quatre pattes et un autre bambin en route, Amédée rêve d'une maison spacieuse pour loger sa marmaille. À Cherry Hill, il se trouve à l'étroit et son propriétaire, qu'il appelle Judah sans l'élémentaire « monsieur », refuse d'agrandir le cottage afin d'y ajouter une *nursery*. Les deux hommes ne s'accordent pas non plus sur l'aménagement du jardin. Leurs prises de bec à répétition donnent à penser qu'ils ne renouvelleront pas l'entente de location. Amédée a d'ailleurs entendu entre les branches que son propriétaire a déjà loué sa maison à un riche manufacturier de caoutchouc de Boston. La rumeur se confirme, si bien qu'il n'a d'autre choix que de plier bagage. Mary et lui entreprennent la tournée des maisons libres du faubourg, un nouveau rituel qui fait courir les couples en quête d'un logis. Le 4 février, ils signent un bail de cinq ans pour la très convoitée villa Lis Carol qui a pignon sur le coteau Saint-Louis, à deux pas de l'évêché. La rue Saint-André, une magnifique avenue plantée de peupliers, n'est pas encore *fashionable*, mais elle le deviendra dès que Mary y résidera, pense Papineau, qui approuve le choix de son fils. Située près d'un tronçon de la rue Sherbrooke, la propriété a été construite sur les anciennes terres de son père, Joseph Papineau. Il les connaît bien, ces champs dans lesquels, enfant, il a si souvent joué.

« Au printemps, j'irai te montrer où je pêchais des écrevisses, cueillais des fraises et perdais un fond de culotte sous la dent des chiens de M. Logan », promet-il à Amédée.

À Lis Carol, la petite famille dispose de deux fois plus d'espace qu'à Cherry Hill. Le jardin est moins joli, Amédée en convient, mais la vue s'étend jusqu'à Varennes. Pour un loyer de 50 livres, il jouit de toutes les commodités modernes. Enfin, la propriété étant moins éloignée de la ville, le trajet de chez lui à son travail s'en trouve raccourci.

Amédée et Mary viennent à peine de déménager leurs pénates rue Saint-André qu'un revenant frappe à leur porte. Grand, mince, le teint jaune, la figure ovale allongée, l'homme a l'air d'un Yankee. D'ailleurs, il parle le français avec un léger accent américain.

« Je suis Denis Bruneau, dit simplement l'étranger. Votre oncle. »

Amédée reste saisi. Ce nom, il l'a souvent entendu dans la bouche de mémé Bruneau. C'est celui du frère de Julie. Il a disparu de Québec en 1821 à la suite d'une histoire d'amour qui s'est terminée par un duel. Denis avait vingt-deux ans et venait d'être admis au Barreau quand il a décampé sans adieu ni explication. Après sa fuite, il n'a jamais donné signe de vie, si bien que sa famille le croyait mort et enterré depuis une vingtaine d'années.

Comment a-t-il abouti chez lui, à Montréal? Amédée apprend de son oncle qu'il a bourlingué pendant dix-neuf ans à bord d'un vaisseau de guerre américain naviguant dans la Méditerranée, l'océan Indien et les côtes de l'Amérique occidentale. Las d'une vie de vagabondage et d'aventures, il a finalement planté sa tente en Virginie où il s'est fait cultivateur. Il a épousé une Américaine, fille d'un riche fermier qui lui a donné cinq enfants. Il prétend avoir écrit une douzaine de fois à ses frères et sœurs sans jamais obtenir de réponse. Il en a conclu que ceux-ci préféraient l'oublier et a décidé de faire de même. Amédée s'en étonne : ici, personne n'a reçu la moindre lettre de lui. Sa pauvre mère est morte en 1851 sans savoir qu'il était toujours de ce monde.

À présent, âgé de soixante-quatre ans, Denis Bruneau éprouve le désir de revoir son pays et de renouer avec sa famille. Les souvenirs qu'il remue sont touchants. Amédée sourit en apprenant que la manie de propreté et d'ordre de Julie ne date pas d'hier. Aussi, qu'elle « avait la main légère, au besoin, et savait bien nous souffleter », se rappelle aussi Denis.

Cette apparition d'un revenant du royaume des trépassés lui fait une singulière impression. Nul doute, c'est bien son oncle : sa bouche et son sourire le trahissent. Il ressemble à s'y méprendre au curé Bruneau. Amédée s'empresse d'écrire à sa mère pour lui raconter l'arrivée impromptue de son frère Denis et son étrange odyssée.

23. L'HÉRITIER TANT ATTENDU
1853-1855

« *Ce qui nous perce, nous broie le cœur, c'est qu'il nous semble que nous sommes bien coupables de cette mort.* »

Ça y est, Mary est de nouveau « dans un état intéressant ». Amédée l'admet, il espère un héritier. Il l'appellera Louis-Joseph, comme son père.

Son espoir a bien failli partir en fumée. Il n'oubliera jamais le 29 septembre 1853. Après avoir assisté à une comédie anglaise au théâtre de la rue Côté, Mary et lui regagnaient tranquillement Lis Carol. Dans la voiture, ils ont baissé les stores à cause du froid. Rendu à la rue Craig, coin Saint-Laurent, vis-à-vis la nouvelle maison du docteur Wolfred Nelson, son chauffeur Michael, dont il ne peut dire s'il était ivre ou simplement endormi, a fait passer son cheval sur un gros tas de briques et de terre abandonné au milieu de la chaussée. Le cab a versé. Par chance, la bête n'a pas rué, sinon elle les aurait tués. Une longue minute s'est écoulée avant qu'Amédée, couché sur le dos, réussisse à atteindre la poignée et à ouvrir la portière. Mary s'est blessée quand sa main a traversé la vitre brisée. Le sang coulait là où son gant s'était déchiré. À part cette légère coupure au doigt et une prune au front, elle s'en est tirée sans trop de mal. Mais elle a eu la peur de sa vie, ce qui dans son état – elle est enceinte de trois mois – pouvait être dangereux. Avec l'aide de deux policiers et de quelques passants, Amédée a relevé l'équipage, pendant que Mary, assise sur une bûche, grelottait de froid.

Naturellement, l'accident a fait le tour de la famille. Julie a félicité Mary :

« Vous êtes une vraie Canadienne et non une délicate et nerveuse Américaine. »

——◆——

« Pauvre journal si négligé ! » soupire Amédée.

Nous sommes le 21 janvier 1854 et il n'a rien écrit depuis plus d'un mois. N'eût été la grosse bordée de neige qui a fait sortir les traîneaux et l'a retenu à la maison, il n'aurait sans doute pas ouvert son cahier. C'est qu'il est passablement occupé, en ce début d'année. Au greffe, ses collègues brillent par leur absence. Monsieur Monk est de plus en plus tourmenté par la goutte et monsieur Coffin est perclus de rhumatismes. Forcé de tenir seul la Cour supérieure, leur associé se voit obligé de suivre le détestable procès dont tout le monde parle, celui d'un monstrueux mari, dont la femme maltraitée vient de mourir, et qui a pris la poudre d'escampette avec ses filles, orphelines de mère.

Le diariste infidèle passe sous silence l'élection municipale du 5 mars, même si l'on sait par ailleurs qu'il s'est démené comme un diable pour faire élire Édouard-Raymond Fabre, le grand ami de Papineau. Ce fut peine perdue. Contre toute attente, Wolfred Nelson est devenu maire de Montréal, lors de ce premier scrutin au suffrage populaire. Amédée donne libre cours à sa colère :

« C'est à cracher dessus, rien de plus », dit-il à son père.

Comme tous leurs proches, il s'attendait à la victoire du libraire, qui a mené une lutte digne au traître Nelson. Nul doute dans son esprit, l'élection est entachée de fraude. Pour épancher son indignation, il s'échine à tailler ses arbres. Mais sa rancœur le rattrape. Le bon peuple canadien si moral, si candide, si primitif est… si bête.

« Vous avez là la mesure de leur intelligence, de leur patriotisme, de leurs vertus, tempête-t-il. J'en suis malade. »

Le libraire Fabre n'aura guère le loisir de voir son adversaire aux commandes de Montréal. Quatre mois plus tard, il succombera au choléra.

Le 16 mars, Mary accouche d'un garçon de sept livres et demie. Cette fois, la délivrance se passe vite et bien. Julie l'avait prévenue : c'est toujours plus facile au deuxième. En apprenant la naissance d'un héritier du nom, Papineau verse des larmes de joie. Impatient de serrer dans ses bras son premier petit-fils, Louis-Joseph, il brave les chemins en vilain état, à l'orée du printemps, et file à Montréal. De Lis Carol, il écrit à Julie :

« L'enfant est beau et parfait de tout point [...], comme le grand-père parrain est beau et parfait, ni plus ni moins. »

En vertu d'une entente, les filles du couple Papineau/Westcott sont élevées dans la religion de leur mère et les garçons, dans celle de leur père. Le curé de Verchères, grand-oncle du nouveau-né, célèbre le baptême auquel Julie, Ézilda et Azélie n'assistent pas. Elles n'ont pas osé se risquer sur les routes. Rosalie Dessaulles sera marraine. Un joyeux festin suit à Lis Carol. Les invités sirotent un délicieux Catawba mousseux de Cincinnati à la santé de la belle maman. Pendant ce temps, le bébé qu'Eleanor appelle Bébi Papo dort comme une marmotte dans son berceau.

Ce qui avait débuté comme une tempête printanière se transforme en ouragan et laisse deux pieds de neige au sol. Papineau juge plus sage de prolonger son séjour à Montréal. C'est au tour de Julie de trouver le temps long à la Petite-Nation. Elle lui écrit :

« Je suis assez raisonnable pour consentir à ce que tu restes quelques jours pour faire des affaires, mais non pour te permettre de te dégrader. »

Ce qui signifie : « ... non pour perdre ton temps. »

⊰◆⊱

Un mois après la naissance de son fils, Amédée effectue un voyage d'affaires à New York avec Louis-Antoine Dessaulles. Après avoir conclu quelques transactions à Broadway et sur Wall Street, il dîne seul et assiste à une comédie au théâtre de Wallack, « le meilleur de New York ». Pendant ce temps, son cousin s'adonne à son passe-temps favori : le spiritisme. Le lendemain, leur amie Mrs Eliza Porter-Beach, une adepte comme Louis-Antoine du monde des esprits, les invite tous les deux à l'accompagner chez une fameuse médium du nom de Mrs Brown. Amédée se laisse convaincre. Dans son journal, il ironise :

« C'est en tremblant que je cherchais à m'approcher de la pythonisse et de son trépied. Je fus surpris de ne trouver qu'un élégant salon et un joli minois de femme de 30 ans. »

La séance dure plus d'une heure au cours de laquelle les esprits de l'autre monde se manifestent à qui mieux mieux. Amédée retient son fou rire, sous les yeux scandalisés de Dessaulles et de Mrs Beach. Il raconte :

« Ce fut mon grand-père Papineau, puis mon frère Gustave qui, tour à tour, s'annoncèrent à moi comme étant très heureux et voulurent me convaincre et m'étonner en répondant à mes questions mentales ou écrites... »

Bon joueur, il demande à son frère à quel âge il est décédé. Gustave insiste pour lui dire qu'il est mort à dix-huit ans, alors qu'en réalité, il en avait vingt-deux. D'où un regain de scepticisme chez l'incrédule, qui ne manque pas de se payer la tête de son cousin dans les pages de son journal :

« Dessaulles qui, déiste d'abord, est maintenant prêt à se jeter dans cette nouvelle école "spiritualiste", assista à plusieurs séances subséquentes et les Esprits récompensèrent sa foi et sa crédulité, non seulement en conversant avec lui, comme avec moi, par l'alphabet et les *rappings* ou frappements de doigts, mais en le touchant et sonnant une clochette, sous et sur la table, etc. Si ce n'est pas une révélation religieuse nouvelle, c'est une habile imposture. »

Sur le chemin du retour, les deux cousins se séparent. Dessaulles est pressé de regagner Saint-Hyacinthe dont il est le maire, tandis qu'Amédée s'arrête à Saratoga. Plus précisément à la fontaine du Congrès afin, insinue son cousin, de se livrer à son « goût pervers » pour l'eau de source qu'il préfère, ô scandale ! au champagne.

Par un curieux hasard, les deux cousins se croisent de nouveau à Troy, non loin d'Albany. Amédée, qui croyait Dessaulles rendu à Burlington, lui lance, pince-sans-rire :

« Est-ce bien ton corps et ton âme, ou ton esprit seul, que j'aperçois ? Me revient-il de la troisième ou de la septième sphère ? »

Les « esprits », sans doute offensés, s'amuseront à compliquer le voyage de retour d'Amédée. Au départ, les inondations immobilisent son train, l'eau des montagnes s'accumulant tel un torrent de part et d'autre de la voie ferrée. Il se résigne à poursuivre en bateau, avec les retards que cela suppose. Lorsqu'il débarque enfin au quai de Montréal, à onze heures du soir, il patauge dans trois pouces de boue pour se trouver un *cab*. Nouvelle perte de temps, une centaine de voyageurs se disputent les rares voitures disponibles. Après s'être démené comme un diable, il se félicite d'en attraper une, sans se douter que la malchance lui colle à la peau. Il raconte :

« En route, je m'aperçois bientôt que mon jeune cocher irlandais est ivre et qu'il assomme son haridelle de cheval (picouille) pour lui faire faire deux courses et gagner lui-même deux piastres, avant que l'heure fatale de minuit sonne. »

Secoué par les cahots, le *cab* monte la rue Saint-André. Amédée aperçoit Lis Carol dont la silhouette se dessine dans le ciel obscur. À moins qu'il s'agisse de son fantôme ! Tout à coup, il sent la voiture s'affaisser dans une ornière jusqu'aux moyeux des roues.

« Le cheval, hors d'haleine, malgré les cris et les coups de sa brute de meneur, ne put jamais sortir seul. Il me fallut plonger dans le bourbier… » Il aura besoin de quatre hommes pour l'aider à tirer la bête et la calèche du profond sillon. À bout de nerfs et crotté jusqu'aux genoux, il arrive enfin chez lui. Toute la maisonnée ronfle, y compris son beau-père.

En mai, la Société Saint-Jean-Baptiste de Québec invite Papineau à porter les cordons du poêle lors de la translation des restes des héros de la célèbre bataille de Sainte-Foy remportée par le chevalier de Lévis. Le patriote se réjouit de commémorer le souvenir des Français et Canadiens qui, en 1760, ont lutté courageusement contre l'invasion étrangère. Quand, peu après, il lit dans le *Journal de Québec* que le monument sera élevé « à la mémoire des deux nations respectives », il se désiste. Il veut bien célébrer l'amour désintéressé de la patrie, mais non la gloire du conquérant anglais.

« Qu'une société toute nationale demande à associer dans la même fête et ceux qui sont morts pour conserver leur nationalité et ceux qui sont morts pour l'assujettir, me paraît un bizarre contresens et une abjecte flatterie », conclut-il.

Amédée l'appuie sans réserve :

« Votre réponse au Comité de Québec pour l'apothéose des vaincus et vainqueurs de 1760 est parfaitement ce qu'elle devait être. C'est une lâcheté et une hypocrisie, comme nous Canadiens en savons toujours faire. »

Drapé dans la toge du parfait fonctionnaire soumis à un devoir de réserve, Amédée suit son penchant naturel et fait de la politique par personne interposée. Il approuve ou désapprouve Papineau, le félicite ou le blâme, tout en tâchant de ranimer en lui le feu sacré. La deuxième session du quatrième Parlement est sur le point de commencer et avant de partir pour Québec, son père a prévenu Julie : ce sera son dernier tour de piste. Après, il ne la quittera plus.

À mi-chemin, Papineau s'arrête à Lis Carol pour embrasser ses petits-enfants. Amédée en profite pour lui faire ses recommandations. Connaissant l'incurable malice de son père, il le supplie d'éviter les coups de langue et de ne blesser personne, surtout pas les membres du cabinet qui le rémunèrent, lui, son fils. Le solliciteur général Drummond, devant qui il a plaidé sa cause, a promis de revoir le salaire des fonction-naires les moins payés. Papineau ne doit pas compromettre ses chances pour le simple plaisir de tirer quelques flèches.

Tandis qu'il s'inquiète du redoutable pouvoir des mots de son père, ce dernier gagne sans enthousiasme sa place dans la salle de musique où siège l'Assemblée, rue Saint-Louis, depuis que l'Hôtel du Parlement de Québec a brûlé. Il suit distraitement les débats et demeure froid au milieu des brûlantes intrigues. Le cœur n'y est plus. Il éprouve du dégoût et de la répulsion. Il a perdu confiance en ses collègues, qui ont accepté l'injuste sort que l'Angleterre a fait aux Canadiens et qui repoussent toutes les réformes sérieuses.

Amédée peut dormir en paix, Papineau ne fera pas d'esclandres. Pourquoi mettrait-il sa santé en danger pour si peu ? Plutôt que d'étirer ses veillées en Chambre ou de prononcer de vains discours, il attrape son chapeau et va se coucher, laissant les ministres pérorer jusqu'à deux heures du matin. Lorsque, après dix jours, le gouverneur Elgin met fin à la session sans qu'aucune loi d'importance n'ait été adoptée, il soupire de soulagement. Il se voit déjà lisant Sénèque dans son manoir ou regardant pousser ses œillets et ses giroflées dans sa serre.

Quand lord Elgin annonce la tenue de nouvelles élections, Amédée se prend à espérer que Papineau redeviendra le chef. Le patriarche est soumis à de rudes pressions. Ses partisans l'assurent qu'il serait réélu haut la main. On lui offrirait même le fauteuil présidentiel. Apparemment, les tories voteraient pour lui. Évoquant l'orgueil blessé de son père, sali dans la boue par ses anciens amis, Amédée ajoute sa voix et plaide en faveur d'une nécessaire réhabilitation. La présidence de la Chambre redorerait de belle manière le blason de son père.

« Pensez-y ! »

Cette fois, Papineau ne plie pas. À soixante-huit ans, il dépose les armes. Quand Amédée revient à la charge, il s'emporte. Que ce soit clair, la présidence qu'on lui fait miroiter, il n'en veut pas, parce qu'il ne pourrait pas en remplir les devoirs.

« Tu sais que je deviens assez dur de l'ouïe pour ne pouvoir suivre les débats correctement, assez délicat de santé pour ne pas tenir à des veillées jusqu'à deux et trois heures du matin. »

Du reste, ce mince avantage ne suffirait pas à le convaincre d'abandonner sa famille à la Petite-Nation pendant quatre à cinq mois. Sa femme n'est plus jeune et lui, il est vieux. Comme dit Julie, tous les deux sont sujets à des maladies imprévues. Il convient qu'ils restent ensemble pour s'entraider à supporter leurs misères.

Non, Papineau n'a plus rien à faire dans cette galère. Le choléra vient d'emporter son ami Fabre. À soixante-neuf ans, son cousin Louis-Michel Viger souffre de troubles cardiaques qui mettent sa vie en péril. Ceux qui l'ont trahi ? Son calomniateur Wolfred Nelson règne désormais à la mairie de Montréal, tandis que Louis-Hippolyte LaFontaine, le petit Napoléon du Bas-Canada, occupe le siège de juge en chef de la

Cour du Banc de la Reine. Ils peuvent briller, Papineau ne ressent plus d'animosité envers eux.

«Je t'avais dit que je ne voulais pas retourner à la vie publique, c'était final», rappelle-t-il à l'insistant Amédée d'un ton ferme.

Que son fils se le tienne pour dit : il n'est plus loin le temps où il lancera, confortablement installé dans son manoir qu'il a rebaptisé une fois pour toutes Montebello :

«Je prends racine ici.»

L'été de 1854 connaît des chaleurs extrêmes. Amédée passe ses vacances à Montebello, qu'il persiste à appeler Montigny. Mary, plus ravissante que jamais, l'accompagne avec le petit Louis-Joseph âgé de quatre mois et Ella, qui danse la polka sur l'air de *Yankee Doodle*, comme au temps de la Révolution américaine. Après tant d'émois, il fait bon de se retrouver en famille, même si l'absence de Gustave et celle de Lactance se font cruellement sentir.

Au lieu de pêcher avec ses cousins ou d'entreprendre une expédition en forêt, comme il l'a fait si souvent par le passé, Amédée se découvre des talents de menuisier. Chaque matin, armé d'un marteau et d'une scie, il s'affaire sur le chantier qu'il n'abandonne qu'à la tombée du jour. L'idée de construire une chapelle funéraire a germé dans son esprit à la mort de Gustave. Il la voulait près de la maison, afin que la famille puisse aller s'y recueillir à pied. Après avoir hésité entre un modèle d'inspiration gothique ou gréco-italien, son père et lui se sont mis d'accord sur un style architectural rustique et sans prétention qui tranche avec la démesure du manoir. D'autres bonnes disputes leur ont permis de décider que le petit édifice serait en pierre plutôt qu'en brique, mais c'est Amédée seul qui en a tracé les plans. L'objectif : y transporter les restes de son grand-père Joseph Papineau, qui repose au cimetière de Montréal depuis l'été de 1841, et ceux de Gustave, ensevelis sous l'église du village. Du lac de Saratoga, il a rapporté des cèdres rouges, ou cyprès, qu'il plante de chaque côté du nouveau bâtiment.

Les ouvriers ont terminé le clocher et la toiture. Ils posent les deux splendides vitraux qu'Amédée a commandés à un artiste américain. Sous le plancher, on a aménagé une crypte de cinq pieds de haut. Tout est maintenant en place, ne reste plus qu'à orner les chapiteaux et installer les culs-de-lampe. L'autel de style roman en imitation de marbre et les ornements ecclésiastiques seront livrés sous peu. À New York, il a acheté un tableau de la Résurrection. Comme il ne regarde pas à la dépense au moment d'acquérir un objet d'art, la décoration de la chapelle lui coûte les yeux de la tête. Papineau s'en plaint : ce projet s'avère trop dispendieux pour un simple particulier. C'est le monde à l'envers. À son tour, il invite son dépensier de fils à la modération. Il n'empêche que toute la famille trouve l'ensemble très beau.

À la mi-août, tandis qu'il prend les mesures du vitrail de l'œil-de-bœuf qui jettera une lumière tamisée à l'intérieur de la chapelle, il aperçoit Lactance, son baluchon sous le bras. Pour une surprise, c'en est toute une. Après deux ans et demi d'un séjour relativement serein au monastère, séjour ponctué d'épisodes de noire mélancolie et de ferveur excessive, son frère réapparaît sans crier gare. Maigre, le visage émacié, l'air hagard, il explique son retour inopiné. Les Oblats de Bytown l'ont berné. Entré comme novice au monastère, il a attendu patiemment le moment de recevoir les ordres mineurs pour ensuite accéder à la prêtrise. Les ordinations se sont succédé sans qu'il soit appelé.

En réalité, les Oblats n'ont jamais vu en lui un véritable candidat au sacerdoce. Ils lui ont fait porter l'habit simplement pour l'aider à surmonter sa dépression et à lutter contre ses vilains penchants. À Bytown, on l'appelait frère Jésus-Marie, religieux oblat de la Très-Sainte et Immaculée Vierge Marie, et il devait le rester tant qu'il y vivrait. Aigri par l'attente, maussade aussi, il ne se montrait pas franchement grossier au monastère, mais il s'emportait pour tout et pour rien. À présent, ne tolérant plus son statut, il s'est enfui.

Au manoir, sa présence ravive les tensions. Le malheureux Lactance n'a aucun contrôle sur lui-même. À chaque instant, l'on redoute ses crises de nerfs. Tant qu'on ne le contrarie pas, il se conduit bien, mais dès qu'on lui refuse quelque chose, il explose. Niant d'abord l'évidence,

Papineau et Amédée ont voulu croire que la chaleur excessive l'énervait, le surexcitait. L'explication était un peu courte et tous deux se rendent bientôt à l'évidence : le pauvre n'a plus toute sa tête et il ne peut rester sous le même toit que sa mère et ses sœurs.

La solution viendra du principal intéressé. Dans son for intérieur, Lactance nourrit le fantasme d'aller vivre en Europe. Plutôt que de s'opposer à ce projet auquel il s'accroche comme à une bouée de sauvetage, ses parents l'encouragent. Une fois de plus, l'évêque de Bytown, monseigneur Guigues, vient à la rescousse. Il existe à Lyon, en France, un hospice réservé aux membres du clergé atteints de maladie mentale. En accord avec Papineau, le prélat demande l'internement de son protégé. Tout content, Lactance fait ses malles. Il croit s'en aller en pèlerinage à Jérusalem pour parfaire son éducation religieuse et recevoir d'un évêque d'outre-mer la tonsure et les ordres sacrés. Il se propose même d'arrêter à Rome pour demander au pape la canonisation de son frère Gustave.

Le 20 août, avant le départ du *steamer* pour Liverpool, il griffonne quelques mots sur une feuille à l'intention de Julie :

« Chère maman, la Vierge m'est apparue. Elle m'a promis de me guider sur les mers, car elle a une mission à me confier. Confidentiellement, je dois réformer l'Église canadienne de fond en comble. Vous n'avez plus de souci à vous faire pour moi. Je vous bénis. Votre fils bien-aimé, Lactance. »

Deux jeunes prêtres du Séminaire de Québec, Elzéar-Alexandre Taschereau, futur cardinal et archevêque de Québec, et Thomas-Étienne Hamel lui servent de chaperons à bord du *Charity*. Tout se passe bien sur l'océan, Lactance étant forcé de garder le lit à cause du mal de mer. En France, il se laisse docilement conduire à la Maison des Hospitaliers de Saint-Jean-de-Dieu, à Lyon. Sa première lettre à ses parents est affectueuse, voire touchante. Une missive « très sensée », selon Julie. Mais il ne semble pas être conscient de son état.

« C'est la plus grande épreuve pour une mère, et bien difficile à supporter », confie Julie à Amédée, le seul à qui elle peut livrer ses tourments.

Après un bien triste automne passé seul à Lis Carol – Mary et les enfants ont prolongé plus que de coutume leur séjour annuel à Saratoga –, Amédée prépare chez lui un Noël inoubliable pour les siens. Ella connaît maintenant la légende de *Santa Claus*. Avant d'aller se coucher, elle a suspendu son chausson à sa couchette. À présent, elle dort d'un sommeil agité, guettant la visite du bonhomme à la barbiche blanche qui remplira les bas des petits enfants sages. Pendant ce temps, sa maman et son papa décorent jusqu'à minuit le sapin qu'ils ont posé au milieu de la grande table du salon. Après l'avoir orné de fleurs et de rubans, ils suspendent les cadeaux des bambins. Au réveil, Ella se chargera de distribuer ceux destinés aux *aunties* et aux serviteurs.

Soudainement, au début de février 1855, le petit Louis-Joseph combat un gros rhume. Rien pour inquiéter ses parents. L'enfant de onze mois n'a jamais eu le moindre malaise et jouit d'une excellente santé. Puis, le 25, après un long silence, Amédée se confie à son journal :

« J'ai une horrible page à remplir ! Je n'en ai ni la force, ni le courage. Quel vide et quelle froideur nous entourent et nous glacent ! »

Que s'est-il passé en cet hiver particulièrement coriace ? Jour après jour, le thermomètre indiquait trente-neuf degrés sous zéro. Amédée raconte :

« Le rhume (que nous croyions léger) de ce cher petit Louis-Joseph en fut intensifié au point que, le dimanche 4, j'envoyai chercher le docteur Macdonnell. Lundi, il revint deux fois. Le soir, il nous dit : *"Oh ! my little man is much better, and will be better still tomorrow."* »

Contrairement aux prévisions de l'homme de l'art, le mardi matin, l'état de l'enfant s'était détérioré sous les yeux de ses parents impuissants.

« À midi et demi, le cher petit ange était au Ciel ! », écrit Amédée à ses parents.

Les mots lui manquent pour décrire le coup, si poignant et si inattendu, qui les a presque tués, Mary et lui. Le souvenir de leur fils en proie aux étouffements les obsède. Ils ne comprennent pas où ils ont failli. Louis-Joseph a-t-il succombé parce qu'on lui a administré des remèdes trop puissants ? Inappropriés ? A-t-il été victime du froid meurtrier ? Ou de leur confiance aveugle en la santé d'un enfant n'ayant jamais connu un moment d'indisposition depuis sa naissance ?

Dans une lettre émouvante à Julie et Papineau, Amédée reconstitue le fil des événements. Qui mieux qu'eux pourraient comprendre sa douleur ? N'ont-ils pas déjà éprouvé la même ?

À son chagrin s'ajoute le sentiment d'être responsable de la mort de son fils. Brisé par les souvenirs de ces jours funestes, il oscille entre l'affaissement moral et la stupeur nerveuse.

« Jusqu'à hier, écrit-il, je ne pouvais fixer mes pensées, encore moins vous tracer une ligne. Aujourd'hui, je le fais, je ne sais trop pourquoi. Ce qui nous perce, nous broie le cœur (à tous deux, quoique moi je ne lui avoue point), c'est qu'il nous semble que nous sommes bien coupables de cette mort. »

Sans fausse pudeur, il poursuit sa confession :

« N'avoir pas vu, compris, senti par l'instinct des parents ! que cet enfant était malade, bien malade ! », voilà ce qu'il ne comprend pas. « Nous le laissions, avec ce rhume infâme et rongeur, satisfaire son ardeur à se rouler et traîner sur nos planchers à courants glacés. L'enrouement augmente ; au lieu d'envoyer chercher le médecin, nous nous contentons d'un ou deux légers émétiques. »

Ce vendredi-là, Louis-Antoine Dessaulles, sa femme et leur petite Caroline ont passé la journée avec eux. Ensemble, ils ont bu du champagne et fêté joyeusement, abandonnant Louis-Joseph « aux soins ou non-soins de la nourrice ». Le lendemain ou le surlendemain, c'est confus dans la mémoire d'Amédée, Mr Westcott, qui était en visite, a fait demander le médecin, qui a conclu à un mauvais rhume.

Le dimanche soir, le froid meurtrier a augmenté jusqu'à rendre la maison inconfortable. Amédée s'est décidé, contre l'avis de Mary, à allumer la fournaise, seule façon de lutter contre les courants d'air qui s'introduisaient à travers les vitres et perçaient les murs. « J'y trouve trois bûches restées du mois d'avril dernier, raconte-t-il à ses parents. Je les allume. Bientôt, le tuyau à fumée qui court dans la chambre de

Mr Westcott se met à condenser la fumée qui se répand en flots de suie sur sa valise, le tapis, le poêle de sa chambre. Il faut tout recouvrir de gazettes, torchons, et de plats et bassins. » D'où la décision prise le lendemain de ne plus chauffer. Ce lundi matin, le docteur trouve l'enfant «un peu mieux» et lui donne des prises de calomel et *Dover powders*, en plus de quelques gouttes de vin d'ipéca. Il est sûr de l'avoir réchappé.

Les jours suivants, l'enfant toussait moins, ne râlait plus, mais il combattait la fièvre et avait toujours soif. Il mangeait tout sans rechigner : sucre et fiel, eau de gomme, ipéca, bouillon de poulet (en quantité), farine, poudres et médecines.

« Il ne pouvait plus sans douleur ni répugnance prendre le sein et avaler le lait fiévreux et agité de sa mère ! L'on mit ses petits pieds dans l'eau chaude pour la première fois de sa vie. Il s'y soumet avec la même résignation débonnaire et souriante qu'il entrait tous les jours dans son bain glacé qu'il aimait tant. »

Le jour tomba et Amédée voulut rallumer la fournaise pour la nuit. Son beau-père s'y opposa, Mary aussi. Elle croyait que la chambre de son père serait trop chaude.

« Je cède, avouera-t-il honteusement. C'est là mon crime ! »

Toute la nuit, il la passa debout. L'enfant ne voulait plus rester dans son berceau et la nourrice l'avait couché sur ses genoux. De demi-heure en demi-heure, il prenait un remède ou quelques gouttes de bouillon ou d'eau gommée. Enveloppé dans des couvertures, il transpirait un peu ; il n'a donc pu attraper du froid que par sa pauvre petite poitrine malade. Il ne dormait pas, seul l'opium l'assoupissait.

Prenant ses parents à témoin, Amédée s'accable de blâmes :

« Je fourgonne incessamment le foyer de notre poêle Franklin et tous les poêles et cheminées de la maison, excepté toujours cette fournaise qui seule pouvait, dans notre chambre, lutter contre le meurtrier envahisseur. »

À une heure du matin, il tomba de sommeil. Lorsqu'il ouvrit les yeux en sursaut sur le coup de deux heures, le froid avait envahi la pièce.

« Je cours au thermomètre. Il ne marque que 54 °. Le foyer est presque éteint. L'enfant, toujours sur les genoux de sa nourrice, a recommencé à respirer bruyamment. »

Amédée réveille Mary qui, épuisée par plusieurs nuits de veille, avait consenti à dormir dans son lit, apaisée par les paroles rassurantes du médecin.

« Ciel, s'affola-t-elle, quel enrouement ! »

L'émétique qu'elle administra à son fils resta sans effet. Elle lui donna un bain de pieds à la moutarde, puis posa un nouvel emplâtre sur sa poitrine. À présent, il faisait jour. Amédée envoya chercher le docteur. Il n'arriva qu'à neuf heures pour examiner le petit malade. Amédée le questionna. Que signifiaient ces sueurs froides, cette pâleur cadavérique, cette oppression ? En quittant la chambre, le médecin dit :

« Il est bien malade.

— Hier, vous me disiez que c'était une bronchite aiguë !

— C'est plutôt une inflammation rapide, congestion des poumons », corrigea le médecin.

Amédée avait compris : Louis-Joseph ne s'en tirerait pas. Étendu sur le lit de sa mère, le petit ne semblait pas souffrir. Ses grands yeux noirs grandissaient encore.

« Il les promène lentement sur nous, et de côté et d'autre, regarde souvent l'anneau doré au plafond de notre lit, un de ses amusements ordinaires. Mais, mouvement nouveau que nous n'apprécions pas d'abord, il les lève quelques fois plus haut, vers le Ciel. Ce mouvement se répète ensuite de plus en plus souvent et finit par se prolonger au-delà de l'orbe visuel… vers la fin ! »

Le docteur appliqua des mouches très fortes à la poitrine, aux côtés et au cœur. La congestion continuait, la respiration devenait plus lente, plus hésitante, la circulation diminuait, le sang quittait les extrémités et refluait aux poumons. Amédée et Mary observaient ses petites lèvres livides et contractées, le léger froncement qui affectait ses sourcils, sa vue voilée… Toutes les dix minutes, le docteur le ranimait avec quelques gouttes d'éther, mais l'effet ne durait point et le collapsus revenait. L'espoir abandonnait les parents. Ni les remèdes extrêmes ni les mouches ou la térébenthine n'agissaient plus. La peau de l'enfant avait perdu sa sensibilité. Entre midi et une heure, le 6 février, Louis-Joseph s'éteignit. Pas un frissonnement, pas un cri ni un soupir, à peine deux ou trois légers hoquets, et l'agonie s'acheva. Longtemps après, Mary le crut simplement assoupi. Pendant trois heures, elle parcourut la chambre en criant :

« *Oh! Doctor do not leave us, can you save him! Can he die! Oh, can he die! Is he better? Is he not better?* »

Amédée lui répétait : « *He is gone to Heaven.* » Elle se précipitait sur l'enfant qu'elle cherchait à ramener à la vie en le réchauffant.

« Oh! les tortures de ces deux heures ne se récitent point », confie-t-il encore à ses parents.

Alors, Mary, avec un courage surhumain, se traîna jusqu'à sa berceuse, son fils dans ses bras. Elle donna ses directives à son mari et à la nourrice, qui procédèrent à la toilette du petit. C'est elle qui choisit dans ses tiroirs la chemise, les bas et la camisole qu'il porterait dans son tombeau.

« Quand tout fut fini, elle l'enveloppa dans un drap et une petite couverte et le coucha dans son berceau placé dans la *nursery*, ferma la porte et courut à sa chambre se jeter sur son lit. »

À partir de cet instant, seul Amédée s'occupa du corps inanimé. Il le transporta d'abord dans une pièce plus froide pour la nuit et, au matin, le posa sur le sofa du petit salon, où le daguerréotypiste le fixa pour l'éternité. Après, il le déposa dans son cercueil au fond du grand salon. Amédée en conserva la clé. Personne ne put y entrer en son absence.

De toute manière, la pauvre mère ne se résignait pas à voir son fils dans son petit cercueil de fer.

« Elle a raison, conclut Amédée. L'altération, quoique très lente, se fait néanmoins et me remplit d'inquiétude et d'incertitude. »

Il aurait voulu le déposer dans les caves du couvent de la Providence jusqu'au moment de le conduire à la chapelle funéraire de Montebello, mais cette idée révolta Mary.

« Elle ne veut pas qu'il quitte notre toit, que pour se réfugier dans le tombeau de ses pères… »

Ainsi s'achève le bouleversant cri de douleur d'Amédée. Seul avec le cercueil de son fils unique, il entreprend le long voyage de Lis Carol à Montebello. Papineau l'attend au manoir, inconsolable. Julie et lui ont perdu plusieurs enfants. Leur détresse passée remonte à la surface, cependant qu'ils pleurent la perte de leur premier petit-fils, ce Louis-Joseph qu'ils avaient tant souhaité. Si Papineau n'avait pas été aussi malade, aussi vieux, il serait allé chercher l'enfant à Montréal, au lieu de laisser Amédée voyager seul avec ses précieuses reliques, la chair de sa chair, les os de ses os.

Il arrive enfin. La fatigue se lit sur son visage. En compagnie de son père, il dépose son petit Louis-Joseph dans la chapelle funéraire qu'il s'était dépêché de terminer l'été précédent.

« C'est mon cher fils aîné qui nous y précède tous, note-t-il dans son journal; c'est mon aïeul, Joseph Papineau et mon pauvre frère Gustave que je pensais y déposer les premiers, dès le printemps prochain! »

En le voyant repartir si effondré, Papineau s'inquiète. Il écrit à Mary de faire examiner son mari par le docteur Macdonnell. Après les tortures de l'âme et les fatigues physiques qu'il vient d'éprouver, il doit réformer son régime. Seuls des repas à heures régulières lui assureront une bonne digestion, peut-être aussi quelques légers purgatifs afin d'éliminer ses flatuosités d'estomac qui le fatiguent et incommodent ceux qui l'aiment.

———◆———

Quatre mois après, le 25 mai, Amédée se rend avec son père à l'église paroissiale de la Petite Nation pour en ramener le corps de Gustave. Il reposera chez lui, auprès des siens. Au moment même où le cercueil disparaît sous la voûte de la chapelle funéraire, sa mère, ses sœurs et la vieille Marguerite, à qui il voulait épargner la scène, accourent. Leur chagrin le bouleverse.

Amédée repart. Il ne lui reste plus qu'à organiser le dernier voyage de son grand-père Joseph Papineau. Muni des permis émis par les autorités civiles et religieuses, il procède à l'exhumation de ses restes au cimetière catholique du Faubourg Saint-Antoine. Il s'attendait à ne trouver que des ossements desséchés et s'étonne, en ouvrant l'énorme cercueil parfaitement intact, de constater que le corps inhumé quatorze ans plus tôt est à moitié inaltéré, le tronc, toujours entouré de son linceul, et les cuisses, de leurs chairs et graisses. De la tête et des jambes, il ne reste que les os. Peu d'odeur.

« Pépé mesurait six pieds au moins de hauteur, et beaucoup d'embonpoint. »

Le vieillard avait quatre-vingt-huit ans, mais il avait conservé la vigueur de ses soixante ans.

Obligé de rester à Montréal, Amédée reconduit le cercueil et le monument funèbre de son grand-père au quai d'où partira le *Charlotte*. Pour la dernière fois, Joseph traversera sa chère Petite-Nation avant d'aller rejoindre son petit-fils Gustave et son arrière-petit-fils Louis-Joseph dans la chapelle familiale.

« Et c'est là, écrit Amédée, que ses descendants, nous irons tour à tour nous grouper autour de lui. Lui, chef de notre famille, et fondateur et premier colon de la Petite-Nation, c'est bien là qu'il doit finalement reposer. C'est une sainte, mais triste mission que je remplis là. Tout est deuil autour de nous ! Depuis des années, la Mort nous couvre sans cesse de son ombre. »

24. UN COUP À L'ESTOMAC
1854-1857

« *Permettez que je vous le dise, chère maman : vous avez tort et vous faites mal.* »

Au mitan des années 1850, l'abolition du régime seigneurial occupe tous les esprits. L'idée fait son chemin, si bien que dans les campagnes, les paysans pressés de se libérer de leurs redevances se traînent les pieds. Papineau le déplore :

« Les censitaires sont plus lents à travailler et à payer que jamais. »

Amédée lui conseille de les poursuivre en cour, mais son père ne s'y résout pas.

« J'y répugne infiniment », avoue-t-il.

Dans ce dossier, tout le monde prêche pour sa paroisse. Qui, des censitaires ou des bourgeois, réussira à tirer ses marrons du feu ? D'entrée de jeu, les Papineau font leur lit. Jamais la complicité entre Amédée et son père n'a été aussi absolue. Ils joignent leurs forces pour faire échec à ce démantèlement.

Héritée du système féodal importé de France au début du XVIIᵉ siècle, la tenure seigneuriale vit ses dernières belles années au Canada français. Son fonctionnement est simple : le seigneur concède ses terres à des colons qui en deviennent propriétaires à condition de lui payer des taxes, de participer à des corvées et de moudre leur grain à son moulin. Certains seigneurs abusent de leur pouvoir. Pour s'acquitter de leurs obligations, les censitaires endettés se voient alors forcés d'effectuer des travaux pour le compte du propriétaire et de contribuer à l'exploitation forestière comme main-d'œuvre saisonnière. Se sentant lésés, ils multiplient les pétitions et réclament justice à leurs députés.

En Chambre, le débat se corse entre les tenants du régime et les opposants. Pour Papineau, supprimer les droits seigneuriaux équivaudrait à spolier les seigneurs. Comment un grand démocrate imprégné des valeurs de liberté chères au voisin américain peut-il faire si peu de cas de la situation précaire des paysans ? Pour se justifier, il soutient que les propriétaires jouent le rôle d'agent de colonisation et qu'il faut protéger le droit sacré de la propriété. Au tournant du siècle, son père a acheté sa seigneurie du Séminaire de Québec dans le but d'assurer la survie des Canadiens français à qui le gouvernement anglais refusait les terres pour les donner aux Anglais. Il poursuit dans le même esprit.

Plus prosaïque, Amédée ne songe qu'aux intérêts de la famille que l'abolition du régime mettrait en péril.

« Nous serons ruinés », répète-t-il.

Déjà, en juin 1850, LaFontaine avait proposé un compromis pouvant rallier les uns et les autres. Il s'agissait de libérer les censitaires de leurs fardeaux, sans spolier l'homme qui de bonne foi avait consacré ses capitaux à une seigneurie.

« Si le seigneur refuse l'accommodement, un jour viendra où il le regrettera », avait-il prédit, en visant Papineau.

Ce dernier lui avait répondu par la bouche de ses canons :

« Je méprise les agitateurs qui veulent abolir la tenure seigneuriale », s'était-il entêté, avant de répéter son credo : « Cette tenure sur laquelle on a tant crié est le fruit de la sagesse et de la justice, et il est absurde de supposer que les seigneurs puissent être obligés à céder leurs terres, bon gré mal gré. »

Plus en colère qu'inquiet, il invective ses adversaires, des « mendiants de la popularité » et des démagogues. Son fils, lui, s'use les yeux à fouiller la jurisprudence en quête de munitions pour réfuter les arguments des « agitateurs ». Les seigneurs auront besoin de bons avocats pour plaider leur cause devant la Chambre.

Le temps presse. En vertu du projet de loi à l'étude, le seigneur perdrait aussi le droit de vendre ses terres non encore concédées. Ce serait catastrophique pour Papineau, qui a conservé la moitié des siennes. Amédée craint que cette disposition infâme soit fatale à leurs intérêts.

«Vous ne perdrez rien à attendre, prévient-il son père. Les seigneurs seront volés, dépouillés, un peu plus un peu moins, dans un, deux, trois ans, je ne sais, mais justice et indemnité équitable [sont] chose impossible pour eux.»

Avant la fin de l'année 1853, un nouveau bill pour «l'abolition immédiate avec une juste et équitable indemnité aux seigneurs» voit le jour. Amédée le juge plus absurde et illogique que le précédent. S'il prévaut, «ils vous confisquent d'un coup toutes vos terres non concédées, les font vendre peu à peu par le gouvernement, et, dans 20 ou 30 ans peut-être, vous rendront la moitié du prix que le gouvernement aura obtenu de ces ventes!»

Pourquoi le procureur général Lewis Thomas Drummond veut-il ruiner les seigneurs? Vindicatif, Papineau demande à son fils d'enquêter. Évoquant Danton et Robespierre, il lui dit:

«Les vainqueurs de la Bastille, quand ils ont décrété l'abolition des droits seigneuriaux, ont été des hommes de probité, de légalité, de respect pour la propriété, comparativement au rôle plus infâme qu'assument lord Elgin et le procureur général de Sa Majesté la reine d'Angleterre. Il faudra que ces vérités poursuivent lord Elgin dans sa vie publique et dans sa vie privée; le torturent dans son lit et le pilorient dans la Chambre des Lords.»

Il y a urgence. Pour contourner la loi sur le point d'être votée, Amédée rédige un contrat en vertu duquel son père lui cède toutes les terres non concédées situées dans la seigneurie de la Petite-Nation. Les papiers sont signés le 20 novembre 1854.

Ses efforts pour s'assurer que le domaine de Papineau échappe à la «spoliation infâme» qui le menace lui ont causé une vive angoisse. Mais il n'est pas mécontent du résultat, comme il le confie à son journal:

«Je suis devenu propriétaire en franc-alleu des deux tiers de la seigneurie de la Petite-Nation, pour la soustraire au vol des amis de l'ordre du droit, aidés et poussés des démocrates socialistes.» Puis, il poursuit, agressif: «Notre belle société du Canada, sous les auspices de l'Union et du "gouvernement responsable", marche rapidement vers l'anarchie et la banqueroute. En attendant, "volons les seigneurs". »

Le 18 décembre 1854, le gouverneur Elgin sanctionne la loi abolissant la tenure seigneuriale. Une cour spéciale présidée par Louis-Hippolyte LaFontaine, maintenant juge en chef, se chargera d'établir l'indemnité due à chaque seigneur en compensation de la perte subie par la suppression des rentes. Amédée envoie une copie de l'Acte seigneurial en langue anglaise à son père. La version française suivra.

Les jeux sont faits. S'il comptait sur l'appui de ses amis les Rouges du journal *L'Avenir,* Amédée déchante. Ceux-ci font campagne contre l'Acte seigneurial qui, à leurs yeux, favorise trop les seigneurs. Soucieux de savoir de quel bois ces « agitateurs » se chauffent, Amédée assiste à l'assemblée antiseigneuriale qu'ils organisent à Montréal :

« Je n'ai pas besoin de vous faire l'analyse des faussetés et sophismes dont on se sert pour exciter les préjugés des censitaires contre la loi nouvelle », rapporte-t-il à son père.

La cour présidée par Louis-Hippolyte LaFontaine siège quatre mois et demi plus tard. Pour déterminer l'indemnité due aux seigneurs, la loi ordonne d'établir la moyenne des revenus des dix dernières années. Cette méthode de calcul pénalise Papineau, car plus les concessions sont récentes, moins elles rapportent. Louis-Antoine Dessaulles et plusieurs autres seigneurs ont ainsi perdu beaucoup d'argent. Pour contrer cette criante injustice, « ce vol manifeste », Amédée réunit les propriétaires afin de discuter d'une stratégie commune. Comme la loi sert les uns et dessert les autres, ils ne réussissent pas à se mettre d'accord :

« Je tremble qu'il soit trop tard pour arrêter le mal », s'inquiète-t-il.

Papineau, au contraire, reprend confiance. Assez pour engager les sommes d'argent à venir. Avec l'indemnité, il bâtira un village qu'il appellera Montebello. Il aurait préféré Papineauville, mais son frère Denis-Benjamin y a pensé avant lui en baptisant de ce nom le hameau situé entre le manoir de Papineau et son propre domaine de Plaisance. Sans attendre le règlement final, il démarre les travaux de défrichement, en plus d'entreprendre la construction d'une tour qui abritera sa bibliothèque. Ce projet, il l'a déjà trop longtemps reporté.

En l'absence de Julie, en visite à Lis Carol, il fait charrier de la pierre. Sa femme proteste avec véhémence :

« J'apprends hier par Amédée que tu persistes à faire la folie de bâtir de nouveau […] cela va déguiser la maison, et nous tourmenter, et ennuyer encore tout l'été. »

L'argument-choc ? Le piètre état de leurs finances : « C'est incroyable une pareille idée, dans ce moment où il faut cesser toute dépense. » Elle n'en dort plus et le menace d'aller se réfugier à Saratoga avec Mary, s'il persiste dans ses projets fous. « À notre âge, a-t-on besoin de se donner tant d'inquiétude, après tous nos malheurs ? » À croire qu'il veut les dégoûter de Montebello ! « Tu répondras de tout le malheur de ta famille déjà si éprouvée. »

Amédée croit, lui aussi, que son père sous-estime le danger, contrairement aux autres seigneurs, tous inquiets pour la suite des choses. L'indemnité, lui rappelle-t-il, ne sera pas versée avant longtemps, les procès risquent de durer des années, la maison de la rue Bonsecours réclame des réparations… Il peut en juger mieux que quiconque, puisque c'est lui qui paie les comptes en souffrance. Lui qui envoie l'argent à Lyon pour la pension de Lactance, même s'il ne dispose d'aucune liquidité. Comment Papineau peut-il se lancer dans un projet chimérique sans en discuter avec lui ? Cela le renverse. Jour après jour, il découvre des transactions effectuées par son père à son insu. C'est à « sécher sur pied ! » pour reprendre l'expression favorite de feu le libraire Fabre.

La construction d'une tour est la goutte qui fait déborder le vase. Dans une lettre chargée de reproches, il supplie son père de suspendre ses travaux pendant qu'il en est encore temps. Puis, sachant que Papineau ne cèdera pas, il montre de l'humeur :

« S'il les fallait absolument commencer, je vous prierais instamment de ne pas accoler cette excroissance au corps du logis, et de ne point, en coupant la belle et longue promenade [de la] véranda, gâter toute la beauté et l'ordonnance de la maison. »

Papineau trouve les blâmes de son fils injustes et il l'accuse d'ingratitude, en plus de lui reprocher d'avoir rendu sa mère malheureuse. Elle est «toute triste et bouleversée parce que tu lui as dit que je me ruinais». Bien entendu, il s'entête:

«Je me crois plus d'expérience et d'habileté à administrer mes biens, dans l'intérêt de ma femme et de mes enfants, que je ne leur en crois ensemble et séparément», attaque-t-il d'entrée de jeu. C'est trop injuste! Il a toujours acquiescé aux souhaits des siens, même s'ils n'étaient pas particulièrement à son goût. Et voilà qu'il se fait rabrouer parce qu'il réclame une bibliothèque pour lui-même.

«Quand une dépense vous est agréable, leur reproche-t-il, les ressources paraissent toujours assez vastes; quand elle paraît utile, elles vous paraissent insuffisantes.»

—◆—

Les démêlés du père avec son fils passent bientôt au second plan. Ni l'un ni l'autre ne sait quoi penser des frasques d'Azélie. Amédée l'ignore encore, mais sa jeune sœur de vingt ans lui prépare de sérieux maux de tête.

Tout a commencé à la fin de 1855. Mary refuse alors de fêter le *Christmas*. Elle pleure toujours la mort de son petit Louis-Joseph, survenue dix mois plus tôt. Azélie passe des semaines à Lis Carol pour consoler sa belle-sœur, mais aussi parce qu'elle veut se faire admettre dans la société montréalaise. Ses visites réjouissent Mary, trop souvent seule à la maison, et qui se plaint de ne pas avoir d'amies.

Depuis qu'elle a quitté le couvent des Dames du Sacré-Cœur, à Saint-Vincent-de-Paul, Azélie demeure à la Petite-Nation. Ce «paradis sur terre», comme le qualifie Papineau, lui déplaît autant qu'à sa mère. Comment trouvera-t-elle à se marier si elle vit recluse au fond des bois? Julie encourage sa cadette à séjourner en ville, mais elle prévient Amédée: la petite ne doit pas se pavaner dans le grand monde. Qu'elle se contente de circuler dans leur cercle d'amis et chez leurs nombreux parents.

L'enfant chérie de la famille se plaît chez son frère, qui la laisse courir les magasins de mode et lui achète robes et chapeaux. Un soir, il l'emmène à un concert qui attire trois mille amateurs de musique à l'hôtel de ville :

« Nous étions parqués comme des moutons, foulés comme des harengs », se rappellera Amédée.

Ils visitent aussi l'exposition de J.-E. Guilbault à la salle Saint-Georges, Grande rue Saint-Jacques. Le botaniste-zoologiste a rassemblé une centaine d'animaux sauvages, dont un orang-outang. Difficile de dire qui, de la sœur frivole ou de son frère gratte-papier, apprécie le plus ces curiosités !

Avec Mary, c'est différent. Azélie fait les emplettes du jour de l'An et coud des rideaux, pendant que *baby* Eleanor mange des *crackers*, sans se soucier de ses molaires qui percent toutes à la fois. Après le dîner, excellente pianiste, Azélie délecte la maisonnée de sa musique. Mr Westcott, en particulier, apprécie ces concerts intimes. Sous l'aile protectrice de sa belle-sœur, Azélie devient une jeune fille accomplie, moins prétentieuse, plus aimable et presque élégante. Julie complimente sa bru qui, dit-elle, fait « des merveilles avec sa petite sœur ».

Quel contraste avec sa vie solitaire au manoir seigneurial qu'elle doit bientôt regagner ! Si Azélie se plaint parfois d'y être enterrée vivante, la plupart du temps, elle fait contre mauvaise fortune bon cœur, surtout lorsque Médard Bourassa vient dîner. Assez curieusement, Papineau, un non-pratiquant, s'est lié d'amitié avec ce père oblat de Marie-Immaculée, curé de L'Orignal, qui dessert la paroisse de la Petite-Nation. On sourit en imaginant les discussions enflammées de l'ultramontain, un religieux chicanier de surcroît, avec l'ex-chef agnostique des patriotes du Bas-Canada, surtout quand on se rappelle que le clergé du temps fustigeait la désobéissance civile et considérait l'échec des insurrections comme une punition du Ciel !

La gentillesse d'Azélie n'est pas innocente. Médard Bourassa a un jeune frère de vingt-huit ans, Napoléon, qui se destine à une carrière d'artiste. Il étudie la peinture à Florence et voyage en Europe depuis trois ans. Après le repas, le curé lit à haute voix ses lettres qui la font rêver de l'Italie. Le 8 juin 1855, il raconte :

« J'avais fait le sacrifice de Naples, ne croyant pas y trouver autant d'avantages pour mon art que m'en offraient, à premières vues, beaucoup d'autres villes d'Italie – encore à visiter –, quand arriva la nouvelle d'une éruption du Vésuve. Alors, tu comprends, mon cher oblat, toutes considérations de temps et d'argent cessèrent. Je fus enlevé et, le lendemain, j'arrivais, avec le matin, devant la belle ville reine de la Méditerranée. »

Napoléon décrit aussi Rome, « la patrie de ceux qui aiment et qui cultivent les lettres et les arts. »

Azélie attend secrètement le retour du jeune homme. Il arrive en décembre, tout imprégné des merveilles italiennes. Où les jeunes gens ont-ils fait connaissance ? Ici, deux versions s'affrontent. L'une penche en faveur d'une rencontre à Montebello, car Napoléon, qui vient d'obtenir un contrat à Bytown pour portraiturer des pères oblats, s'installe chez son frère Médard, à L'Orignal. L'autre version, plus probante, veut qu'ils se soient rencontrés à Montréal au début de 1856. La jeune fille passe l'hiver chez Amédée avec sa mère, et Napoléon a ouvert un atelier au 7, rue Bonsecours. Il attend les curés, qui, espèret-il, vont lui commander des portraits de leurs saints patrons. À cette époque, Azélie court les neuvaines autant que les magasins et multiplie les promenades. Quand, au printemps, sa mère regagne la Petite-Nation, elle refuse de la suivre. En juin, elle est toujours à Montréal, où elle accompagne Amédée à une représentation du *Barbier de Séville*, avant de retourner à la Petite-Nation.

Napoléon fréquente les intellectuels et donne à l'Institut canadien des causeries, notamment à propos de son séjour en Italie. D'entrée de jeu, Papineau témoigne de l'estime à ce jeune homme cultivé qui connaît les œuvres de Bossuet, Rousseau, Chateaubriand et celles de son grand ami Lamennais. Il l'invite souvent à sa table. Après le dîner, Azélie joue avec lui des duos, elle au piano, lui au violoncelle. Ils chantent des airs à la mode. Pour Azélie, c'est le coup de foudre. Soudain, Montebello retrouve un certain charme. Napoléon, lui, ne songe pas à se mettre la bague au doigt. Ça tombe bien, Papineau ne veut pas de lui pour gendre, même s'il reconnaît son talent et apprécie sa vaste culture.

À Amédée, il avoue crûment rechercher pour sa fille un parti dont l'avenir serait mieux assuré.

Tout aurait été différent si Napoléon avait suivi la voie que sa modeste famille, des agriculteurs de L'Acadie, lui avait tracée. Pour ne pas leur déplaire, il s'était d'abord inscrit en droit. Sur les entrefaites, il avait fait la connaissance du peintre Théophile Hamel, dont il fréquentait l'atelier. Il lui avait confié un jour :

« Quand je voulus laisser la loi pour la peinture, je remarquai que je heurtais les espérances de mon père et j'en éprouvai de la peine, mais je n'étais plus maître de marcher selon ses désirs. »

Il aurait même hypothéqué ses os « pourvu que tout cela pût me permettre d'être peintre, sans que mon père s'en aperçût trop. »

Julie se montre plus ouverte que son mari à l'égard de Napoléon, un jeune homme « sage, religieux, d'esprit et de talent ». Le clergé, pense-t-elle, lui commandera bientôt des tableaux pour ses églises. Ce à quoi Papineau lui répond que les prêtres le paieront avec… des bénédictions. En attendant la manne céleste, Amédée consent à aider l'ami de sa sœur. Il lui propose de copier les toiles de ses grands-parents Joseph et Rosalie Papineau. L'artiste s'exécute.

La situation est délicate, car le curé Médard Bourassa, qu'Azélie a eu la brillante idée de choisir comme directeur spirituel, encourage les fréquentations de son frère avec la fille du seigneur. Comment Papineau pourrait-il les interdire sans blesser Médard ? La famille voue au prêtre une profonde reconnaissance pour le support spirituel qu'il a offert à Gustave à l'agonie et parce qu'il a su réconforter Lactance au plus creux de sa maladie. Afin de se sortir de l'impasse, le seigneur décide d'emmener sa femme et ses filles en excursion dans les fjords du Saguenay, dans le but évident d'éloigner Azélie de son impossible amour.

Celle-ci se plie de bonne grâce au programme concocté par son père. Mais, sitôt revenue à Montebello, elle le prévient que rien ne la détournera de Napoléon. Toute autre alliance ferait son malheur. Son entêtement commence à inquiéter ses parents.

Choyée durant son enfance, Azélie a grandi dans un climat d'insécurité qui n'est pas étranger à sa sensibilité excessive. Lors de la rébellion de 1837, elle était trop petite pour comprendre la tragédie qui se jouait, mais elle n'en a pas moins subi les contrecoups. Devenue une belle jeune fille, sa vive intelligence éblouit ses proches et son caractère difficile les heurte. Dissipée, opiniâtre et peu soumise, elle n'en fait qu'à sa tête et ne supporte pas les contrariétés. Ses violentes colères sèment l'inquiétude chez les siens, déjà traumatisés par celles de Lactance, plus terribles, certes, mais fraîches à leur mémoire.

Amédée n'est pas du voyage au Saguenay, car Mary doit accoucher d'un jour à l'autre. De fait, le 26 juin 1856, à l'heure du midi, un nouveau petit Louis-Joseph voit le jour. Un beau garçon de huit livres qui mange à sa faim et crie comme un stentor, lorsque les « vents » (flatulences) le tourmentent. Sa maman se rétablit rapidement, même si elle n'arrive pas à surmonter son chagrin depuis la mort de son premier fils. Autant de courage étonne son mari.

Dès l'arrivée d'un nouvel héritier, le protonotaire n'a plus qu'une idée en tête : quitter Lis Carol et s'acheter la maison de ses rêves. Il a les yeux sur la villa Bellerive, située à la traverse de Longueuil, dans le Faubourg Québec. Flanquée d'un cottage de jardinier, la maison en pierre de taille possède des écuries, également en pierre, des remises et des glacières en bois. Un grand mur de brique entoure la propriété. Ses jardins étalés sur plus de deux arpents sont entrecoupés d'une haute futaie. La vue sur le fleuve s'étend d'est en ouest. De la maison, l'on aperçoit les travaux de construction du pont Victoria. Seul désagrément : pour arriver jusqu'à Bellerive, il faut humer les odeurs éthyliques de la brasserie des Molson…

Ce merveilleux domaine, il pourrait l'acquérir pour 9 000 dollars, à payer en neuf ans. Il a longuement hésité, a négocié âprement et a failli le perdre au profit d'un autre acheteur, mais en fin de compte, il s'apprête à signer l'acte de vente. Reste à régler la question financière. La dernière année a été particulièrement difficile et il manque de liquidités. Les créanciers de son père comme les siens l'ont littéralement assailli. Plutôt que d'emprunter chez l'usurier, il a suggéré à Mary de s'adresser à son père pour ses petites dépenses, mais celle-ci a rejeté l'idée. Amédée a-t-il passé outre à l'interdit de sa femme ? Toujours est-il que Mr Westcott a consenti à lui avancer une partie du montant requis en échange d'une hypothèque. Ses finances s'améliorant, et confiant en sa bonne étoile, il achète la propriété, convaincu que son père ne lui refusera pas un prêt semblable, puisqu'il touchera prochainement de la vente de ses terres une somme à placer avec intérêt.

Sa demande arrive à Montebello au moment même où les Papineau reviennent du Saguenay. Julie est outrée. Comment Amédée ose-t-il réclamer de l'argent à son père pour s'acheter une maison, alors que celui-ci refuse d'aider Azélie à s'établir ? Napoléon Bourassa, il est vrai, ne jouit pas d'une situation stable et Julie a essayé de détourner sa fille de lui, mais comme celle-ci s'entête à l'épouser, il faut l'encourager. Ce serait injuste de l'accabler !

Tout en traitant Amédée d'égoïste, sa mère écorche Papineau au passage : « Monsieur le seigneur qui passe pour riche » fait des extravagances depuis des années à Montebello, un domaine qui reviendra un jour à son fils, tandis que ses filles n'auront rien.

« Et tu viens demander encore que l'on aide à t'acheter un autre établissement ! »

Azélie, lui apprend-elle, a pleuré en lisant sa lettre. Cependant, cela n'a rien changé à sa détermination. Elle se mariera à l'automne. Si son père refuse de la tirer d'embarras, elle vivra en pension jusqu'à ce que Napoléon s'attire une clientèle.

Amédée reçoit la diatribe de sa mère comme un coup à l'estomac. Tout à son bonheur, il n'avait pas prévu cette réaction courroucée. Les papiers sont signés, Bellerive lui appartient, avec ses fondations qui remontent au régime français, sa terrasse de quatre cents pieds sur le fleuve et ses vignes. Au printemps, il imagine déjà qu'un cageux chargé de bois lui apportera des centaines de cèdres, d'épinettes et de pins à planter.

Les blâmes de Julie lui restent au travers de la gorge. Jamais il n'aurait réclamé de l'argent à son père, si celui-ci n'avait pas proposé à Mary de lui prêter la somme manquante. Comment Julie peut-elle le soupçonner de vouloir dépouiller ses sœurs pour s'enrichir ? Encore un peu et elle l'accuserait de méchanceté. En le critiquant devant Ézilda et Azélie, elle alimente de vilains préjugés dans leur esprit. C'est d'autant plus grave qu'un jour, il pourrait être amené à leur servir de protecteur légal.

« Permettez que je vous le dise, chère maman : vous avez tort et vous faites mal. »

⸺⸺⸺

Papineau continue de s'opposer farouchement à l'union de sa fille à un artiste. Azélie en est si affectée qu'elle tombe gravement malade. Comme chaque fois qu'on la contrarie, d'abominables crises la secouent. Ses parents sont sur les dents. S'il fallait que son système nerveux soit atteint, comme l'est celui de Lactance à qui ils ne pouvaient rien refuser sans déclencher des colères incontrôlables !

Autre malaise : comment expliquer à leur entourage pourquoi Azélie dépérit ? Son mauvais teint donne à croire qu'elle a attrapé la jaunisse. Julie prétend qu'elle souffre d'un mal de matrice et Papineau évoque une maladie du foie due à une accumulation de bile. Seul Amédée a droit à la vérité. Les crises nerveuses hystériques et les exaltations d'Azélie inspirent de la terreur à son père, qui songe à l'hospitaliser. Mais c'est risqué. Il n'a pas oublié que Lactance ne lui a jamais pardonné de l'avoir enfermé à l'asile avec des fous.

Encore une fois, le curé Bourassa les tire d'embarras en faisant admettre Azélie à l'Hôpital des Sœurs Grises de Bytown. Comme le médecin interdit aux parents de la visiter, il joue les commissionnaires. Amédée se proposait, lui aussi, d'aller voir sa sœur, mais Papineau l'en empêche. Cela pourrait humilier la malade de se montrer dans cet état. Il craint aussi qu'elle veuille repartir avec lui.

Il devient évident pour tous que son cas est grave. Les sœurs ne la laissent jamais seule dans sa chambre, même la nuit, car elle pourrait se mutiler. D'après le docteur Stephen Sewell, la malade a tendance à faire des gestes masochistes qui risquent de la conduire au suicide. On ne doit rien laisser à sa portée, de peur qu'elle se blesse. Papineau s'inquiète de cette «volonté déréglée» qui la pousse à se faire du mal. Il l'encourage à combattre «cette inclination dépravée».

L'étrange comportement d'Azélie prête à interprétation. A-t-elle abusé du calomel dans le but de se suicider? Ce médicament prescrit par le médecin aurait-il provoqué une intoxication grave? Pris en trop fortes doses, cet agent purgatif à base de chlorure mercureux peut empoisonner. On l'administrait jadis aux syphilitiques. Selon certains auteurs, Napoléon Bonaparte en serait mort.

Se croyant responsable de l'état de sa fille, et probablement pris de remords, Papineau écrit une lettre d'une grande tendresse à sa «bien-aimée Azélie». Il fait l'éloge de Napoléon qui les réconforte en son absence, lui parle de son piano que le jeune artiste a raccordé et de leur hâte à tous de l'entendre en jouer. Plus surprenant, il autorise son amoureux à lui rendre visite à l'hôpital, dans l'espoir que sa présence la ramène à la santé. Le remède s'avère merveilleux.

«Il n'est pas nécessaire que je vous dise de quel poids énorme je me sens soulagé», écrit Amédée à son père, en apprenant le mieux-être, sinon le rétablissement de sa sœur.

À ce jour, il n'a partagé ce lourd secret de famille avec personne, pas même avec Mary. L'affaire ne doit pas s'ébruiter, si l'on ne veut pas compromettre l'avenir d'Azélie... à condition qu'elle en ait un. Il supplie ses parents de lui confier sa sœur à sa sortie de l'hôpital. À Montréal, elle recevra les meilleurs soins auprès de médecins plus compétents et Mary, à qui il a fini par tout avouer, pourra s'occuper d'elle. Hanté, lui aussi, par la folie de Lactance, il met ses parents en garde:

«Il ne faut pas laisser le mal s'enraciner.»

—◈—

Napoléon Bourassa est bien le seul à ne pas mesurer la gravité du mal dont souffre Azélie. Il avoue candidement qu'il sent monter en lui ce qu'il appelle «un étrange goût pour le mariage». Au moment même où sa belle amie sort de l'hôpital, il envoie par écrit une demande en mariage au père de celle-ci. Papineau ne répond pas. Jamais il ne donnera sa fille à un artiste! Point final. Surtout, il n'admet pas qu'un homme responsable envisage de se marier avant d'avoir une situation stable.

Pour éloigner Azélie du peintre, Papineau projette un séjour prolongé aux États-Unis. Il connaît trop sa cadette pour s'imaginer que le temps lui fera oublier son amoureux, mais il veut l'emmener consulter un spécialiste des troubles nerveux. Azélie est terrorisée à l'idée d'entreprendre ce voyage. Convaincue qu'elle sombre dans la folie, elle craint que ses parents lui réservent le même sort qu'à Lactance et l'abandonnent dans un asile.

La convalescente finit par céder aux pressions de son père. À Philadelphie, le médecin américain se montre rassurant. Le vin, la bonne chère et l'exercice suffiront à fortifier son sang, pense-t-il. Pendant ce séjour obligé, Azélie multiplie les caprices et se rend désagréable particulièrement à Julie, mais ne cherche plus à s'automutiler. Au père Médard Bourassa, à qui Papineau ne cache rien – à croire qu'il compte sur lui pour décourager Napoléon –, il confie :

« Moi, j'ai mes terreurs et mes angoisses en voyant une animosité sans motifs qui éclate incessamment quand elle est seule avec nous, dont rien ne paraît quand elle est avec des étrangers. »

Papineau demande poliment à son ami de transmettre ses amitiés à son jeune frère Napoléon.

Les Papineau rentrent à Montebello huit mois plus tard. Huit mois au cours desquels les amoureux n'ont pas correspondu. À sa première visite au manoir, Médard Bourassa rappelle à Papineau que son frère n'a jamais reçu de réponse à sa demande en mariage. Celui-ci montre soudainement plus de souplesse. Sa chère malade rendue à la santé, il ne la contrariera plus. Cependant, il ne peut s'empêcher de faire remarquer au curé qu'en homme d'honneur et de mœurs, Napoléon devra assumer les responsabilités financières liées à son engagement. Et d'ajouter, sans enthousiasme :

« Je n'y pousse point. Je conseille à ceux qui le projettent de calculer quelles sont leurs ressources… »

Napoléon est dès lors admis auprès de sa fiancée pour faire sa cour :

« Si rien d'extraordinaire n'arrive, je me marierai à l'automne », annonce-t-il à Théophile Hamel, avec qui il demeure en contact. D'Azélie, il dit : « La pauvre enfant s'était prise d'amour pour moi, elle a fait une maladie très grave, mais comme elle est revenue en parfaite santé ; mieux que jamais ; que son père m'a toujours témoigné beaucoup d'estime et que j'ai pu apprécier la beauté du cœur et de l'esprit de la chère enfant, je me suis volontiers laissé prendre à ce sentiment. »

Un mois après, le contrat de mariage est signé. Papineau écrit à Amédée, son éternel confident :

« L'affaire est bâclée. L'enfant la voulait trop pour y redire. »

Son fils s'y résigne aussi :

« Vous savez ce que je pense de l'alliance d'Azélie. C'est fait, il n'y a plus lieu à commentaires. Elle devrait être libre dans son choix. À elle toute la responsabilité. À nous les regrets. Puisse-t-elle ne jamais les partager ! »

Même s'il manque d'enthousiasme, Papineau reconnaît que le jeune couple semble très amoureux :

« Ils sont fortement coiffés l'un de l'autre. Puisqu'il en est ainsi, espérons qu'ils pourront réussir. Ils ont les qualités morales et intellectuelles, mais les industrielles n'ont pas été très fortes chez eux. »

Une chose est sûre : Napoléon s'engage dans le mariage en toute connaissance de cause. De la maladie de sa fiancée, il dira qu'il a pu l'étudier plusieurs mois. Selon lui, il s'agit « d'un simple cas d'hystérie grave qui, après sa parfaite guérison et avec la précaution d'éloigner de son cœur sensible toutes les secousses morales trop vives, n'offre plus rien à craindre pour l'avenir. » Comme pour s'excuser, il ajoute : « D'ailleurs, c'est un mariage que je n'ai jamais recherché, jamais désiré ; seulement accepté. »

Curieusement, il appelle sa fiancée « l'enfant », « la pauvre enfant », la « chère enfant ». Son père aussi. Ce qui donne à croire qu'Azélie ne pèche pas par excès de maturité.

Le mariage aura lieu à Montebello, le 17 septembre 1857. Azélie choisit sa robe de noces avec Mary. Papineau aurait préféré reporter la cérémonie nuptiale à une date ultérieure, car sa sœur Rosalie est morte à Maska le 5 août. Mais la question ne sera même pas débattue. Une réception intime suivra au manoir seigneurial.

Amédée se cherche-t-il des excuses pour ne pas y assister ? C'est du moins ce que soupçonne Papineau qui se croit obligé d'insister fortement :

« Tu me ferais, et à ta mère et à tes sœurs, de la peine, si tu ne venais point », lui écrit-il, après avoir souligné que son absence serait mal interprétée par son nouveau beau-frère et sa famille.

Le frère de la mariée n'a d'autre choix que de faire acte de présence. Il avait choisi pour sa sœur un cadeau peu coûteux – un étui à cartes de visite d'une valeur de 15 dollars –, mais, la veille du grand jour, voyant l'élégant service à thé plaqué argent offert à Azélie par leur cousin Casimir Dessaulles et le très beau gobelet émaillé de son frère Louis-Antoine, il a peur de passer pour radin. D'autant plus que les parents de Napoléon ont remis 600 dollars aux mariés. Mary et lui décident donc d'ajouter à leur modeste présent un bracelet et un dé à coudre. Ces cadeaux offerts récemment par Mr Westcott à sa fille iront donc à Azélie.

Ce jour-là, un jeudi froid et brumeux, les invités manquent d'entrain, même si la mariée semble radieuse. Le déjeuner à la fourchette a lieu dans les élégantes pièces du manoir. Si l'on en croit Mary, tout se passe très bien.

Qu'en pense Papineau ? Il n'en dit rien, mais on devine qu'il n'entretient pas de grands espoirs pour l'avenir :

« Sous le rapport des principes, des mœurs, du talent et de l'instruction, le parti est sortable », dit-il de Napoléon, sans toutefois cacher ses pressentiments. « Avec le tempérament difficile et altier d'Azélie, il court plus de risque, ou au moins tout autant qu'elle, d'avoir sa part de chagrins à porter : peut-être leur affection mutuelle les rendra-t-elle permanemment (*sic*) heureux ? Saura-t-elle se contraindre pour lui être agréable, mieux qu'elle ne sait se contraindre pour nous ? Je le souhaite. »

25. MARY, L'ANTI-ESCLAVAGISTE
1858–1860

« Elle pourrait remplacer le gouverneur et tout son ministère, lorsque le règne des Women Rights *sera arrivé ! »*

Amédée n'a laissé aucune note relatant le mariage de sa sœur Azélie. La raison ? Il a mis fin à son journal intime deux ans plus tôt, soit le 30 octobre 1855. Après cette date, plus rien. Pas une ligne, pas un mot d'explication. S'il avait, par le passé, négligé son carnet pendant quelques jours, voire quelques semaines, il était habituellement demeuré fidèle à son rendez-vous quotidien avec la page blanche. Dorénavant, il faudra éplucher sa correspondance pour connaître la suite de son histoire. Du moins jusqu'à ce qu'il renoue avec son journal de bord, en 1870, c'est-à-dire une quinzaine d'années plus tard.

Comment expliquer ce silence de la part d'un diariste assidu comme Amédée ? On peut formuler plusieurs hypothèses. En premier lieu, les événements tragiques de la dernière décennie ont peut-être rendu la tâche trop douloureuse. Coup sur coup, il a perdu Gustave et vu partir Lactance, avant d'enterrer son cher fils d'un an à peine, Louis-Joseph. Après, la fragilité de sa sœur Azélie l'a atteint et, malgré l'amélioration de son état, une rechute est à craindre. Autre explication, il a pu juger que son quotidien monotone entre le palais de justice et Lis Carol ne méritait pas d'être relaté au jour le jour. Son poste de protonotaire n'a rien d'exaltant et il a déjà noirci tant de pages pour exprimer sa colère contre l'injustice de son traitement.

Pour expliquer ce silence apparent, on peut avancer une dernière raison tout aussi crédible. Et si lui ou ses héritiers avaient tout bonnement détruit ses cahiers intimes couvrant ces sombres années ?

Ils auraient jugé que ses états d'âme ne devaient pas passer à la postérité. On sait que la famille Papineau a fait disparaître certaines lettres et qu'elle en a charcuté d'autres en découpant une ligne ici, une ligne là. Un geste commandé par la discrétion, prétexteront ses descendants, certains renseignements personnels devant demeurer secrets. Quoi qu'il en soit, il faudra se résigner à chercher ailleurs ce qu'Amédée ne confie plus aux pages de son journal.

À présent, dans la chaleur de son foyer, il trouve l'évasion dans les livres d'histoire et les romans qu'il lit avec sa bien-aimée et leurs deux bambins. Bientôt trois, puisqu'en mai 1860, Marie-Louise vient agrandir la famille. Au premier coup d'œil, son père reconnaît sur son petit visage le nez aquilin des Papineau.

C'est Mrs Westcott qui a aidé Mary à accoucher :

« Que ce soit bien la dernière fois, a-t-elle prévenue sa belle-fille, épuisée et affaiblie. Je ne reviendrai plus t'entendre souffrir comme cela ! »

Mr Westcott n'en pense pas moins. S'il était femme, il n'aurait jamais d'enfant ! Amédée y va d'un commentaire amusé :

« C'est la doctrine moderne des femmes fortes aux États-Unis, qui se réunissent en conventions dites *of Women's Rights*. Marie seule est brave et rit de l'aventure. »

Dès que le temps le permet, l'heureux père s'adonne à son autre passion, le jardinage. Jamais il ne se lasse de regarder fleurir ses poiriers et ses cerisiers. Dans son vignoble, le raisin pousse plus rapidement que celui de Montebello, même si Papineau jure le contraire.

Amédée voit dans cette activité en plein air une agréable façon de tromper sa solitude, car, bon an mal an, sa femme et ses enfants le quittent pour leur interminable périple à Saratoga. Afin d'échapper à la déprime, il creuse des sillons et renfloue ses géraniums, avant d'aller effectuer d'un pas traînant les commissions de son père.

À l'évidence, Amédée traverse une mauvaise passe. Peu à peu, il a cessé de s'insurger contre tout et rien et ne signe plus de pamphlets dans les journaux. Il se désintéresse de la politique. Cela aussi, Papineau le lui reproche. Son dernier discours, prononcé devant la Société de la

Nouvelle-Angleterre réunie à l'hôtel Ottawa de Montréal, remonte à 1856. D'entrée de jeu, Amédée a remercié les Américains de lui avoir offert une nouvelle patrie, lorsque, jeune exilé, il a frappé à leur porte. Puis, il a lancé un vibrant *credo* nationaliste : au Canada, a-t-il rappelé, il n'y a pas de nationalités anglaise, écossaise, irlandaise, américaine ou française, mais une seule nationalité et elle est canadienne. Tant que les fils du Canada n'en comprendront pas la nécessité, le pays sera faible et languissant, et les Canadiens ne pourront pas accomplir de grandes choses, car leurs dissensions intestines les opposeront toujours.

Depuis ce plaidoyer de bonne entente, l'ardent Fils de la Liberté de jadis ne s'est pas exprimé dans les gazettes. Il ne prononce plus de causerie, sous prétexte que son statut d'employé de l'État ne le lui permet pas. Le 24 juin 1858, il n'a pas assisté au pique-nique organisé par la Société Saint-Jean-Baptiste de Montréal au mont Rouville, parce que, s'est-il excusé, des devoirs officiels le retenaient en ville.

La peine de mort continue cependant de le préoccuper. Si la pendaison récente d'un couple l'a révolté, spectacle que des milliers d'insatiables curieux n'ont pas voulu rater, il se contente de le mentionner dans une lettre à sa femme : « ... *a most horrible feast for a people to gloat upon.* » Il lui fait remarquer avec amertume que l'exécution d'un condamné, interdite depuis les supplices de 1839, a été rétablie par d'anciens patriotes, les George-Étienne Cartier et Louis-Victor Sicotte.

Son caractère devient imprévisible. Il se montre détestable avec ses proches, acariâtre même, rabrouant tout un chacun pour une pacotille. Après le travail, il traîne plus que de raison dans son jardin, obligeant sa famille à manger tard et vite. Son appétit ainsi aiguisé, il avale un repas trop lourd, tombe affaissé dans sa chaise et dort au nez des convives.

Papineau, qui plus d'une fois a assisté à la scène, lui en passe la remarque. Son fils n'est ni aimable, ni attentif aux besoins des siens. Par ses caprices, il les prive d'une vie saine et équilibrée. En plus de faire de la peine à ceux qui l'aiment, il brusque ses serviteurs, ce qui est tout aussi impardonnable. Certaines de leurs connaissances l'ont observé et lui font une piètre réputation. Papineau le lui signale durement :

« Tu ne jouis pas, dans le cercle des parents et des amis, du degré d'amitié et d'égards auxquels tu as droit, pour de bonnes qualités que tu gâtes par de mauvaises manières. »

Julie, qui séjourne parfois à Lis Carol, déplore aussi la mauvaise humeur chronique de son fils aîné. Pourquoi un homme comme lui, à qui tout réussit et tout sourit, se montre-t-il si désagréable ? À son avis, il passe trop de temps à essayer de s'enrichir et pas assez à s'amuser en famille.

Ni les conseils de sa mère ni les recommandations de son père ne l'incitent à s'amender. Quant à ses excès de table, il rappelle à Papineau qu'à Paris, lui aussi enfilait des repas copieux. Du reste, tous les peuples civilisés, des Romains aux Parisiens, font de même.

⟩•⟨

Le 5 mai 1858, à trente-huit ans, Amédée prend possession de son « château en Espagne ». Bellerive est situé au 372, St.·Mary (l'actuelle rue Notre-Dame), sur le bord du Saint-Laurent. Avant de pendre la crémaillère, il doit s'occuper des imprévus qui risquent d'assombrir sa bonne humeur subitement retrouvée.

En effet, la Ville procède à l'installation de l'aqueduc, ce qui provoque l'inondation de sa nouvelle demeure et de ses écuries. Pour entrer et sortir de chez lui, il faut franchir un pont-levis de fortune. Le matin, le protonotaire se lève à cinq heures et travaille « comme nègre » pour colmater des brèches, avant de filer au palais de justice.

Après des mois de désagréments, l'eau courante alimente enfin sa rue et l'entrepreneur chargé des rénovations qui, *dixit* Amédée, s'est traîné les pieds, ferme son chantier. Dans la maison, chaque meuble, dont bon nombre sont des cadeaux de Mr Westcott, chaque bibelot trouvent leur place. Le mérite en revient au sens de l'organisation de Mary :

« Elle pourrait remplacer le gouverneur et tout son ministère, lorsque le règne des *Women Rights* sera arrivé ! » pense-t-il.

Le hic, c'est que le coût des travaux a largement dépassé ses prévisions. À croire qu'il veut rivaliser avec le manoir seigneurial de son père ! Ses idées de grandeur, il les assume :

« Je bâtis un palais de goût et d'art, en bois de pin, faute de marbre et de bronze, dit-il à ses parents. J'en ferai sous peu, du marbre et du bronze, avec un peu de peinture et de sable. Et, s'il faut plus tard le quitter pour un taudis, mes successeurs diront : c'était un homme de goût, ce pauvre M. Papineau ; dommage qu'il s'y soit ruiné ! »

Il n'a pas bien contrôlé ses dépenses, force lui est de l'admettre. Toutefois, son père est aussi à blâmer, puisqu'il lui doit de fortes sommes et, qu'au lieu de le rembourser, il conclut de nouvelles transactions dans son dos. S'il continue à s'endetter, ses créanciers vont le mettre sous les verrous… À titre de fondé de pouvoir, Amédée tient la comptabilité familiale. On ne peut rien lui cacher. Encore heureux qu'il ait mis de côté le montant de la pension de Lactance, un compte qui ne peut souffrir aucun retard.

Ces frustrations déclenchent des prises de bec entre eux. La plus vive a eu lieu pendant l'agonie de tante Rosalie. Bouleversé, après cette ultime rencontre avec sa chère sœur, Papineau s'était arrêté chez son fils sur le chemin du retour. Amédée en avait profité pour lui réclamer l'argent qu'il lui devait. Son père avait consenti à lui remettre seulement une partie de la somme demandée, car il avait besoin du reste. Excédé, Amédée lui avait arraché son portefeuille des mains et s'était emparé des billets. Ce comportement avait choqué Papineau, d'autant plus que, peu après, son arrogant de fils avait prétendu n'avoir rien pris, donnant à entendre qu'il s'était mêlé dans ses papiers. Il avait même ajouté que ses livres à lui étaient tenus avec plus d'exactitude que ceux de son père.

La révision de son salaire qu'Amédée réclame à grands cris le soulagerait certainement, puisqu'elle lui permettrait de renflouer ses coffres. Hélas ! le gouvernement tarde à lui rendre justice. En mars 1858, il adresse une plainte au co-premier ministre du Canada-Uni George-Étienne Cartier, qui a conservé ses fonctions de procureur général et dont le ministère prépare la réforme de l'organisation judiciaire. Il s'est laissé dire que le nouveau code prévoira l'augmentation de sa charge de travail.

« Plutôt comme ami qu'en votre qualité officielle, lui dit-il, je prends la liberté de vous écrire pour vous parler d'une affaire d'intérêts privés… »

Il est assez curieux de voir Amédée invoquer l'amitié d'un homme pour qui il n'en éprouve plus. Comment peut-il oublier que Cartier a viré capot et s'est accointé avec Wolfred Nelson pour calomnier Papineau ? Il a habituellement la rancune tenace, mais acculé au mur, il pile sur son orgueil et demande l'aide d'un adversaire réputé pour sa mauvaise foi.

Son résumé des faits est limpide. Des cinq protonotaires de Québec et de Montréal, lui seul reçoit un salaire de 450 livres par année, les autres ayant droit à 750 livres. Or il n'est ni le plus jeune ni le dernier arrivé. Sans blâmer le système judiciaire ou ses collègues, il fait remarquer qu'il abat plus du tiers des fonctions dévolues aux officiers de justice chargés de l'administration des tribunaux, ce dont il ne se plaint pas. Pourtant, il ne touche que le quart des émoluments.

« L'on est naturellement préjugé en sa propre faveur, reconnaît-il. Mais je vous avoue franchement, mon cher Monsieur, que l'anomalie de ma position me paraît si étrange et si peu soutenable, que je suis convaincu que vos sentiments de justice diront comme moi… » Et de conclure : « Votre très humble serviteur… »

La réponse expéditive de Cartier le déçoit. Les élus, prétexte ce dernier, s'opposeront à un arrangement qui désavantagerait le Haut-Canada. Jamais ils n'accepteront qu'un supplément financier soit accordé au greffe de Montréal. Amédée trouve l'argument injuste et prend de nouveau la plume pour lui souffler la riposte : il faut rappeler au Haut-Canada « qu'à l'époque de l'Union, leur dette nationale était de cinq millions de dollars, tandis que la nôtre n'était que de un demi-million, et que néanmoins elle fut déclarée alors commune aux deux provinces ! Et c'est pour effacer, en partie, cette immense injustice qu'il fut alors solennellement stipulé dans la Constitution même que les frais d'administration judiciaire du Bas-Canada seraient toujours à la charge du fonds consolidé du Canada. »

Amédée a peu d'espoir de trouver, chez le procureur général, une oreille attentive. Aussi écrit-il directement au gouverneur du Canada,

Sir Edmund Walker Head, à qui il expose sa situation. Un simple accusé de réception l'avise que sa requête est «sous la considération de Son Excellence». Pour mettre toutes les chances de son côté, il demande à Louis-Antoine Dessaulles, récemment nommé conseiller législatif, d'intervenir en sa faveur auprès de l'administration. Il en profite pour lui rappeler dans quelle position gênante il se trouve: «Je t'ai dit que mon salaire ne suffisait pas à mes justes dépenses, avec pourtant la plus stricte économie. L'augmentation toujours croissante des loyers, des taxes, des denrées, des domestiques, rend le séjour de la ville de plus en plus onéreux. Entre nous, je me suis défait de mes chevaux et j'ai retranché sur toutes les choses. Et malgré cela, mes dettes s'accumulent. »

Il peut se permettre de demander ce coup de pouce à son cousin, puisqu'il l'a récemment endossé, ce que Papineau lui a reproché. Le manque de jugement de Louis-Antoine met ses parents et amis dans l'embarras, lui a-t-il fait remarquer. Mais le manque de sagesse de ses généreux cousins, qui se sont laissés prendre par ses belles paroles, ne vaut guère mieux. De toute manière, Dessaulles n'en mène pas large. En décembre 1861, ses meubles ont été saisis. Amédée n'a rien à attendre de lui.

Une bonne nouvelle arrive enfin. Papineau vient de recevoir des commissaires les redevances dues aux seigneurs. Amédée lui demande de lui prêter une partie de la somme à sept ou huit pour cent d'intérêt. Les améliorations à sa propriété ont coûté le double de ce qu'il avait prévu, lui explique-t-il. Dans ses plans et devis, il avait oublié le prix de la fournaise, celui du tapis de salon et des miroirs, en plus des extras ajoutés par les ouvriers. Il n'ose pas s'adresser à son beau-père qui, en lui avançant le capital, a déjà fait largement sa part.

―――◈―――

Les années 1860 se profilent. À Londres, la reine Victoria a tranché et, le 31 décembre 1857, Bytown, rebaptisé Ottawa, est devenue la capitale du Canada. Amédée tombe de sa chaise. Ce sont d'anciens leaders patriotes des années 1837 qui, après avoir longtemps protesté contre l'intervention de *Downing Street* dans ce dossier, ont réclamé que le siège du gouvernement ait pignon sur rue dans le Haut-Canada. Ils rivalisent de loyauté avec la souveraine et les tories! Plus terre à terre, ou plus visionnaire que son fils, Papineau songe à investir à Ottawa. La construction du chemin de fer du Nord, pense-t-il, entraînera une augmentation de la population dans la capitale et le commerce y sera florissant. Amédée tente de l'en dissuader, convaincu qu'il est déjà trop tard. Si son père a raison, les spéculateurs sont à pied d'œuvre depuis belle lurette.

Les investissements seraient-ils plus profitables de l'autre côté du nouveau pont Victoria maintenant ouvert à la circulation? De chez lui, à Bellerive, Amédée voit le train tiré par une locomotive traverser le fleuve à toute vapeur. Cet ouvrage gigantesque complété en cinq ans l'épate. Toutefois, il juge bien inutile la dépense faite pour coiffer le pont d'une toiture en fer-blanc, puisqu'il faudra bientôt l'arracher pour ajouter une voie aux piétons et aux voitures à cheval.

Antimonarchiste convaincu, le protonotaire n'assistera ni aux fêtes populaires ni aux banquets organisés à la fin août 1860 en l'honneur du prince de Galles. Le fils de la reine Victoria est invité à inaugurer le nouveau pont, cette étonnante structure que le génie humain a conçue. Un vent de folie souffle sur la ville qui attend cinquante mille visiteurs (pisse-vinaigre, Amédée croit qu'il n'en viendra pas plus de dix mille). Les hôtels demandent jusqu'à quatre piastres par jour pour une chambre.

Papineau désapprouve la décision d'Amédée de ne pas souscrire un petit 20 piastres pour l'organisation des fêtes que son fils qualifie de «folies et de dissipation». Le peuple a besoin de se distraire et ce sera là une bonne occasion de le faire, le sermonne-t-il. Les propriétaires doivent aider les pauvres à s'amuser quand l'occasion se présente. Certes, lui-même n'aime pas la monarchie, mais il a de la considération pour elle:

«La famille royale d'Angleterre n'a jamais été plus respectable qu'en ce moment.»

Cela étant, le seigneur de Montebello se gardera bien d'aller présenter ses respects au prince et n'assistera pas aux fêtes en son honneur. Quand on l'interroge sur ses intentions, il brouille les cartes. Aux gens de Montréal, il dit qu'il ira à Ottawa. À ceux d'Ottawa, qu'il ira à Montréal.

Il a beau jouer les finfinauds, il devra tout de même présenter ses hommages au prince Édouard, qui se rend par voie d'eau dans la capitale pour y poser la première pierre du nouveau Parlement. En remontant l'Outaouais, le bateau royal *Phœnix* s'arrête à la hauteur de Montebello. Le manoir seigneurial est pavoisé de drapeaux… britanniques. Flanqué des villageois, de ses domestiques et de sa famille, Papineau, tête nue, salue le prince de Galles qu'accompagne George-Étienne Cartier, maintenant premier ministre. Le *Montreal Gazette* relate la scène : «Ce fut un spectacle réconfortant et dûment apprécié par les personnes à bord… Les temps sont plus heureux qu'il y a 23 ans.» Ce commentaire contrarie Amédée, car il donne à croire que son père a offert un gage de loyalisme à l'Angleterre. Il expédie l'article à ses parents.

L'engouement du tout Montréal pour la visite royale, en particulier celui des jeunes filles pour le «beau prince», l'a irrité. Une fois les rues de la ville redevenues désertes, il énumère les bévues du gouverneur et des dignitaires, coupables d'avoir froissé les susceptibilités et semé le mécontentement pour plaire à leur invité de marque. Selon lui, les cinq mille adeptes du mouvement de la Tempérance ont été «grossièrement insultés, foulés presque par les chevaux du prince lancés au galop pour courir voir de faux Indiens jouer la comédie d'une danse de guerre». Il n'admet pas davantage que les membres de la législature, forcés de se déplacer à pied, aient été éclaboussés par les carrosses des ministres et des officiers municipaux.

«Ces messieurs d'outre-mer quittent le Canada en secouant la poussière et la fange qui s'attachent à leurs semelles, et parfaitement dégoûtés de nous et fatigués de cette ovation de cinq semaines, pense-t-il. Notre bon peuple aura vu, senti, touché, goûté la royauté de près ; et aucun de nous ne rêvera plus d'une vice-royauté entourée d'une petite noblaille de bas étage.»

S'il a tourné le dos au prince Édouard, Amédée s'est rendu à New York pour voir le tout nouveau paquebot anglais *Great Eastern*, «cette dernière merveille du monde».

Le 6 novembre 1860, Abraham Lincoln devient le premier président républicain des États-Unis. Bien avant son élection, la menace d'une guerre civile américaine occupait déjà tous les esprits. Un an plus tôt, en novembre 1859, Mary et Amédée ont dîné avec deux distingués abolitionnistes chez l'honorable député de Châteauguay, M. Holton. À table, ils ont évoqué les graves dissidences entre les États du Nord, résolument contre l'esclavage, et ceux du Sud, en faveur de la traite des Noirs. Plusieurs cargaisons d'Afrique venaient d'ailleurs d'arriver ou étaient en route. Les Américains se préparaient alors à aller aux urnes et l'on supputait les chances de Lincoln, un abolitionniste, d'être élu.

Cinq mois à peine après son élection, le 12 avril 1861, la guerre civile commence. Dans le Nord, les jeunes gens s'enrôlent. À Saratoga, le gouverneur a équipé deux cents hommes avant de les envoyer au front. Cet élan de patriotisme et d'abnégation remplit Amédée d'admiration. La fracture est totale entre lui, un abolitionniste convaincu, et son père qui ne condamne pas l'esclavage.

« Cette guerre funeste est plus coupable, plus nuisible à la civilisation et à la liberté des peuples que ne l'ont été même les plus détestables guerres de religion », soutient ce dernier, au grand dam d'Amédée. Papineau ne comprend pas qu'un démocrate comme son fils adhère au Parti républicain. Ce conflit fratricide, le prévient-il, menace la prospérité de ce beau pays. « Quelle qu'en soit l'issue, il n'y aura plus de citoyenneté entre le Nord et le Sud ; au plus, des vainqueurs et des vaincus, et des haines inextinguibles. »

Admirateur de la Constitution américaine, l'ex-chef patriote est ébranlé par la guerre de Sécession. Selon lui, le pays menace de sombrer dans l'anarchie et le désordre. Le « fanatisme » abolitionniste le fait sortir de ses gonds. L'esclavage est un des plus grands malheurs qui puissent affliger une société, concède-t-il, mais ce n'est pas un crime.

« Washington et Jefferson ont clos leur carrière sans libérer leurs esclaves. Sont-ils des pervers ? » demande-t-il à Amédée en lui rappelant que les deux grands hommes ont toute leur vie lutté pour la liberté.

Celui-ci s'empresse de le corriger: Washington et Jefferson ont affranchi leurs esclaves dans leur testament.

Pour un New-Yorkais de cœur comme Amédée, la traite des Noirs est incompatible avec la liberté. Il lui est pénible de constater que Papineau éprouve de la sympathie pour les maîtres d'esclaves. Certes, il déplore que la haine entre le Nord et le Sud fasse taire la raison et empêche la conciliation. Le conflit, concède-t-il, se résoudra malheureusement par les armes. Mais son père oublie une chose: le Sud est l'agresseur. C'est lui qui a commencé la guerre, trois à quatre mois avant que le gouvernement n'ait levé un soldat.

« La révolution à main armée (y eut-il des griefs sérieux, ce qui n'est pas le cas ici) n'est jamais justifiable sous une constitution républicaine, où la voix du peuple par le suffrage universel peut s'exprimer souverainement tous les ans, ajoute-t-il. Les révolutions ne sont légales que contre les despotismes. »

Que veulent les abolitionnistes? demande à son tour Papineau. Que les propriétaires d'esclaves sacrifient leur sécurité personnelle et une valeur de huit cents millions de dollars à un principe qu'ils appellent de justice? Et quelle indemnité, quels sacrifices sont-ils prêts à faire dans le Nord pour adoucir chez eux la condition des Noirs? Aucun. De plus, qu'adviendrait-il si ceux-ci se sentaient attirés par le Canada?

« Partout où ils seront portés, ils deviennent, dès qu'ils sont un peu nombreux, un élément de trouble pour la société », tranche-t-il, en exhalant un relent de racisme et sans manifester de compassion pour le peuple réduit à l'esclavage.

N'en déplaise à son beau-père, Mary applaudit à l'enthousiasme militaire qui gagne sa famille américaine. Un de ses cousins a déserté l'école pour s'enrôler comme volontaire. Trop jeune pour aller au front, la police l'a ramené à Saratoga, mais il a fugué une seconde fois. On l'a retrouvé à Boston, déterminé à se battre contre les esclavagistes du Sud.

Comme la plupart de ses amies américaines, Mary a dévoré *La case de l'oncle Tom*, feuilleton à la mode, et elle affiche fièrement sa sympathie pour les Noirs du Sud. Papineau ridiculise son « noble patriotisme ». Du même souffle, il sombre dans la misogynie, s'en prenant à toutes les adeptes féminines de la romancière Harriet Beecher-Stowe, ces «amazones» qui, stimulées par sa prose abolitionniste, demandent à Dieu d'exterminer les Blancs du Sud. Sur un ton condescendant, il insinue que ces lectrices ne soupçonnent pas que de longues années de guerre civile préparent des jours atroces, comme ceux que la France et Saint-Domingue ont connus. Cynique, il les imagine au défilé des vainqueurs, applaudissant et soulevant leurs mouchoirs brodés pour souligner le retour de leurs aventureux chevaliers. Ces bataillons «guidés par une romancière» seront suivis d'un cortège dix fois plus nombreux de tous les Noirs qu'ils auront émancipés, en récompense des massacres de leurs maîtres et maîtresses.

L'Américaine Mary en prend pour son rhume. Amédée aussi. Son père lui reproche de gaspiller un temps précieux à lire quatre à cinq journaux par jour remplis de détails insignifiants sur chaque individu, du soldat au général, qui parade, marche et pille.

«Le journalisme seul ne fera jamais que des ignorants passionnés», décrète Papineau.

Julie, au contraire, partage l'enthousiasme de son fils pour les institutions américaines. Elle comprend l'irritation de Mary. Chaque jour, dans les rues de Montréal, sa bru américaine croise des Canadiens tout heureux d'aller se battre aux côtés des Anglais qui s'invitent dans cette guerre pour sauvegarder leur commerce de coton. L'industrie textile anglaise a besoin des planteurs de coton du Sud. Ce sont ces mêmes Anglais qui ont flagellé, méprisé, pillé les Canadiens…

«Pauvre race dégénérée, se désole-t-elle, ils sont pour toujours exploités, ils n'ont plus de chefs honnêtes et habiles…» Comment peuvent-ils dénigrer, insulter, mépriser les États-Unis «qui ont eu un jour le grand courage de secouer le joug du gouvernement britannique oppresseur et, en peu d'années, ont pu parvenir au degré de prospérité et de grandeur où ils sont!»

Julie redoute la fermeture des frontières entre le Canada et les États-Unis. Mr Westcott ne pourrait plus venir chez sa fille, ni elle aller à Saratoga. L'un et l'autre souffriraient de la séparation. Et quand, le 1er mars 1862, la victoire semble favoriser le Nord, elle applaudit:

« Tu as ton tour à jubiler », écrit-elle à Amédée, qui a plus d'une fois prédit l'issue de la guerre. « Le père ne dit plus mot quand on lui dit qu'il est trop vieux et qu'il a bien mal envisagé la révolte du Sud, et qu'il avait la foi bien faible au sujet de la force du Nord. »

26. LA MEILLEURE ET LA PLUS CHÉRIE DES MÈRES
1862

« Nous avons éprouvé une perte cruelle et d'autant plus poignante que la maladie n'a pas eu une heure de durée. »

Juin tire à sa fin. Julie Papineau a passé une quinzaine de jours chez Amédée à Bellerive. Elle en a profité pour rendre visite à Azélie, qui a maintenant deux enfants. Ceux-ci la guettaient par la fenêtre, mais elle ne les a pas reconnus. Ils grandissent si vite ! Si loin d'elle aussi !

À présent, elle retourne à la Petite-Nation. Comme chaque fois qu'elle s'absente, Papineau s'impatiente. Pourvu qu'elle ramène beaucoup de parents et d'amis ! espère-t-il. Son garde-manger est garni et, grâce à sa fille aînée, la minuscule Ézilda, une ménagère hors pair, tout est prêt. Les bouchers lui fourniront autant de bœuf et d'agneau qu'il faudra. Le baril de xérès et les caisses de bordeaux qu'Amédée a fait livrer sont arrivés en excellent état. Ne manque plus que le sauternes. Et les invités.

Comme d'habitude, le *Phœnix* a du retard. Pour passer le temps, Julie griffonne quelques mots à l'intention d'Azélie, mais sans ses lunettes, les lettres ne se forment pas correctement. Quand le *steamer* accoste enfin, il doit décharger sa cargaison de fer avant d'embarquer ses passagers. Le voyage s'étire et la voyageuse est au comble de l'exaspération. Heureusement, Ézilda l'attend comme prévu au quai de Montebello. Pensant que plusieurs parents et amis accompagneraient sa mère, elle est venue avec deux voitures.

Au manoir, Julie est déçue en découvrant ses gazons jaunis et tristounets. Papineau avait pourtant promis de bien les arroser. La pluie qui tombe réparera les dommages causés par la sécheresse. Elle s'empresse d'envoyer un mot à Amédée pour lui annoncer qu'elle s'est bien rendue.

Juillet passe sans que son fils chéri se pointe à Montebello. Même le sauternes est arrivé avant lui. Il devait pourtant rappliquer à temps pour fêter le Jour de l'Indépendance en terrain neutre. Mr Westcott avait prévu de venir aussi. Papineau a hâte de lui montrer son domaine. Le beau-père d'Amédée verra qu'en ces années troublées et incertaines qui agitent son pays, leurs petits-enfants gagnent à être canadiens plutôt qu'américains.

En août, les Bourassa débarquent, juste avant Amédée et sa famille. Avec l'arrivée de Louis-Antoine Dessaulles, le clan est complet. Napoléon sort son chevalet et peint le portrait de sa belle-sœur Ézilda qui a fait la conquête de ses deux enfants, Augustine et Gustave. Il se promène ensuite sur le domaine et dessine au crayon deux scènes, l'une captée près de l'embouchure du ruisseau, l'autre à l'île Viger, avec l'intention de les reproduire sur une toile.

Le dimanche 17 août est particulièrement animé. Après la messe, autour d'un bon dîner, on ressasse le passé, comme si les chers disparus avaient toujours leur place à table. Il y a longtemps que Papineau a vu Julie aussi heureuse, entourée de ses cinq petits-enfants. Ella, la plus âgée, Louis-Joseph, surnommé Papo, et bébé Marie-Louise s'amusent avec les deux petits Bourassa. La fête s'étire jusqu'à vingt-trois heures. Lorsqu'elle se couche, Julie est fatiguée, mais bien portante.

Soudain, à l'aube d'une nuit calme, des cris provenant de sa chambre réveillent la maisonnée. Tout un chacun accourt à son chevet. Julie se plaint de douleurs lancinantes entre les épaules, près du cœur. Son mal est si effroyable qu'il ne peut pas durer.

«Mes enfants, je meurs… articule-t-elle péniblement, oh! oui, je meurs.»

La famille croit qu'elle a une syncope. On fait brûler des plumes, on la frictionne, on lui met les sels. En vain. Quelqu'un court chercher le prêtre, mais elle rend l'âme avant son arrivée. Il lui administre l'extrême-onction sous condition. Lorsque, moins d'une heure plus tard, le médecin examine son corps, il attribue son décès à une effusion de sang dans le cœur.

Sa mort si inattendue, à soixante-sept ans, sème la consternation. Papineau encaisse le coup, mais ses filles sombrent dans un profond désarroi. Napoléon tâche de consoler Azélie en lui répétant que, par chance, l'agonie de sa mère ne s'est pas prolongée :

« Quand on a beaucoup empêché les autres de souffrir, Dieu abrège sans doute nos propres souffrances », dit-il.

Les funérailles ont lieu le jeudi suivant à la chapelle seigneuriale. L'évêque de Bytown, un ami de la famille, officie, secondé par le curé Médard Bourassa. Le presbytérien James Randall Westcott y assiste. Immédiatement après la cérémonie funèbre, Julie rejoint son fils Gustave et son petit-fils Louis-Joseph dans le caveau familial. La note nécrologique du journal *L'Ordre* évoque « ses qualités aimables, la générosité de son cœur, le charme de sa conversation et toute la vivacité de son patriotisme ».

Plus que tout autre, Papineau ressent le vide laissé par celle qui a partagé quarante-quatre ans de sa vie. Elle l'a aimé, soigné, consolé et si souvent encouragé dans la bonne comme la mauvaise fortune. Ces derniers temps, il s'étonnait qu'elle ne paraisse pas vieillir, malgré leurs terribles tragédies. À la fin, le rire et l'exubérance de leurs petits-enfants, de même que leurs gambades, la distrayaient de la tristesse que lui causait Lactance, enfermé à l'asile de Lyon. Quel soulagement de penser que les derniers jours de sa femme ont été heureux !

Quand vient l'automne, le premier sans elle, Papineau s'active sur son domaine. Le travail purement physique, en plein air, le calme. Il écrit peu.

« Prendre la plume pour quoi que ce soit m'abat », confie-t-il à Amédée.

Aux premiers jours de novembre, il promet d'arriver bientôt à Bellerive pour y passer l'hiver.

« Dans la chambre que tu me donneras, il me faudra une table à moi tout seul », prévient-il son fils. D'ici là, il en profite pour recopier ses vieux livres. « Il faut me créer des occupations ; l'inaction me tuerait. »

À part sa famille, le reste l'indiffère. La politique plus que tout. Pour passer le temps, il déménage sa bibliothèque et procède à l'inventaire annuel de la seigneurie. Il s'astreint aussi à lire le document intitulé *Lois sur la tenure seigneuriale*, comme Amédée le lui a recommandé. Du pur verbiage ! Plus il le parcourt, moins il le comprend.

———⊰•⊱———

Rien n'a transpiré du chagrin d'Amédée. Dans ses lettres, il supplie son père de ne pas sortir au froid sans «fortes chaussures et redingotes chaudes avec flanelle». Il consulte le médecin pour Ézilda, indisposée depuis la mort de leur mère, et il rappelle à ses sœurs qu'il faut resserrer leurs rangs dans le malheur. Une seule fois, il mentionne le nom de Julie, «la meilleure et la plus chérie des mères».

On imagine cependant sa tristesse infinie. Il était son enfant chéri. Jusqu'à son dernier souffle, elle n'a cessé de le surprotéger, s'inquiétant de sa santé autant que du salut de son âme. Lorsqu'il étudiait le droit, elle était si fière de lui. Mieux que quiconque, elle connaissait les obstacles qu'il devait surmonter et elle s'en voulait de ne pas être avec lui, de ce côté-ci de l'Atlantique, pour le soutenir.

Seul et sans aide pécuniaire, Amédée avait réussi à se faire admettre au Barreau américain. Cet exploit aurait dû la rassurer. Mais c'était dans sa nature de se tourmenter. Lorsqu'il avait décidé de s'établir à New York, elle y avait consenti du bout des lèvres. La métropole américaine ne lui inspirait pas confiance. Elle aurait préféré le savoir à Saratoga, où elle conservait des amis sûrs. Des amis prêts à l'aider, si besoin était. Il avait ensuite jonglé avec l'idée d'aller tenter sa chance en Nouvelle-Orléans, mais elle s'y était opposée si fermement qu'il avait abandonné son projet.

Pendant l'exil de ses parents en France, Amédée, le confident de sa mère, avait été témoin de son impuissance à s'adapter à la vie parisienne. Elle comptait sur lui pour persuader Papineau de rentrer au Canada et de reprendre sa place de chef. Pas plus que Julie, Amédée n'avait réussi à le fléchir. Devant le refus obstiné de son père, il était intervenu afin qu'à tout le moins, il laisse sa mère repartir en Amérique avec les enfants. C'est encore lui qui, en fils responsable, l'avait aidée à organiser sa nouvelle vie à Montréal et avait veillé sur ses frères et sœurs.

Qui sait si leur indéfectible complicité n'avait pas ralenti l'ardeur de Papineau, dont les idées de grandeur l'incitaient à multiplier les dépenses extravagantes à la Petite-Nation? Comme Julie, Amédée reprochait à son père de mettre en péril la sécurité des siens. Si elle déplorait le sens de l'économie excessif de son fils, elle lui était reconnaissante de se démener pour trouver l'argent et payer les dépenses de la seigneurie.

Quand Papineau abusait de sa santé ou fournissait imprudemment des efforts qui n'étaient plus de son âge, pour ensuite refuser obstinément de consulter le médecin, c'est encore à Amédée que Julie demandait de le convaincre de se soigner.

La vie avait apporté à sa mère son lot de déceptions et de chagrins. Elle sombrait parfois dans la mélancolie, mais la minute d'après, elle se cravachait, s'épuisait à faire le bonheur des siens, quitte à s'oublier. Amédée ne partageait pas sa foi indéfectible en Dieu, mais se gardait de la contredire ou de ridiculiser ses bondieuseries. De son côté, jamais elle ne lui reprochait de ne pas s'être fait prêtre, comme elle l'espérait.

Entre sa mère et lui, il était souvent question de ce pauvre Lactance. D'une certaine manière, elle se sentait responsable de sa folie. Elle s'en voulait de ne pas avoir su le protéger. Il avait été la malheureuse victime de leurs malheurs familiaux trop vivement ressentis et dont il avait souffert moralement et physiquement. Surtout à Paris, où il avait consenti des efforts surhumains pour devenir médecin, parce qu'elle le souhaitait ardemment. Elle ne parlait jamais sans un pincement au cœur de la grande tendresse de cet étrange fils, si sensible, si fragile. Sa belle intelligence et tous ses talents le destinaient à un brillant avenir. Hélas! sa folie était incurable et la tuait, elle, à petit feu. À la fin, elle avait prévenu Amédée de ne plus lui remettre les lettres de son frère. Elle n'avait pas le courage de les lire.

«J'espère que tu n'oublies pas d'envoyer l'argent régulièrement», lui rappelait-elle cependant, car c'est lui qui était chargé de payer la pension de Lactance aux Hospitaliers de Saint-Jean-de-Dieu, à Lyon.

Après des années éprouvantes ponctuées de désaccords, sa mère avait fait la paix avec Papineau. Elle voulait vieillir avec lui dans le somptueux manoir qu'il avait construit au bord de l'Outaouais pour la retenir auprès de lui. Leur inséparable Ézilda, si généreuse, si aimante, serait leur bâton de vieillesse. On n'entendait plus Julie regimber comme jadis contre la butte à maringouins. La vieille servante, Marguerite Douville, lui tenait compagnie. Ensemble, elles pleuraient leur cher Gustave disparu trop tôt. Sa fidèle bonne lui avait fait promettre de l'enterrer dans la chapelle familiale, auprès de ce petit qu'elle avait tant aimé. Marguerite était morte subitement en novembre 1861, quelques minutes à peine après lui avoir apporté une tisane. Julie avait tenu parole : la seconde mère de Gustave reposait à jamais à côté de lui.

Julie se faisait du souci pour Azélie, sa cadette, si imprévisible. Elle la trouvait trop sévère avec ses enfants. Comme si elle-même ne s'était pas montrée autoritaire avec les siens ! Le temps l'avait métamorphosée en grand-maman indulgente. Elle souffrait de voir Azélie et Napoléon toujours incapables de joindre les deux bouts. À sa demande, Amédée était intervenu auprès de Papineau afin qu'il leur donne un coup de main.

Sa toute dernière lettre, Julie l'avait adressée à son cher Amédée. Elle le remerciait de l'avoir chaleureusement accueillie à Bellerive. Elle adorait Mary, ne lui connaissait aucun défaut. On se serait attendu à ce qu'une mère aussi possessive refuse de partager son fils bien-aimé avec une autre femme. C'était tout le contraire. En cas de mésentente, Julie prenait le parti de sa bru. Les hommes sont décevants, lui disait-elle. Ils manquent de cette délicatesse qui leur permettrait d'éviter de blesser leur femme ou de froisser son amour. À son avis, rares étaient les maris attentionnés. Cependant, elle s'empressait d'ajouter un bon mot à propos d'Amédée :

« Le vôtre est encore un des mieux, parce qu'il n'a pas de vice, ni de grands défauts et il vous aime plus et autant qu'aucun mari n'aime sa femme. »

Le bonheur d'Amédée et de Mary lui tenait à cœur. Elle voulait tant qu'ils profitent de leurs belles années !

« C'est le temps de la vie où l'on peut jouir, disait-elle à son fils ; plus tard, les peines se succèdent tellement que l'on ne trouve plus rien qu'amertume dans cette vie. »

Et elle sombrait dans la nostalgie : « Je me rappelle qu'à votre âge j'étais heureuse. »

———◦•◦———

Faut-il prévenir Lactance que sa maman chérie n'est plus de ce monde ? Amédée tourne et retourne le problème dans sa tête. Mieux que quiconque, il connaît l'attachement maladif de son frère pour leur mère. La rivalité qui les opposait parfois, Lactance et lui, avait pour source l'affection maternelle. Combien de fois Amédée l'avait-il entendu se porter à la défense de Julie quand Papineau lui adressait des reproches ? La nouvelle de son décès risquait de l'anéantir. Tout bien pesé, Amédée décide de s'en remettre au directeur de l'asile :

« Depuis ma dernière, nous avons éprouvé une perte cruelle et d'autant plus poignante que la maladie n'a pas eu une heure de durée, lui écrit-il. Notre chère mère est décédée le 18 août, et je connais trop l'extrême sensibilité de mon cher Lactance pour le lui annoncer directement. Nous devons laisser à votre discrétion et à votre charitable sollicitude, M. le directeur, de le lui révéler en temps opportun ; ou de le lui taire, selon que vous jugerez à propos et le plus prudent pour sa santé. »

Nul ne saura jamais si Lactance a été prévenu. Peut-être bien, puisque moins de six mois après, le 4 décembre 1862, il succombe à son tour, loin de sa famille et de son pays. Une hydropisie – accumulation de liquide dans les tissus – l'a emporté en vingt jours. Le supérieur des Hospitaliers de Saint-Jean-de-Dieu assure Papineau que, jusqu'à la fin, son fils est demeuré doux et poli et qu'il causait agréablement, quand il ne divaguait pas. Il n'aura pas survécu longtemps à sa maman.

Dans ce nouveau malheur, une chose réjouit Papineau :

« C'eût été un cruel déchirement et une plaie si aiguë pour sa pauvre mère, si elle avait appris sa mort. Dieu lui a épargné cette torture qui l'eût tuée dans le faible état de santé où elle était, sans qu'elle ni nous le puissions soupçonner. »

Julie considérait Lactance comme le plus doué de ses enfants. Son mari était bien placé pour savoir comme elle avait pleuré en le voyant sombrer dans la folie ! Comme elle se rongeait les sangs à se demander si elle avait tout fait pour accroître ses chances de guérison !

Lui, il a le malheur de leur survivre à tous les deux.

« Chaque nouveau chagrin rappelle ceux qui l'ont précédé et attriste la vieillesse », avoue-t-il à Amédée.

Il ne lui reste plus qu'à acheter le terrain où Lactance est inhumé dans le nouveau cimetière de la Guillotière, à Lyon. Il veut qu'on plante un orme d'Amérique à branches retombantes sur la tombe de son fils. C'est, dit-il, « le plus beau de nos arbres forestiers, au goût de Lactance et au mien. » Il compose l'épitaphe à graver sur la pierre tombale :

Joseph Benjamin Lactance Papineau
Un Canadien malheureux,
Né le 4 février 1822,
Décédé loin de sa famille et de son pays
Le 4 décembre 1862
Requiescat in pace Domini.

La disparition de Lactance affecte durement Amédée. Il perd l'ami qui partageait ses jeux d'enfant, le collégien qu'il avait pris sous son aile protectrice, le correspondant parisien soucieux de se dépasser. Son frère ne lira jamais son *Journal d'un Fils de la Liberté*, lui qui l'encourageait à poursuivre sa quête de vérité.

Comme ses parents, Amédée n'espérait plus le rétablissement de Lactance. Être sensible, incapable d'affronter la réalité, il était mal dans sa peau et insatisfait de lui-même. Jaloux aussi de l'affection que sa mère portait à ses frères – sa mère, il la voulait pour lui seul –, il avait tout doucement sombré dans la folie. Ses lettres signées « frère Jésus Marie » reflétaient cruellement ses divagations. Dans son cerveau malade, saint Amédée incarnait la France et l'Amérique, alors que saint Lactance évoquait l'Italie et le catholicisme. Quant à saint Gustave, on le priait pour la guérison des maladies du cœur. Un jour, Amédée avait reçu d'Europe un colis adressé à sainte Azélie. Il contenait un beau livre à tranche dorée recouvert de cuir marocain et richement illustré. L'ouvrage était consacré à la Vierge Marie et à son Immaculée Conception.

Malgré ses pensées déraisonnables, rien ne laissait prévoir une fin aussi précipitée. Lactance avait peut-être souhaité aller rejoindre sa maman.

27. UNE SALE AFFAIRE
1863-1869

« Pendant que les coupables échappent par la mort à leurs créanciers et à la vindicte des lois, ou qu'ils jouissent en paix des fruits de défalcations et sont comblés de nouveaux honneurs, l'innocent seul est persécuté. »

À la mi-juillet 1863, peu après les élections – le libéral Antoine-Aimé Dorion a été élu co-premier ministre du Canada-Uni –, Amédée emmène sa famille sur la côte américaine. La petite Marie-Louise dépérit à vue d'œil dans ce Montréal torride. L'air salin et les bains de mer du Connecticut régénéreront aussi Mary, éprouvée par la chaleur excessive des dernières semaines.

De Rouses Point à Burlington, le trajet en train se déroule agréablement, la pluie ayant fait disparaître la poussière accumulée sur les chemins à lisse. Amédée s'attendait cependant à un voyage plus mouvementé. La guerre civile sévit et les victoires éclatantes des armées du Nord, à Gettysburg, Vicksburg, Port Hudson, Chattanooga et Charleston, auraient dû susciter des démonstrations de joie et provoquer des rassemblements. Pourtant, nulle part il n'est témoin de réjouissances, pas même de discussions animées, que ce soit à propos des quatre-vingt mille prisonniers rebelles ou du matériel de guerre dont le Nord s'est emparé. À Alburgh, Swanton et St. Albans, il a croisé des soldats en congé et des recrues partant pour le front, le drapeau national est bel et bien déployé sur le toit des fabriques, mais les citoyens conservent un flegme imperturbable. Les conversations qu'il capte ici et là sont empreintes d'une réserve inhabituelle.

Cette apparente consigne du silence chez un peuple qui s'entretue le surprend, sans plus. Pour l'heure, il profite de ses vacances. Près de New Haven, il déniche un hôtel enveloppé dans les pins et les érables, à quelques pas de la grève de sable et de rochers plats. Tout le jour, la brise souffle de l'océan et les pensionnaires plongent dans l'eau limpide un peu plus froide que l'atmosphère. Sans les moustiques, plus nombreux qu'à Montebello, son séjour serait parfait. Ce bonheur, il le doit à la générosité de Mr Westcott, toujours prêt à délier les cordons de sa bourse pour faire plaisir à sa Mary, et qui, naturellement, les accompagne.

La guerre de Sécession les rattrape à New York, théâtre d'une série d'émeutes sanglantes déclenchées par la conscription juste avant le milieu du mois. Le gouvernement américain vient en effet de lancer un appel général sous les drapeaux pour regarnir les rangs décimés de l'armée du Nord. Dans les bas quartiers, la révolte a dégénéré en conflit racial opposant les Blancs sans travail aux Noirs affranchis. Ces anciens esclaves sont tenus pour responsables du conflit et on les accuse de vouloir s'emparer des emplois dans la restauration et l'hôtellerie. Plusieurs Noirs traqués comme des bêtes auraient été pendus aux arbres. On aurait aussi égorgé des femmes et brûlé un orphelinat rempli d'enfants de couleur. L'armée a dépêché une compagnie pour arrêter le carnage.

Apeurés, les amis new-yorkais de Mary et d'Amédée ont déserté la ville, car on redoute de nouveaux éclats. En dépit des risques, Amédée circule librement dans les rues. Le spectacle des troupes débraillées qui défilent dans New York l'attriste. À Broadway, il aperçoit un régiment d'infanterie du New Hampshire revenant de Gettysburg dans un état pitoyable. Ailleurs, il croise des officiers basanés, sales et affaissés, courbés sous le poids de leurs armes. Avec leurs havresacs mal fermés à l'épaule, ils ressemblent à des hommes de peine sur le sentier du portage. Quel contraste avec les bataillons qui, hier encore, partaient pour la guerre et la gloire! Vêtus d'habits neufs, ils marchaient d'un pas léger, leurs drapeaux bien en évidence. Jamais ils ne se déplaçaient sans une fanfare bruyante.

Aujourd'hui, Amédée voit dans les troupes en débandade les Huns, les Goths ou les Vandales des temps modernes. Après des mois à patauger dans la poussière et la boue, l'uniforme couvert de sang a perdu de son éclat. Cheveux longs et barbe négligée, le soldat affiche une mine barbaresque.

Le protonotaire en vacances aurait aimé se rendre à Washington, peut-être même pousser une pointe jusqu'à Gettysburg, afin de pouvoir dire plus tard : « Je suis un témoin oculaire de cette terrible révolution. » Faute de liquidités, il rebrousse chemin. Au retour, il dépose sa famille à Saratoga. Marie-Louise a repris du poids, mais il faut la soigner avec des remèdes homéopathiques, une nouvelle médecine à la mode fort efficace. De là, il file seul à la Petite-Nation pour souligner le premier anniversaire de la mort de Julie.

« Je vais joindre mes larmes et mes prières aux vôtres et à celles de mes chères sœurs sur la tombe de la meilleure et de la plus chérie des bonnes mères », annonce-t-il à son père.

Peu après, une bien triste nouvelle l'attend à Montréal. Jacques-Guillaume Beaudriau, longtemps son meilleur ami, est mort à l'Hôtel-Dieu. Après sa virée en Nouvelle-Orléans, il avait regagné l'est, mais l'amnistie avait mis fin à son exil américain. Pendant quelque temps, il avait pratiqué la médecine à L'Acadie, et comme il avait toujours des fourmis dans les jambes, il était reparti, cette fois pour chercher fortune à San Francisco, où se trouvait déjà son mentor, le docteur Robert Nelson. Devenu aveugle en 1860, le pauvre Beaudriau avait perdu sa clientèle. Il venait de mourir à quarante ans, le 1er octobre 1863. Même si son ami était plus enclin à rouler sa bosse et à courir les jupons qu'à s'établir, Amédée avait toujours gardé de lui une excellente opinion.

———⋗◦⋖———

En rentrant de vacances, la frustration d'Amédée atteint son comble. Depuis douze ans, il se bat bec et ongles pour faire corriger l'injustice criante dont il est l'objet à son travail. Nul doute dans son esprit, il fait les frais d'un règlement de compte politique. À défaut de pouvoir écraser Papineau, ses anciens amis aujourd'hui au pouvoir s'en prennent à son fils. Wolfred Nelson est mort en juin 1863, mais

LaFontaine et Cartier grenouillent toujours comme au bon vieux temps.

Un incident banal déclenche chez lui ce nouvel accès de colère. Son collègue William Coffin sollicite du gouvernement un congé de maladie d'un an. Il s'attend à ce qu'Amédée le remplace, sans toutefois lui offrir de compensation. Ce dernier consentirait volontiers à faire sa besogne en plus de la sienne, à condition que ses deux associés appuient sa requête d'égalité salariale. Après réflexion, l'un et l'autre rejettent sa proposition.

« Mais quelle objection pouvez-vous avoir, vous et M. Monk, à écrire une telle lettre au gouverneur ? demande-t-il à M. Coffin.

— Oh ! mon cher petit monsieur, lui répond celui-ci, comment pourrais-je m'immiscer dans une affaire qui ne me regarde pas ? »

Que de mauvaise foi ! pense Amédée. Nouveau rebondissement, le gouvernement refuse son congé à M. Coffin, à moins d'une entente entre les deux protonotaires concernés. En somme, on lui demande, à lui, le lésé, de négocier un arrangement, même si la responsabilité de partager également les salaires revient au ministère. Un bel exemple de lâcheté ! Là-dessus, ses collègues lui proposent un compromis insultant : Monk conserverait ses 750 livres par année, Coffin recevrait 550 livres à ne rien faire et lui, pauvre imbécile, se contenterait d'une maigre hausse de 150 livres pour abattre seul les deux tiers de la besogne. Humilié, Amédée refuse.

M. Coffin joue sa dernière carte et claironne qu'il ne part plus.

« Vous n'avez pas voulu accepter 150 livres, je reste », le nargue-t-il, avant d'ajouter : « Si je meurs, ce sera votre faute. »

Amédée est piégé. Coffin reste à son poste, mais, comme il est trop malade pour travailler, sa tâche retombe sur les épaules de son associé, qui ne reçoit aucune compensation pour sa peine.

Papineau, à qui il demande un coup de pouce, refuse de faire jouer ses contacts politiques. À son avis, Amédée se montre trop mou. La modération n'a pas sa place lorsqu'on se heurte à des hommes coupables de collusion. L'incapacité de M. Coffin est permanente et son salaire doit être divisé également entre ses deux collègues. Toute autre solution lui paraît insatisfaisante. Du reste, il revient à la Législature de voter une loi qui accorderait un supplément financier au greffe de Montréal de manière à répartir les émoluments entre les trois officiers de justice.

Pour la seconde fois, Amédée fait appel au gouverneur. La réponse tarde à venir. Papineau ne s'en surprend pas, car « le ministère ne tient qu'à un fil, à une branche pourrie ». Il est tout aussi inutile de s'adresser au ministre responsable des greffiers. Menacé d'expulsion pour corruption, George-Étienne Cartier a d'autres chats à fouetter.

Peut-être serait-il plus judicieux de frapper à la porte d'Antoine-Aimé Dorion, l'irréductible adversaire de Cartier qu'Amédée considère comme son ami ? Dans une longue lettre, il lui demande de lui expliquer pourquoi les quatre autres protonotaires, ceux de Québec et de Montréal, à qui incombent les mêmes devoirs et sur qui pèsent les mêmes responsabilités, reçoivent un salaire plus élevé que le sien. L'argument qu'on lui sert *ad nauseam* – l'ancienneté – ne tient plus, puisque les nouveaux venus, plus jeunes et moins expérimentés que lui, obtiennent un traitement supérieur au sien. L'ami Dorion s'avoue impuissant. En vertu des « Statuts refondus », les émoluments accordés aux protonotaires et greffiers de Montréal sont fixés à 1 950 livres. Cette somme a été divisée comme suit : 750 livres pour Monk ; 750 livres pour Coffin et 450 livres pour lui.

Amédée n'a plus qu'à attendre les changements judiciaires annoncés par Cartier. Ils entrent en vigueur le 1er octobre 1864, sans apporter le redressement escompté. Les nouvelles procédures sont si compliquées que M. Monk avoue n'y rien comprendre et s'en lave les mains :

« *Oh ! dam it*, Mr *Papineau, you see to it all !* »

De son côté, M. Coffin profite de la confusion pour remettre sa démission en faveur d'un des assistants d'Amédée, John Sleep Honey. Le ministre Cartier ne confirme pas cette nomination, de peur d'être accusé de favoriser un de ses amis. Il le nomme néanmoins caissier et teneur de livres, ce qui lui vaut l'augmentation de salaire refusée à Amédée. Comble de l'injustice, son subalterne gagne désormais plus que lui, son supérieur…

Fier comme un paon, M. Honey suspend à sa porte l'inscription *Bureau des timbres*. Une heure après, un avocat ou un protonotaire malicieux (peut-être est-ce Amédée ?) sort un crayon de sa poche et trace un gros accent aigu sur le dernier « e », ce qui donne « timbrés » !

———⋗•⋖———

En mars 1865, Samuel Wentworth Monk meurt à soixante-treize ans. Cette fois, l'assistant Honey hérite du poste de protonotaire à la Cour supérieure, tout en conservant ses fonctions de teneur de livres. À ce titre, il doit mettre de l'ordre dans les comptes du défunt. Ce faisant, il relève des irrégularités. Cela peut sembler bizarre, étant donné qu'Honey assurait déjà la comptabilité de son prédécesseur. Lorsqu'il fait part de ses soupçons à son collègue Papineau – avec un certain retard, note ce dernier –, il laisse entendre que le déficit est important.

L'affaire commence à prendre une tournure inquiétante et Amédée regrette d'avoir manqué de vigilance. Malheureusement, James Randall Westcott s'éteint le 3 avril 1865 et la pauvre Mary est effondrée. Douze jours après, le président Abraham Lincoln est assassiné à Washington. L'Amérique tout entière est en deuil lorsque Amédée arrive à New York et à Boston pour régler la succession de son beau-père et faire l'inventaire de ses biens. Tandis qu'il choisit avec sa femme le monument funéraire et découvre l'ampleur de la fortune dont celle-ci hérite, à Montréal, Honey s'active au greffe à démêler ce qui ressemble à une fraude d'environ 40 000 dollars. Feu M. Monk pigeait allégrement dans la caisse commune pour ses affaires personnelles.

Mis au courant des détails et de l'importance de ce détournement de deniers publics à son retour de vacances, Amédée s'énerve. Selon la loi, les trois protonotaires associés sont tenus conjointement responsables de la cagnotte. La mort subite de M. Coffin, le 2 janvier 1866, le laisse seul survivant de l'ancien trio. Il pourrait bien avoir à rembourser la somme volée.

Sans plus attendre, il tâche de se mettre à l'abri des poursuites. En premier lieu, il dresse le procès-verbal de sa rencontre avec M. Honey et le dépose dans le coffre-fort du palais de justice avec les cahiers de comptes que ce dernier lui a soumis. Puis, le 19 juin, il envoie un protêt et des sommations aux représentants et héritiers de messieurs Monk et Coffin pour les mettre en demeure de régler leur dû à l'amiable, sans quoi il les dénoncera au gouvernement. Sa demande officielle demeure sans réponse. George-Étienne Cartier, qui le reçoit à son bureau à la mi-octobre, a commodément « oublié » ce protêt.

« Je ne crois pas qu'il veuille toucher à cette sale et difficile affaire », décode Amédée.

Néanmoins, il veut se convaincre que personne ne s'en prendra à lui. Tout a été fait dans l'ordre et le gouvernement a été averti sans délai des irrégularités.

Pour plus de sûreté, il fait quand même venir d'Ottawa tous les documents officiels. Il doit prouver qu'il n'a pas eu accès à la comptabilité de la Cour supérieure et qu'il n'a pas partagé ses profits. Curieusement, l'injustice qu'il dénonce depuis des années pourrait bien le servir. N'ayant jamais reçu le même salaire que ses collègues, on pourrait difficilement lui réclamer le tiers de la défalcation. Ce serait pour le moins abusif.

Comme on sait qu'il a toujours été moins payé que les autres protonotaires, il s'en trouve pour le soupçonner d'être l'auteur du détournement de fonds.

À la mi-octobre 1867, rien n'est encore réglé, ce qui augure mal. De peur d'être dépossédé de ses biens, il met sa propriété à l'abri d'une saisie en la vendant à son cousin Casimir Dessaulles. L'arrangement est plus ou moins légal, car sa famille continuera d'habiter Bellerive. Le 16, il signe un acte de vente au montant de 15 000 dollars – vingt ans plus tôt, il l'avait payée 9 000 dollars. En novembre, un autre cousin, l'honorable Maurice Laframboise, achète ses meubles (2 400 dollars). Deux jours après, Amédée loue de ses deux mêmes parents sa maison et son mobilier. Au cours des mois suivants, Papineau participera de son plein gré à cette transaction douteuse. Dans un document écrit de sa main, mais signé par Maurice Laframboise, il accepte de celui-ci la donation irrévocable de tous les meubles et effets mobiliers qui étaient à Bellerive et en fait don à Mary E. Westcott.

Pour les mêmes raisons, Amédée revend à son père toutes les terres non concédées de la seigneurie de la Petite-Nation acquises en 1854, juste avant l'abolition du régime seigneurial. Dans une lettre confidentielle écrite le 13 octobre 1867, il reconnaît qu'il pourrait être tenu légalement responsable de défalcation au bureau du protonotariat et lui demande de faire un testament olographe en vertu duquel il donne à ses enfants, Eleanor, Papo et Marie-Louise, toutes les propriétés qu'il a l'intention de lui léguer. Il souhaite cependant en conserver la jouissance.

Entre-temps, la Confédération canadienne a été entérinée le 1er juillet, mais cela ne semble faire ni chaud ni froid à Amédée, plus préoccupé par le piège qui se dresse devant lui que par l'avenir du Canada.

« Je n'ai pas le temps de vous parler de politique, se contente-t-il d'écrire à son père le 7 du mois. Il y aurait pourtant beaucoup de choses à se dire ! Je crois que les déceptions ont déjà commencé pour tout le monde, chacun en a sa part. »

Avec maintenant quatre provinces, le Nouveau-Brunswick et la Nouvelle-Écosse ayant joint le Québec et l'Ontario, le fils de Papineau entrevoit que « les tiraillements vont recommencer de plus belle multipliés par quatre ».

Papineau, lui, condamne haut et fort la nouvelle Constitution devant l'Institut canadien, le 17 décembre suivant, dans un discours considéré comme son testament politique. Ce sera sa dernière apparition publique.

« L'Acte actuel a été imposé à des provinces qui étaient paisibles, où il n'y avait pas d'animosité de races ni d'animosité religieuse à calmer, dit-il. Là où personne n'était coupable, tous sont punis, puisqu'ils subissent une loi sur laquelle ils n'ont pas été consultés. »

Fidèle à ses idées, le patriarche demeure convaincu que si le pays ne s'affranchit pas de sa condition de colonie, il sera étouffé. Sa solution ? L'union avec les États-Unis.

La sale affaire piétine. Le 24 mai 1868, prenant fait et cause pour son fils, Papineau écrit au premier ministre du Québec, Pierre-Joseph-Olivier Chauveau, dans l'espoir qu'il l'aide à le blanchir des soupçons de défalcation qui pèsent sur lui. Une fois les faits exposés, il conclut :

« Si toutes les circonstances sont telles que je les énonce, vous aurez du plaisir à remplir un devoir de justice, à ne pas faire peser sur un homme sans faute les peines dues à celui seul qui les a commises. »

Deux ans ont passé depuis la signification de son protêt et Amédée n'a toujours pas reçu de réponse. À son tour, il écrit à Chauveau pour clamer son innocence et demander justice. Qui assumera la perte des 40 000 dollars ? La succession de Monk n'en a pas les moyens, la vente de sa propriété n'ayant pas rapporté suffisamment pour payer ses dettes. Les héritiers de Coffin ? Ils ne rembourseront rien à moins d'être poursuivis devant les tribunaux. Quant au gouvernement, plutôt que de débourser un montant aussi considérable, il préférera se décharger sur un innocent.

Même si le *deus ex machina* Cartier tient Amédée responsable de la défalcation, Papineau croit que son fils n'a rien à craindre de lui. La cause étant de juridiction provinciale, il n'a pas voix au chapitre.

« Tu t'agites trop fortement », lui reproche-t-il, en lui recommandant le calme pour échapper à l'anxiété.

Là-dessus, le gouvernement Chauveau acquiesce à la demande de Papineau et lance une cour d'enquête. Dans un sursaut d'énergie, Amédée décide de faire confiance à l'intelligence et à l'impartialité des juges. C'est dans cet état d'esprit qu'il se présente tête haute devant le commissaire Joseph Adolphe Defoy chargé de faire la lumière sur ce sordide imbroglio. Sa commission, qui siège à la fin de juin 1868, doit établir dans quelle mesure messieurs Papineau et Coffin ont ou n'ont pas eu connaissance de la conduite de leur associé Monk. Plutôt satisfait de sa déposition, Amédée assiste ensuite à l'examen de monsieur Honey, qui dure dix jours. Ce dernier lui semble nerveux au moment d'expliquer sa tenue de livres. Fatigué aussi, puisqu'il travaille toutes les nuits à clarifier les comptes de manière à pouvoir élucider les défalcations auxquelles s'est livré leur collègue pendant vingt ans. Amédée commente :

« Il est obligé aujourd'hui d'avouer, ce qu'il n'avait pas fait à moi, qu'il a lui-même emprunté de M. Monk. »

Il s'agit de forts montants placés en consignation qu'Honey assure avoir remboursés. Il affirme que le juge Samuel Cornwallis Monk, fils du défunt, a également obtenu des prêts de ce dernier. C'est d'autant plus choquant qu'au moment même où ces faits sont rendus publics, Ottawa s'apprête à le nommer juge à la Cour d'appel.

En septembre, l'avocat d'Amédée, Me Strachan Béthune, présente ses arguments qui lui semblent assez convaincants. Toutefois, ceux de la réplique lui paraissent tout aussi percutants. La Commission Defoy livre ses conclusions en novembre 1868. Que dit son rapport aujourd'hui disparu ? Amédée a probablement été blanchi, puisque le 18 novembre 1868, il écrit au commissaire pour lui demander de témoigner en sa faveur dans une poursuite au civil « où l'on voudrait me faire payer les vilenies de feu M. Monk ». Il précise :

« Vous êtes assez au fait de la question pour pouvoir me rendre justice et satisfaire le tribunal que ni culpabilité ni responsabilité ne peuvent s'attacher à moi. »

⎯⎯⎯◦•◦⎯⎯⎯

Le gouvernement n'est pas le seul à avoir été fraudé. Pendant que la Commission réfléchit, les créanciers du protonotaire Monk s'adressent aux tribunaux pour obtenir le remboursement des sommes qu'il leur devait. C'est le cas de Patrice Guy et de sa femme Catherine Hélène Guy, des propriétaires lésés. En 1867, le juge J. Berthelot avait condamné les fonctionnaires Monk, Coffin et Papineau à leur remettre 200 dollars en compensation pour leur bande de terre expropriée. N'ayant pas reçu ce paiement, les plaignants présentent en Cour supérieure une motion de « contrainte par corps ». S'ils gagnent, Amédée, l'unique survivant du trio, risque la prison. En plus de le livrer à la misère et au déshonneur, ce verdict déclencherait une avalanche de poursuites de la part des autres clients lésés de M. Monk.

Amédée sent l'étau se resserrer sur lui. Il presse son cousin Casimir Dessaulles de vendre Bellerive. Il rédige lui-même l'annonce qui paraîtra dans les journaux francophones, ainsi que dans *The Gazette* et *The Montreal Herald*. On peut lire dans *La Minerve*: « *Une belle résidence, située sur le fleuve Saint-Laurent, dans les limites de la cité de Montréal et sur le parcours des chars urbains...* »

En juin 1869, le juge Torrance J^r entend la cause des époux Guy en Cour supérieure. Il doit statuer sur la « contrainte par corps » et pourrait ordonner au protonotaire de payer, conformément au jugement rendu précédemment contre lui, ou de prendre le chemin des cellules sur-le-champ. Comme son jugement ne viendra pas avant la fin de l'été, Amédée profite de ce répit pour s'évader à Saratoga.

« À part les êtres précieux de Montebello, écrit-il à son père, je chasse de mes pensées tout le Canada, le quai de Bellerive, le Palais de justice (?) surtout ! Je m'abandonne tout entier à la paresse, le farniente et la contemplation rêveuse de la belle et étrange nature qui m'entoure ici. »

Il ne perd rien pour attendre. En septembre, le juge Torrance J^r le condamne à payer. En vertu des lettres patentes portant le sceau de la province qu'ils ont dûment signées, les trois protonotaires sont conjointement responsables des affaires de la Cour du Banc de la Reine du district de Montréal. En cas de décès d'un ou plusieurs des associés, les autres doivent continuer d'assumer les fonctions et responsabilités.

Mince consolation, le juge reconnaît qu'Amédée Papineau n'a eu aucun contrôle sur les fonds déposés à son greffe et qu'il n'en a fait aucun usage personnel. Il cite la déposition de John Honey, qui affirme avoir eu connaissance que Monk puisait pour ses propres besoins dans les fonds dont il était le gardien, qu'il gérait seul les finances de la Cour supérieure et qu'Amédée Papineau n'était pas au courant des agissements de son collègue. Cependant, précise le juge, en vertu de son contrat d'embauche, le protonotaire est responsable des sommes déposées au greffe. Le gouvernement n'est pas tenu moralement de l'indemniser pour la défalcation commise par un associé. En conséquence, à défaut de rembourser les montants dus, il sera emprisonné.

Amédée fait appel du jugement. Il est aux abois, comme en témoigne son cri de détresse à son père.

« Je voudrais bien que vous écriviez un mot à Chauveau, un peu fort, pour faire honte à son gouvernement de laisser peser sur moi des menaces qui devraient s'adresser au juge Monk et à Honey, les coupables... »

Papineau lui répond sèchement : « Écris toi-même à M. Chauveau. »

Il condescend cependant à rédiger un brouillon de lettre, mais ne la signe pas. Éconduit cavalièrement, son fils en sort meurtri. Mary déplore l'indifférence glaciale de son beau-père. Ne comprend-il pas qu'Amédée est au bout du rouleau ? Cette bataille féroce épuise un homme de nature délicate et sensible comme son mari. Si elle s'écoutait, elle lui dirait de plaquer sa commission. Oui, de la jeter à la face de ce gouvernement qui permet à l'innocent de souffrir, pendant qu'il honore le coupable. Tout en lui faisant la leçon, elle implore à son tour *father Papineau* d'intervenir auprès de Chauveau. Son précédent refus de le faire a blessé Amédée qui, elle le sait, ne lui renouvellera pas sa demande.

« *He needs encouragment and sympathy* », insiste-t-elle.

Comme son mari ne doit pas savoir qu'elle a intercédé en sa faveur, elle termine sa lettre en le suppliant de ne rien lui en dire :

« *Burn the sheet & let it be* entre nous. »

Papineau ne semble pas avoir répondu au souhait de sa chère bru. Plus probablement, il aura jugé inutile d'indisposer le secrétaire général en lui réitérant la même requête que l'année précédente. En désespoir de cause, Amédée en appelle au lieutenant-gouverneur de la province de Québec, sir Narcisse-Fortunat Belleau. Seule l'intervention du gouvernement peut lui éviter la prison.

« Pendant que les coupables échappent par la mort à leurs créanciers et à la vindicte des lois, ou qu'ils jouissent en paix des fruits de défalcations et sont comblés de nouveaux honneurs, l'innocent seul est persécuté, on fait retomber sur lui le fardeau par une stricte interprétation de la lettre de la loi », lui écrit-il le 28 octobre 1869.

Un peu plus d'un mois plus tard, le 8 décembre, il relance le gouvernement. Cette fois, il fait appel au sens de justice et d'équité du procureur général Gédéon Ouimet.

« Je ne peux pas croire que celui-ci me ferait défaut, écrit Amédée. Mais je dois en même temps supplier le gouvernement d'intervenir et de régler cette affaire sans me laisser plus longtemps sous le fardeau trop lourd de l'incertitude des angoisses et des dépenses onéreuses, beaucoup plus grandes que la dette, et inutiles peut-être d'une plaidoirie qui ne pourrait réussir. »

28. AZÉLIE S'EN VA...
1869

« Elle est dans un état nerveux pénible. »

Ce même hiver de 1869, bien avant que le juge Torrance J[r] ait rendu son verdict dans sa cause, une nouvelle tragédie familiale se noue qui ébranle Amédée. Cette fois encore, c'est Azélie qui fait le désespoir des siens. Dire qu'elle respirait le bonheur pendant les premières années de son mariage !

Tout laissait croire que son état dépressif et suicidaire était chose du passé. Aussitôt marié, Napoléon a ouvert un atelier de dessin et de tableaux religieux, rue Notre-Dame, à Montréal et sa belle épouse s'est résignée à prendre pension, à défaut de posséder sa propre maison.

Comme Papineau le pressentait, les soucis financiers sont rapidement devenus la pierre d'achoppement de leur union. La rente annuelle de 240 dollars qu'il a finalement consentie au couple ne suffit pas. Les clients ne se bousculent pas. Napoléon donne aussi des cours de peinture à l'école Jacques-Cartier, mais cela ne lui rapporte rien. Il s'en désole :

« J'attends des élèves qui ne viennent pas vite… » Son moral d'acier commence à flancher et il se montre pessimiste quant à ses chances de vivre de son art : « Faire des tableaux d'église ou d'histoire pour des marchands de moutarde ou d'estimables curés qui n'entendent rien en peinture, c'est peu excitant », avoue-t-il à son maître, Théophile Hamel.

Si l'argent manque, les enfants leur tombent du Ciel. Augustine naît le 5 juillet 1858. Papineau la décrit comme « une grosse fille de dix livres qui a crié assez pour noyer le bruit de l'horloge. Elle sera belle chanteuse. » Le second, Gustave, voit le jour deux ans plus tard, suivi d'Adine en octobre 1863. Au dire de son parrain Amédée, elle a de magnifiques yeux bleus. Mais, cette fois, l'accouchement se révèle plus laborieux pour la jeune mère. Avec trois bambins, Azélie en arrache. Sans moyens, le couple est forcé de cohabiter avec Papineau et Ézilda à Montréal et, l'été venu, à Montebello. Un climat de tension règne entre les deux sœurs et Julie n'est plus là pour arbitrer leurs querelles. Elles ne s'entendent ni à la cuisine ni sur la façon de diriger les domestiques, encore moins sur l'éducation des enfants.

Autant Azélie déteste la campagne, autant Napoléon s'y sent heureux.

« Si ma femme voulait m'en croire et gaiement consentir au séjour de la Petite-Nation, je m'y fixerais entièrement », avoue-t-il. Et d'ajouter que là-bas, il pourrait plus facilement assurer l'avenir de ses enfants et alors, il cultiverait l'art pour son propre plaisir.

Papineau ne demanderait pas mieux que d'initier son gendre aux travaux d'intendance que nécessite la seigneurie. Plus réaliste, Amédée lui fait comprendre que jamais un artiste ne pourra se bâtir une clientèle au fond des bois.

Dans son atelier de peinture niché au-dessus du hangar à grain, Napoléon peint un portrait de son beau-père. Debout sur sa terrasse, devant la rivière Outaouais au soleil couchant, Papineau, alors âgé de soixante et onze ans, en impose par sa dignité, voire sa majesté. Tout le monde s'entend pour trouver l'œuvre réussie, à commencer par le sujet. Sauf Amédée :

« Je suis loin d'en être aussi satisfait que vous, dit-il. Le dessein et le dessin en sont bons. La pose excellente. Mais l'expression manque complètement, la physionomie. »

Bon joueur, l'artiste accepte les deux excellents daguerréotypes de Papineau que son beau-frère lui prête pour l'aider à améliorer le portrait.

À l'été 1864, Napoléon troque le pinceau pour la plume, le temps d'écrire un roman dont l'action se passe en Acadie, pays de ses ancêtres.

« Virgile a chanté dans l'Énéide les origines merveilleuses de Rome, pérore-t-il ; moi, je vais narrer celles de mon village. » Il s'inspire de la saga des Acadiens chassés de leurs foyers après le Grand Dérangement, et qui ont abouti au Bas-Canada. Enfant, à Petite-Cadie, tout près de Saint-Jean, les vieux déracinés la lui ont souvent racontée.

Son intrigue se construit autour d'un triangle amoureux. Deux hommes, l'un Canadien, l'autre Anglais, font la cour à Marie. Si l'héroïne choisit Jacques, celui qu'elle aime, elle condamne ses parents à la déportation. En épousant l'Anglais, elle les sauve.

« Le cher Bourassa va nous donner un roman qui éclipsera le *Guérin* de M. Chauveau et tout ce qu'ont encore produit les lettrés du Canada », pense Amédée.

Jacques et Marie paraît en 1865, dans la foulée des *Anciens Canadiens* de Philippe Aubert de Gaspé qui connaît alors un énorme succès. Le roman de Napoléon est bien reçu du public, mais la critique lui reproche de s'être trop laissé influencer par l'*Évangéline* de Longfellow.

Amédée a lu et aimé son habile reconstitution de la tragédie acadienne et des déchirements d'un peuple fier, obligé de se soumettre au conquérant. Il se réjouit de voir le nom de son beau-frère sur « la liste éclatante des nouvellistes à la bourse », aux côtés d'Alexandre Dumas et de Georges Boucher de Boucherville, l'auteur du roman *Une de perdue deux de trouvées*.

« Bravo, le frère », s'exclame-t-il, en lui recommandant d'adresser un exemplaire de son livre au célèbre écrivain américain Longfellow.

Azélie aussi se met à l'écriture. En plus de rédiger son journal intime, elle publie des critiques musicales qu'elle signe A. C. B. dans *Le Nouveau Monde*. Napoléon a lu la première sans savoir que sa femme en était l'auteure. Impressionné, il l'encourage dans cette voie, mais lui fait promettre de lui laisser voir ses prochains articles avant de les envoyer aux gazettes. Elle note dans son journal qu'en ce qui a trait à la littérature, son mari et elle diffèrent d'opinion :

« Il veut un but fixe, un cadre bien rempli, de la logique, des règles bien observées ; moi, je trouve que les rêveries vagues ont leur prix, si elles sont attachantes par la forme ou par un sentiment qui répond à ceux éprouvés par un certain nombre de lecteurs. »

Azélie demande aussi l'avis de Mary. Celle-ci lui recommande de ne pas aligner les mots simplement parce qu'ils sonnent bien.

«Exprimez plutôt vos pensées avec vos mots», lui conseille-t-elle.

Peu après, Napoléon abandonne l'écriture romanesque et se remet à la peinture et à la sculpture. Il présente un buste de Jacques Cartier à l'exposition provinciale de Montréal et travaille à l'esquisse de son apothéose de Christophe Colomb.

«Je ne sais pas si ma composition ne s'étalera jamais ailleurs que sur les murs de mon atelier, écrit-il à son ami Hamel, mais je la fais pour absorber un peu de mon activité perdue; et cela restera peut-être là, derrière moi, comme une preuve de mon métier.»

Sur le plan intellectuel, Azélie admire Napoléon:

«Sa société est pour moi des plus agréables, ses conseils des plus précieux, son affection, un trésor», confie-t-elle.

Mais l'obligation de faire son devoir conjugal semble lui peser, comme elle s'en ouvre à son amie Augustine d'Arcy, une Américaine qu'elle a connue à Philadelphie:

«Mon mari serait parfait, si seulement il était une femme.»

—————

La naissance d'Henriette, son quatrième enfant, le 7 avril 1866, plonge la jeune mère dans un épuisement physique et psychique qui sème l'inquiétude autour d'elle. Faiblesse, migraine, dépression… Napoléon se voit contraint de sacrifier sa peinture pour s'occuper de sa femme.

Cette année-là, Papineau éprouve de sérieux problèmes de liquidités. N'ayant pas les moyens de faire vivre deux maisons, celle d'Azélie et la sienne, il n'en loue qu'une pour les deux familles, rue du Champ-de-Mars, ce qui diminuera ses frais. S'ensuivent des scènes orageuses. Azélie est jalouse. Son père lui a toujours préféré Ézilda, qu'il laisse régner sans partage en ville comme au manoir. Aigrie, elle leur rend la vie si impossible que Papineau renonce, l'année suivante, à passer la saison froide à Montréal. Puisque ses deux filles ne peuvent pas se tolérer, il hivernera à Montebello avec Ézilda. Amédée proteste, il commence à en avoir ras le bol des caprices immodérés d'Azélie. Papineau n'a pas à se sacrifier pour les satisfaire. Il n'est pas tendre non plus envers son beau-frère :

« Je répète que Bourassa, avec un peu plus de cœur et d'énergie, pourrait se faire et à sa famille une meilleure et plus utile position ; et que vous ne devez pas l'encourager à ne rien faire, à s'amuser exclusivement dans un art qui n'est pas un gagne-pain. »

D'ailleurs, il en a longuement discuté avec son beau-frère, qui lui a semblé résolu d'entreprendre un travail utile et bien rémunéré, si la maladie d'Azélie le lui permet. Durant ses crises de nerfs, il est forcé de tout interrompre pour la surveiller, car elle devient violente.

Amédée reconnaît cependant qu'il serait risqué de contrarier sa sœur, étant donné sa fragilité émotive. Mais il met Papineau en garde : Azélie doit se montrer raisonnable. Puisqu'elle refuse la compagnie de son père et l'aide généreuse d'Ézilda, elle devra se contenter d'un modeste chez-soi. Il la soupçonne de rêver d'un château pour rivaliser avec Bellerive, ce domaine au bord du fleuve qu'il s'est offert grâce à son travail et à ses efforts. Qu'Azélie se loue une maison où elle voudra, « pourvu que ce ne soit pas une des villas de la rue Sherbrooke et du quartier de l'aristocratie à longues bourses ».

C'est un fait, Azélie envie la réussite sociale d'Amédée et cela l'humilie de devoir quémander de l'argent à sa famille. Comme Amédée, Papineau tient son gendre partiellement responsable de la maladie de sa fille. Seule la stabilité financière pourrait la calmer :

« Bourassa ne s'est pas donné une profession lucrative, c'est un malheur irréparable », lui dit-il.

À l'été 1867, Azélie est de nouveau secouée par d'inquiétantes crises nerveuses. Consciente de la dégradation de son état, elle s'en veut d'être une croix pour Napoléon. Le docteur Macdonnell, qu'Amédée consulte, attribue son mal à la faiblesse de son sang et à une lésion de la matrice causant des pertes sanguines excessives et irrégulières. Il croit pouvoir la guérir, ce qui rassure son frère. De fait, en août 1867, elle se sent assez bien pour accompagner son mari à Québec, où il a rendez-vous avec le premier ministre Chauveau. Cette rencontre pourrait déboucher comme elle le souhaite sur un poste lucratif au bureau de l'éducation. Sa déception sera vive. Chauveau ne lèvera pas le petit doigt pour Napoléon, malgré les liens d'amitié qu'ils ont tissés autrefois.

À l'insu de son mari, Azélie rassemble ses forces et supplie Amédée d'user de son influence pour trouver une situation stable à Napoléon.

« À présent, je suis un peu mieux, l'assure-t-elle ; mais, dans le calme comme dans le trouble, ma tristesse est toujours la même. S'il y a moyen pour nous de sortir d'embarras… »

Elle lui rappelle sa promesse d'offrir à son mari le moyen de se rendre indépendant. Amédée confie à son beau-frère une coupe de bois dans la forêt de la seigneurie. Papineau n'approuve pas l'initiative qui retiendra son gendre loin de Montréal et d'Azélie. Napoléon, au contraire, se montre enthousiaste et s'acquitte de sa tâche à la satisfaction d'Amédée.

Tandis qu'il surveille ses chantiers, le Séminaire de Saint-Hyacinthe lui commande une série de portraits. Le vent tourne ! Il rayonne de bonheur. Azélie aussi, qui écrit dans son journal :

« L'année 1867-1868 est exceptionnelle et fera époque dans ma vie. »

Henri, le cinquième et dernier enfant du couple, naît le 1er septembre 1868. Papineau se réjouit de cette heureuse délivrance :

« C'est une pesanteur de moins sur mon cœur », dit-il.

Napoléon voit la vie en rose. Sa femme se relève rapidement de ses couches, elle a de l'appétit et « va dans les magasins »… C'est bon signe.

La nouvelle situation de Bourassa augure si bien que Papineau décide de faire construire une maison pour sa fille sur ses terrains de la rue Saint-Denis, au nord de Dorchester. Napoléon se charge des travaux. L'harmonie est revenue dans la famille. Azélie et son mari fréquentent Bellerive, le magnifique domaine d'Amédée et de Mary. Leurs enfants s'amusent ensemble, pendant que Napoléon fait le portrait d'Eleanor, maintenant âgée de seize ans et qui grandit en beauté.

Hélas ! l'embellie ne dure pas. Deux mois après la naissance d'Henri, Azélie sombre dans une profonde dépression. Sa maison de la rue Saint-Denis n'est pas prête et elle se voit forcée de passer un nouvel hiver rue du Champ-de-Mars avec son père et sa sœur. Même si, plus que jamais, elle a besoin de l'aide d'Ézilda pour s'occuper de ses cinq enfants, cette cohabitation la crispe. Voyant cela, Amédée supplie son père de retarder son arrivée :

« Elle est dans un état nerveux pénible », le prévient-il.

Épuisée par une cinquième grossesse en dix ans, et peut-être aussi afin de fuir les siens, Azélie part se reposer chez les sœurs des Saints-Noms-de-Jésus-et-de-Marie, à Hochelaga. Elle y emmène ses plus jeunes enfants, Henriette et Henri. L'aînée, Augustine, est pensionnaire au couvent du Sacré-Cœur de Montréal et Ézilda se charge des deux autres.

L'année 1868 s'achève cahin-caha, la suivante commence. Encore quelques semaines et Amédée pourra bêcher son potager. Le destin vient brutalement contrecarrer ses plans à la mi-mars. Depuis quelque temps, il observe, impuissant, les signes de déséquilibre d'Azélie. Lucide, celle-ci se sent devenir folle et pense qu'on devrait l'envoyer à l'asile. Enfermée dans son mal de vivre, elle blesse son entourage par ses propos désobligeants, ce qui la mortifie. Des scrupules religieux et moraux l'assaillent. Elle a l'impression de ne pas remplir ses devoirs de chrétienne et a peur de compromettre son salut. Cette obsession déclenche ses crises les plus aiguës et son père en est souvent la cible. Elle réprouve violemment son incrédulité et le harcèle afin qu'il revienne à Dieu.

Son mari écope aussi. Elle ne tolère plus les relations sexuelles que lui impose l'intimité conjugale et lui en tient rigueur. Ses propos sur le sexe masculin sont carrément blessants. À son avis, les époux chrétiens doivent faire l'amour uniquement dans le but de procréer. Le reste du temps, ils gagneraient à vivre comme frère et sœur. Elle est consciente de faire de la peine à Napoléon en étalant ses frustrations refoulées, mais c'est plus fort qu'elle.

Pour échapper à son penchant autodestructeur, elle décide de prendre quelques jours de congé chez son amie Fanny qui vient d'épouser son cousin Casimir Dessaulles, nouvellement élu maire de Saint-Hyacinthe. Sur un coup de tête, elle sèvre un peu hâtivement son petit Henri, âgé de moins de six mois, et prépare son bagage. Convaincu que le changement lui sera salutaire, mais inquiet de la voir partir seule, Papineau décide de l'accompagner. Le voyage en train se déroule sans anicroche. À peine note-t-il chez sa fille des mouvements d'impatience causés par les retards.

Les choses se gâtent pendant la première nuit. Surexcitée, Azélie refuse de dormir, obligeant Fanny à lire à haute voix jusqu'à l'aurore. Vers quatre heures du matin, elle pique une crise épouvantable et s'en prend physiquement à son amie. Honteuse, elle cherche ensuite à se précipiter par la fenêtre. Casimir et Papineau se relaient à son chevet afin de l'empêcher de se suicider. Papineau décide de la ramener d'urgence à Montréal. Accompagnés de plusieurs parents, le père et la fille prennent le premier train du dimanche des Rameaux.

Tout au long du trajet, Azélie se montre très agitée. Elle demande qu'on lui permette de marcher un peu pour se délasser. Après deux ou trois allers-retours dans l'allée, elle se précipite vers la porte pour se jeter en bas du wagon. Il faut la surveiller à chaque instant et la suivre afin de l'empêcher de sauter dans le vide.

Une fois à la maison, Napoléon, qui en a l'habitude, réussit à la calmer. Épuisé, Papineau monte se coucher, laissant sa fille seule avec son mari. Vers dix heures du soir, ses hurlements réveillent la maisonnée. Napoléon doit la retenir prisonnière, de peur qu'elle se brise la tête aux meubles ou se morde les mains. Elle déploie une telle force physique pour se libérer qu'il s'assoit sur ses deux jambes et lui tient les bras étendus afin de la neutraliser. À sept heures du matin, on le trouve dans cette position inconfortable, fourbu et grelottant. La maison s'est refroidie et personne n'a pensé à faire du feu. La malade est toujours aussi agitée. Il faut deux hommes en permanence pour l'immobiliser.

De temps à autre, elle a un instant de lucidité au cours duquel elle reconnaît son mari, mais ça ne dure pas.

Le Vendredi saint, Amédée accourt chez les Bourassa. La scène dont il est le témoin impuissant est insoutenable. Sa sœur a perdu la raison. Arrivé la veille de Washington, Louis-Antoine en est à sa seconde visite à la malade. Il observe la force vitale de sa cousine diminuer à vue d'œil. Soupçonnant son intelligence de s'être éteinte à jamais, il souhaite de tout son cœur que la mort vienne la chercher le plus tôt possible. Dans une lettre pathétique adressée au curé Bourassa, il relate les dernières heures d'Azélie. Méconnaissable, l'œil perçant, la bouche ensanglantée tant elle se mord la langue, les lèvres enflées et crispées, elle n'est plus que l'ombre d'elle-même. Ses cris retentissent. Parfois, elle hurle sur une seule note pendant une heure sans interruption. Ensuite, elle retient sa respiration jusqu'à ce que ses yeux soient injectés de sang. Certains de ses proches la croient épileptique, mais Louis-Antoine ne mentionne pas la présence d'un médecin à son chevet.

Le lendemain, Samedi saint, dans un ultime moment de lucidité, elle reconnaît Amédée. Peu après, elle s'affaisse. Pendant que le prêtre lui administre l'extrême-onction, elle demeure inerte, comme absente. Pas un mot ne sort de sa bouche. Vers dix heures du soir, l'agonie commence. Papineau ne la quitte plus. Sa belle Azélie s'éteint vers minuit, sans le moindre effort, paisiblement, sous le regard impuissant de Napoléon, d'Amédée et de Louis-Antoine. Ce dernier observe : « Mon pauvre oncle est terriblement affecté et le pauvre Bourassa rendu autant de fatigue que de chagrin. »

C'est le 27 mars 1869. À trente-quatre ans, Azélie laisse derrière elle cinq orphelins. Ses funérailles ont lieu quatre jours plus tard, en l'église Saint-Jacques, à petite distance de la maison de la rue Saint-Denis où elle n'aura jamais vécu. Dès que l'état des routes le permet, la dépouille est transportée à Montebello pour être inhumée dans la chapelle funéraire aux côtés de sa mère Julie et de son frère Gustave.

La veille, comme convenu, Papineau et Ézilda ont pris le *steamer* avec les orphelins. Napoléon et Amédée devaient suivre le lendemain avec les restes d'Azélie, mais au réveil, ce dernier se sent indisposé. Un gros rhume, doublé d'un dérangement intestinal. Il tente de convaincre son beau-frère de retarder son départ d'un jour ou deux, le temps de se remettre d'aplomb. Napoléon refuse. Tous les villageois de Montebello attendent Azélie au débarcadère et il ne veut pas les décevoir.

Azélie entreprend donc sans Amédée son dernier voyage à la Petite-Nation. Napoléon paraît désemparé. Le coup a été si soudain et si foudroyant. Il dira: «La maladie a été si terrible dans son développement et son caractère!»

La «pauvre enfant», comme il appelait Azélie même sur son lit d'agonie, pressentait sa fin. Avant de partir pour Saint-Hyacinthe, une promenade que Napoléon approuvait parce qu'elle promettait de lui être bénéfique, elle lui avait fait ses adieux définitifs, comme si elle savait qu'à son retour, elle ne serait plus en état de le faire. À part elle, personne dans la famille, pas même son mari, n'avait imaginé une fin aussi horrible.

29. POUR ÉCHAPPER À LA JUSTICE...
1870

« Je jure que je n'ai jamais détourné un seul sou des deniers publics confiés à ma garde ! »

Papineau se relève difficilement de l'accablement dans lequel la disparition d'Azélie l'a laissé. Incapable de voir aux affaires de la seigneurie, il regarde pousser ses narcisses, ses tulipes et la montagne de lilas qui embaume l'allée.

« Je suis bien ennuyé de vivre trop vieux puisque je survis à tant de pertes douloureuses », soupire-t-il.

Près de lui, Ézilda travaille comme un homme à renchausser maïs et pommes de terre. Toute la couvée la suit au champ. Henri s'endort sur l'herbe. Âgée de onze ans, Augustine le surveille, un livre à la main. Les trois autres enfants se roulent dans le foin. Ce rôle de mère substitut auprès des orphelins va comme un gant à Ézilda.

Papineau s'attendait à ce que sa famille se serre les coudes après un aussi grand malheur. Et pourtant, malgré ses suppliques adressées tantôt à Mary, tantôt à Amédée, ni l'un ni l'autre n'a mis les pieds à Montebello de l'été. Le verdict de la Cour supérieure, en septembre 1869, a frappé le protonotaire comme un coup de massue. Il a aussitôt demandé une révision de son cas qui tarde à être entendue. Pour l'instant, le juge Torrance Jr instruit un autre procès, celui-là passé à l'histoire sous le nom de l'affaire Guibord.

Amédée se sent tout de même concerné. L'Église refuse la sépulture catholique au typographe Joseph Guibord, mort peu après que monseigneur Bourget eut excommunié tous les membres de l'Institut canadien pour avoir refusé d'expurger sa bibliothèque des livres à l'Index, conformément à son ordre. Le cortège funèbre de Guibord s'est heurté aux grilles verrouillées du cimetière Notre-Dame-des-Neiges et le gardien a suggéré à sa famille de l'enterrer dans la section des criminels! L'acharnement du clergé choque les libres penseurs de l'Institut, dont Amédée est toujours l'un des membres actifs. Ils ont applaudi quand, le 2 mai 1870, la Cour du Banc de la Reine a condamné le curé de la paroisse Notre-Dame à inhumer le corps de Guibord dans la section catholique du cimetière. La fabrique a porté la cause en appel, ce qui donne à penser que l'affaire traînera.

Prévoyant un énième report de son propre procès, Amédée décide d'emmener sa famille en Europe pour un séjour d'un an. Faut-il y voir une fuite? Amédée s'en défend. Si sa cause devait être entendue entre-temps, il rentrerait à Montréal, assure-t-il.

C'est l'héritage de Mary qui permet ce long voyage. Mr Westcott a amassé sa fortune notamment dans les chemins de fer en plein essor en Amérique du Nord. En prévision de leurs dépenses à l'étranger, Amédée emprunte 6 000 dollars à sa femme pour seize mois et demi. L'argent sera transféré à Londres chez Glyn, Miss, Curie & Co, une importante institution financière anglaise.

Avant de s'embarquer, il rédige ses dernières volontés, au cas où le Créateur le rappellerait à lui. Mieux vaut ne rien négliger, car il nourrit, comme sa mère, une peur irrépressible des naufrages.

«Mon très cher et excellent père, vous et moi sommes philosophes…», commence-t-il. Sa lettre, écrite en mai 1870, a des allures de testament. Si ses enfants lui survivent, il souhaite que ses filles soient élevées dans la religion de leur mère. Son fils devra suivre les exemples de ses père, grand-père et arrière-grand-père en ce qui concerne la religion, la moralité et la politique.

«Soyez son mentor, mon cher père.»

À Papineau, l'exécuteur testamentaire désigné, Amédée adjoint trois cousins «jeunes et vertueux»: Casimir et Auguste Papineau, ainsi que Casimir Dessaulles. Dans le coffre-fort de la Commercial National Bank de Saratoga Springs, les prévient-il, Mary a «un petit paquet de grande valeur que vous seul, cher père, ou Bourassa, mon frère, devrez retirer par l'entremise de son cousin Joseph G. Cooke, l'un des directeurs de cette banque ». Son contenu servira à régler le dossier Bellerive, maison et ameublement. Dans les valises déposées dans les coffres de la Banque du Peuple et du Palais ils trouveront leurs testaments, inventaires de propriétés, titres et reliques de la famille.

Des directives précises concernent la poursuite dont il est l'objet :

« Si le gouvernement ne règle pas les affaires de feu Monk, mes exécuteurs devront s'emparer de la grande valise noire et du gros coffre de bois de pin non peinturé ; tous deux sous mon scellé, dans la grande voûte de la Cour supérieure. »

Ils réclameront du commissaire Defoy les livres et papiers de Monk, Coffin & Papineau, ce qui leur permettra de faire punir légalement et moralement les coupables, c'est-à-dire Cornwallis Monk, le fils de son ex-collègue, et John Sleep Honey. Les six cahiers de comptes que ce dernier lui a remis serviront à disculper Amédée.

Sa rancune vise surtout ce collègue qui s'est mal conduit à son égard :

« Honey a voulu me compromettre dans son témoignage, en disant à plusieurs reprises que j'avais gardé des argents du greffe de circuit. […] C'est faux et les livres en font foi. Je jure (en comparaissant devant le juge suprême) que je n'ai jamais détourné un seul sou des deniers publics confiés à ma garde ! Il fallait l'infamie d'un Honey pour chercher à l'insinuer, lui le complice systématique de Monk pendant 30 ans et participant avec lui en 3 000 dollars pour sa part, pour son propre compte, comme il l'a avoué devant le commissaire Defoy ; aveu qu'il croit encore sans doute que j'ignore et qu'il ne m'a jamais fait à moi. »

Côté pratique, il confie ses chiens Dash et Tiger à son père. Par retour du courrier, celui-ci lui conseille de s'arrêter quelques jours au Congress Spring de Saratoga pour se purger afin d'éviter le mal de mer :

« J'ajoute qu'après avoir débarrassé le corps des "humeurs peccantes", comme dit Diafoirus, il faut rendre du ton et de la force à l'estomac. » Comment ? Par une nourriture substantielle au dîner et un peu de bon vin vieux avant l'embarquement.

Au moment de partir en Europe et « peut-être pour l'Autre monde »,
Amédée offre un cadeau d'adieu à ses amis de l'Institut canadien : une
effigie de la liberté qui, espère-t-il, présidera à toutes les réunions et
délibérations :

« Votre mission spéciale, mes frères de l'Institut, c'est de sauvegarder la liberté. »

Et d'ajouter en y mettant de la grandiloquence :

« Oh ! sauvez-la, mes frères, sauvez la liberté de l'enseignement !
Sauvez et gardez la liberté tout entière. Prêchez-la. Aimez-la. Faites-la
aimer de tous. La liberté d'étudier, de penser, de raisonner. La liberté de
la parole, de l'écriture et de la presse. La liberté de l'individu. La liberté
civile, sociale, politique et religieuse. La liberté pour tous les hommes,
pour tous les peuples, pour l'Humanité entière. »

Le voilà fin prêt. Il fait provision de feuilles blanches, car il veut
écrire à Papineau des lettres détaillées qu'il rassemblera à son retour en
une sorte de journal de voyage. Pour économiser sur les frais de poste,
il utilisera un papier mince et transparent qu'il remplira de son écriture
serrée.

——◆◆◆——

À New York, le 17 mai, veille de l'embarquement, la chaleur est
cuisante. Amédée est descendu à l'Astor House avec sa famille et leur
servante Katrine Steller, une Allemande de Stuttgart qui les accompagne. Quel confort ! L'édifice de marbre blanc chauffé par des calori-
fères et éclairé au gaz attire les plus grandes fortunes de passage. Une
fois expédiée sa visite obligée à ses banquiers de Wall & Nassau, il se
rend au quai de Jersey City où est amarré le *Scotia*, dernier vapeur à
aubes de la Cunard. Petit imprévu, les cabines sont si exiguës que
chacun devra se contenter d'une ou deux malles, ce qui exige un remue-
ménage de robes et de jupons. Le lendemain, le gigantesque *steamer*
s'ébranle à neuf heures pile, crachant une épaisse fumée noire et des
bouffées de vapeur blanche. C'est l'anniversaire de Marie-Louise. Elle
déballe ses cadeaux et souffle ses dix bougies, tandis que le navire fonce
vers l'océan.

Pendant une quinzaine de jours, le *Scotia* fend les vagues sans ralentir.

« Les dieux nous sont propices », pense Amédée.

Point de roulis, un léger tangage et peu de brouillard dans les bancs de Terre-Neuve. Sa tribu ressent des malaises passagers, mais pas de nausées débilitantes ni d'étourdissements. Parmi les deux cent cinquante passagers, il repère des Cubains qui maudissent l'Espagne, des Yankees qui vont vendre leurs faucheuses et moissonneuses mécaniques dans les vieux pays, un long Français qui louche… Et un moineau de Jersey City que les enfants nourrissent de miettes. À part un mauvais cuisinier et le service qui laisse parfois à désirer, rien à signaler.

À la vue des côtes d'Irlande, le *Scotia* croise de petits voiliers, signe que la traversée achève. Le 28 mai, jour mémorable, Amédée foule le sol anglais.

« C'est comme un rêve », s'exclame-t-il.

Liverpool, une ville pavée et bien éclairée, enthousiasme les visiteurs. Les enfants y voient leur premier « gorilla empaillé » au musée d'histoire naturelle. La route jusqu'à Glasgow, royaume des chantiers navals, foisonne de villages miniers et de manufactures.

« Cent bouches vomissent le minerai gris, la fumée noire et les flammes ardentes », note-t-il. Tout l'enchante : les vastes pâturages, les chaumières propres et de bon goût, le lac pittoresque… On dirait le paradis terrestre, avec ses moutons et ses agneaux dont Marie-Louise veut s'approcher « *to kiss them* ». Édimbourg, l'« Athènes moderne », le séduit.

« Je crains de ne rien trouver sur le continent d'aussi beau que cette ville. »

Devant la tour gothique où Marie Stuart donna le jour à Jacques VI, l'histoire écossaise l'interpelle, en particulier le destin de cette reine d'Écosse enfermée dans un donjon par sa cousine Elizabeth, la tyrannique souveraine des Anglais qui ordonna son assassinat.

Une émotion presque aussi intense l'étreint en entrant à Londres, la « Babylone moderne ». Piccadilly, Westminster Abbey, Hyde Park… Au cœur du quartier administratif, il laisse sa carte au seul Canadien qu'il connaît, John Rose. L'ex-ministre des Finances du ministère Macdonald-Cartier lui fournit un laissez-passer pour assister aux débats à la Chambre des Communes.

Ce qui le frappe en sillonnant la capitale, ce sont les centaines de brillants équipages en livrée qui parcourent les rues du West End. Les bourgeois qui s'y concentrent «*during the season*» sont riches. Par souci d'économie, Amédée et sa famille voyagent en train. C'est avantageux, car les wagons sont divisés en compartiments. En gonflant leurs jupons et leurs capotes, les siens occupent toute la place et n'ont pas à partager le char avec d'autres voyageurs. Il prend des billets de deuxième classe. Les sièges sont presque aussi confortables que ceux de la première et nettement supérieurs à ceux de la troisième, réservée aux pauvres.

Londres est en deuil. Le célèbre écrivain Charles Dickens vient de passer de vie à trépas. Dix jours plus tôt, les ouvriers ont scellé la dalle funéraire sur ses restes mortels dans la chapelle des hommes de lettres appelée Poet's Corner, à l'abbaye de Westminster. Ses admirateurs déposent des fleurs devant la plaque de marbre. Son tour venu, Amédée songe à la visite du grand Dickens à Montréal, à l'automne 1842. Il était descendu à l'hôtel Rasco, rue Saint-Paul, et avait joué dans l'une de ses pièces au théâtre Royal. Plus loin, le tombeau du général Wolfe le laisse froid:

«Le bas-relief en bronze représentant l'escalade du cap Diamant et la bataille des Plaines d'Abraham est très curieux», note-t-il simplement.

La reine Victoria étant au repos à Balmoral, son palais de Windsor est fermé. Tant pis, il visite avec Mary et les enfants le British Museum qui abrite six cent mille volumes, une collection de fossiles et des sarcophages égyptiens couverts de hiéroglyphes. Et il ne quittera pas Londres avant d'avoir vu le Palais de cristal, «le Versailles du peuple anglais».

Chaque jour, il se réserve un temps d'arrêt pour reposer ses pieds endoloris. Il en profite pour jeter sur papier ses impressions et partager avec son père les merveilles qui s'offrent à lui. Comme il aurait aimé que Papineau les accompagne! Celui-ci n'a pas voulu s'éloigner aussi longtemps des enfants d'Azélie et de son manoir.

«Nous pensons sans cesse à vous tous, au milieu de ce tourbillon, lui écrit-il. Je rêve presque chaque nuit à la famille, les morts et les vivants. Je cherche à oublier le palais dit de la justice ; ses personnages viennent quelquefois gâter par leur présence nos réunions de famille.»

⟫⟪

Une lettre de Liverpool prend dix jours pour se rendre à Montréal. Amédée et sa famille sont partis depuis trois semaines et Papineau n'a encore reçu aucun mot d'eux. Pourquoi ne lui ont-ils pas expédié un télégramme en arrivant pour le rassurer ? Ce sont les journaux qui lui apprennent finalement que le *Scotia* a eu un passage court et des vents propices.

«J'aime mieux penser que ce télégramme est égaré que de penser que tu as négligé d'en faire un», lui écrit froidement son père, avant de lui donner des nouvelles du pays où la sécheresse fait des ravages. À Québec, quatre cents maisons ont brûlé ; à Chicoutimi, le feu s'est répandu dans la forêt et a dévasté cinq cents habitations, granges et bâtiments. À Ottawa, d'après la rumeur, John A. Macdonald se meurt. Il «va recueillir le fruit de ses débauches et de son ivrognerie», dit-il peu charitablement. Et de préciser : «Il sera remplacé, s'il succombe, par pire que lui. Il a été très malhonnête par ambition, mais il n'était pas méchant.»

Retenu à Londres par une indisposition, Amédée justifie ses longs silences par la fatigue et les journées trop remplies :

«Je souffre d'un pied considérablement ; ce n'est pas la goutte, mais c'est très pénible : après être resté quelque temps debout, le pied enfle à la chaleur, et la douleur est quelquefois atroce. Je visite les musées, avec une bottine à la main ! Et les Anglais ignorent les souliers légers, en canevas, comme nous avons au Canada pour le temps de la canicule.»

En quittant la capitale, les Westcott-Papineau ne regretteront pas la cuisine britannique. Sitôt arrivés en Belgique, ils s'offrent «un dîner exquis, artistique, comme le cuisinier français peut seul l'exorciser». Mary et Ella, qui admiraient le luxe et le bon ordre de l'Angleterre, confessent qu'elles y mouraient de faim. Après dîner, ils assistent à un concert en plein air. C'est Amédée qui gère le budget :

« Excellente musique pour dix sous, plus dix sous pour une tasse de café ou chocolat, ou six sous pour une carafe longue comme le doigt de cognac ou genièvre. »

Bruxelles les accueille avec son fameux Manneken-Pis datant de 1619 et sa dentelle que ses « dames » achètent à la Compagnie des Indes. Amédée refuse net d'aller voir le champ de bataille de Waterloo. Comme l'a si bien écrit Victor Hugo, cette victoire de l'Europe sur la France représente le triomphe de la médiocrité sur le génie.

La course trépidante à travers l'Europe continue. Un paysage l'envoûte ? Il aimerait que son beau-frère Napoléon soit avec eux pour capter la scène. Dans les musées d'Anvers règne la peinture flamande ; dans ceux d'Amsterdam la peinture hollandaise. Deux longues journées en train et les voilà à Berlin, avec ses palais et ses rues pavées à trottoirs en asphalte. Dans cette prodigalité de bronzes, la statue de Frederic le Grand retient leur attention. À Postdam, ils visitent son château de Sans-Souci. Devant le pupitre du roi de Prusse chargé de manuscrits annotés par Voltaire, Amédée a une pensée pour son grand-père Joseph Papineau :

« L'écriture de pépé ressemblait beaucoup à celle de Voltaire. »

Parfois, il se plaint de ne pas recevoir de nouvelles de ses affaires. Pourtant, s'il le pouvait, il tournerait volontiers la page sur ce procès qui lui pend au bout du nez et qu'il n'arrive pas à chasser de son esprit. « J'oublie, ou du moins je tâche d'oublier le Canada et tous ses déboires. » Si seulement il pouvait ne jamais revenir pour affronter ses pairs ! « N'étaient des liens indissolubles, j'errerais comme un Juif errant le reste de mes jours. »

———⋄———

L'actualité le rattrape à Dresde. En France, Napoléon III vient de déclarer la guerre à l'Allemagne.

« Incroyable ! soupire-t-il. Quel sombre nuage vient s'abattre sur notre promenade ! »

Fini le vagabondage et les parties de plaisir. Quelque seize mille soldats sont attendus dans la ville allemande. Bientôt, il deviendra impossible de circuler. Vite, Amédée doit gagner la Suisse. Il renonce à Vienne, Nuremberg et Leipzig.

« Nous fuyons, mais la marche est lente et souvent interrompue par les convois militaires. »

Affamés, endoloris et brisés, ils sont forcés d'arrêter à Munich le 22 juillet. La guerre ne les empêche pas d'aller entendre *Walkyrie*, l'opéra du fameux Wagner, au théâtre Royal. La musique est extraordinaire, la mise en scène superbe, la fantasmagorie parfaite. Amédée écrit :

« Je crus voir dans cette œuvre nouvelle une série d'allégories d'occasion. Le génie malfaisant de Napoléon III luttant pour la destruction des Vierges confédérées de la Germania nouvelle qu'il voudrait étouffer dans leur jeunesse. »

Depuis la déclaration de la guerre franco-allemande, Papineau meurt d'inquiétude de l'autre côté de l'Atlantique. Comment Amédée s'y prendra-t-il pour mettre sa famille à l'abri, lorsque les deux plus formidables armées au monde se rueront l'une sur l'autre ? Encore une fois, son fils manque à ses devoirs filiaux. Un simple télégramme l'aurait apaisé. Ce manquement l'afflige d'autant plus qu'il vient de perdre coup sur coup Angelique (dite Angelle), la veuve de son frère Denis-Benjamin, et le curé Bruneau, le frère de Julie. Ils avaient quatre-vingt-deux et quatre-vingt-trois ans. Si seulement les journaux ne rapportaient pas, chaque jour, des nouvelles alarmantes du front ! Que diable fait Amédée dans cette galère ! Un père de trois enfants devrait avoir le bon sens de rentrer au pays. Comment le convaincre de revenir à Montebello ? Papineau s'adresse à ses petits-enfants :

« Si vous ne revenez pas vite, il est certain que Tiger et Dash vont devenir fous et enroués. »

Ses pressantes exhortations ne dissuadent pas Amédée de poursuivre son périple. La sollicitude paternelle, preuve de l'amour qu'il porte aux siens, le touche, mais la guerre est un mauvais prétexte pour les rappeler à lui. Si Papineau avait consenti à les accompagner, il verrait qu'en Europe, personne n'a peur que le conflit dégénère. En fait, il manifeste une confiance excessive. En dépit des signes contraires, il prévoit la fin de la guerre. Encore quelques batailles effrayantes, et la paix s'imposera, croit-il.

Plus réaliste, Papineau pense qu'elle sera générale pour l'Europe et aura des répercussions outre-Atlantique :

« Les États-Unis atteindront leur but providentiel : une confédération unique de tout le continent septentrional. » Reste à savoir si les Canadiens demeureront anglais ou s'ils auront l'avantage de devenir américains ? se demande-t-il. À défaut de rentrer en Amérique, Amédée pourrait aller voir en Angleterre comment les choses se présentent, pour ensuite être en mesure de conseiller le gouvernement du Canada. « Viens prendre ta part au concile œcuménique rationnel et non visionnaire qui arrangera les destinées de notre patrie », l'exhorte son père, à bout d'arguments.

Amédée rejette sa suggestion :

« Quant au refuge en Angleterre ou, pis encore, au retour précipité au Canada, c'est impossible », répond-il. Ce voyage est trop coûteux pour y mettre fin sans motifs graves. La guerre n'affecte nullement les voyageurs. « Quant au rôle que je pourrais (et devrais en certains cas) jouer en Amérique, l'heure n'a pas sonné. Dès que le moment opportun sera venu, que je guette avec autant d'ardeur et de foi que mon cher père, je ne faillirai pas et je serai à mon poste d'honneur. »

Que de fanfaronnades ! Amédée n'a nullement l'intention d'élaborer une stratégie pour venir en aide à sa patrie. En fait, il renvoie la balle à son père à qui, insinue-t-il, il incombe d'aller à Washington rencontrer le président Ulysse Grant pour le convaincre d'abandonner sa politique de neutralité qui affaiblit la France.

« Mais tout dépend d'abord de Washington, conclut-il. C'est là qu'il faut en premier lieu chercher la lumière. »

Là-dessus, Amédée passe en Suisse, le pays de ses rêves. S'il ne devait en traverser qu'un seul en Europe, il choisirait celui-là. Il se sent en sûreté chez Guillaume Tell. Genève, Lausanne, Fribourg, Berne… Délaissant les monuments anciens et les musées, il se lance à corps perdu dans une série d'expéditions d'alpinisme. À dos de mulet, Mary et lui franchissent le col de Balme, haut de sept mille pieds, sauvage et peu fréquenté. Un vent d'ouragan siffle, ils tiennent à peine en selle. Moins brave, ou moins solide sur ses jambes, Eleanor, qui les accompagne, se laisse porter par quatre hommes dans un fauteuil de bois dur. Au sommet, deux cabanes de pierre marquent la frontière suisse-française. Le mont Blanc et la vallée de Chamonix leur sautent aux yeux.

L'aventure les a rendus audacieux et, peu après, ils récidivent. Armés de bâtons alpins, leurs bottines couvertes de chaussons de laine, ils s'attaquent au glacier des Bois. La glace se fend en d'innombrables crevasses et tombe comme une cascade jusqu'à Chamonix. Au début de l'expédition, les autres alpinistes en arrachent, tandis que nos trois Canucks, habitués aux bourguignons (mottes de terre gelée) du Saint-Laurent, s'amusent ferme. Mais la frayeur les gagne quand ils s'avancent sur les crêtes, entre deux fentes de trois cents pieds de profondeur, au son du bouillonnement des torrents. C'est encore pire au moment de passer le Mauvais Pas, ce sentier étroit et long d'un mille taillé dans la façade à pic d'une montagne. D'une main tremblante, ils tiennent la corde de fer scellée dans le roc. Une fois rendue à la cabane du Chapeau, sorte de grotte dans le flanc du rocher, Mary avoue à Amédée qu'elle a tremblé en remarquant qu'un des hauts talons de ses bottines était resté accroché. Tous deux jurent de ne jamais remettre le pied au Mauvais Pas.

En relatant minutieusement ses excursions dans les pages de son carnet, Amédée démontre un véritable talent d'écrivain. L'écriture est imagée, le style enlevant, les anecdotes distrayantes. Papineau l'en félicite. Il a découvert les splendeurs de Munich dans une de ses lettres :

« C'est bien, tu es tout ensemble Raphaël et Buffon, l'Albane (peintre italien) et Lyell (géologue anglais) peignant avec un égal bonheur les riches vignobles et moissons de la plaine, et les sublimes horreurs de la nature dans ses enfantements convulsifs des anciens jours. »

Son fils devient plus lyrique encore lorsqu'il traverse les régions sauvages, pour le plus grand plaisir de Papineau :

« Si tu te destinais à être peintre de paysage, ton voyage t'aurait été éminemment utile, lui fait-il remarquer. Tu vois merveilleusement bien et décris clairement tout ce que tu vois dans la nature cultivée ou âprement sauvage, gracieuse ou sublime. »

30. LA TRAVERSÉE
DE L'EUROPE EN GUERRE
1871

« La soif de sang d'une part, la pusillanimité de l'autre vont peut-être nous ramener la terreur. »

À défaut de voir son fils rentrer au bercail, Papineau lui suggère d'aller en Italie, « le plus beau pays par la nature, le plus intéressant de tous par ses souvenirs, par son association avec nos études classiques, parce que nul autre ne l'égale en grandeur ». Bien entendu, seulement si le conflit l'épargne, prend-il soin de préciser.

Le 5 septembre 1870, Mary et Amédée apprennent la reddition de Napoléon III et de son armée. L'empereur des Français descend de son trône, la république est proclamée. Amédée se flatte d'avoir pressenti que la guerre ne se prolongerait pas, contrairement à son pessimiste de père. Il lui écrit :

« Le gouvernement provisoire organisé sans un coup de fusil. [...] Quelle page d'histoire déroulée en sept semaines de temps ! Les guerres et les révolutions marchent de nos jours comme les locomotives et le télégraphe ! Vous voyez que mes prévisions se vérifient que tout cela ne durerait pas longtemps. Nous allons voir l'Italie et la France en paix et heureuses comme le reste de l'Europe. »

Après les nuits glacées de Suisse, le soleil de l'Italie réchauffe sa tribu. Amédée en devient fainéant. Un vrai *lazzarono* ! Il n'a plus l'énergie de lire les gazettes, à plus forte raison de prendre la plume.

« Je rêve, je flâne, je jouis de ce bain atmosphérique si chanté des poètes. »

Chemin faisant, il admire avec Mary les châteaux lombards aux murailles blanches et crénelées qui voisinent avec les vastes jardins peuplés de chevreuils et de chamois du lac Lugano. Après avoir visité la cathédrale de Milan, appelée simplement le Dôme, il craint de trouver toutes les églises d'Italie horribles. À la bibliothèque ambrosienne, on lui montre les autographes de Plutarque, de Galilée, d'Arioste. Il s'arrête aussi devant les dessins de Leonard de Vinci. Plus loin, la mèche de cheveux très fins et dorés et la lettre attribuée à Lucrèce Borgia l'intriguent. Ne représente-t-on pas toujours la grande protectrice des arts avec des cheveux noirs ?

Minutieusement, il décrit la rotonde des églises, leurs colonnes corinthiennes et les monuments qu'elles abritent. Dans les musées, chaque œuvre, surtout celles signées Rubens, Van Dyck ou le Titien, retient son attention. En quittant Vérone, il voulait poursuivre son périple italien, mais Eleanor se sent attirée par le Tyrol. Elle y voit l'occasion de pratiquer son allemand. En bon père, il se résigne à bifurquer vers le nord.

Le temps se refroidit. À Vienne, Mary et lui se recueillent sur le tombeau de Maximilien Ier. L'histoire de cet empereur du Mexique, mort trois ans plus tôt loin de sa patrie, est encore fraîche dans leur mémoire. Après avoir accepté la couronne mexicaine des mains de Napoléon III, qui lui avait promis l'aide de l'armée française, il avait dû affronter seul avec ses modestes troupes prussiennes les révolutionnaires de l'Indien Benito Juarez. Vaincu, il avait été fusillé à Querétaro, le 19 juin 1867.

Pressés d'en savoir plus, Amédée et Mary traversent Vienne enveloppée dans un épais brouillard et filent à Trieste, alors annexée à l'Autriche, pour visiter le château gothique de Maximilien Ier. Troublé par sa fin tragique, Amédée reprend la plume pour décrire sa vie paisible d'avant la tragédie. L'empereur « y jouissait avec son épouse accomplie de tous les dons de la fortune et de l'esprit, cultivant et patronnant les arts et les sciences jusqu'au jour fatal où son ambition tentée par ce démon, Napoléon III, le mena à combattre la liberté et la république en Amérique, pour en revenir bientôt lui-même un cadavre fusillé et sa pauvre femme, une aliénée incurable! Quelle frappante leçon d'histoire moderne!»

De Trieste, il gagne la Vénétie sous un soleil perçant les nuages. Venise lui réserve les plus belles aurores boréales jamais vues. Le voilà à la place Saint-Marc devant la basilique, puis au palais des Doges. Muni de l'ouvrage de l'historien suisse de Sismondi, il apprivoise le fabuleux passé des républiques italiennes au Moyen Âge, à commencer par le berceau de sa puissance, c'est-à-dire son fameux arsenal de marine (dàrsena vecchia) «où flottaient jadis des centaines de galères».

Avant d'arriver à Florence, patrie de Machiavel, Dante, Michel-Ange, Leonard de Vinci et Galilée, il s'attendait à arpenter la cité de tous les enchantements. Déception! La ville est laide et ses palais ressemblent à d'horribles prisons à l'extérieur tout nu.

«Les intérieurs, au contraire, sont des merveilles d'art.»

Le va-et-vient des derniers mois a épuisé les enfants, dont la lassitude est manifeste. La petite Marie-Louise a encore maigri et son père redoute une «pulmonie», comme on disait à l'époque. Elle a hérité de la fragilité de *grand-mother* Julie, pense-t-il. Papo a aussi besoin de repos. Il prend goût au dessin et ne se sépare plus de son carnet. Devant un point de vue remarquable, il tire son crayon, barbouille et vient montrer son croquis à ses parents. Amédée se promet de lui faire suivre des leçons de son oncle Napoléon Bourassa. De son côté, Ella est resplendissante, comme sa maman.

«Ce sont les deux femmes fortes, moralement et physiquement», se réjouit-il.

La famille reste quelque temps à Florence, où Amédée loue un piano et offre des cours de chant à ses enfants. Il retient aussi les services d'un professeur de dessin et d'italien.

«Les voilà engagés dans des études variées qui les intéressent et reposent des spectacles continuels des musées.»

Papo collectionne les timbres et écrit à Papineau pour lui demander de conserver les enveloppes reçues d'Europe. Il n'empêche, la vie à Florence n'enchante guère Amédée. Il pleut, il grêle, il neige en ce mois de décembre brumeux. Même devant les feux de cheminée, on grelotte.

De quoi dégoûter la famille de cette ville admirée dans le monde entier. À Dieu ne plaise! Amédée et Mary ratissent une trentaine de palais et arpentent autant de galeries sombres à tenter de déchiffrer dans la mi-obscurité les peintures, fresques, mosaïques et tapisseries.

«Mon impression générale n'a pas changé», écrit-il à son père. Les extérieurs sont très laids. Il y a une couple de beaux dômes, mais plantés sur d'affreux cubes d'églises…» Il déteste les carreaux de marbre blancs et noirs sur la façade des édifices. «Nous sommes désappointés, avoue-t-il encore. C'est peut-être l'effet de la température, mais nous éprouvons, pour la première fois depuis notre voyage commencé, de la fatigue et de l'ennui.»

La nostalgie du lointain pays aussi, sans doute. Il l'avoue:

«Le contact de ces vieilles sociétés qui me semblent en décadence, au milieu de leurs trésors accumulés pendant des milliers d'années, mais qui sont rouillés et fanés par le temps, et qui sont à hâter leur décadence par leurs guerres et querelles incessantes, finit par attrister, puis dégoûter. Elles n'ont point d'avenir. Tout semble caduc et moribond. Chez nous, tout est neuf, brillant, actif, c'est la vigueur de l'enfance, de l'adolescence. Aussitôt qu'il y a apparence de ruine et de vétusté, l'on s'empresse de le faire disparaître et de reconstruire à neuf…»

⊷⬥⊶

Mary se découvre une âme de collectionneuse. Elle achète de «jolis petits échantillons de peinture et de sculpture» qu'elle expédie à Montréal. Toujours aussi économe, Amédée s'assure que les objets d'art sont exemptés de douane. Ces souvenirs, reproductions et statuaires emplissent trois caisses. Il les destine au musée qu'il a l'intention de construire à Montebello.

Noël à Rome. La neige n'est pas au rendez-vous, mais les vents soufflent avec fureur. Avant la nuit, les enfants ont suspendu leurs bas au pied de leur lit, comme ils le faisaient au pays. Loin de Papineau, la fête du 25 décembre revêt un caractère différent, même s'ils s'efforcent d'observer les coutumes américaines, dont le dindon rôti farci de marrons et le plum-pudding. Ils boivent un bordeaux à la santé «des êtres chéris laissés de l'autre côté des mers». Même impression de vide au jour de l'An qui, en Europe, ressemble davantage à la Thanksgiving.

Mary et ses filles obtiennent une audience avec le pape par l'intermédiaire du consul britannique. Amédée se croit forcé de les accompagner. Dans la grande salle du Vatican, les femmes en robe noire, un long voile noir sur la tête, et les hommes en habit noir et cravate blanche attendent qu'un laquais ouvre la porte à deux battants et annonce l'arrivée du souverain pontife. Vêtu d'une soutane blanche sous un manteau rouge et portant la calotte blanche, Pie IX s'avance. Au lieu de s'asseoir dans son fauteuil doré, il tire sa tabatière et prend une prise, avant de s'adresser à une comtesse italienne qui se prosterne. Un évêque lui présente des protestantes, qui font la révérence. Immédiatement après, il annonce:

« La famille Papineau, Inglese.

— Non, non, répond le pape, pas Anglais; ils sont d'Amérique. »

Mary lui baise la main, cependant qu'Amédée esquisse un profond salut sans s'agenouiller. C'est déjà fini. Le pape poursuit sa ronde. Une visiteuse insiste pour le retenir, mais ses gardes-chiourmes l'en empêchent. Au milieu de la salle, le Saint-Père prononce un charmant petit discours dans un excellent français. Amédée le trouve plus âgé que sur ses photos. Plus gras, aussi. À soixante-dix-huit ans, il a toujours l'œil vif, la physionomie débonnaire et affiche un sourire narquois. Est-il trop intelligent pour croire à sa propre infaillibilité, dogme que son Église vient de promulguer? se demande Amédée. Voilà une curiosité qu'il ne pourra pas assouvir.

À présent, le pape les bénit. « *Amen* », répondent en chœur les fidèles, tandis que le Saint-Père disparaît dans ses appartements.

Il leur faudra encore une quinzaine de jours pour explorer les thermes de Caracalla, voir le Colisée au clair de lune et arpenter les résidences des Césars au mont Palatin. De récentes fouilles permettent d'apercevoir le palais de Caligula et celui de Tibère. Ne leur reste plus qu'à visiter la villa Medicis avant de mettre le cap sur Naples. Les Napolitains piquent la curiosité d'Amédée. Assis le long des murailles, têtes et pieds nus, en chemise de cotonnade, ils laissent le soleil d'hiver les réchauffer en mangeant du pain noir et des châtaignes, un flacon de vin à la main.

Le Vésuve en éruption, ses nuages rougis au sang, sa fumée sombre, son ruisseau de lave cascadant et ses jets intermittents de flammes impressionnent la petite famille. Infatigables, ils poursuivent jusqu'à Pompéi, mais renoncent à Capri et à sa grotte d'azur à cause de la pluie. On se garde du temps pour magasiner : gants, bijoux de corail et d'écailles de tortue, aquarelles et gouaches du Vésuve…

Naples sera *l'ultima Thule*, soit la destination la plus éloignée de leur voyage. Commence ensuite la longue remontée vers Paris, encore en état de guerre, avec une nouvelle escale à Rome où ils assistent au carnaval. Vestiges des anciennes bacchanales, les bals masqués s'y terminent au lever du soleil. Pise, Gênes, Nice, Marseille, Avignon, Nîmes et Arles défilent. Amédée ne se fait aucun souci. La paix aura été signée avant leur arrivée à Lyon.

« Entre la retraite des armées allemandes et la formation des armées de la guerre civile, un mois ou deux de répit », prévoit-il.

L'idée lui vient alors de solliciter une prolongation de son congé pour compenser le temps perdu à cause de l'horrible guerre. Papineau l'en dissuade. Tout retard pourrait mécontenter la cour, car sa cause sera bientôt entendue. Il ne doit pas oublier non plus que sa maison de Bellerive devrait se vendre prochainement. Enfin, son père lâche l'argument massue :

« Non, les voyages lointains ne doivent pas être longs quand on a des parents de plus de 80 ans. »

———※◆※———

À Lyon, ses plans changent brusquement. La France est sens dessus dessous. Lorsque les Papineau-Westcott descendent du train, il n'y a pas d'omnibus et c'est la croix et la bannière pour trouver un fiacre. Pas moyen de faire un pas sans croiser la cavalerie ou un régiment de fantassins. L'armée a établi son quartier général à l'hôtel où Amédée est descendu avec sa famille et les officiers se tiennent dans le hall, quand ils n'arpentent pas les couloirs. En face, la statue de Napoléon Ier qui trônait jadis sur la place publique a disparu. Autant de signes qui commencent à troubler sa belle quiétude.

Après une nuit passée sur le qui-vive, Amédée se lève tôt pour aller au cimetière de la Guillotière où repose Lactance. Malgré la situation chaotique, il ne ratera pas ce rendez-vous avec son défunt frère. De l'entrée, il aperçoit la croix de pierre et l'inscription gravée sur la base de grès gris: «*Requiescat in pace Domini.*» Le tronc de l'orme que Papineau a fait planter mesure quatre pouces de diamètre. Le soleil brille, les oiseaux chantent, les arbres bourgeonnent, un fossoyeur creuse un trou… Amédée se recueille dans le silence sur la tombe de son frère tant aimé, dont la vie, trop courte, a été gâchée par la démence.

Or il n'a pas quitté ce champ de paix qu'il entend des bruits. Des sentinelles veillent au coin de chaque rue. Il se fait conduire à l'hôtel de ville, mais se heurte aux grilles fermées. Quelques gardes nationaux stationnent derrière l'édifice orné d'un drapeau rouge et des canons pointés dans toutes les directions narguent la population. Durant la nuit, un représentant de la Commune de Paris y a proclamé la Commune de Lyon. À la banque, le guichetier lui apprend que le préfet et le maire ont été emprisonnés. La Révolution républicaine a triomphé.

«La soif de sang d'une part, la pusillanimité de l'autre vont peut-être nous ramener la terreur», pense le voyageur jusque-là confiant.

Son banquier lui recommande de quitter la ville, car les provisions manquent. Il se précipite à l'hôtel:

«Vite, fermez vos malles, annonce-t-il à sa famille, nous quittons pour la Suisse.»

Il leur faut une bonne demi-heure pour se rendre de l'hôtel à la gare, tant les rues sont encombrées de fantassins et de cavaliers. Quand siffle le train annonçant le départ, Amédée respire mieux.

«Nous fuyons Lyon sans l'avoir vue», se désole-t-il.

Devant l'anarchie, quel autre choix a-t-il que de regagner un pays libre? En se hâtant vers la frontière, il n'éprouve qu'exaspération et déception. Outre le temps perdu dans les gares à cause des retards, il a retrouvé ses malles brisées et a été traité avec grossièreté à bord des véhicules de transport. À Marseille, il a le sentiment que d'autres révolutions pourraient bientôt anéantir l'Europe : «Je ne vois qu'en Amérique du bonheur pour l'humanité. » Ses chances de revoir la Ville Lumière s'estompent.

« Pauvre Paris, tout mutilé, il est encore affamé et pestilentiel. Personne ne peut s'y risquer », écrit-il dans son carnet.

Il se faisait une telle fête de renouer avec les monuments qu'il avait admirés en 1843. Hélas ! l'insurrection a précipité le départ des étrangers. La guerre civile menace la malheureuse France plus encore que la guerre étrangère qui vient de s'achever et qui l'a cruellement éprouvée. Un gros rhume ralentit leur marche, cependant qu'ils traversent la Forêt Noire. Le meilleur hôtel de Strasbourg n'est plus qu'une sale caserne remplie d'officiers et de soldats. Le temps d'une nuit, ils s'arrêtent à Baden-Baden et Stuttgart. La course se termine en Belgique.

La veille de leur arrivée, Bruxelles a réprimé une émeute dont Victor Hugo a été la cible. Les émeutiers ont tout saccagé chez lui, au 4 de la place des Barricades, et ont menacé sa vie. Il loge maintenant à l'hôtel de la Paix. Amédée s'y rend et le trouve en train de déjeuner en compagnie d'une dame et de Jeanne, sa petite-fille. Il se présente. Hugo lui dit que son nom lui est familier :

« Votre père était le patriote par excellence du Canada. Il a toujours été à la tête de la démocratie canadienne et se bat pour les mêmes principes que moi aujourd'hui. Mais j'ai un avantage sur lui. Mon théâtre est plus vaste que le sien. »

Nerveux et excité, Hugo raconte sa nuit. Devant sa porte, il a entendu des cris : « À mort Victor Hugo ! », « À mort le brigand ! », « À mort Jean Valjean ! » Pourquoi cette violence ? Parce qu'il a offert le gîte à des communards en fuite à qui le gouvernement belge avait refusé l'asile.

La conversation se poursuit. Le poète et son admirateur canadien sont d'accord pour affirmer que la civilisation est menacée partout en Europe. Mais Hugo déplore surtout ce qui se passe en France, pays qui oscille entre le despotisme et la licence.

« Nos cœurs saignent pour le malheureux pays », conclut-il.

Queenstown, Irlande. La trentaine de passagers du *Scotia* font le pied de grue au quai de la Cunard. Assis sur leurs malles comme de vrais émigrants, les Papineau-Westcott soupirent d'impatience. Pendant quatre heures, ils attendent de monter à bord du *steamer*. Quand enfin le *tender* se pointe, il suffit de cinq minutes pour transférer la centaine de valises des voyageurs et les sacs de courrier dans le vapeur. Dans un nuage de fumée noire et de vapeur blanche, le *Scotia* s'ébranle. Par un soleil couchant des plus beaux – parole d'Amédée! –, le navire s'éloigne de la rade et se dirige vers la haute mer.

La veille, il n'était pas fâché de quitter Dublin, son atmosphère enfumée et ses odeurs fétides. Il commente: «La malpropreté et les haillons de ses habitants sont repoussants et pires que ceux d'Italie.» Rien à voir avec l'autre Irlande, celle des jolies campagnes parsemées de riches cultures. Il aurait aimé s'y attarder, mais la hâte d'arriver à New York a gâté son plaisir.

Quelle traversée les attend! Une affreuse tempête secoue le bateau comme une bouteille à la mer. Amédée ne pourrait pas mieux dire: il faut bien payer son tribut à Neptune! «Blottis dans nos cabines puantes et mal ventilées, nous y languissons pendant quarante-huit heures.» Outre le mal de mer, ils subissent le sifflement rauque du soufflet d'alarme qui, toutes les trois minutes, annonce aux pauvres pêcheurs surpris par le brouillard que leur heure suprême a sonné et qu'ils seront bientôt engloutis s'ils ne s'éloignent pas vite du navire.

«Ça leur donne juste le temps de faire l'acte de contrition sacramentel», ironise Amédée.

Ses compagnons d'infortune l'impressionnent: deux têtes blanches, celles d'un baronnet et d'un juge de l'Hindoustan; un Américain, ex-consul en Chine. Sans oublier le sculpteur Rogers qui a immortalisé Abraham Lincoln; une Italienne, la marquise Cavaletti, et sa fille à marier qu'Amédée a surnommé Vénus, tant elle ressemble aux madones du peintre Raphaël. Son seul défaut: elle mesure six pieds. Enfin, la princesse de Salm Salm qui s'est présentée à lui comme une Bostonnaise, mais qui en réalité est née à Saint-Armand dans les Cantons de l'Est. Après avoir épousé un prince prussien, l'aventurière qu'on dirait tout droit échappée d'un roman de cape et d'épée a participé à la guerre de Sécession à titre d'infirmière, avant de suivre son mari au Mexique, où elle a servi d'intermédiaire entre l'empereur Maximilien Ier, dont Mary et Amédée ont visité le château en Autriche, et Benito Juarez, le chef des révolutionnaires qui l'a fait exécuter. Il y a fort à parier qu'avec Amédée, elle a parlé de la guerre franco-prussienne, où, en août 1870, son époux le prince Félix de Salm Salm a été tué à Gravelotte.

L'Amérique est bientôt en vue. Le 3 juillet 1871, les passagers sortent enfin des ténèbres océaniques. Le 4 au matin, le *steamer* s'approche de Long Island, New York. Comme il dort tout habillé, Amédée se précipite sur le pont pour voir le pilote monter à bord du navire et relever le capitaine. Il en profite pour attraper les journaux arrivés de la terre ferme avec le navigateur. C'est la fête de l'Indépendance. Les fusées décollent pendant le bal et le champagne coule à flots.

Les passagers du *Scotia* passent leur dernière nuit en quarantaine. Le 5 juillet, ils marcheront enfin dans New York. Le 6, ils seront à Saratoga et le 7 à Montréal, comme l'a précisé Amédée dans sa trente-troisième et dernière lettre à Papineau. Le samedi 8, à trois heures de l'après-midi, ils atteindront Montebello.

« Nous nous jetterons dans vos bras. Oh ! très cher père ! »

31. REQUIEM POUR UN GRAND PATRIOTE
Fin 1871-1872

« Quant aux intérêts et soins de mes chers petits neveux et nièces, je puis vous assurer [...] que je ne faillirais jamais à leur donner autant d'affection, d'intérêt et de justice qu'à mes propres enfants. »

Sitôt rentré d'Europe, au début de juillet 1871, Amédée reprend le collier au palais de justice. Pendant ce temps, Mary et les enfants passent le reste de l'été à Montebello. Le protonotaire met ce moment de solitude à profit pour rechercher une maison à louer à Montréal. Sa femme lui a donné ses directives. Elle veut « *the cheapest and best for us* ». Son pauvre mari se laisse ralentir par un mal de pied lancinant qu'il attribue aux rhumatismes. Mary blâme plutôt ses chaussures trop serrées et « *totally unfit* ».

Au manoir, Papineau coule des jours heureux avec ses petits-enfants. Le grand air fait oublier à Ella la fatigue du long voyage et lui redonne des forces. Chaque jour, elle se promène en voiture avec sa tante Ézilda qui conduit ses chevaux comme une experte. Papo, lui, est fier comme un paon d'avoir pêché un doré d'un pied et demi dont la famille s'est régalée. Quant à Marie-Louise, elle s'amuse avec ses cousins Bourassa. À la maison, on chuchote que Napoléon songe à se remarier, mais Mary n'en croit rien. « *He is too well off to think of changing* », dit-elle, convaincue que son beau-frère ne se remettra pas la corde au cou. Du moins tant que Papineau vivra.

Justement, ce dernier manque d'énergie. Ézilda a remarqué que depuis quelque temps, il est sujet à des faiblesses de plus en plus fréquentes. Mary ne s'en inquiète pas outre mesure, puisqu'il prend sa quinine et dort bien la nuit. Aux premiers jours de septembre, une connaissance d'autrefois, George Bachelor, arrive au manoir. Papineau le reçoit avec les honneurs, mais comme il se retire souvent pour se reposer, sa bru américaine doit tenir compagnie au visiteur inopportun.

Qu'importe, Mary est aux oiseaux. Malgré son pied endolori, son «cher mari extraordinaire» a déniché «*a real house*!», avec une serre, un jardin, des bains, des placards... Des avantages dont les occupants bénéficient rarement dans une maison de ville à louer. La famille s'y installera à l'automne. D'ici là, elle fait des plans et se pose mille questions. Y a-t-il des cuves dans la salle de lavage du 4 terrasse Prince de Galles? Où trouvera-t-elle une cuisinière sobre et une femme de chambre? Pourquoi y a-t-il deux fournaises? À la mi-septembre, elle se propose de descendre à Montréal avec Ella pour choisir les tapis et les meubles, mais se ravise le 13. Les douleurs persistantes à l'estomac dont Papineau se plaint l'inquiètent. Il est pâle et changé.

Un matin, à la suite d'une nuit froide, il monte sur le toit et attrape un bon rhume qui ne l'empêche cependant pas de jouer au bésigue avec Ella. S'il n'est pas plus prudent, il va se tuer, pense Mary, en le regardant brasser les cartes. À son avis, Amédée ne prend pas assez au sérieux les signes de vieillissement de son père. Elle le gronde. Ne lui avait-elle pas demandé de lui envoyer de la quinine, alors qu'il était sur le point d'en manquer? Eh bien! il a dû s'en passer pendant quelques jours à cause de la négligence de son fils.

———❖———

En attendant de déménager, Amédée loge chez Napoléon Bourassa, au 90, rue Saint-Denis. Soudainement, dans la nuit du 17 septembre, un télégramme alarmant arrive de Montebello: Papineau est au plus mal. Il se remettait de son rhume quand il a pris froid en se promenant sur son domaine. Le lendemain, même s'il combattait la fièvre, il est sorti en robe de chambre pour donner ses directives au jardinier. Son état empire depuis. Amédée saute dans le premier train en compagnie du docteur Duncan C. MacCallum. Les deux hommes arrivent au manoir en fin d'après-midi. Le médecin diagnostique une congestion des poumons.

Le seigneur de Montebello ne supporte pas de demeurer alité. Couché, il se sent oppressé et son souffle devient irrégulier. Amédée décrit son état :

« Respirant à grand peine, mais assez peu de fièvre et toute sa force et son courage, et son intelligence claire et lucide. »

Avant de laisser son médecin reprendre le train pour Montréal, Papineau lui demande la permission d'aller cueillir des fleurs dans son jardin pour madame MacCallum.

« Vous savez qu'elle a toujours été l'une de mes favorites », lui avoue-t-il.

Toujours aussi imprudent, le seigneur ! Cette nuit-là, il n'arrive pas à fermer l'œil et se déplace sans cesse de son fauteuil à sa chaise. Il veut parler à son fils, même si cela lui demande un effort surhumain :

« Tu sais que mon testament est fait, que toutes mes affaires temporelles sont réglées », commence-t-il.

Amédée acquiesce. Ils n'en sont pas à leur première discussion à ce sujet. La question a même créé un malaise entre eux. À son retour d'Europe, Amédée a appris que Papineau lui léguait son manoir avec les dépendances, et sa précieuse bibliothèque comptant trois mille ouvrages, certains très rares, d'autres annotés de sa main. Le reste de ses biens devra être divisé à parts égales entre lui, Ézilda et les cinq enfants d'Azélie. L'arrangement ne faisait pas l'affaire d'Amédée qui avait protesté vivement. Son plaidoyer pour une autre répartition a disparu, mais la riposte de Papineau, en date du 23 juillet 1871, avait été cinglante :

« Je ne veux pas faire plus ni autrement que je n'ai dit. [...] Je dépense pour vous chaque année sur le domaine de fortes sommes qui deviendront fructueuses pour ton fils et toi seuls. C'est assez. Je comprends qu'après un si coûteux voyage, tu puisses être en retard de payer, mais non en droit de ne le pas faire. »

Papineau arguait que trop d'inégalité pourrait jeter un froid entre ses enfants et ceux d'Azélie. « Tu peux empêcher ce malheur en ne demandant pas plus que ce que je n'ai fait et ne veux faire. »

Convaincu de ne pas mériter ces reproches, Amédée s'était empressé de les réfuter. Au chapitre des « améliorations continuelles et coûteuses au domaine » qui bénéficieront à ses enfants, il avait souvent supplié son père de les restreindre autant que possible, étant donné le coût exorbitant de l'entretien des édifices et du jardin actuels. Mais ce qui le mortifiait le plus, c'était que Papineau puisse mettre en doute son impartialité et son honnêteté :

« Quant aux intérêts et soins de mes chers petits neveux et nièces, je puis vous assurer en toute âme et conscience qu'en consultant mon cœur et ma raison, je crois que je ne faillirais jamais à leur donner autant d'affection, d'intérêt et de justice qu'à mes propres enfants. Et que, s'il est un sentiment et un principe bien fixe et bien arrêté chez moi, c'est celui de la plus absolue impartialité et honnêteté envers tous. » Il terminait sèchement en lui annonçant le remboursement prochain des sommes qu'il lui devait : « Je ferai le compte détaillé des affaires dès que j'aurai l'accès de tous mes papiers épars, les uns à la banque, d'autres en malles à Bellerive. Quant à ce que je vous dois, vous pouvez en disposer dès que vous voudrez. Les intérêts sur Bellerive et le produit des coupons de N.Y. Central. »

Cet échange épistolaire avait eu lieu un mois et demi avant que la santé de Papineau se détériore. Toutefois, cette nuit-là, alors qu'ils se retrouvent seuls, il ne sera pas question d'argent entre eux. Le père veut parler à son fils d'une « difficulté grave d'un autre genre » qui le tracasse depuis la dernière visite de Médard Bourassa. Celui-ci s'était mis dans la tête de le préparer à rencontrer son Créateur. Devant son refus de recevoir l'extrême-onction, le curé avait laissé planer la perspective d'un scandale. Malgré l'amitié qui les liait, Papineau avait maintenu sa décision :

« Je n'ai pas la foi », avait-il reconnu.

Certes, il croyait en Dieu et aux devoirs moraux qui incombent aux hommes, mais il doutait de la Révélation et trouvait aberrant le dogme de l'infaillibilité du pape que l'Église avait récemment promulgué. La mort pouvait venir, il se sentait serein devant elle. Mais, en son âme et conscience, il ne pouvait pas accepter les services d'un prêtre.

« Voudriez-vous donc, mon cher curé, que j'arrive devant Dieu avec un mensonge à la bouche, et une hypocrisie devant les hommes ? lui avait-il demandé. Voulez-vous qu'en mourant, je perde ma propre estime en protestant d'un sentiment que je n'ai pas dans le cœur ? Je n'ai jamais de ma vie déguisé ma pensée, et voudriez-vous que je la déguise au moment de paraître devant Dieu ? »

L'argument que lui avait alors servi Médard Bourassa l'avait pris de court : si Papineau ne recevait ni ne sollicitait les derniers sacrements, il pourrait s'avérer difficile de le faire inhumer dans sa chapelle funéraire. Il n'appartenait pas au curé d'en décider seul, il devrait en discuter avec son évêque…

Le seigneur de Montebello désire ardemment être enterré dans son caveau. Se pouvait-il qu'en tant que non-pratiquant, l'Église lui réserve le même sort qu'à Joseph Guibord ? Dans sa décision du 7 septembre 1871, la Cour de révision maintenait le jugement précédent qui refusait la sépulture religieuse à un excommunié.

Amédée tente de le rassurer : la cause Guibord sera portée devant le Conseil privé de Londres – l'ancêtre de la Cour suprême du Canada – et, il n'en doute pas, sa décision fera jurisprudence. Il suggère néanmoins à son père de signer une vague déclaration de foi. Cela réconforterait sa sœur, la très pieuse Ézilda, et satisferait le curé Bourassa. Il lui soumet deux projets de codicille que Papineau repousse. Faire la paix avec l'Église à ce prix serait trop cher payer. Amédée raconte :

« Il écrivit près de deux pages, pendant plus d'une heure, obligé de s'interrompre presque à chaque ligne par la fatigue et cette respiration oppressée, haletante. »

Ces deux pages glissées dans son testament disent ceci : « Si l'on me refuse le repos dans ma chapelle funéraire, auprès de ma femme, de mon père, de plusieurs de mes enfants et petits-enfants, enterrez-moi dans la tour de ma bibliothèque ; qu'elle soit un asile sacré dont je recommande le respect à mes enfants et petits-enfants et que je place sous la sauvegarde des lois de mon pays et sous les soins de Louis-Joseph-Amédée Papineau, mon fils, et de Louis-Joseph Papineau, mon petit-fils. »

Connaissant la dignité et la droiture de caractère de son père, Amédée comprend qu'il refuse de mourir en hypocrite. Il n'est pas homme à se présenter devant le juge suprême avec un mensonge sur les lèvres. Au contraire, il y paraîtra avec les opinions vraies ou fausses que sa conscience et son intelligence lui ont imposées.

—●—

Dans la chambre d'agonie de Papineau, la biographie de Jefferson et celle de Washington traînent sur sa table de chevet, à côté d'un ouvrage sur le jardinage, le dernier qu'il a consulté. Les calmants qu'on lui administre et sa respiration laborieuse l'empêchent désormais de s'adonner à la lecture. Le jour, il somnole, la nuit, il se plaint d'insomnie. Il ne lira plus jamais jusqu'à l'aube Sénèque ou *L'Imitation de Jésus-Christ.*

« Comme c'est bête de passer tout son temps à dormir, quand les affaires de France et d'Angleterre prennent une tournure si importante », murmure-t-il.

Mary lui emmène Ella et Papo. En les voyant pleurer, il observe :

« Ces enfants sont jeunes pour voir la lutte acharnée entre la vie et la mort ; c'est pénible pour eux, mais c'est une bonne leçon d'apprendre de bonne heure à envisager la mort avec courage et avec résignation. »

Le 22 septembre, il attend son médecin. « Le docteur, en arrivant, va me dire qu'il y a encore de l'espoir ; mais il n'y en a pas », articule-t-il péniblement.

Amédée ne le quitte plus. Louis-Antoine Dessaulles et Napoléon Bourassa se relaient aussi à son chevet. Ce dernier l'a vu dépérir au fil des récents mois. La veille, le malade a lutté sans répit pour conserver son souffle. « Ah ! l'horrible nuit ! », se plaignait-il. Il a fini par s'assoupir sur le canapé à quatre heures du matin.

L'ultime souhait de Papineau ? Jeter un dernier coup d'œil sur son cher domaine. Il l'a si souvent arpenté. Les mains dans le dos, une mèche de cheveux blancs en coq au-dessus du front, il regardait pousser ses poiriers en se demandant s'il avait assez aimé son pays. À présent, il en est réduit à regarder dehors par la fenêtre.

«Quelle belle journée! s'exclame-t-il. Que la Nature est belle! Laissez-moi voir le soleil... Mettez mon fauteuil au soleil... Ces beaux arbres! Cet arbre de corail. Mon jardin, que je ne verrai plus...»

Depuis la mort de Julie, il s'est attelé à dompter cette nature sauvage.

«Les chagrins font vieillir plus vite que le travail», répétait-il.

Jusqu'à la fin, la nature grandiose l'aura attiré. C'est la société qui a cessé de l'intéresser.

«Sous ce rapport, je suis centenaire, disait-il. Sous le rapport de l'amour de la famille et de l'étude et des beaux paysages, j'ai jeté l'ancre à 30 ans et n'ai pas dérapé depuis.»

À l'aube de son dernier jour sur terre, le vieux sage prodigue ses conseils:

«Mes enfants, soyez toujours unis, toujours bons les uns pour les autres. Soyez bons pour tout le monde.» Il les exhorte aussi à avoir de la grandeur d'âme: «Soyez toujours justes; et lorsque votre tâche sera finie, vous serez contents et résignés. Soyez toujours doux aux censitaires.»

Amédée l'observe à la dérobée. Tant de délicatesse, de patience, d'amour et de courage dans un moment pareil ne cessent de l'étonner. Même à l'agonie, son père remercie pour les services qu'on lui rend. Sa sérénité devant la mort est renversante. «Celui qui n'a jamais fait de mal et qui a fait tout le bien qu'il a pu n'a rien à craindre», a-t-il l'habitude de dire.

A-t-il des regrets? Oui, un seul, comme il l'a avoué à son fils: «Je ne verrai pas la consommation de la si désirable annexion [aux États-Unis].» À côté du système américain, si juste à ses yeux, les administrations canadiennes, toutes mauvaises, récolteront le mépris de l'Histoire. Mais il ne désespère pas, l'annexion viendra un jour: «Je finirai avec foi entière qu'elle est certaine et prochaine, comme si je l'avais vue de mes yeux tout grands ouverts.»

Puisse-t-il avoir raison! se dit Amédée. Louis-Antoine Dessaulles fait peine à voir, lui aussi. Il perd un père adoptif qu'il a défendu farouchement contre la méchanceté de Wolfred Nelson. Au moins, Papineau a eu la consolation de voir son ennemi reconnaître à la fin de sa vie qu'il lui avait bel et bien ordonné de quitter Saint-Denis avant le combat, en ce funeste mois de novembre 1837. Son témoignage, publié dans l'ouvrage de l'historien et homme politique Robert Christie, *History of the late Province of Lower Canada*, rectifiait les faits. Papineau n'a conservé aucune once de rancœur contre Nelson, décédé huit ans plus tôt. Pour Louis-Antoine, son oncle peut partir en parfaite tranquillité. Il y a peu d'hommes d'honneur comme lui, droits et justes : « Jamais il n'y a eu chez lui l'ombre d'une idée dictée par l'intérêt et le dévouement du devoir a été le seul mobile de toute sa vie. »

Et voilà qu'à l'heure de son dernier repos, l'Église lui fait des misères. Quelle intolérance ! peste Dessaulles, qui se jure de continuer à monter au front chaque fois que le clergé attaquera la mémoire de son héros.

Le samedi soir 23 septembre, tout espoir est perdu. Papineau semble de plus en plus affaissé et son visage est presque méconnaissable. Sa respiration s'arrête pendant quelques secondes, puis recommence, pénible et bruyante. Son pouls subit des révolutions et ses pieds enflent. Par moments, il délire.

Lorsque le médecin passe le voir pour la dernière fois, il est serein :

« *Everything that science, the kindest attentions and care could do for me, has been done, but of no use. Adieu, my dear doctor.* »

Un quart d'heure plus tard, à neuf heures et demie, il expire entouré des siens. Il avait quatre-vingt-quatre ans. Napoléon Bourassa moule un masque en cire sur le défunt. Il s'en inspirera pour modeler son buste en plâtre et le faire couler en bronze à New York. Amédée l'achètera un jour pour l'installer dans le salon jaune du manoir.

Les cloches de Notre-Dame-de-Bonsecours ne sonneront pas le glas et il n'y aura pas de cérémonie à l'église, ni d'annonce au prône du dimanche. Cinq jours après, le seigneur de Montebello est néanmoins inhumé dans le caveau funéraire familial comme il le souhaitait. En sa qualité d'officier de l'État civil, mais non en tant que prêtre, le curé Bourassa signe le registre et dresse le procès-verbal.

Amédée a-t-il prononcé l'éloge funèbre de son père retrouvé dans ses papiers ? Les journaux des jours suivants rapportent les propos du député et chef du Parti libéral, Antoine-Aimé Dorion et ceux du patriote

Thomas Storrow Brown, mais ne mentionnent pas les siens. Le brouillon qu'il a laissé semble écrit sur le vif. Il aborde de front la question religieuse qui est sur toutes les lèvres.

L'usage veut qu'au moment de la sépulture, le silence ne soit interrompu que par les chants et les prières du culte auquel appartenait le défunt, rappelle-t-il d'entrée de jeu, tout en faisant remarquer l'absence de tout symbole religieux autour d'eux.

« C'est cette circonstance inusitée qui m'impose, en ce moment, le pénible devoir de vous adresser ces quelques paroles. »

Son père, explique-t-il, a grandi dans la foi catholique. Passionné pour l'étude et le savoir, il a remis en question toutes les sciences, sa foi comprise. Dès qu'un doute se présentait à son esprit, il cherchait à l'éclaircir.

« Son intelligence forte et vigoureuse, son amour ardent de la justice, la fermeté et la droiture inébranlables de son caractère lui imposaient l'obligation de rechercher la vérité, et il s'y dévoua pendant toute sa vie. »

Ses connaissances et ses méditations l'ont convaincu que parmi les dogmes enseignés par les religions, il s'était glissé beaucoup d'erreurs. Dès lors, on ne pouvait pas les considérer comme la vérité absolue reçue de la divinité. S'il éprouvait respect et tolérance pour tous les cultes, il ne croyait lui-même à aucun d'eux.

Ayant vécu auprès de lui, et après avoir recueilli ses confidences, Amédée se pense en droit de rappeler que son père a consacré sa carrière à la promotion des intérêts de son pays, de ses concitoyens, de ses amis, de sa famille. Son dernier jour venu, il ne pouvait pas trahir cette vie de devoir et, pour des raisons de convenance, paraître devant le juge suprême avec, sur les lèvres, des professions hypocrites et des paroles mensongères, que ni son jugement, ni son cœur ne sanctionnaient. Il est donc mort avec les convictions qu'il s'était forgées pendant son existence. Il n'appartient pas aux hommes de le juger, mais à son Créateur.

« Ce qu'il a le droit de demander, c'est que l'on respecte ses opinions et ses croyances, franches et sincères, comme il a toute sa vie respecté celles des autres hommes. »

Amédée le sait, la décision de Papineau de se priver des services de l'Église refroidira l'ardeur de ceux qui autrement l'auraient couvert d'hommages posthumes. Le clergé, que son père considérait comme le consolateur du peuple, et qu'il a si souvent soutenu, l'a laissé tomber. Même celui de sa paroisse, à Montebello, qui songe à retirer à la famille Papineau son banc seigneurial dans l'église.

Le reste de sa vie, son fils s'appliquera à défendre l'ultime choix de Papineau.

———◆———

Papineau disparu, Amédée reste seul à la tête d'un clan lourdement décimé. Il a cinquante-deux ans. Son père lui a confié une noble tâche :

« Tu continueras, avec grand avantage pour la famille, l'œuvre commencée par ton grand-père et continuée par moi. »

Une lourde responsabilité, aussi. Combien de fois Papineau l'a-t-il supplié de préserver sa santé, lui, son unique fils encore vivant ? De manger sainement, à heures fixes, et d'éviter les sources d'inquiétude, afin de remplir ses obligations envers les siens et auprès des colons de la seigneurie.

« La voie t'est préparée pour que tu voies s'accomplir de grandes améliorations, que tu y participes, que tu en profites. » Et comme son père s'est appliqué à lui faciliter la tâche ! « … Si Dieu me prête vie quelques années encore, lui disait-il, tu viendras me remplacer à Montebello. Je veux donc te le laisser en bon ordre. »

L'heure est venue de prendre les commandes, mais Amédée ne semble pas pressé de suivre le programme établi par son père. Il ne démissionne pas de son poste de protonotaire, bien qu'il ait les moyens financiers de se consacrer exclusivement à la seigneurie. Pourtant, il était le premier à affirmer que, pour faire fructifier ses affaires, le seigneur devait vivre à longueur d'année à la Petite-Nation. En installant sa famille au 4, terrasse Prince de Galles, au cœur du quartier le plus chic de Montréal, il se rapproche physiquement du palais de justice, comme s'il avait l'intention de s'y incruster. Pourtant, il aurait pu retourner à Bellerive, car Mary a racheté le domaine qu'ils avaient vendu à Casimir Dessaulles pour échapper à la saisie des créanciers. Coût de la transaction : 15 000 dollars.

Ce qui se passe dans sa vie personnelle et publique, en ce début des années 1870, demeure secret. Son correspondant le plus assidu, ce cher père à qui il livrait ses pensées les plus intimes, a disparu et, comme Amédée ne commet plus de pamphlets dans les journaux, il devient ardu de le suivre. Après les événements historiques dont il a été le témoin en Europe, les magouilles à la canadienne lui semblent probablement assez ternes.

À moins que l'avènement de la Confédération canadienne, le 1er juillet 1867, l'ait déprimé au point qu'il a perdu le goût d'argumenter ? Occupé à se défendre contre les accusations de détournement de deniers publics, il ne s'exprime pas sur les tenants et aboutissants du changement de régime constitutionnel. Il faudra attendre deux décennies pour savoir qu'il jugeait la nouvelle constitution bâclée et factice. Dans un article publié dans *La Patrie* du 24 décembre 1888, il affirmera qu'elle laissait présager une lutte incessante entre Ottawa, déterminé à centraliser le pouvoir, et les provinces désireuses de conserver leur autonomie. À ses yeux, la Confédération, signée sans la moindre consultation du peuple, défiait aussi les lois géographiques qui favorisaient les liens naturels avec le sud, plutôt que d'est en ouest. Quant à l'armée de douaniers échelonnés le long de cette immense frontière artificielle, elle entravait le cours normal des échanges commerciaux et industriels.

En cela, Amédée rejoint son père qui, dans *Le Canadien* du 26 décembre 1870, portait un jugement féroce sur cette Confédération « décrétée dans des vues toutes plus criminelles les unes que les autres ». Son but, écrivait Papineau tout de go, était de « continuer le sanguinaire système colonial, c'est-à-dire multiplication d'emplois, de sinécures et de pensions pour les protégés de la patrie et monopole de commerce pour le maintien et l'extension duquel l'Angleterre a fait toutes les guerres. »

Amédée ne laisse rien filtrer de sa réaction aux élections fédérales du 12 octobre 1872. Le parti conservateur de John A. Macdonald – qui a recouvré la santé après une grave maladie – l'emporte de justesse, mais George-Étienne Cartier est battu dans le comté de Montréal-Est. Qu'à cela ne tienne, le premier ministre canadien, son complice de longue date, le fait élire par acclamation dans la circonscription manitobaine de Provencher. En tirant quelques ficelles, il a obtenu le désistement du candidat métis Louis Riel, au profit de Petit George. Honoré par la reine Victoria quatre ans plus tôt, ce dernier, qu'on appelle maintenant « sir George », échappe ainsi à son Waterloo politique. Le destin le rattrape huit mois plus tard. En effet, le 20 mai 1873, il rend l'âme. Rien n'indique qu'Amédée ait assisté à ses obsèques tenues en grandes pompes à l'église Notre-Dame de Montréal, le 13 juin. Mais il n'aura pas manqué de pousser la porte de la bibliothèque du palais de justice, pour y apercevoir la dépouille de Cartier qui y est exposée pendant deux jours.

Dans la querelle disgracieuse opposant Papineau à Wolfred Nelson, Cartier avait choisi le camp de ce dernier, ce qu'Amédée ne lui a jamais pardonné. Sa rancune a monté d'un cran quand, malgré ses prières, Cartier a refusé, sans le dire en autant de mots, d'appuyer sa demande d'ajustement salarial. Puis, lors des élections de 1863, il avait accusé faussement et publiquement le protonotaire d'avoir défendu les idées de son adversaire Antoine-Aimé Dorion. Un commis de l'État, lui avait-il reproché, ne devait pas s'immiscer dans les affaires électorales. Amédée qui, en trente ans de loyaux services, avait observé une neutralité politique exemplaire, avait été ulcéré par ce mensonge.

Ce Cartier, qui passerait à l'histoire comme l'un des Pères d'une Confédération imposée au peuple sans consultation, a droit aux funérailles d'État réservées aux illustres personnages. Devant plus de cent mille personnes agglutinées rue Saint-Jacques, son corbillard traîné par huit chevaux noirs et accompagné de troupes d'infanterie et de la milice est conduit à l'église Notre-Dame, où son cercueil est placé sur un catafalque géant décoré de ses armoiries qu'illuminent cinq cents bougies.

Une cérémonie grandiose refusée à Papineau un an et demi plus tôt. Pour son fils, qui lui voue un culte, la différence de traitement a dû être ressentie comme une insulte. Une humiliation.

D'ailleurs, chaque fois qu'un « converti » voit les portes de l'église s'ouvrir pour saluer son départ de ce monde, Amédée explose. Quinze ans après la disparition de son père, lorsqu'un rentier du nom de François-Xavier Beaudry décédera, il rivera le même clou, avec la même fougue :

« Cet homme qui accumula un million par location à des bordels, se confesse en mourant, se fait huiler par les prêtres et leur donne par testament 250 000 $, dit-on. En conséquence, il lui est chanté à Notre-Dame le service le plus somptueux… »

Dire que, quand le grand patriote Louis-Joseph Papineau mourut comme il avait vécu, en philosophe, « les prêtres montèrent en chaire pour déclamer contre la mort horrible de cet impie, et toutes les bonnes âmes de crier qu'il s'était fait enterrer comme un chien ! »

32. NOCES MÉMORABLES
1873-1876

« *Quel horrible anniversaire ! Je pose au-dessus de son front les immortelles et les* Bridal Roses *apportées exprès de Montebello pour cette fête horrible.* »

Comment au juste s'est réglée la sale affaire de vol des deniers publics incriminant Amédée ? Les répertoires judiciaires de la province de Québec demeurent aussi muets que lui. Chose certaine, le protonotaire n'a pas été écroué à la prison de Montréal, comme il le redoutait. On ne l'a pas non plus congédié, puisqu'il démissionnera de son propre chef en 1875.

Seule mention du litige qui l'oppose depuis des années à son ex-collègue Monk, une étrange lettre confidentielle datée du 14 juillet 1873, écrite au ministre fédéral Hector Langevin, successeur de Cartier à la tête de l'aile québécoise dans le gouvernement Macdonald. En guise d'introduction, Amédée prétend remplir un impérieux devoir public et avoue du même souffle assouvir « une très légitime vengeance privée ».

Ottawa est alors sur le point de choisir un nouveau juge en chef à la Cour d'appel. En quelques lignes bien tournées, Amédée met Langevin en garde « contre les intrigues d'un homme éhonté qui, pendant de nombreuses années, de concert avec son père (naturel), a systématiquement défalqué le public au montant de cinquante mille dollars ». S'il ne nomme pas par son nom le juge Samuel Cornwallis Monk, fils illégitime de son ex-collègue Monk, c'est tout comme.

Quoique la chose fût bien connue du gouvernement, précise Amédée, cet homme sera promu de la Cour supérieure à la Cour d'appel.

« Tout le dossier est entre les mains du gouvernement de Québec, et je pense qu'une bonne partie peut se trouver aux archives de l'ancien Canada, à Ottawa. Ces infamies de notre histoire devront être complètement dévoilées un jour. »

Cette flèche empoisonnée signifie-t-elle qu'Amédée a perdu la bataille légale ? Peut-être a-t-il été obligé de rembourser la somme extorquée par son collègue Monk ? La réponse se trouve probablement dans la fameuse valise noire ou dans le coffre de bois de pin qu'il a déposés dans la chambre forte de la Cour supérieure avant son départ en Europe. Tout le dossier y a été rassemblé. Pourtant ni la valise ni le coffre n'ont été retrouvés. Amédée les aura sans doute fait disparaître à la fin de sa vie. À moins que ses héritiers s'en soient chargés, pour ne pas entacher la réputation de la famille. Car, dans son témoignage devant la commission Defoy, le fonctionnaire Honey sous-entend qu'Amédée a lui-même pigé dans la caisse à des fins personnelles. Si rien ne nous permet de conclure à sa culpabilité, un doute subsiste. Le protonotaire lésé n'a jamais digéré de toucher une rémunération inférieure à celle de ses collègues, injustice pour laquelle il n'a pas obtenu réparation. D'où une frustration qui aurait pu le conduire à se faire justice.

L'hypothèse devient plus crédible lorsqu'on découvre qu'en septembre 1875, Mary prie son mari de brûler « *those sacred journals* » qu'il conserve dans une valise. Elle lui suggère d'attendre d'être seul, la nuit, pour les jeter avec leur couverture dans la fournaise. Tant qu'il n'aura pas répondu à sa requête, sa femme le prévient qu'elle n'aura pas de repos. Dès lors, la question est pertinente : Amédée a-t-il réellement interrompu la rédaction de son journal durant toutes ces années ? N'aurait-il pas plutôt brûlé ses cahiers pour d'obscures raisons liées à cette troublante affaire ?

Il existe une autre possibilité, tout aussi plausible. En sa qualité de juge, Samuel Cornwallis Monk avait les moyens d'étouffer le scandale pour sauver l'honneur de son père terni par ces accusations de fraude. Plus prosaïquement, il aurait pu tirer quelques ficelles pour échapper à l'obligation de rembourser lui-même la dette colossale du protonotaire Monk. Fait non négligeable, monsieur Honey a affirmé que le fils avait emprunté à son père une partie des sommes conservées dans la caisse commune. A-t-il acquitté sa dette, comme il le prétend ? Chose certaine, le magistrat était bien placé pour s'assurer que la cause soit reportée indéfiniment ou qu'elle meure au feuilleton.

———✦———

Quoi qu'il en soit, en ce début de l'année 1873, Amédée affiche un regain de confiance en l'avenir – et en ses finances personnelles –, puisque Mary fait l'acquisition de l'élégante maison qu'ils avaient louée au n° 4, terrasse Prince de Galles, dans le quartier huppé de la ville. Comme si la crise économique qui s'amorce, crise à laquelle Montréal n'échappera pas, épargnait les Papineau/Westcott.

Le 14 janvier, alors qu'un froid polaire engourdit la métropole, Mary donne un bal qui fait sensation. Au nombre des invités figure le nouveau gouverneur général du Canada. Lord Dufferin ne manque pas de panache. Après avoir représenté l'Angleterre en Syrie et occupé le poste de sous-secrétaire d'État en Inde, il poursuit sa carrière diplomatique en Amérique. Ce grand voyageur a raconté ses pérégrinations au Moyen-Orient dans un livre inspiré de ses lettres à sa mère. Voilà un recueil qui doit intéresser Amédée. Ne veut-il pas, lui aussi, rassembler ses lettres de voyage écrites à son père ?

Cette sortie privée, la première du couple vice-royal depuis son arrivée au Canada, l'année précédente, enchante lady Dufferin. Elle trouve jolie la maison de M. Papineau et pense que sa femme, dont les yeux sont bruns et les cheveux blancs poudrés, a dû être belle autrefois.

Le reste de l'hiver, Montréal continue de grelotter. De mémoire d'homme, le froid n'a jamais été aussi intense. Amédée qui, dans son journal intime, nous avait habitués à un bulletin météorologique quasi quotidien n'en dit mot dans ses lettres. Il ne mentionne pas non plus la mort à New York du docteur Nelson dit « Robert le Diable », survenue le 1er mars 1873. Le vieil ami, devenu l'irréductible ennemi de la famille, avait quatre-vingts ans.

Désormais, le diariste prend rarement la plume. Seule l'affaire Guibord qui ne veut pas mourir l'anime. En mars, fraîchement élu président de l'Institut canadien, il pond un commentaire acerbe à la suite de la mort d'Henriette Brown, veuve de Joseph Guibord, à l'Hôtel-Dieu de Montréal. La raison de son courroux? Lors des funérailles, le curé a osé affirmer aux fidèles «qu'avant de mourir, elle avait exprimé les plus vifs regrets et actes de contrition d'avoir donné le scandale de persécuter l'Église et la fabrique depuis plusieurs années». Amédée rétablit les faits : la défunte n'a pas «persécuté l'Église et la fabrique». Elle a tout simplement refusé d'enterrer son mari «parmi les criminels exécutés, les pauvres, les noyés et autres inconnus», comme l'évêque Bourget l'ordonnait! Madame Guibord a été décemment inhumée aux frais de l'Institut, le 27 mars, dans le cimetière catholique de la Côte-des-Neiges.

«Son testament authentique, fait il y a deux ans, établit l'Institut canadien son légataire universel», souligne-t-il.

À titre de président, Amédée s'engage à presser l'appel devant le Conseil privé, en Angleterre, «pour que le malheureux Guibord puisse enfin aller reposer à côté de son épouse, "en terre sainte"». De fait, l'année suivante, le Conseil privé de Londres ordonnera à la fabrique d'inhumer l'excommunié au cimetière de la Côte-des-Neiges. Il le sera le 16 novembre 1875, sous escorte militaire… mais dans un lot que l'évêque de Montréal, toujours aussi inhumain et revanchard, a préalablement désacralisé…

Monseigneur Bourget a donc le dernier mot, puisqu'il s'est assuré que ce «révolté que l'on a enterré par la force des armes» repose dans un lieu de sépulture «interdit et séparé du reste du cimetière».

—◦◦—

À vingt-trois ans, Eleanor Westcott-Papineau se marie à Montebello, le 18 août 1875, jour du treizième anniversaire de la mort de sa grand-mère Julie Bruneau-Papineau. Son prince charmant, John Try-Davies, un Londonien né d'une Américaine de Portland, Maine, et d'un Anglais, s'est établi au Canada trois ans plus tôt. Ex-capitaine de l'armée anglaise devenu courtier à la Bourse de Montréal, le jeune homme plaît aux parents de sa fiancée. Amédée donne sa fille chérie en toute confiance à ce moustachu féru de chiffres qui porte monocle et fume la pipe. Ella et lui semblent si unis de cœur et d'esprit que leur bonheur futur ne fait aucun doute.

Comme Ella a été élevée dans la religion de sa mère, la cérémonie est célébrée par le révérend John H. Dixon, recteur de Grenville, village érigé dans le voisinage de Montebello. Les deux familles espéraient la présence du père du marié, le révérend Benjamin Davies, mais ce dernier meurt subitement un mois avant les noces.

Si l'on en croit Napoléon Bourassa, la réception nuptiale a été irréprochable, encore qu'on détecte une touche d'ironie dans la description qu'il en fait à sa cousine et amie, Fanny Leman-Dessaulles. Toutes les pièces étaient bien montées, observe-t-il, et les toilettes, convenables et gracieuses, paraient agréablement les filles d'honneur et surtout la mariée. « Le dîner, je n'en parle pas, n'en étant pas encore complètement guéri. »

Il n'y a pas eu de discours et les santés furent concises et peu enthousiastes.

« Chacun a avalé la sienne en secret, le marié le premier, poursuit-il. Nos confrères étrangers ont crié souvent leur "hip! hip! hourra!" C'est énergique, mais je trouve que ça manque de grâce littéraire. »

Une fête, en somme, sans entrain et sans verve. À deux heures, les mariés ont franchi la porte sous une cloche et des fleurs en forme de fer à cheval. Les invités leur ont lancé du riz placé dans de vieilles savates. Cela porte bonheur…

Mary s'attire cependant quelques réprimandes de la part de son beau-frère pour avoir abandonné ses invités aux caprices culinaires du Signor cuisinier.

« Je ne comprends pas comment mon aimable et judicieuse hôtesse a pu se laisser surprendre par ce vilain diable de l'extravagance et de l'ostentation, se demande Napoléon. Car, quelle jouissance réelle peut-on trouver dans une existence si remplie de ce fatras dispendieux et exigeant, quand on est d'ailleurs doué comme elle de raison et de cœur ? »

Au bout d'une semaine de festivités, le manoir retombe dans le silence. Les jeunes mariés roucoulent à Ottawa. Du Bridal Parlor, rue

Pearless, Eleanor se remet de ses émotions, mais aussi de l'épuisement des derniers jours :

« *I never felt better in my life* », dit-elle à ses parents, à qui elle n'écrit pas une seule ligne sans répéter combien elle est heureuse et comme elle les remercie.

Tout ce beau monde se retrouve ensuite à Montréal, où la maison de la terrasse Prince de Galles est inondée de malles et de paquets. Et pour cause ! À l'exception d'Amédée, la famille suit les jeunes mariés à Londres. Mary y accompagne Papo qui, à dix-neuf ans, commence ses études de droit dans la capitale anglaise. Et naturellement, Marie-Louise ne se sépare pas de sa mère.

La décision d'Amédée de rester au pays mécontente sa femme, qui se méprend sur ses raisons. Non, proteste-t-il, ce n'est pas l'ambition qui le retient, mais un devoir de mémoire. Il s'est laissé dire que le gouvernement s'apprêtait à lui offrir un siège de sénateur. Si cet honneur devait rejaillir sur lui, il pourrait en remercier ses illustres père et grand-père. Tous deux ont donné leur vie à leur pays au prix d'efforts et de sacrifices. Ce signe de reconnaissance du gouvernement émeut l'héritier du nom. Mais est-ce suffisant pour accepter la nomination, lui qui n'a jamais de mots assez forts pour dénoncer la Confédération ? Il hésite. Son penchant naturel le pousse vers l'Europe, où il aimerait voyager avec les siens pendant un an, comme le souhaite Mary. Mais, et c'est là le problème, s'il devient sénateur, il ne pourra pas s'absenter du Canada aussi longtemps. D'où sa tentation de décliner le poste, à supposer qu'on le lui offre, bien entendu.

Tout cela mérite réflexion. Toutefois, il ne cache pas à Mary qu'il aimerait assister aux festivités du centenaire de l'Indépendance américaine, l'été suivant, coiffé du titre de sénateur. Au bout d'un an, l'assure-t-il, il remettrait sa démission.

⚬⚬⚬

En Angleterre, Mary attend fébrilement sa décision. Une nomination au Sénat s'accompagnerait de responsabilités lourdes et, probablement aussi, de vexations. Après toutes les blessures d'amour-propre subies au palais de justice durant sa carrière, Amédée devrait y penser à deux fois, lui rappelle-t-elle. Elle l'encourage plutôt à venir la rejoindre à Londres. D'autant plus qu'elle commence à se faire du souci pour la santé de leur fille aînée.

« Je me sens si inquiète et si seule », lui dit-elle.

Et comment ! En mer, Eleanor a contracté ce qui ne semblait être qu'une vilaine toux. En débarquant, elle a vomi à répétition pendant trois jours, ce qui l'a affaiblie. Il a fallu attendre à Liverpool qu'elle reprenne assez de forces pour entreprendre le trajet de cinq heures jusqu'à Londres. Depuis, elle se remet tout doucement. Les jeunes mariés vivent au premier étage d'une vieille pension fort confortable, située au 4, Clarges Street, près de Piccadilly. John, le mari d'Ella, met de l'ordre dans les affaires de son père – *the Try Estate* – mort au cours de l'été. Il expédie les meubles de la famille à Montréal, en prévision de leur retour. De son côté, Papo est entré au collège.

À la mi-octobre, Ella écrit à son père pour le rassurer sur son état de santé. Elle rentre d'une promenade dans le parc sous un soleil brillant. L'air doux lui a fait du bien. Mais elle n'aimerait pas s'incruster à Londres.

« *There is no place in the world like our Canadian home* », ajoute-t-elle avant de signer « Bobby » (comme toutes ses lettres à Amédée).

Brusquement, aux premiers jours de novembre, son cœur commence à défaillir. À partir de là, elle sombre rapidement dans la maladie. John la veille jour et nuit. Mary et Marie-Louise se relaient aussi auprès de la malade. En la voyant dépérir, on fait venir Papo au chevet de sa sœur. Eleanor pousse son dernier soupir dans les bras de son époux cinq minutes avant cinq heures du matin, le 3 novembre. Rappelé d'urgence, le docteur Frederick T. Roberts ne peut que constater le décès. Il conclut à une thrombose. La jeune femme souffrait d'une maladie du cœur.

« J'avais peu d'espoir depuis quelque temps, avouera John à Amédée, mais je croyais qu'elle vivrait plus longtemps. »

Ce même jour, à Montréal, le docteur Macdonnell reçoit un télégramme de Mary lui annonçant la mort d'Eleanor, une enfant qu'il a mise au monde vingt-trois ans plus tôt. Elle le prie de prévenir Amédée. Mary n'a pas voulu que son mari soit seul au moment d'apprendre la terrible calamité qui les frappe encore.

Amédée s'effondre. Tout le jour, il est confus et désemparé. Sa vie ressemble à un long chemin parsemé de deuils cruels. Il se demande encore comment il a pu survivre à la mort de son fils Louis-Joseph, disparu à un an. Coup sur coup, il a ensuite perdu sa mère, son père, ses frères et sa sœur Azélie… N'a-t-il pas payé son écot ? Et maintenant son trésor, sa fille chérie, Ella, s'en est allée. Jamais il ne s'en remettra. Le désespoir l'accable. Le jour tombe et il n'a pas trouvé la force de donner signe de vie à sa femme.

Le lendemain, il réalise combien son silence a dû l'inquiéter. *Poor dear Mary!* Il se traîne jusqu'à sa table de travail pour rédiger une lettre et implorer son pardon. C'était stupide et terriblement cruel de la laisser sans nouvelles de lui. Il était si désorienté qu'il n'arrivait pas à rassembler ses pensées. Elle lui demandait son aide pour la suite des choses, mais il n'était pas en mesure de la conseiller sur les décisions à prendre. Il avait besoin d'un peu de temps, lui dit-il.

« *We can never forget the Treasure we have lost! But others remain…* »

Il laisse parler son cœur. Mary et lui doivent lutter pour les deux êtres précieux qui restent, Papo et Marie-Louise. Sa femme puisera sa force dans ses convictions religieuses, il en est convaincu. Lui ? Il cherchera son réconfort dans la philosophie.

Peu après, John lui apprend que Mary supporte l'épreuve plus courageusement qu'il l'avait prévu. Au début, elle a sangloté librement et cela l'a soulagée, dit-il. À présent, elle fait montre d'une force étonnante. Toutefois, il a jugé préférable de ne pas l'informer qu'une autopsie avait été pratiquée sur sa chère fille. Mary croira pour le reste de ses jours que le corps d'Ella a été déposé intact dans le cercueil de plomb. John, lui, a assisté à la dissection. Il assure Amédée que le docteur Richardon l'a effectuée avec délicatesse.

« Le cœur était hypertrophié, mais les autres organes, pour autant que le médecin puisse dire, paraissaient en santé. »

D'après lui, il ne s'agit pas d'une maladie congénitale. C'est plutôt le résultat d'une crise aiguë de rhumatisme. Le certificat de décès a été signé par le lord maire de Londres.

« *Oh, my dear father, my heart bleeds for you. Will you still be a father to me? I am so alone* », lui lance son gendre John dans un cri du cœur, avant de terminer par un tendre « *Your affectionate son* ».

Mary veut rentrer au pays avec Marie-Louise, mais Amédée la supplie de rester en Angleterre encore quelques semaines, car il est impérieux que leur fils n'interrompe pas ses études. Papo est instable. On ne peut s'éloigner de lui sans mettre son avenir en péril. Il promet à Mary d'aller les rejoindre avant Noël.

La mort subite d'Ella, trois mois après son union matrimoniale, n'est pas sans lui rappeler celle tout aussi foudroyante de Léopoldine, la fille aînée de Victor Hugo, qui s'est noyée à dix-neuf ans, peu après son mariage. Amédée a toujours admiré le « Shakespeare français », dont il a lu les œuvres complètes, et à qui il a serré la main à Bruxelles, lors de son récent périple européen. À présent, il se sent lié à lui par la douleur. Il pourrait dire à Mary, comme le poète à madame Hugo : « J'ai le cœur brisé. Pauvre femme, ne pleure pas. Résignons-nous. C'était un ange. Rendons-le à Dieu. Hélas ! Elle était trop heureuse. Oh ! je souffre bien. Il me tarde de pleurer avec toi… »

⋙—⋘

Le gouvernement a-t-il offert à Amédée un siège de sénateur ? Probablement pas. Il n'en est plus question dans sa correspondance, ni dans son journal intime qu'il reprend le 1er janvier 1876, après un silence d'une quinzaine d'années.

Dans un agenda bleu, il note qu'à Montréal, le temps est superbe pour les visites du jour de l'An. « Doux et soleil, presque plus de neige. Mais où sont les amis ? Je ne reçois que Bourassa. »

Seul son beau-frère se déplace pour lui souhaiter la bonne année. En ces moments douloureux suivant la mort de sa fille chérie, Amédée attendait le réconfort des visiteurs. Sa mauvaise humeur chronique a-t-elle fait le vide autour de lui ? Qu'à cela ne tienne, il garde le moral, tout à sa satisfaction d'aller retrouver à Paris sa femme qu'il n'a pas revue depuis des mois :

« *Mary calls, and I run to her, dear wife. Mater dolorosa* », écrit-il.

Le protonotaire démissionne « sous le coup d'un grand malheur domestique », selon son expression. Le moment est venu de faire ses adieux. Le 31 décembre, ses employés, une vingtaine en tout, lui expriment leur gratitude pour les égards et l'urbanité dont il a fait preuve à leur endroit. Amédée est sensible à leur démarche.

« Depuis plus de 30 ans que je suis dans ce greffe, leur dit-il, j'ai cherché à y remplir mes devoirs avec justice, bonne conscience et impartialité. »

Avant de partir pour de bon, il témoigne devant la commission d'enquête chargée d'étudier les conditions de travail des officiers de justice responsables de l'administration du greffe à la Cour supérieure et celle du Banc de la Reine. Pendant trois heures, il répond aux questions du commissaire Emming et, fort de sa longue expérience, soumet une batterie de recommandations. À commencer par la mise à la retraite de certains salariés, des traîneux de pieds qui depuis des années « vivent dans la poussière des dossiers », et l'augmentation du salaire des autres. Il avance que les heures de bureau pourraient être réduites. Il faudrait aussi interdire aux employés de s'absenter à l'heure du dîner. La raison ? Au chapitre de la tempérance, le comportement de plusieurs laisse à désirer. Enfin, il suggère que les protonotaires procèdent eux-mêmes à l'embauche de leurs subalternes. Leur nomination par le gouvernement les incite à se comporter comme les égaux de leurs chefs. *La Minerve* du lendemain rapporte ses recommandations. Amédée le mentionne dans son cahier de notes, le 4 janvier 1876 :

« *Evening papers have full report printed.* »

De fait, les nouveaux règlements et horaires imposés aux employés du palais de justice s'inspirent des suggestions du protonotaire démissionnaire.

Ces lignes rédigées dans la langue de Shakespeare peuvent surprendre. Désormais, au gré des jours, les propos d'Amédée griffonnés dans son agenda passent du français à l'anglais sans que l'on sache trop pourquoi. Au 6 janvier, avant de quitter Montréal pour l'Europe, il écrit : « fête des Rois. *Epiphany* ». Puis, il continue en anglais. Au Brevoort House, son hôtel new-yorkais préféré, il se félicite d'avoir un « *bath and cabinet* à moi tout seul ». La traversée lui en fait voir de toutes les couleurs : « *Awful rolling all night* », puis « *Repeated nightmares* ». À la Cross Station de Londres, il achète son « *ticket to Paris* ». Dès qu'il met le pied en France, sa prose passe subitement au français. À Paris, il est accueilli par Papo et son gendre John Try-Davies. Il se jettera dans les bras de sa femme. « J'embrasse ma pauvre chère Marie ! »

Parfois seul, parfois avec les siens, il renoue avec le Bois de Boulogne, les bords de la Seine et le Jardin d'acclimatation, des promenades qu'il a faites jadis avec ses frères disparus, Lactance et Gustave. Il entre dans l'église Saint-Philippe-du-Roule, « la paroisse de ma chère mère », et se laisse entraîner au 21, rue de Monceau. L'ancienne maison des Papineau a été convertie en pensionnat pour filles. Dans le jardin, à la place de la Vénus accroupie, se dressent des statues de la Vierge et de saint Joseph. Des pleurs l'étouffent cependant qu'il cueille une branche de lierre.

John quitte sa belle-famille pour aller chercher les restes d'Eleanor à Londres et les emmener au cimetière de Saratoga, et non dans la chapelle funéraire du manoir de Montebello, selon les vœux de sa mère. John sera le seul de la famille à assister à l'inhumation prévue le 25 février. Amédée et Papo le conduisent à la gare du Chemin du Nord. La séparation affecte Amédée. Pour fuir ses sombres pensées, il part à la chasse aux « appartements garnis ». Quelle corvée ! Il n'a qu'une envie : passer son temps au Louvre et ratisser la ville à la recherche d'objets, tels ces casques et cuirasses du règne de Napoléon III, qu'il destine à son futur musée de Montebello. Pendant que Mary soigne un Papo qu'un vilain rhume a rendu fiévreux (« *Mother nurses the sick boy* »), il emmène Marie-Louise à Versailles, cette merveille qu'il a autrefois visitée avec le malheureux Lactance.

John Try-Davies revient d'Amérique à temps pour accompagner sa belle-famille en Hollande, où Marie-Louise, affectueusement surnommée Betsy-Botsy, fête ses seize ans. Après, ils mettent le cap sur l'Allemagne, le Danemark et la Suède.

S'il avait vécu, Papineau aurait aimé découvrir les pays scandinaves en parcourant les notes de voyage de son fils. Elles regorgent de détails physiques, de précisions historiques et de commentaires personnels! En traversant les campagnes de savanes, de bouleaux et de sapins, Amédée croit reconnaître le Canada. Avec un enthousiasme évident, il dépeint les chantiers et les moulins à scie, les lacs et les rivières, dont les eaux tombent en cascade. À Stockholm comme à Copenhague, il court les musées, se passionne d'ethnographie et d'histoire naturelle, décrit les costumes des habitants, leurs meubles et leurs demeures. Les Lapons, «frères de nos aborigènes d'Amérique» (et non des Esquimaux, précise-t-il), attirent son attention. «C'est ma découverte», s'exclame-t-il.

Les familles royales l'envoûtent tout autant. Chaque monument est prétexte à raconter une page du passé ou à présenter un illustre personnage. Il navigue aussi allégrement au temps de la Renaissance qu'au Moyen Âge. Arrivé en Norvège, il note le 10 juin:

«Nous sommes comme les volailles. Ne trouvons plus de nuit, ne savons quand nous coucher, quand nous lever.»

———◆———

Amédée interrompt son tour du monde pour entreprendre seul un séjour en Amérique. Du coup, son humeur s'assombrit et ses commentaires s'en ressentent. En route, il ne s'arrête pas à Dusseldorf, un trou affreux, plein de fumée, et s'impatiente en traversant la Belgique: «Quel chaos!» Une fois en Angleterre, tout se passe en anglais, dans la réalité comme sous sa plume: «*Railroad underground, five pennies.*»

La mer lui réserve «*such terrible weather*». Aussitôt débarqué, il se précipite au cimetière de Saratoga pour déposer une couronne d'immortelles sur la tombe de sa chère Eleanor. Déjà, à Londres, il avait tenu à aller en pèlerinage à la pension où sa fille a poussé son dernier soupir.

Son escale à Montréal, l'étape suivante de son voyage, sera brève. Le fidèle Napoléon Bourassa l'attend à la gare et le ramène chez lui. Il lui apprend qu'Ézilda a souffert du choléra, mais qu'elle est tout à fait rétablie et s'occupe vaillamment des cinq enfants d'Azélie. Amédée fait un saut au greffe, où ses ex-collègues lui annoncent que son successeur vient tout juste d'être nommé. En deux jours, il fait l'inventaire de son ménage et loue sa maison. Le voilà en route pour la Petite-Nation. Parti sous la pluie, il débarque à Montebello par un franc soleil. Sa première pensée va à son père, dont il dépose le buste en ciment et pierre, œuvre de Bourassa, au-dessus de sa tombe, dans la chapelle. Mais le souvenir d'Ella le bouleverse. En cette première visite à son domaine depuis le 18 août 1875, jour du mariage de sa fille, il écrit :

« Par ces noces de l'an dernier, nous voulions éclairer ce sombre manoir. La mort y rentre triomphante. C'est toujours le tombeau de toutes nos joies, nos souvenirs. »

Peu après ce grand jour, Ella s'embarquait pour l'Angleterre. Il ne devait plus la revoir vivante. Un an plus tard, ce même 18 août, à l'issue de son bref séjour au Canada, il retourne au cimetière Greenridge de Saratoga :

« Quel horrible anniversaire ! se dit-il. Je pose au-dessus de son front les immortelles et les *Bridal Roses* apportées exprès de Montebello pour cette fête horrible. Il fait nuit. Je m'agenouille à nouveau auprès d'elle. C'est à Dieu, cette fois, que je donne sa main ! »

A-t-il aussi une pensée pour sa mère Julie, morte, à cette date, 18 août, quatorze ans plus tôt ?

La vie continue. Malgré son deuil, et même s'il n'est pas coiffé du titre de sénateur, Amédée assiste aux festivités du centenaire de l'Indépendance américaine. L'Exposition se tient à Philadelphie. Avec ses amis les Rogers, il s'y étourdit pendant plusieurs jours.

33. UN CANADIEN ERRANT
1877-1879

«... enfin, l'Albani, la diva. Quelle distance elle a parcourue, du petit concert de salon que je lui obtins [...] au U. S. Hotel, Saratoga, il y a une quinzaine d'années, et ce concert d'aujourd'hui!»

Recouvert de cuir rouge et garni d'un fermoir, l'agenda d'Amédée, version 1877, s'ouvre à Florence où les Westcott-Papineau passent quatre mois. S'il a déjà émis une piètre opinion de cette ville, il fait amende honorable :

« Je me rétracte et m'écrie comme tout le monde : La Bella Firenze ! Je n'avais, à mon premier voyage, vu que l'intérieur de la ville, sale et boueuse, et jamais le soleil. »

La veuve de George-Étienne Cartier et ses filles, Joséphine et Hortense, qui vivent à Cannes, sont de passage dans la ville des beaux-arts. Hortense Cartier et Mary se fréquentent. Il y a une vingtaine d'années, toutes deux jeunes mariées, elles étaient voisines à l'hôtel Donegana. Des célébrités y passent aussi l'hiver. À l'église Santa Croce, Amédée reconnaît l'impératrice Eugénie, épouse de Napoléon III, et son fils. Ils y entendent la messe tous les dimanches dans la chapelle Bonaparte où, note-t-il, « sont enterrés quelques membres de cette famille trop célèbre, qui a donné à la France tant de gloire et tant de malheurs ! »

Au moment de quitter la cité des Médicis, John fait ses adieux à sa belle-famille. Il reprend le collier à la Bourse de Montréal. Amédée, Mary et Marie-Louise mettent le cap sur la France. Papo les rejoint à Annecy. Il a grandi et embelli. Son grand-père Papineau tout craché !

La Saga des Papineau

Pour ses dix-sept ans, Marie-Louise accompagne son père au théâtre. Ils assistent à la pièce comique *Le tour du monde en 80 jours*, d'après le roman de Jules Verne. Une farce ridicule, juge ce dernier : « C'est un exemple de plus de la décadence du théâtre contemporain. »

Comme chaque fois qu'il passe par Lyon, Amédée s'arrête au cimetière de La Guillotière, où repose Lactance. Il retrouve sans peine le lot 2112, mais constate que l'emplacement s'est dégradé depuis 1871. Il se promet de faire poser une grille de fer et tailler les branches de l'orme.

Faut-il croire que sa finitude le préoccupe ? Le 21 mai, à l'approche de la soixantaine, il rédige son testament olographe à Genève où il s'est arrêté.

« Au cas de mon décès, que mon corps soit déposé dans un cercueil métallique et envoyé via Montréal (Canada) à Montebello, pour y être inhumé civilement (car je ne veux faire aucune "confession" de "religion", quoique mes convictions et ma foi religieuses soient fortes et décidées, mais n'ont point d'étiquette officielle) dans ma chapelle seigneuriale, à côté des corps de mes parents (dans le coin sud-ouest du caveau). » Il termine par ses adieux à sa famille bien-aimée : « Au revoir, dans un Monde meilleur ! où la Vérité et la Justice, absolues, seront révélées à tous ! »

⊰•⊱

En juin 1877, Mary consent à laisser son mari retourner en Amérique pour régler le partage de la seigneurie prévu dans le testament de Papineau. Depuis six ans, Napoléon Bourassa administre la succession avec lui. Les discussions entre les deux hommes sont ardues, même si Amédée préfère parler d'un climat relativement harmonieux. Ils ont besoin d'un arbitre et choisissent le notaire Denis-Émery Papineau, leur cousin. Amédée, c'est un secret de polichinelle, se querelle avec tout le monde. Il s'ensuit des procès injustifiés dans lesquels Napoléon Bourassa – qui représente aussi les intérêts d'Ézilda – est entraîné bien malgré lui. Conciliant de nature, ce dernier ne supporte pas que l'on brusque les censitaires. Or, à la Petite-Nation, le nouveau seigneur s'est forgé une réputation d'homme dur. Tout le contraire de Papineau que les habitants estimaient et respectaient. Au manoir, le climat est si tendu qu'Ézilda n'y met plus les pieds. Quant à Napoléon, il préfère emmener ses enfants passer l'été au presbytère du curé Bourassa.

Au bout de quelques jours de négociations, une entente est conclue. Amédée la résume: «Arrêtons en principe le partage de la seigneurie. L'on me donne la moitié Est, la moitié Ouest passe aux enfants d'Azélie (les Bourassa). Ézilda recevra en rente viagère un tiers du revenu total.»

La signature du partage a lieu le 10 août, après «quatre heures de débats (amicaux) avec Bourassa», selon ses termes.

Amédée semble mieux s'entendre avec son gendre John, maintenant membre du Montreal Stock Exchange, à qui il confie la gestion de ses affaires. Le 17 juillet, il inscrit dans son carnet la somme qu'il lui a demandé de placer en son nom: «à Davies, 10 000$ sur New York». John habite au 40, rue Saint-Marc. En lui rendant visite, Amédée constate qu'il vit à deux pas de Cherry Hill, son ancienne maison, «là où naquit sa femme, notre Eleanor!»

Au premier jour de septembre, Amédée retrouve sa famille à Fribourg, en Suisse. Tous ensemble, ils traversent la France, puis l'Espagne. L'Afrique n'est plus très loin. Auparavant, ils auront vu Grenade au clair de lune, le fameux Alhambra sous un soleil brûlant et pensé à Théophile Gautier à Grenade. À neuf heures du soir, ils arrivent dans le havre de Carthagène. Sans prendre le temps de chercher la trace des Phéniciens, ils attrapent le vapeur français, *L'Oncle Joseph*, mais devront parlementer longuement pour s'assurer d'avoir des lits. Tout finit bien.

«Nuit superbe, pas un roulis, écrit Amédée. Nous couchons et dormons.»

Au petit matin, en apercevant la côte africaine il s'écrie: «L'Afrique! l'Algérie!»

Ce décor lui rappelle le roc de Gibraltar qui, plus tôt, a inspiré un joli poème à Marie-Louise. Il monte sur le pont pour observer l'arrivée du bateau dans le port d'Oran. La ville ceinturée de remparts fourmille d'Arabes aux costumes pittoresques. On se croirait en Andalousie.

Pour entrer dans les mosquées, Amédée se plie à la coutume et enfile des babouches par-dessus ses bottes. Il assiste au service divin chez les Turcs, puis chez les Arabes :

« Ce sont donc bien là les fils d'Abraham et leur religion est plus raisonnable que beaucoup d'autres. »

Novembre commence et Papo doit retourner à ses études à Genève. « Cruelle séparation pour nous tous », note Amédée.

Son fils s'embarque seul pour Marseille, après s'être offert deux jours de chasse à Bon-Meftah, à l'extérieur d'Alger. Il en a rapporté un gibier impressionnant : deux lièvres, vingt perdrix rouges, une bécasse, un pluvier. Sur les entrefaites, John Try-Davies leur écrit que Montréal vient d'essuyer une tempête de neige.

« Quel contraste avec les 70 degrés d'Alger ! » pense Amédée.

La capitale est le centre de la vie intellectuelle et l'amateur d'opéra en profite. Il emmène Marie-Louise entendre le fameux *Rigoletto* et en sort déçu. *Guillaume Tell* de Rossini et le *Barbier de Séville* ne l'enchantent pas davantage. Enfin *Il Trovatore* de Verdi le laisse indifférent. Quand Noël arrive, nos expatriés volontaires ont le mal du pays. Heureusement que les montagnes de Kabylie, des glaciers couverts de neige, leur rappellent le Canada. Le gouverneur général d'Algérie, Alfred Chanzy, convie Mary et Amédée à un bal de fin d'année à sa résidence mauresque. Ils auraient aimé y assister pour admirer les chefs arabes vêtus de riches costumes et les militaires chamarrés d'or et de décorations. Leur deuil les oblige cependant à décliner l'invitation. Ella demeure toujours aussi présente dans le cœur de ses parents.

━━◆◦◆━━

Amédée noircit les pages de son agenda 1878 acheté à Alger. Les nouvelles du monde lui arrivent par les journaux. Le décès de Pie IX, le 7 février, et les intrigues autour du choix de son successeur ne retiennent guère son attention. Lorsque ensuite Victor-Emmanuel II meurt d'une pneumonie, le même mal qui a terrassé Papineau, ses vieux démons se réveillent. Il écrit :

« Malgré son excommunication pour avoir unifié l'Italie, pour en avoir chassé l'étranger et écrasé la tyrannie des prêtres, ces derniers ne lui en ont pas moins « administré tous les sacrements de l'Église », trop heureux de pouvoir chanter qu'il se sera "repenti à la dernière heure d'avoir persécuté l'Église". »

Tandis qu'il mange des filets de gazelle et visite les champs de bataille d'Alger en « barouche », une nouvelle tuile lui tombe dessus. Elle lui arrive tout droit de Montréal.

Véritable pavé dans la mare, l'affaire Bellerive a commencé à l'automne de 1867, lorsque Amédée, redoutant un jugement des tribunaux en sa défaveur, a vendu son domaine à son cousin Casimir Dessaulles afin de le mettre à l'abri de ses créanciers. Il a ensuite signé un bail, ce qui lui a permis de demeurer à Bellerive comme locataire. En décembre 1871, croyant leurs problèmes avec la justice bel et bien réglés, Mary a racheté Bellerive à leur cousin au même prix de 15 000 dollars. Quatre ans après, elle a signé devant notaire une promesse de vente au spéculateur Amable Archambault. Convaincu que Mary Westcott-Papineau en possédait les titres, ce dernier lui a remis la somme de 8 000 dollars et a pris possession de la propriété, qu'il a revendue en lots. Les mois ont passé et, malgré ses demandes répétées, il n'a jamais obtenu les papiers légaux.

Dans les circonstances, il se voit obligé d'intenter une poursuite en justice. Amédée Papineau a simulé la vente du domaine. En vertu de la loi, cette transaction est illégale et nulle. Le spéculateur lui réclame le remboursement du prix de vente avec intérêts et 976,38 dollars pour les améliorations apportées alors qu'il se croyait le propriétaire légal.

Le 21 janvier 1878, au moment où Amédée apprivoise Alger la Blanche, une lettre signée par les avocats Louis-Amable Jetté et Frédéric-Liguori Béique atterrit sur sa table. D'un ton amical, ceux-ci affirment que leurs clients – les acheteurs des lots – ont de bonnes chances d'obtenir gain de cause, notamment parce que la loi interdit ce genre de transaction entre époux, de même qu'entre parents. Toutefois, à supposer que les Papineau-Westcott l'emportent, ils ne seraient pas au bout de leurs peines, puisque sept des dix propriétaires à qui ces lots ont été vendus sont insolvables. Les avocats concluent leur lettre accompagnée d'un document officiel émanant de la Cour suprême en suggérant une entente à l'amiable. Le plus mauvais arrangement ne vaut-il pas mieux que le procès qui se prépare ?

Amédée réfléchit à la marche à suivre. Les jours passent et il devient évident qu'il devra aller s'occuper de l'affaire à Montréal. Après quatre mois de vie doucereuse, il quitte à regret Alger, toujours aussi envoûté par ce « diamant entouré d'émeraudes », comme l'appellent les poètes arabes. Il ramène d'abord sa famille en Espagne. En route, Marie-Louise se fait voler des bijoux d'une valeur de 150 francs en or dans sa malle : des anneaux montés de perles ou de turquoises et un camée entouré de dix-sept pierres précieuses. Ce larcin déclenche chez son père une réaction cinglante :

« Lorsque le brigandage chôme dans cette heureuse Espagne, il endosse les rôles d'hôteliers, courriers, douaniers, policiers, tous honnêtes métiers ! » Dieu merci, le vin est bon et coûte trois sous la bouteille.

De passage en France, Amédée s'arrête à Paris, le temps d'aller à l'Exposition universelle qu'ont inaugurée le président Patrice de Mac Mahon, le roi Amédée d'Espagne et le prince de Galles au nouveau palais Trocadéro. Il réserve sa première visite au pavillon du Canada, mais lui préfère celui de l'Angleterre. Au moment de quitter la Ville Lumière, il commente :

« Singulier comme Paris me rassasie vite ! C'est toujours la même expérience et le même résultat. C'est trop vaste. […] et la journée se passe sans rien ou presque rien accomplir. J'y mourrais en six mois de séjour. »

━━━◆◆◆━━━

Pour la troisième fois depuis le début de son long séjour à l'étranger, il s'apprête à retraverser l'Atlantique. À Londres, il prend le temps d'aller applaudir la diva Albani, à qui il a donné un coup de pouce en 1848. Emma Lajeunesse, de son vrai nom, était alors organiste à Saratoga Springs, où elle donnait ses premiers récitals.

« Quelle distance elle a parcourue, du petit concert de salon que je lui obtins en grâce et faveur de Marvin, au U. S. Hotel, Saratoga, il y a une quinzaine d'années, et ce concert d'aujourd'hui ! »

Et comment ! Depuis sa prestation de *La Somnambula*, Albani triomphe partout en Europe. Elle a ses entrées chez la reine Victoria qui se dit son amie.

C'est devenu une habitude, en sol londonien, son journal intime passe du français à l'anglais. Amédée renouera avec la langue de Molière à son arrivée à Montréal, le 8 août. Il descend à l'hôtel Windsor, un nouvel établissement luxueux sis place de la Puissance (Dominion). Dès le lendemain, sans doute par souci d'économie, il déménage sa valise chez Ézilda, qui a pris maison au coin des rues Saint-Denis et Ontario. Sa sœur jongle avec l'idée d'aller s'établir définitivement à Montebello. Amédée lui propose d'habiter au manoir, mais elle refuse, préférant vivre dans sa propre maison. Napoléon Bourassa a promis de la lui construire.

Amédée se montre avare de commentaires en ce qui concerne ses soucis légaux.

« L'affaire Bellerive : 6 000 $ *odd paid in* », écrit-il simplement dans son journal, sans que l'on saisisse le sens de cette remarque.

En compagnie de ses cousins Papineau et Laframboise et de son ami d'enfance Rouër Roy, il se promène en carrosse dans le nouveau parc de la Montagne (le mont Royal). Quel incroyable panorama de la ville, du fleuve, du pont Victoria et des campagnes avoisinantes ! Après avoir pris des rafraîchissements au restaurant du parc, ils sont chassés de la montagne par un orage. Dans un magasin de la rue Saint-Jacques, il découvre la dernière invention de l'Américain Thomas Edison, le phonographe, une « machine qui enregistre vos paroles, chants, cris, etc., et vous les répète ensuite à toute époque subséquente ». Cette suite du télégraphe témoigne à ses yeux des progrès étonnants des sciences au XIXe siècle.

Sa passion pour les nouvelles découvertes, il en a hérité de son père. Thermomètre, baromètre, « machine américaine à calculer mécaniquement les intérêts », « machine à raser le gazon » tout intéressait Papineau.

Lui disparu, son fils demeure à l'affût du progrès. Ainsi, les chemins de fer qui sillonnent le pays l'épatent. Le trajet Montréal/Montebello se fait désormais en un jour. Même si le train file à vive allure jusqu'à Ottawa, il a le temps d'apercevoir les villages de Sainte-Rose, Sainte-Thérèse, Sainte-Scholastique, Lachute, etc. Il s'en émerveille :

« Qui aurait dit à pépé (qui ne faisait ce trajet qu'en quinze jours), que ses petits-fils le feraient en 12 heures, aurait passé pour un rêveur. »

Pauvre Montebello ! pense-t-il en arrivant au manoir. « Bien attrayant et toujours triste ! Beaucoup de réparations annuelles à y faire. Coûteux établissement, mais si charmant ! »

John Try-Davis l'y a devancé. Il y est comme chez lui. Tantôt il surveille les ouvriers qui réparent les toits, tantôt il se promène dans le parc, chasse, pêche… Amédée profite de son séjour à la Petite-Nation pour régler les derniers détails de la succession avec Napoléon Bourassa. Il est forcé de faire des compromis et s'en plaint.

« Le partage de la succession de mon cher père, qui traînait depuis six ans est enfin complété ! » écrit-il.

L'affaire Bellerive ayant probablement été réglée hors cour, il ne lui reste plus qu'à s'occuper de quelques de petites questions personnelles avant de s'embarquer pour l'Europe. Il commence par réclamer du secrétaire provincial à Québec le solde de son salaire de protonotaire pour les mois de janvier à octobre 1876. Sa requête étonne d'autant plus qu'il avait démissionné et voyageait à l'étranger pendant cette période. Son raisonnement est le suivant : puisque le gouvernement ne l'avait pas encore remplacé, c'est comme s'il occupait toujours son poste… Bizarre calcul qui a dû en scandaliser plus d'un ! Cette autre facette de sa personnalité complexe – l'amour immodéré de l'argent – découle sans doute de son insécurité chronique.

À présent, il peut rejoindre les siens à Baden, en Allemagne. Du hublot de sa cabine, à bord du *Britannia*, il aperçoit le nouveau pont suspendu presque achevé entre New York et Brooklyn. Traverser l'Atlantique devient une habitude et ses terreurs s'estompent. À l'escale de Queenstown Bay, en Irlande, les journaux lui apprennent que l'increvable John A. Macdonald et sa clique de corrompus ont gagné les élections. Quelle pitié! se désole-t-il. Les voleurs impliqués dans le scandale du Pacifique ont repris le pouvoir. Il pointe du doigt les politiciens corrompus qui avaient accordé le contrat pour la construction du chemin de fer intercontinental à des promoteurs qui avaient financé leur campagne électorale, en 1872.

La famille s'offre un temps d'arrêt à Toulouse. Amédée loue un piano pour Marie-Louise, qui fréquente l'Institut Fénelon pour demoiselles. En attendant d'entrer à l'université, Papo étudie avec son père le droit, l'économie politique, la littérature, en plus de l'escrime et de la gymnastique. À l'hôtel Tivollier, Amédée serre des mains, notamment celle du général Grant, héros de la guerre de Sécession et ex-président des États-Unis. La température maussade l'atteint. Il attend du Canada des nouvelles de ses affaires, mais personne ne lui écrit. Est-ce son vilain caractère qui fait fuir Mary et Marie-Louise? Ou se languissent-elles de cieux plus cléments?

Toujours est-il qu'une fois Noël passé, elles l'abandonnent. S'il veut les voir, il devra aller les retrouver au pied des Pyrénées. Le poète Lamartine n'a-t-il pas dit que Pau offre « la plus belle vue de terre du monde, comme Naples est la plus belle vue de mer »? Emmitouflé tel un trappeur, Amédée, resté seul avec Papo sous ce ciel toulousien tristounet, écrit:

« Je revêtis ma pelisse de fourrures, mais n'oublierai pas mon parapluie. »

Pour meubler sa solitude pendant que son mondain de fils court les bals au lieu d'étudier, notre loup solitaire assiste à la comédie *Tartuffe*, de Molière, à la tragédie *Phèdre*, de Racine, et à l'opérette *Le Chevalier de Maison-Rouge* dans laquelle Alexandre Dumas met en scène l'amant de Marie-Antoinette.

Fin décembre, il referme son agenda de 1878 en énumérant les potages dont il raffole: Saint-Germain (purée de pois verts et persil), Parmentier (purée de pommes de terre et fines herbes), Julienne (orge mondé)…

Bien souvent, Amédée broie du noir. « Il y a maintenant des fourneaux à crémation à Milan, à Gotha, à Londres », écrit-il au début de son agenda illustré de 1879. Il demande qu'à sa mort, son corps soit brûlé et ses cendres recueillies comme au temps des anciens Romains. « C'est une grande restauration hygiénique. »

Le courrier lui apporte une nouvelle qui aurait dû le réjouir. Le gouvernement du Québec veut acheter Bellerive. Son gendre John Try-Davies, qui a en main une procuration signée par Mary, négocie la transaction. À la mi-janvier, le premier ministre du Québec, Henri-Gustave Joly de Lotbinière, lui confirme son intention d'y construire les ateliers de gare et bâtiments publics du chemin de fer de la ligne Québec-Montréal-Ottawa. Amédée écrit :

« Acte de vente de Bellerive à la reine Victoria. Acte d'acceptation par Marie d'une débitrice aussi solvable. »

En vertu du contrat signé devant notaire le 16 décembre, Mary Westcott-Papineau recevra 52 992 dollars. Vingt et un ans plus tôt, Amédée avait payé la propriété 9 000 dollars. Malgré l'heureux dénouement d'une affaire qui lui causait des maux de tête, les problèmes financiers l'assaillent. À la Petite-Nation, « les vilains de la seigneurie » veulent taxer le franc-alleu (terres exemptées de droits seigneuriaux), ce qui lui coûterait une fortune. À Saratoga, deux banques ont subi des pertes importantes. Qu'adviendra-t-il des économies qu'il y a placées ? Il télégraphie à John d'aller enquêter.

« Quel dévergondage d'affaires de tous côtés, grommelle-t-il. L'on ne sait plus à qui se fier. »

Il redoute d'annoncer ses pertes à sa femme dont il administre les biens : « *We might have lost 16 000 $ instead of hundreds* », lui écrit-il finalement.

Comme Mary refuse de revenir à Toulouse, il la rejoint à Pau, où il donne son congé à la demoiselle de compagnie de Marie-Louise, Grace Babcock, « à cause de toutes nos mauvaises affaires pécuniaires en Amérique ». Tant pis pour Betsy-Botsy qui apprenait l'allemand avec cette jeune fille de Stuttgart. Papo aussi doit se serrer la ceinture. Son père lui refuse l'argent qu'il lui quémande à répétition.

Comment se sortiront-ils de cette mauvaise passe ? Tandis que John demeure leur chargé d'affaires et leur fondé de pouvoir en Amérique, ils amorcent la dernière étape de leurs pérégrinations européennes dans la plus belle ville d'eau d'Allemagne, Hambourg. Le 26 juillet, jour de son soixantième anniversaire, Amédée prend son premier bain d'eau minérale saline ferrugineuse et d'essence de pin. Le soir, sous une pluie torrentielle, l'amateur d'opéra va au Kursaal entendre le *Trovatore* de Verdi, que les Allemands appellent le Troubadour. À l'évidence, la consigne lancée aux siens de se serrer la ceinture ne s'adresse pas à lui. Il ne se prive de rien. À une exception près. Mary et ses enfants voyagent en voiture privée, Amédée prend les transports publics.

À partir de cet instant, plus il est question de gros sous, plus la famille s'éparpille. Sa femme et sa fille retraitent à Saint-Moritz, en Suisse, tandis qu'Amédée fuit le froid au pays de la *dolce farniente*, où il retrouve la joie de vivre. À Vérone, la statue de Dante l'attend à la piazza des Signori ; à Venise, il assiste au coucher de soleil, place Saint-Marc, et s'offre une promenade en gondole. Là, au Grand Hôtel, il fait la connaissance de Léopold de Meyer. Le célèbre pianiste joue sur un mauvais piano les pièces qui l'ont rendu célèbre.

La dernière escale d'Amédée dans la ville des Médicis le déçoit :

« Il n'y a rien de neuf pour moi dans cette Florence tant vantée et qui m'a désappointé dès la première fois que je la vis et qui, dans deux visites subséquentes, n'a rien gagné de mon admiration. N'étaient les galeries Pitti et Uffizie et son Palazzo Vecchio, je ne voudrais jamais la revoir. »

Ici, la famille se sépare, là, elle se retrouve. Sienne, Rome – où Mary et Marie-Louise n'arrivent pas à obtenir une audience avec le pape Léon XIII –, la Sicile… Le froid les poursuit tout l'automne.

« Les montagnes de chaque côté du détroit de Charybde et Scylla sont couvertes de neige », griffonne Amédée dans son cahier.

Après une dispute avec un hôtelier autour d'une facture trop salée, les Papineau-Westcott quittent Messina pour Catania, qui les décevra tout autant à cause de sa population de mendiants en haillons. Le mauvais sort s'acharne sur eux. À Syracuse, ils s'embarquent pour l'île de Malte. La traversée à bord du *Scontrino* est cauchemardesque. Sur une mer houleuse, le bateau roule comme un tonneau presque vide. Forcés de se jeter sur d'affreux grabats pour échapper à la nausée, ils n'arrivent pas à dormir à cause des brigands et des soulards marseillais qui font un tapage d'enfer. Au premier contact, le patois mi-maltais mi-arabique des insulaires déplaît à Amédée.

« Ce sont des métis de toutes les races et fort laids », dit-il.

Il ne pense rien de bon de leurs femmes qui, riches ou pauvres, portent le même manteau noir à capuche en soie ou en coton et déteste aussi leur cuisine barbare.

Arrivent les fêtes de fin d'année. « Triste Noël pour nous, sans lettres, sans nouvelles. »

Pour respecter la tradition, ils mangent de la dinde et du plumpudding, mais ajoutent à leur menu une touche exotique : de la soupe à la tortue. Marie-Louise n'est pas mécontente d'assister à son premier très grand bal. Plus enthousiaste encore, Papo se promène à cheval avec miss Eleanor Rutheford, la fille d'un Anglais qu'ils ont fréquenté à Saint-Moritz. C'est « la plus belle Anglaise à Malte », note Amédée à la dernière page de son carnet de 1879.

Sans doute envie-t-il la jeunesse de son fils, lui qui aborde la soixantaine avec un rhumatisme au genou.

34. LE JEUNE DANDY SE MET LA BAGUE AU DOIGT
1880-1881

«... je vous annonce le mariage prochain de Papineau avec Dlle Carrie Rogers de Philadelphie que vous avez rencontrée à Montebello, il y a quelques années. »

Miss Rutheford est passée en coup de vent dans la vie de Papo, qui lorgne depuis longtemps une riche Américaine. Le moment est venu de sonder le cœur de sa belle.

Après avoir fait l'ascension du Vésuve, Amédée et son fils bouclent donc leurs valises. Direction : l'Amérique. Sans Mary et Marie-Louise, qui prolongent leur séjour outre-mer. Dans le port de Liverpool, juste avant de s'embarquer, ils achètent un serpent boa empaillé destiné au futur musée de la famille, à Montebello, qu'ils imaginent comme une sorte de cabinet de curiosités.

La traversée s'effectue sans encombre. Désormais habitué aux caprices de la mer, Amédée dort comme un loir. Au réveil, il sera stupéfait d'apprendre que le vapeur a évité de justesse de gigantesques icebergs... Il aurait préféré fêter son trente-quatrième anniversaire de mariage ailleurs que dans la cabine exiguë d'un *steamer*, mais son départ précipité s'explique : Papo est impatient de demander la main d'une jolie Américaine de vingt et un ans. En mer, puis dans le train qui les conduit de New York à Philadelphie, l'amoureux à la fine moustache et aux longs favoris fume comme une cheminée. La nervosité, sans doute.

Amédée approuve les fiançailles de son fils avec Caroline Rogers, la fille aînée d'un marchand, Talbot Mercer Rogers. Les Rogers sont de vieux amis apparentés aux Westcott et les jeunes gens se connaissent depuis l'enfance. Flairant la bonne affaire – le grand-père est banquier –, Amédée rédige lui-même le contrat de mariage de Papo. Et il annonce *the good news* à Mary qui, comme lui, désire cette union de son fils avec miss Carrie Rogers, «*that sweet little lady*».

«*All, on both sides seem pleased at the alliance*», l'assure-t-il.

Mary espère probablement que la vie matrimoniale aiguisera le sens des responsabilités de son fils, un dandy superficiel et frivole. À moins qu'elle compte sur "Carrie", une jeune fille intelligente qu'elle a vue grandir, pour lui mettre du plomb dans la tête. De quoi vivront les nouveaux mariés? Jamais Papo n'a gagné sa vie et il n'a pas l'intention de s'y astreindre prochainement. Il retournera plutôt en Europe avec son épouse. Aux frais d'Amédée, il va sans dire. Celui-ci, habituellement prompt à surveiller son bas de laine, n'a pas l'air de s'en offusquer. En passant à New York, il a emmené son fils chez Tiffany's pour acheter sa bague de fiançailles. Des diamants de prix.

Après la réception, et en attendant le jour des noces, le père et le fils rentrent à Montréal pour assister à une représentation du drame de Louis Fréchette, *Papineau*, présenté à l'Académie de musique de la rue Victoria. Dans cette pièce en quatre actes, le poète renoue avec la rébellion de 1837. *La Patrie* prédit à la pièce «un succès littéraire et patriotique dont on parlera pendant longtemps dans l'histoire des lettres canadiennes». Amédée le croit aussi:

«C'est une apothéose», s'exclame-t-il. Il y voit «la glorification de l'insurrection de 1837 et de mon cher père!» Le talent de la tragédienne Rosita del Vecchio l'éblouit.

Est-ce la fatigue du voyage? L'émotion? L'obligation de devoir confirmer à Mary qu'elle a bel et bien perdu 20 000 dollars au Reading Stock and Commercial National Bank of Saratoga, comme il le redoutait? Toujours est-il qu'à peine arrivé à Montebello, il est forcé de garder le lit pour soigner une pleurésie.

Il implore sa femme, toujours en Suisse, de revenir à l'automne pour de bon, mais il sera déçu. Elle ne traversera pas l'Atlantique pour s'occuper de lui, ni pour s'apitoyer sur son sort, pas même pour assister au mariage de Papo. Décidément, dans le clan des Papineau, les générations se suivent et se ressemblent. En 1818, une tempête de neige a empêché Rosalie Cherrier de se rendre à Québec pour les noces de son fils Louis-Joseph ; en 1846, Julie Bruneau a raté celles d'Amédée qui se tenaient à Saratoga. Et maintenant, en 1880, Mary Westcott boude Philadelphie, préférant attendre à Paris que les jeunes mariés la rejoignent.

En fait, toute la famille du marié brillera par son absence. Et pour cause ! Aucun Papineau, Dessaulles ou Bourassa n'a été invité. Cinq jours avant la noce, Napoléon reçoit d'Amédée ce mot laconique :

« Mon cher frère, je vous annonce, ainsi qu'à ma chère sœur Ézilda, le mariage prochain de Papineau avec Dlle Carrie Rogers de Philadelphie que vous avez rencontrée à Montebello, il y a quelques années. Ils doivent se marier le 24 du courant et s'embarquer pour l'Europe le 28. J'avais eu l'intention d'y retourner avec eux, mais j'ai renoncé depuis à ce long voyage. Je reviens me fixer définitivement au Canada. Votre frère. Louis J. A. Papineau. »

———※———

Au matin du 24 août, la chaleur écrase Philadelphie. La résidence des Rogers croule sous la multitude de cadeaux.

« Le grand jour est arrivé pour mon cher fils unique, Louis-Joseph Papineau », s'exclame Amédée.

À quatre heures, devant un parterre composé d'une cinquantaine d'invités, Caroline Pitkin Rogers devient madame Louis-Joseph Papineau. Une fois la collation servie, les jeunes mariés sautent dans le train de New York. Avant de s'embarquer pour l'Europe à bord du *Germanic*, ils passent trois jours à Coney Island, une station balnéaire qui se transforme peu à peu en un parc d'attractions et de courses hippiques, peut-être même le plus couru de l'Est américain. L'*Evening News*, qui relate le mariage, fait l'éloge de l'aïeul, Louis-Joseph Papineau, ce qui a l'heur de plaire à son fils.

Au retour, Amédée paraît songeur. On le sent à la croisée des chemins. Comme il en a pris l'habitude, il descend au Windsor. L'élégante façade de l'hôtel sis devant le square Dominion lui rappelle les luxueux palaces de Londres. Toutefois, il trouve l'édifice trop prétentieux pour une ville comme Montréal. Sa chambre n'est pas libre, il doit patienter. Il tombe de fatigue. Après avoir tant bourlingué, il n'a qu'une envie : regagner Montebello. Las de sa vie de nomade, le grand voyageur décide de planter sa tente une fois pour toutes.

Comme pour le conforter dans ses intentions, ses souvenirs de Malte – vase, pierre blanche, triton – et ceux d'Italie – cabinet d'ébène à relief en ivoire, soieries et boiseries d'olivier – arrivent d'outre-mer dans des caisses numérotées. Ces précieux objets garniront son musée que les maçons achèvent de construire, à petite distance du manoir : un bâtiment d'un étage en briques et pierres coiffé d'un toit à pignon avec puits de lumière.

Amédée ramène aussi à Montebello le mobilier du 4, terrasse Prince de Galles. Puisqu'il ne peut compter sur l'aide de Papo, apparemment occupé ailleurs, Amédée se retrousse les manches. Son gendre John lui donne un coup de main pour emballer les meubles et les expédier en barge à la Petite-Nation. Une fois sa cargaison arrivée à bon port, ses employés déchargeront les quelque cinq cents boîtes et barils remplis d'objets destinés aux chambres, au grenier et à la loge du jardinier.

Avant que s'achève le mois de septembre, un différend dont on ignore les tenants et aboutissants l'oppose à son gendre. Dans son agenda, il écrit simplement :

« Pénible correspondance avec J. T. D. »

John Try-Davies a-t-il effectué des placements qui mécontentent son beau-père ? Après cette date, son nom n'apparaît plus ni dans le journal d'Amédée ni dans sa correspondance. Dans les années 1870, l'époux d'Ella a bien écrit quelques lettres à Marie-Louise – il signait « *Your devoted Caterpillar* » (Votre dévouée Chenille) –, mais sans plus. On ne le recroisera qu'une seule autre fois, à la mort de Mary E. Westcott Papineau.

Ça y est, on enlève les échafauds autour du musée. Chaque jour, Amédée inscrit dans son carnet, de manière succincte, l'avancement des travaux et la mise en place de ses trésors.

« La toiture en chaume du campanile complétée. Le pavillon des bains peinturé du bleu de la fameuse grotte bleue de Capri ; et la Vénus de Médicis installée pour y présider aux bains romains ! Plancher du musée presque fini et bases des statues placées à la façade. Têtes de bœuf et de cheval suspendues au pignon est des écuries. La nouvelle avenue au pied du cap presque terminée. »

Sans états d'âme ni tristesse, le seigneur de Montebello mène en solitaire la vie dont il rêvait. Rien ne laisse croire que Mary reviendra bientôt. Il déguste des huîtres Malpec qu'un de ses locataires montréalais lui a envoyées et mange du pain de sucre d'érable, cadeau d'un ministre anglican.

« Ma table est baronniale », se réjouit-il.

Le temps hivernal s'installe et alors, il lit au coin du feu les mémoires de Mme Dupin-Dudevant intitulés *Histoire de ma vie*, que George Sand a publiés vingt ans plus tôt, et *Invasion du Canada, 1774-75-76,* du vieil ami de la famille Jacques Viger, mort une vingtaine d'années auparavant.

Ce qui ne l'empêche pas d'instaurer sur son domaine un régime à relent féodal.

« J'ai fait proclamer hier, à la porte des églises, contre les chasseurs et les voleurs et les pillards de bois », se vante-t-il.

S'ils sont pris en flagrant délit, le seigneur les punit comme ils le méritent. Au village, les mauvaises langues prétendent qu'il lui arrive de fouetter son cocher. Pris de remords, il lui donnerait ensuite cinq piastres pour se faire pardonner. Il continue de maugréer contre la succession de Papineau, dont le partage ne le satisfait pas. Le 2 novembre, fête des Morts, il s'enferme dans la chapelle funéraire pour décorer de plantes vertes le portrait d'Eleanor et les tombes de ses chers disparus. Les lettres de Mary lui parviennent trop parcimonieusement. Après un silence de quinze jours, il s'en plaint :

« Je suis au désespoir. »

Faut-il parler de profond malaise entre Amédée et sa femme ? Chose certaine, Mary ne décolère pas. À l'automne, elle a interdit à son mari d'effectuer sans son accord une transaction financière avec l'argent de son héritage. Amédée se proposait alors d'acheter des obligations du

Canada Trust pour une valeur de 16 000 dollars et lui demandait son opinion. Le jour même, elle lui avait répondu noir sur blanc: «*I will have nothing to do with it.*» À deux reprises par la suite, elle avait réitéré ses objections, mais il avait passé outre. En guise d'explication, il avait prétendu, avec une mauvaise foi évidente, n'avoir jamais reçu ses lettres. Mary n'en croit rien et ne lui pardonne pas davantage d'avoir, au nom de «madame Papineau», acheté – et payé trop cher – l'hôtel de l'Institut canadien «simplement pour faire enrager les prêtres» et ce, avec l'argent hérité de Mr Westcott. Choquée par ces abus de confiance qu'elle juge pires que tout ce qu'on peut reprocher à John Try-Davies, elle rappelle à son mari qu'il n'a pas le droit de spéculer avec sa fortune.

«*Do not presume to sell anymore of my property. You can dispose of your N. Y. Central as soon as you like.*»

Qu'a répondu Amédée pour sa défense? Comme par hasard, les vingt-cinq lettres qu'il a écrites à sa femme durant les derniers mois de l'année et le début de la suivante ont toutes disparu. L'on sait cependant qu'il n'est pas mécontent d'avoir acheté l'édifice de la rue Notre-Dame dont l'Institut canadien essayait de se débarrasser. Avec l'argent de Mary, il l'a payé 17 000 dollars, soit le montant des dettes. La transaction lui a permis de sauver la bibliothèque, qu'il a offerte gratuitement à la Corporation de Montréal.

À défaut de fêter Noël en famille, il se rendra à l'Académie de musique applaudir la grande Sarah Bernhardt qui joue dans la tragédie de Victor Hugo, *Hernani*.

«C'est superbe, note-t-il dans son carnet, quoiqu'on ait trop vanté cette artiste-squelette.»

Il profite de ses visites de fin d'année pour aller saluer Caroline, la fille de Louis-Antoine Dessaulles. Son cousin a fui le pays, cinq ans plus tôt, pour échapper à ses créanciers et Amédée ne correspond pas avec lui. Caroline, devenue madame Frédéric-Liguori Béique, a maintenant trois garçons. De vrais chérubins aux yeux bleus, aux cheveux dorés, aux traits fins et délicats, «de lis et roses». Amédée est conquis. Triste, aussi, de savoir que ces enfants ne connaîtront pas leur grand-père qui végète seul et honteux à Paris après avoir abandonné sa famille.

Mary souligne l'arrivée de 1881 à Cannes en compagnie de Marie-Louise, Carrie et Papo. Amédée a songé à aller les rejoindre. Tout bien pesé, il se rend plutôt aux États-Unis. Au cimetière Greenwood de Brooklyn, il choisit le monument pour Ella… même si Mary lui a demandé d'attendre son retour avant de décider quoi que ce soit. Il passe ensuite quelques jours à Philadelphie, puis va à Washington porter une copie du dernier discours de Papineau à la bibliothèque du Congrès. Ce testament politique, son père l'avait prononcé devant l'Institut canadien le 17 décembre 1867.

Profitant de son passage dans la capitale américaine, Amédée se rend au *Ford's Theatre* où Abraham Lincoln a été assassiné, le 14 avril 1865. Il demande à voir la maison où est mort « le président martyr ». Une fillette le conduit dans une habitation de trois étages en brique rouge sise en face. Il la suit jusqu'à la pièce longue et étroite où Lincoln a poussé son dernier soupir. En sortant, il donne à l'enfant 25 cents pour s'acheter des bonbons.

⋙•⋘

Mary rentre d'Europe à la fin d'avril. Amédée soupire de contentement :

« Nous voilà réunis de nouveau dans notre *home* favori, ce charmant Montebello, après cinq années de voyages en Europe et Afrique ! » écrit-il dans son journal. L'ombre d'Eleanor passe : « Il nous y manque hélas la fleur de nos affections, qui en était partie si joyeuse, si heureuse, le jour de son mariage, pour mourir à Londres, moins de deux mois après. Ce manque, ce vide ne peut jamais se remplacer. »

Pendant que Papo monte à cheval et pêche à la lanterne, Carrie accouche, le 12 août, d'un fils. Amédée s'en réjouit.

« Ce soir, gros coup de tonnerre. À 9 h moins ¼, un vagissement retentissant éclate des poumons de Louis-Joseph III. Je l'entends de la galerie extérieure où je me promenais. Un gros garçon de 8½ livres à la voix de stentor. »

Le reste de l'été passe en coup de vent. La maison se remplit d'invités américains, surtout des proches de Carrie venus voir le bébé que ses parents et grands-parents, tout bien calculé, appeleront Louis-Joseph IV et non III. Ça discute ferme, notamment au sujet de l'assassinat du président américain James A. Garfield, six mois seulement après le début de son mandat.

À la mi-novembre, trois députés de Papineauville arrêtent au manoir pour solliciter la candidature d'Amédée en prévision de la convention à Hull. Il refuse. Pas question de se présenter aux élections.

« Ma seule ambition serait pour le Sénat, et encore », confie-t-il à son journal.

À Québec, le premier ministre conservateur Joseph-Adolphe Chapleau est reporté au pouvoir le 2 décembre avec une forte majorité. Amédée commente les résultats :

« Messieurs les libéraux seront toujours battus, tant qu'ils n'auront point de programme autre que celui de vouloir prendre la place des autres. Singulier Parti libéral qui ne proclame aucun progrès, aucune réforme. »

Jugement sévère qui ne l'empêchera pas d'assister à l'ouverture du « parlement de la Puissance », à Ottawa, où règne toujours Macdonald.

« Je désirais voir pour la première fois le Capitole canadien », dit-il.

En traversant la galerie des Communes, il aperçoit le portrait de son père. Il s'en flatte, mais juge l'honneur insuffisant. Un homme comme Papineau mériterait un monument. L'amiral anglais Nelson, vainqueur des Français, a le sien, la reine Victoria aussi. Pourtant, les Champlain, Cartier, Maisonneuve et Frontenac sont, comme son père, privés de cet honneur posthume. Amédée essaie de convaincre Napoléon Bourassa de relever le défi, lui qui a si bien réussi le buste de Papineau. Son beau-frère se désiste. Il a trop de travail. Au même moment, le journaliste Honoré Beaugrand, qui dirige *La Patrie,* suggère de lancer une souscription pour élever un monument à la mémoire du chef des patriotes. Amédée lui soumet ses suggestions, pour ne pas dire ses directives :

« Il [Papineau] devrait être représenté dans sa robe de président, debout, dans la position de l'orateur, tendant la main droite vers son auditoire, la gauche appuyée sur le parchemin déployé, inscrit "92

Résolutions", ce résumé de nos griefs semi-centenaires, écrit en plus grande partie par lui ; ce document supporté par la base d'une colonne toscane : emblème de son caractère comme de son origine romaine. »

Où ériger cette œuvre maîtresse ? Pourquoi pas à la place de la Puissance (square Dominion), près du cimetière où reposent les premiers Papineau ? Faute d'appuis, le projet sombre dans l'oubli. Heureusement, Amédée a renoué avec T. S. Brown. Maintenant âgé de soixante-dix-huit ans, « vigoureux de corps et d'esprit, apôtre de la tempérance », le vieux patriote a écrit une biographie de Papineau. Amédée la fait réimprimer à deux cents exemplaires qu'il expédie aux principales bibliothèques américaines. C'est sa façon à lui de garder bien vivant le culte de Papineau, mort dix ans plus tôt.

Noël 1881 ne ressemble en rien à celui de l'année précédente. Cette fois, les siens l'entourent. Les arbres sont couverts de diamants, on organise un *sleigh ride*, on patine sur la surface glacée de l'Outaouais et les cadeaux pour les petits et grands s'étalent dans le salon jaune. Dans son plus pur anglais, Amédée écrit à propos de son premier petit-fils : « *Baby had hung his tiny silk socks on the vast chimney, and Santa Claus filled them well.* » Quant au père du nouveau-né, toujours aussi ludique, il se fait construire un traîneau à voile.

Le manoir a beau se dresser dans un décor bucolique, Mary ne s'y incruste jamais longtemps. Comme sa défunte belle-mère Julie, elle ne rate pas une occasion de disparaître avec son inséparable Marie-Louise, au grand désespoir d'Amédée. L'été, les deux femmes de sa vie fréquentent les stations balnéaires de la côte est américaine et l'hiver, elles reluquent les cieux plus cléments de la Floride. Il promet d'aller les y rejoindre, mais trouve toujours une bonne raison de rester chez lui : l'administration de sa seigneurie, la gestion de ses propriétés, dont la maison de la rue Bonsecours convertie en hôtel et qu'il loue à perte, etc.

35. À LA RECHERCHE DU TEMPS PASSÉ
1881–1883

« *Ils sont là devant moi, pleins de vie, de nature ; me souriant ; et semblant me dire : Allons ! fils chéri ! à ton œuvre ! fais-nous revivre par tes écrits comme ton peintre nous ramène à toi.* »

Mary a repris le bâton du pèlerin. Résigné, son bougon de mari vit reclus à Montebello entouré de ses fantômes. À soixante-deux ans, il entreprend d'écrire ses mémoires. Penché sur son pupitre, il trempe sa plume dans l'encrier :

« Il faut commencer aujourd'hui même un projet auquel je rêve depuis plusieurs années, et qui m'a déterminé à mettre fin à mes courses vagabondes de par les pays étrangers, et à venir consacrer mes dernières années de vie dans cette solitude, si paisible et si confortable, à y recueillir tous mes souvenirs, et tout ce que je pourrais trouver de la vie intime autant que de la vie publique de mon père, de mon grand-père, et d'autres aïeux. »

L'idée s'est imposée un jour de 1881, lorsqu'il a reçu en cadeau les portraits de ses grands-parents maternels Pierre Bruneau, qu'il n'a pas connu, et Marie-Anne Robitaille, qu'il aimait tendrement. Il a écrit :

« Ils sont là devant moi, pleins de vie, de nature ; me souriant ; et semblant me dire : Allons ! fils chéri ! à ton œuvre ! fais-nous revivre par tes écrits comme ton peintre nous ramène à toi. »

À vrai dire, le mémorialiste rassemble depuis longtemps lettres privées et publiques, documents notariés, impressions confiées à la feuille blanche au moment des rébellions et pamphlets publiés dans les gazettes. À trente-six ans, il avait déjà noirci sept cahiers dans lesquels il racontait l'histoire récente du Bas-Canada comme il l'avait vécue. Les quatre premiers intitulés *Journal d'un Fils de la Liberté réfugié aux États-Unis par suite de l'insurrection canadienne en 1837,* relatent les événements, depuis sa fuite en exil, cet automne-là, jusqu'au moment où il s'en va rejoindre sa famille à Paris, en 1843. En appendice, il a glissé un portrait de lui exécuté par le silhouettiste français Augustin Édouart, qui pratiquait son art à Saratoga durant l'été de 1840. Amédée, alors âgé de vingt et un ans, se décrit comme suit :

« Me voilà avec mes longs cheveux & ma casaque, ma canne de jonc & mon chapeau de paille, car nous sommes en été. Selon la coutume de tous les grands auteurs, il est très convenable, j'allais dire indispensable, que mon portrait & ma signature figurent à la tête de mes Œuvres ! Hum ! Hum ! »

Coiffés du titre *Mon journal,* les trois derniers cahiers couvrent sa vie à partir de son retour de France pour se terminer à l'automne 1855. À présent, le sexagénaire compte mettre à profit cette montagne d'informations éparpillées sur sa table et entassées sur ses étagères pour traverser le temps comme on remonte une horloge. Son premier objectif : immortaliser son père et son grand-père Papineau, deux hommes illustres qui, selon lui, ont changé le cours des affaires de la nation. Leurs enfants et petits-enfants ne doivent pas les oublier.

Son modèle ? Philippe Aubert de Gaspé, le seul Canadien, à sa connaissance, à avoir écrit ses mémoires intimes. Le peu d'intérêt de ses contemporains pour relier les maillons de la chaîne humaine le désole. En Europe, tous les gens éduqués tiennent leur journal, alors qu'au pays, personne ne se soucie du passé.

« Ce me semble un devoir impératif, un culte sacré que chaque génération doit aux précédentes », pense-t-il.

En se mettant à la tâche, il a le sentiment de participer à une littérature naissante. Lucide, il se doute bien que son style sera truffé de maladresses. Aussi, dès les premières lignes de son manuscrit, il réclame avec un zeste de vanité l'indulgence des lecteurs. Et si sa prose devait être publiée un jour, il se promet d'y retrancher les passages trop personnels.

Par où commencer ? L'intérêt qu'il a toujours manifesté à ses aïeux et la paperasse qu'il a amassée à leur sujet donne à croire qu'il consacrera quelques pages aux premiers Papineau d'Amérique, dont son grand-père Joseph lui a raconté la saga lors d'un émouvant tête-à-tête à Saratoga. Amédée est particulièrement fier d'être le descendant de valeureux pionniers comme Samuel Papineau et sa femme, l'incroyable Catherine, assez délurée pour déjouer les Iroquois. Au cours de son dernier séjour en France, il a traversé le département des Deux-Sèvres pour aller voir la modeste commune de Montigny, berceau de ses ancêtres.

C'était le 19 avril 1878, un Vendredi saint. À La Papinière, il a ressenti une vive émotion au moment de fouler le sol que son trisaïeul Samuel avait labouré avant de venir s'établir au Canada. Il a cherché sa chaumière parmi les anciennes maisons du village et s'est recueilli à l'église. Après avoir glissé quelques pièces d'or dans le tronc des pauvres, près de la porte, il est allé s'agenouiller, ému, dans le cimetière au pied de la grande croix de pierre. Dire que les cendres de ses aïeux reposaient dans ce cimetière ! Du lierre et quelques fleurs poussaient dans leurs cendres.

Après ce premier contact avec ses origines, il a épluché les répertoires des villes françaises à la recherche de lointains cousins et leur a écrit pour obtenir plus de renseignements sur sa famille.

« Ces Papineau du Poitou étaient évidemment des Gallo-Romains », avait-il noté.

À la Villa Borghese à Rome, près de la Porta del Popolo, il a vu des chasseurs armés de javelots et de flèches sur un pavé de mosaïques. Au-dessus de l'un d'eux, il a lu le nom « Papineus ». À Florence, il a croisé des Papini. Il se souvient aussi qu'à Londres, en 1823, Papineau avait découvert que leurs ancêtres français, des huguenots, s'y étaient réfugiés au XVIIe siècle. Il avait même rencontré un certain « Joseph Papineau, *stationer* ». Rien, dans les documents d'archives, ne laisse croire que les Papineau de France aient été protestants, ni qu'ils aient fui la France, victimes des guerres de religion, mais Amédée l'a affirmé tant et plus pendant le reste de sa vie, sans jamais en apporter la preuve.

Curieusement, le généalogiste amateur, si fier de ses racines, ne les évoque pas dans ses mémoires. À peine mentionne-t-il leur existence. Son récit débute à sa propre naissance, en 1819. D'une écriture fine et serrée, il trace les premiers mots de ce qu'il imagine être sa contribution à l'histoire, voire son héritage :

« Mon grand-père, Joseph Papineau fut mon parrain et ma grand-mère Bruneau ma marraine. Je fus très délicat et souffrant continuellement jusqu'au-delà de deux ans... »

***

Les souvenirs de sa petite enfance se bousculent dans sa tête, comme autant de tableaux attendrissants qu'il jette avec frénésie sur le papier. Surgit l'imposante maison de pierres de ses parents, rue Bonsecours, où Julie Bruneau-Papineau lui a donné naissance le 26 juillet 1819, dans sa chambre à coucher qui donnait sur la salle à manger. Elle avait vingt-quatre ans et Amédée était son premier enfant. Deux mois plus tôt, presque jour pour jour, naissait en Angleterre la future reine Victoria, dont il allait suivre le règne tout au long du siècle. En août de la même année, un renard enragé a mordu la main du gouverneur anglais Charles Lennox, duc de Richmond, tout près de Sorel. La morsure s'est avérée mortelle. Ce sont là les deux seuls événements de cet été-là qu'il a jugés dignes de mention.

L'aîné de la nouvelle génération des Papineau a inspiré des craintes à ses parents dès son arrivée dans ce monde. Enfant délicat, il dormait difficilement et pleurait beaucoup. Son débit ralenti donnait à croire qu'il était muet. Lorsque enfin il a réussi à balbutier deux ou trois mots, sa prononciation était si laborieuse que ses petits camarades de jeu se moquaient de lui.

L'on sait par ailleurs que sa mère le couvait comme un poussin. Sans le lui dire clairement, Papineau lui attribuait le retard de leur fils qu'elle surprotégeait. De Québec, où siégeait le gouvernement, il lui écrivait pour lui reprocher d'être l'esclave des caresses du petit. Il n'approuvait pas non plus son habitude de le bercer sur ses genoux à tout moment du jour ou de la nuit. En tout, Julie aura neuf enfants, dont quatre mourront à la naissance ou en bas âge, mais son «cher Amédée» occupera toujours une place bien spéciale dans son cœur.

—————

Une nouvelle image jaillit et il s'empresse de la confier à son cahier. Cela se passait à Montréal, en 1823. Septembre tirait à sa fin. L'effervescence qui régnait dans le faubourg avait gagné le bambin de quatre ans. Une baleine égarée dans les îles de Boucherville s'était échouée dans la baie d'Hochelaga. Pendant huit jours, le cétacé s'était débattu dans l'eau, près du quai Molson, sans réussir à regagner le large. Des marins munis de lances l'avaient harponné. Il avait rendu son dernier souffle sur la berge, à Pointe-à-Callières. Flairant la bonne affaire, les autorités de la Ville avaient vendu la carcasse à un aventurier qui l'avait exhibée dans une longue baraque du faubourg.

Amédée tenait mordicus à voir le monstre. Ni l'odeur nauséabonde de la graisse déjà rancie, ni celle à peine plus supportable des brasiers remplis de goudron allumés pour faire oublier l'état de putréfaction avancée du gigantesque cétacé ne l'avait fait reculer. Sa gueule béante l'impressionnait, tout comme ses dents barbues et sa langue charnue en partie repliée sur elle-même. Ses petits yeux gros comme un poing d'homme furent longtemps conservés dans le musée Cajetani de la rue Saint-Paul, le seul à Montréal.

Un autre événement survenu ce même hiver 1823 reste gravé dans sa mémoire. Papineau s'en allait à Londres pour s'opposer à l'union des deux provinces canadiennes. Au pays, il faisait figure de farouche défenseur de ses concitoyens et, le jour de son départ, la rue regorgeait de gens venus l'acclamer. Son jeune fils ne comprenait pas pourquoi des larmes roulaient sur les joues de sa maman chérie. Lorsque le carrosse avait emporté son papa, elle s'était retirée dans sa chambre. Amédée se souvient d'avoir grimpé sur le coin de son lit à baldaquin pour la consoler:

« Ne pleure pas, ma petite maman. Papa n'est pas allé en Angleterre, il est allé faire un petit tour, il reviendra tantôt. »

Il s'efforçait d'être sage, car il était « le petit homme de la maison à la place de papa ». Aujourd'hui, seul dans son manoir, il relit avec émotion les lettres de son père à sa mère qu'il a conservées et qu'il espère publier un jour.

« Je t'écris du coin du feu, triste comme mon bonnet de nuit que j'ai sur la tête, par un jour de pluie… », disait Papineau. Dans une autre missive de Londres, il s'inquiétait de lui, son aîné : « Mon Amédée me reconnaîtra-t-il quand il me reverra ? Probablement qu'il ne pourra pas au premier moment se remettre ni mes traits, ni mes chansons, ni nos jeux. »

De l'autre côté de l'Atlantique, son petit bonhomme soupirait tout autant : « Quand est-ce qu'il reviendra, papa ? Il est bien long. »

Pour tuer son ennui, Julie avait emmené ses fils chez Mémé Bruneau qui vivait alors à Chambly chez son fils Pierre. Une fois les balises bien tracées sur le fleuve gelé, la caravane s'était mise en branle. Amédée ne se sentait pas tout à fait rassuré au moment d'amorcer la traversée à pied. La surface craquait sous leurs pas. Vis-à-vis de l'île Ronde, les eaux noires bouillonnaient, comme si elles voulaient les submerger. Les passeurs, des hommes expérimentés, étendaient des perches et des avirons sur les crevasses. Parfois, ces gros gaillards portaient Amédée sur leurs épaules. Encore quelques minutes et ils rejoindraient la terre ferme. Après une courte halte à Longueuil, le temps de reprendre leur souffle et de se réchauffer, ils avaient entrepris en carriole la dernière étape de ce périple qui s'acheva à Chambly.

L'accueil digne d'un petit prince que lui avait réservé sa grand-mère, il ne l'avait pas oublié non plus. Il avait sa propre couchette soutenue par quatre poteaux tournés et couverte d'une belle indienne à motif de fleurs et d'oiseaux fantastiques rouges sur un fond blanc. L'homme engagé l'avait pris en affection. Il l'emmenait souvent au village (on disait « au fort » à cause de ses fortifications militaires) pour chercher les provisions. Mais voilà qu'un jour, sur le chemin du retour, ce dernier, qui faisait aussi office de cocher, avait décidé de s'arrêter un moment chez un ami. Ou peut-être avait-il tout bonnement traîné à l'auberge ? Quoi qu'il en soit, sa visite se prolongea, si bien que le cheval, piaffant d'impatience, partit au grand galop sans attendre son maître.

Blotti au creux des poches de céréales entassées au fond du traîneau, son minuscule passager n'avait nullement conscience du danger. Il s'amusait ferme, tandis que la voiture filait à vive allure. La bête avait franchi la grille et s'était arrêtée à l'écurie située au bout du jardin des Bruneau. Comme s'il revenait d'une partie de plaisir, Médée riait aux éclats, sous les yeux incrédules de Julie sur le point de céder à la panique.

Ah! les traditionnelles visites du jour de l'An. Comme il s'en donnait à cœur joie. C'était l'occasion de se gaver de gâteaux, de beignes et de crossignoles. Suprême honneur, pendant ce même séjour à Chambly, il avait été reçu avec les grands au manoir de la plus illustre famille, celle du lieutenant-colonel Charles-Michel d'Irumberry de Salaberry. Le héros de la bataille de Châteauguay avait combattu les Américains sous les drapeaux anglais pendant la guerre de 1812. Sa victoire ayant été injustement attribuée à son supérieur, le major général Abraham Ludwig Karl Von Wattenwyl, qui n'avait même pas participé aux combats, de Salaberry avait quitté l'armée, écœuré. Depuis, il vivait paisiblement avec son épouse dans leur imposant domaine au bord de la rivière Richelieu, appelée à l'époque la rivière Chambly. Aux yeux de la famille Bruneau, le colonel avait le grand mérite de combattre l'union des Canadas aux côtés de Papineau.

Rien ne faisait plaisir au petit Amédée comme de se promener au pied des rapides, là où se dressait le fort de Chambly avec ses quatre tours de guet. Au temps de la Nouvelle-France, l'impressionnante forteresse de pierres de taille servait à protéger les Français de l'invasion anglaise. En 1823, le cocher y emmenait son passager lilliputien lorsqu'il allait s'approvisionner en eau fraîche.

⸗◦⸗

Retour à la Petite-Nation. Nous sommes au début des années 1880. Amédée doit se rendre à Montréal pour s'occuper de ses affaires. Comme à chacun de ses séjours en ville, il loge à la maison paternelle de la rue Bonsecours, maintenant convertie en hôtel, mais dont il est toujours le propriétaire. Ce lieu chargé de souvenirs l'attire comme un aimant et, cette fois, il traîne son carnet de notes avec lui. D'esprit français, mais adapté au style anglais, le bâtiment de deux étages se dresse à petite distance de la rue Notre-Dame. Sa façade, percée de cinq ouvertures, est en pierre brute recouverte d'un gâchis en plâtre. Il y a une cinquantaine d'années, dans la cour arrière, des vignes tapissaient un pan de la maison. À côté des écuries se trouvait le jardin où lui, l'apprenti botaniste, s'initiait au jardinage en compagnie de son père. Cette passion, née de cette époque lointaine, il la cultive encore aujourd'hui.

Le nez collé à la vitre du salon, le petit garçon de jadis regardait le clocher de la chapelle Notre-Dame-de-Bonsecours, près du fleuve. Son coq gaulois scintillait. Quand sa mère l'y emmenait prier, il plongeait sa main minuscule dans le bénitier de calcaire et s'agenouillait devant la statue miraculeuse de la Vierge. D'immenses jardins couraient jusqu'à la rue Saint-Paul. Presque au coin se trouvait la plus ancienne maison, celle de l'avocat Dominique Mondelet. Auparavant, elle appartenait à Pierre du Calvet, mort en mer en 1786. Passionné d'histoire dès son plus jeune âge, Amédée considérait comme un modèle cet homme condamné à trois ans de prison pour avoir appuyé les Américains, et non les Anglais, lors de l'invasion de 1775. (À l'aube de ses soixante-quinze ans, il immortalisera Pierre du Calvet en faisant poser une plaque commémorative sur la façade de sa demeure.)

Dans le petit salon, Julie jouait sur un clavecin en bois d'acajou, pendant qu'à côté, Joseph Papineau terminait une partie de whist avec son vieil ami Dulongpré. Du haut de ses six pieds français – six pieds quatre pouces anglais –, son grand-père en imposait tant par son physique que par sa faconde. L'homme était respecté, un peu bourru, certes, mais ô combien dévoué à sa famille.

Des livres, il y en avait partout dans la maison. En y repensant, Amédée a l'impression d'avoir toujours été fasciné par le savoir. Le soir, son père avait l'habitude d'ouvrir la commode en acajou surmontée d'un cabinet à vitraux qui se trouvait dans sa chambre à coucher et de choisir parmi les classiques le chef-d'œuvre qu'il lirait aux siens. Racine et Corneille y voisinaient avec Skakespeare et La Fontaine. Ces ouvrages qui l'ont accompagné sa vie durant, Papineau les lui a légués par testament. Ils garnissent les rayons de l'impressionnante bibliothèque familiale nichée dans la tour construite par son père et qu'Amédée a mise à l'abri du feu.

Il devait avoir quatre ans lorsqu'il a commencé à fréquenter l'école anglaise tenue par les deux demoiselles Waller, rue Saint-Paul, en face de la rue Friponne (ainsi nommée à la fin du régime français en souvenir du magasin du roi Louis XV où les trappeurs de fourrures se faisaient escroquer par l'intendant Bigot). Miss Waller y enseignait l'anglais, la géographie, l'histoire et la morale à une douzaine d'enfants. Ensuite, il est passé à l'école du révérend Esson, pasteur presbytérien. Sa classe occupait le grenier d'une bâtisse de trois étages située rue Saint-Gabriel. Il y a reçu ses premières leçons de français en lisant le célèbre roman *Les Aventures de Télémaque* de Fénelon.

Arpenter sa ville natale a toujours été un des passe-temps dont il ne s'est jamais lassé. Chaque coin de rue lui rappelle un incident, une impression. Dans les années 1820, les deux rues Saint-Paul et Notre-Dame étaient les deux seules dallées. «Et quels pavés!» se souvient-il en songeant aux cailloux ronds de toutes grosseurs qui recouvraient grossièrement la chaussée. Les jours de pluie, il fallait marcher sur la pointe des pieds et sauter d'une dalle à l'autre pour éviter les flaques d'eau. La nuit, des lampions à l'huile de baleine jetaient une lumière rouge et blafarde sur le faubourg autrement éclairé par les étoiles. Armés d'un bâton et d'une lanterne, les gens du guet traquaient les rôdeurs et les malfaiteurs. Quand rien ne bougeait, ils criaient :

«*All's right!* Tout va bien!»

Près du Marché Neuf, la fameuse statue de l'amiral Horatio Nelson était dans un état de décrépitude avancé. Érigée par messieurs les Anglais, cette sculpture heurtait les Canadiens qui la considéraient comme une provocation et une insulte à leurs cousins de France. Était-ce un hasard? Le vainqueur de Trafalgar, au temps des guerres napoléoniennes, posait un regard sévère du côté de la prison tout à côté, rue Notre-Dame. Amédée ne passait jamais devant cette sinistre geôle, voisine du palais de justice, sans ressentir un mélange d'effroi et de fascination. Et pour cause : sur la façade de l'édifice, on attachait les condamnés à un pilori et on les fouettait. Après, ils demeuraient là, exposés en permanence. Ce châtiment, une «dégoûtante brutalité empruntée au code militaire anglais», s'accompagnait de scènes disgracieuses quand la populace, excitée par le spectacle, jetait à la figure des détenus de la boue, des œufs pourris et d'autres déchets.

« À cette époque, écrit-il dans ses mémoires, on pendait un homme pour le vol d'un mouton ! »

Ces exécutions se faisaient du haut du balcon de la prison, du côté du Champ-de-Mars, où s'agglutinaient les voyeurs. Qui a emmené Amédée visiter des prisonniers politiques enfermés dans les cachots ? Les circonstances de cette visite demeurent nébuleuses, mais l'effet produit sur l'enfant fut bien réel. La scène « ne manqua pas d'implanter dans mon jeune cœur cette horreur et cette haine de la tyrannie sous laquelle a toujours gémi ma malheureuse patrie, depuis sa première colonisation jusqu'à nos jours ».

⟫⟪

Au hasard de ses pérégrinations dans les rues de Montréal, le mémorialiste fige un jour devant la vitrine de l'encanteur William H. Arnton, rue Saint-Jacques. Le tableau exposé lui semble familier. Nul doute, il s'agit du chef-d'œuvre du Titien, *La jeune fille au miroir*. Papineau avait acheté cette copie du peintre Antoine Plamondon et l'avait suspendue au-dessus de la table de toilette de Julie, dans leur chambre à coucher. Pendant leur exil, la toile a été vendue à l'encan, comme le reste de leurs biens.

« Je l'ai toujours cherchée depuis, se dit-il. Et la retrouvant aujourd'hui, je ne manque pas l'occasion d'en devenir possesseur. » Il rapporte l'œuvre à Montebello et l'accroche dans son musée. « Heureuses retrouvailles, après 46 ans ! »

Lui, habituellement si proche de ses sous, il paie le prix fort pour récupérer les objets de famille. La fabrique veut se départir de la cloche de Notre-Dame-de-Bonsecours que ses parents ont offerte à la paroisse en 1819 ? Il la fait poser sur un campanile rustique, tout près du manoir. Il rachète l'horloge à pied de ses grands-parents Bruneau qui ornait le presbytère de son oncle, à Verchères. Chez lui, les bibelots retrouvés voisinent avec ses souvenirs de voyage. L'on se demande ce qu'auraient pensé Julie et Papineau devant cette surenchère d'objets hétéroclites remplissant le salon jaune qu'ils avaient sobrement décoré.

Son musée est tout aussi encombré. On dirait un capharnaüm. Certains tableaux acquis au fil des ans lui sont chers. C'est le cas du portrait du roi George IV, une œuvre du peintre Joseph Légaré que Jacques Viger lui avait offerte pour ses quinze ans, en 1834, et qu'il a conservée toute sa vie.

Amédée doit à son oncle Viger son engouement pour l'histoire. Il se passait rarement un jour sans que «le voisin», comme ses parents l'appelaient, vienne faire son tour à la maison. Dans ses mémoires, Amédée le décrit comme «l'homme le plus laid, le plus excentrique, le plus aimable et gai» qui soit : «Il avait de gros yeux sortant de tête qui faisaient peur.»

C'était un rituel, Viger marchait de long en large dans la salle à manger. Il roulait entre ses doigts sa tabatière d'argent de forme ovale, tout en déballant les dernières nouvelles. Incapable de rester en place, il passait et repassait devant la gravure de Napoléon Bonaparte entouré de ses maréchaux qui trônait au-dessus du buffet d'acajou. S'agissant de lancer un calembour, personne ne pouvait rivaliser avec lui.

Quel drôle de chercheur, ce Jacques Viger, qui fut le premier maire de Montréal en 1833! Beau temps, mauvais temps, il traînait dans les greffes et épluchait les registres des paroisses, en quête d'un épisode truculent à raconter, quand il n'exhibait pas le croquis d'un vieux fort, d'un moulin ou d'une église crayonné pendant la journée, au hasard de ses escapades. Amédée raffolait de ses histoires à dormir debout qu'il recueillait auprès des vieux du faubourg. Chaque jour, l'enfant traversait la rue Bonsecours, grimpait l'escalier en bois et frappait le marteau de cuivre jusqu'à ce que l'une des trois filles adoptives de «mon oncle» ouvre la porte vitrée. Inutile de le conduire jusqu'à lui, il connaissait le chemin. Les yeux rivés sur son pupitre encombré de portraits de famille, de pipes et de documents poussiéreux, Viger levait à peine la tête. Cette paperasse donnait le vertige à Amédée, mais l'historien-collectionneur s'y retrouvait, lui qui ramassait tout ce qui lui tombait sous la vue, même les armes des sauvages, ce qui impressionnait son jeune visiteur.

Véritable historien, monsieur le maire avait écrit à des inconnus qui s'étaient jadis illustrés à Oswego pour leur demander de lui faire le récit de la bataille. Pince-sans-rire, il prétendait, la main sur le cœur, avoir lui-même joué les héros pendant la guerre de 1812. Rien n'était moins sûr. Il se trouvait toujours un malin pour insinuer que Viger n'avait jamais vu le moindre champ de bataille. Pour confondre les sceptiques, l'affabulateur s'était fait portraiturer en costume de voltigeur, une tunique vert foncé galonnée de brandebourgs noirs, un long sabre sur le côté.

Son inépuisable quête de renseignements portait ses fruits. On lui confiait des manuscrits anciens qui l'éclairaient sur l'administration de la justice ou sur l'esclavage en Nouvelle-France. Il vérifiait les faits, confrontait les versions, corrigeait les fautes d'orthographe et colligeait ses découvertes dans des cahiers qu'il appelait affectueusement sa «saberdache». Ce mot venu tout droit de la Suisse était employé autrefois par les cavaliers qui servaient sous Napoléon pour désigner le sac long et plat qui pendait à leur ceinturon.

Amédée mentionne qu'on lui doit aussi la devise de Montréal, *Concordia salus*. Il l'avait dévoilée en primeur à ses amis Papineau.

«C'est lui qui dessina et fit adopter l'écusson de cette cité», se rappelle-t-il.

———✦———

Il faut maintenant revenir à la date du 26 mars 1883. Carrie, la femme de Papo, donne naissance à un second fils, Talbot Mercer Rogers-Papineau. Un gros bébé aux cheveux aussi noirs que ceux de son frère sont blonds. Dès lors, au manoir, le va-et-vient est incessant. Certains invités, des parents américains pour la plupart, viennent pour assister au baptême, d'autres pour se reposer pendant les vacances d'été. Autant de distractions qui empêchent Amédée de se consacrer à son manuscrit. En novembre, quand la famille se disperse avant l'arrivée des premières neiges, il se retrouve fin seul et en profite pour se replonger dans le passé.

Où en est-il à présent ? Il reprend son récit à la fin des années 1820. Il a alors une dizaine d'années et les Papineau s'apprêtent à déménager temporairement dans l'ouest de la ville. Le Faubourg Saint-Antoine attirait particulièrement les gens fortunés, parmi lesquels figuraient le banquier Peter McGill, l'officier de la garnison Picoté de Belestre et l'hôtelier Joseph Donegani. Par un heureux hasard, la résidence de l'homme d'affaires William McGillivray était à louer, son richissime propriétaire, ci-devant directeur de la Compagnie du Nord-Ouest, ayant passé l'arme à gauche trois ans plus tôt. Cela arrangeait drôlement Papineau dont la maison de la rue Bonsecours nécessitait des réparations. Pendant la durée des travaux, il y installa sa famille.

Perché sur le coteau dominant le fleuve, avec vue sur Longueuil et La Prairie, le château Saint-Antoine en imposait. Somptueusement meublé, il s'ouvrait sur une serre qui menait aux parterres et aux pelouses. Lorsque les Papineau y emménagèrent, la neige accumulée commençait à fondre. Le printemps renaissait, avant de disparaître au profit de l'été. Amédée se sentait comme un poisson dans l'eau. Il passait ses journées à courir après Lactance dans le verger de pommes, à jouer à cache-cache parmi les pêchers et les abricotiers, à cueillir le raisin dans les vignes. La plupart du temps, les deux gamins s'entendaient comme cul et chemise, même si, pour se venger de son frère qui le menait par le bout du nez, Lactance bavassait dans son dos. Un jour, il avait rapporté à Julie qu'Amédée cachait dans son tiroir des « secrets de sa blonde ». Et alors, l'aîné s'était roulé de rire par terre.

Dans une armoire, Amédée avait trouvé un arc et des flèches ayant appartenu à des sauvages et un traîneau à crinière rousse et touffue très attirant à cause de son siège peint en rouge. Plus excitant encore, il avait découvert le monde des insectes jusque-là inconnu de lui, le petit citadin peu habitué à la vie à la campagne. Sa fascination pour les bibittes pourvues d'antennes remonte à son trop bref séjour au château.

Comme de raison, la famille s'agrandissait d'année en année. Amédée et Lactance avaient maintenant deux sœurs, Aurélie, âgée de deux ans, et Ézilda, née au printemps. Un autre petit frère, Arthur, était mort de la rougeole en 1825. Après les élections estivales de 1828 qu'il avait remportées haut la main, Papineau avait regagné Québec. Autant dire qu'il ne fêterait pas Noël avec les siens. La place vide de son père à table, son absence la moitié de l'année, affectait Amédée. Il écrit :

« Mon père, absorbé par la politique et les sessions législatives à Québec, ne pouvait me prodiguer ses soins et son amour que par intervalles. »

Sous l'impulsion de Julie, il lui avait écrit une charmante lettre à Québec. Papineau l'avait trouvée proprement rédigée, sans tache et d'une jolie écriture. Dans sa réponse, datée du 5 janvier 1829, il lui avait fait part de sa vive satisfaction :

« Continue de t'appliquer, lui avait-il recommandé. Plus je me donnerai de soin pour te procurer une bonne éducation et plus tu seras en état d'être utile à toi et à ton pays. »

Cette lettre de Papineau à son fils, l'une des premières, sera suivie de centaines d'autres, faisant de son père son plus fidèle correspondant. Amédée les a toutes conservées.

« Un paradis de délices, écrit-il dans son cahier en se remémorant le château Saint-Antoine. Je crois bien que je n'ai jamais tant joui de la vie que pendant ce séjour enchanté ! »

Après six mois d'un bonheur infini, le jeune Amédée fut chassé du « paradis terrestre ». Le Ciel lui tomba sur la tête. Ses parents le mirent pensionnaire. Il avait onze ans et ne comprenait pas pourquoi son père jugeait essentiel de l'arracher au cocon familial soi-disant pour recevoir une meilleure éducation. N'était-il pas premier de sa classe à l'école ? Ne collectionnait-il pas les médailles ? L'épreuve s'annonçait terrible. Il était bien inutile de lui rappeler qu'au même âge, Papineau brillait au collège. Ou de lui raconter l'anecdote qui avait fait le tour de la famille : pour attirer la pitié de sa mère, le jeune Louis-Joseph Papineau, pensionnaire dans la capitale, lui avait confié sa crainte de succomber au chagrin et à l'ennui. Rosalie Papineau lui avait servi cette réponse mémorable :

« Si tu meurs, sois tranquille, il y a assez de place à Québec pour t'y enterrer. »

Ce qui frappa d'abord Amédée, en arrivant au Collège de Montréal, un édifice imposant situé à l'angle des rues Saint-Paul et du Collège, c'est la grille de fer. Il avait l'impression qu'on l'enfermait dans une horrible prison. De grosses barres barricadaient les portes et fenêtres du rez-de-chaussée. Julie n'avait guère le temps de s'apitoyer sur le sort de son aîné. Ni d'aller le voir au parloir pour lui remonter le moral. Elle en avait plein les bras avec sa marmaille, surtout depuis la naissance de Gustave, dont mémé Bruneau disait qu'il était le plus beau de la famille. Il avait les yeux d'Amédée, le menton d'Aurélie et le teint clair de Lactance.

Pauvre Julie! Ses enfants n'en finissaient plus de tomber malades. Un jour, le collège renvoyait Amédée, qui avait développé des hémorroïdes; le lendemain, Aurélie était couverte de boutons. Nul doute, c'était la varicelle, qu'on appelait «picote volante»; Ézilda multipliait les extinctions de voix et Lactance, maigre comme un chicot, les indispositions. Enfin, pris de coliques, bébé Gustave dormait peu et criait souvent. Sa mère, qui n'arrivait pas à trouver une nourrice, passait ses nuits blanches auprès de lui. Elle ne savait plus où donner de la tête.

Le 24 février 1830, un terrible malheur la laissa inconsolable. Sa fille aînée, Aurélie, mourut de la diphtérie. Robuste et pleine de santé, la petite avait fondu en dix jours, sous les yeux de Julie impuissante à la soulager. À la fin, elle respirait difficilement et s'étouffait à tout moment. Pépé Joseph avait noté le moment exact de son dernier soupir – neuf heures et vingt minutes. Julie sombra alors dans une profonde dépression. Regarder souffrir son enfant, la voir perdre son souffle, la secouer pour lui permettre de reprendre haleine... cet épouvantable cauchemar l'avait complètement dévastée. Elle n'avait plus ni énergie ni volonté. Retenu à Québec contre son gré, Papineau avait peine à se contenir en lisant les lettres désespérées de sa femme :

«La mélancolie s'empare de tout mon être dont rien ne me distrait, pas même la pensée de nos autres enfants», lui avait-elle écrit avant d'avouer l'indicible : «Il me semble qu'ils me sont devenus indifférents et je m'en fais des reproches.»

Pour la première fois de sa vie, Amédée faisait face à la mort d'un être cher. Il écrit :

« Ma sœur aînée Aurélie était une enfant de trois ans pleine d'attraits et d'une intelligence très précoce. Un croup violent la tua en quelques heures. »

Un an après, ç'avait été de nouveau l'affolement, quand Ézilda avait recommencé à tousser à fendre l'âme. Son visage était brûlant de fièvre. Vite, on avait réclamé le docteur Robert Nelson. Il avait recommandé d'isoler la petite malade des autres enfants, mais s'était empressé de rassurer Julie : sa fille ne mourrait pas. Cependant, le médecin avait alors forcé sa mère à prendre une décision impossible :

« Choisissez, lui avait-il dit. Il me faut lui fendre la gorge ou donner un traitement mercuriel des plus violents. »

Amédée raconte la suite dans ses mémoires : « Mère frémit à la vue du scalpel et préféra le poison. La pauvre enfant qui n'avait pas trois ans vécut, mais devint rachitique et infirme pour toute sa vie. »

Les médicaments administrés à la fillette étaient si puissants qu'ils laissèrent des séquelles graves, en mettant notamment fin à sa croissance. À compter de ce jour-là, Ézilda cessa de grandir. Elle ressemblait à une naine.

⊰⊱

Un dernier souvenir le ramène au château Saint-Antoine, heureux celui-là. À l'été de 1831 – il a alors douze ans –, le gouverneur, Matthew Whitworth Aylmer, et son épouse effectuaient leur première visite officielle dans la métropole et Papineau avait organisé une fête champêtre en leur honneur, le samedi 9 juin. Le nouveau vice-roi suscitait de l'espoir. Il parlait le français avec l'accent parisien et semblait bien disposé à l'égard des Canadiens. Peut-être réussirait-il à réprimer les abus dont ceux-ci étaient victimes ?

Tout le gratin du pays était au rendez-vous. Des centaines de lanternes illuminaient *a giorno* la terrasse du château. Des torches de toutes les couleurs éclairaient les jardins, les bosquets, les allées. Amédée avait obtenu une permission spéciale de vingt-quatre heures du supérieur du Collège de Montréal. Au milieu de la soirée, il présenta un gros bouquet de fleurs à lady Aylmer. Après les discours d'usage et les vœux pour la concorde, les invités dansèrent dans les deux grands salons au son de la musique jouée par l'orchestre du 15e Régiment anglais. Ils furent ensuite conviés à un somptueux souper debout. Au dessert, les armoiries de lord Aylmer étaient reproduites en sucre sur les gâteaux.

La soirée avait enchanté lady Aylmer, comme elle devait le confier à son journal intime : «Madame Papineau respire un parfum d'ancienne France.» Papineau l'avait agréablement surprise, lui aussi. Avant de le rencontrer, elle avait de lui une piètre opinion : «Je ne me sens que de la gratitude pour cette hospitalité et de bons sentiments pour notre hôte qui semble aimable dans la vie privée», avoua-t-elle candidement.

Amédée se rappelle l'espoir né du succès de cette fête :

«Ce fut un spectacle féerique, écrit-il. Mais toutes ces belles espérances devaient s'évanouir en peu d'années et la déception aboutir aux horreurs de 1837-38.»

En effet, les années de gloire de Papineau allaient bientôt s'achever. Amédée a conservé dans son manoir deux toiles de ses parents datant de cette époque. L'une d'elles, peinte en 1836 par Antoine Plamondon, le plus célèbre portraitiste du temps, représente Julie dans une somptueuse robe de satin jaune à manches à gigot. Elle est coiffée d'un gros peigne qui ressemble à un diadème. Les adversaires de Papineau avaient raillé sa tenue. Dans son édition du 4 août 1837, *Le Populaire* l'avait soupçonnée de «singer» la reine Victoria. Madame Papineau, affirmait-on, «voulait voir si une couronne siérait bien à sa tête». Dans ce journal bureaucrate, les commentaires satiriques avaient la cote, surtout s'ils visaient les patriotes et leur chef.

———◦•◦———

La nuit de Noël 1883, Amédée n'a personne pour lui tenir compagnie. Mary et ses enfants sont aux États-Unis et les domestiques assistent à la messe de minuit.

«Je reste absolument seul au manoir jusqu'à deux heures du matin», écrit-il à la fin de son agenda de l'année.

Il avait espéré garder auprès de lui Papo, Carrie et leurs garçons. Mais son fils a préféré aller rejoindre Mary à Philadelphie. «C'est ainsi que se brisent l'unité et le bonheur familial », pense-t-il tristement et même avec un peu d'amertume.

Pour échapper à l'insomnie, il s'installe à sa table de travail. Cette nuit-là, Rosalie Dessaulles s'invite dans sa mémoire. Il n'a pas connu de femme plus parfaite que l'unique sœur de son père, « toujours bonne, toujours gaie, toujours souriante... » Le vieux manoir maskoutain dont elle était la seigneuresse surgit du néant. Que de souvenirs s'y rattachent ! Sa première idylle s'est nouée dans le jardin des Dessaulles. L'élue de son jeune cœur, « une cousine dodue dont la chevelure aurait enchanté le Titien », lui a inspiré sa légende dont l'action se passe au château Bigot.

Sa plume glisse sur le papier. À présent, il pénètre dans le grenier de sa tante, où il a confectionné des armes et des cartouches qui devaient servir à la bataille de Saint-Charles, en novembre 1837. Il se revoit ouvrant la trappe de la cave. Sa cachette. Il s'y terrait tandis que des soldats tyranniques traquaient les patriotes en fuite.

Tante Dessaulles a rendu l'âme le 5 août 1857. Amédée a suivi le cortège funèbre avec son père que cette mort affectait grandement. Vingt-six ans ont passé depuis et son manoir a disparu : « Je ne le regrette pas, écrit-il. Qui aurait pu y remplacer dignement sa dernière maîtresse ? »

Amédée se repaît de nostalgie. Quand l'émotion devient trop forte, il marche jusqu'à la chapelle funéraire et se recueille sur la tombe de ses parents. Il traîne aussi des heures à son musée. Ce sanctuaire étourdissant devrait stimuler sa rencontre avec les mânes du passé. Pourtant, ses mémoires avancent laborieusement. Son récit s'arrête abruptement en 1842, au moment où, de son propre aveu, son amour naissant pour Mary le distrait.

⋙━◈━⋘

Auparavant, Amédée aura procédé à la reconstitution fidèle des rébellions de 1837 et 1838. Il s'agit là du principal mérite de ses mémoires. Il y consacre d'ailleurs une bonne partie des cinq cents pages que compte son manuscrit. Pour revisiter cette période ô combien tumultueuse de l'histoire, son *Journal d'un Fils de la Liberté* lui sert de matériau de base. Il en recopie volontiers des chapitres entiers. Ses notes recueillies notamment auprès de l'imprimeur Louis Perrault – décédé en 1866, après avoir longtemps souffert de paralysie – sont d'une grande valeur. De même, les témoignages du docteur Joseph-François Davignon, mort l'année suivante dans l'État de New York, où il pratiquait la médecine, après avoir agi comme chirurgien pendant la guerre de Sécession, apportent un éclairage précieux.

Amédée ne semble pas avoir conservé de liens personnels avec ses compagnons d'exil. Qu'importe, au moment de rentrer au pays en 1845, il avait rassemblé l'essentiel des documents pertinents: «Je me pique d'avoir réuni presque tous les écrits, pamphlets, journaux, etc. ayant rapport à l'époque insurrectionnelle de 1837-1838, se vantait-il. Et je n'abandonne pas l'espoir de les fondre un jour dans une Histoire vraie et complète de cette époque mémorable qui occupera toujours une place si saillante dans nos fastes nationaux.»

Projet ambitieux. Il ploie sous l'abondance de matériel. Après tant d'années, les langues se délient. À son récit initial rédigé au moment des faits, il incorpore coupures de presse, discours intégraux et comptes rendus exhaustifs de réunions politiques repiqués dans les documents d'archives. Par exemple, s'agissant de reconstituer les assemblées anti-coercitives de 1837, il retranscrit dans son manuscrit les propositions émanant de chaque comté, la liste des proposeurs et le résultat des votes.

Le mémorialiste ne fait pas dans la dentelle. Les Canadiens qui ne communient pas à ses idées «lèchent les pieds des tyrans», les prêtres prêchent «l'obéissance passive à la puissance» et ainsi de suite. Il n'empêche, Amédée a mis la main sur des documents exceptionnels, voire inédits, à propos de ces années agitées. Sans son travail de moine bénédictin, d'importants témoignages n'auraient peut-être pas survécu, d'autres seraient demeurés introuvables.

Ainsi, séjournant à l'île de Malte en 1879, il a lu à la bibliothèque de la garnison un chapitre du livre *Rough Notes by an Old Soldier* du major général anglais George Bell, un militaire qui a combattu au Bas-Canada en 1837. « Il y a, dit Amédée de ce livre, des aveux précieux pour l'histoire et pour la honte des tyrans d'alors. »

Aussi a-t-il recopié intégralement ce chapitre dans son manuscrit, sans même le traduire en français. Bell y décrit les faits et gestes des troupes anglaises à Saint-Denis, le 23 novembre, dévoile la stratégie du colonel Wetherall à Saint-Charles, le lendemain, et relate les combats violents à Saint-Eustache, le 14 décembre. Comme le pamphlétaire qui sommeille en lui n'est jamais bien loin, Amédée assaisonne le témoignage du soldat britannique de remarques acerbes. Bell, écrit-il, calomnie Papineau, méprise les patriotes et donne le beau rôle aux Habits rouges, des mercenaires tyranniques…

Revenant sur la « boucherie » de Saint-Eustache, il exploite une matière tout aussi riche. Pendant une vingtaine de pages, il laisse le curé Paquin – un « prêtre fanatique » et un « délateur », précise-t-il –, raconter à sa façon la tragédie. Dans des notes griffonnées en marge du texte, il réfute les propos du prêtre publiés dans L'Écho du peuple, en avril et mai 1838. Il rapporte ensuite ceux de l'aide de camp de John Colborne, afin de démontrer à ses éventuels lecteurs que la rébellion n'était pas préméditée, puisque ce sont les Habits rouges qui ont attaqué les premiers. Une fois arrivé à la délicate question de la profanation du corps de Jean-Olivier Chénier, tué le 14 décembre 1837, et dont la dépouille a été transportée à l'auberge Addison, après la bataille de Saint-Eustache, Amédée fait défiler une vingtaine de témoins. Les uns affirment que les restes du héros n'ont jamais été outragés, les autres jurent que son cœur a été livré à la curiosité publique.

Quand, en 1888, son cousin André Papineau, de Saint-Martin, passera vingt-quatre heures avec lui au manoir, Amédée apprendra de ce témoin oculaire de la bataille du Grand-Brûlé (Saint-Benoît) des détails inédits à propos du suicide du commandeur en chef Amury Girod. Pendant leur fuite, André Papineau avait recommandé à Girod de se débarrasser de ses pistolets, mais celui-ci avait refusé de se séparer de « ses meilleurs amis ». Dénoncé par un de ses proches, Girod s'était tiré une balle dans la tête plutôt que de tomber aux mains des Anglais. Amédée n'intégrera pas ces renseignements à ses mémoires, se contentant de glisser ses feuillets de notes dans son journal, à la date où il a recueilli les confidences de son cousin.

———◆———

Tandis qu'il peine à mettre de l'ordre dans sa paperasse, il apprend que l'ex-premier ministre du Québec, Pierre-Joseph-Olivier Chauveau, prépare, lui aussi, un ouvrage historique. Ce dernier sollicite d'ailleurs sa collaboration pour rétablir certains faits à propos de Papineau.

« Qui, mieux que vous aujourd'hui, peut écrire notre histoire », lui répond Amédée, enthousiaste à l'idée d'apporter son concours. « Soyez l'émule des Garneau, des Bancroft, des Parkman », ajoute-t-il pour lui manifester son admiration. « Vous avez l'amour du sol natal, la tête, le cœur, la plume de l'écrivain qui sait s'immortaliser en illustrant sa patrie. »

Sa réponse fourmille de détails concernant son père dont la tête a été mise à prix en 1837 et qui circulait aux États-Unis sous le nom de Mr Lewis. En conclusion, Amédée invite Chauveau à venir à Montebello pour voir de ses yeux la bibliothèque de Papineau.

Délaissant son manuscrit, il s'érige désormais en gardien de la mémoire de Papineau, ce grand patriote dont il rassemble patiemment la correspondance en vue de l'éditer. Renouer avec les lettres de son père lui procure un pur bonheur. Il s'attendrit en lisant le mot annonçant à ses parents, Joseph et Rosalie, son prochain mariage, qui aura lieu le 19 janvier 1818 : « Hier, jour de la naissance de Mlle Julie Bruneau, j'ai demandé et obtenu son consentement et celui de ses parents à ce que je l'épouse. » Papineau décrit ensuite sa promise, « une fille qui, par son éducation, sa douceur, ses vertus ne manquera pas de gagner votre affection… »

Si un journal publie une lettre de Papineau sans lui demander la permission, Amédée proteste. Tous les écrits des historiens et des écrivains sont scrutés à la loupe et il réclame des rectifications s'il les juge non conformes à la vérité. William Chapman, poète et journaliste, l'apprend à ses dépens. Dans un long poème paru dans *La Patrie*, il évoque le chef des patriotes en ces termes : *Hélas ! en vain toujours debout dans la tourmente, L'immortel Papineau de sa lèvre écumante...* Jugeant les termes de mauvais goût, Amédée lui suggère de remplacer le second vers par un de son cru : *L'immortel Papineau de sa bouche éloquente.*

« Je ne sache pas que mon père fût enragé, corrige-t-il. Physiquement du moins, quoique ses détracteurs l'aient souvent appelé, figurativement, "un enragé démocrate". »

Le portrait de Papineau que trace John Charles Dent dans son ouvrage *The last forty years : Canada since the union of 1841*, publié en 1881, le contrarie tout autant sinon plus. Contrairement à ce que le journaliste affirme, son père n'était pas un politicien *« practical and versatile »* comme La Fontaine, à qui Dent le compare. Et de lui rappeler que c'est ce même La Fontaine qui, après avoir suivi Papineau sur la voie du républicanisme et réclamé avec lui l'indépendance de son pays, a répudié son chef. Pis, il a pris sa place à la tête des Canadiens et accepté le titre honorifique insignifiant de baron que le gouvernement britannique lui a offert pour le récompenser de sa volte-face.

« Jamais Papineau n'a trahi la cause de la liberté », conclut-il sèchement.

Quand viendra le moment de commémorer le centenaire de l'année de naissance de son père, le 7 octobre 1886, Amédée hissera le drapeau des patriotes de 1837 sur le toit du manoir. En plus de déposer des guirlandes et des couronnes d'érable aux couleurs automnales sur son buste de bronze qui trône dans le salon jaune, il décorera son portrait suspendu au mur du musée et son buste de ciment dans la chapelle funéraire. Pour l'occasion, il demandera aux Bourassa de se joindre à lui, mais ceux-ci déclinent poliment l'invitation. Amédée désapprouve leur conduite impardonnable. La famille n'a-t-elle pas le devoir sacré de respecter la mémoire de l'illustre patriote ?

36. SECRET DE FAMILLE
1884-1890

« *Scènes affreuses dans la nuit dernière, Papineau [Papo] part pour Montréal ce matin.* »

En réalité, Ézilda, Napoléon et ses enfants ne manquent pas de respect envers le patriarche. Ils ne supportent tout simplement plus Amédée. Bien que cordiales, du moins en apparence, leurs relations se sont envenimées, ces dernières années. Outre la mauvaise humeur chronique du nouveau seigneur, ils lui reprochent ses calculs sournois pour s'approprier la plus grosse part de l'héritage de Papineau. Terminé en 1878, l'inventaire des biens de Papineau, incluant les mille quatre cents arpents de la seigneurie, a laissé Amédée fort insatisfait.

Cherche-t-il à usurper la part d'Ézilda, comme celle-ci l'en accuse? Il le nie avec véhémence. Le malaise remonte à la mort de Papineau, mais il prend de l'ampleur en 1884. En vertu de la loi abolissant le régime seigneurial, les seigneurs reçoivent du gouvernement un remboursement pour leurs terres expropriées. Cette année-là, le versement dû aux Papineau a été acquitté, mais, contrairement à l'entente signée conjointement entre Ézilda, Napoléon et lui, Amédée n'a pas remis à sa sœur la rente viagère qui lui revenait. Celle-ci l'a rappelé à l'ordre :

« Bourassa vient de me dire que tu lui as écrit de placer ta part de l'argent du gouvernement à la banque ; cela prouve que tu n'as pas l'intention de me remettre ce que tu me dois. Toi qui prétends avoir tant de respect pour la mémoire de ton père, tu en manques beaucoup en ne respectant pas ses dernières volontés. » Après les reproches, les menaces : « Je serai dans la triste nécessité d'avoir recours à la loi pour t'y obliger si tu ne le fais au plus tôt. [...] Cet argent n'est pas à toi, tu n'as pas le droit de me le garder. J'ai patienté assez longtemps, il est temps que cela finisse. Ta sœur Ez. P. »

Ézilda Papineau n'est pas la plus douée de la famille ni la plus délurée. Complexée par sa petite taille, plutôt effacée, elle a été tour à tour la complice de sa mère et le bâton de vieillesse de son père, en plus de remplacer sa sœur Azélie auprès de ses cinq enfants devenus orphelins. Ultramontaine et très pieuse, elle voue un culte à Pie IX et obéit aveuglément aux préceptes de monseigneur Bourget. Elle jouit d'une excellente réputation dans la paroisse, où l'on apprécie son dévouement aux bonnes œuvres. Tout le contraire d'Amédée, qui méprise l'évêque de Montréal, fustige l'Église à chaque occasion et traite les employés de la seigneurie à la férule. Au village, les enfants se sauvent lorsqu'ils aperçoivent son carrosse. Il est devenu une sorte de Bonhomme Sept Heures.

Les affaires rebutent Ézilda qui a jugé plus sage de confier à Napoléon l'administration de son héritage. Cela irrite son frère, convaincu que Papineau aurait mieux fait de le laisser seul à la barre. Les reproches de sa sœur n'ont pas ébranlé sa conviction d'être lésé. Il ne reçoit pas sa juste part et le lui a rappelé dans sa réponse.

« C'est précisément parce que mon père voulait que le partage fût égal et qu'il ne l'est pas que je voudrais qu'il fût arrangé à l'amiable, s'il est possible. En y regardant bien, je crois que cela pourra se régler sans difficulté. »

Rien n'est moins sûr. Dès lors, Ézilda ne met plus les pieds au manoir. Deux mois après cet échange de lettres, elle a demandé à son beau-frère de lui construire une maison à l'extrémité du village de Montebello, où elle vivra pour le reste de ses jours. Trois des cinq enfants d'Azélie ont maintenant quitté le nid et plus rien ne la retenait en ville. La santé d'Henri Bourassa n'était pas étrangère à sa décision. Son plus jeune neveu avait besoin de repos et de grand air. À la Petite-Nation, il se remettrait, tout en administrant la portion de la seigneurie dont les Bourassa ont hérité.

À partir de ce moment, les relations d'Amédée avec les enfants d'Azélie s'espacent. Le 10 août 1884, il a tout de même assisté à l'ordination de Gustave qui, a-t-il noté, a choisi librement l'état ecclésiastique.

La cérémonie qu'a officié monseigneur Édouard-Charles Fabre, fils du libraire, l'a agacé :

« L'examen, la prosternation, la consécration, l'imposition des mains par l'évêque et par tout le clergé, la salutation fraternelle, tout rappelle l'Église primitive, le luxe moderne en plus. »

Après, il s'informait de temps à autre de ses nièces Augustine et Adine, qui accompagnaient Gustave à Rome, où il poursuivait ses études théologiques. Enfin, il figura parmi les invités au mariage d'Henriette, la cadette des filles. Mais la famille, autrefois idéalisée, n'avait plus beaucoup d'intérêt pour lui.

Napoléon Bourassa n'a jamais eu d'atomes crochus avec son beau-frère. S'ils ont tous deux, jadis, fréquenté l'Institut canadien, ils ont pris leurs distances l'un de l'autre lorsque l'évêque de Montréal a accusé leur mouvement de libéralisme et d'anticléricalisme. Amédée s'est plutôt rangé du côté de son cousin Louis-Antoine Dessaulles, qui comparait monseigneur Bourget aux juges de l'Inquisition. Un peintre d'église comme Bourassa, qui devait sa clientèle au clergé, ne pouvait pas défier ouvertement le prélat ni frayer avec ceux qui lui faisaient la guerre. Il ne s'en cache pas, il aime la compagnie des prêtres, qui le tiennent en haute estime. Du temps de ses études romaines, n'avait-il pas obtenu de monseigneur Bourget une audience avec le Saint-Père ?

Les deux beaux-frères ne s'entendaient pas non plus sur le sort de la bibliothèque de l'Institut. Monseigneur Bourget avait exigé que l'association purge ses rayonnages de tous les livres impurs et immoraux. Balzac, Voltaire et Rousseau, des corrupteurs d'âme, étaient à l'Index, comme aussi Victor Hugo qui faisait fi de la morale. Appelés à voter sur cette exigence de l'évêque de Montréal, la plupart des membres avaient refusé de se plier à son ordre. Amédée Papineau était du nombre. Napoléon Bourassa et une centaine d'autres avaient alors démissionné pour fonder l'Institut canadien-français, une association plus modérée qui obéissait aux intérêts de monseigneur Bourget.

Néanmoins, famille oblige, tous deux s'étaient toujours montrés courtois sinon chaleureux jusqu'au partage de l'héritage de Papineau. Tout au long des négociations, chacun pensait pouvoir compter sur la bonne volonté de l'autre, mais le malaise n'avait fait que grandir. Rien n'est encore réglé entre eux à l'automne 1885, si bien qu'Amédée met cartes sur table. Il pose à la victime et maugrée contre son beau-frère dans une lettre qu'il lui envoie. Bourré de préjugés, Napoléon ne s'adresse plus à lui sans s'emporter, se plaint-il. Pourtant, lui seul a des raisons de se sentir lésé. Il a longtemps cru qu'il hériterait de tout le domaine, ce qui ne fut pas le cas. Bon joueur, il en a racheté une large partie, même si le taux d'intérêt exigé de lui était excessif.

« Ézilda en était convenue, vous aussi », prend-il soin de lui préciser.

Le franc-alleu devait faire l'objet d'un partage égal entre Ézilda, les enfants d'Azélie et lui. Il n'en fut rien. Pendant qu'il voyageait à l'étranger, on lui avait attribué les étendues incultes. Aux autres, les terres fertiles, à lui les terrains montagneux et rocheux impropres à la culture. Deux ou trois choses doivent encore être précisées, et il ne s'en prive pas :

« L'on ne m'a nullement tenu compte du fait que, depuis l'âge de vingt ans je me suis suffi à moi-même et n'ai jamais plus été à charge à mon père, écrit-il encore à Napoléon sur le ton de la conciliation. Tandis que mes sœurs, depuis 1840 jusqu'à 1871, ont vécu à ses dépens et ont reçu peut-être autant par là que ma part subséquente de sa succession. C'était un bel avancement d'hoirie. L'on ne m'a pas tenu compte non plus de la gestion que j'ai faite de ses affaires pendant vingt années, pour laquelle je n'ai pas reçu un dollar de commission. »

En guise de conclusion, il fait appel au sens de la justice de son beau-frère :

« Quelle garantie ont mes enfants de la part de capitaux de la succession qu'a touchée Ézilda et qu'elle doit leur faire parvenir à son décès ? N'en devrait-elle pas établir le compte avec eux de son vivant ? C'est une question assez sérieuse à débattre et qu'il ne faut pas perdre de vue. »

Si Napoléon a répondu aux semonces du nouveau seigneur, rien n'en a transpiré. Mais leurs relations ne devaient pas s'améliorer pour la peine. Le plus sérieux grief d'Amédée à l'égard de Napoléon est d'ordre personnel. Du vivant d'Azélie, il a souvent reproché à son beau-frère son incapacité à la faire vivre convenablement. Même après sa mort, sa sœur demeure entre eux une source de querelle. Le malaise augmente d'un cran quand Napoléon décide de construire un caveau dans un coin boisé du cimetière de Montebello et d'y faire transporter la dépouille de sa femme. Comme il s'en explique à ses enfants, leur mère n'a plus sa place chez son frère :

« La chapelle où elle a reposé jusqu'à ce jour est devenue étrangère pour nous et je ne vois pas quand elle pourra vous être plus hospitalière. »

***

Six heures du soir à Montebello, le 14 septembre 1884. Carrie, la femme de Papo, met au monde son troisième garçon. Ce bel enfant aux yeux bleus pèse dix livres. Il s'appellera James Randall Westcott Papineau.

Pour permettre à la maman de se rétablir, Mary emmène l'aîné de ses petits-fils, Louis-Joseph, maintenant âgé de quatre ans, à Jacksonville. Amédée songe-t-il vraiment à les accompagner ? Certes, il serait curieux de voir la Floride et, plus encore, la Louisiane et Cuba, mais, tout bien pesé, il laisse Mary partir sans lui, une fois de plus, comme si c'était la règle d'un mariage qui s'étiole avec le temps. Trop d'affaires le retiennent à Montebello, prétexte-t-il. Notamment l'avalanche de poursuites qu'il a intentées contre les mauvais payeurs. Contre la fabrique de la paroisse qui le spolie. Contre ses voisins, des voleurs ni plus ni moins… L'ermite deviendrait-il exagérément méfiant ?

La vente de sa maison à la terrasse Prince de Galles et les travaux à l'ancien hôtel de l'Institut canadien dont Mary est la propriétaire lui imposent, il est vrai, de fréquents séjours à Montréal. Lors d'une visite à cette récente acquisition, empruntant le nouvel escalier à bascule qu'il vient d'y faire installer, il se prend la main gauche dans l'engrenage de poulies et de chaînes. Aïe ! Ouille ! Deux doigts écrasés. Il court à l'Hôpital Notre-Dame, où on panse sa blessure. « Que de souffrances inutiles ! » songe-t-il en regagnant sa tanière de la Petite-Nation sous une température glaciale.

Malgré ce froid de canard, Papo décide sur un coup de tête de partir pour Philadelphie avec sa femme et ses deux plus jeunes fils. « Je tremble pour les enfants », écrit simplement Amédée.

Papo lui en fait voir de toutes les couleurs et Mary n'est pas là pour le raisonner. Il se noie dans l'alcool et sombre lentement dans la dépravation. La honte frappe sa famille, mais le père ne crie pas sur tous les toits que son fils est alcoolique. Il se contente de dire à mots couverts « Papo est malade » ou « Papo va à Ottawa pour consulter un médecin ».

À vingt-huit ans, son fils unique n'a jamais gagné un rond de sa vie. Il vit à Montebello, où il passe son temps à chasser et à pêcher. S'il a étudié le droit en Europe, il n'a pas obtenu de diplôme et n'a jamais occupé un emploi. Il pourrait administrer la seigneurie avec Amédée, mais cela ne l'intéresse pas. Il trouve nettement moins éreintant de vivre aux crochets de son père. Lorsqu'il se lasse de sa vie de *gentleman-farmer*, il quitte femme et enfants pour aller se distraire à Montréal. Dès lors, c'est fatal, Amédée guette le télégramme qui lui annoncera la dernière frasque de son fils. Il saute alors dans le premier train, non sans se demander dans quel état il le trouvera.

Comment expliquer qu'à l'aube de la trentaine, Papo abuse ainsi de l'alcool, au point de basculer dans la démesure ? Son désœuvrement n'est pas étranger à ses excès. Cependant, la place qu'il occupe dans la famille pourrait aussi avoir influencé son développement. Né seize mois après la mort tragique de son frère aîné dont il a hérité du prénom, il a été en quelque sorte l'enfant de remplacement d'une mère qui n'arrivait pas à surmonter son deuil. Une mère qui, quelques mois avant sa naissance, écrivait à son fils mort une lettre d'amour bouleversante qui commençait par « *My child, my only you !* » Un boulet lourd à traîner qui a sans doute dévalorisé Papo, le substitut.

Son alcoolisme pourrait aussi être d'origine héréditaire. Chez les Westcott, cette dépendance chronique se transmet de génération en génération. Plusieurs parents de Mary, de gros buveurs, ont eu à lutter contre l'attrait de la dive bouteille. Le 30 juillet 1841, à Saratoga, ils ont pris l'engagement de ne plus faire usage de boissons alcoolisées : *We agree to abstain from the use of all intoxicated drinks, as a beverage.* Ont signé dix-sept membres de la famille. Au bas de la signature de son père, Mary, alors âgée de dix-sept ans, a apposé sa griffe. Sur le même bout de papier, sa grand-mère de quatre-vingts ans a griffonné à l'encre bleue ce qui suit : « Maintenant je suis libérée pour toujours du pouvoir dégradant du rhum. » Admettons qu'elle a mis du temps avant de se réformer !

De confession presbytérienne, Mary a évolué dans une famille tenue d'observer des mœurs austères et strictes. Amédée, pourtant éduqué plus librement que sa femme, a toujours condamné, lui aussi, les effets maléfiques de l'intempérance. Les comportements « ignobles » liés à l'abus d'alcool le dégoûtent. Lorsque, le 12 mars 1885, il se présente au palais de justice d'Ottawa pour la fin du procès qu'il a intenté à la Municipalité de Bonsecours – une affaire de taxes trop élevées –, le juge William McDougall de la Cour supérieure est complètement ivre au moment de statuer. Il faut entendre Amédée tempêter contre ce magistrat incapable de balbutier deux phrases complètes et qui prononce contre lui un jugement *non compos mentis* (non sain d'esprit).

Depuis quatre ans, Amédée ne consomme plus une goutte de boisson alcoolique et soutient la campagne que mène l'apôtre de la tempérance, Charles Chiniquy. Peut-être a-t-il pris cette résolution pour encourager son fils à combattre son vilain penchant ? En pure perte, puisque pendant toute la décennie, Papo manifeste un comportement erratique. Il apparaît et disparaît comme bon lui semble. On le croit en Floride avec sa mère, il arrive à Montebello par le train du matin. Il va chercher Carrie et ses enfants à Philadelphie, mais les abandonne à Montréal, où il traîne à l'auberge. C'est encore Amédée qui devra le sortir du pétrin et qui se croise les doigts pour que Papo se montre le bout du nez au moins à l'anniversaire de ses fils.

À la mi-avril 1887, son indomptable rejeton claque la porte du manoir, laissant derrière lui sa femme enceinte de sept mois. Apparemment, Amédée a voulu intervenir et une vive querelle a éclaté entre eux. Dans son journal, il écrit : « Scènes affreuses dans la nuit dernière, Papineau part pour Montréal ce matin. »

Le jour même, de l'hôtel Balmoral, à Montréal, Papo annonce à Carrie que leur rupture est définitive : « Il y a de fortes chances pour que nous n'ayons plus jamais de rapports l'un avec l'autre », lui dit-il, avant de réclamer son manteau brun oublié dans le placard. Il termine en pointant son père : « Pour le reste de ma vie, je ne retournerai pas dans cette maison avant qu'il soit mort. » Les mots « *until he is dead* » sont soulignés à grand trait.

Pendant qu'Amédée prend sous son aile ses trois petits-fils, Mary, toujours en Floride, retarde son retour. Sa dernière lettre de Saint-Augustine laisse son mari soucieux. Le feu a ravagé l'hôtel où elle était descendue avec Marie-Louise. « Elles sauvèrent leurs argents et bijoux, mais perdirent leurs hardes », écrit-il, sans l'ombre d'un reproche.

Mary revient à Montebello à temps pour voir naître son quatrième petit-fils, Philippe Bruneau Montigny Papineau, le 19 mai 1887. Comme lors de l'accouchement précédent de Carrie, le médecin se pointe au manoir quand tout est fini. Amédée sourit : « Chère Caroline est trop expéditive pour l'homme de l'art. »

La maman et les deux grands-mères rêvaient d'une petite fille, mais la nature en a décidé autrement. Papo ne reparaît pas chez son père, pas même pour embrasser le nouveau-né. À peine remise de ses couches, Carrie descend à Montréal se chercher un logis où nicher sa marmaille. Revirement de situation inattendu à la mi-septembre, elle emménage avec son mari au 82, rue Saint-Marc, à Montréal. Amédée y conduit lui-même ses petits-fils et en revient rassuré :

« Bons enfants dans le trajet et fous de joie lorsqu'ils se trouvent réunis à père et mère et petit frère dans le cottage [...] entouré de villas, jardins et verdure. Bonne situation, très saine, je crois. »

La tempête s'apaise et la rechute anticipée n'a pas lieu. L'âme en paix, Mary se sauve de nouveau en Floride avec Marie-Louise et Louis-Joseph, l'aîné de ses petits-fils. Pour échapper au voyage, Amédée allègue qu'il est « cloué par les brigands de Bonsecours et leurs procès ». Il aurait pu ajouter qu'il préfère garder un œil sur ce qui se passe dans le ménage de Papo. À la Toussaint, en l'absence de ce dernier, il apporte des bonbons aux enfants. Voyant ce monsieur affublé d'une longue barbe blanche, le petit Philippe se met à pleurer. Il finira par s'endormir dans les bras de son pépé.

Ce bonheur familial sera éphémère. Un télégramme arrive à Montebello le 25 février 1888. Amédée est convoqué à l'hôtel Windsor pour « discuter de la triste et difficile situation » avec les parents de sa belle-fille, Mr et Mrs Rogers. Carrie a décidé de quitter son mari. Où emmènera-t-elle ses enfants ? Amédée écrit : « Entre Philadelphie et Montebello, elle fait choix de Montebello et ils commencent de suite à emballer et empaqueter. »

Les jours suivants se passent en préparatifs « dans la terreur, les inquiétudes et les hésitations », constate Amédée, qui doit mettre fin au bail et régler le loyer de son fils. Une fois Carrie et ses enfants installés à Montebello, il paraît soulagé : « Tout le monde assez bien », dit-il avec un zeste d'humour, considérant que le petit Philippe souffre de sa vaccination, Talbot des oreillons et Westcott d'une fluxion d'oreille. « Mais tous se réjouissent d'être de nouveau dans cet asile de paix et de salubrité. »

Comme un malheur n'arrive jamais seul, Amédée doit faire abattre son vieux cheval, Charles, qui lui a été fidèle pendant plus de vingt ans. La bête ne tient plus sur ses pattes et fait peine à voir : « Il souffrait trop qu'il m'a fallu aujourd'hui le faire fusiller et inhumer dans un coteau de sable, près du fleuve », écrit-il dans son journal intime.

Carrie ne se résigne pas à la séparation. Elle se rend à Calumet, où Papo campe, pour le supplier de lui revenir. Il refuse. Indisposé, il veut rester loin de la ville encore quelque temps. Dix jours plus tard, Amédée le croise à Montréal plus ou moins par hasard. Est-ce à cette occasion qu'il propose à son fils de lui acheter une ferme au bord du lac des Deux-Montagnes ? C'est, écrit-il dans son journal, « le rêve de P. » Avec ou sans le consentement de Papo, il se rend à Calumet pour visiter un emplacement à vendre. L'affaire n'aura pas de suite.

Qu'à cela ne tienne, Amédée a déjà trouvé une autre façon de se rapprocher de son fils délinquant. Papo désire un yacht à vapeur depuis longtemps : « Comme il a été bon garçon cet hiver, je lui en achète un », décide-t-il.

Munie d'un moteur de deux chevaux-vapeur, l'embarcation mesure vingt-deux pieds et fonctionne au pétrole. Ne reste plus qu'à planifier une excursion au lac Papineau. À bord du *Louis-Joseph*, le père et le fils projettent d'explorer les terres lointaines de la seigneurie.

L'expédition prévue pour le 10 mai 1889 faillit couper court, le principal intéressé ayant, le jour dit, raté son train. Déçu, Amédée complète ses achats – des œufs et du lait –, quand un cheval fougueux attelé à une voiture arrive à la course. Il ne reconnaît pas l'homme barbu au bonnet noir d'Écosse qui s'arrête devant lui. C'est Papo qui arrive juste au moment du départ. Manque de chance, le moteur du yacht ne démarre pas. Il faut compter plus de deux heures pour récupérer les pièces nécessaires et activer l'engin. Après, tout roule comme sur des roulettes. La nuit, le père couche à l'avant du bateau, le fils à l'arrière. Les hommes de l'équipage campent dans des tentes sur l'île Brûlée. Le feu de bivouac brûle jusqu'au matin. Au lever, Papo pêche à la ligne le mulet rouge à six cornes, pendant qu'Amédée, en escaladant le rocher sablonneux à côté de la cascade, découvre un serpent gris long de trois pieds qui se chauffe au soleil.

Amédée ne serait pas Amédée s'il ne maugréait pas. Non seulement les bornes de sa presqu'île ont été mal définies – l'arpenteur lui a fait perdre une centaine de pieds –, mais des campeurs ont endommagé le site. Le feu, se désole-t-il, a dévasté les trois quarts de ses îles et les barbares ont gâté les beautés de son lac. Il plante un écriteau : *Put out camp fires*. Malgré ces déceptions passagères, il n'a pas connu un tel bonheur depuis longtemps. Dans une lettre écrite au crayon à mine à Mary qui flâne à Cannes, il vante les avantages de son yacht à vapeur. Quelques jours après, Papo reprend le train pour Montréal. Fatigué, Amédée s'étend sous la tente et se laisse bercer «comme un cygne blanc sur les flots noirs». Au lever, il mange des mulets frits, pendant que ses hommes se régalent de barbottes. La pêche n'a pas été formidable, tant s'en faut : «Étonnant que nous n'ayons pas pris une seule truite!»

Les huards, les canards et les hiboux lui offrent un délicieux concert. «Je couche seul, ce jour, dans le yacht, dors comme un mort dans son cercueil.» Même le hurlement des loups ne le tire pas du sommeil. Au matin, il rentre au manoir. «Une semaine de voyage, ça détraque tout le logis», constate-t-il.

Les arbres bourgeonnaient à peine au moment de son départ. Il les retrouve en feuilles. Son jardin regorge de narcisses, de jonquilles, de jacinthes et de tulipes. Ne manquent que les lilas attendus d'un jour à l'autre. Bientôt, il faudra faucher les pelouses.

⎯⎯◆⎯⎯

L'attrait de la nouveauté passé, Papo néglige son yacht. Aux dernières nouvelles, il vit seul à Sainte-Anne-de-Bellevue et songe à monter au lac Attikamec pour un temps indéterminé. Qu'à cela ne tienne, Amédée trouve chez ses petits-fils les mousses tout désignés pour ses prochaines escapades. Le jour de son soixante-dixième anniversaire, il les emmène en pique-nique sur une petite île qu'il n'a jamais explorée. Même Caroline a le pied marin.

« Je suis capitaine et pilote », dit-il en remontant la rivière de la Petite-Nation, sans pouvoir pénétrer dans la baie Noire tant son chenail est obstrué d'herbes et de nénuphars. Malgré un gros vent, le vapeur flotte comme un cygne sur la crête des vagues.

Amédée n'abandonne pas pour autant l'espoir de sauver Papo. À présent, il jongle avec l'idée d'acheter l'île Arrowsen, une partie du domaine qui a échappé à la famille quinze ans plus tôt, quand son oncle, le curé Toussaint-Victor Papineau, le frère de son père, l'a vendue sans le prévenir. Située à l'extrémité de la grande presqu'île, elle a conservé le nom que les Iroquois lui avaient donné autrefois. « *Arrowsen* » signifie « écureuils ». Joseph Papineau y avait construit le premier manoir de la seigneurie en 1809. Amédée entreprend des démarches et, en février 1890, paie 1 200 dollars pour les quarante arpents, la maison et les bâtiments. Amant de la nature, Papo voudra peut-être s'y établir.

Hélas ! son fils s'enfonce un peu plus chaque jour. Rien ne va plus au 67, McGill College Avenue, où il a repris pour la énième fois la vie commune avec sa femme. Il devient violent et il faut l'éloigner des siens. Sans grand espoir, Carrie demande à son beau-père de convaincre son mari malade d'aller se soigner en Floride. Amédée devra ensuite aider sa bru à emménager au 365, de la Montagne, dans un joli cottage avec jardin situé entre Sainte-Catherine et Sherbrooke. Même s'il est près de ses sous, jamais il ne se plaint des dépenses que lui occasionnent les frasques de son fils.

Fin de septembre 1890, fatigué, il s'offre un répit bien mérité à New York. La fameuse statue de la Liberté dotée d'une armature de fer conçue par Gustave Eiffel, un cadeau de la France aux États-Unis, l'attend dans le port de Liberty Island. Elle représente une femme drapée dans une toge et brandissant une torche de la main droite. Sur la tablette qu'elle tient dans la main gauche, on peut lire en chiffres romains « 4 juillet 1776 ». À ses pieds se trouvent les chaînes brisées de l'esclavage.

Quatre ans plus tôt, le 28 octobre 1886, Amédée avait espéré assister à l'inauguration du monument en compagnie de Louis Fréchette. Dans sa lettre au poète, il lui expliquait pourquoi ce voyage était important pour lui, et ce, malgré les erreurs de jeunesse de son père et de son grand-père.

« Moi, […] petit-fils du porteur des dépêches de Howe à Carleton, fils du jeune député qui endossa un peu malgré lui la livrée anglaise en 1812, quoique tous deux aient, depuis, racheté par leurs luttes pour la liberté leurs entraînements de jeunesse ; je me crois tenu d'aller y faire amende honorable et m'y associer aux Français de l'outre-mer et de la Nouvelle-France, et à tous les Français d'Amérique qui s'y réuniront et se grouperont autour de cet autel symbolique. »

Ce projet n'eut pas de suite. Finalement, c'est Napoléon Bourassa qui l'accompagne à New York. À croire que les deux beaux-frères ont momentanément fait la paix ! Tous les soirs, ils vont au théâtre, un art qui les rapproche. Ce qui n'empêche pas Amédée de ronchonner parce que Napoléon est toujours en retard et le peintre de pester contre son compagnon trop bavard :

« Je voyage à New York avec l'oncle A., racontera-t-il à son retour à ses enfants, ce qui veut dire que je n'ai eu le souci de penser, ni de parler, ni d'agir durant près de huit jours (l'oncle a tout fait cela pour deux). »

Sur l'entrefaite, Papo arrive à New York, bien décidé à prendre passage sur *La Bretagne* qui part pour Le Havre le lendemain. Plus ou moins convaincu que le changement lui sera salutaire, Amédée court lui retenir une cabine de premier choix. Prix : 100 dollars. Le samedi, 4 octobre 1890, à la poupe du haut pont, Papo lui envoie la main tandis que le vapeur s'éloigne du bassin :

« Dieu te protège, mon pauvre cher fils ! » laisse-t-il échapper.

———◆———

Ce même automne 1890, Mary met fin à ses pérégrinations de par le monde, même si sa fortune personnelle lui permettrait de contenter tous ses caprices. Sitôt rentrée de Paris, elle s'installe à demeure au luxueux Windsor, à Montréal. L'hôtel est situé non loin du logement de ses petits-fils, rue de La Montagne, ce qui lui permet de suivre de près leurs études. Sa bronchite chronique et ses maux de gorge l'ont souvent forcée à fuir le pays avant les grands froids, mais, d'après Amédée, « l'application de courants électriques par la machine électromagnétique » l'a si bien soulagée qu'elle se risque à passer l'hiver à Montréal plutôt qu'en Floride ou à Cannes.

Ce bel appartement exposé au soleil est situé au premier étage de l'établissement. Mary s'y plaît. Au matin du quinzième anniversaire de la mort d'Eleanor, elle assiste au service religieux à l'église presbytérienne américaine à petite distance de son hôtel. C'est jour d'Action de grâce et la cérémonie ravive de poignants souvenirs. Le 8 novembre 1890, elle a retrouvé le moral et reçoit chez elle ses petits-fils, Louis-Joseph et Talbot-Mercer, pour répéter leurs leçons, après quoi elle les emmène se promener rue Sainte-Catherine. De retour à l'hôtel à deux heures, elle prend sa collation et, comme d'habitude, s'étend sur son lit pour la sieste.

« Couvrez bien votre *baby* », dit-elle, rieuse, à sa bonne Mélanie.

Soudain, pendant que cette dernière ramène la couverture sur ses épaules, Mary ressent un malaise cardiaque :

« Courez, vite, sonnez le médecin... » murmure-t-elle en saisissant les poignets de Mélanie. « Je vais mourir. »

Marie-Louise entend la plainte de sa mère et se précipite vers la sonnette pour appeler le médecin. Elle revient auprès de Mary, qui a perdu connaissance. Aidée de la bonne, elle la couche sur le dos. Aucun spasme ne l'agite, aucun son ne s'échappe de son corps immobile. Son visage demeure paisible, comme si elle dormait. Deux médecins concluent à une syncope du cœur. La pauvre Marie-Louise refuse d'y croire. Elle insiste pour faire venir un troisième praticien, le docteur Grant, en qui elle a confiance. Ce dernier s'avoue impuissant à ressusciter Mary. À soixante-six ans, elle s'est éteinte.

À Montebello, Amédée reçoit coup sur coup deux télégrammes. De quoi l'inquiéter. Un de ses petits-fils aurait-il été frappé par une voiture? Serait-il mort de la diphtérie? Il tremble en dépliant le premier câble, qui le prie de venir rapidement à Montréal au chevet de sa femme malade. «*Come at once, mother very ill*», écrit Marie-Louise. Le second dit simplement: «Mère morte à 2 heures et demie». Avant de lire ces mots fatidiques, à aucun moment il n'avait songé que le malheur touchait sa chère Mary.

Comme un automate, il prépare son petit bagage pendant qu'un domestique télégraphie à Ottawa afin de demander que le train pour Montréal s'arrête exceptionnellement à Montebello. La réponse est favorable. Il monte à bord du convoi à six heures.

«À 8½ h, j'étais auprès de mon cadavre», écrit-il maladroitement dans son journal. Son épouse vient de lui être enlevée comme la foudre: «Jour fatal! Jour néfaste.»

Accroupie au pied du lit, Marie-Louise refuse toujours de croire que sa mère adorée repose du sommeil éternel. Elle guette le moindre signe, comme si elle s'attendait à la voir sortir de sa léthargie. Les yeux rivés sur le corps, elle reste ainsi prostrée pendant deux jours. On a du mal à l'arracher à sa contemplation. Son oncle Bourassa est accouru pour veiller avec elle pendant la nuit. Il n'a jamais oublié combien Mary s'était dévouée pour Azélie pendant sa maladie.

Trois jours après, la famille se rend à Saratoga pour les obsèques. Marie-Louise s'appuie au bras de Caroline. Tout juste de retour d'Europe – il n'a fait qu'un aller-retour –, Papo est aussi du triste voyage. John Try-Davies, le mari d'Eleanor, qui n'était pas réapparu depuis belle lurette, les rejoint à la gare. Le courtier retourne pour la première fois sur la tombe de sa femme au cimetière Greenridge. Il ne s'est pas remarié.

L'inhumation rassemble parents et amis américains. Des couronnes de fleurs de toutes les couleurs couvrent le cercueil de Mary. Amédée se laisse gagner par l'émotion :

« Mon trésor est déposé au pied de son père, suivant ses désirs. »

Ce père qui ne lui a jamais tout à fait donné sa fille, et qui la lui enlevait si souvent, l'aura maintenant pour lui seul. Au moment de l'ultime adieu, Amédée ne peut s'empêcher de penser aux tourments qui ont accablé « *dear Mary* » : « Quel martyr que sa vie depuis quinze années ! » soupire-t-il, convaincu que le comportement violent et irresponsable de leur fils Papo a broyé son cœur de mère. Sa santé fragile n'aura pas supporté l'épreuve.

Après l'enterrement, Amédée se hâte de rentrer à Montréal. Il descend à l'hôtel Windsor. Pendant trois nuits, il dort dans le lit où Mary a rendu le dernier souffle. Au milieu de son insomnie, délirant, il implore en vain l'âme de sa femme de lui apparaître.

Son chagrin cède bientôt à l'amertume. *La Patrie* a d'abord annoncé erronément le décès de sa fille au lieu de celui de son épouse. Puis, le 17 novembre, sans corriger son erreur, le même journal titre : *Testament de Madame Papineau. Comment elle dispose de son immense fortune.* D'autres gazettes aussi grossières publient des extraits des dernières volontés de Mary. Amédée n'a que mépris pour ces scribes qui ne respectent ni la vie privée ni les secrets de famille.

En vertu de ce testament écrit entièrement de la main de Mary, le 12 juin 1890, donc cinq mois plus tôt, Amédée n'est pas l'unique exécuteur testamentaire. Il partage ce rôle avec sa fille Marie-Louise, l'honorable Auguste Papineau, M. Stracham Bethune, C.R., et M. Talbot-M. Rogers, de Philadelphie. À son mari, la défunte laisse un revenu annuel de 3 000 dollars qui, après la mort de celui-ci, iront à Papo, à Marie-Louise, ainsi qu'à sa belle-fille Caroline Rogers-Papineau. Amédée obtient l'usufruit de tous les objets personnels et les œuvres d'art lui appartenant. À son décès, ceux-ci seront divisés entre ses enfants, Marie-Louise ayant le premier choix. La part de Papo pourra être transférée à son fils Louis-Joseph qui, à titre de premier-né mâle, héritera du manoir de Montebello, conformément au testament de Louis-Joseph Papineau.

En plus des diamants et des bijoux, Marie-Louise reçoit 10 000 dollars. Sa mère lui laisse la statue *Cupidon* de Thorvaldsen, acquise à Copenhague et une reproduction du chef-d'œuvre de Raphaël, *La Sainte Famille*, sans compter une bonne partie de l'argenterie. Dans six ans, elle obtiendra en outre une annuité de 8 000 dollars. Papo, lui, devra se contenter d'un revenu annuel de 2 000 dollars. Il conservera la sculpture de marbre *Rebecca* et l'autoportrait à l'huile de Louise-Élizabeth Vigée-Lebrun acheté en France. Sa femme Caroline reçoit une annuité de 3 000 dollars durant six ans, puis 6 000 dollars par la suite. Si elle meurt ou convole en secondes noces, cette somme ira aux enfants qu'elle aura eus de son premier mari. Des dons charitables vont à des congrégations et institutions protestantes, à l'exception de la fabrique catholique de Montebello, qui reçoit 100 dollars pour ses pauvres.

Malgré l'épreuve, Amédée garde la tête froide. Déterminé à conserver le plein contrôle de l'héritage de Mary, il rédige aussitôt une procuration qu'il fait signer à sa fille, trop perturbée pour trouver ce geste précipité. En vertu de ce document portant l'en-tête de l'hôtel Windsor, la jeune femme de trente ans donne à son père tous les pouvoirs pour administrer les biens de Mary. Marie-Louise regrettera amèrement cette décision lourde de conséquences, prise au moment le plus douloureux de son deuil. Pour l'instant, la disparition subite de sa mère l'a laissée nerveuse, dyspeptique, insomniaque, voire désespérée. Afin de se changer les idées, elle désire voyager en Europe. Son père la laisse partir :

« J'y consens, quoiqu'à regret de la voir s'éloigner davantage, parce que je crois que ce voyage lui fera du bien. »

Son fils n'est pas davantage en mesure d'administrer son héritage. Après la mort de sa mère, il a multiplié les esclandres à New York, avant de poursuivre à Montréal sa vie déréglée à l'hôtel Richelieu. Impuissant à le tirer de l'ornière dans laquelle il s'enlise, Amédée baisse les bras :

« Je le laisse de désespoir aux soins de cet hôtelier, Durocher. »

Amédée reprend plus ou moins confiance quand, l'automne suivant, Papo décide de retourner en Europe. En bon père, il le conduit au *steamer Vancouver*. Or, moins d'un mois plus tard, le valet de son fils lui apparaît comme un revenant. Amédée raconte la suite :

« Mon étourdi de fils, parti de Montréal le 25 septembre pour passer l'hiver en Suisse est revenu aujourd'hui à Montréal, par voie de New York, après être resté cinq jours à Paris. » Rien n'a donc changé. « C'est la même folie qu'il commit, il y a un an passé, et qui contribua à la mort de sa pauvre mère. Il est incorrigible ! » Cette fois encore, Papo multiplie ses promesses d'ivrogne. Amédée est perplexe : « Il fait donation entre vifs à ses enfants de toute la succession éventuelle de son grand-père, l'honorable L. J. P., et jure qu'il ne boira plus jamais. Dieu le veille ! »

Au bout d'un an passé à l'île Arrowsen, à vivre tel un sauvage, Papo consent, en septembre 1892, à suivre une cure au Gold Cure Institute. L'établissement traite l'alcoolisme par injection de chlorure d'or. Ce traitement inventé par un médecin américain fait sensation dans les journaux. *La Patrie* publie le récit de guérisons spectaculaires. Comme l'avenir le démontrera, le pauvre Papo ne fera pas partie de ces miraculés. Certes, il prend du mieux grâce aux bains turcs que les médecins lui prescrivent et il recommence à s'occuper de ses fils qu'il emmène au jardin zoologique du parc Sohmer. Toutefois, le mal qui le ronge reprend bientôt en force. Au temps des fêtes, Amédée lutte contre la déprime :

« Ma fille bien-aimée malade à Hyères, en France. Ma bru et mes quatre petits-fils à Philadelphie. Mon fils dans un hôpital d'ivrognes et qui veut me poursuivre en justice. Et moi, seul ici avec les restes de la grippe. Jamais un pareil Noël dans toute ma longue vie. C'est à désirer d'en sortir. »

Dans son manoir quasi inhabité, Amédée poursuit sa vie de vieillard esseulé, morne et sans surprises. « Quelle solitude ! » laisse-t-il échapper en se promenant dans les sentiers du parc qu'il arpentait jadis en bande joyeuse, entouré de sa famille et de ses amis. « Pas un oiseau, pas un insecte, pas un lièvre ou un écureuil. La nature endormie attend son linceul de neige. Saison unique, de mémoire d'homme. »

Il traîne son vague à l'âme en comptant ses morts. Aucun jour ne s'achève sans qu'un nom s'ajoute à sa liste de parents et amis disparus. Un matin, c'est Zéphirine Thompson, l'épouse de son cousin Louis-Antoine Dessaulles, qui succombe à un cancer sans avoir revu son mari retiré en Belgique. Le lendemain, la gazette lui apprend que le patriote François-Xavier Prieur, exilé en Australie après l'insurrection de 1838, a passé l'arme à gauche. La semaine suivante, c'est au tour du juge Antoine-Aimé Dorion de tirer sa révérence. « Le successeur de mon père », précise-t-il dans son carnet. Il note aussi le décès d'Henriette Cadieux qui, après la pendaison de son mari, Chevalier de Lorimier, s'est cachée avec ses filles à L'Assomption. Les rangs de ses connaissances s'éclaircissent un peu plus chaque jour.

« Les bons nous quittent, la canaille nous reste », soupire-t-il. Fataliste, il songe que son tour viendra : « Il faut que les vieux troncs s'affaissent et disparaissent. »

37. L'APOSTAT
1891–1894

« Je suis l'honoré et le maudit du jour. »

Amédée manque de ferveur politique depuis un bon moment déjà. En mars 1891, il attend les élections fédérales sans grand enthousiasme. Il ne serait pas mécontent de voir Wilfrid Laurier « chasser le vieux Macdonald et sa bande de voleurs publics qui nous oppriment depuis presque quinze ans par leurs tarifs excessifs et leurs dilapidations ». Malheureusement pour lui, les conservateurs l'emportent, même si leur majorité parlementaire a diminué de moitié.

« Les villes, centre des manufactures, ont voté pour maintenir la protection, l'oppression des masses par quelques privilégiés », conclut-il à l'issue du scrutin.

Si la politique n'exerce plus sur lui l'attrait d'antan, son culte du passé ne se dément pas. Il n'a pas non plus perdu son sens de la provocation. Invité par la Société Saint-Jean-Baptiste à prononcer un discours au monument dédié aux exilés de 1837-38, il se rend au cimetière Notre-Dame-des-Neiges gonflé à bloc. Ce 21 juin 1891, il se présente devant quarante mille personnes comme l'un des rares survivants parmi les Fils de la Liberté, cette génération qui a su revendiquer les droits les plus sacrés. Il a accepté de prendre la parole parce que, précise-t-il, on ne peut « laisser fausser l'histoire ». Son exposé haut en couleur s'ouvre sur un souvenir personnel :

« Je n'avais que 7 ans, lorsqu'on me fit entrer dans les cachots de la vieille prison de Montréal, en face de la colonne Nelson, pour me montrer plusieurs citoyens marquants emprisonnés "pour cause de sédition" et m'apprendre à détester la tyrannie et les tyrans », commence-t-il.

Les patriotes dont il se réclame défendaient la Constitution violée par les gouverneurs. «Ceux-ci étaient les rebelles et les traîtres, et non pas nous.»

Le ton enflammé de sa diatribe ne se dément pas, alors qu'il énumère les droits bafoués du peuple canadien et expose le remède imaginé par les patriotes pour tarir les sources du revenu public: le boycott des produits importés.

«Résultat: en quelques mois d'habits d'étoffe grise, de tuques bleues et rouges, de souliers de bœuf, rouges, de jolis jupons de draguet et de chapeaux de paille, tous produits domestiques, un déficit de 60 000 louis (240 000 $) dans les recettes de la douane.»

Le fils de Papineau rappelle ensuite les accusations de haute trahison qui pleuvaient alors contre eux: «Les chefs se consultèrent et, toujours fidèles aux conseils de mon père, le plus influent de ces chefs à cette époque, il fut résolu que nous devions épuiser tous les moyens paisibles et légaux et ne résister par la force armée que lorsqu'elle nous attaquerait et nous pousserait à la dernière extrémité.»

À l'entendre, on croirait qu'il figurait lui-même parmi les vaillants combattants de Saint-Denis: «Oui, clame-t-il sur un ton solennel, jusqu'à la fin de cette tragédie, le peuple eut l'héroïsme de se laisser massacrer à son poste, à ce mot d'ordre fatal de résistance passive jusqu'à la mort!»

Dans un crescendo final, il s'adresse à la jeune génération: «Ô mes compatriotes qui jouissez aujourd'hui des libertés constitutionnelles dont la Conquête a coûté tant d'efforts, de sacrifices, de sang, d'exil, jusqu'à l'ignominie de l'échafaud, les pillages, les massacres, les incendies, la dispersion, les confiscations, la mort civile et politique de tout un peuple, rendez au moins justice à la génération qui vous a sauvés! Et ne permettez pas aux descendants du petit nombre de traîtres, qui se firent alors les sycophantes des tyrans et des usurpateurs, leurs vils instruments pour écraser leurs frères, de venir encore, et aujourd'hui même, jeter l'injure à la mémoire des patriotes et des victimes du despotisme d'alors.»

La Patrie publie son discours. Tout fier, Amédée demande à son neveu, l'abbé Gustave Bourassa, s'il l'a lu : « En es-tu édifié ou scandalisé ? Dis-le-moi. » Ni l'un ni l'autre, répond le jeune ecclésiastique : « Je crois que c'est une véritable aliénation d'exalter en toute occasion et sans aucune mesure cette échauffourée, qui n'a jamais eu ni avant, ni pendant sa durée, ni après, l'approbation des chefs légitimes, ecclésiastiques ou politiques du pays. »

Ce jugement sévère n'ébranle pas le fougueux conférencier. Son neveu, pense-t-il, ressasse les mêmes sermons que les curés de 1837 qui ont trahi la cause sans vergogne. Là où le bât blesse Amédée, c'est lorsque le jeune abbé Bourassa s'interroge sur le comportement de Papineau durant la rébellion et sur son rapport à la violence.

« Si mon grand-père l'approuvait, il n'avait qu'à rester à Saint-Charles au milieu des insurgés qui l'acclamaient, pour monter ensuite sur l'échafaud ou partir aux Bermudes avec des victimes moins responsables que lui de l'acuité de cette crise politique et de ce sanglant dénouement, martèle Gustave. Je n'excuse son départ que par la conviction qu'il était libre de toute connivence avec un soulèvement qui devait fatalement aboutir à un désastre. Autrement, il aurait manqué de courage et de dignité en échappant aux conséquences de son action et en se soustrayant au sort des chefs secondaires de l'aventure... »

Son neveu touche une corde sensible. Combien de fois Amédée n'a-t-il pas reproché à son défunt père, et ce, en présence de sa famille, d'avoir laissé tomber ses compatriotes à l'heure fatidique ? Son neveu Henri Bourassa l'a souvent entendu répéter : « Quand on a mené un peuple à cette extrémité, il y a devoir de le suivre. »

L'année 1891 s'achève dans l'anarchie. Empêtré dans le scandale de la Baie-des-Chaleurs, le premier ministre du Québec, Honoré Mercier, est forcé de démissionner. Amédée commente : « Plus de gouvernement responsable dans cette province. » Désabusé, il fustige les usurpateurs qui règnent en maîtres tant à Ottawa qu'à Québec et déplore l'inertie des citoyens : « Et le peuple sans nerf, sans patriotisme, sans principes, peut laisser perdre des libertés acquises par un siècle d'efforts et de sacrifices. Nos combats de 1760 à 1840 nullifiés. »

Comme il les méprise, les Canucks! Selon lui, la prophétie de Durham se réalise. Le cynique gouverneur ne disait-il pas : «Achetez leurs chefs vains et ambitieux, et le troupeau populaire ne vous résistera plus»? L'ex-Fils de la Liberté écorche au passage LaFontaine, Cartier et Macdonald, ces «sirés» de Londres qui ont sacrifié les Canadiens.

⎯⎯•◦•⎯⎯

En janvier 1892, Amédée doit aller à New York pour conduire Marie-Louise «qui s'obstine à retourner en Europe, malgré sa santé délicate et la peste de grippe qui ravage l'Europe cet hiver». Une tempête de neige retarde leur arrivée dans la capitale américaine. Il descend au Grand Union Hotel, «le plus central, le meilleur marché et le plus confortable de cette ville». Après avoir acheté le passage de Marie-Louise sur le *Majestic,* et sans même attendre le départ du bateau, il rentre à Montebello où, s'étonne-t-il, tout le monde est malade au village comme chez lui, à commencer par sa fille de table, Jane Curren. C'est la première fois qu'il mentionne sa domestique dans son journal intime.

Fin mars, alors qu'il achève son dîner, Amédée aperçoit par la fenêtre une épaisse fumée. La toiture de la tour des escaliers du manoir brûle. Avec les villageois des environs, il charrie l'eau dans des seaux de toile remplis dans la cuisine. D'autres courent chercher une pompe à feu tandis que sonne le tocsin. Tout le village accourt. Plus de spectateurs que d'acteurs, se désole le seigneur. Il faudra une vingtaine d'hommes et deux heures d'efforts pour maîtriser les flammes. Trois bons samaritains venus l'aider subissent des brûlures quand s'écroule la cheminée de briques.

Le lendemain, l'inspecteur de l'assurance arrive de Montréal pour constater les dégâts. Il montre à Amédée, encore sous le choc, le *Herald* qui rapporte un autre incendie, celui-là à l'hôtel Bonsecours. Dieu merci, la maison de son enfance a bien résisté. Pour ajouter à ses tourments, le vilain climat qui oscille entre pluie et température sous zéro l'atteint physiquement. Mal en point, il se purge à l'huile de ricin. Sa dent cariée le fait souffrir et il n'y a pas un médecin dans tout Montebello pour la lui arracher. Misère!

Rien à signaler du reste de l'année. Le loup solitaire mène une vie monastique. À l'été 1893, il retrouve le sourire quand Marie-Louise revient passer quelque temps avec lui à Montebello. Carrie arrive aussi avec ses quatre fils. Tout un bouleversement pour lui. Que de dépenses à prévoir! Sa capricieuse de fille a réclamé un second cocher et deux chevaux pour elle seule, «en sorte que nous voilà avec trois équipages (comptant le poney des enfants), deux jardiniers, quatre hommes de ferme et sept femmes servantes». Il bougonne pour la forme, car la présence de toute sa tribu le rend parfaitement heureux.

Autre source de contentement – et de fierté –, il vient de recevoir la nouvelle édition du *Répertoire de littérature nationale* de James Huston, qui réunit les meilleures productions littéraires canadiennes. Sa légende du château Bigot, publiée une première fois en 1837, y figure aux côtés des œuvres de François-Xavier Garneau et de Napoléon Aubin. Une notice biographique élogieuse et son portrait accompagnent ce récit de jeunesse qu'il ne renie pas, bien au contraire.

L'agitation fébrile qui règne au manoir ne l'empêche pas de mettre à exécution un autre plan longuement mûri. Ô sacrilège! il abjure la religion catholique. Nul doute, l'affaire créera des remous. Dans un premier temps, il se rend à Ottawa pour en aviser l'archevêque, monseigneur Joseph-Thomas Duhamel. Ensuite, il demande officiellement au père Charles Chiniquy de l'accueillir dans l'Église presbytérienne.

«Mon révérend monsieur, lui écrit-il. Par la grâce de Dieu, j'en suis venu à croire que mon devoir est de rompre ouvertement avec le Romanisme, dans lequel j'ai cessé de croire depuis plus de trente ans. Mais, jusqu'à maintenant, je n'avais pas eu le courage de suivre votre héroïque exemple en abandonnant ouvertement les erreurs du pape pour embrasser la vérité telle qu'elle est révélée dans l'Évangile de Jésus-Christ.»

Pourquoi ce reniement au profit de la religion de sa femme défunte dans laquelle les enfants de son fils Papo sont élevés, eux qui, selon la tradition, auraient dû être de confession catholique, comme leur père et leur grand-père ? La décision d'Amédée tient plus à l'aversion que lui inspire le clergé catholique qu'à l'attrait qu'exerce sur lui le culte calviniste. Il n'a jamais digéré l'opprobre que les gens d'Église ont jeté sur son père devenu indigne pour avoir refusé les derniers sacrements, à l'heure du grand départ. À cette humiliation s'ajoute le sort réservé au typographe excommunié Joseph Guibord. Lorsqu'on porte la mitre épiscopale, on ne persécute pas un innocent, à plus forte raison un bon chrétien.

Ses raisons, Amédée les expose à l'abbé Chiniquy, qu'il considère comme le Luther du Canada. L'ancien prêtre s'est converti au presbytérianisme après avoir été excommunié par l'Église romaine, en 1856, pour avoir défié l'autorité de son évêque. Amédée a lu ses ouvrages, notamment son autobiographie, véritable réquisitoire contre l'Église catholique, et il se sent prêt à le suivre. Papineau ne disait-il pas : « Luther a donné au monde la liberté religieuse, comme les révolutions américaine et française ont donné la liberté politique » ?

En apostasiant, Amédée n'obéit pas à une impulsion subite. Sa connaissance de l'Histoire lui a ouvert les yeux. Chaque fois que le peuple canadien a voulu être libre, ou qu'il a eu la chance de prendre son rang parmi les nations, les évêques l'en ont découragé. Pis, ils ont effrayé leurs fidèles, les entraînant à la désertion et les menaçant de leurs foudres.

Ces faits, il vient justement de les rappeler dans un pamphlet vitriolique qu'il destinait aux journaux. L'oblat de Marie-Immaculée, Zacharie Lacasse, a osé écrire dans *Le prêtre et ses détracteurs ou le prêtre vengé* que Papineau avait poussé les Canadiens à se révolter et avait « jeté le deuil dans toutes les familles qui l'ont suivi ». Son opuscule a choqué Amédée, qui lui a adressé une semonce :

« Ne cherchez pas à faire mentir l'Histoire », lui a-t-il intimé dans sa réponse intitulée *La Patrie vengée*.

Amédée met tous les évêques dans le même sac : antinationaux, tyranniques avec les faibles, serviles devant les puissants, âpres au gain et aux richesses… Remontant jusqu'à la Conquête de 1760, il souligne à grands traits les épisodes au cours desquels les prélats ont failli à leur tâche de secourir leurs ouailles persécutées. Qu'ont-ils fait sous le règne des Dalhousie, Haldimand et Craig ? demande-t-il. Et plus tard, au moment de la guerre de 1812, comment se sont-ils comportés ? Il répond :

« Encore une fois, l'épiscopat nous retient dans les liens coloniaux, nous empêche d'arriver à l'émancipation, l'indépendance, la nationalité. »

Évoquant la rébellion de 1837, il égratigne monseigneur Lartigue, coupable d'avoir dénoncé Papineau, son cousin germain. De la mort du docteur Chénier, le héros de Saint-Eustache, il rappelle ce qu'on préférerait oublier : « Tombé et percé de balles dans le cimetière, son corps est porté dans une auberge et jeté sur le comptoir de la buvette. » Des chirurgiens lui font subir « l'opprobre féodal des traîtres, lui fendent la poitrine en quatre et en enlève le cœur ». Plus tard, ils en eurent honte et dirent que l'autopsie avait eu lieu pour constater les blessures et le trajet des balles ! « Quelle stupide et lugubre excuse ! » Cinquante ans après, dit-il, l'archevêque a refusé aux patriotes la permission de déposer ses restes à côté de ceux de ses compagnons, au monument de la Côte-des-Neiges. « L'anathème pèse encore sur lui. »

Intarissable, Amédée associe ensuite les évêques aux politiciens de l'après-rébellion : « Qu'a fait pour l'épiscopat cette fameuse Confédération du Canada qu'il a si puissamment approuvée dans son ineptie politique ? » Il rappelle que les évêques ont dit au peuple : Taisez-vous, soumettez-vous, ou nous vous excommunions. « L'on se tut. Tout rentra dans l'ordre et dans l'obéissance au fait accompli. »

Comment expliquer que, dans les moments critiques, les pasteurs aient toujours soutenu les conquérants contre leurs brebis et sacrifié leurs chances d'émancipation ? Amédée répond en énumérant les gratifications que le pouvoir leur a accordées en échange de leur indéfectible loyauté. Sa liste des bienfaits dont les soutanes ont été comblées est fort longue.

Soucieux de diffuser sa « philippique contre l'épiscopat canadien », Amédée l'a expédiée à *La Patrie*, le 22 février 1893. Tout en reconnaissant qu'il frappait juste, la direction du journal a jugé sa charge trop incendiaire pour la publier.

Naturellement, l'abbé Chiniquy lui ouvre toute grande sa porte. Ces derniers temps, son étoile a pâli et les fidèles ne se bousculent plus derrière lui. L'adhésion du fils de Papineau le comble d'aise, et la cérémonie religieuse qu'il a prévue pour sa recrue ne passera pas inaperçue. En effet, le 10 janvier 1894, Amédée sera officiellement admis dans l'Église huguenote.

Ce jour-là, Charles Chiniquy l'invite à dîner chez lui au 65, rue Hutchison, à Montréal. Pour souligner leur trentième anniversaire de mariage, le prédicateur et son épouse Emma ont réuni à table quelques savants professeurs. À quatre-vingt-quatre ans, Chiniquy conserve toute sa fougue et sa verve. On le dit orgueilleux, de caractère imprévisible et sujet à prendre des décisions arbitraires. Petit de taille – il fait à peine deux mètres seize –, il porte une longue barbe blanchie par l'âge. Au cou brille sa croix de tempérance, cadeau de la Ville de Montréal. Comme il vient de recevoir un doctorat en théologie *honoris causa* de l'Université McGill, on l'appelle *Doctor Chiniquy*. S'il est connu jusqu'en Australie, où il a prêché, les scandales à caractère sexuel montés en épingle dans les gazettes du Canada et des États-Unis ont terni sa réputation. Amédée ne s'en formalise pas.

Le repas terminé, les invités se rendent à l'église Saint-Jean, rue Sainte-Catherine, près de Saint-Laurent. Dans la sacristie, le candidat subit son examen devant les Anciens. On le dirige ensuite à la chapelle déjà remplie de protestants, mais aussi de catholiques, car le journal *Witness* du 7 janvier a annoncé l'événement. La cérémonie a trop d'éclat au goût d'Amédée.

À sa sortie, on l'acclame, on s'approche pour lui serrer la main. « Je suis l'honoré et [le] maudit du jour », écrit-il dans son carnet, à l'issue de cette journée mémorable.

Et comment ! *La Minerve* titre : « Papineau – Chiniquy, convertis et pervertis. » Le journal soupçonne le seigneur de Montebello d'avoir abjuré sa foi par avarice, afin de ne pas avoir à payer pour la nouvelle église en construction à Montebello. Amédée commente : « L'apostat Papineau est dorénavant *conspicius*, comme disent les Anglais. »

Il se moque des flatteries et des malédictions. Dans cette affaire, il a consulté sa raison et sa conscience. La tyrannie romaine, ses doctrines et ses pratiques lui font horreur. Le chrétien d'aujourd'hui doit remonter aux enseignements de Jésus et de ses apôtres et repousser les superstitions nées de l'ignorance du Moyen Âge, après la chute des civilisations grecque et romaine.

Sa conversion fait les manchettes des gazettes américaines. Dans son édition du 31 janvier, l'*Oswego Daily Times* de New York titre : *Montreal's Latest Religious Sensation*.

Amédée attendra à Pâques pour recevoir sa première communion calviniste en même temps que son petit-fils Louis-Joseph, âgé de douze ans. La cérémonie se tient à l'église américaine où priait Mary jadis. Jamais le converti n'a autant fréquenté les lieux de culte. Il ne rate ni le service presbytérien du matin, ni l'anglican en après-midi.

« Je deviens dévot ! Je l'ai toujours été privément, *non coram populo*. »

———◆———

Dans la nuit du 24 janvier 1894, Amédée dort du sommeil du juste, encore tout imprégné des émotions ressenties au moment de sa conversion. Quand pointe l'aube, son domestique le réveille. Hector Chauvin, le mari de sa nièce Henriette Bourassa, est venu le prévenir qu'Ézilda, sa sœur, se meurt. Surpris, mais, à l'évidence, peu inquiet, Amédée prend le temps d'avaler son petit-déjeuner avant de se rendre chez elle. Il la trouve haletante, les poumons congestionnés. Comme elle n'a plus sa connaissance, elle ne le reconnaît pas. Son neveu Henri Bourassa, maire de Montebello depuis quatre ans, tient la main de la seule mère qu'il ait connue, celle qui a veillé sur lui depuis la mort d'Azélie, peu après sa naissance.

À présent, le curé lit les prières aux agonisants. Autour de la mourante sont aussi agenouillés deux autres de ses neveux, Henriette et Adine Bourassa. Les deux médecins mandés à son chevet sont formels :

elle ne vivra pas plus de cinq ou six heures. Amédée a les yeux rivés sur sa sœur de soixante-cinq ans. « Elle passe sans un effort, un soupir, un cri, s'éteint comme un souffle de bougie », dira-t-il.

Après avoir expédié les télégrammes d'usage aux parents et aux journaux, il rentre chez lui fort mécontent. Pourquoi ne l'a-t-on pas prévenu quand Ézilda avait encore son esprit? Il la savait malade, cela, il ne peut le nier. Depuis une semaine, le bruit courait dans le village que le vilain rhume de mademoiselle Papineau s'envenimait, que sa vie tenait à un fil. L'homme qu'Amédée avait envoyé aux nouvelles l'avait rassuré : les inhalations et les cataplasmes l'avaient soulagée, elle prenait du mieux, à ce qu'on lui avait rapporté. D'où l'étonnement de son frère devant sa détérioration rapide. Et sa colère, car on aurait dû l'en avertir.

Le jour des funérailles, Amédée marche en tête du défilé avec ses neveux Bourassa. Suit une forte délégation de prêtres, de parents et d'amis. L'église de Montebello est tendue de noir. À l'issue de la cérémonie, l'orgue joue des sons graves, tandis que le cortège funèbre se prépare à accompagner les restes de la défunte au cimetière de la paroisse. Amédée demeure à l'écart, comme il s'en explique dans son journal :

« J'avais demandé que ma sœur fût déposée dans ma chapelle à côté de sa mère, de son père, de sa sœur (Mme Azélie Bourassa), de son frère Gustave. Cela me fut refusé. » Lorsque la procession passe devant chez lui, il s'en retire et rentre seul au manoir en ruminant contre les Bourassa : « À mes yeux, c'est une indignité. »

Il est franchement en colère. Plusieurs années plus tôt, il a fait don d'un terrain voisin du cimetière à Napoléon Bourassa afin qu'il y construise un mausolée où seraient enterrés les membres de la branche cadette de la famille. À ce jour, son beau-frère n'a pas réalisé ce projet. Mais alors, pourquoi ne pas avoir laissé Ézilda reposer dans la chapelle des Papineau en attendant?

« Ils insultent la mémoire et les restes de leur aïeul L. J. P. par cette action étrange de fanatisme religieux, leur grand-mère et leur propre mère ! pense-t-il. Décidément, ce sont des Bourassa, non des Papineau. »

En parcourant le testament d'Ézilda, Amédée découvrira le fin fond de l'affaire. C'est sa sœur qui a prié ses héritiers d'inhumer son corps dans le cimetière paroissial et non dans le caveau des Papineau. Elle a ajouté de sa main :

« Mais en n'importe quel endroit où je serai inhumée, je désire et je veux que toutes les précautions nécessaires soient prises pour que mon cadavre ne soit pas enlevé. » Sans doute craignait-elle qu'Amédée, habitué à n'en faire qu'à sa tête, ne décide de faire déterrer ses restes et de les transporter dans sa chapelle funéraire.

Dans ce testament, daté du 4 janvier 1883, soit onze ans plus tôt, Ézilda laisse tous ses biens à ses neveux et nièces Bourassa. Ils héritent aussi, et cela est clairement stipulé, de l'argent que lui doit son frère Amédée. Le mandat de son exécuteur testamentaire, Napoléon Bourassa, se prolongera « pour aussi longtemps que mes dettes ne seront pas payées, que mes créances ne seront pas retirées, spécialement mes créances contre mon frère Louis-Joseph-Amédée Papineau. » Elle autorise son beau-frère à poursuivre ce dernier en justice s'il ne la rembourse pas.

Le ton rancunier de sa sœur surprend-il Amédée ? Fort probablement. Ézilda, la bonté incarnée, la tante dévouée, un peu bigote mais toujours prête à aider son prochain, n'était pas du genre à se révolter ni à affronter ouvertement son frère au crépuscule de sa vie. Son testament, rédigé une décennie plus tôt, et qu'elle n'a pas révoqué depuis, indique que sa colère ne s'est pas apaisée. Peut-être a-t-elle suivi les conseils de ses neveux et nièces qui l'aimaient tendrement ?

Quoi qu'il en soit, la minuscule Ézilda avait raison de se méfier de son frère ! À peine cinq mois après sa mort, Amédée a déjà trouvé le moyen de s'approprier une partie de l'argent et des terres dont sa sœur a hérité de leur père. En effet, le 29 juin 1894, il signe devant le notaire F. S. Mackay un acte de règlement (*deed of settlement*). En vertu de cette convention, ses neveux Bourassa lui paient une balance de 1 500 dollars, la moitié en argent comptant, le reste en lui cédant l'arrière-fief Plaisance, soit la Grande et la Petite presqu'île de la baie La Pentecôte.

Comment cela est-il possible ? Amédée explique dans son journal que son grand-père Joseph Papineau avait vendu la seigneurie de la

Petite-Nation à son fils aîné, Louis-Joseph, le 2 mai 1817, devant Louis Guy, notaire. Papineau a ensuite créé l'arrière-fief Plaisance en faveur de son frère Denis-Benjamin, le 13 mars 1822. Amédée décrète sans états d'âme : « La partie en censive de ce fief me revient, en 1894, par la succession de ma sœur Ézilda, ma débitrice. »

En remontant aux documents légaux datant du temps de son grand-père et de Papineau, Amédée prive les enfants d'Azélie d'une partie de la seigneurie. À l'évidence, il a oublié la promesse faite à son père sur son lit de mort de traiter ses neveux et nièces Bourassa comme ses propres enfants. Où est passé son esprit de famille ?

⎯⎯═◆═⎯⎯

Et voilà que son fils Papo revient dans sa mire. Amédée en a plus qu'assez de le voir dilapider son héritage. Dans un cahier qu'il remplit depuis des années, il a noté au jour le jour toutes les dépenses que son fils lui a occasionnées. Études à Montréal, en Angleterre, à Paris, en Italie, en Algérie, à Genève et à Toulouse : 3 479,83 dollars. Vêtements et argent de poche : 2 306 dollars. Mariage et séjour prolongé en Europe : 1 746 dollars. Aller-retour d'un mois à Paris : 332,69 dollars. Autres divertissements (*follies not enumerated but sadly remembered*) : 4 852,03 dollars. Etc.

À ces sommes s'ajoutent les montants qu'il a déboursés en loyers, mobilier, collèges et cadeaux pour la famille de Papo. L'histoire ne dit pas s'il a inclus le yacht qu'il lui a offert. En additionnant tout, il en arrive à la conclusion que son fils lui devait 17 554,70 dollars à la mort de sa mère. Depuis, il a englouti la pension annuelle de 2 000 dollars que la succession de Mary Westcott lui a versée, et ce, sans donner un sou vaillant à ses enfants. Amédée n'a d'autre choix que de lui couper les vivres pour sauver ce qui reste. Comme il ne recouvrera jamais la créance d'un débiteur aussi insolvable, il rédigera, le 26 mars 1895, un codicille à son testament pour léguer cette dette… à ses quatre petits-fils. À eux l'odieuse tâche de la réclamer à leur père !

Son avarice l'isole de plus en plus du reste de la famille Papineau. Le litige qui survient entre lui et Denis-Émery Papineau en fournit une autre désolante preuve. Amédée a eu recours aux services professionnels de son cousin notaire pour régler et inventorier la succession de Papineau, mais a refusé de lui payer son dû. Son raisonnement est simple : il ne doit rien à personne, puisque le partage est inéquitable. Voyant cela, Denis-Émery a tenté de récupérer la somme devant les tribunaux. Le 4 mars 1896, Amédée a été condamné à payer 522 dollars, plus les intérêts accumulés en treize ans, soit 951,55 dollars. Un jugement qu'il a ignoré par entêtement.

Mois après mois, pendant quatre ans, Émilie, la fille du notaire lésé, l'implore au nom de son père gravement malade. Elle ne comprend pas qu'Amédée refuse de rembourser celui qui l'a tant aidé lorsque, jeune avocat sans travail, il cherchait à s'établir à Montréal. À la mort de Denis-Émery, le 6 janvier 1899, Amédée lui doit encore 251 dollars. Il prétextera les grands froids pour échapper aux obsèques et n'aura pas la moindre parole affectueuse envers son défunt cousin dans son journal. Lorsque en désespoir de cause, la pauvre Émilie invoquera le coût des funérailles et ses finances serrées, Amédée se laissera « attendrir » et lui enverra des chèques de 25 dollars, comme s'il lui faisait une faveur.

———✦———

Comment se perçoit-il à l'aube de ses soixante-quinze ans ?

« Ce débile a survécu à tous ses cadets, frères et sœurs au nombre de neuf, se vante-t-il. Et aujourd'hui, il a accompli ses trois quarts d'un siècle ! » Son bilan de vie, il le dresse… à la troisième personne : « Après les luttes et les vicissitudes de la Révolution de 1837-1840, un heureux mariage, trente-deux années de travail assidu et fidèle comme protonotaire à Montréal, il jouit aujourd'hui, dans son manoir de Montebello, de paix, d'aisance et de jouissances, entouré de sa bru Caroline et de quatre bons et forts petits-fils pour perpétuer le nom des Papineau. »

Le 26 juillet 1894, ses petits-fils lui font une fête mémorable. Pétards au lever, discours illustrés sur des parchemins, promenade en chaloupe, souper et feu d'artifice. « Chers enfants, s'attendrit-il, je ne vis plus que pour eux. »

Il a beau se péter les bretelles, côté santé, ce n'est pas la grande forme : « À 75 ans accomplis, j'entre dans ma sénilité. Affaissement des muscles. Contraction des cartilages de l'épine dorsale. Commencement de rides aux mains et au visage. Barbe blanche, cheveux grisonnants et moins touffus. Calvitie à l'arrière de la tête. Moins d'élasticité à la marche. Et pourtant les flatteurs de me dire sans cesse : "Vous n'avez pas 60 ans, bien certainement". Purgations plus faciles, à moindres doses. Et toujours, depuis l'enfance, ce catarrhe des muqueuses ! Bon sommeil toutefois. D'ordinaire, bonne digestion : mangeant peu. Jamais usé de tabac. Abstinence totale des alcools depuis dix ans ; je n'en avais jamais abusé : un ou deux verres de vin par jour, ou la bière de préférence. Puis-je calculer de vivoter jusqu'à 80 ans ? »

Si Dieu lui prête vie, Amédée verra le nouveau siècle se lever. Pourvu, espère-t-il, que sa pensée ne se dérobe pas d'ici là.

38. PÈRE ET FILLE
SE FONT LA GUERRE
1895-1896

« *Les étrangers n'ont pas à s'immiscer dans les affaires de famille.* »

Marie-Louise mène grand train. Sa mère disparue, l'enfant gâtée n'a rien changé à ses habitudes. Elle parcourt le monde, descend dans les palaces et achète ce qui lui fait envie sans jamais regarder à la dépense. Amédée paie sans rechigner ses passages à bord des vapeurs luxueux, ses hôtels et ses billets de théâtre, en plus de prendre en charge les gages de ses domestiques – elle ne se déplace jamais sans deux ou trois servantes et un cocher. Il lui fournit aussi de l'argent de poche. Tout cela, bien entendu, ne provient pas de ses goussets à lui, mais de l'héritage que Mary Eleanor Westcott a légué à sa fille et qu'il administre depuis bientôt cinq ans.

Amédée ne la voit pas assez souvent et il s'en désole. Auparavant, elle venait avec sa mère passer la belle saison au manoir. Il se souvient particulièrement de son séjour de l'été 1885. Louis Fréchette, « notre Victor Hugo », était leur invité à la seigneurie. Le poème qu'il avait dédié à Marie-Louise chantait les louanges de Montebello. Amédée avait recopié le sonnet et l'avait glissé entre les pages de son journal. Avant de le publier, l'année suivante, le poète l'a retouché, changeant un mot ici, une expression là. Dans la nouvelle version, le nom de Papineau remplace celui de Cicéron :

> *Pittoresque manoir, retraite hospitalière,*
> *Où Cicéron vaincu coula ses derniers jours,*
> *J'aime tes verts bosquets, ta terrasse, tes tours*
> *Secouant au soleil leur panache de lierre.*

Qui suit de tes sentiers la courbe irrégulière,
Perdu sous tes massifs, s'imagine toujours
Voir, dans le calme ombreux de leurs secrets détours
Glisser du grand tribun l'image familière.

Car il vit tout entier ici – dans chaque objet :
Il aimait ce fauteuil, cet arbre l'ombrageait ;
Tout nous parle de lui, tout redit sa mémoire.

Et, pour suprême attrait, sur ce seuil enchanté,
Le cœur tout grand ouvert, la Grâce et la Beauté
Ajoutent leur prestige aux souvenirs de gloire !

Louis Fréchette

Marie-Louise entretient habituellement d'excellents rapports avec son père. Où qu'elle soit, elle lui écrit pour lui raconter les dernières péripéties de sa vie et lui faire part de ses fréquentations. Lors de son séjour en Écosse, en juillet 1891, elle lui avait parlé de ses nouveaux amis, lady Kinnaird et son père, sir Andrew Agnew. Ce dernier, un ex-officier de l'armée anglaise en poste au Bas-Canada en 1837, se souvenait d'avoir poursuivi Papineau en fuite, après la rébellion. Il avait avoué à Marie-Louise son soulagement en apprenant que le chef des patriotes avait réussi à échapper à la captivité.

« Quelles rencontres d'anciens ennemis ! Amis aujourd'hui de sa petite-fille ! » s'était exclamé Amédée.

En cette année 1895, Marie-Louise vient tout juste de louer un appartement à Londres pour trois ans. Rien ne laisse présager son retour prochain. Voilà qu'elle s'annonce sans préavis à Montebello avant l'été. « Étonnante nouvelle ! », s'écrie-t-il.

Le 27 mai, elle débarque au manoir avec ses trois servantes. Elle sera donc présente au pique-nique huguenot qu'il organise le 20 juin. Ce qui devait être une modeste fête prend de l'ampleur. Voyant cela, Amédée envoie un carton à l'ex-premier ministre du Québec, Joly de Lotbinière. Un dignitaire de confession anglicane chez lui ferait forte impression. Il se permet d'insister auprès de cet ami dont les parents fréquentaient les siens pendant leur exil parisien. Joly décline l'invitation, invoquant une bonne raison : dans son comté de Portneuf, ses électeurs, tous d'excellents catholiques, ne verraient pas d'un bon œil leur député se pavaner chez les protestants !

Ce matin-là, six cents pèlerins venus de Québec, de l'Ontario et même des États-Unis descendent du train du Canadian Pacific Railway. Sous un ciel ensoleillé et un temps doux, ils envahissent son domaine avec, à leur tête, une douzaine de pasteurs. Le service religieux a lieu en plein air, à l'ombre des pins et des chênes majestueux, en présence du vénérable docteur Chiniquy. Pour l'occasion, Amédée a préparé une allocution qu'il prononce en français et en anglais.

Son « Discours aux Huguenots », sorte d'appel à l'unité lancé à tous les chrétiens, se retrouvera dans les pages des journaux, qui présentent le rassemblement de Montebello comme un événement mémorable. Le seigneur en est fort satisfait :

« Ce fut une belle fête et pleine de succès », constate-t-il après coup.

Nettement moins impressionné par ce tohu-bohu, Napoléon Bourassa a préféré s'abstenir d'assister à la célébration, qu'il décrit sur un ton sarcastique :

« Cela fait que je n'ai rien vu du 1er concile œcuménique du palais de Montebello, malgré que j'y fusse convoqué par le beau-frère. […] L'équipage seigneurial est venu prendre Chiniquy à la gare. »

À la mi-juillet, un premier accrochage se produit entre Amédée et sa fille. Marie-Louise aimerait que le nouveau converti transforme sa chapelle funéraire en temple protestant. Son père refuse net. Ce mausolée où reposent côte à côte des êtres chers qui, de leur vivant, étaient les uns catholiques, les autres protestants ou agnostiques, doit rester un tombeau de famille et non servir à un culte quelconque. La jeune femme renonce sans peine à ce projet, d'autant plus que son oncle Napoléon, auquel elle est très attachée, pense aussi que ce changement de vocation de la chapelle indisposerait leurs proches, notamment ses propres enfants qui sont catholiques.

<hr />

Coup de théâtre, quinze jours plus tard. Amédée annonce à Marie-Louise qu'il vient d'adopter légalement sa servante, Martha Jane

Curren. Désormais, elle s'appellera Iona Papineau et devra être considérée comme un membre de la famille. Amédée veut que les choses soient claires. Marie-Louise est la bienvenue au manoir et elle peut y demeurer le temps qu'elle le souhaitera. Mais, à compter du 1er septembre, elle exercera conjointement avec sa « demi-sœur » l'autorité sur la maisonnée et les domestiques. Son père s'attend en outre à ce qu'elle lui manifeste de la considération.

Que se passe-t-il exactement ? Sans tambour ni trompette, une nouvelle femme est entrée dans la vie du seigneur. Elle a vingt-deux ans. Née le 8 décembre 1872 sur le rang Saint-Amédée, à la Petite-Nation, elle est à son service depuis 1891 comme fille de table. D'une beauté remarquable, son épaisse crinière aux reflets dorés lui tombe parfois sur le dos, mais la plupart du temps, elle la remonte en chignon. Amédée est subjugué. Le 1er mai, il l'a adoptée officiellement, comme en attestent les documents légaux. Pour parfaire son éducation déficiente, il a embauché une institutrice qui lui enseigne le français, la musique et la peinture. En un mot, il ne peut plus se passer d'elle.

La nouvelle provoque une onde de choc au manoir, où d'interminables querelles s'ensuivent. Le climat devient rapidement insupportable. Carrie, qui redoute l'intrusion d'une domestique dans la vie intime de son beau-père et, par ricochet, dans la sienne et celle des ses enfants, prend évidemment parti pour sa belle-sœur. Il se pourrait même que ce soit elle qui ait sonné l'alarme obligeant Marie-Louise à traverser l'Atlantique pour voir de ses yeux ce qui se tramait chez son père. L'une et l'autre essaient de le raisonner. À son âge, ne craint-il pas de flétrir sa réputation ? Elles invoquent ses responsabilités envers sa famille, mais comprennent vite que rien ni personne ne le fera revenir sur sa décision. À la salle à manger, où ils se retrouvent à l'heure des repas, l'atmosphère est particulièrement tendue. Comme Amédée commence à être dur d'oreille, les remarques désobligeantes qui fusent de part et d'autre de la table lui échappent, mais il entend suffisamment pour saisir que tous sont ligués contre lui.

De fait, Marie-Louise et Carrie ont appelé Napoléon Bourassa et son fils, l'abbé Gustave Bourassa, en renfort. Tour à tour, ces derniers tâchent de ramener Amédée à la raison. Le scandale que sa liaison provoquera risque d'éclabousser toute la famille. Ne pourrait-il pas imaginer une façon moins compromettante d'assurer son bonheur ? Napoléon le lui dit crûment : s'il tient à faire preuve de générosité à l'égard de cette personne, qu'il trouve un moyen « plus propre à sauvegarder la réputation de [sa] protégée que cet acte d'adoption un peu pompeux et un peu violent, avouez-le, vu vos 77 ans, et la position et le caractère de la famille de la fille ». Amédée lui fait comprendre que sa résolution est inébranlable.

C'est l'impasse. Mais voilà qu'au début d'août, le manoir se vide brusquement de tous ses habitants. Marie-Louise claque la porte, entraînant dans sa suite Carrie et ses fils, ainsi que leurs servantes. Amédée implore son beau-frère d'essayer de lui ramener sa fille. Mais, Napoléon ne s'en cache pas, il approuve le départ de celle-ci. Il a rencontré les deux belles-sœurs à Montréal et les a trouvées dans un tel état de surexcitation qu'une séparation lui semble souhaitable, sinon l'irréparable se produirait entre eux. Il a même conseillé aux jeunes femmes de donner suite à leur projet d'aller se promener à Québec et au Saguenay. Ce voyage les remettra de leurs émotions et, espère-t-il, leur permettra d'envisager l'avenir, aussi pénible s'annonce-t-il, avec froideur et résignation.

Marie-Louise n'a nullement l'intention de battre en retraite. Au contraire, elle frappe son père là où ça lui fera le plus mal : l'argent. Elle ne veut plus de lui comme administrateur de ses biens et le lui fait savoir. Sans préavis, elle révoque la procuration qu'elle lui a signée à la mort de sa mère. En vertu de cette convention, elle lui avait confié la gestion de la succession de Mary Eleanor Westcott et s'était engagée à ratifier les décisions légales qu'il prendrait en son nom. Sa signature au bas du document trahissait son profond désarroi. À présent, à la mi-trentaine, elle a l'intention de mener sa barque seule.

Amédée n'a pas vu venir le coup. Abasourdi, voire humilié, il ne saisit pas les motifs qui lui attirent cette malédiction. Il est convaincu d'avoir bien rempli son mandat. N'a-t-il pas fait fructifier le capital de sa fille ? Ne lui a-t-il pas remis, chaque année, un rapport détaillé des placements effectués en son nom ? Lorsqu'il lui présentait les livres et tentait de lui expliquer les changements opérés, elle tournait la tête en prétextant ne rien entendre aux affaires.

Il n'a pas de reproches à s'adresser non plus dans le cas de Papo, à qui il a coupé les vivres pour limiter les excès imputables à son vice. Avec Marie-Louise, il s'est toujours montré plus prodigue, même s'il lui a refusé plusieurs caprices qu'il jugeait déraisonnables. D'où l'affectueux surnom de « Papinenni » dont elle l'a affublé. Mais ce n'est pas parce qu'il lui a dit « non » une fois ou deux qu'elle se révolte aujourd'hui.

« Je ne comprends pas pourquoi tu voudrais me retirer les pouvoirs d'exécuteur fiduciaire, à moins que tu me croies coupable de mauvaise administration ou de malhonnêteté », lui lance-t-il.

Il serait le premier étonné d'apprendre que le magnétisme qu'exerce sur lui la richesse inspire la méfiance de ses proches. Ou que sa façon de se comporter en potentat avec l'argent des autres dérange. Marie-Louise n'a peut-être pas oublié qu'une douzaine d'années plus tôt, son père avait outrepassé ses pouvoirs en effectuant des placements au nom de son épouse, contre la volonté de celle-ci et malgré son interdiction, ce qui avait déclenché sa colère. En nommant trois conseillers juridiques pour seconder son mari dans son rôle d'exécuteur testamentaire, Mary avait voulu protéger sa fille contre l'avidité de son père. Bien encadré, Amédée ne pourrait pas s'approprier la fortune des Westcott au détriment de ses enfants. Comment aurait-elle pu se douter que son vieux renard de mari allait imaginer un tour de passe-passe à faire dresser les cheveux sur la tête – la signature d'une procuration par sa fille en profond deuil – pour garder seul le contrôle de son héritage ?

————◆————

Autant en avoir le cœur net. Amédée aborde directement la question de ses amours avec Marie-Louise :

« Si ta décision repose sur un autre motif, par exemple mes relations privées, sache qu'elles ne peuvent et ne doivent pas intervenir dans mon administration. Tu n'as pas le droit de mélanger des affaires aussi distinctes et différentes. Les étrangers n'ont pas à s'immiscer dans les affaires de famille. »

Amédée touche là le nœud du problème. Sa fille veut protéger l'héritage de sa mère contre les prétentions de la cocotte dont le vieux rentier s'est entiché. A-t-il perdu la raison? À présent, Iona Papineau l'accompagne dans ses courses à Montréal. Il l'initie au théâtre et à l'opéra, l'emmène partout. On les voit même ensemble à l'hôtel. Marie-Louise n'a peut-être aucun contrôle sur le comportement de son père, mais il est hors de question qu'une servante s'empare de la fortune des Westcott. En plus de révoquer la procuration qu'elle a signée à son père, elle exige de lui un inventaire complet des biens de sa mère, jugeant insatisfaisant celui qu'il lui a fourni.

Cette nouvelle exigence exaspère Amédée. Il veut convaincre sa fille que la rumeur publique a gonflé la valeur de son capital. Il ne s'en plaint pas, conscient que cela augmente le prestige de la famille et favorise leur crédit. Toutefois, en étalant au grand jour le montant de son portefeuille, Marie-Louise nuira à leurs affaires. De plus, les avocats et notaires dont elle retiendra les services se feront grassement payer. Il lui demande donc de revenir sur sa décision. Ensemble, ils en arriveront à une entente à l'amiable, il en est certain.

Ignorant les mises en garde de son père, Marie-Louise passe à l'acte. Le 31 août 1895, ses conseillers juridiques signifient à Amédée Papineau la révocation de sa procuration et le convient à Montréal afin de procéder à un inventaire des biens de Mary Westcott devant le notaire de leur choix. Il est confondu. Sa fille jure ses grands dieux qu'elle ne le croit pas malhonnête, mais, du même souffle, elle se comporte comme si elle le soupçonnait de lui cacher des choses. Cette fois, il lui répond sèchement:

« La révocation inattendue, subite et sans préavis de ta procuration est une insulte et, quoi que tu en penses, tes avocats ont hâte de faire de l'argent sur ton dos et le mien. »

Si Marie-Louise veut jouer à ce jeu-là, il se défendra bec et ongles. Ses propres procureurs entrent en scène. Quant aux étrangers à qui Marie-Louise a confié ses affaires, s'ils souhaitent le rencontrer, ils n'ont qu'à venir à lui. Il n'a pas l'intention de se déplacer. En dépit de ses protestations, le dossier suit son cours. Par l'entremise de ses avoués, Marie-Louise envoie à tous les débiteurs et banquiers de la succession

Westcott une lettre circulaire leur demandant de ne plus reconnaître les demandes, chèques et réclamations d'Amédée Papineau. Désormais, il n'est plus autorisé à intervenir comme seul représentant légal. Il fulmine. Son administration s'en trouve paralysée, puisqu'il ne dispose plus de l'argent nécessaire pour procéder aux réparations sur les propriétés du patrimoine ou payer les ouvriers. Il s'agit d'un jugement de destitution ni plus ni moins.

Il conteste cette ingérence qu'il juge illégale, injurieuse et usurpatrice de ses droits. Il donne ses directives à ses procureurs. Ceux-ci devront faire valoir devant les tribunaux que sa fille est l'agresseur et le persécuteur, pas lui. Il se justifie simplement en rappelant que, pendant toute la vie de son épouse, et depuis sa mort, il a plus que doublé sa fortune. Même s'il est profondément blessé, il veut agir amicalement avec sa fille ingrate qui méconnaît tout ce qu'il a fait pour elle. Voilà pourquoi il demande le renvoi de ses demandes malicieuses et vexatoires.

Marie-Louise ne bronche pas. Le notaire François-Samuel Mackay est chargé de dresser l'inventaire des biens de Mary Westcott et le conseil de famille nomme un curateur à sa succession. Ce sera Hector Chauvin, le mari de sa cousine Henriette Bourassa, la cadette d'Azélie et de Napoléon. Rassurée de savoir ses affaires en bonnes mains, Marie-Louise regagne l'Angleterre et son appartement londonien. En son absence, l'avocat montréalais Francis McLennen la représente dans le litige l'opposant à son père. Amédée commente :

« Foule de procurations générales données *ad libitum* à Francis McLennen qui voudrait se substituer à elle dans l'exécution du testament de mon épouse Mary Eleanor Westcott. »

Le procès se tient à Montréal. Me McLennen se montre « aussi insultant que possible », au dire d'Amédée. Le vendredi 29 novembre 1895, un compromis se dessine. Si Amédée y consent, le juge Augustin-Cyrille Papineau, son cousin, sera nommé co-exécuteur et fidéicommis de feu Mary Westcott, en lieu et place de Marie-Louise et de McLennen. Il accepte, non sans soupçonner « de nouveaux pièges ».

Chose certaine, sa fille ne l'emportera pas en paradis. Il est déterminé à retirer sa propriété de Bellerive de la liste des biens de Mary. Il l'avait cédée à sa femme dans le cadre d'une vente fictive, uniquement pour la soustraire aux poursuites de défalcation dont il était l'objet. Elle lui appartient en propre.

Ce soir-là, sans doute rassuré par la tournure des événements, il emmène sa belle Iona à l'opéra entendre *Il Trovatore*.

———✦———

Au beau milieu de cette querelle domestique, plus exactement le 1er octobre, Napoléon Bourassa se présente au manoir flanqué de son gendre Hector Chauvin qui, cette fois, n'agit pas en tant que curateur. Les deux hommes viennent retirer les restes d'Azélie du mausolée familial pour l'inhumer avec Ézilda dans le cimetière paroissial. Sans doute gênés de la liaison d'Amédée avec une servante, les Bourassa se tiennent loin de chez lui.

« L'habitation du digne grand-père est devenue inhabitable à ses petits-enfants », se désole Napoléon.

La démarche de « ces messieurs » heurte Amédée. Outre sa famille, son fidèle cheval de selle l'abandonne. Le pur-sang d'une quinzaine d'années souffre d'infirmités dues, selon son maître, aux mauvais traitements de son palefrenier. Il faut l'abattre, plutôt que le vendre à quelqu'un qui le maltraiterait, comme c'est souvent le cas des très vieilles bêtes. Amédée raconte :

« Je le tue d'un revolver, le fais saigner et j'en donne la viande au boucher, m'en réservant le dos. Nous en mangeons, comme j'en avais mangé à Toulouse et à Paris. Cette viande est plus rouge foncé que le bœuf, mais le goût est absolument le même. »

À la mi-décembre, il se distrait en écrivant à *La Presse* pour rectifier certains faits publiés récemment à propos de l'Assemblée des Six Comtés du 23 octobre 1837 à laquelle il a participé :

« J'eus l'honneur insigne de proposer et de voir adopter le nom de "Fils de la Liberté", à l'instar des Patriotes de la Nouvelle-Angleterre en 1774-76, dont je dévorais l'histoire dès 1832 », précise-t-il, avant de sombrer dans une nostalgie teintée d'amertume : « Nous rêvions bien tous, alors, à l'indépendance prochaine de la patrie, à son entrée glorieuse parmi les nations viriles et libres. Nous sommes, depuis, retombés bien bas au rang de colonistes (*sic*) impotents, et beaucoup d'entre nous s'en glorifient presque. »

Le temps se déchaîne : « L'année 1895 disparaît au milieu d'un ouragan furieux qui dure depuis deux jours et deux nuits, note-t-il. Vent de sud-ouest. Pluies abondantes, dégel. Les glaces rompues sur les fleuves. » Toute la neige disparaît et on laboure les champs. Du jamais vu de mémoire d'homme. Pas un membre de sa famille ne se présente au manoir pour souligner l'arrivée de 1896. Mais, ô surprise, contrairement à son habitude, le seigneur ne se lamente pas sur son sort. L'amour le comble !

Du jour de l'An, il dira : « Passé paisiblement en compagnie de ma bonne enfant adoptive Iona. »

Papo ne risque pas de venir tromper sa quiétude. Il dépérit à l'Hôpital Général, rue Dorchester, à Montréal. En février, Amédée lui rend visite. En plus de constater *de visu* combien sa santé s'est détériorée, il découvre l'ampleur de ses dettes. De peur qu'une fois remis sur pied, il poursuive ses folles dépenses, il le fait interdire pour « prodigalité ». L'avocat Jean-Baptiste Doutre agira comme curateur (jusqu'à ce qu'il se fasse lui-même confier la curatelle, deux ans plus tard, soit le 2 mai 1898. Il réduira alors son allocation mensuelle, à tel point que, le 15 décembre 1902, Papo implorera Me Doutre afin qu'il intervienne, car il n'a ni manteau, ni couvre-chaussures, ni chapeau, ni gants).

Quand, peu après, la nouvelle église catholique de Montebello est consacrée, « l'apostat » – ainsi se désigne Amédée – n'assiste pas à la cérémonie. Cependant, il s'attendait à ce que Napoléon et son frère Médard Bourassa, l'ex-curé et grand ami de Papineau, passent le saluer.

« Pas un de ces bons catholiques n'a osé s'approcher du manoir et de l'apostat », note-t-il, caustique. Il ne semble pas réaliser que ses fredaines amoureuses et ses démêlés avec la justice ont déjà fait le tour du village.

⬥

Où en est le monde en ce début de l'année 1896 ? Le président américain Grover Cleveland a décidé d'appliquer la doctrine Monroe, votée en 1823, qui proclame la souveraineté des États-Unis sur tout le continent. Il a l'appui unanime du Sénat et de la Chambre des représentants. Amédée commente :

« L'Amérique aux Américains ! » L'Angleterre ? Elle se querelle avec les États-Unis, la Turquie, l'Allemagne, la Russie… « Pas une nation amie pour cette conquérante qui veut le monde entier. »

Le Canada, de son côté, vit la fin du règne des conservateurs. « Grand scandale politique à Ottawa. Recollage des brigands. Des canailles qui pillent le pays depuis trente ans », écrit-il. Quand, en juillet, Wilfrid Laurier et ses libéraux prennent le pouvoir avec une majorité de sièges à la Chambre des Communes, il crie victoire.

« C'est une révolution s'il [Laurier] sait en profiter. »

Amédée se souvient que celui-ci, « le plus parfait orateur de notre race », s'est un jour proclamé partisan de l'indépendance du Canada. Maintenant qu'il est aux commandes, il faudra le lui rappeler. Qu'il sorte sa patrie de l'ornière où elle languit depuis près d'un demi-siècle.

En août de la même année, il emmène la belle Iona, sa « fille adoptive », en vacances à New York pour lui faire découvrir les merveilles de « cette métropole de l'Amérique qui n'a rien à envier à celles d'Europe ». Ce sera pour lui l'occasion d'un pèlerinage. Non pas à Sainte-Anne-de-Beaupré « à la chasse aux miracles et pour garnir les goussets des curés », précise-t-il, mais dans son lointain passé, du temps de la rébellion.

« J'ai voulu revoir (avant de mourir) les localités de mon hégire de décembre 1837. »

Que de changements en un demi-siècle ! Le seigneur de Montebello devenu un respectable patriarche a du mal à imaginer le jeune étudiant en fuite qu'il fut autrefois. Il refait le trajet jusqu'à la frontière américaine en tâchant d'éveiller dans sa mémoire les épisodes qui sommeillent. Arrivé devant le Stanstead Hotel, il croit reconnaître l'auberge où, pendant des heures, trois juges de paix l'ont interrogé et ont fouillé ses bagages. Même portique, même chambre du nord-ouest dont il repère la fenêtre. Comme jadis, il traverse aux États-Unis à Derby, mais cette fois en compagnie de la nouvelle femme de sa vie.

De retour à Montebello, Iona met à profit ses cours de peinture en copiant le portrait de Papineau, d'après l'original d'Antoine Plamondon. Amédée est si satisfait du résultat qu'il fait encadrer la toile et l'offre au palais législatif de Québec pour remplacer le tableau que les incendiaires ont brûlé dans l'Hôtel du Parlement de Montréal, en 1849. Le gouvernement accepte son don avec reconnaissance.

39. L'IMPLACABLE VENGEANCE
1897-1903

« Je donne & lègue à Martha Jane Curren, de St Amédée, que j'ai adoptée sous le nom d'Iona Papineau tous mes biens meubles... »

Amédée Papineau en Casanova, qui l'eût cru? Rien dans sa vie passée ne laissait présager qu'à un âge aussi honorable, il perdrait la tête pour une fleur du printemps. Certes, le jeune dandy d'autrefois avouait que les seules récréations dignes de l'homme étaient, dans l'ordre, les livres, les femmes, la chasse et la pêche. « Donnez-les-moi et mon paradis terrestre est complet », confiait-il à son *Journal d'un Fils de la Liberté*. Mais, du vivant de Mary, on ne l'a jamais entendu soupirer d'amour pour une autre.

Tout le contraire de Papineau qui, durant son exil parisien, faisait les yeux doux à une belle Irlandaise, Marcella Dowling, à qui il écrivait : « Aujourd'hui, depuis cinq heures ce matin jusqu'à minuit, je vous ai donné tout mon temps et mes pensées... »

Là où le père et le fils vieillissants rivalisent d'audace – et d'optimisme –, c'est dans leur attirance pour les très jeunes personnes du sexe faible. Octogénaire, Papineau s'était amouraché d'une pucelle de quinze ans, Marie-Louise Globensky. En sa charmante compagnie, il étirait les promenades romantiques dans les allées de son domaine. Il arrivait même à la jeune fille de s'asseoir sur ses genoux. Le vieillard amoureux devenait jaloux en imaginant sa douce au bal « admirée, courtisée, adorée » par tant de beaux parleurs. « ... vous serez peut-être oublieuse de moi », lui sussurait-il. Comme il se désolait de la différence d'âge entre eux !

«Voyons, 80 moins 16 = 64», lui écrivait-il, avant d'ajouter : «Je ferme les yeux sur ces tristesses...»

À ce chapitre, à tout le moins, Amédée dépasse son vénérable père. Presque au même âge, non seulement il s'entiche d'une vénus de vingt-quatre ans, mais il ébauche des projets d'avenir avec elle.

— ·∗· —

New York, ville chère à son cœur. Est-ce la raison qui l'incite à s'y rendre pour lui mettre la bague au doigt ? Le 19 avril 1897, il y épouse secrètement sa fille adoptive, comme en atteste le certificat délivré par l'État. Drôlement culotté, le fiancé, vieux comme Mathusalem, déclare à l'officiant Joseph S. Alderman avoir soixante ans, alors qu'en réalité, il a dépassé les soixante-dix-sept printemps.

Autre astuce pour brouiller les cartes : son journal intime situe ce voyage éclair dans la métropole américaine en juin de 1896. En fait, il a eu lieu un an plus tard. Pourquoi cet accroc à la vérité ? Pour cacher la grossesse hors mariage d'Iona et la naissance de son fils, le 15 février 1897, soit deux mois avant leur union. Subterfuge cousu de fil blanc pour sauver les convenances.

Prénommé Lafayette, en souvenir du général français qui a combattu aux côtés des Américains pendant la guerre d'Indépendance, l'enfant d'Iona portera le nom de Papineau. Impossible de savoir si son père a mis en doute sa paternité, étant donné son grand âge et l'extrême jeunesse de sa compagne. En tout cas, il ne mentionne ni l'accouchement de celle-ci ni l'arrivée du nouveau-né dans son journal intime. Seul indice, Iona passe quelques semaines chez une certaine Mrs J. Carroll au 115, Saint-Antoine, à Montréal. Amédée ne paie pas lui-même la pension de sa femme. Il refile des billets de 5 dollars et de 7 dollars à Mrs O'Brien, probablement la servante d'Iona – ou sa sage-femme –, qui les remet à la logeuse.

C'est toutefois l'occasion, pour l'ermite de Montebello, de réviser ses dernières volontés. Le 30 janvier 1897, il écrit : «Je donne & lègue à Martha Jane Curren, de St Amédée, que j'ai adoptée sous le nom d'Iona Papineau tous mes biens meubles...» Et d'énumérer ses terres, créances, débentures du Canada, épargnes, etc. Conscient que ce testament ne passera pas comme lettre à la poste, il ordonne à ses enfants et petit-enfants, qui, précise-t-il, sont amplement dotés en vertu de la succession de Papineau et celle de Mary E. Westcott, d'en respecter les dispositions et d'en faciliter la pleine exécution.

Dès lors, il se pavane ouvertement avec sa jeune et belle épouse accrochée à son bras. On les croise à l'hôtel Queen, le plus élégant de Montréal, au dire d'Amédée. Le 22 juin, ils y célèbrent le jubilé de diamant de la reine Victoria. Leurs deux chambres, les 218 et 219, donnent sur les rues Windsor et Saint-Jacques. Ils en profitent pour assister à l'opéra *Fra Diavolo* au Queen's Theatre.

Le vieux malcommode rajeunit à vue d'œil. Il court les magasins, regarde passer la procession de la Fête-Dieu et applaudit les acrobates japonais au parc Sohmer. Malheureux hasard, il rencontre dans la rue Mrs Rogers, la mère de Carrie : « Échange de quelques paroles et lieux communs », note-t-il simplement dans son carnet. Dernière sortie, sous une chaleur écrasante, Iona et lui s'installent sous la tente en compagnie de dix mille spectateurs pour voir le fameux Buffalo Bill venu de l'Ouest américain se produire avec ses hommes et ses chevaux. Après, les nouveaux mariés ne sont pas mécontents de regagner Montebello.

La nouvelle de leur mariage se répand comme une traînée de poudre. On chuchote que cette union n'est pas légale. Pour dissiper cette fausse impression, Iona et Amédée réitèrent leur engagement nuptial au manoir, le 27 janvier 1898. Amédée s'en explique :

« Quelques doutes ayant été suggérés sur les effets légaux de notre mariage antérieur à New York, pays étranger, Iona et moi le renouvelons aujourd'hui à notre domicile de Montebello, devant J.B. Sincennes, pasteur presbytérien d'Angers (Ange-Gardien), comté de Wright, province de Québec, en présence de M. et Mme Robert Curren, et M. et Mme Albert Steen, père et mère, et sœur et beau-frère d'Iona. »

Sa nouvelle paternité l'attendrit. Comme jadis pour ses enfants issus d'un premier mariage, il s'extasie devant les progrès de son « petit phénomène », surnommé Di-Bom-Boo, qui marche seul, grimpe l'escalier, ouvre les portes, le suit partout. Au moment précis où le bambin est sevré, Louis-Joseph, le fils aîné de Papo, maintenant âgé de dix-sept ans, se lance dans la vie active. Diplômé du Collège Bishop de Lennoxville, il a déniché une place à la Royal Insurance Company de Montréal.

« Oh ! que Dieu le bénisse et son travail et son industrie, et en fasse un homme », écrit Amédée, ravi d'apprendre que le garçon aura « un commencement de salaire ».

Sa famille le boude toujours. Sa belle-fille Caroline ne trouve pas convenable que ses enfants fréquentent le manoir où règne l'ancienne fille de table du seigneur. Amédée lui en fait grief. En lui envoyant sa pension mensuelle, il lui rappelle que ses petits-fils doivent passer leurs vacances avec lui :

« Peu importe vos sentiments personnels, vous n'avez pas le droit de les priver de ce plaisir dont leur grand-père jouira avec eux. »

Carrie a raison de se méfier de son beau-père ! Elle découvrira bien assez vite qu'il a refait son testament. En effet, le 17 mars 1898, il lègue à Martha Jane Iona Curren, « *my beloved wife* », la jouissance de tous ses biens meubles et immeubles qu'elle devra transmettre à son décès à ses descendants directs. Pour la première fois, le nom de Lafayette, « fils légitime issu de notre mariage » est mentionné comme héritier. Amédée confie à son journal qu'il a remis son testament olographe « ès mains de ma chère épouse Iona Papineau ». Le document se lit comme suit :

I give & bequeath to my Beloved Wife Martha Iona Curren, All my property, real & personal, monies, furniture, active debts, all that is due to me by the Estates of the late Honorable Louis Joseph Papineau my Father & of the late Mary Eleanor Westcott my former Wife & of & from all others indebt to me For her to hold & enjoy during her lifetime in usufruct, & in Trust for her Son Lafayette Papineau, the legitimate son issued from our marriage as my Heir after the usufruct of my said Iona.

La nouvelle madame Papineau brille dans la belle société montréalaise et outaouaise. Un jour, elle arpente les rues de la métropole en quête d'un éminent médecin, le lendemain elle se promène incognito à Ottawa, son chevalet sous le bras. Lors de l'ouverture du Parlement, elle accompagne Amédée « dans une charmante toilette ». Elle est, constate-t-il, « très admirée ».

Février 1899. Sous un froid extrême – trente-deux sous zéro –, un lointain cousin de la nouvelle seigneuresse de Montebello se présente au manoir. Iona ne le connaît ni d'Ève ni d'Adam, mais peu importe, elle l'invite à passer une semaine. Lors de sa seconde visite, ce J. P. Davidson, « un excellent jeune homme » dans la vingtaine qui étudie au Collège d'Ottawa, *dixit* Amédée, s'incruste chez lui pendant une quinzaine de jours. Au moment de son départ, on peut lire dans son journal intime que J. P. les quitte « ou plutôt enlève Iona qui va consulter le docteur Grant et qui reviendra demain, seule ». Comme pour se rassurer, il remarque : « Il y a une grande ressemblance de famille. »

Difficile de savoir si les mystérieux malaises d'Iona et ses visites à répétition chez ses médecins inquiètent Amédée ou le rendent suspicieux. Il écrit : « Elle est décidément malade. De quoi ? »

Un jour, elle se plaint de gastrite aiguë, le lendemain de névralgie violente ou d'un « tic douloureux », qui la force à garder le lit pendant trois semaines. Après, elle n'en finit plus de descendre à Montréal et d'aller à Ottawa pour consulter des spécialistes. L'été venu, elle file à la Rivière-du-Loup « pour respirer l'air salin et prendre des bains », comme il le mentionne dans son journal. En juillet 1899, toujours aussi mal en point, Iona va se reposer quelques semaines au Saguenay avec sa sœur Florence. Les deux jeunes femmes descendent à l'hôtel de Tadoussac.

« Je reste garder mon Lafayette, le bon enfant », se résigne le nouveau père.

Seul, le jour où il devient octogénaire, il s'étonne d'être toujours de ce monde : « Depuis bien des années, je me suis dit : mon grand-père Papineau est mort à 90 ; mon père, à 85. Cette génération affaiblie ne doit pas dépasser 80. Et j'étais prêt au départ. Mais depuis que j'ai ma seconde femme, Iona, et mon cher Lafayette, deux ans, si intelligent et fort, je me suis retenu, et prêt à désirer encore quelques années pour voir grandir cet enfant qui aime tant son papa. »

Ce jour-là, sa fidèle cuisinière, madame Titlis, déjà au service des Papineau du temps de son père, a assisté à la grand-messe en l'honneur de la bonne sainte Anne que l'on dit thaumaturge et l'a priée de donner au moins encore dix années de vie à son patron !

« Naïve sympathie, pense Amédée. La mort vient souvent par accident (si multipliés de nos jours par les machines à vapeur et à électricité), ou elle vient lorsque la pauvre machine humaine s'use et se détraque. Il faut toujours l'attendre, "sans peur et sans reproche". »

⸺◆⸺

Le siècle se termine, un autre commence, mais cela ne lui fait ni chaud ni froid. Seuls les gros rhumes et le babillage de Baby Lafayette l'intéressent. Il s'extasie devant ses « nam » (*food*) et ses « yam » (*yes*). Il dit : « Je voudrais qu'il parlât le français aussi. » Sans plus tarder, il renvoie sa vieille bonne sous prétexte qu'elle contrarie l'enfant sans raison et engage une domestique française d'Ottawa.

Le bonheur enfin retrouvé ! pense-t-il en observant son Iona qui patine sur la rivière devant le manoir et leur fils, si joyeux dans son traîneau. Lui ? Il garde le logis « selon mon habitude d'hiverner comme les ours ». Ses voyages d'affaires à Montréal, de plus en plus rares, le conduisent tantôt chez son banquier, tantôt au cabinet d'un de ses avocats. Les procureurs de Marie-Louise continuent de lui coûter les yeux de la tête. Iona aussi, car ses médecins lui prescrivent des bains de mer à Long Island et des séjours au sanatorium de Saratoga où, dit le vieux grippe-sou, on lui soutire beaucoup d'argent sans la guérir.

Comme son père avant lui, il apporte année après année des changements au manoir. Au début des années 1880, il a commencé par surélever d'un étage la tour carrée qui abrite la bibliothèque. Afin de protéger les livres contre le feu, il a posé des volets de fer et recouvert la toiture de tôle galvanisée. Plus tard, il a aménagé un deuxième salon (salon bleu), ajouté un fumoir dans la serre et installé l'aqueduc avec eau chaude et froide, des bains et des latrines mécaniques. À quelques pas du manoir, il a fait ériger un pavillon de thé muni de hautes fenêtres à carreaux qui s'ouvrent sur la rivière des Outaouais. Enfin, ses ouvriers ont construit un quai et un débarcadère pour la barge.

Très fier de son musée, il y promène ses visiteurs. Ce «Temple d'Apollon» lui a coûté plus de 2 000 dollars. Au moment de sa construction, il avait eu ces mots: «Deux édifices s'élèvent simultanément à Montebello: un couvent et un musée. Antithèses. La superstition et la Raison. L'ascétisme et la nature. Le jargon barbaresque et la Science moderne.»

S'il ne potasse plus ses mémoires, les objets du passé continuent de le remuer. De passage à Montréal pour rencontrer son banquier, il rend visite à son cousin, le juge Augustin-Cyrille Papineau, le co-exécuteur choisi par Marie-Louise. Ce dernier l'invite à s'asseoir dans une chaise très basse en bois franc peint en brun et à siège en jonc, avant de lui annoncer: «C'est le fauteuil de la Quevillon, la mère des Papineau, fait par elle-même.» Amédée pourra donc dire qu'il a posé ses fesses sur une chaise remontant au temps du premier Papineau d'Amérique, Samuel, et appartenant à sa femme Catherine qui a, un jour, regardé sa sœur se faire rôtir par les sauvages…

Plus le temps passe, moins il se mêle de politique. De loin, il suit la carrière de son neveu Henri Bourassa, un jeune homme «très capable». Aux élections de 1896 qui ont porté Wilfrid Laurier au pouvoir, Amédée avait voté pour «Henri» et s'était réjoui de le voir se faire élire dans la circonscription de Labelle. De temps à autre, il accompagne le nouveau député libéral au Parlement pour assister aux débats à partir de la tribune de l'orateur. S'il ne relève pas, dans son journal, les divergences d'opinion d'Henri avec le premier ministre Laurier, il se félicite de voir en ce petit-fils de Papineau «un patriote» capable de dénoncer haut et fort les empiétements de l'impérialisme britannique. L'oncle et son neveu poursuivent parfois des discussions mémorables. Sans entrer dans les détails, Henri Bourassa dira plus tard, et sans s'étendre sur le sujet que «l'oncle Amédée n'est pas montrable»!

La conscription le préoccupe. Dans *La Patrie* du 21 décembre 1900, il dénonce la vilaine habitude de l'Anglais Joseph Chamberlain d'entraîner le Canada dans toutes ses guerres.

«Il faudrait demander notre émancipation, notre indépendance du joug de l'Angleterre, avant de pouvoir réaliser notre rêve d'une nationalité canadienne, écrit-il. Tant que l'Angleterre nous enverra des gouverneurs, des généraux et mille agents et intrigants, nous resterons misérable colonie, victime de nos dissensions intestines et méprisables. »

L'annexion au voisin du sud ? Loin de la redouter, il la croit au contraire certaine et inévitable.

« Les États-Unis ont absorbé les possessions françaises, espagnoles, une grande partie du Mexique ; à l'heure voulue, ils absorberont le Canada – *volens, nolens* (qu'on le veuille ou non). »

Il s'explique : les Américains sont 76 millions venus de toutes les nations et se laissent volontiers assimiler. Au Canada, il y a cinq à six millions de Français, d'Anglais, d'Irlandais, d'Écossais qui tous tiennent à leur origine.

« Les capitalistes américains envahissent déjà nos forêts, nos mines d'or, de fer, de charbon. Leurs cultivateurs les suivront, lorsque leurs prairies seront toutes occupées, et ils s'empareront de nos vastes solitudes. Prenons-en notre parti, nos enfants ou petits-fils seront américains. »

Quand, le 22 janvier 1901, la reine Victoria meurt à l'île de Wight, c'est pour Amédée l'occasion de taper une nouvelle fois sur le premier ministre britannique : « Chamberlain et son atroce guerre d'Afrique l'ont tuée », commente-t-il. Miss Vic, dont il a souvent dit pis que pendre, mérite maintenant ses éloges. Elle fut, affirme-t-il, « la meilleure des femmes reines connues dans l'histoire ».

Le jour de ses funérailles, la grosse cloche du manoir résonne dans tout le village de Montebello. Le prince de Galles qu'Amédée a ignoré en 1860, quand il est venu à Montréal pour représenter sa mère à l'inauguration du pont Victoria, devient Édouard VII.

Comme d'habitude, le 26 juillet, jour de son anniversaire, est l'occasion de se replonger dans le passé. Iona est à Montréal sur le point d'accoucher une seconde fois et Papo, qui s'est arrêté à Montebello, en est vite reparti. Amédée griffonne dans son journal :

« Je suis encore debout. 82 ans. Pas de rides. Bon teint. Cheveux et barbe gris. Bonne mémoire. Bon courage, point de rhumatismes ni autre infirmité. » Il avoue candidement : « J'avais inscrit sur mon épitaphe, dans la chapelle : « Mort en 18.. ». Il va devoir changer cette date.

Et d'ajouter : « Je désire la crémation de mon corps, d'après la nouvelle loi adoptée à la dernière session de la législature de Québec. »

Quinze jours plus tard, soit le 10 août 1901 à six heures et demie du soir, un télégramme lui parvient du 29, rue Chomedy, où pensionne Iona : « *Come tonight.* » Il monte dans le train et arrive à Montréal juste à temps pour voir naître sa fille. Toute menue, elle pèse moins de quatre livres. Baptisée Angelita, elle s'appellera aussi Picciola.

Iona se remet difficilement de ses couches. Son poignet gauche la fait aussi souffrir. Ce sera l'occasion d'aller passer des rayons X à Montréal. Amédée est soulagé : Dieu merci, les os ne sont pas brisés. Seuls les muscles et les ligaments sont lésés. Picciola, elle, a attrapé une bronchite que soigne le docteur Louis-Joseph Barolet à Montebello. Quant à Lafayette, s'il continue à grandir à ce rythme, il mesurera six pieds à l'âge adulte. Son unique défaut ? Il louche. Son père le fera examiner par un chirurgien. Du haut de ses quatre ans, le gamin, toujours enjoué, interrompt la conversation des adultes à tout moment. À sa mère qui le gronde, il réplique : « *Well it is natural for a boy to speak.* »

Soucieux de l'avenir de ce fils qu'il ne verra pas grandir, Amédée demande à Marie-Louise de léguer à son demi-frère les 10 000 dollars que lui doit la Corporation de Montréal, si, bien sûr, elle n'a pas d'enfant. Cela ne risque pas d'arriver, même si sa fille aînée, maintenant quadragénaire, vient de convoler en justes noces, à Londres, avec un veuf de soixante-six ans. Militaire de carrière, John Charles Sheffield a longtemps été capitaine des Royal Scots Fusiliers. Il est le fils d'un baronnet du Royaume-Uni, ce qui ne déplaît pas à Amédée. En guise de cadeau de mariage, il fait suivre à Marie-Louise une obligation de 1 000 dollars. À sa demande, il lui expédie aussi par bateau à Wimbledon deux caisses d'argenterie ayant appartenu à sa mère et qui lui reviennent en vertu du testament de Mary. Comme on n'est jamais trop prévoyant, il rédige un nouveau codicille nommant sa femme, Iona, exécutrice testamentaire avec ses notaires.

Malgré son âge canonique, il conserve sa faculté d'émerveillement. Son Angelita a maintenant un an et deux dents. Lasse de se promener à quatre pattes, elle se décide à marcher « les petites mains tendues en avant ». Plus fringant que jamais, l'heureux papa fait l'acquisition d'un yacht tout neuf. La *Margareta* fonctionne à l'électricité et à la gazoline. Finie chêne, l'embarcation de quatre chevaux-vapeur mesure vingt-deux pieds et file à dix milles à l'heure. Coût : 400 dollars. Sa première sortie, il la réserve à son petit Lafayette, qu'il emmène rencontrer Papo au camp de la Pointe-au-Chêne, entre Lachute et Montebello.

Curieux, ce chassé-croisé entre Amédée et ses deux familles. À quarante-six ans, Papo fait la connaissance de son demi-frère de cinq ans. Le lendemain, c'est au tour d'Iona d'aller dîner avec Papo à Grenville. Elle ne rentre qu'à neuf heures du soir. « J'étais couché, en compagnie de mon Lafayette », écrit Amédée, qu'on devine soulagé de voir sa chère épouse et son fils aîné se fréquenter.

De son côté, Carrie, dite Mme Louis, écrit à son beau-père pour lui rappeler que Louis-Joseph IV, le fils aîné de Papo, vient d'atteindre sa majorité. « Vingt et un ans ! songe-t-il. Comme ça pousse et nous pousse ! »

À Montréal, le 9 décembre 1902, Amédée fait son devoir de citoyen pour la dernière fois de sa vie. Il vote pour Raymond Préfontaine, ministre des Pêcheries dans le cabinet Laurier. En sortant du bureau de vote, il se heurte aux pompiers qui s'activent au coin de la rue Notre-Dame. Le Union Hall, nouveau siège de l'Institut canadien, est en feu. Malgré le froid – il fait 20 degrés Fahrenheit sous zéro –, il reste sur place à regarder les flammes dévaster l'édifice. Que de souvenirs partis en fumée ! Si Louis-Antoine Dessaulles, jadis l'âme du mouvement, voyait ce brasier, comme cela le désolerait ! Hélas, son cousin a succombé au diabète le 4 août 1895, à soixante-seize ans. Il est enterré au cimetière de Pantin, près de Paris, où il cachait sa honte. Pour souligner sa disparition, le drapeau a flotté sur la ville de Saint-Hyacinthe, dont il a été le premier maire.

Autour d'Amédée, les connaissances tombent comme des mouches. Dernier en lice, le père Chiniquy s'est envolé vers d'autres cieux, le 16 janvier 1899, chez lui, rue Hutchison, entouré des siens. Il avait quatre-vingt-neuf ans. « Ainsi, tous mes vieux amis me devancent vers le Monde inconnu », écrit-il.

Ici s'achève le journal d'Amédée Papineau. Deux petites lignes gribouillées après Noël 1902 nous apprennent la mort d'un commis de la

Cour supérieure, du temps lointain où il occupait les fonctions de protonotaire. L'inépuisable épistolier range aussi sa plume. Il ne donne plus de ses nouvelles à personne. Il a bien reçu des lettres de son ami d'enfance Rouër Roy, avocat en chef de la Ville de Montréal, et de quelques autres, mais ses réponses – si tant est qu'il ait répondu – sont demeurées introuvables. Sa dernière, adressée au notaire Joseph-Godefroy Papineau, le 7 mai 1902, concerne des dettes impayées à la Petite-Nation.

Il a quatre-vingt-quatre ans et la vieille machine commence à avoir des ratés.

⸻◆◆⸻

Vers la fin de novembre 1903, il se plaint de problèmes de digestion. Apparemment, il se serait disputé avec un de ses proches à propos de son yacht. Cette querelle aurait-elle provoqué une indigestion ? Des malaises gastriques ? Son agenda de cette année aurait pu nous renseigner, mais à ce jour, il est demeuré introuvable.

Toujours est-il que le 23, il envoie son fidèle cocher chercher le docteur Louis-Joseph Barolet, qui le soigne depuis quatre ans. Celui-ci ne décèle rien d'inquiétant. Il trouve même son vieux patient mieux portant que lors de sa visite précédente. Convaincu qu'il s'agit d'une fausse alerte, il quitte le manoir sans se faire de soucis. Peu après, le cocher du seigneur frappe de nouveau à sa porte. Cela semble urgent.

« Qu'est-ce qu'il y a ? s'enquiert le médecin, tout en enfilant son paletot. Il était bien quand je l'ai laissé. »

Arrivé au manoir, il file au chevet de son patient, non sans remarquer, en traversant la maison, que les proches du seigneur mangent tranquillement, comme si de rien n'était. Seul dans sa chambre, Amédée se lamente :

« Pourquoi cette piqûre ? demande-t-il au médecin.

— Quelle piqûre ? lui répond ce dernier. Je ne vous ai pas donné de piqûre, moi. »

Amédée répète sans cesse « pourquoi cette piqûre ? » Constatant la soudaine dégradation de sa condition, le médecin prévient la famille que la fin ne saurait tarder. Personne ne bronche. Sa femme ne se précipite pas au chevet du malade, comme il s'y attendait. Seul son dévoué cocher reste là, planté à côté du lit.

« M. Papineau, moi, c'est mon devoir de vous offrir un prêtre ou un ministre », dit doucement le docteur Barolet.

Les bras croisés sur le ventre, Amédée répond : « Ni prêtre ni ministre, c'est décidé depuis longtemps. » L'instant d'après, sans changer de position, il passe de vie à trépas.

D'après le certificat de décès, Amédée Papineau est mort d'une faiblesse cardiaque gastro-intestinale (« *gastro intestinal debility cardiac* »). Le docteur Barolet n'inscrit rien de plus au document officiel. Pourtant, la détérioration rapide de son patient le trouble, tout comme son allusion répétée à la piqûre qu'on lui aurait faite. Lui-même ne lui en a administrée aucune. La froide indifférence de la jeune madame Papineau l'a laissé perplexe. S'en est-il ouvert à son entourage ? À moins que ce soit le cocher, témoin de l'agonie de son patron, qui a rapporté au village ce qu'il a vu et entendu ? Chose certaine, le moulin à rumeurs s'emballe. Le dernier seigneur de Montebello a-t-il été empoisonné ? Qui lui a injecté une substance mortelle ? Naturellement, les regards se tournent vers Iona, que les mauvaises langues imaginent impatiente de se débarrasser de son vieux mari. Certains soupçonnent le vétérinaire de complicité. D'autres pointent du doigt un médecin des environs qui, selon les méchantes langues, serait son amant.

La mort du seigneur de Montebello paraît d'autant plus suspecte qu'à peine trois jours après, son corps est incinéré au cimetière Mount Royal, comme l'indique le registre de l'église presbytérienne St Jean, à Montréal. Pourquoi autant de précipitation ? se demande-t-on. Cherche-t-on à faire disparaître les preuves de son assassinat en toute hâte ? C'est une fausse piste, bien entendu, puisque Amédée a lui-même exigé par testament – et trois fois plutôt qu'une – qu'on dispose ainsi de ses restes. Ses proches ont simplement respecté sa volonté. Ses cendres seront recueillies dans une urne de verre que Papo déposera dans le caveau familial, le 21 décembre. Le *Montreal Witness* du 1er décembre se contente de rapporter le décès d'Amédée Papineau, en soulignant ses qualités de patriote et ses talents d'écrivain.

L'histoire ne dit pas qui a pleuré sur sa tombe. Sa vengeance posthume a cependant dû refroidir les sentiments de douleur de quelques-uns de ses proches. En effet, son testament ressemble à un règlement de comptes. La lecture en sera faite le 19 décembre 1903. Amédée laisse à son épouse bien-aimée («*to my beloved wife*») Martha Jane Curren, dite Iona, la jouissance de tous ses biens meubles et immeubles, ainsi que toutes les sommes que la succession de son père Louis-Joseph Papineau et celles de sa première femme Mary Eleanor Westcott lui doit. Seules exceptions, le manoir et ses dépendances, de même que les îles (dont l'île Arrowsen), reviennent à ses héritiers mâles.

Nouveau coup du sort, le 1er janvier 1904, soit trente-neuf jours après le décès de son père, Papo meurt, à quarante-sept ans, ravagé par l'alcool. Les quatre petits-fils d'Amédée héritent donc du legs particulier de leur grand-père, qui ne comprend toutefois pas les meubles du manoir. Ceux-ci devront être vendus aux enchères. Ce testament déclenche une série de poursuites judiciaires entre Caroline Pitkin Rogers, veuve de Papo et mère des quatre petits-fils d'Amédée, et Iona Curren, sa seconde épouse, sommée d'évacuer la propriété.

Comme le résume si bien Napoléon Bourassa dans une lettre à sa fille Adine, la sortie de ce monde d'Amédée s'accompagne de «complications inextricables». Il ne s'en étonne pas:

«On devait s'attendre à ce qu'il n'entourât pas de formules simples et claires ce moment solennel, et son coup de théâtre n'est pas manqué. Le voilà réduit à son minimum, au fond d'une urne en verre, selon ses prescriptions, et maintenant, on ne sait plus où fouiller pour savoir à qui va le reste: qui va se charger de la distribution? Où sont les clés gardiennes de ces mystères?»

Pour une fois, c'est Napoléon et non Amédée qui a le dernier mot.

ÉPILOGUE

Scène théâtrale et assez surréaliste qu'Amédée a sans doute pressentie dans son esprit vengeur, au moment de dicter ses ultimes volontés. Autour de la grande table du manoir, sa fille Marie-Louise, sa bru Caroline et ses petits-fils majeurs secondés par leurs procureurs se retrouvent face à Martha Jane Curren, alias Iona Papineau, la seconde épouse et l'une des exécutrices testamentaires du seigneur. Convoqués par le notaire Victor Morin, ils dressent l'inventaire des biens du défunt, afin de déterminer à qui revient quoi.

Il faudra une quinzaine de rencontres et douze ans pour compléter l'opération. Chaque meuble, chaque objet est répertorié. Naturellement, certains prêtent à discussion. Ainsi, Marie-Louise prétend que le chariot de la salle à manger appartenait à sa mère. Les exécuteurs testamentaires de son père affirment au contraire qu'il n'apparaît pas sur la liste des biens de Mary E. Westcott. Même bisbille autour du grand miroir évalué à 45 dollars et de la console (*parlor cabinet*) de 350 dollars. Les salons sont passés au crible, les chambres aussi. Puis, on se dispute les tableaux et sculptures qui ornent le manoir, ainsi que les souvenirs de voyage exposés au musée. Les traîneaux, la berline et le phaéton ne soulèvent pas d'objections, pas plus que les cinq chevaux et le poney. Mais une nouvelle mésentente éclate à propos des deux couvertures appelées «robes de bison».

Après les instruments de jardinage, le notaire Morin passe en revue la précieuse bibliothèque de Papineau que son fils aîné a enrichie. Un long processus, puisqu'il faut numéroter les six mille livres du catalogue. Pour peu qu'on y porte attention, chaque titre rappelle un moment de la vie d'Amédée. Les œuvres des Hugo, Dumas et Chateaubriand, comme les ouvrages scientifiques et historiques, manuels de botanique, guides de voyage, livrets d'opéra, etc. seront remis aux plus offrants, lors de la vente aux enchères qui se tiendra en 1922. Elle rapportera 12 000 dollars. Les *Œuvres de Champlain*, publiées à Paris, en 1632, seront adjugées pour 300 dollars, tandis que *L'Histoire de la Nouvelle-France* de Marc Lescarbot partira à 235 dollars.

Difficile de deviner qui, de Papineau ou d'Amédée, aurait été le plus mortifié de voir les *Poésies* de Louis Fréchette, les traités philosophiques de Sénèque et les réflexions de Tocqueville sur la démocratie quitter la tour carrée du manoir pour de bon !

Opération tout aussi fastidieuse, on épluche ensuite les documents légaux et les livres de comptes du seigneur décédé. Le nombre incroyable de procès qu'il a intentés aux colons de la Petite-Nation frôle l'acharnement. Il entretenait avec l'argent des rapports maladifs qui l'ont amené à se montrer injuste, parfois, même avec sa famille. Les papiers notariés plaçant son propre fils Papo sous curatelle s'étalent maintenant sur la table, à côté du décompte de ses dettes à son père, quelque 17 554,70 dollars qu'Amédée a légués par testament à ses petits-fils. Même déballage indécent de documents rappelant la bataille juridique qui l'opposait à sa fille Marie-Louise.

Curieusement, dans ce magma de paperasse, aucune trace de la grande valise noire et du gros coffre de bois de pin non peinturé contenant le dossier lié à la sale affaire de défalcation à laquelle il a été mêlé à titre de protonotaire à la Cour supérieure. La disparition énigmatique des deniers publics dont il avait la responsabilité conjointe a entaché sa réputation. Il avait pourtant assuré à ses proches que ces documents entreposés dans le coffre-fort de la Cour supérieure, au palais de justice, l'innocenteraient une fois pour toutes.

Le 4 février 1904, le notaire Morin présente aux héritiers les écrits personnels d'Amédée. Outre ses *Mémoires* et son manuscrit du *Journal d'un Fils de la Liberté* en sept volumes, il y a ses agendas et sa correspondance. Autour de la table personne ne s'en doute, mais ce monument de papier constitue le véritable legs d'Amédée à la postérité, mis à part ses ajouts au manoir de Montebello hérité de son père.

Animé dès son plus jeune âge d'une ardente passion pour son pays, le dernier seigneur de Montebello est demeuré, sa vie durant, un patriote convaincu. Au moment des troubles de 1837, on ne l'a pas croisé sur les champs de bataille, mais il a le mérite d'avoir recueilli les témoignages des acteurs de cette page de notre histoire et d'en avoir fait le récit dans le *Journal d'un Fils de la Liberté*, son œuvre la plus finie. Si l'on en croit sa chronique, c'est lui qui, le premier, a publié dans *La Minerve* un article afin d'inciter ses compatriotes à boycotter les produits anglais pour protester contre les injustices du Colonial Office. Lui aussi qui a suggéré à l'association des jeunes patriotes sur le point de naître le nom de « Fils de la Liberté ».

Grâce aux centaines de pages qu'il a remplies, le lecteur suit au jour le jour la débandade des insurgés de 1838. Sa description des Canadiens éprouvés, baignant tantôt dans l'épouvante, tantôt dans la torpeur, nous émeut, alors que son récit des représailles exercées contre une population souvent innocente nous indigne. Le diariste affûte ensuite sa plume pour critiquer le Canada-Uni, annonciateur de la Confédération canadienne de 1867, qu'il associe à la tour de Babel, à cause de la confusion qu'elle sème. Enfin, il vante les mérites de l'annexion aux États-Unis, même si cela devait signifier la disparition du français, sa langue maternelle.

Engagé socialement, le pamphlétaire visionnaire met aussi ses talents au service de la démocratie. Dans ses conférences et ses articles de journaux, il se prononce haut et fort contre la peine de mort et l'esclavage, mais en faveur des droits de l'homme et de la liberté d'expression religieuse. En avance sur son temps, il a saisi l'importance de la science économique comme puissant levier de développement et milité pour son enseignement.

Sa correspondance révèle les contradictions d'un libre penseur que la polémique excite, mais que le recours aux armes paralyse, même s'il s'en défend. L'épistolier a échangé ses idées avec les personnages marquants qu'il a côtoyés, les Wolfred Nelson, George-Étienne Cartier, Ludger Duvernay et, plus tard, les Louis Fréchette, Honoré Mercier et Wilfrid Laurier.

Ses lettres à Louis-Joseph Papineau, personnage central de notre histoire, sont d'une richesse insoupçonnée. En les parcourant, la pensée politique de l'un comme de l'autre devient soudainement plus limpide. Au fil des pages, on découvre que le fils a influencé le père que l'on devine parfois indécis aux moments cruciaux de sa carrière. Côté vie privée, à travers leur correspondance, on voit le manoir de Montebello sortir de terre, les arbres pousser, les fleurs éclore... Amédée trace les plans, se procure les matériaux, pousse à la roue. Année après année, les Papineau, ces grands bourgeois, vivent dans ses carnets. Lorsqu'ils reçoivent, leur table est dressée, les plats défilent : huîtres, saucissons, jambons, gigots, le tout arrosé de vin de France ou de Madère.

L'infatigable voyageur qu'Amédée fut aussi a laissé des récits captivants. Ses réflexions, alors qu'il sillonnait l'Europe avec sa famille, d'Édimbourg à Naples, en passant par la Belgique et la Prusse, fourmillent de renseignements sur un monde en ébullition envahi par les armées ennemies. Tantôt il rencontre le pape Pie IX ; tantôt l'illustre Victor Hugo. Sa découverte de l'Algérie et de Malte nous renseigne sur l'art de voyager dans les pays exotiques au XIXe siècle.

Mémorialiste, pamphlétaire, globe-trotter... Quel souvenir l'homme a-t-il laissé ? Sa grand-mère maternelle le disait doué pour le bonheur, car il était né « coiffé ». A-t-il été heureux ? Si le sort l'a comblé, il ne l'a pas ménagé non plus. Amédée n'était pas préparé à affronter autant d'épreuves personnelles et de tragédies collectives. La patrie dont il rêvait ne verra pas le jour de son vivant et, à l'instar de tant d'autres incurables idéalistes, il n'aura pas été à la hauteur de ses ambitions. Même l'écrivain doué qu'il croyait être au moment d'entreprendre la rédaction de ses mémoires a manqué de souffle. D'où son amertume, au crépuscule de la vie.

La mort de deux de ses enfants l'a broyé et il a épanché son chagrin dans son journal. S'il a évoqué sans faux-fuyant la folie de son frère Lactance et les pulsions masochistes de sa sœur Azélie, il a préservé son jardin secret en gommant certains épisodes sombres de sa vie. Malgré ses maladresses, l'on devine qu'il a tout fait pour sauver son fils Papo des griffes de l'alcoolisme, considéré comme un vice. Dans les moments difficiles, Mary, sa première femme, semble avoir été son ancre. Mais ses absences trop fréquentes, puis sa disparition subite l'ont déstabilisé. Le père de famille – il a alors deux enfants d'âge adulte – s'est révélé autoritaire et a parfois fait preuve d'insensibilité. L'insécurité financière dont il a souffert toute sa vie prend tout à coup des proportions gigantesques. Son amour démesuré de l'argent agit sur lui comme un poison.

Reste qu'Amédée ne manquait pas de ressort. La dernière commotion qu'il crée – son mariage, à soixante-dix-sept ans, avec une jeune beauté de vingt-quatre ans – donne la mesure du personnage. Et l'on sourit en imaginant l'octogénaire promener fièrement dans son yacht ses deux bambins.

Lorsque l'inventaire de ses biens se termine, le 23 juin 1915, Caroline Rogers, la veuve de son fils Papo, a déjà pris possession du manoir au nom de ses quatre fils. Malheureusement, faute de moyens pour l'entretenir, elle devra s'en séparer sept ans plus tard, ce qu'elle ne pardonnera jamais à Amédée. Jusqu'à sa mort, en 1952, elle lui en gardera une rancune tenace, au point de refuser de reposer pour l'éternité dans le caveau familial des Papineau, à côté de lui. Elle se fera plutôt enterrer à l'extérieur du mausolée, à quelques pas du manoir. De son côté, Marie-Louise, qui s'est éteinte dans le Sussex, en 1937, a demandé que son corps soit rapatrié d'Angleterre pour être inhumé auprès de sa mère, Mary Westcott, à Saratoga.

Enfin, après trois ans de veuvage, la belle Iona s'est remariée au docteur Harry Williamson Byers, un jeune médecin de Montebello. La rumeur de l'empoisonnement de son mari sombrera dans l'oubli, avant de refaire surface en 1979, lorsqu'une vieille dame de quatre-vingts ans passés, Anne-Marie Barolet, la fille du docteur Louis-Joseph Barolet, celui-là même qui prodiguait des soins à Amédée Papineau sur son lit de mort, racontera ses souvenirs. Elle avait une dizaine d'années au moment des faits, mais elle se souvenait que son père s'était longtemps demandé qui diable avait bien pu donner une piqûre au dernier seigneur de Montebello. Une piqûre mortelle.

LA SAGA DES PAPINEAU
sources, références et remerciements

Je sors de cette aventure convaincue qu'on a sous-estimé la contribution d'Amédée à l'Histoire. Cela peut paraître paradoxal étant donné que les chercheurs puisent abondamment dans ses écrits pour comprendre le XIXᵉ siècle. J'ai voulu, à ma manière, lui restituer un peu de son mérite. Mon récit s'appuie essentiellement sur les mémoires inédits d'Amédée Papineau commencés en 1881 et sur ses carnets intimes, en particulier son *Journal d'un Fils de la Liberté* rédigé à partir de 1838. J'ai aussi eu recours à sa correspondance, ainsi qu'à celle des membres de sa famille. Amédée Papineau a eu des échanges épistolaires particulièrement riches avec son père, Louis-Joseph Papineau. Mises bout à bout, leurs lettres constituent un véritable dialogue. Elles nous éclairent sur leur vie privée, en plus de nous renseigner sur la situation politique au Bas-Canada.

La plupart de ces documents originaux manuscrits sont conservés à la Bibliothèque et Archives nationales du Québec et à la Bibliothèque et Archives du Canada. Ils ont été édités et annotés par Georges Aubin et Renée Blanchet qui ont aussi préparé l'édition complète de la correspondance de Papineau et de sa femme, de même que celle de leur fils Lactance, dont ils ont publié les carnets intimes. Je dois une fière chandelle à ces deux infatigables chercheurs qui, tels des moines bénédictins, ont colligé cette montagne de papiers personnels qui m'a servi de matériau. Les lettres de Mary Westcott, la première femme d'Amédée, qu'ils m'ont aussi fournies, proviennent du fonds Westcott de la Bibliothèque et Archives du Canada et n'ont pas été publiées.

Je remercie également l'historienne de l'art Anne-Élisabeth Vallée qui, en préparant la publication de la correspondance de Napoléon

Bourassa, a édité trois missives dévoilant les dessous de la querelle épique entre Amédée et sa fille Marie-Louise. Elle a en outre mis la main sur une lettre inestimable du cousin d'Amédée, Louis-Antoine Dessaulles, révélant des détails poignants au sujet de la mort tragique d'Azélie Papineau.

Un mot enfin pour exprimer ma gratitude au Conseil des Arts du Canada qui m'a accordé une bourse me permettant d'entreprendre cette recherche. Et pour souligner le professionnalisme de l'équipe de Québec Amérique. Sa collaboration empressée m'a été fort utile.

Encore une fois, j'ai pu compter sur l'aide de Pierre Godin, l'homme de ma vie et mon plus fidèle lecteur. Le plus impitoyable aussi. Sa maîtrise du passé et ses judicieux conseils m'ont été précieux.

BIBLIOGRAPHIE

PRINCIPALES SOURCES : FAMILLE PAPINEAU

Amédée Papineau – Journaux intimes et correspondance.

Souvenirs de jeunesse (1822-1837), texte établi avec introduction et notes par Georges Aubin, Sillery, Les Cahiers du Septentrion, 1998, 134 p. Tirés des Mémoires inédits d'Amédée.

[Enfance, études, montée de la révolte, fusillade du 21 mai 1832, 92 Résolutions de 1834.]

Journal d'un Fils de la Liberté, 1838-1855, texte établi avec introduction et notes par Georges Aubin, Sillery, Septentrion, 1998, 957 p. ; 2ᵉ éd., 2010. Manuscrit original à Bibliothèque et Archives Canada (BAC) à Ottawa : MG 24, B 2, vol. 31 à 36.

[Vie avant 1837 ; rébellion ; exil ; insurrection de 1838 ; pèlerinage au Canada en 1840 ; diplôme d'avocat (État de New York) ; voyage en France en 1843 ; mariage ; vie à Montréal ; retour de Papineau d'exil ; controverse Papineau/ Nelson ; nomination au poste de protonotaire ; internement de Lactance ; mort de Gustave ; naissance d'Eleanor, naissance et mort de Louis-Joseph fils.]

Correspondance 1831-1841, tome I, texte établi et annoté par Georges Aubin et Renée Blanchet, Montréal, les Éditions Michel Brûlé, 2009, 545 p., 120 lettres.

[Insurrection de 1838 ; vie des exilés aux États-Unis ; situation des Canadiens restés au Bas-Canada.]

Correspondance 1842-1846, tome II, texte établi et annoté par Georges Aubin et Renée Blanchet, Montréal, les Éditions Michel Brûlé, 2010, 479 p., 112 lettres.

[Fréquentations de Mary E. Westcott ; voyage en France ; établissement au Canada ; retour de Papineau ; mariage.]

Mémoires, document inédit rédigé à partir de 1881. Texte établi et annoté par Georges Aubin et Renée Blanchet.

[Depuis la naissance d'Amédée en 1819 jusqu'au 1ᵉʳ décembre 1842.]

Correspondance 1847-1852 (à paraître). Texte établi et annoté par Georges Aubin et Renée Blanchet.

[Folie de Lactance; trahison de Wolfred Nelson; Amédée, protonotaire; construction du manoir; mort de Gustave; entrée de Lactance chez les Oblats; naissance d'Ella et de Louis-Joseph, mort de Louis-Joseph fils.]

Correspondance 1853 à 1902 (à paraître). Texte établi et annoté par Georges Aubin et Renée Blanchet.

[Les 35 dernières années de sa vie.]

Lettres d'un voyageur. D'Édimbourg à Naples en 1870-1871, texte établi, annoté et présenté par Georges Aubin, Québec, Éditions Nota bene, 2002, 416 p.

[Récit de voyage; l'Europe en guerre.]

Journal de voyage 1876-1880 (à paraître; titre provisoire: *D'un pays à l'autre*), fichier de 291 pages annotées par Georges Aubin. Documents originaux: BAnQ-Q, P417/8.

[Deuxième voyage en famille en Europe et en Afrique du Nord.]

Journal 1881-1902 (à paraître). 318 pages annotées par Georges Aubin. Documents originaux: BAnQ-Q, P417/9.

[Rédaction de ses mémoires. Mort de Mary; abjuration et conversion; remariage avec Martha Jane Curren.]

Famille Papineau – Journaux intimes et correspondance.

Papineau, Gustave

Correspondance, conférences, articles dans L'Avenir, (à paraître), texte établi avec introduction et notes par Yvan Lamonde et Georges Aubin.

Papineau, Joseph

Correspondance (1793-1840), éditée par Fernand Ouellet, Rapport de l'Archiviste de la Province de Québec, 1951-1953, p. 160 à 300.

Papineau Julie

Correspondance de Julie Bruneau-Papineau, 1823-1862, éditée par Fernand Ouellet, Rapport de l'Archiviste de la Province de Québec, 1957-1959, p. 55 à 184.

Une femme patriote, texte établi et annoté par Renée Blanchet, Sillery, Septentrion, 1997, 518 p.

Papineau, Lactance

Journal d'un étudiant en médecine à Paris, texte établi avec introduction et notes par Georges Aubin et Renée Blanchet, Montréal, Les Éditions Varia, 2003, 609 p. Disponible en format numérique aux Éditions du Septentrion à Québec.

Correspondance (1831-1857), texte établi avec introduction et notes par Renée Blanchet, Montréal, Comeau & Nadeau, 2000, 336 p.

Papineau, Louis-Joseph

Lettres à Julie, texte établi et annoté par Georges Aubin et Renée Blanchet, introduction par Yvan Lamonde, Sillery, Septentrion et Québec, ANQ, 2000, 812 p.

Lettres à ses enfants, 1825-1871, Tome I: 1825-1854; tome II: 1855-1871, texte établi et annoté par Georges Aubin et Renée Blanchet, introduction par Yvan Lamonde, Montréal, Les Éditions Varia, 2004, 655 p. et 753 p.

Lettres à divers correspondants, 1810-1871. Tome I : 1810-1845 ; tome II : 1845-1871, texte établi et annoté par Georges Aubin et Renée Blanchet, avec la collaboration de Marla Arbach, introduction par Yvan Lamonde, Montréal, Les Éditions Varia, 2006, 588 p. et 425 p.

Lettres à sa famille, 1803-1871, texte établi et annoté par Georges Aubin et Renée Blanchet, introduction par Yvan Lamonde, Québec, Septentrion, 2011, 846 p.

Papineau en exil à Paris, tome II, *Lettres reçues, 1839-1845*, texte établi et annoté par Georges Aubin, Trois-Pistoles, Éditions Trois-Pistoles, 2007, 599 p.

Papineau-Dessaulles, Rosalie
Correspondance 1805-1854, texte établi, présenté et annoté par Georges Aubin et Renée Blanchet, Montréal, Les Éditions Varia, 2001, 305 p.

AUTRES CORRESPONDANTS

Beaudriau, Jacques-Guillaume
Vingt-deux lettres (1837-1840) adressées à Amédée Papineau et à Ludger Duvernay, transcrites et annotées par Georges Aubin.

Try-Davies, John
Lettres à Amédée Papineau, BAnQ-Outaouais (Gatineau).

Westcott, Mary-Eleanor
Lettres (1842-1890) à Amédée Papineau et à James Randall Westcott. Fonds Westcott, BAC, MG 24, K 58 ; BAnQ-M ; BAnQ-Q ; BAnQ-Outaouais (Gatineau).

BIBLIOGRAPHIE ET AUTRES SOURCES

Généalogie
Généalogie Famille Papineau, Le Bulletin des recherches historiques, juin 1933.

Lefebvre, Jean-Jacques, *Ancêtres et contemporains*, Montréal, Guérin, 1979, 204 p.

Papineau, Jean-Yves, *L'histoire de Samuel Papineau dit Montigny – 1670 en France, 1737 à Montréal*, http:/www.papineau-histoire-qc.ca.

Famille Papineau
Baribeau, Claude, *Denis-Benjamin Papineau 1789-1854*, Montebello, Société historique Louis-Joseph Papineau, 1995, 163 p.

Béique, Caroline, *Quatre-vingts ans de souvenirs*, Montréal, éditions Bernard Valiquette, 1939, 287 p.

Blanchet, Renée et Georges Aubin, *Lettres de femmes au XIXe siècle*, Québec, Septentrion, 2009, 285 p.

Circé-Côté, Éva, *Papineau, son influence sur la pensée canadienne*, Montréal, Lux, 2002, 266 p.

Groulx, Lionel, *Fils de grand homme*, causerie prononcée au congrès de la Société canadienne d'histoire à l'Université de Montréal, le 6 juin 1956, publiée dans la *Revue d'histoire de l'Amérique française*.

Groulx, Lionel, *Mes mémoires*, tome 2, Montréal, Fides, 1971, 418 p.

Ouellet, Fernand, *Julie Papineau, un cas de mélancolie et d'éducation janséniste*, Québec, Les Presses de l'Université Laval, 1961, 123 p.

Rumilly, Robert, *Papineau et son temps*, tome I, Montréal, Fides, 1977, 643 p.

Rumilly, Robert, *Papineau et son temps*, tome II, Montréal, Fides, 1977, 594 p.

Famille Dessaulles

Lamonde, Yvan, *Louis-Antoine Dessaulles, un seigneur libéral et anticlérical*, Montréal, Fides, 1994, 369 p.

Parizeau, Gérard, *Les Dessaulles, seigneurs de Saint-Hyacinthe*, Montréal, Fides, 1976, 159 p.

Famille Bourassa

Béland, Mario (sous la direction de), *La peinture au Québec 1820-1850*, Musée du Québec, Les Publications du Québec, 1991, 605 p.

Béland, Mario (sous la direction de), *Napoléon Bourassa, La quête de l'idéal*, Musée national des Beaux-arts du Québec, Les Publications du Québec, 2011, 320 p.

Bourassa, Anne, *Napoléon Bourassa, un artiste canadien-français*, Montréal, 1968, 88 p.

Bourassa, Napoléon, *Lettres d'un artiste canadien*, Bruges – Paris, Desclée de Brouwer et cie, 1929, 498 p.

Le Moine, Roger. *Napoléon Bourassa, l'homme et l'artiste*, Ottawa, Éditions de l'Université d'Ottawa, 1974, 258 p.

Vallée, Anne-Élizabeth, *Napoléon Bourassa et la vie culturelle au XIXe siècle*, Montréal, Leméac, 2010, 255 p.

Les deux rébellions

Aubin, Georges, *Au Pied-du-Courant. Lettres des prisonniers politiques de 1837-1839*, Montréal, Marseille, Agone et Comeau & Nadeau, 2000, 457 p.

Bernard, Jean-Paul. *Les rébellions de 1837-1838*, Montréal, Boréal Express, 1983, 349 p.

Boucher-Belleville, Jean-Philippe, *Journal d'un patriote (1837 et 1838)*, Introduction et notes par Georges Aubin, Montréal, Guérin Littérature, 1992, 174 p.

Caron, Ivanhoe, *Les événements de 1837-1838*, Québec, Rapport de l'archiviste de la province de Québec, 1925-1926, L.-Amable Proulx, imprimeur de Sa Majesté le Roi, 1926, 329 p.

David, L.-O., *Les Patriotes de 1837-1838*, Montréal, éditions Leméac, 1978, 297 p.

Filteau, Gérard, *Histoire des patriotes*, Sillery, Septentrion, 2003, 628 p.

Garneau, François-Xavier, *Histoire du Canada*, tome IX, Montréal, Les éditions de l'Arbre, 1946, 293 p.

Greer, Allan, *Habitants et patriotes*, Montréal, Boréal, 1997, 370 p.

Mackay, Julien S., *Notaires et patriotes, 1837-1838*, Québec, Septentrion, 2006, 254 p.

Nelson, Robert, *Déclaration d'indépendance et autres écrits*, édition établie et annotée par Georges Aubin, Montréal, Comeau & Nadeau, 1998, 90 p.

Nelson, Wolfred, *Écrits d'un patriote* (1812-1842), édition préparée par Georges Aubin, Montréal, Comeau & Nadeau, 1998, 177 p.; nouvelle édition revue et corrigée, Montréal, Lux, 2012, 192 p.

Ouimet, André, *Journal de prison d'un Fils de la Liberté 1837-1838*, texte établi, présenté et annoté par Georges Aubin, Montréal, Typo, 2006, 155 p.

Papineau, Louis-Joseph, *Histoire de l'Insurrection du Canada*, Montréal, Leméac, 1968, 104 p.

Rheault, Marcel et Georges Aubin, *Médecins et patriotes, 1837-1838*, Québec, Septentrion, 2006, 350 p.

Schull, Joseph. *Rebellion, The Rising of French Canada 1837*, Toronto, Macmillan of Canada, 1971, 226 p.

Séguin, Robert-Lionel, *La victoire de Saint-Denis*, Montréal, Parti-pris, 1964, 45 p.

Senior, Elinor Kyte, *Les Habits rouges et les Patriotes*, Montréal, VLB éditeur, 1997, 310 p.

Wade, Mason. *Les Canadiens français de 1760 à nos jours*, Ottawa, Le Cercle du livre de France, tome I, 1966, 685 p.

L'exil

Bourdon Yves et Jean Lamarre, *Histoire des États-Unis, mythes et réalités*, Laval, Éditions Beauchemin ltée, 1996, 267 p.

Lamarre, Jean, *D'Avignon, médecin, patriote et nordiste*, Montréal, VLB éditeur, 2009, 187 p.

Perrault, Louis, *Lettres d'un patriote réfugié au Vermont (1837-1839)*, textes présentés et annotés par Georges Aubin, Montréal, éditions du Méridien, 1999, 198 p.

White, Ruth L., *Louis-Joseph Papineau et Lamennais*, Montréal, Hurtubise HMH, 1983, 643 p.

Zinn, Howard, *Une histoire populaire des États-Unis, de 1492 à nos jours*, Montréal, Lux, 2002, 811 p.

Le rapport Durham

Durham, John George Lambton, *Le Rapport Durham*, introduction de Denis Bernard et Albert Desbiens, Montréal, Typo, 1990, 317 p.

Union, gouvernement responsable, annexion

Bédard, Éric, *Les réformistes, une génération canadienne-française au milieu du XIXe siècle*, Montréal, Boréal compact, 2011, 415 p.

Lamonde, Yvan et Jonathan Livernois, *Papineau, Erreur sur la personne*, Montréal, Boréal, 2012, 201 p.

Papineau, Louis-Joseph, *Cette fatale Union. Adresses, discours et manifestes (1847-1848)*. Introduction et notes de Georges Aubin, Montréal, Lux, 2003, 223 p.

Controverse Papineau/Nelson

Bernier, François. *La controverse sur la question de la fuite de Papineau de Saint-Denis, le 23 novembre 1837*, mémoire présenté à la faculté des études supérieures, Université de Montréal, 1986, 150 p.

[Dessaulles, Louis-Antoine], *Papineau et Nelson Blanc et noir, et la lumière fut faite*, Des presses de *L'Avenir*, Montréal, 1848, 83 p.

La seigneurie de la Petite-Nation

Baribeau, Claude. *La seigneurie de la Petite-Nation*, Hull, Les éditions Asticou, 1983, 166 p.

Chamberland, Michel, *Histoire de Montebello 1815-1928*, Montebello, Éditions de la Société historique Louis-Joseph Papineau inc., 2003, 370 p.

Chassé, Béatrice, *Le manoir Papineau à Montebello, une survivance de la féodalité sur les bords de l'Outaouais*, Québec, ministère des Affaires culturelles, 1979, 81 p.

Gaffield, Chad (sous la direction de), *Histoire de l'Outaouais*, Québec, Institut québécois de recherche sur la culture (IQRC), 1994, 876 p.

Lamarche, Jacques, *Rêves et splendeurs au château Montebello*, Saint-André-Avellin, Les Éditions de la Petite-Nation, 1997, 183 p.

Le manoir Louis-Joseph Papineau, Saint-André-Avellin, Les Éditions de la Petite-Nation, 1978, 93 p.

Ouvrages généraux

Lacoursière, Jacques, *Histoire populaire du Québec*, 1841-1896, Sillery, Septentrion, 1996, 494 p.

Lamarre, Jean, *Histoire du Québec*, Laval, GB Groupe Beauchemin éditeur, 1998, 319 p.

Lamonde, Yvan, *Histoire sociale des idées au Québec 1760-1896*, Montréal, Fides, 2000, 574 p.

Marsolais, Claude-V., Luc Desrochers et Robert Comeau, *Histoire des maires de Montréal*, Montréal, VLB éditeur, 1993, 323 p.

Maurault, Olivier, *Le Collège de Montréal, 1767-1967*, Montréal, 1967, 574 p.

Michaud, Josette, *Vieux-Montréal*, Montréal, Guérin, 1991, 101 p.

Noël, Françoise, *Oui, je le veux. L'amour et le mariage au Canada du XIXe siècle*. BAC R4386-0-7-E (MG 24, K 58).

Ouellet, Fernand, *Éléments d'histoire sociale du Bas-Canada*, Montréal, Hurtubise HMH, 1972, 379 p.

Ouellet, Fernand, *Papineau, textes choisis*, Québec, Les Presses de l'Université Laval, 1958, 103 p.

Ouimet, Raymond, *Crimes, mystères et passions oubliées*, Gatineau, Éditions Vents d'Ouest, 2010, 254 p.

Vie culturelle

Lamonde, Yvan et Sophie Montreuil, *Lire au Québec au XIXe siècle*, Montréal, Fides, 2003, 330 p.

Lemire, Maurice, *Dictionnaire des œuvres littéraires du Québec*, tome I, Montréal, éditions Fides, 1980, 927 p.

Lemire, Maurice, *La vie littéraire au Québec*, tome II, 1806-1839, Québec, Presses de l'Université Laval, 1992, 587 p.

Lemire, Maurice, *La vie littéraire au Québec*, tome III, 1840-1869, Québec, Presses de l'Université Laval, 1996, 671 p.

Personnages

Boyd, John. *Sir George-Étienne Cartier*, Montréal, Librairie Beauchemin, 1918, 485 p.

Chaussé, Gilles. *Jean-Jacques Lartigue, premier évêque de Montréal*, Montréal, Fides, 1980, 275 p.

Chauveau, Pierre-Joseph-Olivier, *De Québec à Montréal. Journal de la seconde session, 1846*, suivi de *Sept jours aux États-Unis, 1850*, introduction et notes par Georges Aubin, Québec, Éditions Nota bene, 2003, 148 p.

Dictionnaire biographique du Canada, tomes VIII, IX, X et XI, Laval, Presses de l'Université Laval.

Dictionnaire des parlementaires du Québec, 1792-1992, Québec, Presses de l'Université Laval, 1993, 859 p.

Ippersiel, Fernand, *Les cousins ennemis*, Montréal, Guérin, 1990, 254 p.

Monière Denis, *Ludger Duvernay et la révolution intellectuelle au Bas-Canada*, Montréal, Québec Amérique, 1987, 229 p.

Pouliot, Léon. *Monseigneur Bourget et son temps*, tome II, Montréal, Bellarmin, 1977, 277 p., tome III, 1972, 197 p.

Roy, Jean-Louis, Édouard-Raymond Fabre, libraire et patriote canadien, Montréal, Hurtubise HMH, 1974, 284 p.

Vallée, Jacques, *Tocqueville au Bas-Canada*, Montréal, éditions du Jour, 1973, 187 p.

Vallery-Radot, Robert, *Lamennais ou le prêtre malgré lui*, Paris, Plon, 1931, 400 p.

Revues

Baribeau, Claude, *Entrevue d'Anne-Marie Barolet*, Société historique Louis-Joseph Papineau inc. (Document remis à l'auteure par Pierre Ippersiel, président).

Collectif, *Les Rébellions de 1837-1838*, Bulletin d'histoire politique, Comeau & Nadeau, automne 1998, vol. 7, n° 1.

Fortier, Yvan, Parcs Canada, «Où loge Papineau? De la rue au Cap Bonsecours», *Cap-aux-Diamants*, n° 37, printemps 1994, p. 52 à 56.

Lamonde, Yvan, «Conscience coloniale et conscience internationale dans les écrits publics de Louis-Joseph Papineau (1815-1839)», *Revue d'histoire de l'Amérique française* (RHAF), vol. 51, n° 1, été 1997.

Le Moine, Roger, «Un seigneur éclairé, Louis-Joseph Papineau», *Revue d'histoire de l'Amérique française*, vol. 25, n° 3, 1971, p. 309-336.

Séguin, Robert-Lionel, «La dépouille de Chénier fut-elle outragée?», *Bulletin des recherches historiques*, 58 (1952), p. 183-188.

Documents légaux

Affaire Bellerive: Lettre des notaires Louis-Amable Jetté et Frédéric-Liguori Béique à Amédée Papineau, Montréal, 26 décembre 1877, BAnQ-M, P28, S3, D2.

Lettre de Louis-Joseph Papineau (fils d'Amédée) à Me Jean-Baptiste Doutre, Montréal, 15 décembre 1902, BAnQ-Q,P417/11; 3.1.12.

Protêt et sommation par Louis-Joseph-Amédée Papineau à l'honorable Samuel Cornwallis Monk, héritier de feu son père Samuel Wentworth Monk; à Pierre Lamothe, notaire de Saint-Hyacinthe, exécuteur testamentaire de défunt William Craigie Holmes Coffin; à l'honorable John Pangman, seigneur de Mascouche, caution de S.W. Monk; à John Sleep Honey, teneur de livres, caissier, agent confidentiel et député de Monk, Coffin & Papineau. Et signification du dit protêt à l'honorable S.C. Monk et John S. Honey. Minutier Louis-Napoléon Dumouchel, n°s 137 et 138, 19 juin 1866. N.-B. Ces actes ne sont plus dans le minutier du notaire; une copie a été conservée dans le Fonds Papineau-Bourassa, BAnQ-Q, P417/11; 3.1.9.

Superior Court, 1869, n° 1191, coram Torrance, juge, in the matter of the Mayor Alderman and Citizens of the City of Montreal. Petitioners in expropriation & Bonaventure Street, Montreal, & Patrice Guy, Dame Catherine Hélène Guy, Étienne Guy, proprietors expropriated petitioners.

Concession par L.-J. Papineau à Amédée Papineau: toutes les terres non concédées situées dans la seigneurie de la Petite-Nation. Le contrat est rédigé par Amédée. Minutier Hippolyte Fissiault-Laramée, n° 203, 20 novembre 1854.

Donations, conventions et arrangements d'Amédée Papineau à et avec Ézilda, Azélie et Lactance Papineau; Ézilda agissant au nom des deux derniers. Le commencement de l'acte est rédigé par Amédée. Minutier Hippolyte Fissiault-Laramée, n° 208, 23 novembre 1854.

Inventory of the late L.J.A. Papineau, and of the community of property which has existed between him and Dame Jane Iona Curren, his widow. Minutier du notaire Victor Morin, n° 7038, du 19 décembre 1903 au 3 mai 1906. (nota. The continuation and closing of this intentory are made under date of the 23rd of June 1915 under n° 14 889 of the minutes of the undersigned notary Victor Morin.) 293 p.

Proces verbal of sale and adjudication after inventory of the moveable estate of the community of property which has existed between the late L.J.A. Papineau and Dame Martha Jane Iona Curren [residant alors à Westmount]. Minutier Victor Morin, n° 7266, 25 mai 1904; voir aussi BAnQ-Q, P 417/10; 3.1.9.

Papineau, Louis-Joseph, *Adresse à tous les électeurs du Bas-Canada par un loyal Canadien*, Montréal, Réédition Québec, 1968, 27 p.

Testament d'Amédée Papineau, Registered Folio: 184, the 3 December 1903. Contient le dernier testament et 11 codicilles, du 17 novembre 1890 au 14 juillet 1901 (incluant les créances de son fil Louis-Joseph Papineau (codicilles F, G, H et 1er décembre 1895). BAnQ-Outaouais (Gatineau), CT701-1983-01-001\297, n° 59.

Testament d'Ézilda Papineau, Minutier Joseph-Godfroy Papineau, n° 1617, 4 janvier 1883.

TABLE DES MATIÈRES

MARQUIS

Québec, Canada

RECYCLÉ
Papier fait à partir
de matériaux recyclés
FSC® C103567

Imprimé sur du papier Enviro 100% postconsommation
traité sans chlore, accrédité ÉcoLogo et fait à partir de biogaz.